Bodo Kirchhoff in der Frankfurter Verlagsanstalt

Die Romane:
INFANTA
PARLANDO
SCHUNDROMAN
WO DAS MEER BEGINNT
DIE KLEINE GARBO
EROS UND ASCHE
DIE LIEBE IN GROBEN ZÜGEN

Die Novellen:
OHNE EIFER, OHNE ZORN
GEGEN DIE LAUFRICHTUNG
DIE WEIHNACHTSFRAU
DER PRINZIPAL

Die Erzählungen:
MEIN LETZTER FILM
DER SOMMER NACH DEM JAHRHUNDERTSOMMER

Die Essays:
LEGENDEN UM DEN EIGENEN KÖRPER

Bodo Kirchhoff

VERLANGEN UND MELANCHOLIE

Roman

FRANKFURTER VERLAGSANSTALT

Und wieder für dieselbe hinter allen Worten,
das Unerlaubte im Herzen, zum Glück.

... imprendibile
nel tuo esistere puro,
ingenuo, e conscio, vivi:
anche a me sei oscuro.

... unfassbar
lebst du in deinem reinen, kindlichen
und doch wissenden Sein,
auch mir bleibst du rätselhaft.

Pier Paolo Pasolini

I

1

Wann endet ein Leben, wenn das Herz nicht mehr schlägt oder es sinnlos erscheint, dass es noch schlägt? Meine Frau und ich waren Kinogänger, wir mochten das Schwere, aber ließen uns auch von Leichtem verführen, den Bildern einer Liebe an sich – im Kino vergisst man die Sprache oder dass schon Homer die Liebe mit Scheitern und Tod in Verbindung gebracht hat und doch ihre Nachahmung empfiehlt. Was aber ist sie nun, mehr Segen oder mehr Verhängnis? Ein Grübeln seit Menschengedenken, das Ergebnis immer noch offen; und dabei ist Liebe zweifellos eine schöne Idee, unzählige Filme profitieren davon. Aber auch der Tod als schreckliche Tatsache macht jeden guten Film noch besser und war für Irene am Ende sogar die bessere Wahl als das Leben. Seitdem frage ich mich, warum, und damit auch, wann ein Leben endet: Wenn das Herz die Arbeit einstellt oder diese Arbeit sinnlos erscheint und, wie in meinem Fall, bei Regenwetter oft nur zu einem Lichtblick führt, dem Tierfilm am Nachmittag – Der schwarze Panther vom Orinoco, Das Rätsel der Waldelefanten, Die letzten Tiger Sumatras –, Bilder, die mich bis vor kurzem, noch im Mai, in den Abend gebracht hatten, ja sogar in den Schlaf, und dann lag ein Brief im Kasten, weiß mit einem Rand im Ton des Panthers.

2

Dieser Tag mit dem Brief im Kasten, kurz vor den Eisheiligen, war ein Prachttag – blauer Himmel, milde Luft und ein Gefühl, als sei man bis auf weiteres unsterblich. Alles war gut an dem Tag, sogar die Begegnung mit meinem Nachbarn aus der zehnten Etage ging über die üblichen Worte hinaus. Ich hatte gerade mein Rad in die Fahrradecke der Tiefgarage gestellt, als er mit seinem Geschoss von Auto hereinfuhr, es parkte und ein bildschönes Tier aussteigen ließ, den Hund, der seine Ertüchtigungsläufe mitmachen durfte und ansonsten in der Wohnung lag, tieftraurig, auch wenn es sich nicht beweisen ließ. Es war ein Mischlingsrüde, halb Weimaraner, halb Afghane, etwas Drittes nicht ausgeschlossen, mit dem Resultat menschlicher Augen, und Ohren, die man sich aufs Kopfkissen legen wollte, Name: Grandeville. Ein Hund also, dem kein Buchstabe blieb, auf den er hätte hören können, und der sich gern an mich drängte, auch als der Nachbar um den Wagen ging und Erdspuren von den Reifen schnippte, in der anderen Hand sein Verbindungsgerät mit der Welt. Was für ein Wetter, rief ich, und anstatt wie üblich nur Tagtag zu murmeln, erwiderte er Oh, ja und ging dann zu den Fahrstühlen, während ich die Einfahrt hinauflief, um im Foyer in den Briefkasten zu sehen, etwas, das ich immer erst nach der Arbeit mache, an dem Tag das Zusammenstellen von Fragen, um meinen Enkel Malte auf seine Abiturprüfungen in Deutsch und Ethik vorzubereiten.

Und im Hauseingang traf ich auf andere Nachbarn aus meiner Etage, Nachbarn, die alle drei Monate wechseln, weil sie eine Sprachschule im Parterre besuchen; zu der Zeit, im Mai, waren es drei junge Chinesen mit ihrer Wohnungstür auf demselben Flur wie ich und der Hundebesitzer. Jeden Abend meldeten sie erregt ihre Fortschritte nach Hause, ich konnte es hören, wenn sie noch auf dem Weg zu ihrer Tür telefonierten, und im Foyer vor den Briefkästen begrüßten sie mich mit Tschüs. Und dann lag dort eben dieser Umschlag mit schwarzem Rand, darauf mein Name in Druckschrift, jeder Buchstabe nach rechts unten verrutscht, aber mit Absicht, wie es aussah, als verstellte jemand seine Schrift und lehnte zugleich die Maschinenschrift ab. In meiner näheren Umgebung, Familie, Freunde, frühere Kollegen, war in den Tagen zuvor niemand gestorben, das hätte ich erfahren, also ließ sich in Ruhe überlegen, wessen Tod mir da mitgeteilt wurde. Wen hatte ich in den letzten Jahren aus den Augen verloren, ohne dass er oder sie und die Hinterbliebenen mich aus den Augen verloren hätten? Mir fiel nur, absurderweise, der einzig eng befreundete Kollege aus all meinen Jahren bei der Zeitung der Zeitungen ein, wie Irene sie gern genannt hatte, ein Mann, der längst unter der Erde war, als hätte er aus dem Jenseits geschrieben, zum Jahrestag seiner Beerdigung, was ungefähr hinkam. Und erst im Fahrstuhl dachte ich an die Frauen, die mein Leben erfüllt hatten, die wichtigste auch im Jenseits, kein genaues Wort, aber ein tröstliches. Eine andere war aus dem nahen Vordertaunus, Internistin, Anfang vierzig, als wir uns kennenlernten, groß, blond, kulturell interessiert, Marianne. Ich war nie ihr Patient, außer mit Beschwerden, die in keinem Medizinbuch stehen. Sie war aktiv bei den Umweltleuten, fuhr aber gern in ihrem Zweisitzer, von mir, einem Mann ohne Führerschein, immer wieder vor den Gefahren der Straße gewarnt. Hatte sie etwa den Verkehrstod gefunden? Aber von wem wäre dann die Nachricht gekommen; demzufolge nein.

Fuhr oder fährt, Imperfekt oder Präsens: Wie soll man von einem Menschen reden, von dem man sich gelöst hat, aber den es noch gibt? Fast zwei Jahre lang waren Marianne und ich ein stilles Paar, der Zeitraum, in dem Irene, Frau meines Lebens, am Ende gegen sich selbst nicht mehr ankam. Ein Sommertag in der Stadt, sie hatte mittags mit einem kleinen Rucksack und der Erklärung, sich einer Kundgebung gegen den Flughafenausbau anzuschließen, um ein neuer Mensch zu werden, die Wohnung verlassen, und der Schuss Ironie über den Ernst einer Sache war keine Seltenheit bei ihr. Nur fuhr Irene gar nicht zum Flughafen; sie war gegen Abend auf dem Opernplatz und fotografierte dort junge Paare mit Kind, das erzählte später eine Kollegin aus dem allgemeinen Kulturteil, dem für die ganze Republik – mir unterstand der Umlandteil. Sie kannte meine Frau vom Sehen und rief mich an, nachdem das Furchtbare passiert war. Irene also nicht bei der Kundgebung, sondern Irene allein unterwegs, während ich allein in der Wohnung saß und kein neuer Mensch werden wollte, keiner, der es schafft, auch allein zu leben. Und am nächsten Tag fand man sie am Fuße des Goetheturms, zerschmettert nach einem Fall aus dreiundvierzig Meter Höhe. Sie hat ihrem Dasein ein Ende gesetzt. Oder den Tod aus einer unbekannten Zukunft herbeigeholt, ganz wie man es sehen will.

Der Aufzug hielt im zehnten Stock, und ich traf auf den Hausmeister, Herrn Kerb, unsere Begegnungen seit jeher mit Wertschätzung von beiden Seiten; es gelang mir gerade noch, den Umschlag mit Rand hinter den Rücken zu nehmen. Was für ein Wetter, rief ich wieder, und Herr Kerb gab mir recht und nahm mich beiseite und erwähnte den Nachbarn mit Hund – der soll zu einem anderen Hausbewohner gesagt haben, dass sich sein Hund immer an mich, diesen Scheintoten, dränge. Eine aufschlussreiche Information, ich bedankte mich und ging in meine Wohnung und legte den Umschlag auf den Küchentisch. Scheintot sagt man ja gern, wenn einer nichts mehr zu tun hat und sich nachmittags Tierfilme ansieht; Tatsache ist, ich beziehe seit einiger Zeit Rente – kein nettes Wort, aber das gängige –, genug, um eine Wohnung mit Cityblick halten zu können. Es geht mir soweit gut, auch gesundheitlich. Das Organ, das sich Dichtern wie Schlagerleuten gleichermaßen andient, fällt noch durch keine Prüfung, und für die Prüfungsvorbereitungen meines Enkels konnte ich schon einiges beitragen, war aber noch nicht zufrieden. Nach einem Essen in der Küche setzte ich mich wieder an ein Notebook noch aus meinen letzten Zeitungsjahren, daneben Bücher aus Irenes Bestand, Novalis, Heine, Eichendorff für das mündliche Romantikthema in Deutsch, sowie Aristoteles, Kant und Schopenhauer für die Prüfung in Ethik, mir fehlten nur ein paar neuere Namen, doch war ja der Abend lang; ich saß noch am offenen Fenster mit Blick auf die Stadt, als die Chinesen schon ihre Fortschritte nach Hause gemeldet hatten. Der Mond war ein zartes Komma, und aus den Baumkronen kamen einzelne Vogelpfiffe, leise wie das Weinen von Malte am Grab von Irene, die etwas Jüngeres hatte als seine Mutter, meine Tochter Naomi, und auch die weinte am Grab, das war vor neun Jahren.

3

Irene hatte eins dieser Gesichter, die Frauen eine tragische Verantwortung auferlegen, Gesichter, aus denen jeder lesen kann, was er will. Ihr Mund zählte einerseits zur sogenannten Wirklichkeit, andererseits zum Bereich des Traums; ich glaubte an diesen Mund und überhaupt an Irene, und inzwischen glaube ich an die beruhigende Wirkung von Tierfilmen oder von grünem Tee. Den machte ich in einer Arbeitspause, als immer noch der Umschlag mit schwarzem Rand auf dem Küchentisch lag. Man kann sagen, ich glaube so an grünen Tee, wie ich als Redakteur an den Wert der Kultur geglaubt habe: dass sie unser Zusammenleben vor Barbarei schützt. Und es ist immer das Gleiche, wenn nicht dasselbe, Abend für Abend einen Löffel mit Teeblättern in ein zylindrisches Sieb geben, übergießen mit heißem, nicht kochendem Wasser, ziehen lassen in der Tasse, abwarten vor dem Küchentisch. Grüner Tee soll in siebzig Grad heißem Wasser ziehen, so entfaltet er seine beste Wirkung, die Wirkung, mit der man am Ende womöglich alle früheren Bekannten überlebt, aber davon redet niemand. Endlich der erste Schluck, ein leichter Zitrusgeschmack, der sich verflüchtigt, zu etwas Neutralem, ja Fadem. Grüner Tee ist Luft zum Trinken und lenkt die Gedanken nach innen, nicht auf ein Tun, und sei es nur das Öffnen eines Briefes; ich hatte den Brief sozusagen gedanklich geöffnet und mir irgendeine Person aus früherer Zeit vorgestellt, kaum mehr als ein Name, fortan unter den Namen der Toten ganz hinten auf einer inneren Liste, und den Umschlag dabei in die Tischschublade getan, zwischen alte Fotos und Bedienungsanleitungen, Dinge, die man nicht ohne weiteres wegwirft. Danach der zweite Schluck Tee.

Die Tasse in der Hand – mehr Gefäß als Tasse, die Replik einer römischen Trinkschale mit Henkel, ein Geschenk meiner Tochter, die im nahen Museum für Alte Kulturen arbeitet und solche Repliken als Werbemittel nutzt –, also mit dem grünen oder eher salbeiblassen Tee in schönem Kontrast zum terracottafarbenen Porzellan, ging ich von der Küche in den Wohnraum, an meine Fensterfront zur Stadt, die so viele Jahre unsere Front war, die von Irene und mir, fünf große, von Aluminium eingefasste Fenster, die das Sengen der Sonne kaum aufhalten können. Im Sommer sind die Jalousien heruntergelassen, nur das mittlere Fenster bleibt frei und ist meist geöffnet, im Winter sammelt sich bei Frost am Aluminium das Eis. Ein Haus aus den Siebzigern, Irene und ich zählten zu den frühen Bewohnern, unsere kleine Tochter lernte gerade das Sprechen, als wir einzogen, im Alter von drei war ihr Wortschatz schon furchterregend. Und mit dem Gefäß in der Hand trat ich ans mittlere Fenster und sah – anstatt weiterzuarbeiten, die Kernfragen in den Bereichen Romantik und Ethik für meinen intelligenten Enkel noch mehr im Sinne einer Präsentation zusammenzufassen – auf den Park mit seinen alten Kastanien, genannt Museumspark. So heißt er, weil er gleich zwei Einrichtungen dieser Art verbindet, das Museum Angewandte Kunst, um nicht Kunsthandwerk zu sagen, einen weißen Bau, der gern beschmiert wird, und das Haus, in dem meine Tochter beschäftigt ist, als rechte oder linke Hand des Leiters und auch Kuratorin, dieser Tage mit letzten Arbeiten an einer lange vorbereiteten Ausstellung befasst, Eros in Pompeji – die erste Anregung dazu geht noch auf Irene zurück. Sie hatte nach unserem Besuch des Nationalmuseums in Neapel und der Ruinenstadt durch ihre Art, davon zu erzählen, die alten Dinge förmlich neu erschaffen und in Naomi einen Samen gelegt, der aufging. Umso wunderbarer aber, als sie nach Jahren im Ausland auch noch in das Haus kam, auf das ich von meiner Wohnung aus sehe, eine Villa aus dem neunzehnten Jahrhundert, darin das Frankfurter Museum für Alte Kulturen und das eigene Kind dort die Nummer zwei. Naomi ist ehrgeizig und keineswegs einfach, aber der Stolz auf sie gleicht das aus; ich bin in ihrer Gegenwart so still wie nach grünem Tee.

Und auch an dem Abend kurz vor den Eisheiligen tat der Tee wieder das Seine – dieser Umschlag, er ließe sich ebenso gut morgen früh öffnen, mit der ganzen Zuversicht durch den vor einem liegenden Tag; auf jeden Fall würde sich die menschliche Neugier durchsetzen, dazu die Achtung gegenüber einem erlittenen Tod und dem Schmerz der Hinterbliebenen. Typische Teegedanken, bis mich die Laute von Grandeville wie die von Delphinen in Unterwasserfilmen, Laute, als läge er in meiner Wanne, aus der Ruhe brachten. Aber sie kamen aus dem Nachbarbad, wo der Hund wohl seinen Korb hatte, und ich stellte die Tasse in die Küche und lief in mein Bad und legte ein Ohr an die Kacheln, nur war es jetzt still auf der anderen Seite, so still wie nach einem einzelnen verschämten Ruf, Ist da wer? Und ich wollte schon antworten, mit Lauten von Mensch zu Hund, diesem angeblich Scheintoten zu einem Lebewesen, das nur Kontakt suchte, doch bevor es so weit kam, klingelte es an der Wohnungstür, dreimal kurz, und ich hatte, was den weiteren Abend betraf, das unvergleichliche Gefühl, gerettet zu sein.

4

Mein Enkel Malte, für mich noch immer Der Kleine und auch der Sohn, den ich mir lange vergebens gewünscht hatte, stand in der Tür, sein Kopf stieß fast an den Rahmen. Schon mit zwölf hatte er meine Normalgröße eingeholt und mich seitdem von Jahr zu Jahr mehr überragt und doch immer auf eine feine Art zu mir aufgesehen, auch noch mit einem erst kürzlich gemachten Führerschein – er am Steuer und daneben ein Großvater, der noch nie ein Auto gesteuert hat, dafür Gedanken auf komplizierte Gefilde lenken kann. Romantik, sagte Malte, können wir kurz darüber reden?

Und von mir aus hätten wir es die ganze Nacht gekonnt, nur wie redet man mit einem Achtzehnjährigen über Heine und Eichendorff oder Novalis, wenn er ein iPad in der Hand hält, um das Gesagte gleich zu prüfen? Allein um Wissen konnte es nicht gehen, da reichten die Fingerspitzen, es sich auf den Schirm zu holen. Also blieb der Kern der Sache, das immer Gültige, das auch einen wie ihn treffen kann, sofern er schon erfahren hat, dass Liebe nicht stark macht, sondern eher schwach, ja im Grunde auf Schwäche beruht, Schwäche für oft nur einen Zug am anderen; und dass Liebe nicht am Beginn steht, wie mit einem Mausklick herbeigeführt, sondern sich allmählich, fast hinter dem Rücken der Beteiligten einstellt, sie heimsucht wie eine Krankheit, so schön wie unheilbar. Nur war mein Enkel bisher weder verliebt, das wäre mir zu Ohren gekommen, noch hatte er Erinnerungen an die dunklen Seiten von Irene. In Maltes Augen gehörte die Welt denen, die leben, nicht den Verstorbenen, schon das ein Hindernis, ihm die Romantik und ein Leiden am Dasein nahezubringen. Einzige Anknüpfung an etwas Leid: Er ist Scheidungskind, die Umstände aber auf das angenehmste geregelt. Maltes Vater, ein Mann aus der Elektronikbranche mit dem üblen Namen Carsten, ein Irrtum meiner Tochter im Alter von zwanzig, geht mit seinem Sohn alle zwei Wochen für ein paar alkoholfreie Cocktails in gelackte Bars, was ja von aller Romantik Lichtjahre entfernt ist. Es fehlte also jeder Hebel, der ihn auf das Wesen der Dinge hätte heben können, und an dem Abend schien er das sogar selbst zu spüren, ein Hoffnungsschimmer. Du weißt ja, Hinrich, ich hab es nicht so mit Liebe und Tod, erklärte er schon beim Betreten der Wohnung. Nur, was sein muss, das muss sein, die wollen solche Sachen hören in der Prüfung, die stehen auf Liebe und Tod.

Malte hat mich seit jeher beim Vornamen genannt, eingeführt von Irene, auch wenn sie in Hinrich nur einen Namen mit verlorenem Buchstaben sah – Wo hast du es bloß gelassen, das kleine e, sagte sie manchmal, etwa bei mir? Und dabei hatte sie selbst mit ihrem Namen die größten Probleme gehabt. Denn eigentlich hieß sie Isabel, ein Wunsch ihres Vaters, und nur mit zweitem Namen Irene, da hatte die Mutter einer toten Schwester gedacht; Isabel Irene, genannt Isabel, ein schöner harmloser Name, bis sie als junges Mädchen unübersehbar schön wurde, während andere Pickel bekamen. Sie war schön bis zum Gespött, und das in einer Stadt wie Rom, wo sie ihre Mädchenjahre verbracht hatte, weil der Vater dort im konsularischen Dienst war. Isabella la fica, riefen die Jungs, Isabel, die Feige, ein schlimmes, verletzendes Kompliment, nur war sie damals noch nicht imstande, die Tyrannei ihres Namen abzuwerfen, dazu musste noch mehr passieren. Im Grunde gibt es ja nur ein einziges Wort, das einen wirklich etwas angeht, und das ist der eigene Name, der sich mit dem Bewusstsein verbindet und das wiederum mit unserem Organismus, was niemand erklären kann – warum bin ich, Isabel, ausgerechnet in diesem schönen Körper und in keinem anderen? Oder warum erlebe ich, Hinrich, mich ausgerechnet in diesem Organismus und nicht in dem von Malte? Man kann nicht aus seiner Haut, aber wie kommt man in seine Haut? Solche Fragen gehen mir durch den Kopf, wenn ich an Irene denke – die das eine Wort, das einen wirklich etwas angeht, ihren Namen Isabel, im Alter von sechzehn abgelegt hatte. In den Augen unserer Tochter war es der Grund für das spätere Zerwürfnis mit sich selbst, in meinen Augen nicht. Wer das eigene Leben beendet, hat mehr als einen Grund, ja, er hat sogar mehr Gründe als nötig, wie auch die meisten Mörder; ein düsteres Thema, und gar nicht so weit entfernt von den Dingen der Romantik, die Malte mit mir besprechen wollte. Allerdings hält er Irenes Tod immer noch für eine Art Missgeschick, seine damalige Sicht als halbes Kind, und nicht für das, was romantische Seelen, neben der Liebe, am meisten beschäftigt.

Malte saß inzwischen auf dem Sofa, das Irene noch ausgesucht hatte, Samt in einem Sepiaton, und sah nachdenklich vor sich hin, ein junger Mann, in den ich mich als Mädchen auf der Stelle verliebt hätte, einer von der Sorte still und doch in sich entschieden. Die Idee der Romantik heute, was fällt dir dazu ein, sagte er, seine wachen Augen auf meine Hausschuhe gerichtet. Nun, was fiel mir dazu ein – mir fiel dazu ein, dass Facebook ein romantisches Projekt ist: Wer möchte nicht aller Welt Freund werden, auch um den Preis der Nacktheit. Und die allgemeine Reisefreudigkeit fiel mir ein. Fort fort von hier! Das Auge sieht die Türe offen, es schwelgt das Herz in Seligkeit, heißt es bei Heine in einem seiner Briefe aus Berlin. Aber kennen wir dieses Schwelgen nicht auch, wenn wir im Netz surfen, die ganze Welt uns offenzustehen scheint, noch ein romantisches Projekt.

Wieso nur scheint, wandte mein nüchterner, und was den Weg durch das Abitur betraf, geradezu abgebrühter Enkel ein, und ich sagte, das sei mein Eindruck, oder stünde ihm etwa die Welt offen, nur weil er bei Google Earth seinen nächsten Urlaubsstrand betrachten kann? Dein Herz, rief ich, wann schwelgt es in Seligkeit, das würde ich gern wissen! Eine Emphase meinerseits, etwas, das ich noch von Irene behalten habe, das Herz auf der Zunge zu tragen, und von Malte nur eine Hand auf meinem Arm. Cool down, hieß das, er musste es gar nicht sagen, seit seinem Schuljahr in den Staaten war dieser Zug von Beschwichtigung in seiner Sprache: Deeskalation, das hatten sie dort im Dramakurs. Früher aber, vor Irenes Tod, als unsere Tochter Malte häufig an den Wochenenden brachte, weil sie mit ihrem Elektronikmann Stunden zu zweit verbringen wollte, und wir mit einem Enkel auf dem Teppich spielten, fand ich in Maltes Kinderaugen durchaus eine Spur seligen Schwelgens. Ich meinte, seine auch künftigen Neigungen darin zu sehen, etwa das Durchsetzen von Projekten, die sich später als nützlich erweisen, in sich so stabil wie unsere Türme aus Legosteinen, nur waren das wohl eher meine Träume, die ich im Glanz seiner Augen gesehen hatte. Und bei jedem Abschied, wenn er mich in der Tür kurz umarmte und den kleinen Schmerz über die Trennung spüren ließ, spürte ich immer auch den großen Schmerz, keinen Sohn zu haben.

Wir sprachen noch über Heine und Eichendorff und

den Bezug zur Gegenwart, etwa in Eichendorffs Harz-Tagebuch, einer illustrierten Ausgabe mit kleinen Irene'schen Anmerkungen, die mich erst dazu gebracht hatten, die Romantiker zu lesen, mehr als es für meine Arbeit bei der Zeitung erforderlich war, und auf einmal sagte Malte, er müsse jetzt gehen, er sei verabredet, möchte aber vorher noch etwas klären. Und wie sich gleich herausstellte, war es der eigentliche Grund des Abendbesuchs, sonst hatten unsere Gespräche im Hinblick auf sein Abitur nämlich nachmittags stattgefunden. Es geht dabei um Geld, fing er in einem mir fremden Geschäftston an, das bisschen Geld, das immer noch in der Schweiz liegt, das sollten wir holen, bevor es zu spät ist. Nur wir beide. Naomi hat ja auch keine Zeit, ihr sagen wir am besten gar nichts, was denkst du? Malte stand vom Sofa auf, er trat an die Fensterfront und sah auf den Park mit dem Museum für Alte Kulturen, während ich die hinterlassene Kuhle im Sofa glattstrich, eine Bewegung, als würde mir sonst wer die Hand führen, so sanft wie unerbittlich.

Das bisschen Geld war schwarzes Geld und ein schmutziges dazu, ursprünglich zweihunderttausend D-Mark, Irenes Abspeisung aus dem Verkauf eines Feldes bei Weimar, ein Coup ihres Cousins, inzwischen verstorben. Sie hatte ihm auf sein Drängen einen kleineren Betrag für den Kauf des noch wertlosen Feldes geliehen, sogar Familienschmuck dafür verpfändet, ohne etwas von seinen alten Stasi-Kontakten zu ahnen, und war dann entsetzt, wie viel Geld daraus fast über Nacht wurde. Der Cousin – für Irene nur Der Grausige – hatte den gesamten Erlös in die Schweiz geschafft und sich regelmäßig etwas von seinem Löwenanteil geholt, bis alles verprasst war, während Irene nur ein einziges Mal mit mir nach Zürich fuhr, um die

Dinge dort so zu regeln, dass wir beide im Notfall Zugriff auf ihr Schmutzdepot hätten, wie sie es nannte, nur galt für sie Knappheit an Geld nicht als Notfall. Wir scheuten vor dem Gebrauch zurück, und so blieb es auch nach ihrem Tod, eine Scheu, die so weit ging, dass ich um die Schweiz geradezu einen Bogen machte, obwohl ihre Berge mich anziehen, seit ich am unteren Bodensee mit Blick auf schweizerische Gipfel als Junge in einem Landschulheim war. Diese Gipfel waren das Unerreichbare, Freiheit und Glück, beides fand ich aber am Ende der Schulzeit sogar auf heimischem Boden, in den Armen einer Klassenkameradin – ein Ausdruck, der einerseits zutrifft, andererseits nicht im mindesten wiedergibt, was es bedeutet hat, in genau jenen Armen gelegen zu haben, denen von Almut Bürkle, die sich danach ins geteilte Berlin stürzen sollte.

Doch bei allem Umgehen der Schweiz blieb dieses Depot bei einer Bank mit dem vertrauenerweckenden Namen ihres Gründers, und eines Tages sollte es wenigstens Naomi und meinem Enkel zugutekommen; also informierte ich an Maltes sechzehntem Geburtstag die beiden darüber, mit der Folge, dass Malte von da an immer wieder an das Zürichproblem, sein Wort dafür, rührte. Und an dem Abend, als er mit Fragen zur Romantik bei mir aufgetaucht war, hatte er auch gleich eine Idee, wie das Problem zu lösen wäre. Malte wollte mit Naomis Auto, einem nahezu wertlosen 3er BMW mit Verdeck, schon von Irene als Gebrauchtwagen für unsere Reisen angeschafft, von der Schule weg nach Zürich fahren, ideal wäre kommende Woche Dienstag. Und in Zürich würden wir in ein preiswertes Hotel gehen, möglichst in der Nähe der Bank, später in der Stadt etwas essen und dabei gleich über die Romantik und auch ethische Fragen wie die der Gerechtigkeit reden. Am anderen Morgen könnten wir die Bank dann aufsuchen, ein altes Gebäude am Limmatquai – schon auf seinem Pad für mich zur Ansicht –, uns dort alles Geld auszahlen lassen und es im Hotel, solange wir das Zimmer noch hätten, in unserem Gepäck so verstecken, dass man zur stillen Mittagszeit unbesorgt einen der kleineren Grenzübergänge ansteuern könnte und abends wieder zurück wäre. Mit der ganzen Kohle, wie er noch etwas salopp hinzufügte.

Für Malte war es ein perfekter Plan, auch wenn ich darin noch Lücken sah, etwa auf Geldduft spezialisierte Hunde und die Agenten unserer Steuerfahndung, die sich womöglich vor entsprechenden Züricher Instituten aufhielten. Und dennoch war es ein guter Plan, weil es ein schöner Plan war: der eines Jungen, der mit seinem Großvater eine lächerliche Menge Schwarzgeld, verglichen mit dem auf anderen Konten, zu retten gedachte, noch dazu Geld, das weder ich und schon gar nicht er in die Schweiz geschafft hatte. Alle daran Beteiligten waren tot, und die Lebenden lösten nur ein ihnen hinterlassenes Problem. Das waren die Umstände, und so hieß meine Antwort, Abgemacht, nächsten Dienstag nach der Schule, und Naomi sagen wir, es ginge für einen Tag in den Harz auf den Spuren des alten Eichendorff.

5

Meine Tochter Naomi mit den drei Vokalen im Namen, als Kind auch Nomi genannt, ist Malte eine verantwortungsvolle Mutter, aber keine mütterliche, und mir eine halbwegs gute Tochter, aber nicht die Person, die mich früher oder später pflegen wird; sie wird nur alles daransetzen, dass ich die bestmögliche Kraft für diese Dinge bekomme, nicht zu jung, nicht zu alt. Naomi hat ein Gefühl für das Nötige, von Takt hält sie wenig oder betrachtet ihn als Theater. Einfacher gesagt: Sie zeigt gern die kalte Schulter. Mehr als einmal habe ich Männer in ihrer Gegenwart erblassen sehen oder rot anlaufen, je nach Temperament. Ob sie Männer wirklich mag, ich weiß es nicht, sie hat nur Probleme mit jedem, der etwas hermacht. Und dabei sieht sie selbst nicht schlecht aus, gewelltes Haar, schöne Augen, Irenes volle Wangen; der Hals vielleicht etwas lang, aber manchem liegt das. Sie ist auch nicht schlecht gekleidet, häufig in Jeans, die ihre Fersen umklammern, dazu ein frecher Gürtel und T-Shirts weiß wie Visitenkarten, gelegentlich eine psychedelische Bluse. Jedes Stück für sich hat Charme, alles zusammen kann aber leicht alternativ wirken, ich will nicht sagen nachlässig, als ob sie von anderen nichts wollte, nur etwas ideenlos. Denn meine Tochter will ja durchaus etwas, nämlich vorankommen und in absehbarer Zeit das Museum für Alte Kulturen übernehmen, auch in Leinenhosen, oben herum irgendein indisches Teil – man kann nur vermuten, was noch in ihr lauert.

Naomi hatte während des Studiums eine heftige Phase, Kunstgeschichte in Wien, nicht gerade von meinem Mund, aber allen Annehmlichkeiten abgespart, und Irenes Zuverdienst ging ebenfalls nach Wien, unter anderem in die Hände eines Körperkünstlers, bald Naomis Geliebter; wäre sie nur geblieben bei ihm. Andererseits hat Maltes Erzeuger, der Mann, dessen Name kein Tröpfchen Weihwasser besprengt hat, Carsten, der Elektroniker, doch seine Anteile an Malte, man weiß nicht, welche, aber am Ende sind es die gelungenen Proportionen. Naomi hatte wohl den passenden Erzeuger gewählt; sie gibt viel auf Gerüche, ihre weiblichste Seite: erschnüffeln, wer die beste Fortpflanzung garantiert. Ja, selbst an mir riecht sie herum, jedes nicht frische Hemd lässt sie die Nase kräuseln, man kann sagen, als Frau und Tochter ist sie recht kompliziert. Dafür war sie als Mutter gleich bereit, ihr Auto für die kleine Harzreise auszuleihen, die fand sie goldrichtig, da bekäme Malte eine Anschauung für seine Präsentation zum Thema Romantik. Und ich fand es goldrichtig, das wahre Reiseziel zu verschweigen.

Wir hatten uns noch am Tag zuvor in der Stadt getroffen, auf dem Liebfrauenberg, einer dieser irreführenden Namen in alten Städten wie Frankfurt, die vor Neubauten platzen. Diese Adresse ist längst eine wilde Fußgängerpiste, und früher, viel früher, lag auf halber Strecke der heutigen Piste das schöne Café der Tierfreunde, in seinen einstigen Räumen jetzt ein sogenanntes Gewürzereich mit Aromen bis auf die Straße. Und ich frage mich manchmal, was unglücklicher macht: dass es dieses Café schon so lange nicht mehr gibt oder dass kaum einer mehr weiß, dass es je dort war. Naomi und ich trafen uns in einem Stehimbiss am Liebfrauenberg und sprachen zuerst über die Harzreise und danach über ihre Ausstellung, die vor der Eröffnung stand. Sie legte immer noch letzte Hand an Eros in Pompeji, überzeugt vom Erfolg, auch wenn es nicht gelungen war, die berühmte liegende Figur des Hermaphroditen nach Frankfurt zu bekommen, ausgerechnet das unter der Asche gefundene Stück, mit dessen Abbildungen Irene unserer Tochter damals schon ein Projekt dieser Art vor Augen geführt hatte. Das Nationale Museum von Neapel war für eine Leihgabe nicht zu haben gewesen, angeblich würde der alte feinkörnige Marmor auch bei schonendstem Transport zu stark leiden, eine Ausrede für mein Empfinden; man wollte sich einfach nicht trennen von der Figur. Aber Naomi in ihrem Ehrgeiz und Einfallsreichtum und dem Wunsch nach Vollständigkeit – Letzteres, weil wir vielleicht nie eine komplette Familie waren – hatte die Lücke gefüllt, zu erkennen schon an ihrem Lächeln, als ich nach dem Hermaphroditen fragte, und dann zog sie etwas aus der Tasche und legte es auf den Imbisstisch, ein Foto der guten alten Art. Es zeigte die Statue oder eher Statuette auf einem Sockel und im Hintergrund, durch ein Fenster zu sehen, den Main und unsere Hochhäuser. Eine Replik, erklärte sie, schon vor Monaten in Auftrag gegeben, vorsorglich. Kunststoff, der computergesteuert nach dreidimensionalen Fotos abgefeilt wird. Nicht der geringste Unterschied zum Original, die Oberfläche fühlt sich sogar rau an. Oder was hätte ich sonst tun sollen, bei der Eröffnung nur mein Bedauern ausdrücken? Die ist nämlich bald, und ich habe noch lauter Bücher auf dem Tisch, du könntest eins für mich lesen, ob etwas Kluges darin steht, Eroticism in Pompeii, bist du so nett? Sie schrieb mir Titel und Autor auf einen Zettel, im Grunde bloß eine Nettigkeit von ihrer Seite, mich in dieser Form zu beschäftigen, und ich steckte den Zettel ein, was der Zustimmung gleichkam; ihr Dank war ein Abschiedskuss auf die Wange, eine Zärtlichkeit, mit der sie erst nach meinem Ausscheiden aus der Zeitung begonnen hatte, vor gut einem Jahr. Dann wünschte sie mir noch einen geruhsamen Nachmittag in meinem Lieblingscafé und verschwand im Gewühl auf dem Liebfrauenberg.

Naomi kannte dieses Café gegenüber einer Woolworth-Filiale nicht weit von meinem Wohnhaus, sie wusste, wo ich nachmittags gern ein Stück Torte aß und dabei in ein Buch oder meine alte Zeitung sah und zwischendurch über die Schweizer Straße zu dem Kaufhaus. Vor ein paar Monaten ist sie in dem Café plötzlich aufgetaucht, um sich das Milieu anzuschauen, wie sie sagte, ein Milieu, das es an dem Ort gar nicht gibt; und sie sah sich dann auch lediglich um, nach Parallelen zu Wiener Kaffeehäusern oder sonst etwas Atmosphärischem, und als sie nichts dergleichen sah, bloß einen Backwarenladen mit Sitznischen für Leute, die das Wort Atmosphäre allenfalls in Verbindung mit der Raumfahrt kennen, gab sie mir den neuartigen Wangenkuss und ging wieder mit ihrem Schritt, der in seiner falschen Ruhe so sehr an Irene erinnert, dass ich jedes Mal den Atem anhalte, als ließen sich damit auch die Bilder einer wiederauferstandenen, schweigend vor mir her in unser nur gelegentlich gemeinsames Schlafzimmer gehenden Frau anhalten.

Irene, ihr so angestrengt ruhiger, in Wahrheit verlangender Gang durch den Flur, eine Hand im Kreuz, über dem Spalt zwischen den Hemisphären; mit der anderen Hand streicht sie über die letzten Seiten einer ihrer Übersetzungen aus dem Italienischen, die Seiten nebeneinander auf einer Kommode. In der Tür zu dem Raum mit dem gemeinsamen Bett bleibt sie stehen, den Kopf so im Nacken, dass ihr Haar zwischen die Schulterblätter fällt. Sie will, dass ich hinter ihr stehe, und ich mache die noch fehlenden Schritte. Wer jetzt etwas sagt, ruiniert alles. Irene atmet nur tief ein und aus, sie deutet das Immense an, das Unermessliche unserer Umarmungen, die Weite und das Joch der Lust. Dann tritt sie in mein Zimmer und lässt sich aufs Bett fallen, halb auf die Seite, das obere Bein angewinkelt. Ihre Augen sind zu, sie weiß, wie ich aussehe, sie weiß auch, was ich tue. Keine Frau wurde je so gewollt, weiß sie, also kann sie sich gehenlassen, mir alles zeigen. Es waren oft verregnete Tage, wenn Irene sich selbst übertraf; Tropfen tickten gegen die Fenster, dazwischen ein ebenso feines Geräusch beim Öffnen ihrer Lippen. In unruhigen Nächten ahme ich es manchmal noch nach mit den eigenen Lippen.

6

Und auch in der Nacht vor der Zürichfahrt oder angeblichen kleinen Harzreise gab es diese Unruhe, das Bild von Irene, wie sie vor mir hergeht, den Kopf schon im Nacken, eine Hand am Flurregal. Aber das war noch nicht alles. Auf dem tiefsten Punkt der Nacht, dem ohne Zeitempfinden, drangen die Unterwasserlaute von Grandeville durch die Wand, ein Zeichen, wie allein er war; sein Besitzer ist in der Eventbranche, eine Art Agent für Halbprominente, die gegen Geld auf Partys auftauchen, das hat der Hausmeister erzählt. Und auf das wiederkehrende Klagen hin – auch wenn vielleicht nur Menschen klagen können – lief ich ins Bad und klopfte an die Kacheln, leise, aber rhythmisch, um Grandeville mitzuteilen, dass außer ihm noch einer auf der Welt war. Und spätestens hier ließe sich fragen, warum ich selbst keinen Hund habe, wenn mir doch so am Wohlergehen dieser Tierart liegt: eben darum. Ein Hund gehört aufs Land, ins Grüne, nicht in den zehnten Stock eines Wohnhauses mit Blick auf Bankentürme. Dort gehören die Chinesen hin, die sich unsere Grammatik aneignen, oder Schlaflose wie ich, wachgehalten von den immer gleichen Bildern, einer ewigen Schleife: Irene, die durch den Flur

geht, eine Hand an ihren letzten, vom Italienischen mit
viel Gedankenartistik in unsere Sprache gebrachten Seiten,
wohl wissend, dass alles Denken einem immer nur sagt,
wer man ist, hingegen das Sichvergessen einem eröffnet,
dass man ist. Und dabei war sie eine Ausnahme auf ihrem
Gebiet, äußerst genau und doch frei genug für Wesen und
Ton der anderen Sprache, nur mit zu hohem Anspruch an
sich selbst, so hoch, dass sie alle Arbeiten nach einiger Zeit
aufgab, zuletzt die Neuübersetzung eines kleinen und
kaum bekannten Romans, eher eine Novelle, verfilmt vom
großen Visconti, nämlich Camillo Boitos Liebestragödie
Senso. Und danach war sie wie befreit, aber auch verloren,
ja gefallen; wenn wir noch zueinanderfanden und sie zuletzt den Mund an meinen Hals drückte, war es, als würde
ein Engel leise Flüche ausstoßen.

Im ersten Jahr ohne Irene habe ich in schlaflosen Nächten versucht, auch diese Laute nachzuahmen, ein klägliches
Beschwören von Glückssekunden, bis ich eines Morgens
fürchtete, den Verstand zu verlieren und damit auch meine
Arbeit, und mich von einer befreundeten Ärztin – eigentlich Irenes Freundin noch aus Studienzeiten, Rumänin mit
reizvoll gerolltem R in Worten wie Drüse oder Quartal –
für einige Tage krankschreiben ließ, Tage, die dann tatsächlich der Beginn einer Heilung waren, wenn man die
Ablenkung von einem Schmerz als Heilung durchgehen
lässt. Ich entdeckte in diesen Tagen das Café ohne Atmosphäre, um dort zu lesen und mit Sicherheit auf keine Kollegen zu treffen, die ja alle auf Atmosphäre aus sind, einen
Ort kaum fünf Minuten von meinem Wohnhaus entfernt,
aber immer übergangen, weil meine Wege in das kleine
Woolworth-Kaufhaus genau gegenüber geführt hatten.
Dort gab es im Tiefgeschoss einen REWE-Laden, in dem

schon Irene eingekauft hatte, darüber die zwei Kaufhaus-
etagen mit den Kassen im Parterre, ein Reich für alle, die
auf ihr Geld achten müssen. Und auch, wenn nicht irgendeine Kleinigkeit zu besorgen war, Druckerpapier, Rasier-
klingen, Socken oder Staubsaugerbeutel, waren die beiden
Etagen, vor oder nach dem Besuch des Cafés und besonders an Regentagen, ein Reich zum Umherstreifen, ja zum
Spazierengehen zwischen den Regalreihen, um vielleicht
doch das eine oder andere, Schnürsenkel, einen Kugelschreiber, zwei Geschirrtücher zum Preis von einem, in den
Korb zu tun und sich dann in die Schlange vor der einzig
besetzten Kasse zu reihen, zwischen Türkinnen mit Packen
von Wäsche und Mädchen, die ihre Eyeliner mit Karte
bezahlten. Und an der Kasse häufig – die eigentliche Entdeckung in diesen Krankentagen – eine junge Frau, eher
apart als schön, kurzes dunkles Haar, feine Lippen, spitze
Nase, Schleieraugen, dazu eine Stimme wie Musik. Sie kam
aus Polen, leicht zu hören der Akzent, ich hatte mehrfach
Lesungen polnischer Autoren besucht. Und am letzten der
geschenkten Tage trat ich nur mit einer Zahnbürste vor sie
hin und sah an ihrem Blick, dass sie mich wiederkannte,
ein irgendwie besorgter Ausdruck, als würde ich allein mit
einer nur gelegentlich erneuerten Zahnbürste leben. Sie
schob den Artikel über den Scanner, und mein Blick ging
zu ihrem Namensschildchen, etwas schief an der him-
beerroten Woolworth-Bluse. Also sagte ich, Ihr Name, ich
kann ihn leider nicht lesen, und sie sagte, Zusan, aber geschrieben Zuzan, zweimal das Zett, und beide kann man
weich aussprechen. Und für die Zahnbürste eine Tüte? Sie
nahm mein Geld entgegen, und ich nickte ihr zu, der Anfang unserer Verbindung – ich hätte von drei Frauen reden
sollen, die mein Leben bestimmt haben. Zusan mit weichem

Zett kam aus Warschau, von der wuchernden Peripherie, aus einer jener Trabantenstädte, die weniger gefestigten Frauen als ihr oft nur die Chance lassen, für den eigenen Unterhalt Dinge zu tun, die mit ihrem übrigen Leben unvereinbar sind.

Nach dieser Anknüpfung – ich hatte auch meinen Namen genannt, Hinrich wie Heinrich, nur ohne e – saß ich bis zum Abend am Fenster des neu entdeckten Cafés, das zur Bäckereikette Eifler gehört und folglich Café Eifler heißt. An den Nachbartischen saßen ältere Männer mit Mütze, über kaum weniger alte Fotos gebeugt, während ich wieder und wieder zu dem Woolworth-Kaufhaus auf der anderen Straßenseite sah, ob Zusan dort nach Ende ihrer Schicht aus dem Eingang käme, in einer offenen leichten Jacke – es war Frühling, und was für ein Frühling, der erste, der mich erreicht hat nach Irenes Tod –, aber sie kam an dem Tag nicht. Und doch war die Tatsache, dass in diesem Reich mit seinen Wegen zwischen Bürobedarf und Schlafanzügen und mit einer unermüdlichen Rolltreppe zu Haushaltswaren und Spielsachen, in dem Woolworth mit seiner so beliebten Zeitschriftenecke und dem einladend roten Namen über dem Eingang, auch wenn die meisten nur vom Wulli sprachen, an einer der Kassen eine junge Polin saß, die mich namentlich kannte, ein unverhofftes, alle Organe aus ihrem Trott holendes Glück.

Aber auch nach Wiederaufnahme meiner Tätigkeit in einer Redaktion, die letztlich nur aus mir bestand und die Aufgabe hatte, über alles Kulturgeschehen im Schatten der Großstadtereignisse zu berichten, fühlte ich mich noch im Ausnahmezustand, wie von mir selbst befreit. Und so reihte ich mich schon nach dem ersten Arbeitstag kurz vor Ladenschluss im Woolworth in die Schlange an der einzigen besetzten Kasse, für ein paar wunderbare Minuten mit Blick auf die Frau, die so tat, als hätte sie mich nicht längst gesehen, und zweierlei fiel mir auf: Zusan hatte eine Haut von der Blässe aprikosenfarbenen Löschpapiers, falls sich noch jemand an Löschpapier erinnert, und sie war belesen. In einem Fach halb unter der Kasse – wenn man sich nur etwas über das Warentransportband beugte, schon zu sehen – lag ein Buch des ungarischen Autors Nádas, den ich sehr schätze, und seit ich ihn einmal in Bad Nauheim erlebt habe, nicht weniger schätze, was nach den meisten Autorenlesungen der umgekehrte Fall war. Und als ich schließlich an die Reihe kam, einen in keiner Form benötigten Badeschwamm bezahlte, fragte ich leise, welchen Roman von Nádas sie dort liegen habe, weil ja der Titel auf Polnisch war, und sie sagte, scheinbar ganz mit dem Hinlegen des Wechselgelds beschäftigt, der Roman heiße einfach Liebe. Nicht Die Liebe oder Lieben, sondern nur Liebe. Milosch, flüsterte sie auf Polnisch, aus ihrem Mund ein traumhaftes Wort, geschrieben ohne H am Ende, aber das erfuhr ich erst zwei Wochen später. Sie erwähnte es, als sie sich von mir grünen Tee machen ließ und wir über den Inhalt des Romans sprachen, den ersten Tee von etlichen, ein schöner Anfang in meiner Wohnung, sie dabei noch etwas unruhig, die Arme mehr verknotet als verschränkt, dafür die Augen ganz offen, offen für mich. Eine Polin von Ende zwanzig, angeblich Grundschullehrerin, die in Warschau keine Anstellung fand, neben einem Mann von damals Ende fünfzig, zwar mit Arbeit, aber allein. Wer krank ist, denke ich, muss vor allem einen Arzt finden, nicht irgendein Medikament; und wer allein ist, den Menschen, der einen sieht.

7

Ein schöner Anfang, nur wovon? Eines neuen Lebens nach dem Leben mit Irene, wie es mir alle in meiner Umgebung wünschten, während mir eher bange wurde bei dem Gedanken? Und trotzdem ging ich, wann immer es die Arbeit erlaubte, am frühen Abend in unser Kaufhaus an der Schweizer Straße in der Hoffnung, Zusan würde an der Kasse sitzen und mir eine Kleinigkeit aus der Hand nehmen, das Päckchen Briefumschläge aus der Büroecke oder zwei überflüssige Haushaltskerzen, und so über den Scanner halten, als glitte der rote Lichtstrahl auch über mein Herz – eine Hoffnung, die immer wieder enttäuscht wurde. Es gab mindestens fünf Kassiererinnen, die sich abwechselten, jede nur auf Vierhunderteurobasis, und trotzdem lief ich gegen Abend oft in das Kaufhaus, wie ich ja auch Irenes Grab besuchte, als sei sie mir dort nah. Also kannte ich manchen vom Sehen, der ebenfalls, besonders bei Regen, durch die zwei Etagen strich auf der Suche nach allem und nichts; das Woolworth war mehr als eine Stätte des billigen Einkaufs, es war ein Ort der Einsamen, die dort unter Menschen kamen. Neben den Wühltischen vor dem Eingang – von meinem Café aus betrachtet rechts – saßen oft Obdachlose mit ihren Hunden, die Hunde, wie mir schien, glücklicher als Grandeville. Und links der Wühlware das Zuhause eines jungen Mannes, der den Eingangsbereich sauber hielt, einmal am Tag wie besessen fegte, um danach auf einer Matte zu ruhen, davor eine Schale für Münzen samt einem Dank in kindlicher Schrift; das Kaufhaus war auch die Freigängerstation der Schweizer Straße, mitten unter den Übergesunden dieser Gegend.

Schlaraffenlandstraße, sagte Zusan eines Abends, was

mache ich hier? Sie war recht sprachbegabt, in manchen Momenten fast eine Dichterin, der die Synthese aus sich selbst und der wahrgenommenen Welt gelingt, meine lyrische Zusan, die ich Susan nannte; natürlich war sie kein Ersatz für Irene, aber doch jemand, in dessen Gegenwart ich nicht weiter an Irene denken musste, im Übrigen auch das Phänomen bei Marianne, nur dass dabei kein Geld im Spiel war. Zusan hatte nach dem dritten Besuch bei mir, dazwischen jeweils Wochen, in denen sie hinter keiner der Kassen saß, angeboten, meine knittrigen Hemden zu bügeln oder auch Ausbesserungen an den beiden Sakkos, die ich abwechselnd trug, vorzunehmen. Und als das getan war – für jeden der Dienste nahm sie zwanzig Euro an, Geld, das ich ihr aufdrängen musste – und ich eines Abends im Januar hustend und überhaupt angeschlagen, unrasiert, das Haar verfilzt, vor Zusans Kasse stand, als Einkauf nur eine Wärmflasche, obwohl ich eine besaß, bot sie mir an, eine polnische Hühnersuppe für mich zu kochen, gegen die Erkältung, und mir das Haar etwas zu schneiden, aber auch, falls ich wünschte, etwas zu tönen, Letzteres lehnte ich ab. Und so besorgte sie nach der Arbeit noch rasch die Zutaten für die Suppe und kochte am Abend für mich, und ich erfuhr, dass sie mit einer anderen Polin im Ostend ein Zimmer bewohnte, gar nicht weit von meiner Kindheitsecke, und diese andere Polin im Bahnhofsviertel tätig war, was sie nicht vertiefen wollte. Dafür wollte sie mir die Brust mit Chinaöl einreiben, das hatte sie ebenfalls besorgt, und fing auch gleich damit an – ein Akt, der mich an drei Abenden beglückte und fast zu schnell gesunden ließ. Und bevor ich wieder zur Arbeit ging, schnitt sie mir noch das Haar, nicht zu viel, nicht zu wenig, und rieb mich ein letztes Mal mit Chinaöl ein, alles zusammen für vierzig

Euro. Ich war beschämt und bat Zusan, sich etwas zu wünschen, und sie wünschte sich, dass ich ihr meinen letzten Artikel vorlas – ihr Deutsch war bestürzend gut, sie lernte jeden Tag drei neue Wörter –, einen Beitrag über eine junge Autorin aus Hanau, was schon zum Umland zählt und folglich in mein Ressort fiel, und an dem Tag lernte Zusan die Wörter hoffnungsvoll, Kulturamt und Bestuhlung. Danach war sie wieder für ein, zwei Wochen sonst wo, und ich ging abends ohne Sinn und Zweck durch das kleine Kaufhaus, immer mit Aufenthalt in der Zeitschriftenecke, wo mir einer, der glaubte, ich sei wie er, ein Bruder im einsamen Blättern, schon bald über sein Magazin hinweg zunickte.

Es waren schwere Tage, Tage, die kaum enden wollten, und doch plötzlich endeten. Eines Mittags, ich hatte zu Hause gearbeitet und war auf dem Weg zur U-Bahn – der Zugang ja gleich neben dem Café Eifler, für solche, die die Gegend nicht kennen –, warf ich noch einen Blick ins Woolworth, und da saß sie wieder, unbeschäftigt in der ruhigen Stunde, auf ihren Knien ein Buch. Ein Bild wie aus Träumen, die man gern erzählt, und ich nahm ein Päckchen Bonbons vom Regal der kleinen Wünsche neben der Kasse, worauf sie lächelte, ohne mich anzusehen, einer jener Momente, die man im Nachhinein glücklich nennt. Mir klopfte das Herz, als ich ihr einen Zwanziger hinlegte, bitte sehr, und Zusan ließ sich Zeit mit dem Restgeld, ein Aufreihen jeder Münze und dabei leises Reden in meine Richtung, nun mit einem Blick von unten, verschleiert durch ihre dichten Wimpern. Sie bot an, sich um mich zu kümmern, auch wenn ich nicht krank sei, rundherum für dreißig Euro. Nun, wir werden sehen, sagte ich, in der Hand die Münzen aus ihrer Hand und über der Schulter einen

Rucksack mit Sachen für eine Nacht – vier Worte, die schon eine Zustimmung waren. Danach floh ich fast aus dem Kaufhaus und fuhr zum Bahnhof und von dort nach Kassel, wo am Abend die documenta eröffnet werden sollte, das einzige Ereignis in der Region von Weltrang, leider nur alle vier Jahre, aber die Liebe, das einzige Gefühl von Weltrang, kommt ja noch seltener vor.

8

Irene war die Liebe meines Lebens, jede Geste von ihr hatte Weltrang, aber was heißt das, jenseits dieser Worte? Heißt das, ohne sie gab es kein richtiges Leben mehr, oder heißt es, jede andere Liebe fiel dagegen ab? Schwer zu entscheiden; der alte Redakteur in mir weiß nur, dass man mit solchen Worten aufpassen muss, sie geben einem zu leicht das Gefühl, es sei damit schon alles gesagt. Und dennoch: Irene war die Liebe meines Lebens, die Nachricht von ihrem Tod der Schmerz meines Lebens, das folgende Jahr die Zeit der größten Verzweiflung. Meine Wohnung im zehnten Stock, für mich weiterhin unsere Wohnung, war nachts ein Raumschiff der Trauer: außen das leere All, am offenen Fenster stehen, die einzige Verbindung mit Irene. Und zwei-, dreimal habe ich in diesem Jahr der Verzweiflung sogar ihren Namen in irgendeine Nacht geschrien, über den Museumspark und den Main bis zu den Hochhäusern. Wer den Menschen seines Lebens verliert, macht ganz neue Erfahrungen mit sich. Ich wusste nicht, dass ich so schreien kann, ich hielt mich für leise. Und es sollte einem zu denken geben, dass man nie eins der Worte schreit, die schon alles zu sagen scheinen, Liebe,

Schmerz, Verzweiflung, Trauer. Nein, man schreit einen Namen oder um Hilfe. All die Kondolenzbriefe, die ich bekam, ich habe sie später verbrannt; keiner von diesen Leuten wäre auf die Idee gekommen, als Zeichen des Mitgefühls an meiner Seite zu schreien oder zu weinen.

Geweint hatte ich im Übrigen nur in Irenes Zimmer, früher das von Naomi, ein Zimmer, das nicht angetastet wurde, außer dass dort die Wäschespinne vor dem Bett steht, wenn es etwas zum Trocknen gibt, und einiges auf dem Boden liegt, das woanders zu viel wäre, etwa alte Schallplatten, altes Geschirr oder Kataloge. Die Wohnung hat zwar vier Zimmer, Küche und Bad, aber eins der Zimmer ist mehr eine Kammer; Irene hatte dort gearbeitet, als Naomi ein Kind war. Heute stehen darin Regale und ein Kleiderschrank, in den Regalen Erinnerungen an unsere Italienreisen wie Hotelprospekte, Muscheln und alte Lire-Scheine, aber auch Einlasskarten von Museen oder bunte Kopftücher vom Markt. Natürlich könnte ich mich von all dem trennen, die Mülltonnen unten am Haus sind groß genug, wie ich auch schon vor Jahren die Wohnung hätte wechseln können, zwei Zimmer, Küche und Bad wären ja genug für eine Person. Doch war es genau diese Wohnung, mit der sich wenigstens Irenes Tod am Leben erhalten ließ. In ihrem unveränderten Zimmer zu sein, die Wäschespinne dann im Bad, und dort auf der Bettkante zu sitzen, einfach nur atmend, heißt immer noch, im Schmerz zu sein – man verzeihe das große Wort.

Und im ersten Jahr ohne Irene hatte ich mir nachts in diesem Zimmer wieder und wieder die Einzelheiten ihres Körpers in Erinnerung gerufen, und das buchstäblich, als ließen sich damit auch die Einzelheiten unserer Liebe herbeirufen. Ich rief nach ihrem Mund, ihren Händen, dem warmen Nacken und Irenes Hohlkreuz, nach ihrem Schenkelpaar rief ich und den blassen Mulden der Kniekehlen; ich rief nach ihren Fältchen zwischen den Brauen und ihrem Haar, dem Vorhang um mein Gesicht, wenn sie sich über mich beugte, und nach der Zunge, die in mich eindrang. Leider besitze ich nur ein einziges intimes Foto von ihr, sie war in dieser Hinsicht schamhaft, aber einmal, in der kleinen Lagunenstadt Chioggia, hatte sie im Hotel eine Ausnahme gemacht. Und so entstand ein Foto, auf dem sie, den Schoß nur mit ihrer Lesebrille bedeckt, in unserem letto matrimoniale liegt, auf dem Bauch ein Buch, die Novelle Senso, das Eifersuchtsdrama einer jungen, nach Liebe verlangenden Frau, Irenes letzte Arbeit, die Neuübersetzung, die sie nicht fertiggestellt hat. Schon nach wenigen Seiten traf sie die Entscheidung, wenn man hier von Entscheidung reden kann; das Blatt mit einem Schlussstrich über das Geschriebene liegt noch in ihrem Sekretär, ein mit Irenes kleiner Schrift gefülltes Blatt, das ich weder zu zerreißen noch zu rahmen gewagt hatte.

Es fällt einem ja, wie gesagt, schwer, die Dinge eines Toten, wenn es die Dinge desjenigen waren, den man bis zuletzt geliebt hat, selbst nach Jahren wegzuwerfen. Man muss nur Schubladen und Schränke öffnen, den Blick über das gehen lassen, was von einem Moment zum anderen jeden Sinn verloren hat, und wird wieder einen Sinn entdecken. In der Übersetzung von Senso, die keine Zeile mehr vorankommt. In Irenes Lesebrille, die nicht meinen Augen entspricht. In ihrer Wäsche, ihren Schuhen, ja selbst der Nachtcreme, die sie Abend für Abend, auch an unserem letzten, sorgsam im Gesicht verteilt hatte, in dem Porzellannapf noch immer ein Rest mit der kleinen Höhlung von ihrer eingetauchten Fingerkuppe, wenn man es so sehen will. Fragt sich, ob auch das erwähnte Foto seinen Sinn verloren hat, das eines Körpers, von dem heute bloß noch Knochen, Zähne und Haar übrig sind; über Feuerbestattung hatten wir nie geredet.

Und beides, Irenes fast in jeder Zeile von Hand korrigierte Seite mit dem Schlussstrich – es gab keinen Abschiedsbrief – und das eine intime, noch klassisch entwickelte Foto, ist über die Jahre nicht verblasst, weil es lichtgeschützt lagert, wenn auch nicht immer. Trotz Zusan, den Besuchen bei mir, eingependelt auf alle vier Wochen, habe ich das Foto regelmäßig hervorgeholt, aus der Lade im Küchentisch, und bin mit dem Daumen darübergefahren, um mit dem, was nicht mehr ist, in Verbindung zu treten, so, wie man sich mit einem Feuer verbunden glaubt, wenn man am anderen Morgen eine Hand in die noch warme Asche taucht. Die letzte Übersetzungsseite, die nur ein Entwurf war, bei Irene immer voll Korrekturen und Anmerkungen, wurde dagegen nur ein-, zweimal aus einem flachen, nach außen kaum erkennbaren Schubfach ihres Sekretärs geholt. Das erste Mal war kurz nach meinem Ausscheiden aus dem Berufsleben, vielleicht aus dem Zuviel an Zeit an einem hoffnungslosen Regentag, da allerdings nur ein Überfliegen der Seite, so bang, als wäre es der Brief an einen Geliebten, bei ihm nie angekommen, man weiß nicht, warum. Und Irenes Verweise am freien Rand, häufig nur Zickzacklinien des Zweifels, sie hatten etwas von jenen Möwen, die ein Schiff begleiten, noch Stunden nachdem es in See gestochen ist, die zaghaft geschriebenen Sätze noch Jahre nach dem Sprung, der alles beendet hat; Möwen in Gestalt von Fragezeichen oder drei Punkten, und keine verschwand im Meeresgrau des Abends, während ich seekrank das Blatt hielt.

9

Das Zuviel an Zeit, es blieb mir, also war der Ausflug in die Schweiz mit meinem Enkel ein Lichtblick, auch wenn es am verabredeten Tag ebenfalls hoffnungslos regnete. Dazu war es kalt, und das in der zweiten Maihälfte, zwischendurch sogar mit Schneeschauern, so dass mir unterwegs schon die Sommerreifen an dem alten Cabrio Sorgen machten. Sollte an der Grenze Schnee liegen, könnte das mit ein Grund sein, uns bei der Rückfahrt, wenn das empfangene Geld irgendwo im Wagen wäre, anzuhalten und sich das unsichere Fahrzeug auch gleich von innen näher anzusehen. Folglich sprachen Malte und ich – er, der Anfänger am Steuer, so wie mich früher Irene oft an Orte ohne Bahnanbindung gebracht hatte – bis kurz vor Basel über Verstecke in dem BMW.

Mein ach so gescheiter Enkel hatte das Verschwindenlassen des Geldes längst durchdacht, in Frage käme etwa das doppellagige Klappverdeck: Zwischen den Innenstoff und das wetterfeste Außenmaterial ließen sich mit Hilfe eines Regenschirms ganze Bündel schieben – dem Zoll natürlich bekannt, wandte ich ein, und Malte kam auf Verstecke im Motorraum, was noch riskanter erschien, könnten die Scheine doch Feuer fangen bei den Temperaturen in dem Bereich, eine Laienansicht. Ich verstehe nichts von Autos, sie sprechen mich in keiner Weise an, all meine Fahrversuche sind daran gescheitert, dass ich gedanklich woanders war, ob bei einem Film, in dem zwei im Auto schweigen, jeder schön und mit Zigarette, Romy Schneider und Michel Piccoli, oder bei einer Fotoausstellung über Autoren und ihre Autos, wie das, in dem Camus den Tod fand, und den Jaguar, wenn ich die Marke richtig erinnere, von Frisch, dem Schweizer.

Malte machte noch mehr Vorschläge, die Scheine eng zu rollen, um sie in Hohlräume der Batterie zu schieben, oder kaum zu verstecken, nur im Handschuhfach, was keiner vermuten würde, Vorschläge, die sich in Luft auflösten, als wir bei Schneeregen die Grenze vor Basel passierten und in einem keineswegs neueren Wagen als unserem ein Hund herumschnüffelte, während Beamte mit Lampen über den Motorblock gebeugt waren. Jeden Spalt kennen die, sagte ich, ein Wort schon auf Schweizer Boden, und bis zu dem langen Tunnel auf halber Strecke nach Zürich lenkten wir uns damit ab, die Navigation zu bedienen, damit wir das Hotel ansteuern könnten. In dem Tunnel aber kam mir eine Idee, die mit Maltes eng gerollten Scheinen zusammenhing – die Scheine müssten irgendwohin, wo ein Zollhund sie nicht riechen kann, in eine Ketchup- oder Mayonnaiseflasche, die wie ungeöffnet aussieht und ihren Eigengeruch verströmt, verstehst du? Ich war selbst erstaunt über meine Phantasie und wusste auch schon, auf welche Art man die Scheine vor Mayonnaise oder scharfer Barbecuesoße schützen könnte, natürlich mit Kondomen, wie es die Drogenkuriere bei ihrem Stoff machen, das hatte ich in einem Film gesehen, Maria voll der Gnaden, nur wollte ich Malte damit nicht in Verlegenheit bringen, aber mein Enkel machte es mir in dem Punkt ganz leicht. Noch innerhalb des Tunnels sagte er, Tolle Idee, wir rollen die Scheine und schieben sie in Kondome, die binden wir mit Nähgarn zu und stopfen sie dann in die Flaschen. Pro Flasche fünf- bis zehntausend, und die Sachen kaufen wir noch heute. Es gibt nur ein Problem – das Tunnelende war erreicht, es ging in einen Flockenwirbel, als hätten wir Januar gehabt –, warum kaufen zwei aus Frankfurt in Zürich x Flaschen Salatdressing oder Ketchup? Malte bremste den Wagen ab, da war der Flockenwirbel schon vorüber, und eine Spätnachmittagssonne lag auf der Hügellandschaft, die sich bis zum Schweizer Bodenseeufer zieht, dem Ufer, auf das ich als Schüler zu allen Jahreszeiten mit jenem Sehnen geblickt hatte, von dem ein Junge nur ahnt, was es bedeutet, bis die Erlösung noch in letzter Minute am eigenen Ufer passiert ist, in den Armen einer so Schönen wie Tatkräftigen, die aus der Gegend kam, meiner Klassenkameradin Almut: die plötzlich als zweite tolle Idee vor mir stand.

Einen solchen Einkauf, sagte ich, kann nur jemand machen, der in der Nähe der Grenze wohnt, aber in der Schweiz die besseren Produkte bekommt. Und da er die Grenzstation regelmäßig durchfährt, kennt man ihn und käme nie auf den Gedanken, seinen Wagen samt den Einkaufstüten zu durchsuchen. Unser Risiko wäre also bei null, falls meine alte Schulfreundin Bürkle noch in Aarlingen wohnt, das ist ein Dorf nahe der Grenze, wir könnten halten, und du schaust, ob du sie findest – die Eltern hatten eine Gastwirtschaft, den Badischen Hof in Aarlingen. Sie hat dort schon mit fünfzehn sonntags ausgeholfen, einem das Bier hingestellt, dass man den Atem anhielt. Und wenn sie das Haus übernommen hat, dann geht es vielleicht auch ohne Kondome.

Nein, sagte Malte, sicher ist sicher.

10

Almut Bürkle, nicht ohne Respekt Die Bürkle genannt, war für uns Schüler als weibliches Wesen immer eine Nummer zu groß mit ihrer Belesenheit und rauchigen Stimme und einem berückenden Mund – nur bei Irene später in genau der Kombination wiedergefunden –, dazu noch mit zwei blauen Schalkaugen und der Figur einer soliden Vase. Sie hatte, äußerlich gesehen, etwas auf einfache Weise Vollkommenes, und nur aus einer Nähe, die schon zu viel war, sah man eine meist durch ihr braunes Haar verdeckte kleine Anomalie, Schönheitsfehler wäre zu wenig gesagt, nämlich ein wie durch ein Hymen verschlossenes Ohr, das sie den Kopf immer leicht schräg halten ließ, um mit dem anderen Ohr besser zu hören, eine Haltung passend zur Zigarette im Mundwinkel. Almut hasste die Schule, wollte aber das Abitur, um im wilden Berlin zu studieren, und jeder ließ sie abschreiben, eine Gegenleistung. Denn sie bediente eben in der elterlichen Wirtschaft, die zu besuchen den Internen des Schulheims ab der Oberstufe gestattet war, dem Badischen Hof mit seiner alten Backstube, in der wir uns beide in den Morgenstunden nach der offiziellen Abiturfeier einmal so nahegekommen sind, wie man sich nur nahekommen kann, was dann noch zu gelegentlichen Postkarten von meiner und ihrer Seite geführt hat, von ihrer sogar zu einem langen Brief aus Berlin, so schwärmerisch aus einer Welt von Kommunen und Sit-ins, dass er nie beantwortet wurde, ja sogar verlorenging. Und nahezu ein Erwachsenenleben danach hatte ich die Bürkle auf einem Rastplatz vor Zürich plötzlich am Telefon, als Chefin eines ländlichen Lokals mit gehobener Gastronomie, nunmehr Zum Badischen Hof, bei Google sogleich zu finden, mit großem Foto von ihr. Sie hatte sich für mein Gefühl kaum verändert, immer noch die schräge Kopfhaltung und der Blick, der einem sagt: Was willst du.

Nun, ich wollte ihre Hilfe, und nachdem die ersten Worte gesagt waren – von ihr auf meinen Namen hin nur ein Ach du, du lebst noch –, kam schon etwas in Gang, als seien wir noch immer die von einst. Sie lud mich in ihr Lokal ein, falls ich in der Nähe sein sollte, und ich nahm die Einladung an, Morgen Mittag, sagte ich und rückte dann schon damit heraus, ob sie vorher für mich einen kleinen Transport über die Grenze übernehmen könnte. Dieses Anliegen aber war kaum geäußert, halblaut, als würde wer mithören, da wusste die Bürkle schon – sie hatte noch immer ihren Mädchennamen oder ihn wieder angenommen –, worum es ging. Wie viel, fragte sie nur, und ich sagte, Keine Unsummen, und sie darauf, lachend, Trotzdem nicht ohne, Geld ist Geld. Nach dieser Tautologie entstand eine Pause, und Malte mischte sich ein, das Ganze sei in einen Einkauf integriert, nicht zu sehen, nicht zu riechen! Er stellte sich noch offiziell als Enkel vor, aber vermutlich war es das Wort integriert, das die Bedenken zerstreut hat. Morgen dreizehn Uhr im Migros-Parkhaus von Stein am Rhein, sagte die Chefin des Badischen Hofs, meine übliche Zeit, wenn ich dort einkaufe. Und du beziehst schon Rente, ja? Das Leben, es rast. Ich war bis zum Mauerfall in Berlin, dann hat es gereicht, ich ging zurück in die alte Wirtschaft, dort wird morgen zu Mittag gegessen! Ihr Schlusswort mit einem Raucher- oder Raucherinnenlachen, wie es in meiner Zeitung heißen müsste, und Malte und ich hatten noch ein Thema, das rasende Leben, bis wir das Hotel erreichten, leider kurz nach Ladenschluss, also blieb uns nur der Migros im nahen Hauptbahnhof.

Aber die Pariser, wo besorgen wir die? Ein Wort, das ich seit Jahrzehnten nicht mehr gebraucht hatte, und nun war es wieder da; Malte sah mich an, der Blick auf einen Gestrigen. Es wird sich schon eine offene Apotheke finden. Und anschließend gehen wir essen, in die Kronenhalle, da soll's am besten sein! Er tippte an sein silbriges Pad, das alles Wissen dieser Welt heranholen konnte, nur nicht, was uns das Leben lehrt, und einem wie mir auch ohne nähere Kenntnisse sagt, wo man als kleiner Ruheständler in Zürich besser nicht essen geht. Die Kronenhalle, nein. Wir essen irgendwo in der Altstadt. Und vorher geht es zum Hauptbahnhof.

11

Was einen das Leben lehrt – mich hat es schon früh gelehrt, dass man mit einem Namen, dem unüberhörbar ein Buchstabe fehlt, immer in zweiter Reihe steht, verglichen mit einem Alexander oder Johannes, oder eben dem Heinrich, der ich nicht war, weil meine Mutter ihren im Krieg gefallenen Vater in Ehren halten wollte. Und dessen Name, Hinrich, machte, was mich betraf, auch noch Wandlungen durch. Hinn hieß ich in der Schule, einschließlich der Nacht mit Almut Bürkle in der Backstube des Badischen Hofs, Hinn, jetzt bist du ein Mann, sagte sie. Hinnerich nannten mich dagegen die alten Redakteure, als ich Volontär war, ein junger Mann mit Pfeife, sie schenkten mir das heinrichsche e, nur an falscher Stelle. Und mit Hi kürzte ich später meine gelegentlichen Glossen ab, eine Idee von Irene, die mich in unseren Anfängen – jenen ersten Wochen, die man festhalten möchte, aber nicht zu fassen bekommt in ihrem überprallen Glück – liebevoll bedauernd einen amputierten Heinrich genannt hat, zumal wir Kleist, diesen so glasklaren Heinrich und Rasenden der Liebe, immer über Goethe, den Besonnenen, gestellt hatten; und nur Außenstehende schlossen daraus, wir hätten uns mit nichts anderem beschäftigt.

Irene konnte eben noch über die Marquise von O. reden, weil irgendein italienischer Laut oder Anklang sie auf diese Dame von vortrefflichem Ruf, die ohne ihr Wissen in andere Umstände gekommen war, gebracht hat, und in der nächsten Minute schon Wörter flüstern, die in kein Buch gehören, zuletzt auf unserer Abschiedsreise, Kalabrien, Pompeji, Rom, Chioggia und Pellestrina, ein glühender August. Sie trug im Sommer nur Röcke, auch an Stränden, ich denke an die Dünen hinter Pellestrina, einem Fischerörtchen zwischen Lagune und Meer. Ihr Rock rauscht lauter als die Wellen, in der Erinnerung zweifellos, die Zehen bohren sich in den Sand. Eine Mittagsstunde, der Sand so heiß, dass man nicht darin stehen kann, die paar Leute an dem wilden Abschnitt sind alle beim Essen, jenseits der Dünen. Wir sind allein im löchrigen Schatten unter einem Stück Plane, gebreitet über drei Stecken im Sand, die Reste eines Sonnensegels; vor uns die Adria, tintenblau, funkelnd, und seitlich, an einem Pfahl, Fetzen einer italienischen Fahne wie ein Zeichen von Größe und Schmach. Irenes Wangen glänzen, ihre Beine glänzen, ebenso das dunkle Vlies, glänzendes, geringeltes Haar, das zu entfernen eine doppelte Sünde gewesen wäre, gegen die Natur und gegen mich, der ich es auf ihren Wunsch hin geteilt habe, eine Sünde gegen uns beide. Irene hält sich an einem der Stecken, das ganze Gebilde schwankt, der Schatten ist mal da, mal dort, ein Hin und Her im Sand. Nur wenige Tage zuvor hat sie ihre letzte Übersetzung geschmissen – ich kann nicht mehr, es ist vorbei, die einzigen Worte dazu. Und bei den Dünen gar kein Wort, als gäbe es die Liebe an sich, nichts als ihre Bilder, ihre Geräusche.

Das Atmen einer Frau, sich steigernd, mehr muss es nicht sein. Irenes Schultern sind verbrannt, über den Röcken trägt sie nur Tops auf der Reise, die Haut schält sich, zwischen meinen Lippen ein Fetzen davon. Was ich nicht sehen konnte: wie gehäutet ihr Herz war. Sie kniete im Sand, sie schlug mit der Faust hinein, die andere weiter um den Stecken. Triff ins Schwarze, ihre stumme Bitte. Wir hatten uns im Hotel Räder geliehen, sie lagen im Dünengras, ihre Lenker verkeilt, das Bild eines Unfalls. Irene glaubte, es gäbe die Räder umsonst, und später bei der Abreise hieß es, zwanzig Euro pro Rad und Tag; sie glaubte auch, das Stück Plane über unseren Köpfen gehöre keinem. Die Wirklichkeit war nicht ihr Gebiet. Dafür gibt es in mir noch die Laute aus einem anderen Irene'schen Gebiet, kindliche einer Erwachsenen, erwachsene Laute aus einem Kind, als es bei ihr ins Schwarze traf. Danach kippte sie in den Sand, bis über die Rippen paniert, eine Hand da, wo das Fleisch am meisten Fleisch ist, ein Wort ihres Dichterhelden Pasolini. Irene presste die Hand zwischen die Schenkel, als wollte sie nichts von der Gabe verlieren und noch einmal schwanger werden mit Anfang fünfzig. Sie weinte, wie sie schon bei unserem ersten Besuch in Pellestrina geweint hatte, viele Jahre zuvor von Venedig aus, nachts in einem winzigen Pensionszimmer mit Blick auf die Lagune und Wetterleuchten über den fernen Colli, das Jahr, in dem sie angefangen hatte, aus dem Italienischen zu übersetzen, gleich einen der Schwierigsten mit seinem verknappten Gesang, ohne dass jemand darum gebeten hätte, aus sozusagen freien Stücken, auch wenn es wie unter Zwang geschah, ihrem Zwang, Ich muss das tun, ihn übersetzen, hörst du? Wir hatten Accattone gesehen, in einem Filmkunstkino in Venedig, ihr Blick auf die Leinwand war der gleiche wie dann bei unserem ersten Pompeji-Besuch auf derselben Reise, als wir in der Villa dei Misteri standen; und es war sogar schon der haftende Blick wie fast dreißig Jahre später beim letzten, nur noch kurzen Halt in Pompeji, sie wieder vor dem Bild einer Knienden, die sich bei einer sitzenden Figur, Mann oder Frau, aufstützt, sie hält ihr Haar, ein müder Griff. Alles ist müde auf dem Bild, die Frau mit dem Kopf in der eigenen Armbeuge, entblößt bis über den Schenkel, zu müde, ihr Gewand zu halten. Ist sie tot, fragte Irene, und ich sagte, sie träumt nur, und beim Verlassen der Villa, als wir in die Augustsonne kamen, da weinte sie wie Tage danach im Sand von Pellestrina, und ich glaubte, es seien Tränen des Glücks. Irene schien mir in dieser Mittagsstunde glücklich zu sein über das so Gelungene im Sand, aber sie weinte über einen Höhepunkt, der ein Schlusspunkt war. Während sie auf der Jungfernreise, in dem Pensionszimmer in einem der bunten Fischerhäuschen Pellestrinas, das ganze Glück des Auftakts empfand: für den ersten unserer Sommer auf dem Stiefel des Südens. Nie waren wir woanders im Sommer, nicht in Spanien, nicht in Frankreich oder Griechenland, immer nur Italien, der Start oft noch im Juli, dann die Wochen im August bis zum Wetterwechsel um den Zwanzigsten, sie hat ihn schon im Voraus gemerkt, am Wind, am Licht, an der Farbe des Meers, an anderen Kleidungsstücken in den Auslagen, ein erster Pullover für neunzigtausend Lire, und sie sagte, Wir fahren nach Hause, auch wenn unser Urlaub noch gar nicht zu Ende war. Immer gab es diesen Tag im August, an dem der Sommer noch gleißend auf den Straßen lag, aber ein Hauch, den man kaum spürte, schon gefallene Blätter über die Gehsteige schob, brösliges Laub, und alles, was man liebte, in Gefahr schien. Und so beklemmend jedes Mal das Ende war, die Rückfahrt über den Apennin und durch die Po-Ebene und weiter durch das Etschtal, über den Brenner, wo die niederen Wolken anfingen und später die bleierne Strecke zwischen München und Frankfurt, immer Irene am Steuer, blass trotz ihrer Bräune, auf dem letzten Stück wie ausgeleert, so unglaublich war jeder Anfang, noch die Tage im Juli, unser Vorstoß in die Hitze, in das Licht. Und der Anfang aller Anfänge, das war Pellestrina und das Gefühl einer Ewigkeit vor uns. Wir besaßen noch kein Auto und waren per Zug unterwegs, auch mit Bussen, mit Fähren, und den Ort an der Lagune hatten wir so zufällig entdeckt wie dann das Gästezimmer in dem Fischerhäuschen, nur ein paar Schritte vor der Mole mit vertäuten Kähnen, dazwischen siebartige Netze, halb im reglosen Wasser der Nacht. Die Lagune, die Sterne, das Wetterleuchten, die fernen Colli immer wieder kurz im Licht, Hügel für Hügel wie Schatten von Körpern, Ideen unserer Verschmelzung, so verliert man seinen Verstand. Wir sahen das alles vom Bett aus, weil das Fenster niedrig war, das Bett längs davor, Irene lag auf der Seite, in der Hand einen Band mit Pasolini-Gedichten und ihr Feuerzeug, um jeweils ein paar Zeilen anzuleuchten. Sie begann in dem Sommer mit Übersetzen, unvergesslich ihr Anlauf in dieser Nacht, die ersten Verse, ein leises Probieren, nach hinten gewandt, schwelende Lippen beim Sprechen, beim Küssen; ich lag in ihrem Rücken, eins mit Irene, ein Leib. Sie war schwanger, unsere Tochter wuchs in ihr, wir wussten es erst seit kurzem, eine Frau von vierundzwanzig, eher nebenbei Studentin, was für sie zählte, war ihr Schoß, ihr Atem, das Sprachgefühl, Worte wie einer Urglut entrissen. Sieh doch nur, was dort steht, lies es mit, L'illecito t'è in cuore/ e solo esso vale, ridi del naturale/

millenario pudore – Irenes Stimme, so um mich geschlossen wie ihr verborgenster Muskel. Und was schlägst du vor, sagte sie, obwohl ich damals nur ein Zimmer reservieren konnte oder Wochentage aufzählen, lunedì, martedì und so weiter, aber da kam auch schon ihre Version, mir halb in den Mund gesprochen. Das Unerlaubte sitzt dir im Herzen, und nur das gilt. Lach über die hergebrachte tausendjährige Scham. Und wir liebten uns lachend, während sie weiterblätterte und das Feuerzeug aufflammen ließ und an einem anderen Gedicht hängenblieb, seiner letzten Zeile, anche a me sei oscuro. Auch mir bist du unerklärlich, mein Laienbeitrag, und sie darauf: Fremd, auch für mich bist du fremd, von Dämmer oder Dunkel umgeben, oscuro kann alles Mögliche sein, und jetzt sag meinen Namen und stoße mein Herz, nimm es dir, mach! Sie drückte mir die Stirn auf die Schulter, sie hob meinen Arm und kaute das Haar, das sich heute alle entfernen lassen, sie sprach meinen Namen aus, als hätte er seinen fehlenden Buchstaben, und rief die Wörter, die nicht aufgeschrieben gehören, und ich sprach ihren Namen bis zum Gehtnichtmehr.

Irene, oder das andere Wort für Bestand, ja Materie, die sich nicht auflöst, nur neue Formen annimmt. In meinen Händen, meinem Mund, in allen Poren war noch das Gefühl Irene'schen Stoffes, einer Liebe zu ihren Bedingungen, mal schwer und mal leicht; schwer, wenn sie sich zurückgezogen hatte, für Tage in ihrem Zimmer war, leicht, wenn wir einander umarmten, als könnten Mann und Frau auch ihr Denken teilen. Ich hörte sie noch atmen, in kleinen rätselhaften Melodien, ich sah sie die Beine heben, eher unbeugsam als gelenkig, ein entschlossenes Gewähren; ich roch ihr Haar, ihre Zunge, die Würze ihrer Achsel, es hörte nicht auf. Und noch Monate nach ihrem Tod war da manchmal nachts ein Neid auf das Nichtmehrsein, etwas, das erst nachließ, als ich wieder Fuß gefasst hatte im Leben, mich etwa jede Woche mit Malte traf, meistens für Kinobesuche nach seiner Wahl, ich neben ihm in einem Film, der mich fast einschlafen ließ mit all seinen Außerirdischen, während er, der noch ach so Ungescheite, Engelsgleiche, sich vor Spannung an mir hielt. Und etwas half mir auch die Arbeit, das Büro, die Kollegen, der Alltag, weit mehr aber später die Treffen mit Zusan, ihre Dienste für mich und an mir, jeweils nur für ein Taschengeld, plus dem Bonbon von drei Vokabeln, die sprach ich ihr vor, wenn sie sich anzog. Also, pass auf: Haarausfall. Nachsicht. Gnade. Einmal gesagt, und es saß. Ich war ihr Lehrer, sie meine Trösterin. Und auch bei Marianne hatte ich mich didaktisch bewährt, als Berater in Sachen Kultur, wenn wir nicht gerade mit uns befasst waren. Ein Neuanknüpfen mit ihr nach Irenes Tod kam nie in Frage, so abrupt war meine Trennung, schmerzhaft auch für mich, für sie ein Tritt in den Bauch. Ich hatte damals Sorge, sie könnte Irene einen Brief schreiben, darin alles ausgebreitet, auch unsere Nachmittage in einem Hotel, das man ohne guten Grund nicht betreten würde. Aber zum Glück kam nie so ein Brief, nur kam auch kein Anruf auf meinem Telefon, es kam gar nichts. Marianne war aus der Welt, viel mehr als Irene; die lebte und immer noch lebt.

12

Hotels der unteren Kategorien haben oft etwas Bedrückendes, auch wenn man sich in den Betten umarmt. Es sind die Dekorationen und Vorhänge, das Licht und die Böden, die einem sagen, dass man keine Wahl hatte, in aller Regel aus finanziellen Gründen, kleinliches Sparen wie bei Malte und mir in Zürich eingeschlossen, obwohl wir, nach dem Besuch in der Bank, das Baur au Lac hätten bezahlen können; nur hatte ich darauf beharrt, sich so zu verhalten, als würde das Schmutzgeld nicht existieren. Also bezogen wir ein Standardzimmer im Hotel Mercure unweit der Zuggleise und gingen von dort gleich in den Migros-Markt im Hauptbahnhof und sahen uns in dem reichen Angebot nach geeigneten Flaschen, Dosen und anderen Behältnissen für gerollte und in Kondome gestopfte Fünfhunderteuroscheine um.

Malte löste von zwei Ketchup- und zwei Salatdressingflaschen sowie einer Art Kanister voll Barbecuesoße jeweils, mit dem Rücken zur Überwachungskamera, den Verschluss, damit man die Größe der Öffnung sah, und wie sich zeigte, war gar nicht jedes Behältnis für unser Vorhaben geeignet; in die Öffnung musste knapp ein Daumen passen, so hatte es Malte berechnet. Ich verließ mich ganz auf ihn, sein Plan war so durchdacht wie der für ein glänzendes Abitur, und als er den Vorschlag machte, auch eine Familiendose Niveacreme und ein großes Glas Nutella zu kaufen, gab es meinerseits keine Rückfragen. Unser Einkaufswagen füllte sich, wir legten noch Sachen dazu, die als Geldverstecke gar nicht in Frage kamen, die nur den Eindruck eines wöchentlichen Großeinkaufs abrunden sollten, wie etwa Wein aus dem Tessin oder eingeschweißten Lachs. Und zuletzt unser Gang in den Haushaltsbereich, zu Reinigern, Haarwaschmitteln, Zahnpasta und dergleichen, in der Hoffnung, dort auch Kondome zu finden, nur gab es sie nicht, oder wir haben sie nicht erkannt in ihrer überdiskreten Verpackung.

Folglich blieb nach dem Einkauf – für fast neunzig Franken – nur die Bahnhofsapotheke. Malte hatte pro Gummi fünftausend Euro vorgesehen, mehr würde nicht durch die Flaschenhälse oder in die Niveacreme passen, auch wenn die Scheine eng gerollt wären; uns fehlten die Fünfhunderter für ein Probepäckchen, alles fußte auf Arithmetik, aber schon das schriftliche Matheabitur hatte Malte wenig Mühe bereitet. Zweimal zehn Kondome reichten seiner Ansicht nach, eingerechnet bereits die Summe, um die sich das Geld mit Schweizer Geschick vermehrt haben dürfte. Bei einem Anruf in Zürich einige Tage vor dem Termin, der Bitte um meine Kontoauflösung mit Nennung eines Geheimwortes, das noch Irene gewählt hatte – Tiffany, nach einem ihrer Lieblingsfilme mit Audrey Hepburn –, fiel der Ausdruck Zugewinn, und bevor ich in der Sache noch eine Frage stellen konnte, wurde mir schon versichert, dass bis Mittwoch, neun Uhr dreißig, alles in meinem Sinne vorbereitet sei. Daraufhin ging Malte von maximal zweihundertvierzig Fünfhundertern aus, einem Zugewinn von sechzehn, siebzehn Prozent, durchaus normal in der langen Zeit, seit Irenes Cousin in den Wirren nach der Wende durch den Landverkauf an einen Sack voll Geld gekommen war, dazu noch ein letztes Wort: Der heruntergekommene Mensch war mit alten Stasileuten von Weimar bekannt und hat Einblick in die Stadtplanung gehabt und einem Bäuerchen für zwanzigtausend D-Mark ein Feld abgekauft, das im Jahr darauf seine halbe Million wert war, ein Betrag, der von Hand zu Hand ging und dann verschwand, kein Geld, an dem Blut klebte, aber Tränen und Hass. Die Zahl der benötigten Gummis lag also, wollte man auf Nummer sicher gehen, falls das eine oder andere beim Verknoten des Zugangs einen Riss bekäme, bei mindestens zwanzig. Schön, sagte Malte. Und wer von uns geht in die Apotheke und verlangt zwanzig Kondome?

Langes Hin und Her war hier fehl am Platz, ich habe es übernommen, in der Bahnhofsapotheke, die auch kleineren Reisebedarf wie Necessaires und Nähzeug führte, zwei Packungen Kondome à zehn und im selben Atemzug schwarzen Zwirn zu verlangen. Die Folge: ein eher interessierter denn erstaunter Blick der weiblichen Fachkraft, als hätte ich ein seltenes Leiden. Und nachdem der Einkauf ins Hotel gebracht war, ging es Richtung Altstadt, damit Malte noch einen anderen Eindruck von Zürich bekäme als den in Verbindung mit unserer Aktion. Nur war er schon gereizt vor Hunger und hatte gar keinen Blick für das Münster oder die Limmat mit ihrer schönen Holzbadeanstalt, an der wir entlangliefen. Ein Gang bis zur Brücke vor der Flussmündung in den Zürichsee, auf der anderen Seite der Bellevueplatz und die angrenzenden Gassen, vor Jahrzehnten, als ich selbst noch ein Schüler war, gefesselt an das Heim am Bodensee, während in London die Musikwelt kopfstand, ein nahes Mekka, diese Gassen mit ihren Jazzlokalen und Flipperläden und manch roter Leuchtschrift, die drei Buchstaben von Bar wie ein Palimpsest über dem giftigen Kürzel Sex.

Und natürlich sollte Malte einen Blick auf den See werfen, in jedem Fall besser, als sich Erinnerungen anzuhören, also mussten wir über die Fahrbahnen und Gleise auf der Brücke, und Malte lief in seinem Hunger einfach los, von

mir gerade noch zurückgehalten, sonst wäre er vor eine
Bahn gelaufen, was in der Nähe von Frankfurt erst vor zwei
Wochen passiert war: Die S-Bahn hatte einen Jungen erfasst,
in meiner Zeitung wurde darüber berichtet, ein furchtbarer
Tod, letztlich auch der der Eltern. Malte aber konnte meinen
Griff und Schrecken gar nicht verstehen, man fühlt sich
ja unsterblich in seinem Alter. Ihn beschäftigte allein der
Hunger, und so gingen wir in die erstbeste Wirtschaft in
einem der Gässchen zwischen Bellevue und Münster, ein
Lokal mit alter Holzdecke und soliden Tischen, kein schlechter Treffer, und ich riet meinem Enkelsohn zum Geschnet-
zelten. Das können die hier, sagte ich, aber Malte wollte sein
übliches Schnitzel mit Bratkartoffeln; immerhin konnte ich
ihn zu einem alkoholfreien Bier überreden, unsereiner trinkt
ja nicht gern allein, und in der Züricher Altstadt hatte ich
schon seit fünfzig Jahren mit keinem mehr angestoßen. Auf
unser Ding morgen, sagte ich, und Malte nickte nur, in den
Augen jenen Ernst, den die Jugend heute angeblich nicht
hat, wie manche Blätter, auch mein altes, gerne verbreiten.
Doch hat sie davon mehr, als wir je gehabt haben, weil ihnen
die Zukunft im Nacken sitzt, das erste Praktikum, der beste
Studienplatz, ihr Auslandsjahr mit Sternchen, die lückenlose
Vita, während in unseren Nacken nur das endlich über den
Fassonschnitt gewachsene Haar kitzelte – bei mir nach wie
vor – und die Zukunft der nächste Tag war. Und dann wur-
den schon Schnitzel und Geschnetzeltes auf den Tisch ge-
stellt, und natürlich hatte ich die bessere Wahl getroffen.
Schnitzel soll man in Österreich essen, in einem Gasthof mit
Marillenknödeln auf der Karte; Zürich bietet ganz andere
Dinge, Rösti mit Spiegelei, Diskretion in den Banken, eine
Kunsthalle und ein Theater vom Feinsten, die ganze Schlacht-
platte des Wohlstands.

Malte verdrückte also ein trockenes Schnitzel, erst nach seiner Sättigung begann unser Tischgespräch, es ging um die Prüfungsthemen in Ethik, Fragen der Gerechtigkeit und die Grenzen der Toleranz. Wie viel Fremdheit in ihrer Umgebung vertragen Menschen, wann rufen sie nach dem, der für ihr Empfinden das Gesindel in Schach hält, albanische Trickdiebe, kurdische Großfamilien, Salafisten und Islamisten und alle Schwarzen aus Afrika, die ja nicht nur Arbeit suchen, sie suchen auch Gerechtigkeit, etwas Ausgleich zwischen Nord und Süd. Und wir? Wir wollen zwar jede Küche in unserem Viertel, indische Küche, marokkanische Küche, die der Thais, der Türken oder Äthiopier, nur nicht jene, die am Ende in der Küche die Teller waschen. Oder gibt es ein Recht der Mehrheit, Fremdes aus dem Straßenbild fernzuhalten, darüber sprachen wir auch, aber nicht mehr beim Essen, schon auf dem Rückweg zum Hotel. Dürfen wir die Höhe eines Minaretts festlegen, den Zeitpunkt einer Beschneidung und die Art, in der ein Schaf geschlachtet werden soll? Und wie steht es mit der Zeitung, die bei uns ins Volkshorn bläst, dem Wächterblatt, das seinerseits vor keiner Schlüpfrigkeit haltmacht, mal Papstfüße leckt, dann wieder Brüste einer Fußballerflamme. Wie viel Sand darf eine Zeitung in die Augen streuen, und gehört nicht zur Gerechtigkeit auch die gerechte Teilung von Wissen, wenn schon das meiste Geld im Besitz von nur wenigen ist, davon wiederum das meiste, wie man vermuten darf, versteckt in der Stadt, durch die wir, nunmehr gesättigt, gingen. Fragen über Fragen, sobald man nur anfängt, sich zu fragen, was unsere Welt vielleicht etwas gerechter machen könnte.

Und wie soll man nun wissen, was richtig und was falsch ist, gerecht oder ungerecht, fragte Malte in der Nähe des Münsters, und ich kam auf die Herzensbildung oder gute Intuition: Du erkennst, was richtig ist, noch bevor du es weißt. Unser Verstand macht vor allem eins: begründen, was schon entschieden ist, das Richtige wie das Falsche. Am Anfang steht aber das Einfühlen, möglichst schöpferisch. Die Entscheidung für das Menschengerechte ist auch eine Kunst – Salomon war Künstler, kein Rechtsgelehrter. Und Hitler hatte bekanntlich schon als Künstler versagt. Außerdem darf man nie vergessen, wir sind zu neunundneunzig Prozent Schimpanse, nur zu einem Prozent Ameise und Mensch. Und um all das herum haben sich manche zur Tarnung hundert Prozent Kultur zugelegt, sagte ich auf der alten Limmatbrücke in Höhe des Münsters, während Malte sich die ganze Zeit auf seine Art Notizen machte, mit dem Hinhalten des Pads, das neben Worten auch bewegte Bilder aufnehmen konnte. Und so ließ er auf der Brücke ein Filmchen entstehen, der Großvater mit erschreckendem Haar, wie ich kurz darauf zu sehen bekam, erschreckend, weil es im Wind wie das Haar des Dr. Mabuse aus den Horrorstreifen meiner Kindheit aufwehte, ein bleicher, Reden schwingender Mann im Schein einer Brückenlaterne. Erst das letzte Stück zum Hotel dann ein Gang ohne Worte, oder es fehlten einfach die Worte für all das Angestrahlte in den Auslagen der Juweliere und Kürschner, der Galerien und Schuhboutiquen, ein Paar Stiefelchen für dreitausend Franken, was soll einer dazu noch sagen.

Im Zimmer aber nahm Malte den Faden wieder auf, ich sei zu pessimistisch, erklärte er und schlug vor, noch etwas fernzusehen, und suchte auch gleich in den dreihundert Kanälen einen seiner Ansicht nach optimistischen Film; ich verstand nicht einmal, worum es ging, aber es hatte mit verliebten Aliens zu tun. Noch vor der Hälfte war ich eingeschlafen, seit vielen Jahren die erste Nacht in einem Hotelbett zu zweit.

13

Die Bank mit dem Namen ihres Begründers, in der wir am nächsten Vormittag verabredet waren, lag in einem bürgerlich prunkvollen Gebäude, das Foyer dagegen eher streng, mit der Stille einer Kirche, und hinter einer Marmortheke ein Herr im dunklen Anzug, mehr Empfangspriester als Portier. Ich nannte den Namen meiner Kontaktperson und den eigenen Namen, er führte ein kurzes Telefonat, dann ließ er den Lift kommen und gab die vierte Etage als Ziel an. Die Kabine war holzgetäfelt mit polierten Messingteilen, vor ihrer Rückwand eine Sitzbank, moosig gepolstert, und mir fiel mein Besuch an der Seite von Irene ein, damals in einer Art Nebel, weil mir das Ganze nicht geheuer war, jetzt dagegen von Maltes Klarheit erfüllt, einem aufgestellten Daumen, als sei das Geld schon über die Grenze. Nach sachtem Ruck glitt die Fahrstuhltür auf, und ein Mann im Zweireiher, noch keine vierzig, aber schon mit dem Blick eines Notars, wenn nicht höheren Finanzbeamten – als antizipierte er die Gegenseite –, nahm uns in Empfang. Wir seien uns noch nicht begegnet, sagte er in jenem Anklang von Mundart, der nichts als Vertrauen erweckt. Die Überschreibung des Kontos auf meinen Namen habe noch sein Vorgänger geregelt, danach leider verstorben wie ja auch die ursprüngliche Kontoinhaberin. Ihre Frau Gemahlin, fügte er hinzu, und wir hätten uns wohl

gegenseitig kondoliert, wäre Malte nicht auf dem Weg
durch einen Flur von einer Stille, als seien wir die einzigen
Menschen in der Bank, schon zur Sache gekommen.
Stückelung in großen Scheinen, das geht doch? Worte, die
der Flur nahezu schluckte, und unser Begleiter mit Notarblick – einem gespielten Blick, um den Mund eher ein Zug,
als wollte er sagen: Zeit, dass du mal dein Sparschwein-
chenkonto auflöst – machte eine beruhigende Geste. Dann
zog er eine jedes Gespräch abschirmende Tür zu einem
Raum von äußerster Neutralität auf, einer Art Schweiz im
Kleinen, hohe Sessel um einen Kirschholztisch, sozusagen
die Alpen, grüne Samtvorhänge, die Wiesen oder Matten,
und Fenster, die gegen Lauschangriffe gesichert erschienen,
die so strikte Grenze. Er bat uns, dort zu warten und auf
keinen Fall mobil zu telefonieren, ja die Telefone überhaupt auszuschalten, eine Mitarbeiterin würde unsere Ge-
tränkewünsche entgegennehmen. Und diese Mitarbeiterin
erschien auch gleich, alterslos in einem grauen Kostüm mit
weißem Halstuch; sie sprach versehentlich erst Englisch,
Welcome to Zurich, is there anything you want to drink?,
doch auf mein Zögern hin auch tadelloses Deutsch, sogar
akzentfrei, und Malte bat um Cola mit Eis, ich um einen
Cappuccino und Mineralwasser. Aber mit Sprudel, sagte
ich noch, damit wenigstens etwas in dem Raum ein wenn
auch sehr leises Geräusch erzeugte. Vorerst war es nur mein
Atem, wenn er durch die Nase strömte, wie von allein mit
einer Melodie, als meldete sich Irene in mir, wir beide in
diesem Raum, erinnerst du dich? Ein paar Minuten waren
wir allein, und ich sagte, dieser ehrwürdige Tisch, wenn
wir es jetzt auf diesem Tisch tun würden, mein Gott! Sie
hatte das wirklich gesagt, auch wenn es eher in einem
anderen, ähnlichen Raum war, und danach nichts als ihr

Atmen in einer feinen Melodie – im Übrigen das größte
Rätsel in der Wissenschaft vom Menschen, die Melodie, so
der Anthropologe Lévi-Strauss, aber das war mir später
eingefallen, nicht als ich auf meinen Atem hörte, sein Strömen; da war nur Irene als Einfall, als Gedanke, unsichtbar,
und am Fenster stand unübersehbar mein Enkel.

Malte sah durch einen Vorhangspalt auf die Limmat,
während ich, um auf andere Gedanken zu kommen, die
Bilder an den Wänden betrachtete, jene Art von Kunst, die
in meiner Zeitung, im allgemeinen oder richtigen Kulturteil, oft zu langen erläuternden Artikeln führt, die einen
dennoch verwirren, aber auch verblüffen, Besprechungen,
als wüsste der Künstler nicht, was er getan hat, und das
Publikum nicht, was es vor sich sieht, nur der Rezensent
weiß gleich beides. Ich habe diese Leute häufig bestaunt,
etwa wie man Jongleure bestaunt, und wenn ich neben
einem in der Kantine saß, kam es vor, dass ich Fragen zu
seinem letzten Beitrag stellte, nur waren sie in Gedanken
meist schon bei etwas anderem, einer Premiere in Berlin,
einem Nobelpreisträger, der auch in Frankfurt vorbeisah
oder gar im Umland auftrat, in solchen Fällen konnten sich
unsere Kreise in einem Kurhaus überschneiden. Malte stieß
mich an. Der Cappuccino stand auf dem ehrwürdigen
Tisch, die Dame im grauen Kostüm war lautlos hereingekommen und wieder verschwunden. Ich nahm einen
Schluck, er war so gut wie der Cappuccino an italienischen
Autobahnen, und Malte war mit dem Eis in seiner Cola
zufrieden; man wusste hier, was Südländer wollen und
auch die Amerikaner, die wollen gestampftes Eis, keine
Würfel. Und dann ging die gepolsterte Tür ein weiteres
Mal auf, und der mit dem falschen Notarblick kam mit
allem herein, was sich so lange in seiner Bank und damit in

den Grenzen der Schweiz befunden hatte, noch verstaut in einem Umschlag, den er zentral oder neutral auf den ehrwürdigen Tisch legte.

Setzen wir uns doch – Worte an mich, nicht an Malte, in dem er wohl eine Art Bodyguard sah, Malte besucht ja regelmäßig ein Fitnessstudio, nur wozu die ganze Muskulatur, für die Gesundheit? Wohl kaum. Eher für ein wegelagerisches Aussehen, auf jeden Fall wurde es Zeit, ihn als Enkel vorzustellen. Wir setzten uns, und der Mann im Zweireiher sprach Malte und mich nunmehr zu gleichen Teilen an. Und Sie wissen, wie Sie mit der Auszahlung verfahren, sagte er in halb fragendem Ton, einem Geld, das mit uns dann nichts mehr zu tun hat, fügte er ruhig hinzu und leerte dabei den Umschlag aus, und zum Vorschein kamen drei kleinere Umschläge, jeder mit rotem Rand, wie ein diskretes Zitat der Schweizer Fahne, und diesen Umschlägen entnahm er je ein daumendickes Bündel violetter Fünfhunderterscheine, dazu eine Auflistung sämtlicher Bewegungen in Verbindung mit dem Konto, die er noch dem großen Umschlag entnahm. Sie können das hier in Ruhe lesen, sagte er, sollten es aber nicht mitnehmen. Möchten Sie es lesen? Er hielt mir all die Blätter hin, ich bat ihn fortzufahren. Ihre Einlage, sagte er daraufhin, hat sich in den dreiundzwanzig Jahren, obwohl die Zinsen in den Keller gegangen sind, und trotz der Quellensteuer, die wir natürlich stets an Ihr Land – er sagte nicht Deutschland, als würde es ihm schwerfallen – abgeführt haben, erfreulicherweise doch sehr vermehrt. Wir haben es nun mit einhundertfünfzigtausendzweihundertvier Euro zu tun, wenn Sie bitte mitzählen wollen? Und nach einem Nicken von Malte legte er zuerst den krummen Betrag beiseite und begann dann mit Zählen, während wir beide – ich sah es

Maltes Rechnerei mit den Fingern an – nur an eins dachten: dass uns noch mindestens fünf Kondome fehlten.

14

Jeder Zeitdruck erzeugt Dramatik, das sieht man in Actionfilmen und schätzt es, während es im wahren Leben nur zu Schweißausbrüchen führt. Malte und mir blieb kaum mehr als eine Spielfilmlänge, um die dreihundert Geldscheine in zwanzig Portionen eng zu rollen und mit Zwirn in der Form zu halten, um dann jeweils eins der Kondome darüberzustreifen und so zu verknoten, dass es nicht einreißt; danach das sachte Einführen der Geldwurst in einen der Lebensmittelflaschenhälse, was noch nicht alles war: Die Verschlüsse mit ihren Papiersiegeln, von Malte schon am frühen Morgen durch Wasserdampf abgelöst, mussten wieder ihr ursprüngliches Aussehen bekommen. Wir hatten uns auf dem Rückweg zum Hotel noch nach einer Apotheke umgesehen, aber keine gefunden, also weitere Zeit verloren, ohne an ein weiteres Päckchen Kondome zu kommen, und das bei zwei beschädigten Gummis gleich zu Beginn. Man durfte an dem feinen Material nicht zu sehr ziehen, um über der kompakten Fünfhunderterrolle – Malte nahm am Anfang sechzehn Scheine, damit ein Spielraum bliebe – noch einen Knoten hinzubekommen, der sich infolge der Gleitschicht nicht von selbst wieder löste. Und diese Verknotung führte eben bei den ersten Malen zu Rissen, was alles noch kniffliger machte, zumal der zweite Arbeitsteil, der meine, an Fingerspitzengefühl nicht nachstand. Mir zitterten die Hände beim Einführen der vorbereiteten Würste, gefüllt mit je achttausend Euro; immer sollten sie durch eine mehr als enge Öffnung und wurden dann mit Hilfe eines Bleistifts, stumpfe Seite, noch weiter in eine Ketchup- oder Reinigerflasche gedrückt, ohne dass die Hülle Schaden nehmen durfte, damit nicht etwa ein Scheuermittel die Scheine angreifen konnte.

Gegen elf, also eine Stunde bevor wir das Zimmer räumen mussten, auch um rechtzeitig in Stein am Rhein zu sein – zu allem Druck kam ja noch die Unruhe im Hinblick auf das Wiedersehen mit Almut Bürkle nach fast einem Menschenleben –, waren erst achtzigtausend Euro versenkt, und mein wunderbarer Enkel, wunderbar in seiner Ruhe und Logik, der so gescheite und – in dem Fall gibt es kein treffenderes Wort – coole Malte sagte, wir müssten jetzt radikaler vorgehen, bei ihm nur sachlich gemeint, ohne die Anklänge aus meiner Jugend. Er griff zu der großen Niveadose, entfernte den Deckel und löste vorsichtig die Folie über dem weißen Inhalt und legte sie auf ihrer Oberseite ab. Dann nahm er zwanzig Scheine vom Bett und rollte sie so eng zu einem zylindrischen Körper, dass er ohne weiteres in der kubanischen Zigarrenherstellung hätte arbeiten können – erst kürzlich kam darüber etwas im Fernsehen, vor einem Film über Süßwasserkrokodile. Und auf das Gerollte, in der Mitte einmal straff mit Nähgarn umwickelt, zog er das Kondom und verknotete es am Zugang. Mir selbst blieben nur Laute der Anerkennung, als Malte die pralle Wurst am Ende vollständig in dem weißen Doseninhalt verschwinden ließ und die Creme, mit der wir uns als Kinder noch vergeblich vor Sonnenbrand geschützt hatten, mit Hilfe seiner Kreditkarte wieder gänzlich glattstrich. Zu guter Letzt gab er noch die Folie darüber, strich auch diese glatt und legte ihren Rand wie zuvor um die Dosenkante, verschloss dann das Ganze mit dem runden Deckel und überreichte es mir mit den Worten, Die erste und einzige Zehntausend-Euro-Niveacreme, wow!

Und so machte er es noch mit dem Senf- und dem Nutellaglas, beides nicht ohne Risiko, weil Glas eben Glas ist, dafür der Inhalt eine undurchsichtige Masse, und als Krönung des Ganzen machte er es auch noch mit einer großen Dose Fußbodenwachs, das in etwa den Farbton der Präservative hatte, einer Dose, für die man einen fabrikneuen Kleinwagen bekommen hätte und die wir uns über das Bett zuwarfen wie einen Ball. Ja, überhaupt bekam all das Geld in dem Hotelzimmer – vor der Tür schon Staubsaugergeräusche – etwas Spielerisches. Da gingen nur Hunderte bedruckter Blättchen durch unsere Finger, und dass hinter jedem, irgendwo auf der Welt, nur bestimmt nicht in Zürich, Schweiß und schlaflose Nächte steckten, kaputte Gelenke, Erniedrigung, Dreck und Trennung von der Familie, eben all das Gewöhnliche, das Geld-verdienen-Müssen nun einmal mit sich bringt und jeden Haufen Geld auch zu einem Haufen Elend macht, war für uns so weit weg wie die Leute, denen das in der Tasche fehlte, was wir ein weiteres Mal verschwinden ließen.

Es war fünf vor zwölf, tatsächlich fünf vor zwölf, wie ein Triumph der Metapher, als Malte die letzten zwanzig Scheine rollte, für die auch genau noch ein Gummi übrig war, nach dem ungeahnten Zuwachs an Geld. Er zog den Faden um die Rolle, ich drückte den Finger darauf, er machte seinen Doppelknoten, filigranster Teil der Arbeit, und mein so kühler Enkel hatte bis zum Schluss auch eine kühle Hand. Fertig, sagte er; also war es nur noch an mir, die letzte Geldwurst durch den letzten Flaschenhals zu drücken, während Malte schon die diversen Artikel wieder in die Migros-Tüten tat. Und deine Schulfreundin, wirst du die noch erkennen? Er sah mich an, als sei es undenkbar, dass auch nur irgendetwas in einem Gesicht dem Zerren so vieler Jahre standhält, aber bei Almut Bürkle zählt allein das gewisse Etwas, dem vielleicht auch ganze Jahrzehnte nichts anhaben können.

Als wir aus dem Hotel in die Sonne traten, dachte ich an heiße Junitage zurück, wenn Schwimmen auf dem Stundenplan stand und die Bürkle in den See ging, ihren Badeanzug noch mit den Daumen über die Pobacken zog, die Daumen dort, wo man selbst gern hingefasst hätte, ehe sie eintauchte und man zugleich mit ihr seine angelesenen Weltsichten davonschwimmen sah, das Stückchen Hegel, das jeder anders verstand, und den Marxismus in Kurzform, die Theorien zur Befreiung der Unterdrückten oder das Einmaleins der Anarchie. Almut schwamm weit hinaus, bis über die Landesgrenze mitten im See, niemand konnte ihr folgen, ein Davonziehen ganz für sich, als trainierte sie schon für Berlin. Dort studierte sie dann angeblich Soziologie, aber aus dem Brief, der mir verlorenging, war zu schließen, dass sie auch durch die geteilte Stadt geschwommen ist, Nacht für Nacht; ihre Flossen hießen Marcuse und Angela Davis.

15

Der Brief hatte mich auf einem Tiefpunkt meiner Volontärszeit erreicht, als ich voller Zweifel war, ob es richtig sei, ein Leben lang über Werke und Arbeiten anderer womöglich mit mehr Herzblut zu berichten, als diese selbst vergossen haben. Voller Zweifel und dazu abends ohne Anschluss in einem Souterrainzimmer im Stadtteil Bockenheim unweit der Institute, die mir das Rüstzeug für meine spätere Tätigkeit geben sollten; also fielen die Zweifel noch mit einem Höhepunkt von Weltschmerz zusammen, sosehr ein solches Wort auch damals verpönt war. Und in diese doppelt schwere Lage platzte Almuts Brief, vier Seiten von Hand, wie in Eile und bei Kerzenlicht geschrieben, Seiten, die ich las, bis ich sie fast auswendig konnte, vielleicht ist der Brief ja deshalb verlorengegangen. Ich bewahrte ihn auf andere Art auf, im Übrigen unfähig zu einer Antwort, weil es von meiner Seite einfach nichts zu sagen gab oder nur unendlich weniger als das, was die Bürkle aus Berlin geschickt hatte.

Sie lebte mit drei Frauen und zwei Männern in einer besetzten Wohnung im Umfeld der Mauer, oder der Geschichte, wie sie schrieb, und es verging kaum ein Tag, ohne dass sie sich der Polizei in den Weg stellte und bis in die Nacht hinein auf Versammlungen war, in Hexenkesseln des Aufruhrs, der Zigarettenrauch so dicht wie in der Gaststube des Badischen Hofs, aber die heiseren Reden ganz und gar andere. Sie schrieb von Dutschke mit seinem Falkengesicht, dass ich mir jede Zeitung sparen konnte, und von Angela Davis, der schönen Schwarzen mit Brille, einmal sogar neben ihr an vorderster Front, sozusagen auf Tuchfühlung, und sie beide verbunden nicht nur durch Fahnen, auch durch die gleichen Gedanken, dieselben geistigen Väter und Mütter, Marx und Hannah Arendt, Marcuse und Simone de Beauvoir. Almut zählte Bücher auf, die neben ihrer Matratze lagen, und beschrieb deren Schlagkraft, als ginge es um ein Waffenarsenal in der Berliner

Wohnung. Sie sprach von Offenbarungen und einem gänzlich anderen Leben, von Freiheit in jeder Beziehung und einer neuen Rolle der Frau, aber auch davon, wie gut es wäre, gelegentlich über den Untersee zu schwimmen, bis in die Schweiz und zurück, oder in der alten Backstube einmal durchzuschnaufen – ein erstes Indiz, dass es irgendwann zu einer Rückkehr auf die Höri kommen würde, wie ihre Heimatecke heißt, der hügelige Abschnitt zwischen der Ortschaft Horn, wo der Untersee sich verbreitert und einen Knick macht, und der deutschen Grenze, wo er sich zum Fluss verengt bei Stein am Rhein, dem Schweizer Städtchen, das Malte und ich mit dem wertvollen Einkauf ansteuerten, um Almut Bürkle dort im Migros-Parkhaus zu treffen. Wir fuhren auf dem Autobahnabschnitt Richtung Winterthur, die Sonne schien, ein schöner Maitag, ich mit der Schläfe am Seitenfenster. Weißt du, wer Angela Davis war?

Hat die was mit Romantik zu tun?

Auch. Ja.

Also mehr mit Ethik?

Mit beidem, kann man sagen.

Und muss ich mir den Namen merken?

Es kann nicht schaden. Außerdem war meine alte Schulfreundin einmal mit ihr in einer Menschenkette, vor langer Zeit in Berlin. Angela Davis war so berühmt wie später Nelson Mandela. Eine schwarze Freiheitskämpferin.

Und deine Freundin, war die auch so, fragte Malte, und ich erklärte ihm, dass die Bürkle eigentlich nie eine feste Freundin gewesen sei, nur ein besonderer Mensch für mich. Wir sind nie miteinander gegangen, wie das damals hieß, fügte ich hinzu. Und trotzdem waren wir uns einmal sehr nahe. Was sagt das Navi, wann sind wir da? Ich wollte das Thema beenden, aber Malte vertiefte es noch. Ihr Foto auf der Website, das könnte man bearbeiten, bis sie aussieht wie fünfzig, das käme auch besser in der Vita, geboren während der Kubakrise, nicht in der Nachkriegszeit, oder was denkst du?

Malte verließ die Autobahn, es ging auf eine Landstraße, die nach Stein am Rhein führt, und ich behielt für mich, was ich dachte oder eher empfand, nicht im Hinblick auf Almut Bürkle, aber jeden, der an seiner Vita bastelt, Schicksalsschwindel betreibt, herumtrickst wie in meinen letzten Jahren bei der Zeitung die von der Grafik, wenn sie mit Hilfe ihrer Programme an Fotos gebastelt haben, die ich nebenbei gemacht hatte, um den Höhepunkt einer Veranstaltung in Oberursel oder Fulda festzuhalten, weil das Blatt keine Berufsfotografen mehr bezahlen wollte. Diese Bilder aber wurden jedes Mal verändert, bis man glaubte, sie seien in New York oder Tokio entstanden, kein Wunder also, wenn viele heute gleich ihre Lebensgeschichte umschreiben. Plötzlich gibt es da verfolgte Vorfahren oder ein Alter unter vierzig plus dramatischer Kindheit, auch wenn die höchstens von Maikäfern bedroht war und alle Härte in einer unbequemen Strumpfhose bestand.

Und so sprachen wir auf dem letzten Stück über Ethik in Zeiten von Photoshop, während es bei blitzblankem Himmel – die Eisheiligen waren endgültig vorbei – durch ebenso blitzblanke Dörfchen ging und mein vernünftiger Enkel nicht einen Hauch schneller fuhr als in der Schweiz vorgeschrieben. Und deine Bekannte, wie war die früher so, fing er wieder von vorn an, als der Rhein schon auftauchte, funkelnd zwischen blühenden Büschen. Früher, wieso früher? Sie kann ja auch heute noch so sein, oder hindern sie ein paar Falten daran? Ich sah auf die Uhr, es war zehn vor eins, wir lagen gut in der Zeit. Nur reichten zehn Minuten nicht, um die Bürkle meiner Schulzeit erstehen zu lassen, vor allem nicht die, die sonntags im Badischen Hof bedient hat. Sie konnte einen vollen Bierkasten tragen, ohne dass ihr die Wangen zitterten, und mit Zigarette im Mund noch den schmutzigsten Witz sauber zu Ende erzählen, sagte ich. Und auf dem Bierkasten lag ein Buch, in dem hat sie dann hinter der Theke gelesen. Sie war hübsch, stark und gescheit, also traute sich keiner heran. Und ausgerechnet sie wollte mit mir nach der Abiturfeier, als nur noch wir beide übrig waren, in der Backstube des Badischen Hofs tanzen, zu einem Lied, das heute keiner mehr kennt, You are my destiny, oder hast du davon schon gehört? Malte schloss kurz die Augen, ein leicht hochnäsiges Nein, und in dem Moment hätte ich You are my destiny mit seinem verschleppten Refrain mühelos anstimmen können, aber da sagte er, wir seien gleich da, und zeigte auf den Navischirm, statt auf die alten Fachwerkhäuser um uns. Und wie erkennst du sie jetzt, nur durch das Foto? Es ließ ihm keine Ruhe, und ich sagte, Zur Not am Geruch. Nach Fallobst und ihren Selbstgedrehten.

16

Die Nervosität, wenn dieses überholte Wort reicht, die Unruhe, ja Panik in Erwartung der nächsten Minuten, aber auch des nahenden Grenzübertritts, hätte nicht mehr größer sein können, als wir ins Migros-Parkhaus bogen und gleich angeblinkt wurden, das F im Nummernschild sprach ja für sich. Malte hielt auf dem ersten freien Platz, und

schon stieg meine Schülerliebe aus einem betagten Kombi
mit Konstanzer Kennzeichen, KN, und ihren Initialen, AB,
und winkte, als hätten wir uns erst kürzlich voneinander
verabschiedet, und die Strecke der Jahrzehnte, sie schnellte
zusammen zu ein paar Metern auf Beton; nur das Licht
in dem Parkhaus war gnädig zu Leuten, die sich nach so
langer Zeit wiederbegegnen.

Für ein, zwei Augenblicke blieben wir noch stehen,
dann gingen wir aufeinander zu, wie man es von Duellen
im Western kennt, langsam, und ich sah, dass für Almut
auch das Tageslicht nicht geschadet hätte, da wäre nur
das Prachtgrau ihres Haars mehr zur Geltung gekommen.
Sie trug es offen und halblang, kürzer als früher, hielt aber
den Kopf wie eh und je etwas schräg, gegen ihren einzigen
Makel, das eine verschlossene Ohr. Denn alles andere, die
Falten auf Stirn auf Wangen, der nicht mehr so volle
Mund, das schwächere Blau ihrer Augen und was sich noch
aufzählen ließe, obwohl ich es erst nach und nach sah, war
ja kein Makel, sondern das Alter. Sie war so alt wie ich, und
Schluss, oder andersherum gesehen: Ich war so alt wie sie,
und Schluss. Allerdings trug ich keine Jeans, und hätte ich
welche getragen, dann bestimmt nicht so lässig wie sie, und
ihr schwarzes T-Shirt saß immer noch knapp über dem,
was uns Jungs vor Jahrzehnten beschäftigt hatte. Salü,
Hinn, sagte sie, ein Gruß noch aus der Zeit, als die Franzosen im Südwesten stationiert waren, man ihren Soldaten-
sender empfing, Salut les copains, die beste Musik weit und
breit, und ein Ausruf im Ton der Gegend, einem wie verkaterten Singsang, unnachahmlich; danach eine Musterung
von zahlreichen Herzschlägen, meines Herzens. Almut sah
mich nur an, mehrmals ein- und ausatmend, weil es im
Handumdrehen eben nicht geht, ein Gesicht aus der Schul-

zeit mit demselben Menschen nur jetzt im Ruhestand, begleitet von seinem Enkel, in Einklang zu bringen. Meine Güte, sagte sie – möglich auch, dass ich es gesagt hatte oder wir beide im Chor –, dann erst kamen ihre Hände, ein Berühren meiner Schultern, als seien sie zerbrechlich, und das war auch schon der Teil, der nicht zur Sache gehörte, der nur mit uns zu tun hatte und nicht mit dem Grund für das Wiedersehen. So, und ihr habt in Zürich eingekauft? Sie sah zu Malte, der neben mir stand. Du bist der Enkel, aha. Und hast du den Kassenbon, oder wer hat ihn?

Ich hatte ihn, er war zum Glück noch in meiner Hosentasche, nur verknittert, also strich ich ihn glatt, und Almut nahm ihn an sich. Wenn es hart auf hart kommt, sagte sie, vergleichen die an der Grenze den Einkauf mit den einzelnen Posten. Leider steht dort das gestrige Datum, das knicken wir weg, auch den Namen der Filiale, aber ich denke, sie werden mich durchwinken. Wo sind die Sachen? Sie flüsterte jetzt, weil Leute vorbeigingen, ein Flüstern wie das nachts in der Backstube, als hätte sich ihre Stimme gar nicht verändert, oder meine Erinnerung wäre so übermächtig, und Malte holte die Tüten, zwei große und eine kleinere. Sie müsse das nicht für mich tun, sagte ich schnell, ich könnte es ohnehin kaum glauben, dass sie nach all den Jahren plötzlich vor mir stehe, bereit zu so einer Aktion, als seien wir noch in der Schule und wollten nur Zigaretten schmuggeln. Die Bürkle legte sich einen Finger auf den Mund, Das Sentimentale später, ja? Sie warf in jede Tüte einen Blick, dann ging sie mit uns zu dem alten Kombi und klappte die Heckklappe nach oben, und man sah, dass ein Teil der Ladefläche schon belegt war, mit einem Sack Kartoffeln, etlichen losen Zwiebeln und einem Korb voller Eier. Die Tüten vor die Kartoffeln, erklärte sie. Und ihr fahrt hinter mir her, mit etwas Abstand! Sie hob als Nachdruck die Brauen, und von mir nur ein Ja, das letzte Wort auf Schweizer Boden.

Landesgrenzen üben auf Kinder und auch auf Erwachsene noch einen eigenen Reiz aus, man sieht sie meist nicht, man weiß nur, dass es sie gibt und man sie nicht verletzen darf; ihr Imaginäres verwirrt einen, und so hatte der Mauerbau seinerzeit auch etwas Erhellendes: Ach, so schauen Grenzen aus, wenn es ernst wird. Denn die Grenze, auf die Malte und ich wenige hundert Meter hinter Stein am Rhein in einer langen Kurve zufuhren, hatte früher etwas Spielerisches gehabt. Als Schüler passierten wir sie häufig für Theaterbesuche in Zürich, und bei der Rückfahrt kam ein müder Beamter in den Bus und fragte pro forma, ob wir Waren zu verzollen hätten, Kaffee, Schokolade, Zigaretten, wo ja eigentlich nur Benzin in der Schweiz viel billiger war, vierzig Rappen damals der Liter, und alle im Bus sagten Nein, und der Beamte in Grün trat wieder in sein Zollhäuschen mit Fähnlein auf dem Dach und kleiner Schranke davor – ein liliputanisches Ensemble, aus dem, so mein Eindruck, als wir uns der Grenze näherten, eine Art Befestigungsanlage geworden war.

Almuts Kombi stand schon vor der Sperre, ein Zöllner in Begleitung, Schäferhund mit kurzen Hinterläufen, warf einen Blick auf das Kennzeichen, aber auch einen Blick ins Innere, sagte noch ein Wort und ließ die Bewohnerin der Gegend durch, und ruckzuck war alles Geld wieder in dem Land, aus dem es stammte. Der Kombi entfernte sich, und die Erinnerungen an meine Nacht mit Almut Bürkle rückten immer näher, dazu in der realen Welt die Grenze: mit jetzt zwei Zöllnern, die auf den BMW aus Frankfurt zugingen. Malte hatte sein Fenster geöffnet, beide hielten wir die Pässe bereit, und während der eine Beamte den Hund schnüffeln ließ, warf der andere kaum einen Blick auf die Dokumente; ihn interessierte nur die Uhr, die ich zum Abschied von meiner Zeitung bekommen hatte. Nach Jahrzehnten der Treue zu den Prinzipien des Blatts, gültig auch für den Umlandteil, journalistische Sorgfalt und korrektes Deutsch, gab es zum Dank eine Rolex, die einfachste Ausführung für Redakteure wie mich, ohne Gold und doch schwer, ein handschellenartiges Stück. Ich trug also diese Uhr, die einen Mann angeblich jünger erscheinen lässt, aber bei Grenzübertritten von der Schweiz in unser Land offenbar auch in schiefes Licht rückt.

Ihre Uhr, sagte der Zöllner, die führen Sie ein, die Rechnung haben Sie dabei? Er beugte sich etwas weiter in den Wagen, und ich erzählte die Geschichte der Uhr in Stichworten, eine, wie er sie wohl nicht jeden Tag zu hören bekam. Rufen Sie bei der Zeitung an, sagte ich, und man wird Ihnen dort das Geschenk bestätigen, gern auch den Kaufbeleg mailen, wollen Sie die Nummer? Ich nannte die ersten Ziffern, eine Nummer, die noch zum Zahlenteil meines Lebens gehört, ja, ich nannte sogar, erinnerungsselig, meine alte Durchwahl, fünf null eins, aber da winkte der Beamte schon ab und machte aus der Geste ein Durchwinken, und vor uns ging die Absperrung auf, als könnte sie die Bewegung lesen, so wie ich früher jede Regung auf Irenes Stirn, jeden Schatten, den ihre Verfassung warf. Das war's, sagte Malte, als die Grenze hinter uns lag. Und jetzt?

Jetzt fahren wir zu dem Ort, wo ich im Heim war. Weil meine Eltern sich getrennt hatten. Und solche Einrichtungen auch für normale Leute bezahlbar waren. Auf einmal war ich dort und lernte Bettenmachen. Und beten. Willst du noch mehr wissen? Ich sah auf die Landschaft mit dem

Untersee, der See noch schmal und mit Strömung; Malte machte das Radio an, irgendeinen Quasselsender, er wollte nicht mehr wissen, wozu auch. Von mir wusste er immerhin, womit ich mein täglich Brot verdient hatte, ja sogar von seinen Urgroßeltern wusste er es. Ich hatte ihm früher von meiner Mutter erzählt, Sängerin im Opernchor, auf alten Fotos schulterfrei und überfüttert, eine egozentrische Frau und verhinderte Diva, das wusste er nicht, das wusste nur ich. Und auch von meinem Vater hatte ich erzählt, verhinderter Buchhändler mit Zeitschriftenkiosk im Ostbahnhof, dem trostlosesten aller Bahnhöfe, die ich kenne. In den Ferien hatte ich dort ausgeholfen, Rätsel und Landser-Heftchen in die Ständer sortiert, dazu die paar Bücher für das gehobene Publikum; und abends beim Essen ein Regime zur Aufrechterhaltung von Mythen über sich selbst. Gute Eltern zu sein. Oder zu gut für den Opernchor, zu gut für einen Zeitschriftenkiosk. Bis meine Mutter einen Bariton aus Köln kennenlernte, Zeit, dass der Junge irgendwo hinkam. Sie fuhr mich persönlich zum Bodensee und weinte beim Abschied, ich weinte nicht. Ich war elf, und schon am ersten Abend erzählten die Älteren vom Badischen Hof. Sie nannten ihn den BH, und man musste die Oberstufe erreichen, damit man dort einkehren durfte, ich gab mir alle Mühe. Und endlich das erste Mal in der dunkel getäfelten niedrigen Wirtsstube, wo die Tochter des Hauses in Jeans und weiß gestiefelt Bier und Landjäger an die fettigen Tische brachte und später im Jahr ein spezielles Getränk, den sämigen Suser aus neuen Trauben der Gegend, süß und gefährlich; ehe man sich's versah, taumelte man zu den Aborten, so stand es über dem Hinterausgang: Zu den Aborten. Ich aber kehrte zum Bier zurück, auch weil die Bürkle Almut immer erst den Deckel von Zoller-

Bräu vor einen hinlegte, so zum Tisch gebeugt, dass ihre Mädchenbrüste, die schon Frauenbrüste waren, der Schwerkraft folgten, dann erst kam das Glas mit Schaum, den sie mit zwei Fingern abstrich. Und wer Geld hatte, bestellte sich statt eines Paars Landjäger zum Bier den Zwiebelrostbraten für neun Mark achtzig. Auch das gehört zum Zahlenteil meiner frühen Jahre, so unauslöschlich, machtvoll in die Gegenwart reichend, wie etwa die Anzahl der Langspielplatten, die Almut am Ende der Schulzeit besaß, vierzehn; die hatte sie nachts in der Backstube mit ihren Hüllen in einem Halbkreis vor uns ausgebreitet, Was wollen wir hören, Hinn? Sie saß im Schneidersitz da, nackt, die Hand mit dem Weinglas zwischen den Beinen, wir tranken Aarlinger Spätlese, auf dem Grund der Flasche, im Weinrest, den ich gegen ein Kerzenlicht hielt, Gebilde wie Eizellen unter dem Mikroskop, ein Treiben, das animierte. You are my destiny, habe wohl ich geantwortet, es spricht vieles dafür.

17

Die Erinnerungen an das Schöne, das lange zurückliegt, sie sind größer als man selbst, und ihre Übermacht kommt immer unerwartet, wie aus dem Hinterhalt. Als Malte vor dem Badischen Hof parkte und ich das weit heruntergezogene Schieferdach und die kleinen Fenster sah und vor dem unveränderten Eingang Almut Bürkle mit unseren Tüten in der Hand, kamen mir sozusagen die Tränen; nicht dass ich geweint hätte, aber die Tränen standen bereit, ein gleichmäßiges Atmen hielt sie zurück. Wir stiegen aus, und die Chefin des ländlichen Gourmetlokals, inzwischen nur noch mit einer Abendküche, hielt uns die Tür auf und führte Malte und mich in die alte Wirtsstube. Wir hätten Glück, ihr Koch sei schon da, das Menü vorzubereiten, aber er könnte nebenher zweimal Zwiebelrost machen, seid ihr dabei? Sie übergab die Tüten, und natürlich waren wir dabei, besonders mein ewig hungriger Enkel. Bitte medium und mit Bratkartoffeln, sagte er und setzte sich gleich an den Stammtisch neben dem Kachelofen, vor sich sein Pad, um etwas nachzusehen, vielleicht das Verhältnis von Fleisch und Zwiebeln in den klassischen und neueren Rezepten, Malte war ja an allem interessiert. Eine Hand auf den Tüten mit dem Geld, die andere auf dem Display, tauchte er ins Netz, und Almut nutzte die Situation, mich in den Gang zu lotsen, der zur Küche führte und weiter zur alten Backstube. Zweimal Rost, rief sie, damals schon die Abkürzung für das Spitzenprodukt des Badischen Hofs, und ich fragte, ob sie ihr Lokal allein führe.

Ich mein Lokal allein? Das ist nicht das, was du wissen willst, sagte sie, da hatten wir die Backstube erreicht, und ich sah, dass dort jetzt ihr Schlafzimmer war. Wo ein mehlbestäubter großer Tisch gestanden hatte, stand nunmehr ein Futonbett, dafür war der gemauerte Ofen in seiner Form erhalten, auch wenn er nur als Kamin diente, während sich auf den früheren Brotablagen Bücher und Zeitschriften stapelten. Ich überflog ein paar Titel, nicht die beste Gewohnheit; sie las querbeet, kann man sagen, neben Che Guevaras Bolivianischem Tagebuch etwa ein Bildband über ländliches Wohnen, dann die Geschichte der Black-Panther-Bewegung und Adorno in einer Raubdruckausgabe als Stütze von Claire Lispectors Nahe dem wilden Herzen. Ob sie Kinder habe, fragte ich, und Almut tippte mir an die Brust, als würde sie an mein Hirn tippen. Ich lebe allein, wenn du das wissen willst. In Berlin war ich lange nicht allein, ohne Kinder, bis es sich hatte. Und du lebst wie, zu zweit, zu dritt? Eine Frage, als sie mir den Rücken zukehrte und lose Zeitungen vom Bett nahm, den Südkurier und auch die meine, und ich sagte, dass ich für mich leben würde, aber die Antwort reichte ihr nicht. Wo ein Enkel ist, muss es auch eine Großmutter geben, richtig? Sie sah mich an, und ich erwähnte Naomi und Irene – Irene, meine Frau, vor neun Jahren gestorben, mehr sagte ich nicht, mehr wollte sie auch nicht wissen. Sie strich mir nur kurz über den Arm, dann sortierte sie die Zeitungen, als hätte sie meine Vergangenheit als Redakteur schon er-mittelt und wollte das Regionale daran andeuten, indem sie zuoberst den Südkurier legte. Aufmacher war dort die Eurokrise, dazu ein Bild der Akropolis bei Gewitter, nicht gerade originell, während ja meine alte Zeitung seit einigen Jahren höchst geheimnisvolle, nur auf versteckte Art zum Weltgeschehen passende Fotos auf der Eins bringt, als sollte schon beim frühmorgendlichen Blick auf das Blatt ein Geistesblitz überspringen, wo doch der Leser nur mit den Achseln zuckt. Du weißt noch, wie es hier früher aussah, sagte sie nach einer jener Pausen, in denen Frauen wie sie ihre Erinnerungen prüfen, ohne sie zu beschönigen. Und ich nickte nur, dankbar dafür, dass sie das im Parkhaus auf später verschobene Sentimentale kaum mehr als streifte; und ihren nie beantworteten Berliner Brief, den schien sie ganz vergessen zu haben. Ob ich gesund sei, fragte sie noch, und in dem Fall war meine Antwort ausführlich. Ich ging die wichtigsten Organe durch, während sie sich, wie eh und je, mit den Fingern kämmte, allerdings vor einem Spiegel, der am einzigen geraden Wandstück der gewölbten Backstube hing, genau dem Stück, vor dem wir uns am Boden geliebt hatten, weil unten an der Wand die Steckdose für den Plattenspieler war.

Almut kämmte sich mit raschen Bewegungen, mehr ein Aufschütteln des prachtvoll grauen Haars, und ich glaubte, in ihren Augen ein Lächeln zu sehen, auch einen Blick über den Spiegel zu mir: der ich in Richtung der Steckdose schaute, die es immer noch an der Stelle gab. Hast du Hunger? Das Essen wird fertig sein, sagte sie. Der Rostbraten ist noch der alte, die Teller sind neu. Hier sieht manches nur aus, als sei es völlig verändert, ich auch. Aber darunter ist alles geblieben, wie es war. Oder hast du Falten in dir? Sie nahm ihre Unterlippe kurz zwischen die Zähne, auch das ein Detail noch aus der Schulzeit, dann erklärte sie den Besuch in der einstigen Backstube für beendet und zeigte mir noch die neuen Toiletten und ihr Büro und die Küche mit allen Schikanen, der Koch dort eher ein Laborant, blass mit Brille und Haarschutz. Und von der Küche ging es wieder zur alten Wirtsstube, ohne dass sie ein zweites Mal nach meinen inneren Falten fragte; Almut fragte nur leise, ob ich etwa so einer sei, der schwarzes Geld in der Schweiz bunkere, und ich erklärte ihr ebenso leise, was es mit dem Geld auf sich hatte und dass ich es nicht für mich wollte – Ehrenwort, flüsterte ich, worauf sie mir noch einmal über den Arm strich, länger und entschlossener als vorher. So hätte ich auch gestern am Telefon geklungen, ziemlich unbedarft, fast wie damals, sonst wäre sie mir kaum entgegengefahren für so eine Aktion. Und am Tisch – auf den Tellern handgroße Rumpsteaks unter Bergen von glasigen Zwiebeln – wandte sie sich an Malte, der neben dem Essen bei Autoscout surfte, und sprach davon, dass sie den Kombi loswerden wollte, lieber heute als morgen, und dafür etwas

Solideres suche, schneller, größer, bequemer. Gebraucht, aber wie neu, sagte sie, egal, wo ich ihn finde und abholen muss. Wer mit seiner Küche auf dem Laufenden bleiben will, hat viel zu fahren. Ich war überall im Land und überall in Frankreich, jetzt ist Italien an der Reihe. Und der Zwiebelrost, ist er wie früher?

Er war wie früher, ich hätte jubeln können; ein bestimmter Geschmack, verbunden mit einem Geruch, kann wie die Rückkehr zu einem Ort der Kindheit sein, und letztlich war ich ein großes Kind bis zu der Nacht, in der Almut Bürkle die Dinge für mich in die Hand genommen hatte, während auf dem Plattenspieler erst Destiny lief und dann Runaway mit seinem Geigenlauf in höchsten Tönen. Alles zusammen aber, die Musik und der Backstubenduft und der Geschmack ihrer Zunge, schuf in mir eine Art Urmeter, später Maßstab für Größe und Rang aller nächtlichen Dinge. Genau wie früher, sagte ich, und die Bürkle drückte unter dem Tisch mein Knie, Höhepunkt unserer Wiederbegegnung nach Jahrzehnten. Der Rest war Essen, bis ich Malte ein Zeichen gab, dass wir aufbrechen sollten. Er griff nach den Tüten, dankte für den Zwiebelrostbraten und wünschte dem Badischen Hof alles Gute – Malte kann sich benehmen, und wie, wenn nötig. Dann ging er schon zum Parkplatz, und Almut holte Luft, um noch etwas zu sagen, das sich nicht ohne Weiteres sagen ließ, sie tippte mir sogar im Takt der Worte wieder an die Brust. Heilandnochmal, wir zwei! Ihr Finger blieb auf meinem Hemd, sie schob mich weg von sich. Und nicht sofort auf die Autobahn gehen, bis zum Hegaublick können einen die Zollbullen noch stoppen – ihr Schlusswort.

18

Eine Fahrt also über die Landstraßen des Hegau mit seinen Vulkankegeln noch aus einer Zeit ohne Menschen, frei von Gier und Traurigkeit. Erst hinter Hüfingen wagten wir uns dorthin, wo es keinen Zoll mehr gab und keine Beschränkung der Geschwindigkeit, und gleich überholte uns ein Geschoss wie das meines Nachbarn mit Hund. Carrera RS, rief Malte. Mit hunderttausend Kilometer schon ab fünfundzwanzig, die halben Zinsen. Und erste Hand, Garagenwagen, Nichtraucher. Oder worüber wollen wir reden?

Deine mündliche Ethikprüfung, geht es da nur um die Gerechtigkeit? Ich sah immer noch in den Rückspiegel, ob etwa doch noch ein Fahrzeug mit der Aufschrift Zoll hinter uns auftauchte oder schlicht die Polizei, aber es tauchten nur Autos auf, die wie Pfeile an uns vorbeisausten. Es geht auch um die Sinnfrage, sagte Malte. Reden wir doch bis Stuttgart darüber, bis Heilbronn dann über Aristoteles und Kant und das letzte Stück über Romantik, Heine und die Typen.

Und daran hielten wir uns, stießen aber bei Mannheim erneut auf die Sinnfragen, und plötzlich war Malte bei der Person, die mit ihm, als er klein war, fast jedes Wochenende auf dem Teppich gespielt hatte, nämlich bei Irene. Zum ersten Mal sprach er von ihr als einer Frau, anders als alle ihm sonst bekannten Frauen, ja wollte sogar über ihren Sprung in den Tod reden, was wohl dazu geführt habe, und wie sie in der Zeit davor gewesen sei. Hat denn nichts darauf hingedeutet, fragte er bei einem Spurwechsel, und ohne jedes Nachdenken, so, als hätte er eine volle Lade in mir geöffnet, erzählte ich von einem Kinobesuch wenige Wochen vor dem Sprung. Irene war damals kaum noch ausgegangen, sagte ich, aber eines Abends wollte sie ins nahe Filmmuseum, wo ein alter Film aus der damaligen Tschechoslowakei lief. Er hatte als bester ausländischer Beitrag sogar einen Oscar gewonnen, das war Mitte der sechziger Jahre, nur kennt keiner mehr den Titel. Das Geschäft in der Hauptstraße. Sie und ich, wir sind fast die Einzigen in dem Museumskino ohne Werbung und ohne Eiscreme. Der Film fing gleich an, und Irene hielt sich an mir, man sah eine Provinzstadt in der von Deutschen besetzten Tschechoslowakei, Straßen in sprödem Licht, geduckte Leute, Juden und Nichtjuden, dazwischen die Besatzer. Schau sie dir an, sagte Irene, ihre Gesichter, blank, leer, gebügelt. Die anderen dagegen – sie meinte die Juden in den Filmen – voller Leben, so wie heute noch, nicht wahr? Und ich tippte mir an den Mund, damit sie flüsterte, und gab ihr recht, obwohl wir nur einen einzigen Juden näher kannten, einen polnischen Kollegen, aber aufgewachsen bei Frankfurt, Jerzy Tannenbaum, wir hatten manchen Abend zusammen verbracht.

Und worum geht's in dem Film? Malte fuhr immer noch auf der langsamen Spur, als wollte er mir Zeit geben, und die brauchte es auch, um sich die Handlung ins Gedächtnis zu rufen. Denn die eigentliche Handlung in meiner Erinnerung ist Irene, still neben mir weinend. Worum es schon bei den alten Griechen ging, sagte ich, um schuldlose Schuld. Ein junger Tscheche, von seiner Frau dazu getrieben, mehr Geld zu verdienen in den harten Zeiten, verdingt sich als eine Art Security für einen kleinen jüdischen Laden, geführt von einer Witwe, die von anderen Juden in der Stadt unterstützt wird, weil ihr Lädchen nichts mehr einbringt. Der Tscheche, so stramm wie die deutschen Besatzer, wird also von Juden für seine Dienste bezahlt. Er passt auf den Laden auf, entwickelt dabei aber eine Beziehung zu der alten Frau. Und als die Deportationen anfangen und er sie zum Packen drängt, widersetzt sie sich so verzweifelt, dass er sie schließlich in einen Schrank sperrt, in der Hoffnung, dass sie dort überlebt, bis alles vorbei ist. Aber er musste sie mit Gewalt in den Schrank schaffen, wodurch sie zu Tode kam, wie er am nächsten Tag merkt. Und überwältigt von Schuld nimmt er sich das Leben, auch eine Art Gerechtigkeit, Ende.

Ich sah auf die Migros-Tüten zu meinen Füßen, Momente lang ein Rätsel: was dieser Einkauf sollte, und Malte wechselte jetzt die Spur. Immerhin ein Oscar, hielt er fest, als in mir der Kinoabend noch weiterging – auch während des Abspanns hatte Irene still vor sich hin geweint, ein Produzieren von Tränen wie eine Raupe ihre Seide, um sich einzuspinnen. Erst als wir später noch etwas tranken, kam sie auf den Film zurück und fragte nach Sinn und Gerechtigkeit im Leben, und ich sagte, sinnvoll sei es, so einen Film zu machen, und gerecht sei es, wenn er heute noch Tränen auslöse, und sie rief, ihre Tränen, nicht meine. Aber davon nichts zu Malte auf dem letzten Stück bis Frankfurt, es hätte ihn nur verwirrt und wäre nicht zielführend gewesen, sein Lieblingswort hinsichtlich der mündlichen Prüfungen. Stattdessen schlug ich einen Bogen zu uns. Recht und Unrecht würden heute eher verschwimmen als damals, was also tun? Irgendwie das Leben auf der Welt verbessern, und wenn es nur mit einer Haltung ist, für die man steht – Beistand den Verlorenen, Entlastung den Beladenen, Friede den Hasserfüllten.

Klingt etwas biblisch, sagte Malte, als wir die Autobahn schon verlassen hatten und hinter dem Stadtwald die Hochhäuser in den Abend ragten; und auf Höhe des Sta-

dions, der Commerzbank-Arena, machte er einen überraschenden Vorschlag: Man könnte auch von dem Geld
etwas spenden, also Gutes tun. Zum Beispiel mit einer
Fernadoption, sagte er, die funktioniert sogar übers Internet. Wir adoptieren ein afrikanisches Kind, einen Jungen,
der seine Eltern im Krieg verloren hat. Ich meine, wir holen
ihn nicht etwa her, er bleibt in seiner gewohnten Umgebung, aber wir finanzieren für ihn Essen und Ausbildung, das hätte dann mit Gerechtigkeit und noch mit Sinn
zu tun! Malte nickte beim Fahren, er nickte sich selbst zu,
und ich wollte seinen ethischen Optimismus auf keinen
Fall dämpfen, ja, im Grunde teilte ich ihn – oder hätte ich
mich sonst auf den finanziellen Handel mit Zusan der Kassiererin eingelassen, auf ihr Ausbessern meiner abgewetzten Tage, wenn ich ehrlich bin, und nicht der Hemden, die
noch Irene gekauft hatte, und dem Füllen eines Herzens,
nicht meines Magens mit polnischer Hühnersuppe für ein
Geld, das kaum der Rede wert war.

Wir sind da!

Malte schob mich förmlich aus dem Wagen, unsere Tüten schon in der Hand, und Minuten später wusste seine
Mutter, dass wir nicht aus dem Harz kamen. Wir saßen um
Naomis Küchentisch, die Jalousien geschlossen, drei Personen wie Verschwörer, und holten aus Dosen und Flaschen
zuerst mit Cremes oder Soßen verschmierte Würste ans
Licht und aus den Würsten schließlich ein kleines Vermögen. Naomi nippte an einem Glas Wein. Sie hatte gerade
ein Fernsehinterview zu der bevorstehenden Ausstellung
hinter sich, noch nicht ganz frei davon, unverwechselbar
oder individuell zu erscheinen, und so spielte sie anfangs
die Kopfschüttelnde, wie konntet ihr nur. Als aber alles
Geld auf dem Tisch lag, gab sie sogar beim Zählen und

Glätten der vielen Fünfhunderter den Ton an, und mir
schien, ihr zitterten ehrlich die Hände; wer souverän sein
will, sollte nichts mit Beschäftigungen dieser Art zu tun
haben. Geld beruhigt nicht wirklich, Geld macht nervös,
es bringt auch die Klügsten aus dem Takt. Und wohin jetzt
damit, sagte meine Tochter am Ende und entschied sich
vorerst für die Speisekammer und leere Spaghettischachteln, die gar nicht leer waren; die Nudeln warf sie einfach
in den Abfall, etwas, das Naomi unter normalen Umständen nie getan hätte. Danach gingen wir auseinander, Malte
brachte mich noch zur Tür, in den Augen ein Leuchten,
dem alles Kindliche fehlte.

19

Mein Schlaf in der Nacht hatte nichts von dem der Ge-
rechten, er war flach und zerrissen, mehr ein Halbschlaf
wie auf Flügen, wenn man nicht weiß, wohin mit den Beinen, den Armen, dem Kopf. Und auch am nächsten Tag
kam mir das Ganze noch wie ein Bekenntnis zum Bösen
vor, eine Abkehr von mir selbst, so mühsam es auch sein
mag, immer man selbst zu sein, ein in sich klares Individuum – in meinen frühen Zeitungsjahren noch eine be-
liebte Geringschätzung: Oh, dieses Individuum!, hieß
es etwa von Informanten, während ich damit meine, vereinzelt sein, nicht einzigartig. In diesem Gefühl verließ ich
erst abends das Haus, ein Weg zur nahen Schweizer Straße,
dort gleich links, und nach ein paar Schritten das gute alte
Woolworth mit den Kassen im Parterre.

Zusan hatte bei ihrem letzten Besuch erzählt, sie würde

über Ostern nach Hause fahren, zu ihrer allein lebenden Mutter, und seitdem war sie nicht mehr aufgetaucht.
Also kein Besuch im April und noch keiner im Mai, zwei
Monate ohne sie, das war in den Jahren unserer Bekannt-
schaft – ihr Ausdruck, nicht meiner – selbst in der sommerlichen Ferienzeit, wenn auch im Woolworth Flaute
herrschte, nicht vorgekommen; und bei ihrer bisher längsten Abwesenheit hatte sie mich sogar einmal aus Warschau
angerufen, wie es mir gehe ohne sie. Meine Nummer steht
ja im Telefonbuch, ihre dagegen, eine mobile, hat sich
mehrfach geändert, und nach dem Anwählen der letzten
gültigen kam immer nur eine Frauenstimme auf Polnisch
von einem Band, aber nicht die weiche Stimme von Zusan.
Folglich blieb nur der Weg in das Kaufhaus, um heraus-
zufinden, ob die Kassiererin mit dem kurzen dunklen Haar
je wiederkäme und ob es von ihr eine Adresse gebe. Mir
hatte sie nur von der Schlafstelle im Ostend erzählt; mein
Anlaufpunkt war ihr Arbeitsplatz.

Ich betrat das Kaufhaus, als die Wühltische vor der Tür
schon hereingerollt wurden, und es war überhaupt nur
eine Kasse besetzt, in der Schlange die üblichen Kopftuch-
frauen mit Packen von Wäsche, die Jüngeren begleitet von
ihren Männern in Trainingsanzügen, dazwischen eine
mütterchenhafte Alte, die schon ihre Münzen für eine
Glückwunschkarte abzählte. Es waren nicht die überflüssigen, großen Dinge, die im Woolworth gekauft wurden, es
waren die unerlässlichen kleinen, Stopfgarn, ein Schlafanzug, Kindersocken, drei Kerzen zum Preis von einer, der
Slip vom Wühltisch und ein Ball, das Paar Schuhe für neun
neunzig oder jetzt, zur wärmeren Jahreszeit, ein Blumen-
topfset für den Balkon. Ich entschied mich für ein Verlängerungskabel, immer zu gebrauchen, also eine Fahrt mit

der Rolltreppe in die obere Etage. Dort sah ich mich gleich nach Sandalen für den Sommer um, die Herrenabteilung natürlich oben, weil ja die weibliche Kundschaft überwog und schon im Parterre etwas finden sollte, aber keins der Sandalenpaare hätte meinen Lebensmut, den für die schönen Monate, auch nur leicht angehoben. Also ging ich allein mit dem Verlängerungskabel zur Kasse, schnell erkannt von Zusans junger Kollegin, auch aus dem Osten, aber südlicher, mit leicht dunkler Haut, eine, die mit Zusan oft gemeinsam die Schicht hatte. Ich legte das Kabel hin, und noch bevor ich etwas fragen konnte, erhielt ich schon eine Antwort: Meine Bekannte sei nicht mehr da, keine Arbeit mehr, Arbeit vorbei. Die junge Frau gab mir den Beleg und packte das Verlängerungskabel in eine Tüte, bei einem einzelnen Artikel sonst nicht üblich, ein Extraservice, nur um sich zu mir zu beugen für ein paar Worte. Die Arbeit hier sei bald für alle vorbei, noch vor dem Sommer, die Angestellten hätten es letzten Montag erfahren, die Kunden würden es nächsten Montag erfahren. Sie holte Luft für noch ein paar Worte, offenbar traute sie mir und wollte einen Überdruck in sich ablassen. Plakat Wir schließen, alles muss raus! ist schon gemacht, flüsterte sie.

20

Ältere Leute fürchten oft die Sonntage, den Stillstand der Zeit und fehlenden Schwung vor der Tür, als hielten Sonntage ihnen den Spiegel vor: Seht, wie ihr seid. Mich bedrücken dagegen Montage mit ihrem Aufbruch zu Neuem, das sich schon anderentags als das Alte erweist, dem Falschen, das sie mit sich bringen, oder einem schweren Herzen, wenn die Woche einmal mit einer Katastrophe begonnen hat.

Neun Uhr früh an einem Montag war es, als ich von Irenes Selbstmord erfuhr. Zwei Polizeibeamte, Mann und Frau Ende dreißig und offenbar geschult in solchen Dingen, standen im Wohnungsflur, nachdem ich von oben die Haustür geöffnet hatte, aber schon aus den paar Worten durch die Sprechanlage, Hier ist die Polizei, wir möchten mit Ihnen reden, ließ sich heraushören, was passiert war, das Schlimmste, was passieren konnte, auch wenn Irene ihre Abwesenheit für die Nacht von Sonntag auf Montag begründet hatte, mit dem Besuch der Kundgebung von Gegnern des Flughafenausbaus in Frankfurt, daran anschließend eine nächtliche Mahnwache an der Baustelle. Also machte ich mir auch am Vorabend kaum Gedanken, als sie nicht anrief, sie wird sich mit den anderen dort heißreden, dachte ich und ging nach einem Glas Wein ins Bett, höchstens etwas beunruhigt, weil sie wieder einmal Gefahr lief zu scheitern, wie als Übersetzerin aus dem Italienischen, ein Scheitern an zu hohen Ansprüchen, und die trugen ja auch die Flughafengegner vor sich her. Ich hatte ihr angeboten, sie zu begleiten, aber das wollte sie nicht, also blieb mir nur, darauf zu vertrauen, dass sie nicht allein war, sondern inmitten Gleichgesinnter: eins meiner tröstlichen Bilder für das Einschlafen, Irene als Teil einer Kette von Menschen, festgehalten, während sie sich schon in die Tiefe gestürzt hatte und zerschmettert auf dem Waldboden lag, statt eingehakt mit Kerze in der Hand vor einem Bauzaun zu stehen. Und bei den ersten Worten der Beamten in meiner Wohnung – es schien, als redeten beide zugleich –, Wir müssen Ihnen leider, lief ich an eins der Panoramafenster und riss es auf, als sollte die ganze Stadt den Weltuntergang mit mir teilen, und der männliche Beamte, sein Part natürlich, zog mich vom Fenster weg, als wollte ich ein Verbrechen begehen und nur sein Zugriff könnte es verhindern. Erst daraufhin von mir ein Nein, für einen Montagmorgen viel zu laut, und die Beamtin schloss die Wohnungstür, wie es Irene oft getan hatte, sanft mit beiden Händen, und mein Nein ging wohl über in einen Tierlaut, wenn ich an die Blicke der beiden denke, an den Schrecken darin, wie über einen Wolf im Fangeisen, der aus Verzweiflung das eigene Bein durchbeißt, und nun war es die Polizistin, die handelte, indem sie die Tatsachen aussprach. Ihre Frau, sagte sie, ist heute früh unterhalb des Goetheturms tot aufgefunden worden, sie hatte einen Ausweis bei sich, wir vermuten einen Selbstmord. Die ersten Worte, die etwas Halt gaben, bis sich auf alles ein Schleier legte an diesem Montag, mit mehr Erinnerung an den Schleier als an das, was dahinter war – die Minuten im Leichenschauhaus, der Blick auf sie, die Übergabe persönlicher Gegenstände, Irenes kleiner Kamera, ihrer Kleidung, ihres Rucksacks, der Papiere ohne Abschiedsbrief; später die Begegnung mit Naomi, ihr weißes Gesicht, und eine Hand, die nicht warm wurde durch meine. Schließlich die erste Nacht allein, Stunden am offenen Fenster mit der Möglichkeit, Irene zu folgen, die Blicke nach unten, die Autos auf dem Parkplatz so verschwommen, als hätte sich mein Augenlicht innerhalb eines Tages bis auf Reste verbraucht, medizinisch gar nicht zu erklären; und zuletzt Stunden in Irenes Zimmer, auf ihrer Bettkante.

Ich sah mir die Fotos in der Kamera an, alles, was sie am letzten Tag aufgenommen hatte. Ein Hochzeitspaar auf dem Römer, wie es sich küsst, wie es ihr zuwinkt. Zwei junge Paare vor dem Opernplatzbrunnen, die eine Frau schwanger, wie sie sich den Bauch hält, wie ihr Mann sie streichelt. Ein Pärchen mit Kinderwagen auf der Zeil, beide zu dem Kind schauend; ein anderes Pärchen umschlungen in dem alten Steinpavillon auf dem Weg zum Mühlberg, also schon Richtung Goetheturm. Und das letzte Bild zeigte ihre abgestellten, ganz und gar auf den Sommer zugeschnittenen libellenhaften Sandalen vor der untersten Turmtreppenstufe. Andere hätten sich am Schluss vielleicht selbst aufgenommen, ihren Ausdruck von Verzweiflung, Irene genügten die Sandalen, und es war dieses letzte Bild, das sich mir hinter die Augen grub, dorthin, wo sich der Mensch am schwächsten fühlt, nur aus feinstem Gewebe und Flüssigkeit bestehend, ein kleines Loch reicht, und man fließt davon. Ich weiß nicht, wie lange dieses Sitzen auf der Bettkante in Irenes Zimmer gedauert hat, ich weiß nur, dass es von einer Wespe beendet wurde. Die hatte ich schon vorher gehört, ihren Flug entlang der Fensterscheibe, und sie auch kurz auf dem Boden gesehen, ein mattes Kriechen, und später kroch sie ebenso matt unter meiner Hose am Schienbein hinauf; ich hatte sie schon vergessen, als dieser leichte Kitzel zu spüren war, von der Wespe, was sonst, und ich ließ sie kriechen, bis es am Knie, wo die Hose spannte, eng wurde und ich das Bein bewegte und sie mir ihren Stachel gab, ein sich schnell ausbreitender Schmerz, der mich aus dem anderen etwas herauszog, das Stück, das es möglich machte, vom Bett aufzustehen. Ich schüttelte mein Bein, bis die Wespe auf den Boden fiel; ich nahm sie an einem der Flügel, öffnete das Fenster und setzte sie am Außensims ab. Dann ging ich aus dem Zimmer und wusch mir im Bad das Gesicht, lange und mit kaltem Wasser, und sah danach in den Spiegel und erkannte mich kaum; verschwommen die Augen, die Nase, der Mund, aber verschwommen auch das letzte Bild von Irene, wie sie mit ihrem kleinen Rucksack mittags die Wohnung verließ, noch ein Winken für mich oder keins. Das einzige Klare war der Schmerz am Knie, er hielt noch an, bis es hell wurde.

Und auch in den Tagen danach reichte die Sehkraft gerade noch, um morgens die Küchenuhr abzulesen, eine Uhr aus dem REWE-Laden im Tiefgeschoss unter dem Woolworth, die Prämie für ein volles Rabattmarkenheft. Irene hatte diese Märkchen gesammelt, das letzte, halbvolle Heft lag noch in der Küchentischlade, seit mehr als neun Jahren. Ich konnte es nicht wegwerfen, aber auch nicht einlösen, da ja noch Märkchen fehlen, wenn die alten überhaupt noch galten. Für ein vollständiges Heft gab es ein Messerset oder eine Wokpfanne, alternativ auch die Küchenuhr, jeweils mit geringer Zuzahlung; für ein komplettes Trauerjahr gab es den Blick in die Leere danach. Das verschwommene Sehen hatte sich bald gelegt, aber was nützt ein scharfer Blick ins Leere.

Ich war abends allein, eine Stütze nur der grüne Tee und gelegentlich die Sechste von Bruckner, weil Irene sie gern gehört hatte; ich stand in der Küche, bis der Tee getrunken war, und später am Fenster, ich konnte nicht sitzen, nur stehen und schauen. Ich suchte über der Stadt nach Sternen, wie ein Bemühen um Misserfolg, weil zu viel Licht von den Hochhäusern kam, höchstens ein paar Pünktchen am Nachthimmel flimmerten, schäbige Sonnen, auch wenn es sonst wo im All noch die hellsten waren. Und immer wieder die Frage Warum. Warum hat sie das gemacht, was war der letzte Anstoß? Alles Mögliche ging mir durch den Kopf, eine Kränkung, von der nur sie wusste, ein falsches Medikament oder das Nicht-mehr-Vorankommen mit der Arbeit, ihr Scheitern als Übersetzerin einer Geschichte vom Scheitern einer jungen verheirateten Frau an der Liebe, in Letzterem sogar eine Logik. Und natürlich wollte ich mir diesen Glauben erhalten, sonst hätte ich die Seiten, mit denen Irene noch befasst war, bestimmt früher aus ihrem Sekretär geholt; ich scheute mich davor, wie ich mich auch scheute, ihre Kleidung wegzugeben. Aber eines Sommerabends – Naomi und Malte machten Urlaub auf Kreta, sie hatten von dort angerufen, ein Schwärmen in höchsten Tönen, das war der Anschub – holte ich mir die Blätter und dazu das Werk im Original, am Rand Irenes Notizen mit Bleistift, außerdem das Wörterbuch, auf das sie geschworen hatte, und obwohl ich nicht viel Italienisch kann, nur etwas mehr als das Übliche für Urlaube, wollte ich verstehen, warum die Arbeit an einer bestimmten Stelle an ihren Endpunkt gekommen war und vorher schon ins Stocken geriet, nach zwei Seiten im Original, zu sehen an den Kringeln und Fragezeichen. Aber genau genommen war Irene bereits an dem Einworttitel gescheitert oder hatte für ihr Gefühl klein beigeben müssen.

21

Senso, sollte sie das einfach so lassen wie ihre Vorgänger-übersetzerin, damit jeder sich sein Teil denken kann, von Gefühl bis Sinn, oder sollte sie etwas finden, das dem Klang oder Beiklang möglichst nahe kommt, dem einer Liebe, die umschlägt in Hass? Sie kannte es ja von sich selbst, dieses Umschlagen, bei ihr von Glück in Unglück. Was lässt sich dagegen tun, hatte sie schon vor längerem, nachdem Naomi ausgezogen war und die Zeit über ihr zusammenschlug, eine Neurologin gefragt, können wir die Möglichkeiten durchgehen? Aber im Grunde gab es nur zwei, die Anwendung eines gleichgültig machenden Medikaments oder sich immer wieder einem Gespräch stellen, das in Schweigen enden konnte; sie hatte Letzteres versucht und war darüber auf eine dritte Möglichkeit gestoßen, ihre andere Sprache zu nutzen. Ohne Auftrag übersetzte sie zuerst Pasolini-Gedichte, dann den Band einer jungen Frau aus Mailand, und keiner wollte ihn. Sehr einfühlsam, hieß es in den Absagen, die Autorin leider zu unbekannt. Aber Irene gab nicht auf. Sie übersetzte eine Erzählung der zu Unbekannten, verschickte die Probe wieder reihum, und eine Berliner Verlegerin, die schon der ganze Verlag war, sah darin das Talent, italienische Sprachmelodien in unsere Grammatik zu retten, und fragte, ob es für sie denkbar wäre, sich an eine Neuübersetzung von Camillo Boitos Novelle Senso zu wagen. Und natürlich war es denkbar, Irene stürzte sich geradezu in die Arbeit, nur stieß sie dann gleich im ersten Kapitel auf etwas für das Wesen der Heldin Entscheidendes, das aber nicht nur ein Problem der Übersetzung war.

Mi resta scolpita in mente ogni azione, ogni parole e sopra tutto ogni vergogna di quell' affannoso periodo del mio passato; e tento sempre e ricerco le lacerazioni della piaga non rimarginata; né so bene se ciò ch'io prova sia, in fondo, dollore e solletico – Sätze, die sie schon grob übertragen hatte, mit Bleistift am Rand und deutlich abweichend von der Eindeutschung, die immer noch gültig ist, da ihre Arbeit ja nicht beendet wurde: Jede Handlung, jedes Wort und vor allem die Scham jenes bedrückenden Zeitraums meiner Vergangenheit ist in mein Gedächtnis eingegraben, und stets suche und reize ich die Risse der unverheilten Wunde, ohne zu wissen, ob das, was ich dabei empfinde, Schmerz oder Lust ist – Schmerz oder Reiz, hatte Irene an den Rand geschrieben und später in ihrer Version den Kapitelabsatz mit einem Sternchen, beides nicht im Original, aufgehoben, um dann nur in einer neuen Zeile fortzufahren: O welche Freude, sich frei von Skrupeln, Heuchelei und Zurückhaltung nur sich selbst anzuvertrauen, während die gedruckte Übersetzung das neue Kapitel mit dem Ausruf Welch Glücksgefühl anfangen lässt, wo es doch O che gioia heißt. Freude jedoch ist etwas anderes als Glück, in ihr ist der genannte Reiz, das, was die Heldin, Contessa Livia, jung und glanzvoll, aber in der Ehe gefangen, immer noch reitet, wenn sie ihr Tagebuch füllt, und auch geritten hat, als sie sich an ihrem verräterischen Geliebten, einem Offizier in italienischen Diensten während der Befreiungskämpfe gegen Österreich, bitterlich rächt. Der schöne Leutnant hatte sich mit Hilfe ihres dem Ehemann entwendeten Geldes vor dem Kriegseinsatz gedrückt, dann jedoch, statt sich mit ihr zu treffen, mit einer anderen vergnügt und sich dabei über seine Wohltäterin, wie Livia erfährt, sogar auf das Schlimmste lustig gemacht, worauf sie ihn als Deserteur anzeigt und Stunden später seiner Erschießung beiwohnt, um ihre Würde zurückzugewinnen. Denn ganz am Anfang der Beziehung hatte Livia bereits erkannt, mit wem sie es bei dem Leutnant zu tun hat, sich aber in diese Erkenntnis gefügt, schon geritten von einem Kitzel, den sie zu lange mit Liebe verwechselt: Forte, bello, perverso, vile, mi piacque – die Stelle, an der Irenes Arbeit geendet hatte. Stark, schön, pervers, feig, er gefiel mir. Oder auch: mir gefiel's, so steht es noch mit Bleistift am Rand, mir gefiel's, was ja intimer klingt, näher bei der Heldin, dem, was sie in der Folge so mit Verachtung für sich selbst erfüllt, dass sie ihre Würde nur in etwas Todbringendem wiederfindet, womöglich auch der Weg von Irene – schon am Tag ihrer Beerdigung die überraschende Ansicht von Naomi, seit jenem schrecklichen Montag nur noch meine Tochter.

Naomi hatte nach der Zeremonie am Grab für den engsten Kreis, die Freunde, die einem wortlos beistehen, ein Essen in einem Lokal organisiert, das Irene für diesen Anlass gemocht hätte, nämlich in einer Apfelweinwirtschaft gleich um die Ecke. Stilles Tätigwerden war ihr Weg zu trauern, schon nach der Trennung von Maltes Vater, den eigenen Illusionen; Naomi hatte auf ihre Art um Irene geweint, durch ein Verstummen für Tage. Erst beim Gläserheben in der Apfelweinwirtschaft – auch um nicht vor irgendwelchen Antipasti zu sitzen, die Irene viel besser zubereitet hätte – fand sie wieder Worte, die Worte, die mich überraschten. Sie glaube, sagte Naomi sinngemäß, dass ihre Mutter, als sie von dem Turm sprang, das eigene Leben so schnell und doch würdig beendet habe, wie man ein Buch ohne richtige Handlung irgendwann zuklappt, statt es sklavisch zu Ende zu lesen.

22

Vergleiche hinken bekanntlich, aber diese Analogie, um es verfeinert zu sagen – wirrer Roman, wirres Leben –, hat gesessen und beschäftigt mich immer noch, auch wenn sie zu der Frage führt, ob das Leben überhaupt eine Handlung hat; ich wüsste nicht, welche. Für meine Tochter und wohl auch meinen Enkel heißt die Handlung einfach Karriere, aber so ist Malte, der leider keine Schwester bekam, und so ist Naomi, die leider nie einen Bruder bekam, wie sehr Irene und ich es auch versucht hatten, sie sogar mit speziellem Essen, als müsste sie ein neues Leben in sich schon mit am Leben erhalten und dabei noch aller unterernährten Kinder gedenken.

Irene hatte beim Kochen immer auch gegen das Verhungern in der Welt angekocht und darüber geredet, als sei es ein Teil des Rezepts. Beharrlich erklärte sie einem, wie viele Kinder sich von den Portionen durchbringen ließen, oder welche Folgen sich für Menschen in der Sahelzone ergäben, nur weil ein Stück Schweinefilet im Supermarkt so billig sei; im Grunde kochte sie gar nicht, sie räsonierte über Töpfen und Pfannen, als würden ihre politischen Freundinnen mit am Herd stehen, während für Naomi die Küche ein Ort der Gestaltung und der Performance ist. Nur sucht sie dabei keine Seelenverwandten, wie Irene es in jedem Lokal oder Kino getan hat, ein Ausfahren feinster Antennen, ebenbürtig denen im Tierreich, sondern staunende Zuschauer ihres Gestaltens; Naomi geht nur ihren Naomi-Weg, sie hat zu allem eine eigene Haltung, so auch zu dem Zürichgeld in den leeren Spaghettischachteln, was damit geschehen sollte.

Wir haben uns sonntagabends getroffen, drei Tage nachdem ich erfahren hatte, dass Zusan nicht mehr auftauchen würde, weil das Woolworth schließt. Ein Treffen in einer Pause von Naomis Überstunden vor Eröffnung ihrer Eros-in-Pompeji-Ausstellung, zehn Minuten an dem Brunnen in der Mitte des Parks am Museum, einem Werk, das dieses Wort, Brunnen, nicht verdient, auch wenn gelegentlich Wasser aus ihm hervortritt. Es ist eher ein Mahnmal für irgendwelche Opfer niederer Gewalt, geschaffen von einem staatlich geförderten Künstler, als ein Brunnen, auf den man gern sieht, und trotzdem saßen wir auf seiner Betonumfriedung, Naomi, Malte und ich, aber unsere Ansichten über das Zürichgeld wären auch am römischen Trevi-Brunnen auseinandergegangen. Für mein Empfinden gehörte es keinem von uns, es war ein Niemandsgeld, aus unzähligen Taschen gezogen; für Naomi war es dagegen nun einmal da und sollte in ein Schließfach, statt in ihrer Speisekammer versteckt zu sein. Sie erwog allerdings die eine oder andere kleine Anschaffung vorher, auch für mich, und Malte kam wieder auf den Autokauf, mit neuen Vorschlägen. Er dachte jetzt an Leasing und Mercedes, ein Coupé mit Vollausstattung, und nannte Details, bis es Naomi zu viel wurde. Wir besprechen es lieber bei einem Abendessen, zeitnah und am Opernplatz im Freien, sagte sie zu mir. Und an Malte gewandt: Ohne dich und deine Ideen! Eins ihrer Worte, auf die besonders Männer empfindlich reagieren, und Malte stand auch gleich auf und erklärte im Davongehen, er müsse noch fürs Mündliche lernen, Tschüs! Der Chinesengruß, und schon war er weg; Geld bringt Menschen auseinander, die alte Sache, meine Tochter stand dann ebenfalls auf. Sie kehrte zu ihren Exponaten zurück, um all die Stücke aus der Vergangenheit noch mehr ins rechte Licht zu rücken, während ich auf einem kleinen Umweg nach Hause ging, vorbei am Woolworth, das ja nun auch bald Vergangenheit wäre, ohne dass es eine Ascheschicht bedeckte.

Ein weiterer Abend allein, Sonntag dazu, die Stunde zwischen neun und zehn, es gibt keine stillere in der Woche. Ich wollte erst Schubert hören, das Adagio aus dem Streichquartett in C-Dur, das hätte keinen Gedanken an

bessere Stunden aufkommen lassen, aber dann der Griff zu
etwas ganz anderem, wie um mir oder allen Schubert-Lieb-
habern wehzutun, einer Hymne aus der Frühzeit mit Irene.
In-A-Gadda-Da-Vida, siebzehn Minuten lang, nichts, das
für kritische Ohren Musikgeschichte geschrieben hätte,
aber wir ließen uns davon überrollen, Irene und ich, mit
uns hat dieses Stück Geschichte geschrieben, wir selbst
haben sie mit jeder Umarmung tiefer eingraviert, in die
Wangen, die Lippen, unsere Schenkel. Wir haben sie gemacht, die Geschichte, ohne eine Note zu kennen und je
ein Instrument berührt zu haben, wie jener beherzte Far-
mer, der in diesen Jahren sein Feld zur Verfügung gestellt
hat, damit darauf etwas stattfinden konnte, das bis heute
Woodstock heißt. Ich stand an der Fensterfront, draußen
jetzt jäher Regen, wütend sein Anprall gegen die Scheiben,
ich sah auf die sich drehende Platte – das alte Braungerät,
welch späteres Fundstück, wäre der Feldberg im Taunus
ein Vesuv und würde ausbrechen –, ein Bemühen, nicht die
Augen zu schließen, dem Feind Erinnerung noch weiter
entgegenzukommen an dem Abend.

Und am Morgen strahlendes Wetter, ein Tag, als gäbe es
keinen Tod. Von den Fassaden der Banken zurückgewor-
fen, fiel Sonnenlicht pfeilgerade durch die Spalten der
Jalousien, und ich machte mir Frühstück, tat Apfelstücke
und geschälte Kiwis in den Mixer, Rosinen, Milch und ein
rohes Ei, dann tobten die Spiralmesser unter der Hand, ich
war dem aufgeschlitzten Puls ganz nahe. Der Gesundheits-
mix kam in eine Schüssel, Teil eines Services mit Blumen-
muster, Irene hatte ihren Eltern damit die Treue gehalten.
Man werfe so etwas nicht weg, sagte sie, selbst aber eine
Weggeworfene; die Eltern wussten nur, dass Irene ihr
Töchterlein war, das Kind in ihr hatte man übersehen. Ich

saß am Küchentisch, seitlich auf dem Fenstersims das Radio mit der Frühsendung von hr 1, fast immer moderiert von einer Frau mit S- und T-Lauten vorn auf den Lippen, ein Grund, vor neun Uhr auf zu sein – ich kam nicht umhin, mir vorzustellen, wie diese Lippen sich auf die eigenen legen, sie aus der Reserve locken oder noch empfindlichere Bereiche in Aufruhr versetzen wie der Mixer meinen Vitaminbrei. Ein Frühstück im Schlafanzug, H & M, die Musik dazu ebenso billig, dafür die kostbaren Laute bei der Moderatorin, mir wie ins Ohr gesprochen, und auch in dem Fall war das Schließen der Augen nicht ohne; nur mit Helligkeit vor den Lidern und, neben den S- und T-Lauten, dem Rauschen des Verkehrs Richtung Innenstadt, sah ich an diesem Morgen Marianne, die Ärztin aus Kelkheim, eine kleine damenhafte Perlenkette ablegen und hörte sie leise, ganz vorn auf ihren Lippen, Komm sagen.

Ich hatte sie im Rahmen des Edersee-Kulturfrühlings kennengelernt, dem jährlichen Festival für die klassischen Bereiche kultureller Aktivität, Literatur, Kunst und Musik, etwas für Talentproben aller Art, sofern sie, anfänglich die Bedingung, Bezug zur Region haben. Damit wurde das Ganze aber recht eng, in meinen ersten Artikeln dazu stets bemängelt, mit Erfolg; bald sollte es um deutsche Themen gehen, nur angelehnt an Regionales. Man wollte das Bleibende getreu dem Prinzip eines der großen Söhne aus der Edersee- und Kellerwald-Ecke, Jacob Grimm: Alles fruchtbare Erkennen muss ein fortwährendes sein! Also eine Erweiterung der Ausgangsidee, und ich kann sagen, dass sie auf meine Kritik am kleinlichen Zuschnitt zurückging, wenn auch im Umlandteil der Zeitung. Und damit nicht genug. Ich habe später den Deutschen Kulturpreis Edersee angeregt und bei jeder Stelle dafür geworben, eine Auszeichnung für die überzeugendste kreative Leistung des Jahres, ein überaus einfaches Konzept, im allgemeinen Kulturteil meines Blatts zunächst belächelt. Aber schon nach der ersten Verleihung – die junge Gewinnerin war, ein mediales Wunder, in die Hauptfernsehnachrichten gekommen, worauf ihr Gedichtband zum bestverkauften Buch der Saison wurde – begrüßte ein Kollege den neuartigen Preis, auch wenn mein Name nur in Verbindung mit dem Juryvorsitz fiel. Ich hatte diese Position beim ersten Mal inne und keinen geringen Anteil daran, dass der Preis ohne Ansehen der Person vergeben wurde.

Und in den Jahren danach, wenn ich beruflich das Festival besuchte, häufig begleitet von Irene, und wir im Schlosshotel Waldeck am Edersee oder im Landhaus Bärenmühle auf Kosten der Veranstalter wohnten, genügte dieses Privileg, mich auch weiter als Begründer einer Auszeichnung zu fühlen, die bald alle übrigen Preise, einige tausend bekanntlich, überflügelt hatte, mit der Folge, dass etwa ein komplizierter Roman acht Monate später noch unter Weihnachtsbäumen lag, was auch insgesamt Folgen hatte. Verlage und Kunstbetrieb und selbst die Politik haben sich in das Regionalereignis so eingemischt, dass aus dem Höhepunkt am Schlusstag eine Sache der ganzen Republik wurde, sozusagen die Vergabe eines Nationalpreises, bei der ich als Erfinder keine Rolle mehr spielte, ja, bald gaben sich andere als Väter des Erfolges aus. Nur noch in Blättern der Nachbarländer, längst bei der Berichterstattung dabei, wurde es gelegentlich richtiggestellt, besonders in der polnischen Gazeta Wyborcza. Dort schrieb sogar ein namhafter Redakteur über das Festival, Jerzy Tannenbaum, jener einzige Kollege mit jüdischem Hintergrund, den Irene und ich näher kannten, aufgewachsen, wie gesagt, nach dem Krieg bei Frankfurt, in Eschborn, und nur mütterlicherseits Pole, der Vater ein deutscher Jude, während des Krieges als Arzt in Warschau, von dort als einer der Letzten deportiert und umgekommen. Das alles war erst nach und nach zur Sprache gekommen, wir saßen Jahr für Jahr abendelang zusammen, oft zu dritt mit Irene, wenn sie mich chauffiert hatte, zu der Zeit noch in einem Käfer. Sie schätzte Tannenbaum, die schicksalhafte Seite an ihm, auch wenn er die immer herunterspielte, anderes fand sie dagegen erschreckend, etwa die Art, wie er mit sich selbst umging, wie mit einem Fremden; und irgendwann ist er nicht mehr erschienen auf dem Festival, weil seine Zeitung dafür kein Geld mehr ausgeben wollte, schrieb aber weiter über den Preis und schickte uns die Artikel auf Deutsch. Was für eine Sprache, sagte Irene jedes Mal, mitreißend, nicht wahr? Sie übersah dabei nur, dass Sprache auch den Schreibenden mitreißen kann – oder wäre ich sonst von Marianne aus Kelkheim über das Wort Kulturfrühling zu einem Exkollegen aus Warschau gesprungen; nein, ich wäre bei ihr geblieben.

23

Marianne also. Unsere erste Begegnung stand im Zusammenhang mit dem Festival, Ort: das Landhaus Bärenmühle, ein Nebengebäude, einsam am Rand des Nationalparks Kellerwald, unweit der Kurstadt Bad Wildungen, die sich dem Konzept angeschlossen hatte. Das Nebengebäude, ehemals Scheune, wurde als Ausstellungsraum genutzt, und wir trafen uns dort vor einer Videoinstallation.

Ein Abend Ende März, in der Luft die erste Milde und Gezwitscher von Staren, das Tor des Nebengebäudes weit auf, in dem Raum nur zwei Personen, vertieft in die Kunst am Boden und an den Wänden. Eine hochgewachsene Frau im offenen Trenchcoat, in der Hand ihre randlose Brille, einen Bügel zwischen den Lippen, und ein Mann in fortgeschrittenem, aber noch gutem Alter, gingen vor der Videoinstallation einer bosnischen Künstlerin mit Wohnsitz Schlüchtern auf und ab, während aus Deckenlautsprechern die Stimme eines halbwegs prominenten Berliner Tausendsassas kam, Autor und Galerist und in dem Fall Fürsprecher der Künstlerin mit Erläuterungen zu dem gezeigten Werk. Die Hochgewachsene im Trenchcoat hörte mit leichtem Kopfschütteln zu – sie war blond, aber das Blond von der dunkleren, intelligenten Sorte –, und plötzlich sagte sie fast im Chor mit dem anderen Besucher, also mir, Na ja, und beide meinten wir die Installation gemessen an den Fürsprecherworten. Ein Moment der Übereinstimmung, der schon reichte, dass wir nicht weitergingen, zu einer zweiten Installation im rückwärtigen Teil des Raumes, sondern uns auf die einzige Bank setzten, erst sie, dann ich. Die mir noch Unbekannte streckte ein Bein und drehte den Fuß in schmalem Schuh so hin und her, dass ihre Fessel und Wade zu sehen war, das Ganze als Auftakt für ein erstes Wort an mich. Und Sie schreiben über das Werk hier?

Ich? Eher nein.

Schade.

Schade, was heißt das? Heißt das, Sie kennen mich?

Bisher nur Ihre Artikel. Die aber gut.

So etwa lief der Dialog, nur kann man sich in der Erinnerung bei Dialogen leicht irren, was daran liegt, dass sie einem auch leicht von der Hand gehen, ein Wort gibt das andere, und schon ist eine Seite voll; auf jeden Fall wusste sie, dass ich über das Festival in der Zeitung schrieb, die auch die ihre war, ja, sie sprach mich sogar beim Namen an, ein Schrecken von der guten Art. Sie fragte, was ich von der Entwicklung des Deutschen Kulturpreises halten würde, und schon kam ein Gespräch in Gang, das meinen Augen Gelegenheit gab, noch ein paar Kleinigkeiten aufzunehmen, im Grunde schon die Details, in denen auch der Teufel steckt. Sie hatte eine hohe Stirn und lange Hände, die Nägel farblos lackiert; unter dem Herrenmantel ein grauer Kaschmirpulli, inspiriert vom Minimalismus. Und Ihr weiterer Abend, Sie gehen doch auch zur Lesung in der Bärenmühle, fragte sie schließlich, aber da hatte sich zwischen ihr und mir schon etwas auf jene Weise verhakt, die heute von den Jüngeren, wenn ich nur an Malte denke, fast traumwandlerisch vermieden wird, um sich keinen unnötigen Stress aufzuhalsen.

Bei der Abendveranstaltung saßen wir dann nebeneinander, der Raum übervoll; es las der spanische Autor Marías, außer Konkurrenz versteht sich, gleichwohl der Festivalstar, das literarische Bonbon aus Madrid. Ein Star, der nur genuschelt hat, das Genuschel jedoch in der Übersetzung von einem Kasseler Schauspieler theatralisch vorgetragen, indes der Autor gelangweilt dasaß, bis er ein weiteres Mal nuscheln konnte, dazu aus dem Publikum kleine verständige Lacher der Spanischkundigen. Und der Name des am Ende allseits Beklatschten war wohl mit ein Grund, dass meine Begleiterin nach der Veranstaltung, als wir wieder im Freien waren, mit ihrem Vornamen herausrückte. Marianne, sagte sie, und meine Antwort war ein knappes Hinrich, worauf sie vorschlug, noch die zweite Installation mitzunehmen, so drückte sie es aus, die eines islamischen

Künstlers aus Korbach, Anwärter auf den großen Kulturpreis mit seinem optischen Spiel aus Elektroschrott und
großformatigen Koranversen.

Der Künstler war nicht anwesend, dafür hatte er das
eigene Werk mit Wandsprüchen unter den Koranversen
selbst erläutert. Ihm ging es darum, die verborgenen Kräfte
in seiner Glaubensrichtung deutlich zu machen und sie den
plakativeren Kräften eines sich immer wieder überlegen
gebärdenden Christentums gegenüberzustellen, seine Me-
thode: aus unserem abendländischen Schrott noch eine
Art Anmut herauszuholen, wie sie sich etwa in der ara-
bischen Schrift oder Architektur zeigt. Eine heute übrigens
strittige These, diese historische Unterlegenheit, sagte ich
zu der Frau, die wie vom Frühlingshimmel gefallen war
und nicht nur Augen für die Kunst hatte, sondern auch für
mich. Und in diesen Augen die machtvolle Botschaft ihres
Geschlechts: Rede du nur, halte mir Vorträge, ich aber halte
dich in Atem. Also redete ich, bis sie auf einmal die randlose Brille abnahm, als sei es schon das Entledigen aller
Kleidung. Sie sah mich an, und es hatte etwas von einem
Teich, in den Momente zuvor jemand ein Steinchen geworfen hat; man sieht gerade noch, wie sich das Wasser
wieder in kleinen Drehbewegungen schließt – über einem
Verlangen, dachte ich, nur schloss es sich auch über dem
Wunsch nach Geborgenheit, einer Familie, aber wer denkt
schon an so etwas. Ich dachte nicht einmal daran, als sie
aus ihrem Leben erzählte, schon auf dem Weg zum Parkplatz, weil sie am anderen Tag arbeiten musste: als Internistin mit Praxis im Vordertaunus, nahe bei Frankfurt also.
Und ich erfuhr noch, dass sie eine Scheidung hinter sich
hatte, wenig erfreulich wie die meisten Scheidungen, aber
eigentlich das Leben vor sich sah mit Anfang vierzig und

kinderlos, eine Frau im Aufbruch, die sich für die Umwelt starkmachte und für das Kulturleben begeisterte, aber vor allem für Leute, die mit Kultur zu tun hatten, wenn auch bloß im hintersten Teil der Zeitung, an die sie glaubte.

Auf dem Parkplatz gab sie mir dann ihre Mobilnummer, nur für den Fall, und ich gab ihr meine, mit diesem Akt gingen wir auseinander. Und am nächsten Abend war der Fall schon eingetreten, ihr Anruf erreichte mich im Hotelzimmer, noch halb unter der Dusche, ich dachte im ersten Moment, es sei Irene, die in Frankfurt an einer Übersetzung saß, aber dann kam die neue Stimme, die nicht einfach ins Ohr ging oder das Ohr wie eine Kanüle nutzte, als Zugang zu allem, was mir bisher heilig war. Marianne stellte Fragen zu meinem letzten Artikel, ich versuchte mich abzutrocknen; unsere telefonische Beziehung, und nichts anderes war es zu Anfang, hatte so begonnen, wie sie weiterging. In den Wochen nach dem Festival – der islamische Künstler aus Korbach hatte den Preis tatsächlich gewonnen und sollte demnächst in Berlin ausstellen – gelang es ihr, sich in mein Leben zu fädeln, wie klein das Nadelöhr auch war. Bei ihren Anrufen kam nie der Vorschlag, sich etwa auf einen Kaffee zu treffen oder da und dort kurz zu sehen, nein, sie erzählte dafür kurze Geschichten, was tagsüber in der Praxis passiert war, du, stell dir vor, da kommt eine tief verschleiert mit Leibwächtern, oder wie sie ihren Abend verbracht hat, lesend in der Badewanne, auf dem Rand ein Glas Rotwein. Solche Sachen erzählte sie, das sicherste Vorgehen, jemanden sachte an sich zu binden, ihn auf diese Art auch zum Erzählen zu bewegen, den Boden zu bereiten für eine Gewohnheit, bis man eines Tages die Anrufe erwartet, ja vermisst, wenn sie sich verzögern, und schließlich selbst zum Telefon greift.

Und als es so weit war, ich sie eines Abends – Irene mit einer Freundin in der Oper – von mir aus anrief, obwohl ich mich fiebrig fühlte, am Rande eines Infekts, und gleich Wie geht es dir? sagte, drang ihr Verlangen in Form eines Luftholens zu mir und verkürzte die Distanz zwischen dem Vordertaunus und Frankfurt auf ein Nichts. Nur zwei Tage später schon das erste Wiedersehen, ein Treffen im untersten Deck einer Tiefgarage am Hauptbahnhof in ihrem Zweisitzer. Marianne nahm meinen nun erst recht fiebrigen Kopf in die Hände und küsste mich, während ich kaum wusste, wohin mit den Händen. Ich wusste oder spürte nur, dass sich eine Lücke in meinem Leben zu schließen begann, die des erschöpfend schönen Gefahrvollen, oder jenes Tuns, das auf den Gefäßen und Mosaiken zu sehen ist, die ich mit Irene im Museum von Neapel und in den Ruinen Pompejis bestaunt hatte und die unsere Tochter in ihrer Ausstellung vereinte; und zu alldem kam noch der Gedanke, wie unverzeihlich es wäre, jetzt an einer Frühlingserkältung zu sterben.

24

Die leichteren Krankheiten, sie helfen einem letztlich durch ihr Verlangsamen, man stürzt sich nicht ins Unbekannte mit Schnupfen und Halsweh; beim ersten Wiedersehen mit Marianne war es bei den Küssen im Auto geblieben, nur hatten diese Küsse, als ich zurück im Alltag war und an sie dachte, eine andere, schwerere Krankheit nach sich gezogen, nicht zum Tode führend, aber auch nicht heilbar: die Krankheit der Sehnsucht, an der ich immer noch leide,

weil sich in ihr alles Erlebte vermischt, von dem frühen
Glück nachts in einer Backstube über die schönen und die
schmerzlichen Dinge mit Irene, vom Erschöpfenden mit
Marianne bis zu dem, was mich bei Zusan mit Dank erfüllt
hat. Und was aus allem hervorgeht und wie ein Herzleiden
bleibt: der Wunsch nach Berührung. Wer lange allein ist,
sehnt sich nicht danach, von dieser oder jener geküsst zu
werden; er sehnt sich überhaupt nach dem Küssen, manchmal fast anfallartig.

So ging es mir an dem strahlenden Montag mit dem
Vitaminfrühstück am Morgen zu der Stimme aus dem Ra-
dio mit den S- und T-Lauten vorn auf den Lippen; als ich
mittags das Haus verließ, wäre mir jeder weiche Mund
recht gewesen. Wieder ein Gang zur Schweizer Straße, im
Schatten der Gehsteigbäume, so ungehindert schien die
Sonne, und vor dem Woolworth grüßte mich der junge
Mann, der dort ansässig war, tagsüber den Bereich vor dem
Kaufhaus fegte und abends in einer Nische im Schlafsack
lag und mit dem Licht der Straßenbeleuchtung las. Ich hatte
ihm im Winter Lord Jim und auch Die Schattenlinie von
Joseph Conrad geschenkt, beides lag noch neben seinem
Besen, der bald sinnlos sein würde. Das Woolworth-Ende
war jetzt offiziell. An der Eingangstür und auch sämtlichen
Scheiben hingen die Plakate, die schon vor einer Woche
gedruckt worden waren, Wir schließen, alles muss raus!
Wie eine Mahnung hingen sie da, wehe, ihr holt euch nicht,
was wir euch fast hinterherwerfen, aber auch wie ein Appell, bitte kauft, was noch herumliegt, wir waren so lange
euer Ort, nun helft, ihn aufzulösen. Seit genau dreiundzwanzig Jahren gab es das kleine Kaufhaus um die Ecke bei
mir in einem, zugegebenermaßen, nicht gerade schönen,
aber zweckmäßigen Gebäude – auch die Erkenntnis eines

neuen Eigentümers. Er hat eine Generalsanierung ins Auge gefasst und als Erstes die außerordentliche Kündigung des Mietvertrages erwirkt, Informationen von dem jungen Mann mit dem Besen. Nach der Begrüßung in seinem Revier zwischen der Straßenbahnhaltestelle vor dem Kaufhaus und der Schlafnische habe ich ihn angesprochen; wir hatten vorher noch kaum miteinander geredet, ich halte nicht viel von Vertraulichkeiten mit Obdachlosen, sie etwa beim Vornamen zu nennen, wie es etliche bei dem jungen Mann taten. Oder teilen wir etwa ihre Welt, solange wir eine Wohnung haben und monatlich Geld beziehen und nicht abends im Schein einer Straßenlampe auch bei Minusgraden noch lesen? Lord Jim lag ihm mehr als Die Schattenlinie, der Roman, der für mich seinen Platz neben Herz der Finsternis hat, aber darüber sprachen wir nicht.

Wir sprachen gar nicht über etwas, nur von etwas, zum Beispiel dem Duft des Asphalts nach ersten Tropfen eines Sommerregens. Oder dem Gependel der Billigsachen an den Außenständern in windreichen Stunden, wie man es im Liegen sieht, von einem Schlafsack aus. Aber auch vom babylonischen Gewirr um die Wühltische an geschäftigen Abenden, wenn später auf dem Gehsteig viel für den Besen bereitlag, Straßenbahnkärtchen, Zigarettenkippen, Kaugummipapier, und manchmal eine Münze, nachts aus Versehen neben den Becher geworfen, so dass sie wegsprang und beim Fegen wieder auftauchte. Und wir sprachen von Julinächten nach einem Gewitter, wenn es aufgeklart hat und sich die Sterne in den Pfützen spiegeln, weil die Straßenbeleuchtung ausgefallen ist, und sich einer, der am Boden übernachtet, bis zur Dämmerung ganz oben fühlt, dem Himmel näher als den Dämonen, die ihn auf die Straße gebracht haben. Und so kamen wir auf die Mitarbeiter des

Woolworth, fast vierzig: wie viele nach der Schließung wohl ganz auf der Straße säßen, sich ebenfalls eine Nische zum Schlafen suchen müssten, er natürlich auch bald eine neue. Man wird sehen, sagte der junge Mann – Ende zwanzig, hager, große Augen, immer im Trainingsanzug –, dann stand er auf und fegte wieder, während ich in dem Lebensmittelladen im Tiefgeschoss einkaufte, Toastbrot, Eier, Obst, etwas Käse und stilles Wasser, das Übliche, wenn keiner mitisst. Ich brauchte nicht lange, bis alles im Korb war, ich weiß, wo die Dinge liegen, wo sie zu finden sind, und hätte blind durch den Laden gehen können, und auch andere, die ich vom Sehen kannte, bewegten sich wie in den eigenen Wänden; erst an der Kasse wachte man auf und bekam zum Trost seine Rabattmarken.

Ich trug den Einkauf in die Wohnung, dort war es stickig trotz offener Fenster, und vor dem Sofa wellte sich der Teppichboden, wo ihn die Sonne traf – Irene hatte solche Tage gemocht, sie fand dann ihr Gleichgewicht und schritt sogar nackt durch die Wohnung, während ich meine Bewegungen einschränkte. Sie suchte immer Luft wie eine zweite Haut, ebenso warm, einen unsichtbaren Schutz; ich suchte meine und ihre Haut zu retten, wenn wir uns in der Hitze umarmten. Die paar Lebensmittel waren gleich einsortiert, und der Nachmittag lag vor mir. Einstweilen stand ich in der Küche, an den Tisch gelehnt. Die ganze Küche hatte etwas Billiges bekommen, man sah, dass sich nur einer dort ernährte; und es lag auch zu viel herum, das in keine Küche gehört, alte Merian-Hefte, letzte Legosteine, Kleidung. Irene hatte mit Malte oft in der Küche gespielt, die Schublade im Tisch war sein Geheimreich. Auf dem Rückweg vom Einkauf – oder war es schon auf dem Hinweg oder beim Frühstück, schwer zu sagen – hatte ich mir vorgenommen, den Umschlag mit Rand aus der Lade zu holen und endlich zu öffnen, aber es muss mir dann wieder entfallen sein, es muss. Oder wäre ich sonst aus der Küche gegangen und hätte mich hingelegt?

Einstweilen also das Bett, die Jalousien heruntergelassen; Stunden im Halbdunkel, den Dämonen näher als jeglichem Himmel, in dem Fall den Erinnerungen an Zusan. Zusan, die mir zur Seite stand an solchen Betttagen, vor allem im Sommer, wenn sich neben der Hitze in der Wohnung auch noch irgendein Kranksein meiner bemächtigt hatte, ich nur dalag, schläfrig und gliederschwer, und sie mich mit feuchten Tüchern und ätherischem Öl, aber auch schlichter Gegenwart etwas ablenkte, bis sie eines Abends mit ihrer melodischen Stimme erklärte, dass sie mich auch besuchen würde, wenn mir nichts weiter fehlte. Außer ihr vielleicht, sagte sie und sah mich an. Das war an einem Dienstag, so etwas merkt man sich, wir standen im Flur, Zusan war im Aufbruch. Und dann kam dieses Angebot, und ich nahm ihre Hand, das war meine Antwort, und fragte, Mögen Sie mich?, denn wir siezten uns noch, auch wenn schon halbe Dus entschlüpft waren, und von ihr nur ein knappes Ja, keins von der Art, die trösten soll. Dann bleib noch, sagte ich, und sie ging wortlos in das Bad, das so lange keine Frau mehr benutzt hatte. Ich hörte die Dusche und auch ihr Abtrocknen und eine Stille, das, was man Sammlung nennt, ich trat ein paar Schritte zurück, bis die Stadt herüberklang, der Abendverkehr, die Wirklichkeit. Und dann kam sie aus dem Bad, eine Erscheinung, blendend, obwohl es dämmrig im Flur war. Alles an ihr sandte eine Helligkeit aus, dass ich nichts anderes mehr sah, und sie übernahm jede Verantwortung für das Weitere. Man verlernt es, in einen anderen einzudringen, es ist zu ungeheuerlich, als dass man es ein für alle Mal könnte. Denk an nichts, sagte sie, die Lippen an meinem Ohr. Und ich dachte an nichts; drei-, viermal im Leben, mehr ist kaum vorstellbar, verströmt man sich selbst im anderen, in einem Strahl von Dankbarkeit. Sie ging danach wieder ins Bad und kam, ein Handtuch um sich geschlungen, noch einmal zu mir. Ich wollte es so, aber jetzt wird es Zeit, sagte sie, und ich: Nimm dir ein Taxi, wo immer du hinmusst, sag, wenn du Geld brauchst, brauchst du Geld? Ich griff zu meiner Jacke, und sie legte mir eine Hand auf den Arm. Wir werden sehen.

25

Oft sind es wenige Worte, die etwas besiegeln, das man früher Schicksal genannt hätte und heute als Fehlentscheidung verbucht, abzufedern durch Anwälte oder Psychologen, und es wäre nützlich zu klären, was es in unserer Zeit so schwer macht, von Schicksal zu reden. Ich hatte mich auch als Redakteur damit zurückgehalten und überhaupt einer Sprache bedient, die zwar im Sinne der Zeitung richtig war, nämlich in keinem Punkt falsch, dafür aber in kaum einem so wahr, dass sie noch über den Tag hinaus hätte bestehen können.

Wir werden sehen – Zusan wurde, für geringes Entgelt, zum Halt, seit ich in einem Meer von Zeit trieb. Zusan, mein Anker, drei wahre Worte. Eine Polin aus Warschau, jung, aber nicht blutjung, und natürlich katholisch, nur zu klug, darin aufzugehen, sich etwa zu bekreuzigen, wenn es blitzte, oder das Kreuz um den Hals zu tragen. Wir Frauen sind der Schöpfung am nächsten, sagte sie eines Nachts, aber keine der Religionen ist für uns Frauen gemacht, oder fällt dir eine ein? Sie strich mir das Haar aus der Stirn, und mir fiel keine ein, und Zusan stand auf und ging duschen, ich legte schon Geld auf den Garderobentisch, immer noch die dreißig Euro für ihre sonstigen Dienste. Ja, wir haben auch Nächte verbracht, keine ganzen, nicht einmal Viertelnächte, aber für mein Gefühl doch Nächte, weil ich einschlafen konnte, nachdem sie gegangen war, so zuversichtlich auf meiner Seite lag, als läge auch jemand auf der anderen Seite; nichts, das mit Verstand zu tun hatte, höchstens der dumpfen Sorge um den eigenen Fortbestand, vielleicht das einzige dumpfe Gefühl, das sich in Worte fassen lässt: Mensch, es geht weiter mit dir.

Weiter wohin, das war nicht die Frage, nur überhaupt lohnend weiter, mit einem Ausblick auf morgen oder das nächste Mal, in der Gewissheit einer Wiederholung des Gehabten, seinerzeit auch mein Gefühl bei Marianne, nicht in den ersten Monaten, dafür eines Nachmittags in unserem Hotelzimmer mit Blick auf den Bahnhof auf unvergessliche Art. Es war Juni und mild, das Fenster offen, Straßengeräusche drangen herauf, dazwischen einzelne Wörter, und Marianne, müde von der Praxisarbeit, war nach unserem Rauschhaften eingeschlafen. Sie lag auf dem Rücken, etwa halb mit dem Betttuch bedeckt, und atmete durch den Mund, ein feines Geräusch, dem Schnarchen höchstens verwandt; und sie so schlafend zu sehen – auf ihren Beinen ein Sonnenstrahl, der durch den Vorhangspalt quer übers Bett fiel – war intimer als alles zuvor. Marianne schlief, während ich am Bettrand saß und dem Sonnenstrahl zusah, seiner Wanderung die Beine hinauf, dass man Ziffern hätte anlegen können, das Knie um vier Uhr, der Tuchrand am Schenkel um halb fünf. Und als die Sonne dort ankam, hob ich das Tuch und zog es weg, und der Strahl rückte langsam über die Schenkel in den Bereich, den sie von Haaren befreit hat – für mich, so mein Gefühl, als die ganze Helligkeit darauf lag. Und ein anderes, mit Worten selbst im Nachhinein kaum zu fassendes Gefühl: Für ein Kind, damit es gleich das Licht der Welt erblickt.

Der Strahl zog weiter, seine Wärme weckte Marianne, und ich hatte die Gewissheit, dass es auch mit uns weiterginge, ohne dass Irene etwas merkte. Was tust du, sagte sie, leichthin und sich streckend, ein Tasten nach meiner Schulter. Sie zog sich hoch und hielt die andere Hand gegen die Sonne, sie fragte, wie spät, und blinzelte, und ich küsste sie, einer der Momente, die mich am weitesten von Irene, Sammlerin alles Schweren, entfernt hatten. Noch früh, sagte ich, die beste Zeit – Worte in meiner Erinnerung an eine Stunde, die lange zurückliegt, über zehn Jahre; niemand kann für solche Worte bürgen, und wer sie liest, tut gut daran, Erinnerungen ähnlicher Art beizusteuern. In Marianne fand ich, was ich in Irene schon gefunden hatte, bis es von den Lasten in ihr erdrückt wurde: das Verlangen, sich zu teilen, den anderen dort, wo sich am meisten Geruch oder Seele sammelt, aufzunehmen, so war es schon bei meiner Einnachtliebe Almut. Die drei, vier Körper unseres Lebens sind die, die unserem eigenen schutzlosen Fleisch Zuflucht gewährt haben.

In den beiden Jahren vor Irenes Sprung hatten sich diese Lasten in ihr gehäuft, wie ein Gepäck, mit dem man nur noch das Haus verlässt, wenn man es dort nicht mehr aushält oder auf jemanden trifft, der einem alle Last abnimmt. An manchen Tagen verließ sie kaum ihr Zimmer, Stunden am Schreibtisch, ohne zu arbeiten, Stunden auf dem Bett, ohne zu schlafen oder zu lesen. Wenn es mir zu viel wurde, sah ich bei ihr herein und erschrak jedes Mal – Irene war nach wie vor eine Schönheit, was eigentlich keiner Erklärung bedarf; nur hat es sich durchgesetzt, nicht mehr auf ein einziges Wort zu vertrauen und sich dazu eigene Bilder zu machen, sondern auf Stichworte zu lauern, in dem Fall für all die fertigen Bilder von Schönheit. Ihr Anblick hatte nie etwas Fertiges oder Abgeschlossenes, da war immer ein offener Rest, ein Sehnen, auch wenn sie schlief, mit dem Mund am Kopfkissen, so, als saugte sie im Schlaf alles aus dem Weichen der Daumen, was sie im wachen Zustand vermisste.

Wenn Irene in ihrem Zimmer war und die Tür geschlossen, trat ich nur nach kurzem Anklopfen ein. Ich fragte sie, ob alles in Ordnung sei und ob sie einen Tee wollte, ich berührte ihren Nacken. Und hob sie die Hand, war es ein Ja. Bis sie mich eines Abends – der Beginn unseres letzten Jahres – bat, sie eine Weile ganz in Ruhe zu lassen. Also ging ich tagelang nicht in ihr Zimmer, wir sahen uns nur kurz im Flur und in der Küche. Aber nach einer Woche platzte ich ohne Anklopfen bei ihr herein, und da saß sie auf dem Bett, vor sich ein Handtuch, und feilte ihre Nägel. Irene, sagte ich, du Irene – es gab meinerseits nie eine Kurzform davon, nie einen Kosenamen, von keiner Seite –, und sie warf die Feile nach mir und rief Idiotduidiot!, etwas, das gar nicht passte zu ihr in seiner Emphase. Ich hob die Feile auf, und sie lief an mir vorbei, aus dem Zimmer ins nahe Bad, wo sie sich einschloss, unten an der Tür kein Streifen Licht. Sie saß also im Dunkeln auf dem Toilettendeckel oder Wannenrand und sagte nichts mehr, was immer ich auch durch die Tür sprach oder wie lange ich ebenfalls nichts sagte, mit ihr zusammen schwieg, innig fast, wie man zusammen schläft. Und als mir auch das zu viel wurde und ich gegen die Tür trat, für einen Moment entschlossen, sie einzutreten, ja einzuschlagen, um Irene zu schütteln und aus dem Bad zu zerren und noch weiter zu schütteln, bis sie zu sich käme, da hörte ich sie summen, wie eine Katze, wenn ihr die Flucht geglückt ist, vielleicht in ihrem Versteck aus einem Wahn heraus schnurrt, etwas, das ich nur anders kannte von ihr, erst vor sich hin gesummt, dann auch gesungen, wenn wir mit dem Wagen Ende Juli der Sonne entgegengefahren sind und die Alpenstrecke bei Affi oder der Veroneser Klause endlich geschafft war und sich hinter einem Kamm mit Zypressen im Dunst der Süden auftat – Geh aus, mein Herz, und suche Freud in dieser lieben Sommerzeit an deines Gottes Gaben. Schau an der schönen Gärten Zier und siehe, wie sie mir und dir sich ausgeschmücket haben. Hör damit auf, rief ich durch die Tür, hör auf!, und sie summte weiter, leise, fern, unerbittlich. Ein Summen wie von einem anderen, nur mit Entschlossenheit noch erreichbaren Ufer, und ich ging mit dem smarten Ding, das es so leicht macht, hinter jemandes Rücken dieses und jenes in die Wege zu leiten, auf die Straße und rief Marianne an, so spät in der Nacht auf ihrem Ding unerreichbar. Wir werden uns nicht mehr treffen, hinterließ ich ihr. Wir werden auch nicht mehr telefonieren, es geht nicht mehr, versteh mich bitte. Es ist aus und vorbei.

Auch ein paar Worte, die etwas besiegelt haben – ich hörte nichts mehr von Marianne, nichts. Und dabei hatte sie gespürt, dass es zu Ende ging, viel klarer als ich; sie wollte sich nicht mehr in dem Hotel mit Blick auf den Hauptbahnhof treffen, in dem Zimmer unserer Mittwochnachmittage, wenn die Praxis geschlossen war und Irene in ihrem italienischen Gesprächskreis saß, und so fand die letzte Begegnung dann sogar in ihrer Praxis statt. Ich wollte an all das Rauschhafte noch einmal anknüpfen, sie vielleicht auch, wir waren schon ausgezogen, und ich dimmte gerade das Licht im Ruheraum neben dem Sprechzimmer, da griff sie nach ihrer Kleidung und sagte, Geh bitte, geh wieder, das ist leichter zu ertragen als alles andere, verschwinde! Und ich zog mich an und verließ die Praxis im ersten Stock eines Geschäftshauses und hörte unten schon das Geräusch des Türöffners, den sie auslöste, obwohl die Tür von innen doch ohne weiteres aufging: ein Stück Wahnsinn von ihrer Seite, auf den Öffnerknopf zu drücken, wie es sonst eine der Sprechstundenhilfen tat, Einlass zu gewähren, wo ich ja gehen sollte, verschwinden.

Und ein Jahr danach schien dieses Türöffnergeräusch an Irenes Grab zurückzukehren, durch einen summenden Elektromotor, der die Drahtseile unter dem Sarg langsam abließ und den Bienen über den Blumengebinden, ein Bilderbuchtag, in ihrem Gesumme etwas Absurdes gab. Kurz darauf verließ ich den Kreis der Freunde, um etwas für mich zu sein, vielleicht war es eine Flucht vor dem Absurden und auch Flucht vor der Sonne, zumal ich in den baumbestandenen Teil des Friedhofs lief, um dort im Schatten allein zu sein, was ich dann gar nicht war.

26

Und Irene und ich, wir hatten die Sonne gesucht, Bilderbuchtage waren solche der Heilung, alles Schwere konnte sich darin auflösen. Aber seit es nur noch mich gab, nicht mehr uns beide, drohte aus jedem blauen Himmel und jeder Luft, die einen umhüllt, genau die Schwere zu kommen, die sich früher auf unseren Reisen verflüchtigt hatte. Schönes Wetter, das hieß jetzt Gefahr, Niederschlag ganz anderer Art, ein höhnisches Lachen der Sonne. Kein grauer Tag ist wie der andere, sie unterscheiden sich durch die Wolken, die Intervalle von Regen und Wind, auch durch das Licht, mal dunkler, mal heller; alle lupenreinen Tage gleichen indes einander, immerzu lachende Sonne und das Blau der falschen Unsterblichkeit.

So war es auch zu Beginn der Woolworth-Räumung mit Hilfe der alten Kundschaft, Alles muss raus, wir schließen!, an Tagen wie aus dem Frühsommeralbum, schön für Malte und seinesgleichen, schwierig für mich. Und selbst für Naomi waren sie nicht das Richtige, sonst hätte sie mich kaum während der letzten Vorbereitungen für ihre Ausstellung angerufen und davon gesprochen, wie schlimm es sei, dass Irene die Eröffnung nicht miterleben könnte. Ich bewunderte Naomis Konzentration auf alles, was noch zu tun war in diesen Tagen ohne Wölkchen am Himmel – wie vielleicht auch in den Tagen, bevor der Vesuv seinen Rauch sehen ließ und die Menschen in Pompeji noch sorglos waren, sich mittags in die Kühle der Häuser zurückzogen und dem hingaben, was bis heute auf Amphoren und Wandbildern zu sehen ist. Aber Vorsicht mit dem Wort Hingabe, hatte ich zu Naomi gesagt, bei der Eröffnung lieber von Unruhe reden, die Männer der antiken Stadt hätten bei den Frauen ihre Unruhe gelassen, während die Frauen stillhielten, ihre Ruhe hergaben, danach allein gewesen seien, allein und aufgewühlt – Irenes Ansicht bei unserem zweiten Besuch der Ruinen. Ich dachte nach Naomis Anruf daran zurück, selber unruhig, bis ich am lupenreinsten der Frühsommertage die Wohnung verließ.

Wie nennt man die, die sich sehenden Auges darüber täuschen, dass alles zu spät ist? Man nennt sie Rückfällige und meint damit Spieler und Trinker, die Süchtigen; nur können auch Gänge durch ein Kaufhaus an Tagen, denen sich nichts vergleichbar Reines entgegensetzen lässt, zu einem Verlangen werden, das selbst Wir-schließen-Plakate nicht aufhalten. Ich lief als Rückfälliger durch das Woolworth, in dem Glauben, wie eh und je irgendeine Kleinigkeit aus einem der Regale nehmen zu können und am Ende bei Zusan mit einem großen Schein zu bezahlen, damit es Zeit braucht, das Wechselgeld hinzulegen, die Zeit für ein paar Worte; allein das an dem Tag ein Ding der Unmöglichkeit bei dem Lärm in der Nähe der Kassen. Ganze türkische Familien, Kleinkinder in ihren Wägen dabei, packten auf eben die Wägen und sogar einen Rollstuhl mit behindertem Jungen darin alles, was irgendwie brauchbar war und im Preis so herabgesetzt, dass man sich mit herabgesetzt fühlte. Ein Besen für fünfzig Cent, ein paar Schuhe für drei Euro; Weihnachts- und Faschingsartikel, Ende Mai wieder aufgetaucht wie aus Gräbern; Kissen und Bettzeug, Haarbürsten und Geschirr, teils in Wäschekörben zur Kasse geschafft. Ganze Regalreihen waren schon leer, wie abgenagte Metallknochen, das Woolworth-Gerippe, und überhaupt bekam man den Eindruck, es würde gar nicht mehr gekauft, es werde nur noch geplündert. Manche Ständer waren umgestürzt wie durch Erdbeben, die Restware auf dem Boden verstreut, andere wurden von Mitarbeitern klirrend in Einzelteile zerlegt. Und zwischen den Reihen keinerlei Herumstreichen mehr wie noch die Woche zuvor, nur hastiges Hin und Her, um sich zu schnappen, was noch etwas taugte, dazwischen Rufe an die mit dem Rollstuhl, dass sie herankämen und man den Stuhl beladen könnte, der Junge darin zehn oder elf, das Gesicht beherrscht von der Nase, der Mund aufgerissen, doch ohne Laute; er warf den Kopf von einer Seite zur anderen, und die Verwandten bepackten ihn mit Kinderkleidung, Leggins und Jacken, bis kaum noch der Kopf zu sehen war, dafür ein Rucken in dem Kleiderberg. So ging es zur Kasse im Pulk, die Schlange am Warenband wie ein Flüchtlingsstrom, als wäre Krieg ausgebrochen, ein Stück Syrien mitten in Frankfurt. Rufe tönten zu mir, Schreie fast, ein Tollhaus – nur, erscheint einem nicht jede andere Gier als die eigene verrückt? Ich gehörte dazu, auch wenn ich nichts auf einen Kinderwagen lud, dafür meine Erinnerungen mitnehmen wollte, also lief ich zur Rolltreppe und fuhr in den oberen Stock, wieder in dem Glauben, dort könnte noch alles sein, wie es war, nur war dort gar nichts mehr. Die ganze Etage war schon geleert oder gefleddert, ein großer, nackter Raum. Zwei junge Frauen in roten Blusen standen herum, die eine mit Besen, die andere machte Zeichen, dass hier oben nichts mehr zu holen sei; man hatte den halben Juni für den Abverkauf eingeplant, die letzten Maitage genügten. Ich fuhr wieder nach unten und sah noch eine Weile dem Ausweiden zu, und je leerer alles wurde, desto mehr erstanden noch einmal die vollen Regale und Kleiderstangen, das Billigspielzeug in großen Körben und der Bereich für Balkon und Zimmerpflanzen, oftmals Irenes Ziel, und nicht zu vergessen: das Paradies der Zeitschriftenecke. Erst gegen Abend ging ich in die Wohnung zurück und erzählte, was aus unserem alten Woolworth wurde, eines dieser stillen Gespräche zwischen mir und Irene beim Zubereiten von grünem Tee, ich mit dem Rücken zum Fenstersims, auf dem einst Blühen und Wuchern war.

In der ersten Zeit allein sind mir die Zimmerpflanzen

vertrocknet, die sie umsorgt hatte wie Haustiere – nichts, das man gerne zugibt. Nur ein Hibiskus ließ sich über den Sommer retten; während ich ganze Wochenenden auf dem Sofa lag, nicht fähig, irgendetwas anderes zu tun, genoss diese Pflanze ihr Wasserbad in dem Waschbecken, das mir nun uneingeschränkt zur Verfügung stand. Sie nährte sich mit einem Geräusch, so fein, dass meine Ohren es eigentlich nicht aufnehmen konnten, und doch war da ein Schmatzen. Aber oft glaubte ich auch, ein Atmen von Schatten zu hören, die abends auf den Wänden lagen. Naomi riet mir damals zu Tabletten, chemischer Tröstung; nur lasse ich mir nicht einmal die Würde – ja, genau die – meiner sich häufenden Fußschmerzen etwa durch Ibuprofen nehmen, ebenso wenig kam in der Zeit ein Anruf bei Marianne in Betracht. Lieber hörte ich Schatten atmen und fragte mich Stunde um Stunde, warum Irene von dem Turm gesprungen war, obwohl ich es wusste oder zu wissen glaubte: Weil sie mehr mit sich als mit mir zu tun hatte, mit ihrer Art, die sie zwang, selbst im Schönen das Sinnlose zu sehen. Aber das sind nur Worte, auch schön und sinnlos. Worte, die nicht weiter wehtun.

In unserem letzten Jahr, dem nach der Trennung von Marianne, sah ich Irene, wenn sie in Ausnahmenächten in meinem Bett lag statt in ihrem, nicht mehr so unbefangen beim Schlafen zu wie anfangs, als sie jede Nacht an meiner Seite lag mit einem Kinderatmen. Ich spürte, dass sie vor mir in den Schlaf geflohen war. Und noch etwas soll gesagt sein: Es gab in manchen Nächten den Gedanken, dass sie nicht mehr aufwacht, dass alles ein Ende hätte, auch die Sorge um sie; und dabei hatte sie längst versucht, dieses Ende durch Auszehrung zu finden, nicht durch mangelnde Ernährung oder überbordendes Leben, sondern durch Arbeit ohne Anerkennung bei höchsten Ansprüchen an sich selbst. Sie wollte Übersetzungen, die das Original neu erschaffen und, wohl ihr eigentlicher Wunsch, sogar übertreffen, indem sie die ursprünglichen Absichten dessen, der etwas geschrieben hat, aufspürt, also nicht nur ans Licht bringt, was zwischen den Zeilen steht, sondern auch unter den Zeilen und hinter den Worten; sie war auf nicht weniger aus, als das innere Selbstgespräch eines Autors wiederzugeben, und als ihr endlich fertiger Band mit frühen Gedichten Pasolinis, seinem Aufbegehren und zornigem Hoffen, das sie in unsere Sprache geholt hatte, bei einem Übersetzerpreis leer ausging, war Irene in sich zurückgefallen, letztlich schon mit dem Vorsatz, nie mehr auf diese Weise Schaden zu nehmen, ja sich lieber eher selbst den größtmöglichen Schaden zuzufügen.

Und dabei hatte ich ihr erzählt, wie es in Jurys zugeht, ich saß ja nicht nur in einer, der für den landesweiten Kulturpreis, ich saß auch in unbedeutenderen, wie der für die beste Rheingauer Kurzgeschichte, gestiftet von Winzern der Region, und für alle gilt: Am Ende einigt man sich auf die, denen man Ehre und Geld am wenigsten missgönnt. So hatte ich es Irene erklärt, nur glaubte sie an das gerechte Urteil, ohne Ansehen der Person, über deren Arbeit befunden wird. Für sie war Durchfallen einerseits wie ein Richterspruch, andererseits die Bestätigung der eigenen Vorbehalte aufgrund ihrer Maßstäbe, die gar nicht die der Jury waren. Ihre Übersetzung ging also leer aus, und sie verbrannte das erste Exemplar des missachteten Bandes mit Pasolini-Gedichten im Spülbecken und gab die Asche auf die Pflanzen, die mir später eingehen sollten. Dann bat sie mich, mit ihr zu schlafen, etwas, das sie sonst nur in Andeutungen mitteilte.

Irene wollte alle Enttäuschung abwerfen, wie sie die Kleidung noch in der Küche abwarf, ich sollte sie von sich selbst erlösen, von Raum und Zeit, aber auch die ihr weglaufende Zeit irgendwie aufhalten, die unentwegte Trennung des einen Moments vom vorangegangenen, des Gerade-noch-Jetzt vom Schon-Soeben, für sie an diesem Tag in jeder Minute ein neuer Verlust. Und genau den sollte ich umwandeln in einen Gewinn, nichts anderes verlangte sie nach dem Verstreuen der Asche ihrer Arbeit. Also gingen wir ins Bett, und im Laufe unserer Umarmungen kam in einer Atempause ihr Mund an mein Ohr, für ein paar Worte wie Geflüster, um alles noch zu steigern, Worte, die ich erst, als es Irene nicht mehr gab, auch als solche verstand. Mach mir ein Kind, sagte sie, selbst Jahre davon entfernt, noch einmal auf diese Art schwanger zu werden. Oder tu wenigstens so, tu so! Der zweite Appell, mir ins Gesicht, danach ihr Mund wieder nah am Ohr, als ginge es um Geheimnisse. Aber ich erfuhr nur, dass sie den Frauenarzt gewechselt hatte, eine Empfehlung aus ihrem Italienischkreis, dafür sogar jetzt eine S-Bahn-Fahrt in Kauf nahm. Und weißt du, was der sagt? Auch wenn eine Frau und ein Mann schon älter sind, sollen sie sich im Bett vorstellen, dass man ja eigentlich ein Kind zeugt, das ersetzt die Cremes und Zäpfchen, die man uns sonst empfiehlt. Also machst du mir ein Kind? Irene küsste mich auf den Mund und die Brust, und es folgte eine Zärtlichkeit, die ich schon aufgegeben hatte, von ihr zu erbitten, und was sie vorher gesagt hatte, dass sie seit kurzem außerhalb Frankfurts, Richtung Taunus, ihren Frauenarzt hat, verlor sich einfach. Es verlor sich, wie dann auch alles Verschlungene dieser Bettstunde, kaum dass Irene und ich wieder angezogen waren, die Gesichter noch fiebrig und in Gedanken schon sonst wo, zwei Rekonvaleszente, denen die Offenbarungen ihrer Krankheit abhandengekommen sind. Und irgendwer müsste diesem Phänomen einmal auf den Grund gehen: Warum so eine Stunde erst nach langem, in der Erinnerung, Klarheit gewinnt. Von jedem Moment ließe sich etwas sagen, alles ist da, ein Horchen in mich genügt; und auch in dem Fall auf ein inneres Selbstgespräch, wie eine Vorstufe zum Versefinden.

Wir hatten nach dieser Stunde am frühen Abend, wenn es überhaupt eine ganze war, man spricht ja nur gern von einer Stunde, um den flüchtigen Dingen im Bett etwas Dauer zu geben, in der Küche gesessen, ich vor zwei Forellen, die es auszunehmen galt, sie vor einer Kerze, die im Ständer wieder und wieder zur Seite gekippt war; das Radio lief, eine Nachrichtensendung, und Irene zündete die Kerze an und ließ das Wachs in den Ständer tropfen und weinte, als wären auch ihre Augen aus Wachs. Irgendetwas Schlimmes war in der Welt passiert, etwas, das wir im Jahr davor noch beide verurteilt hätten, aber keiner sagte ein Wort. Irene drehte die Kerze mit aller Kraft in die Öffnung, darin das Wachs, während ich eine Forelle nahm, den zarten Schleim auf ihrem Bauch abwischte. Die Welt um uns, sie glitt davon in diesem letzten gemeinsamen Jahr; jeder Blick von Irene, jegliche Nähe mit ihr war wichtiger als alles Weltgeschehen – und lebt in mir, während die großen Dinge längst überrollt sind. Oder was war denn zu der Zeit, die Hysterie nach dem Elften September, Krieg im Irak, Krieg im Libanon, der Nobelpreis für Mandela; für mich gab es nur Irene-Meldungen.

27

Menschliche Nähe tut gut, aber kann auch plötzlich zu viel sein, da reicht eine Fahrt im Aufzug. Am Tag drei der Woolworth-Liquidierung, als das Kaufhaus um die Ecke so gut wie leer war, während mein Lebensmittelladen im Tiefgeschoss noch durchhielt, traf ich nach einem Einkauf abends vor den Fahrstühlen im Haus den Nachbarn mit dem traurigen Tier, wir fuhren gemeinsam nach oben. Grandeville rieb die Flanke an meinem Bein, ich machte ihm leise ein Kompliment, Du, Hund der Hunde, die Verbindung seiner Gattung mit ihrem Plural, etwas, das der Nachbar nicht einfach auf sich beziehen konnte. Er tat, als hätte er nichts gehört, und sah auf das helle Schirmchen in seiner Hand, und mir fiel auf – wieder einmal, aber noch nie mit solcher Klarheit –, was für ein Unterschied hinsichtlich Schönheit und Anmut doch zwischen Herr und Hund oft besteht, hier allein durch die künstlich gebräunte Haut des einen verglichen mit dem gesprenkelten Seidenfell von Grandeville, von der Haltung gar nicht weiter zu reden, der Hund ein befristetes Denkmal, der andere ein Nervenbündel, wie gesteuert von dem kleinen Gerät mit Schirm; und ich stellte mir beide im Zoo vor, das Tier und den Menschen in zwei Gehegen, dazwischen der Weg für das Publikum, der eine würde nur Spott oder Abscheu auslösen, als Karikatur eines homo sapiens, während die Leute Grandeville ans Gitter lockten, um ihn zu streicheln und in seine Augen zu sehen, wie ich es in der Aufzugkabine tat, vom Besitzer nicht weiter beachtet.

Erst als sich unsere Wege trennten, er und sein Tier schon auf die Tür am Ende des Flurs zugingen, kam eine Reaktion auf die zu viele Nähe im Fahrstuhl – warum ich

mir nicht selbst einen Hund anschaffte bei all meiner freien
Zeit? Ein Kommentar mit dem Rücken zu mir, aber der
saß, und ich betrat die Wohnung wie ein aufgeflogener
Schwindler; als Erstes ein Gang ins Bad, um mir Gesicht
und Hände zu waschen, wie seinerzeit, wenn ich von Marianne gekommen war. Ich spielte nur den Hundefreund
oder den, den die Tiere lieben und der ihre Sprache versteht, wie jene Einsamen im Märchen, die reinen Herzens
sind. Und in Wahrheit hätte mir ein Hund in der Wohnung nichts als Kopfzerbrechen bereitet – welche Nahrung
ist die beste, wie viel Zuwendung braucht er, muss noch ein
Artgenosse her, und ist er schon krank oder nur matt. Die
ständige Sorge um ein Tier, mit dem man sein Leben teilt,
war der Grund, mir keines anzuschaffen. Man sieht seinen
Liebreiz, aber ahnt, dass darunter noch etwas ganz anderes
schlummert, all die Dinge des Animalischen, jagen, fressen,
sich paaren, ein Nest bauen, die Jungen verteidigen, sich
zerfleischen für sie, und wieder jagen, wieder fressen, alles
von vorn und darüber ermüden, alt werden, sterben. Jede
Härte des Lebens schlummert im Hund, also lieber die Finger davonlassen, der Schlussgedanke auf die überraschende
Frage von Grandevilles Besitzer, ein Gedanke schon beim
Auspacken der Lebensmittel.

Ich tat alles auf den Küchentisch und räumte von dort
in den Kühlschrank, was in einen Kühlschrank gehörte,
das Übrige kam in die Fächer unter der Anrichte, bis auf
eine Tafel Vollmilch von Lindt, die kam in die Küchentischschublade, das hatte noch Irene eingeführt, Süßes dort
zu deponieren. Auf diese Weise ist es weg und wird nur
hervorgeholt, wenn es sein muss, man nichts als etwas
Süßes will. Ich legte die Tafel erst zu den alten Gebrauchs-
anweisungen, dann aber etwas weiter nach hinten, um sie

so nicht leicht anzubrechen; ich schob sie zu dem Umschlag mit meinem Namen darauf und hielt ihn bei der Gelegenheit kurz gegen die Abendsonne, um vielleicht etwas darin zu erkennen, den Namen dessen, der schon unter der Erde war und den ich ja gekannt haben musste, wenn auch nur entfernt. Allerdings sind Umschläge dieser Art immer gefüttert, als sollten selbst die Namen der Toten ihren Sarg haben; zu erkennen, nein, eher zu erfühlen war bloß der Umriss eines Briefes, in sich gefaltet, die Schrift nach innen, ein sorgsames, offenbar allein für mich gewähltes Vorgehen, was natürlich reine Vermutung war. Aber genau die hatte mich erneut davon abgehalten, den Umschlag mit schwarzem Rand zu öffnen.

Das heißt, ich tat ihn zurück in die Schublade und setzte mich dann aufs Sofa, ohne die Kraft oder den Willen, mir ein Abendessen zu machen. Ich konnte nichts weiter tun, als mich den Gedanken zu überlassen, nunmehr im Liegen, eine Hand auf der Stirn, halb über den Augen, so, dass der Blick zum Daumen ging, auf jeden Fall besser, als die Augen einfach zu schließen und alsbald Dinge zu sehen, die man zwar noch herbeigewünscht hat, dann aber doch nicht berühren kann und also vermisst. Es bleibt nur das Stück Freiheit, die Augen aufzulassen gegen die Vormacht der Bilder, die sich ungefragt einstellen, wie sehr man auch glauben mag, die Gedanken seien frei, wie tief diese Zeile auch sitzt. Und an dem Abend gingen die Gedanken zu Naomi, als sie noch klein war, ein kleines Mädchen, das sich ein Tier gewünscht hatte, einen Hund, eine Katze, ein Kaninchen, Hauptsache, weich. Ich dachte an unser dreifaltiges Familienleben, dem ein zweites Kind gutgetan hätte, der Sohn, der Irene und mir verwehrt blieb. Ja, wir hatten sogar erwogen, einen jungen Hund anzuschaffen, nur um vom Dreifaltigen wegzukommen, einen, der im Tierheim zu verkümmern drohte, und haben solche Heime besucht, ohne Naomi, damit die Vernunft überwiegt, und am Schluss hat sie ganz überwogen, weil mir die Wohnung zu eng erschien, wo doch nur ich zu eng war mit meinen Bedenken, was auch immer dahintersteckte, sagen wir, Kindheitsdinge, die ewige Ausrede – etwas, das Marianne bald an mir festgestellt hatte, eine Schwäche in der Gegenwart mit Erlebnissen in der Vergangenheit zu entschuldigen oder zu verrechnen. Ich solle ihr bitte nie damit kommen, was mich in der Kindheit zerstört haben könnte, sagte sie eines Nachmittags in unserem Hotelzimmer. Ihre ganze Aufmerksamkeit würde sich dann darauf richten, was heute noch an mir sei, das sie zerstören könnte! Das waren ungefähr ihre Worte, und mir erschien sie damit als Frau von beträchtlichem Scharfsinn. Und in Wahrheit war sie im Hinblick auf mich eine Frau von beträchtlicher Hoffnung.

Hinterher ist man immer klüger, heißt es, freilich auch eine Entschuldigung, weil man nicht schon vorher, durch Anstrengungen, die man gescheut hat, zur späteren Erkenntnis gelangt ist. Ich hätte zum Beispiel, bei all der Zeit, die ich habe, nicht nur in den Augen des Nachbarn mit Hund, über die Zürichaktion im Vorfeld mehr nachdenken können, etwa mit dem Ergebnis, dass eine Menge Bargeld ebenso beunruhigend sein kann wie die Vorstellung, dass sie in einem Schweizer Depot infolge neuerer Abkommen gefährdet wäre. Wohin mit all den Scheinen, was tun mit dem Geld, wie es sinnvoll verwenden – Fragen nicht nur an diesem Abend, auch in den Tagen danach, wenn ich auf dem Sofa lag oder mit einem Buch am offenen Fenster saß, den Junitagen vor Naomis Eros-in-Pompeji-Eröffnung

und Maltes mündlichem Abitur, und zu ihrer Klärung war
ich mit meiner Tochter am Opernplatz für unser Abendessen verabredet. Aber es sollte nicht nur darum gehen.
Naomi fehlten auch noch ein paar pointierte Sätze für ihre
Rede vor den Freunden des Museums und all den Medien-
leuten; in solchen Dingen baute sie auf mich, auch wenn
mir pointierte Sätze nicht zufliegen. Ich schob das Ganze
vor mir her und machte mir erst auf dem Weg zum Opernplatz Gedanken, die eigentlich Irenes Gedanken während
unserer letzten Reise waren.

Die Liebenden auf den Wandbildern Pompejis seien
illusionslos, sagte sie auf der Fahrt von Neapel nach Rom,
mir auch deshalb in Erinnerung, weil sie zuvor nur schweigend am Steuer gesessen hatte. Sie würden im anderen
höchstens vorübergehend Halt suchen, nicht ihre ver-
lorene Hälfte, der Mann immer aus einem Besiegenmüssen
heraus, ein Krieger des Eros, die Frau immer aus einem
Gefühl des Abschieds. Eine Umarmung noch, eine nur, danach ist alles vorbei, oder warum schauen die Frauen auf
den Bildern so traurig aus? Irene fuhr schneller als sonst,
ein schon wütendes Gasgeben und Überholen, und sie gebrauchte auch ein Wort, das sie sonst kaum in den Mund
nahm. Ficken und Abschiednehmen war für Pompejis
Frauen ein und dasselbe, sagte sie. Eine gewagte These, die
mir auch lange danach auf meinem Weg zum Opernplatz
durch die Taunusanlage noch gewagt erschien; sie hatte
unser Gespräch im Auto beendet, aber abends in Rom kam
es zu einem Epilog, mit Worten oder eher Bildern, die so
jäh wieder auftauchten wie die Karnickel auf den Grün-
flächen zu beiden Seiten des Wegs. Der Epilog fand im
Hotelbett statt, Irene wollte noch gern einen Film sehen,
nur gab es in unserem billigen Zimmer kein Pay-TV, also

ging sie alle Sender durch, auch die ärgsten privaten; eine drückende Nacht, wir saßen nackt in der Mulde des Betts, ihr Bein an meinem, und auf einmal warf sie die freie Hand, die ohne Fernbedienung, in die Luft und stellte mit der anderen den Ton lauter – ich hatte schon halb die Augen geschlossen –, und da flog mit hellem Geräusch ein kleines offenes Flugzeug über Grasland mit unzähligen Okapis und Gnus, sich in zwei Gruppen teilend, in der Mitte kurz der Schatten des Flugzeugs, dann Schnitt auf die Fliegenden, einen Mann, eine Frau. Und beide warteten wir auf die Szene, in der Robert Redford als Abenteurer Finch Hatton in der afrikanischen Savanne Meryl Streep das blonde Haar wäscht. Etwas, das in Pompeji trotz Thermen und fließendem Wasser nie vorgekommen wäre, niemals, rief Irene. Sie sah die Szene noch zu Ende, ohne ein Wort, bevor sie mir die Fernbedienung überließ und sich zur Wand drehte.

Und Irene schlief dann schon, als auf einem der vielen Kanäle ein Film über Thunfische kam, ihre Züge durch das Mittelmeer, und wie sie einmal im Jahr vor Sizilien zusammengetrieben und eingekreist werden, mehr und mehr, bis schließlich Hunderte in einer Falle schwimmen, man sie von Booten aus harpunieren kann und die noch zuckenden Leiber auf eine Mole wirft, wo sie ausbluten – Fische, groß wie die Söhne der Harpunierer, die sich über die Beute beugen, Jungs von zehn oder elf, einige wunderschön.

28

Mit meiner Tochter essen zu gehen ist eigentlich immer ein Fest, das aber, wie jedes Fest, auch seine Gefahren hat, man trinkt, man redet, redet sich heiß, ja sagt vielleicht das eine und andere, das in die falsche Kehle kommt. Väter und Töchter sind bloß im Hollywoodkino Gespanne, ein Herz und eine Seele, auch wenn sie sich einmal streiten, während Naomi und ich verschiedenen Herzens sind. Sie handelt zielstrebig, ich nur nach Bedarf, aber wenn sie scheitert, leidet sie in ähnlicher Weise – bei mir würde man sagen, wie ein Hund, in ihrem Fall müsste es also heißen, wie eine Hündin, aber das würde sie nie zugeben, schon weil sie Tiervergleiche ablehnt, auch nicht wie ich gerne Tierfilme sieht.

Wir hatten einen Tisch mit Blick über den Platz, und kaum war der Hauptgang serviert, ein Meeresfisch für uns beide, teilte mir Naomi ihre im Grunde schon fertigen Überlegungen im Hinblick auf das Geld mit. Ein neues Auto sollte angeschafft werden, BMW oder Audi, aber nichts Verrücktes, auch ein paar neue Möbel, haltbare Sachen, und das restliche Geld sollte in Maltes Ausbildung fließen – das restliche von hunderttausend, sagte Naomi, dabei weit über ihren und fast auch meinen Teller gebeugt. Den Gewinn aus all den Jahren, den nimmst du, du wirst ihn doch nehmen? Ich weiß, es ist dir peinlich, das Geld, aber soll es verfaulen? Sie drängte mir diese Gewinnsumme förmlich auf, und nicht nur mit Worten, auch buchstäblich, das aber unter dem Tisch; ich spürte etwas am Knie, ihre Hand, und kam der Hand mit meiner entgegen. Und da war erstens ein Kuvert zwischen ihren Fingern, gut zu erfühlen, auch sein Inhalt, und zweitens der Wille, es mir zuzuschieben im Schutze der überhängenden Tischdecke, es von ihrer in meine Hand wechseln zu lassen, ihr Wille sogar erkennbar über dem Tisch, an einem Blick wie für ein störrisches Kind, Jetztnimmdasgefälligst; und ich nahm das Kuvert, knickte es einmal und schob es tief in die Hosentasche, während Naomi schon anfing, den für uns beide im Ganzen bestellten Fisch zu zerlegen.

Natürlich hätte ich auch nein sagen können, nein, behalte alles, ich will es nicht, aber meine liebe Tochter hätte sich nur noch mehr über den Tisch gebeugt, noch mehr auf mich eingeredet oder mir das Geld einfach aufs Knie gelegt, und von dort wäre es auf den Boden gefallen, den Opernplatz, für jedermann sichtbar, und Naomi hätte sich an den Kopf gegriffen und ich mir auch, plus aller möglichen gezischten Wörter, während der Fisch ausgekühlt wäre, noch ein Streitpunkt. Und ich hasse Szenen mit meiner Tochter, weil ich sie liebe und sie mich auf ihre Art auch, sonst würde sie kaum meine Hilfe suchen wie in diesen Tagen für ihre Rede in Sachen Pompeji – gar nichts so Neues zwischen uns, sie hatte sich schon als Schülerin in Deutsch helfen lassen, wenn auch immer leicht zähneknirschend. Naomi war nie gern das kleine Mädchen, sie erschien nur sehr zierlich, aber aus dem Zierlichen wurde bald ein eigener Zug. Sie kämpfte sich still durch die Pubertät und ging zäh, stolz und empfindsam aus ihr hervor, mit sechzehn innerlich eine Frau. Dennoch hing sie an Irene und mir, ihren Eltern, und kehrte nach Irenes Tod, mehr als nur Zufall, in meine Nähe zurück, in eins der Schmuckstücke des sogenannten Museumsufers; dort stand ihre erste große Arbeit als Kuratorin vor der Eröffnung, auch ein Coup gegen den Leiter des Hauses, um die Sechzig, aber in ewigen Röhrenhosen, Silberlocken über den

Ohren und eine winzige Brille vorn auf der Nase. Er hatte sich anfangs an sie herangemacht, Essen mit Kerzenlicht und dergleichen, aber da kannte er meine Frau Tochter, eine Meisterin, jemandem im Handumdrehen den Zahn zu ziehen, schlecht.

Mir hatte sie an dem Opernplatzabend gleich den Geldverweigerungszahn gezogen, ja schließlich sogar unser Essen bezahlt. Erst als alles Finanzielle erledigt war, kam sie auf ihre Eröffnungsrede, und ich musste bekennen, dass mir bisher noch keine pointierten Sätze eingefallen waren – sie lägen nicht in der Luft und würden auch nicht an den Bäumen wachsen. Ich suchte nach Entschuldigungen, doch Naomi wollte davon nichts wissen, sie drängte mich nur, möglichst noch an dem Abend über die Sätze nachzudenken, am besten sofort, aber im Gehen, nicht im Sitzen. Also standen wir auf und gingen über den einzig vorzeigbaren Platz von Frankfurt, auch der Brunnen in der Mitte ein richtiger Brunnen, für Verliebte geeignet. Naomi hängte sich bei mir ein, die sonst immer Autonome beim Vater im Ruhestand, und ich fragte mich, was sie in dem Fall so anlehnungsbedürftig machte, zumal sie schon mehrfach Vorbesichtigungsmeuten mit ihren Einführungsworten in die Enge getrieben hatte, bis alle klatschten, um sich daraus zu befreien; aus einem halben Penisköcher konnte sie eine ganze Philosophie ableiten und Worte wie Sexualrhythmus oder halluzinatorische Stigmatisation aussprechen, ohne auch nur einen Buchstaben unterwegs zu verlieren. All diese erotischen Szenen auf den Pompeji-Stücken sind nur in unseren Augen erotisch, sagte ich. Eigentlich sind es Zeremonien des Abschieds, versüßt mit den Sekunden der Lust, darüber wäre nur mehr nachzudenken, oder wie eilig ist es? Ich blieb am Zugang zur Taunusanlage ste-

hen, während Naomi kurz telefonierte; sie war noch mit
einem vom Fernsehen verabredet, der wollte schon vor der
Eröffnung Bilder für eine Feierabendsendung. Sehr eilig,
sagte sie, denk, so schnell es geht. Soll ich nicht ein Taxi
rufen? Naomi flüsterte etwas von dem Geld in meiner
Tasche, und ich drückte ihr verabschiedend die Hand, ehe
noch mehr Mütterlichtöchterliches über sie käme. Malte
wird das Abitur schon schaffen und du diese Rede, rief
ich im Gehen.

29

Abends in einer Grünanlage als älterer Mann mit dem
Jahresgehalt eines Abteilungsleiters in der Tasche herumzulaufen ist nicht besonders klug, selbst wenn man die
dunklen Wege meidet und zwischen mümmelnden Kar-
nickeln über den Rasen geht. Nur gibt es auch eine Klug-
heit jenseits von Vernunft, oft geschmäht, weil sie uns Lasten abwerfen lässt: Vielleicht wollte ich ja sogar überfallen
werden, wie Irene durch ihren Sprung nicht mehr sein
wollte, aber die gewöhnliche Vernunft, oder was uns am
Leben hält, war am Ende stärker; ich drang durch die
Büsche am Rand der Anlage zur nächstgelegenen Straße,
dort winkte ich jedem Taxi, erst mit einem, dann mit beiden Armen, und als endlich eins frei war und hielt, hatte es
etwas von einer Rettung aus Seenot.
  Ein angenehmes Taxi, bequeme hintere Sitze, leise
Musik, ein stiller Fahrer, klein, dunkelhäutig, weiße Kopf-
haube; er sah mich fragend an, und ich sagte, Geradeaus,
einfach geradeaus, was aber hieß, Richtung Bahnhof. Ich

wollte nicht gleich nach Hause, allein mit dem Geld in der Wohnung sein, und auf ein paar Euro mehr kam es ja nicht an, also bat ich, als wir am Bahnhof waren, um eine Weiterfahrt durch die Stadt, zunächst ins Gallusviertel, wo ich jahrzehntelang mein kleines Büro gehabt hatte, und von dort durchs Westend zum Alleenring und in den Osten Frankfurts, vorbei am Zoo mit seinen nächtlichen Tierlauten. Dann erst, von dieser Kindheitsgegend aus, sollte es zu meiner Adresse gehen. Und der Fahrer, Marokkaner oder Tunesier, sah mich wieder an, jetzt mehr ungläubig als fragend, bis er einen Fünfziger als Vorschuss bekam. Darauf drehte er die Musik lauter, ein schmachtendes Auf und Ab, und fuhr auch schon weiter, über die Mainzer Landstraße ins Gallus. Dort ließ ich das Seitenfenster herunter und sah auf die bekannten Ecken, die Kneipen, die Schilder, und auf einmal das alte Zeitungshaus, das mich in jungen Jahren an eine glänzende Zukunft hatte glauben lassen, eine mit Schnurrbart, Pfeife und eigener Sekretärin, an der Wand in meinem Büro ein Marx-Wort: Die Kritik ist keine Leidenschaft des Kopfes, sie ist der Kopf der Leidenschaft (ein Wort, das sogar dort gehangen hatte, wie ich in Klammern hinzufüge, dem einzigen Satzzeichen, das ich als Redakteur nie verwendet habe, weil es mir willkürlich erschien, verräterisch). Aus der glänzenden Zukunft war dann aber eine Gegenwart als Nichtraucher ohne Bart und Sekretärin geworden; ich tippte alles selbst, geübt darin, die guten Sätze zu verstecken, während sich die Kollegen vom allgemeinen Kulturteil, immer mit einem Bein in der Hauptstadt, über gute Sätze höchstens verbreiteten, stets mit dem anderen Bein auf einer Ebene über allem. Im Grunde taten sie mir leid in ihrer ewigen Erregung und Atemlosigkeit, als würden sie den ganzen Tag Treppen hinaufeilen, nur dass es oben nichts anderes zu sehen gab als unten, es wehte dort allenfalls mehr Wind.

Auf der jährlichen Weihnachtsfeier, wenn man an einem Tisch gesessen hatte, nur durch Nadelzweige getrennt, ließ sich in etwa heraushören, wie diese Leute den Tag zubringen. Was könnte mich wohl heute stören, so betreten sie die Redaktion und telefonieren gleich mit Gott und der Welt, soweit man an Gott nur den Anspruch hat, namhaft zu sein. Und wen heben wir heute mal auf die Schneide des Ruhms, Frage zwei in ihrem Arbeitstag, die Frage, die sie mit in die Nacht nehmen, in Clubs, die eben eröffnet haben und morgen wieder schließen und in der Zwischenzeit ein Talent in die Welt setzen, von den Kollegen umschwirrt wie das Licht von den Fliegen, bis es plötzlich erlischt, während die Lichter im Bereich meiner alten Zuständigkeit oft ein Leben lang glimmen, ja bei Premieren sogar flackern, was freilich keinen aus der Metropole ins Umland lockt, dafür jeden denken lässt: Wenn es mich nicht zu dem Ereignis zieht, wie könnte es dann etwas taugen? Aber in Gemeindesälen zeigt sich, was einen rührt, auf Hauptstadtbühnen nur, was einen juckt: Ansichten, die ich das ganze Jahr über für mich behalten hatte, wie auch die über gute Sätze; nur bei Weihnachtsfeiern platzten sie gelegentlich heraus, am ungehindertsten auf der vor meinem Ausscheiden. Der Primus unter den Herausgebern hatte seine übliche Rede gehalten, endend mit einem Satz aus dem letzten Werk einer jungen und hochgelobten Hauptstadtautorin, und ein ebenso junger Kollege vom allgemeinen Kulturteil, mir gegenübersitzend, bekam geradezu feuchte Augen vor Bewunderung, während an mir der Metropolensatz gänzlich vorbeigegangen war. Nicht einmal heiße Luft, sagte ich vor mich hin, und schon gab ein Wort das andere, wir gerieten in einen Streit, was denn ein guter Satz sei – heutzutage, betonte mein Kontrahent. Ein guter Satz sollte kurz und dicht sein und auch morgen noch gut, hielt ich ihm entgegen und brachte als Beispiel einen Satz der Duras aus ihrem kleinsten, kaum bekannten Werk, Der Mann im Flur – Das Meer ist das, was ich nicht sehe, Punkt. Und die Reaktion des Kollegen war mattes Abwinken, also bat ich ihn, selbst einen dichten Satz zu nennen. Darauf begann er, Nadeln von einem Zweig in der Tischmitte zu zupfen, ein nervöses Kind, und schließlich brachte er den ersten Satz aus Der Mann ohne Eigenschaften, der ja alles andere als kurz ist mit seiner atlantischen Wettergeschichte; er befand ihn aber für dicht, welthaltig und auch heutig, für einen Jahrhundert-satz, und forderte nun seinerseits wieder ein Beispiel – welthaltig und aus unseren Tagen, fügte er fast drohend hinzu und bekam dafür gleich die Quittung. Etwas aus einem Kurzroman, das Thema sehr aktuell, sagte ich, als sei auch das Buch aktuell. Stark, schön, pervers, feig, er gefiel mir, Punkt. Wie finden Sie das, junger Mann? Ich beugte mich über den Tisch, der Kollege, bestimmt schon an die Vierzig, kaute noch an meiner Anrede. Gar nicht schlecht, sagte er, Foster Wallace? Ein Name wie eine Parole, und ich schüttelte sanft den Kopf, vielleicht etwas zu sanft, denn er begann mit seinem Phone zu spielen, als gäbe es Wich-tigeres als Leute vom Umlandkulturteil. Nein, spätes neun-zehntes, Camillo Boito, und ich verrate Ihnen auch, warum dieser Satz gut ist. Er erzählt mehr, als darin steht. Wir hören die Stimme einer Frau, die um jeden Preis lieben will, damit sie den Fesseln einer Ehe oder sonstigen Be-ziehung entkommt. Sie hat einen jungen Mann im Auge, etwas älter als sie, aber keineswegs reifer, nur stark und schön, wofür er nichts kann, aber auch pervers und feig, wofür man durchaus etwas kann. Und sie sagt nicht etwa feige, sie sagt feig, so hat es jedenfalls meine Frau Irene übersetzt, es ist auch ihr Satz – feig, was immer noch einen zärtlichen Anklang hat, fast etwas Schwärmerisches, und damit den Keim der späteren Katastrophe in sich trägt, schändlich verraten zu werden. Ach so, sagte mein Gegenüber. Und was Heutigeres haben Sie nicht, dann schöne Weihnachten! Und damit stand er auf und ging Richtung Raucherbalkon davon, und ich rief ihm noch den Satz eines Argentiniers nach, Lascano Tegui, Er hat seine Hände gepflegt, als wollte er einen Mord begehen, aus dem Buch Von der Anmut im Schlafe, Paris neunzehnhundertvierundzwanzig, für mich sogar ein Satz von morgen!

30

Jetzt wohin? Der Marokkaner oder Tunesier, nicht mehr sicher, was die genaue Route betraf, fuhr längst durchs Westend, unschlüssig auf der Bockenheimer in Höhe Lindenstraße, und ich bat ihn, über den Alleenring zum Zoo zu fahren, dabei die Hand um das Kuvert in meiner Tasche, darin das Geld, nichts als Papier und doch das Bündel, für das Leute sich krümmen, das sie in die Knie gehen lässt oder zu Mördern macht oder vor lauter Glück zu Idioten. Es gab keinerlei Pläne, was dieses Geld betraf, es gab nicht einmal Träumereien, höchstens den Traum, damit etwas Glück zu erkaufen. Irene hatte nie auf das Schweizer Schweinepolster, wie sie es nannte, zurückgreifen wollen, sie glaubte, dass an dem Geld zu viel Ungutes hinge und alles davon Bezahlte, etwa eine teure Reise, wiederum etwas Ungutes hätte. Ihre Vorstellung von Glück war eine romantische, die einfachen Dinge des Lebens mussten reichen, um wunschlos zu sein, eine warme Nacht, das Meer, Wein und Zigaretten, ein Balkon, der Mond, sein Licht auf einem Bett, unseren Armen, unseren Beinen. Wenn in solchen Nächten ihr Unglück gebannt war, weinte sie die Tränen, die andere erst vor Glück vergießen. Nur kosten auch Balkonzimmer mit Meerblick zur besten Jahreszeit ihr Geld, aber damit hatte ich sie nie behelligt; die Bezahlung jeweils hinter ihrem Rücken.

Und dann war schon der Zoo erreicht, eine Fahrt an der Mauer entlang, das Schnauben von Giraffen drang herüber, ihr Standort unverändert. Zusan hatte einmal erwähnt, dass sie nachts die Wölfe höre, also musste das Zimmer, das sie mit einer Polin teilte, dort in der Nähe sein, wo die Wölfe hinter der Mauer in ihrem Gehege waren, nächtens ein unruhiges Rudel. Und sie hatte auch erwähnt, dass im Haus unten eine Änderungsschneiderei sei, aber keine gute, sie würde solche Arbeiten besser machen, und ich bat den Marokkaner – Tunesier sind in der Regel gesprächiger –, um noch gemächlicheres Fahren, für einen Blick auf jedes Haus. Die in erster Reihe am Zoo waren zu teuer, also fuhren wir in die Parallelstraßen, mehr Richtung Ostbahnhof, wo noch immer die Verlierer wohnten, wenn auch schon im Schatten eines Kolosses, der das Ostend aufmöbeln sollte, in Wahrheit aber nur seinen Abriss vorantrieb, die Europäische Zentralbank mit ihrem Doppelneubau. Und auf einmal war da eine Änderungsschneiderei in einem Haus mit Schüsseln über jedem Fenster, was ja auch kein gerade hoffnungsvolles Zeichen ist; ich ließ den Marokkaner anhalten und stieg aus.

Es konnte nur das Haus sein, in dem Zusan sich ein Zimmer geteilt hatte, unter was für Umständen auch immer. Auf den Klingelschildchen stand kaum ein deutscher Name, und alle anderen Namen waren türkische oder vom Balkan, wenn man es so pauschal sagen darf, bis auf zwei, die mir Polnisch vorkamen, nämlich unaussprechlich wie auch Zusans Nachname, den sie mir einmal genannt hatte; ebenso gut hätte sie Maschinengeräusche nachahmen können. Ich klingelte am oberen Polenschild, und gleich summte es am Eingang, als werde jemand erwartet, ich trat in ein Treppenhaus, in dem schon Licht brannte. Stockwerk für Stockwerk lief ich nach oben bis zu einer offenen Wohnungstür, darin eine rundgesichtige Frau im Trainingsanzug. Ob ich Polizei sei, fragte sie, und ich erklärte ihr, wen ich im Hause suchen würde, aus privaten Gründen. Privaten – sie wiederholte das Wort und zog Zigaretten aus der Hosentasche und steckte sich eine an, in der Art, in der Irene früher ihre Selbstgedrehten angesteckt hatte, immer zur eigenen Hand und der Flamme geneigt, als würde ein anderer ihr Feuer geben. Und dann sagte sie etwas, das ich nicht gleich erfassen konnte, weil meine Gedanken noch bei Irene waren und auch blieben, bis die rauchende Frau, angeblich Russin, ohne ein weiteres Wort ihre Wohnungstür schloss und mich mir selbst überließ, so wie vor Jahr und Tag die Frau meines Lebens, wenn sie nach einer Umarmung still etwas tat, das mit dem, was eben noch zwischen uns war, in keinerlei Verbindung stand, etwa einen Knopf annähte, gestern erst, für mein Gefühl – auf dem schon dünnen Seil der Dinge ab sechzig ist ein Jahr kaum mehr als ein Schritt. Ich ging wieder hinunter, und noch im Treppenhaus ergab das eben Gehörte ein Bild: Zusan und die andere Polin hatten in einem Dachzimmer gewohnt, genau über der Russin im Trainingsanzug, sie hatte beide gekannt, nur nicht näher. Die eine mit richtiger Arbeit, Arbeit an Kasse, das waren ihre Worte, demnach Zusan, lag mit der anderen, einer langen Blonden, im Streit. Und diese andere war jetzt in der Elbestraße, das hatte jemand aus der Wohnung nebenan erzählt, also im Bahnhofsviertel. In Haus mit rotem Herz, sagte die Frau noch, als meine Gedanken nicht bei der Sache waren, das waren sie erst wieder voll und ganz auf der Straße – vom Zoo, tatsächlich hörbar auf die Entfernung, das nächtliche Klagen der Wölfe.

Ich stieg wieder ins Taxi und nannte dem Marokkaner das nächste Ziel, das gleich um die Ecke lag, und er fuhr los, begleitet von seiner Musik, die nichts besser machte, eher noch betonte, wohin es ging. Es ging zum Ostbahnhof, dem trostlosesten aller Bahnhöfe, was schon erwähnt wurde, die Uhr über dem Zugang seit Jahren ohne Zeiger, jenem Gang, in dem mein Vater seinen Zeitschriftenkiosk geführt hatte, für ihn bis zuletzt ein Buch- und Zeitschriftenladen, folglich konnte er auch nie verstehen, dass der eigene Sohn daran keinen Gefallen fand. Und wie im Gegenzug lag das Blatt, dem ich irgendwann angehören wollte, in einem toten Winkel, kaum zu sehen von der Kundschaft, dafür als Augenfang das Konkurrenzblatt, später so niedergegangen wie lange zuvor schon der Laden, trotz Erweiterung des Angebots bis hin zu einem Snack mit Namen Heiße Hexe. Der Marokkaner hielt auf der Fläche vor dem Bahnhof, Platz wäre zu viel gesagt, es gab dort nichts außer einer Bushaltestelle inmitten zweier Straßen, die übergingen in eine dritte, teils noch Kopfsteinpflaster, teils Asphalt mit ewigen Pfützen, wo der Belag eingesackt war. Die Taxiuhr lief weiter, ebenso der

Motor – er könnte ihn abstellen, sagte ich. Und er könnte auch gern seine Musik hören oder sonst etwas tun, worauf er den Zündschlüssel umdrehte und die Musik leise machte und überraschenderweise zu einem Buch griff, einem mit Versen, das konnte ich sehen, vielleicht Auszügen aus dem Koran; er glaubte wohl, ich würde auf jemanden warten, der mit dem Zug kommt. Nur hielt um die Zeit kein Zug mehr am Ostbahnhof, soweit mir bekannt war, höchstens die S-Bahn im Halbstundentakt, in meinen frühen Jahren noch kein Verkehrsmittel; da hatten dort noch Dampfloks auf ihrem Weg nach Hanau und Aschaffenburg gehalten.

Der Bahnhof war nur schwach beleuchtet, über der Nichtuhr eine einzelne Lampe, die Stimmung, die zu Gedichten verleitet, auch einen, der gar nicht begabt ist dafür, sich aber in eine zeigerlose Uhr vertieft, bis er am Ende mehr darin sieht als einen nicht behobenen Schaden – all das mein Versuch, mit dem trostlosen Ort ein für alle Mal fertigzuwerden. Ich hatte es mir hinten bequem gemacht, den Kopf am Rückenpolster zur Seite gelegt, das Fenster halb auf, den Bahnhofszugang im Blick, eine Art Tunnel mit dem Licht, das noch etwas hineinreicht, bis zu einem Gitter, hinter dem einst der Kiosk oder Zeitschriftenladen war, davor immer ein Ständer mit Heftchen, Der Landser, Das goldene Rätsel, Die schwarze Fledermaus. Und ganz unten die paar Sachen für andere Kunden, Die Schwierigen, sagte mein Vater, oder wer liest schon Kafka? Ich hatte nur diese Sachen gelesen, mit dem Ergebnis, selbst schreiben zu wollen, nichts Großes, nichts, das die Welt hätte verbessern können, höchstens die eine oder andere Geschichte von ihr erzählen. Aber dann fielen mir die Dinge nicht in den Schoß, kein einziger guter Satz, und so schrieb ich schließlich Artikel über Leute, die Geschichten erzählen oder in Kunst verwandeln, gar keine schlechte Arbeit, in meinem besten Jahr sogar mit Sekretärin, Karin Steeb, dem Fräulein Steeb, wie man damals noch sagte, einer verhinderten Schönheit, verhindert durch nur einen Zug, der ihre Mundwinkel leicht absenkte, aber dem ganzen Gesicht damit etwas Mattes gab, das sie als ihr Mattes angenommen hatte, ihren Makel, wo es doch nichts weiter war als eine kleine Gewebsschwäche, eigentlich bedeutungslos; man glaubt, darüber hinweggehen zu können, und in Wahrheit vermag ein einziger, kaum in Worte zu fassender Zug das ganze Leben nach unten zu ziehen. Darum wohl auch, dachte ich im Taxi, diese immer gleichen entrückten Gesichter auf den Pompeji-Stücken, schön und dabei traurig verschlossen oder umgekehrt, selbst nach Jahrhunderten unter Asche immer noch traurig verschlossen und dabei schön.

Jemand trat aus dem Bahnhofszugang, als hielten doch Züge um die Zeit, eine Frau mit kleinem Rucksack über der Schulter, wie Irene ihn immer dabeihatte, wenn sie für ein paar Stunden oder eine Nacht außer Haus war. Die Frau blieb unter der Uhr ohne Zeiger stehen und fasste sich ans Kinn, das kurze Stehenbleiben zur Orientierung nach Verlassen eines Bahnhofs, wenn man sich nicht auskennt – wo bin ich hier, wie komme ich weiter. Sie holte etwas aus ihrer Jackentasche, Zigaretten, und steckte sich eine an, auf Irene'sche Art zur eigenen Hand mit der Flamme gebeugt, sie blies den ersten Rauch aus. Dann ging sie, einen Fuß vor den anderen setzend, in leichtem Bogen auf das Taxi zu, ja, und es war sogar Irene, auch bei dem schwachen Licht auf dem Platz zu erkennen. Und obwohl es neun Jahre zurücklag, dass sie mit ihrem Rucksack sonntags die Wohnung verlassen hatte, erschien sie mir gar nicht verändert, das Haar schon damals ein Zinnhelm, dazu ihr typischer Gang, etwas verlangsamt, Kopf leicht im Nacken, und eine Hand, die ohne Zigarette, im Kreuz. Zweifellos suchte sie ein Taxi und ging logischerweise auf das einzige zu, und ich machte mich klein auf dem Rücksitz, um nicht gleich entdeckt zu werden, aber auch aus einer Art Scham, weil sie so unverändert daherkam, während ich doch eingefallen war mit den Jahren, am Hals und um die Augen, dazu ein Netz feinster bläulicher Adern an schon zu mageren Beinen, zum Glück von der Hose bedeckt, dafür die Flecken im Gesicht und auf den Handrücken unübersehbar; eine Haut von der Farbe alten Elfenbeins mit dem Geruch nach getragener Kleidung, eine verdächtige Haut, während ihre einen frischen Eindruck machte, selbst im Gesicht. Sie trat an das seitliche Fahrerfenster, auch das nur logisch, sie tippte mit zwei Fingerkuppen daran, so hatte sie mir bei Vergesslichkeiten gern an die Stirn getippt, aber der Marokkaner sah in das Buch mit den Versen und las sich murmelnd daraus vor, ganz bei sich. Der Beifahrerseite zugewandt, saß er da, ein Auf und Ab in der Stimme, wie in Anklang an die leise Musik, und Irene, immer gern bereit aufzugeben, drehte sich etwas und sah mich dadurch auf dem Rücksitz. Ihre Augen wurden eine Spur weiter, darin das Lächeln, wenn sie nach zwei Tagen Berlin oder Freiburg abends vor der Wohnungstür stand, da bin ich wieder. Und dann winkte sie, wie mir schien, mit den Fingern, die eben noch an die Scheibe getippt hatten, worauf ich nur das Fenster etwas herunterließ, anstatt auszusteigen und sie an mich zu drücken. Ich wollte es, aber schaffte es nicht, und sie beugte sich zu mir oder, richtiger, zum offenen Fenster. Sie ließ die Zigarette fallen und trat sie aus, das war neu, das hätte sie früher kaum getan, eine Haarsträhne fiel ihr dabei über die Wange, traumhaft schön. Ich überlegte, ob ich das gelockte Ende in die Hand nehmen durfte, wie ich ja oft ihr Haar in der Hand hatte, etwa im Kino, wenn der Film auf den Höhepunkt zulief, das letzte Duell, der erste Kuss, oder an Abenden des Kulturfestivals Edersee, wir beide im Kaminzimmer des Hotels mit unserem polnisch-jüdischen Bekannten, und es sie und mich beruhigte, auf die Weise verbunden zu sein. Ja, ich wollte ihre Strähne: sie zwischen den Fingern zu spüren wäre der Beweis eines Wunders; und schon griff ich nach dem, was bleibt von den Toten und fast unbeschadet die Jahrhunderte überdauert, das Haar, die Frau aber warf den Kopf zurück und schien ihn auch zu schütteln über einen, der so nach ihr greift, und da konnte ich nicht anders, als den Namen meines Lebens auszusprechen, leise zum Fenster hinaus, damit der Marokkaner nichts hört. Irene, sagte ich, wie geht es dir? Wo kommst du auf einmal her, und was suchst du an diesem trostlosen Ort, ein Taxi? Das hier ist das einzige weit und breit, also steig ein, wir fahren nach Hause.

Etwas in der Art muss ich gesagt haben, nur nicht leise genug, denn mein Fahrer sah kurz nach hinten. Alles in Ordnung, erklärte ich und schloss das Fenster, alles in Ordnung! Fast ein Ausruf, eine Beschwörung, weil ja in Wahrheit alles in Unordnung ist, wenn man etwas sieht, das gar da sein dürfte, gar nicht da sein kann, und sogar noch auf eine Antwort hofft, auf irgendein Lebenszeichen, und wenn es nur wieder Kopfschütteln wäre oder ein Nein – nach Hause, nein, leider unmöglich. Aber da war nur Irenes Art zu schweigen, sich schweigend in Luft aufzulösen, während der Marokkaner erneut zu mir sah, statt des Buchs nun ein Gebetskettchen in der Hand, Wohin? Er wirkte gereizt, also nannte ich schnell meine Adresse, und er wendete auf dem Bahnhofsvorplatz, ohne auf irgendwen achten zu müssen.

31

In der Wohnung hatte sich die Hitze gehalten, eine Treibhausluft trotz offener Fenster. Ich trank ein Bier und sah auf den Park mit dem Museum für Alte Kulturen, seitlich der Villa jetzt eine Plakatwand, die für die Pompeji-Ausstellung warb, für Naomis Arbeit. Irene wäre stolz gewesen, stolz und glücklich, wie sie es auch als junge Mutter war, selbst in Nächten mit schreiendem Kind. Als Stillende besaß sie einen Elan wie die Kehrseite ihrer späteren Krankheit, ja überhaupt hatte sie zwei ganz verschiedene Seiten, ihre süchtige, die nach immer mehr und noch mehr verlangte, und die der Verachtung für das eigene Tun – in geringerem Maße auch bei Zusan der Fall, etwas zu tun, zum Beispiel mit mir ins Bett zu gehen, und später davon abzurücken. Es war schön, aber falsch, hatte sie beim Abschied manchmal gesagt, nur konnte ich das irgendwie einordnen durch die Abende mit Jerzy Tannenbaum. Irene hatte ja nach allem gefragt, was einer wie er nur beantworten konnte, einschließlich der polnischen Frauen, und er hatte ihr oder uns erklärt, dass polnische Frauen, auch jüngere und besonders die schönen, fast immer gespalten seien zwischen Stolz und Unterwerfung.

Aber was Zusan betrifft – ich stand nicht mehr am Fenster, ich hatte mich aufs Sofa gelegt –, so schien sie all die kleinen Dienste für mich aus einem großen Herzen heraus getan zu haben, das gelegentliche Einkaufen und Kochen, das Bügeln der Hemden und Schneiden der Haare, und auch die Dinge, die im Bett geschahen. Sie hat das auf jeden Fall glaubhaft zu machen versucht, wie ich im Gegenzug, dass die am Ende jedes Besuchs, wenn ich ihr schon in die Jeansjacke half, noch zugesteckten dreißig Euro keine Bezahlung seien, sondern nur ein Ausdruck von Dankbarkeit. Und jeweils beim Einsortieren der Scheine in ein Portemonnaie zu dem Geld, das sie bei Woolworth verdient hat, lag dann dieses Abgerückte von sich selbst in ihrem Gesicht, gar nicht zu der Leserin guter Bücher und ihrem sich stetig verbessernden Deutsch passend. Ich konnte mit Zusan doch regelrechte Gespräche führen, nicht das, was man im Radio nach drei, vier Sätzen schon Gespräch nennt, etwa über das Verhältnis zwischen Deutschen und Polen, aber auch über einen Kinoklassiker wie Sein oder Nichtsein. Sie war keine dieser Zärtlichen, denen man nicht zuhören muss, um ihre Gegenwart zu genießen; alles, was von ihr kam, hatte Gehalt, dazu ein Lächeln wie das von Privatlehrerinnen im Film, solchen, die irgendwann dazu übergehen, den Sohn des Hauses noch anderweitig zu unterrichten. Mich hatte dieses Lächeln aber eher neugierig gemacht auf ihre Person, aus welchen Verhältnissen sie kam, und ob es in Warschau einen Mann gab, und wie ihre Pläne aussahen, nur hatte sie die Fragen dazu von Anfang an so vage beantwortet wie die Frage nach ihrer Frankfurtadresse, und im Gegenzug beließ ich es, was mich und mein Leben betraf, lange bei einem Wort, das zu ihren ersten ausgefalleneren Vokabeln gehört hat, Witwer.

Erst vier Jahre nach Irenes Tod und zwei Jahre nach Zusans Antrittsbesuch erzählte ich eines Abends, dass meine Frau sich das Leben genommen hatte, und sie erwähnte, wie um eine Balance zwischen uns zu wahren, Selbstmorde im neuen kapitalistischen Polen. Viele erhängen sich oder werfen sich vor den Zug, wie katholisch sie auch sind, sagte Zusan in der Küche. Denn wer kein Dach über dem Kopf hat und nichts zu essen, dem hilft auch kein Glauben mehr, oder macht Beten etwa satt? Die Leute kommen aus der Kirche und sehen die dicken Mercedes in Warschau und denken, dass Gott hinten drinsitzt, weil er es dort bequemer hat als unter einer Brücke. Sie sehen in Gott einen Verräter, der bei Leuten mitfährt, die Geld für das Wichtigste halten im Leben. Nur: Wer kein Geld hat, hält es auch für das Wichtigste. Also ist es wohl das Wichtigste im Leben, oder was sonst? Und mit der letzten Frage hatte sie angefangen, mein Hemd aufzuknöpfen, dazu reichte ihr eine Hand, und ich wollte noch nachdenken, wie sich es gehört, wenn nach dem Wichtigsten im Leben gefragt wird, nur war das Hemd dann schon offen, und ich sagte, Mitgefühl und ein flacher Bauch, worauf Zusan mir über die kleine Halbkugel rund um den Nabel strich und Glück sagte. Glück sei das Wichtigste, aber das von der Sorte im Spielcasino, ob ich schon einmal so ein Glück gehabt hätte, und ich erwiderte nein, obwohl das Gegenteil zutraf, auch wenn es allein Irenes Glück war.

Ein einziges Mal waren wir beide in einem Casino, es war ihre Idee, nachdem sie das erste Geld für eine Übersetzung erhalten hatte, noch einen Betrag in Mark, zweihundert, die hob sie ab und sagte, das sei Schmerzensgeld, das sollten wir beim Roulette auf eine Zahl setzen, warum nicht auf die Null? Irene kannte sich ein bisschen aus, weil Maltes Vater seinem Sohn ein idiotisches Kinderroulette geschenkt hatte, eins mit sogenanntem Kesselfehler, da kam nicht selten die Null. Also fahren wir nach Bad Homburg, und sie geht mit ihren zwei Chips à hundert an den erstbesten Tisch im Casino und legt sie auf die Null. Sie nimmt meine Hand, und ich wende mich ab, ich kann nicht hinsehen, ich höre nur das Sirren der Kugel in einem Kessel, der sicherlich fehlerlos ist, und als sie langsamer wird, auf den Kreis der Zahlen hin abrutscht, höre ich ihr Klickern über die kleinen Vertiefungen, die letzten Sprünge der Kugel von Zahl zu Zahl, bis sie auf einer liegen bleibt, eine Sekunde der Stille rund um den Tisch. Und dann ganz und gar ungebührlich in die Stille hinein mein Name aus Irenes Mund wie im Moment vor der Erlösung; ich drehe mich um, und der zuständige Chefcroupier auf erhöhtem Sessel macht Gesten der Mäßigung in ihre Richtung, während die Croupiers am Tisch schon alle verlorenen Chips zusammenrechen. Der aber am Kessel, der die Kugel geworfen hat, schiebt acht Chips zu je tausend Mark auf das Feld der Null, und Irene drückt meine Hand, als seien wir in höchster Gefahr. Erst danach greift sie sich den Gewinn und lässt den Einsatz liegen, und wir schreiten zur Kasse und tauschen die Chips in achtzig Hunderter, so möchte sie es, damit man das Geld besser verteilen könnte. Wir fuhren zurück in die Stadt, es war November, ein schon winterlicher Abend, und doch lagerten viele Obdachlose auf den Straßen, und Irene und ich, wir verteilten bis tief in die Nacht siebentausend Mark in den Schlafnischen auf der Zeil mit ihren Kaufhäusern und den windgeschützten Ecken von Banken und Bahnhofsviertel. Mit tausend Mark aber gingen wir nach Hause, die sollten im nächsten Jahr in eine Sizilienreise fließen. Wir legten sie in ein Buch über die Insel der Mafia, danach schliefen wir zusammen, und Irene rief meinen Namen, ohne dass ein Chefwächter des Glücks mäßigend eingriff. Sie wollte, dass ich sie wollte, und ich wollte nichts anderes, ein Haufen Geld ist ein Haufen Dreck dagegen.

Und doch musste mein Anteil am Zürichgeld irgendwo hin in der Wohnung, er ließ sich ja nicht über Nacht verteilen wie die siebentausend Mark und auch nicht ohne weiteres ausgeben, dazu fehlten mir teure Vorlieben; ab und zu ein guter Wein, manchmal eine Städtereise, Lissabon zuletzt. Und zweimal im Jahr der Besuch bei einem Freund mit Antiquariat gleich neben dem Harmonie-Kino. Ich kaufe dort besondere Bücher zu besonderen Preisen, beim letzten Mal etwa Nietzsches gesammelte Werke in prachtvollster Ausgabe für einen Betrag, dass ich mich schon geschämt habe bei der Bezahlung, ein Gefühl ähnlich dem, wenn ich Zusan, bevor sie ging, noch etwas in die Jacke schob – und warum das Geld nicht hinter den zwölf blassroten hochformatigen Bänden verstecken? Eine Überlegung, als ich vom Sofa aufstand und das Bündel Fünfhunderter aus der Hose zog; wenn solche Werke schon nichts mehr kosten, können sie wenigstens vor einer Summe stehen, die ihnen angemessen ist. Das Bündel kam also hinter den Nietzsche, und damit war dieser Tag eigentlich beendet; nach Ausziehen und Zähneputzen blieb nur der Schritt ins Bett. Dort genossen die Augen das gestaltlose Dunkel, nur im Kopf ging der Abend weiter und weiter, wie eine Fortsetzung der Minuten vor dem Ostbahnhof.

Ich war noch einmal jung, kaum älter als Malte, und ein Mädchen kommt auf mich zu, wippende Locken, wippender Rock, sie nimmt meine Hand und sagt, lass uns verreisen, wollen wir? Alles ist unendlich einfach, wie auf einem Foto, das mich in Griechenland zeigt, braungebrannt auf einem Fels am Meer, im langen Haar eine Taucherbrille und in der Hand eine Zigarette. Einer aus meiner Ersatz-

dienstzeit hat auf den Auslöser gedrückt, wir waren zu
zweit unterwegs, einen Monat lang jeder mit dreihundert
Mark, und nur dieses Foto ist davon geblieben, vor einiger
Zeit beim Aufräumen wiederentdeckt; seitdem steht es,
klein und gerahmt, auf dem Fenstersims in der Küche, und
als Malte es dort zum ersten Mal sah, fragte er, wer das sei
auf dem Fels. Ich, mein Freund, ich! Und darauf er: He, du
hattest ja richtige Haare und Schultern, du warst ja ein
Typ. Und jetzt? Er sah mich an, ein durchaus liebevoller
Blick auf mein graues Gewölle und die einstigen Schultern,
und ich sagte, Junger Mann, so wird es dir auch gehen, man
hält sich nicht, höchstens im Kopf, und viele, die sonst
noch auf griechischen Felsen am Meer saßen, mit Kettchen
aus Muscheln oder Haifischzähnen und einem Joint, haben
heute Bypässe und Schrittmacher oder sind schon tot. Und
wenn sie noch leben wie ich, noch grübeln können, liegen
sie nachts oft wach und fragen sich, wann der Krebs kommt
und wo er zuschlägt, im Darm oder in der Lunge, so ist das,
mein Lieber, und jetzt gehen wir dein Abitur an, oder
denkst du, wer keine Mähne mehr hat, hätte auch nichts
mehr im Hirn? Ein Wort, das Malte zur Besinnung brachte,
er säße wohl kaum in meiner Küche, wenn er nicht glaubte,
ich könnte ihm helfen, viel mehr als Naomi, die nur ihre
Ausstellung im Kopf hat, das alte ausgegrabene Zeug. Und
ich erklärte ihm, wie wichtig für sie diese Ausstellung sei
und was es mit dem Eros in Pompeji auf sich habe, das war
der Anfang unserer Vorbereitungen auf sein Mündliches;
und nur gelegentlich noch Blicke zu dem Foto, ob ich das
wirklich sei auf dem Fels. Oh, ja, ich war das, ja. Und bin es
auch irgendwie noch. Der, auf den das Mädchen zukommt,
lass uns verreisen, wollen wir?

32

Die Plakatwand neben dem Museum für Alte Kulturen, ich sah es am nächsten Tag, stellte eine Vergrößerung des offiziellen Ausstellungsplakats dar; ihre Dimension war beachtlich, ebenso die optische Qualität, und beachtlich auch das Motiv, für das sich Naomi entschieden hatte. Es waren die Fresken aus dem Hause des Caecilius Jucundus, zu entnehmen einer kurzen Erläuterung am Plakatrand, und die zeigen bekanntlich eine Herrin, aufrecht im Bett sitzend, ihre Hand hinter dem hellen, entblößten Gesäß, das Original allerdings in weniger satten Farben, eher auf die Wand gehaucht – Irene und ich standen bei unserem letzten Pompeji-Besuch lange davor. Diese Frau, was macht sie da, fragte ich. Was sie macht? Irene flüsterte, weil wir nicht allein im Raum waren, unvergessliche Worte in mein Ohr. Sieh doch hin: Sie spielt hinter ihrem Rücken mit einem Sklaven, kitzelt seinen empfindlichen Puls. Aber das reicht ihr nicht, man muss nur genau hinsehen. Sie möchte zwei Liebhaber. Denn nach vorn neigt sie sich einem Jüngling zu wie einem Traumbild oder eigenen Schatten, einem eher traurigen als beglückten Jüngling, wenn man wieder genau hinsieht, den Lockenkopf halb weggedreht, ergeben in sein Schicksal, schön zu sein.

Genaues Hinsehen war bei der Plakatwand freilich nicht nötig; sie war ja meterhoch, gestützt von einem Gerüst, das Material eine Art Leinwand und die Figuren darauf bis ins Detail erkennbar. Und neben dem Plakat auf einer kleinen aufgestellten Tafel noch eine Information für nicht verwöhnte, lesende Augen. Das Museum suchte für die Zeit der Ausstellung einen zusätzlichen Wächter, möglichst mit englischen Sprachkenntnissen und natürlicher

Autorität durch ein Berufsleben. Naomi hatte mir das logischerweise verschwiegen, um nicht dem eigenen Vater in Gestalt eines Wächters in ihren Räumen begegnen zu müssen, obwohl sie wusste, wie sehr ich auf Abwechslung aus war, noch dazu in solcher Umgebung, inmitten der Stücke, die Irene und ich schon vor langem bestaunt hatten; aber vor allem wusste sie, dass ihr Vater die ideale Besetzung der Stelle wäre. Auf der kleinen Tafel stand die Mailadresse des Frankfurter Personaldezernats, ich schrieb sie mir auf, entschlossen zu der Bewerbung, und auf dem Weg zu meinem bevorzugten Café, jetzt vis-à-vis von einem Kaufhaus in letzten Zügen, sah ich mich bereits neben der Replik des Hermaphroditen und jeden, der sie für besser hielt als das Original, mit einem Blick belegen, der ihn durch den Rest der Ausstellung begleiten würde.

Der Hermaphrodit – Irene und ich standen auf unserer letzten Reise ganz allein vor dem berühmten Stück aus dem Hause des Octavius Quartio, einem Werk aus dem ersten Jahrhundert nach Christus mit dem Untergang Pompejis im Jahre neunundsiebzig; nur die Asche des Vesuvs hat die Figur so in ihrem Ausdruck bewahrt, dem einer schmachtenden und zugleich arroganten Mattigkeit, einmal durch die geschlossenen Augen, zum anderen durch die heruntergelassene, sowohl die kleinen Brüste als auch das knabenhafte Glied zeigende Toga. Je länger man sich darin vertiefte, desto mehr vergaß man den separaten Raum im Nationalmuseum von Neapel. Und als der einzige Wächter durch eine Frage Irenes in seiner Wachsamkeit kurz nachließ, konnte ich der Figur sogar über den Bauch streichen und ihren feinkörnigen Marmor spüren. Nach den Stunden in der Ruhe des Museums zogen wir noch durch die lauten Gassen Neapels, und Irene fand in eine Gegend, in der Hupen und Geschrei immer weniger wurden, stattdessen eine schwere Stille, nur das Geräusch leerer Plastikflaschen, bewegt von feuchtwarmer Luft. Wir waren im Hafenviertel, in einer Art Sackgasse, endend an einer blütenüberschäumten Mauer, einer Bougainvillea von der Farbe verschossenen roten Samts, und davor entstand ein Foto von Irene, eins dieser Bilder von dem, den man liebt, und das man später, wenn der andere unwiederbringlich fort ist, nicht aufstellen kann. Freilich, man könnte es tun, aber es würde einem das Herz zerreißen, wieder und wieder – nichts schlimmer als das Wissen um eine zerstörte Schönheit. Ich hatte das Café erreicht, aber keine Lust mehr, mich an einen der Tische zu setzen und bei einem Stück Kuchen zu verfolgen, wie gerade auf der anderen Straßenseite die roten Woolworth-Buchstaben abmontiert wurden; zwei der Os lagen schon kaputt auf dem Gehsteig und hatten etwas von menschlichen Körpern nach einem Attentat.

Blütenüberschäumte Mauer, eine Formulierung aus damaliger Sicht, als es in Neapel, Rom oder Turin noch viele alte Buchhandlungen gab, in den Fenstern Romane und Gedichtbände, geistige Blüten, die einem entgegenschäumten, heute in Italien kaum mehr zu finden. Wo ich mit Irene noch vor Librerias stand, solchen mit handgemachten Regalen voll guter Bücher, könnte man sich inzwischen an den Scheiben von Kleiderläden die Nase plattdrücken, und das neben dünnen quasselnden Mädchen, die nach irgendeinem Fetzen sehen, während ihre Mütter in einer nahen Konditorei sitzen und nur noch nach Süßigkeiten verlangen, über ein silbriges Cellulare in Verbindung mit den Töchtern, die einen Kleidchenkauf zur quirligsten Stunde zwischen fünf und sechs jedem Schweißvergießen im Bett

vorziehen. Jeder Happy-hour-Nummer, wie Irene es aus-
drückte; sie gebrauchte solche Worte selten, dafür immer
im rechten Moment. Nachdem ich sie vor der blütenüberschäumten Mauer fotografiert hatte, ihre Haut wie ein Teil
des blassroten Samts, legte sie auf dem Weg zum Hotel mit
einem Zimmer zum Lichtschacht ihren Kopf an meine
Schulter und sagte, Wir machen es am Fenster, dann haben
wir auch unseren Meerblick.

33

Die Erinnerung wird zum Feind, wenn man nicht aufpasst;
ich hatte auf dem Rückweg zu meiner Wohnung nicht auf-
gepasst, und den ganzen Abend über war dieser bewegliche
Feind um mich, auch noch nachts und am folgenden Tag.
Zum Glück war am Abend darauf schon die Vorbesichtigung im Museum für Alte Kulturen durch Freunde des
Hauses und die Presse; ich hatte Naomi am Vormittag
gerade noch Pointiertes für ihre Rede gemailt, einiges
zum Plakatmotiv, einiges zu der Figur mit den zwei Geschlechtern.

Ein frühsommerlich milder Abend, im Grunde nichts
für Kunst, und dennoch Gedränge im Museum, die Herren
mit Jackett über dem Arm, die Damen in leichten Klei-
dern, und der meiste Andrang um die Replik des Hermaphroditen mit einem Hinweis am Sockel, Das Berühren ist
erlaubt!, geradezu einem Appell durch das Ausrufezeichen,
und so kam es bald zu Probegriffen, so aber, als wollte man
sich nur Klarheit über das Geschlecht verschaffen. Der
ganze gebildetere Teil der Frankfurter Prominenz war ver-

treten, ich hielt mich am Rand dieser frühsommerlich und
sonst wie beschwingten Vorbesichtigungsgesellschaft, auch
um keine einstigen Kollegen zu treffen und mir, soweit sie
mich noch kannten, ihre Eindrücke anhören zu müssen.
Ich hörte mir lieber an, wie der Leiter des Museums die
Verdienste seiner Stellvertreterin um die Ausstellung in
einem Begrüßungswort würdigte, bevor er Naomi das Pult
überließ. Und während sie die Auffassung von einem Eros,
der begehrt, woran es ihm mangelt, vortrug, blieb dem
Hausherrn nur ein gelegentliches Nicken, das seine lächer-
lich kleine Brille immer weiter zur Nasenkuppe rutschen
ließ, bis sie ihm beim Applaus in die Hände fiel, einem eher
angedeuteten Klatschen, das ich sofort verstärkte, zum
Glück nicht allein, was alle übrigen nachziehen ließ, während mein Blick in Richtung des zweiten Beifallspenders
ging. Neben dem Hermaphroditen aus Plastik stand mein
gescheiter Enkel und klatschte, als hätte die Eintracht in
letzter Minute ein Spiel gedreht, und natürlich ging ich
gleich auf ihn zu, leider ein vorschneller Gang; der Primus
unter den Herausgebern meiner alten Zeitung fing mich
ab, nicht ganz sicher, mit wem er es zu tun hatte, wohl aber
in dem Gefühl, mich kennen zu müssen, und schon waren
wir in einem Disput über die liegende Figur. Er sah in ihrer
Berührerlaubnis eine Hinwendung zum Publikum, ich den
Tabubruch; er sprach vom Perfekten der Replik, ich von
ihrem Prahlerischen; und von seiner Seite ein Rühmen
der Sinnenfreuden in Pompeji, der Offenheit im Umgang
mit der Lust, von meiner die Ansicht, auf den gezeigten
Stücken und Bildern seien vor allem Abschiedsszenen zu
sehen, ein Sichverschließen nach der Umarmung. Und
bestimmt wäre es noch so weitergegangen, hätte sich nicht
mein Enkel dazugestellt, in einer Hand das Fingerfood für

Anlässe dieser Art und in der anderen eine Mappe, darauf nur ein einziges Wort, alarmierend mit rotem Filzstift, Ethik. Der Primus sah auf das Lachstatarfood in Maltes Hand, und der zeigte die Richtung zum Buffet, und schon waren wir zu zweit, unter uns, und schauten beide zu Naomi, die über ihr Mikro noch geduldig auf Fragen seitens der Presse antwortete.

Die reichen Bürger Pompejis hätten die Wände ihrer Villen mit erotischen Motiven versehen lassen, im Sinne von Tätowierungen, erklärte sie gerade. Die Malereien sollten eher eine Lebenshaltung zeigen, als zu etwas Bestimmtem animieren. Außerdem zeigten die Figuren nicht die Lust, sondern die Gewalt über sie, den Gott Eros als Beherrscher der Lust, einen männlichen Gott, während an den Frauen die Niederlage abzulesen sei, beides vereint im Hermaphroditen. Meine Tochter sah in die Runde, einer ihrer Blicke, die bei Männern nicht gut ankommen, weil sie ankommen. Er ist die tragischste Figur im erotischen Theater Pompejis, ein sprachloses Wesen, das sprachlos macht, sagte sie, ihr pointiertester Satz, den nicht wenige mitschrieben. Keine schlechte These, flüsterte ich, und Malte, davon nicht im mindesten sprachlos gemacht, stieß mich sanft in die Seite, Verschwinden wir hier und reden über Kant und die Typen, ja?

Also verschwanden wir durch den Seitenausgang – zuvor noch ein gereckter Daumen für Naomi, Zeichen für ihren Triumph – und gingen durch den Museumspark und über die Uferstraße zum Main, Malte mit seinem Pad in der Hand, ganz ungeniert meinem Mund entgegengehalten. Ich sprach vom ethischen Werdegang des Menschen, seiner verborgenen Karriere, sichtbar nur an Dingen wie Takt, Diskretion, Einfühlung, Urteilsvermögen und dergleichen, und er, gegen Sonntagsrednerei aller Art immun, wohl einer der Gewinne infolge des Internets, zuckte nur mit den Achseln, um mir anschließend darzulegen, wie er das Zürichgeld zu vermehren gedachte, auch diskret und mit Urteilsvermögen, nur im Dienst einer anderen, weit schnelleren Karriere. Ich weiß, wie es funktioniert, sagte er, und ich sagte, in seinem Alter sei Übertreibung noch eine Tugend, und dann galt es, einen Moment von Verblüffung bei ihm zu nutzen. So kam von meiner Seite statt Kant und der Tauglichkeit unserer Maximen für ein allgemeines Gesetz Aristoteles ins Spiel, Begründer der Ethik als philosophische Disziplin mit der Frage nach dem rechten Maß, um ein tugendhaftes Handeln daraus abzuleiten, die Schnittstelle mit Kant. Und Malte, von der Verblüffung schon gleich erholt, widersprach mit dem Argument, dass tugendhaftes Handeln zwar für andere hilfreich sei, das eigene Wohl dabei aber auf der Strecke bleibe.

Und dann gibt es ja noch diesen Nietzsche, dem jede Moral verdächtig war, sagte er. Für den anderen was tun, okay, aber nur, wenn du Lust dazu hast. Die Nietzsche-Keule. Fragen die bloß in der Prüfung nicht nach. Die fragen nach Ökologie und Friedenspolitik, Zeug, bei dem man nur labern muss, um Punkte zu kriegen. Aber es geht doch bei Ethik und auch den Romantiksachen um Wissen, oder worum geht's? Malte sah mich an, mit einer Dringlichkeit, als suchte er auch für sich nach Antworten. Wir hatten den Eisernen Steg erreicht, diese so ausgewogene, von dem Maler Beckmann verewigte Fußgängerbrücke, und nahmen die Stufen hinauf. Worum es geht? Um Empfindungen. Wissen kann man in Ethik und Romantik nur, was andere dazu schon gesagt haben, von Aristoteles über Augustinus bis zu Marx, von Novalis über Rilke bis zu denen, die noch leben, willst du ein paar Namen? Und ich nannte ihm Namen, darunter Bob Dylan, ein singender Heine, und Irenes Lieblingsdichterin, zwar gestorben, nur für mich noch lebendig, Idea Valeriño. Aber Malte, auf der Brücke stehen geblieben, war schon bei etwas anderem, immerhin in einer Verbindung zu unserem Gespräch.

Seit geraumer Zeit bringen ja Verliebte oder Frisch-vermählte an allen nur erreichbaren Eisenstreben des Stegs Ketten mit jeweils einem Schloss an, auf dem Schloss die Namen und ein Datum, anfangs nur die Spielerei einiger, um sich als besonders liebesfest zu zeigen, inzwischen fast eine Massenbewegung. Es hängen schon ganze Ketten-girlanden da, die Schlösser daran wie schwere Früchte, na-türlich mit Auswirkungen auf das Gewicht der Brücke; man fragt sich, wo das enden mag, wenn sich dort jedes neue Pärchen symbolisch in Ketten legt – seht, nichts kann uns auseinanderbringen; denn die Schlüssel zu den Schlös-sern, sie landen im Main. Eine Zurschaustellung von Liebe und Gewalt auf ganzer Brückenlänge, die Mitte bevorzugt, was einen wie mich, allein, aber frei, nahezu aufatmend den alten Steg überqueren lässt, höchstens in der Sorge, dass er eines Tages unter all den stählernen Versprechun-gen einknicken könnte. Was man empfindet, wiederholte ich, allein darum geht es. Diese unzähligen Schlösser mit all den Namen, wärst du gern dabei, oder kann man sich nur an den Kopf fassen, wenn man das sieht? Ich zog an einem Schloss, und Malte nahm meinen Arm, er lächelte beruhigend, auch eine Empfindung, eine für mich, dann sagte er schon im Weitergehen, Vielleicht noch etwas zur Romantik, nächste Woche ist Prüfung, da müssen wenigs-tens zwölf Punkte her, du weißt doch, was zwölf Punkte sind? Er zeigte auf die Stufen des Stegs, Vorsicht, also noch eine Empfindung für mich, oder war das nur Angst um den Repetitor? Ich war trotzdem dankbar, und auf dem Weg durch die schmale, stets etwas dunkle Schifferstraße mit dem Krankenhaus, in dem Malte und auch seine Mutter zur Welt gekommen waren, leuchteten uns, wenn dieses Bild erlaubt ist, Namen wie Eichendorff und Novalis, Brentano, Schelling und Tieck allein schon mit ihrem Klang.

Erst bei mir in der Wohnung dann zu jedem das Nötigste, um in einer Prüfung zu glänzen, doch Malte schien nicht bei der Sache zu sein. Er sah aus dem Fenster und nickte nur manchmal und vertraute ansonsten dem iPad, das alles aufnahm, und ich entschied mich, ihm ein Buch mitzugeben, das noch aus Irenes Studienzeit stammte, sie hatte in ihren letzten Jahren immer wieder darin geblättert, Novalis, Dokumente seines Lebens und Sterbens in einer alten Reihe des Fischer Verlags. Lies das, sagte ich, Ludwig Tieck über das Leben des Novalis oder Friedrich von Hardenberg, im Anhang Tagebuchauszüge von Novalis, du kannst es behalten, aber lies es, versprochen? Und ich schlug den Tagebuchteil für ein paar Probezeilen auf, da, wo ein Blatt eingelegt war, nur nicht von mir, daran hätte ich mich erinnert, außerdem, ganz unten klein, eine Irene'sches Bleistiftnotiz, Hotel Borges, Sonntag!, ein Blatt, das ich beiseitelegte, im Moment nicht wichtig; wichtig war ein Zitat für Malte, ich musste es gar nicht suchen, nur vorlesen, was unterstrichen war. Fünfzehnter April achtzehnhundert. Süße Wehmut ist der eigentliche Charakter einer echten Liebe – das Element der Sehnsucht und der Vereinigung. Präziser, sagte ich zu Malte, lasse sich das Romantische kaum zusammenfassen, und damit gab ich ihm den Band, ohne das Blatt, da standen wir schon im Flur, und Malte drückte seinen Dank mit einer kleinen

Umarmung aus, bevor er zu den Fahrstühlen lief und ich zurück in die Wohnung ging, die noch immer eine Wohnung für zwei ist, vom Geschirr über die Bibliothek und Plattensammlung bis hin zu abgestimmtem Bettzeug.

34

Hotel Borges, Sonntag! Ich kannte nur ein Hotel dieses Namens, das Borges in Lissabon, halb über dem Café Brasileira in der Rua Garrett. Bei meiner letzten Städtetour – vier Tage Lissabon, Unterkunft, Flug und Transfer sechshundertneunzig Euro – war ich dort mehrfach vorbeigegangen auf dem Weg in das genannte Café mit dem kleinen Pessoa-Denkmal davor, der berühmte traurige Dichter mit Hut und Brille an einem Tischchen, in die Arbeit vertieft, eine Bronzefigur, nicht ganz lebensgroß, darum umso wirkungsvoller. Und im Borges hätte ich gern gewohnt, statt in einem Hotel Novo die anderen Reisenden schon morgens am Kaffeeautomaten zu treffen. Zum Glück liefen dann alle dieselben Sehenswürdigkeiten an, und mir blieben die Gassen der Alfama; und nicht minder zum Glück war ich mit Irene nie in Lissabon und wurde nirgends an sie erinnert. Wir hatten diese Reise nur geplant, und ich glaube, sogar das Borges aufgrund eines Führers ins Auge gefasst – eine mögliche Erklärung für die Notiz auf dem Blatt oder Lesezeichen in dem Novalis-Buch, das vielleicht schon vorgesehen war als Reiselektüre, aber höchstens die Erklärung für die Ortsangabe, Hotel Borges, nicht für die Zeitangabe, Sonntag, und am allerwenigsten für das Ausrufezeichen am Ende.

Das Museum für Alte Kulturen war noch erleuchtet, ein Teil der Vorbesichtigungsbesucher stand schon für eine Zigarette im Freien; Lachen und angeregtes Reden drangen über den Park bis zu meiner Wohnung hinauf. Ich saß am offenen Fenster, Irenes Blatt in der Hand, aus einem Block, wie sie ihn immer dabeihatte, und freute mich über Naomis Erfolg als Kuratorin der Ausstellung. Sie war im Übrigen schon vor mir in Lissabon gewesen, beruflich, während Irene nur einmal anlässlich eines Treffens ihrer politischen Freunde Porto besucht hatte; soweit ich mich erinnern konnte, ging es um Küstenschutz, Anstoß war eine Ölpest in der Region. Das Ganze fand Ende Mai statt, um Christi Himmelfahrt wegen des Brückentages: Das fiel mir wieder ein, nicht aber, was Irene dort eigentlich zu tun gehabt hatte, sosehr ich auch darüber nachdachte, als im Museum allmählich die Lichter ausgingen. Mir fiel nur noch ein, dass sie ermuntert werden wollte zu dem Trip, sag, dass er mir guttun wird, sag, dass ich dorthin fliegen soll – sie flog sehr ungern –, und die paar Tage, vier oder fünf, hatten ihr auch gutgetan; wenige Wochen später brach sie mit ihrem Italienischkreis bester Dinge nach Venedig auf, eine preiswerte Bahnreise plus Hotel, etwa ein Jahr vor dem Besteigen des Goetheturms.

Von Porto nach Lissabon sind es mit dem Zug keine drei Stunden, natürlich wäre so ein Abstecher möglich gewesen, und sie hätte noch am Abend ihrer Rückkehr davon erzählt, stell dir vor, ich war auch in Lissabon. Aber sie erzählte nur von Porto, wie steil und düster die Gassen seien, und von ihren Freunden, die mit Gleichgesinnten aus der Gegend sowie aus Spanien und Frankreich an Resolutionen gearbeitet hätten, Tag und Nacht. Und als ich nach Einzelheiten fragte, nach den Ergebnissen des Treffens, den

Perspektiven für die Zukunft, bekam sie einen ihrer Müdig-
keitsanfälle, auch das fiel mir noch ein: Wie Irene an
diesem Abend – einem Montagabend, möglich also der
Sonntag in Lissabon samt einer Nacht im Hotel Borges –
plötzlich vom Küchentisch aufstand, noch kurz meinen
Kopf umarmte und dann auch schon in ihr Zimmer ging,
um dort und nicht in unserem breiten Bett zu schlafen. All
das war mit einem Mal wieder Gegenwart, das Aufstehen,
ohne ein Wort, und der Arm um meinen Kopf, ja sogar noch ein Kuss ins Haar vor ihrem Schlafengehen im
eigenen Bett; und als würde das noch nicht reichen, noch
nicht genug Raum beanspruchen, kehrte auch der Rest
dieses Abends zurück, eine Schleppe aus Bildern, als vom
Museumspark nur noch leise Vogelrufe zu hören waren –
wie ungeschoren man doch bliebe, könnte man sich der
Erinnerung verweigern, ganz und gar so in der Gegenwart
leben, dass nichts Vergangenes darin Platz hätte.

Bei den gelegentlichen Essen mit alten Kollegen und
ihren Frauen gibt es immer wieder Versuche, nur von dem
zu reden, was gerade ist, vom Wein und den neuesten Bü-
chern und Filmen oder den Krankheiten, die einen plagen,
und ich vermeide es, den Frauen meiner einstigen Mit-
redakteure in die Augen zu sehen; ich sehe lieber auf den
Spargel, den es im Mai gibt, ob er gut geschält ist, oder die
Martinsgans im November, ich weiß, warum. Reservoire
von Tränen liegen hinter den Augen dieser Frauen, deren
Männer vor ihnen sterben werden, allen Schrittmachern
und Bestrahlungen zum Trotz. Manchmal aber reißen die
Dämme schon bei solchen Essen, wenn einer dabei ist, der
nur Wasser trinkt, neben dem Glas seine Tabletten wie
winzige Krieger. Noch gibt es ihn, den Menschen unseres
Lebens, doch wir gedenken seiner schon und brechen in

Tränen aus. An dem Abend von Irenes Rückkehr aus Porto saß ich, nachdem sie in ihr Zimmer gegangen war, auf dem Sofa und weinte um sie. Der Fernseher lief, ein Ausdruck der Ratlosigkeit in solcher Stunde, man macht ihn an, als könnten die Bilder einem mit Rat und Tat beistehen; ich hatte nach etwas ohne Menschen gesucht, und während ich noch ergriffen war – ein Wort, das ich mir in all den Zeitungsjahren nie erlaubt hätte –, lag ein Krokodil halb verborgen im Schlamm, auf seinem Panzerrücken kleine Vögel, die das Ungeziefer picken. Mittagsstille, weiße Sonne, der Schlamm schon ausgebleicht, zäh, ein Teil des Flussbetts, die Trockenzeit. Und da nähert sich ein Warzenschwein auf der Suche nach Wasser. Es ahnt die Gefahr, aber muss durch den Schlamm, sein Durst ist größer als die Angst, und mit einem Mal die Attacke: Das eben noch träge Krokodil schnellt aus der Deckung, die Parasiten fliegen auf, das Maul schnappt zu und wirbelt die Beute umher, das Warzenschwein kollabiert – bewegende Bilder, mir noch so gegenwärtig wie das Ende dieses langen Abends.

Ebenfalls auf die Ahnung einer Gefahr hin, der Gefahr, etwas zu sehen, das ich nicht sehen sollte, hatte ich Irenes Zimmer betreten; dort lag sie, ohne Decke, nackt auf dem Bauch im Bett, eine Wange in der Armmulde. Irene schlief schon, aber das Leselämpchen brannte noch, sein Schein fiel auf ihren Rücken, bis ins Kreuz und noch etwas weiter. Sie atmete durch den Mund, ein kindliches Tiefschlafgeräusch, und ich nahm mir den Stuhl, auf dem ihre Wäsche lag, und rückte ihn so an das Bett, dass ich sie ansehen konnte im Sitzen, ihre Lippen, die sich beim Atmen bewegten, und den Nacken, wo sich das lange Haar teilte, ihre Schulterblätter und die Linie zu den Hüften, ihre Schenkel und das Dunkel, wo sie zusammenkamen. Schwer zu sagen, wie lange das Ganze gedauert hatte, ich auf dem Stuhl und Irene schlafend auf ihrem Bett, aber lange genug, um etwas aufzunehmen, das mir bis heute das Herz umschnürt, wenn ich daran denke, ein Zuschnappen durch das Reptil Erinnerung. Und am anderen Tag kein Wort über den nächtlichen Besuch, ebenso gut hätte ich über Marianne reden können. Den uns liebsten Menschen anzusehen, wenn er schläft, noch dazu nackt auf einem Bett, doppelt ausgeliefert, ist auch ein Hintergehen: Wir betrügen ihn mit dem Bild, das er abgibt, ohne es zu wissen, und die Strafe ist ein Ideal von ihm, das uns jederzeit aus dem Schlamm des Alltags anfallen kann.

35

Noch immer – es gilt nur die Augen länger zu schließen, stehend oder sitzend, gleichgültig wo – sehe ich den Körper meines Lebens in seiner unvergänglichen Gestalt, der unserer ersten Zeit, als ein Streifen Licht zwischen Irenes Schulterblättern genügte, um zu wissen, dass es nichts Besseres gibt, als diesem Streifen zu folgen. Als stiller Feind kehrt die Erinnerung an solche Stunden zurück, wann immer ich tagsüber und auch abends zu lange die Augen schließe, und an dem Abend nach der Vorbesichtigung im Museum blieb nur noch ein Tierfilm, um der Versuchung zu widerstehen.

Auf N 24, zu dieser Stunde der verlässlichste Kanal, fand sich etwas über Riesenkalmare, zwar nicht meine Sorte Tier, doch gut genug, den Feind in Schach zu halten, und das Verfahren, eins dieser Exemplare aus der Nacht der

Tiefsee vor eine Kamera zu locken, interessierte mich. Der Forscher, ein älterer Japaner, ließ vor seiner Tauchglocke einen betörenden Brei aus den Organen von Beutetieren in das eigentlich lichtlose Meeresall, und auch die Außenkamera mit ihrem Scheinwerfer erinnerte an eine Kreatur aus den ozeanischen Gräben, wie sie die Kalmare oder Kraken mit allen Armen und Tentakeln fassen, um sie zu würgen und herunterzuschlingen. Der Japaner wandte sich der Bordkamera zu, ein Blick zu mir, er sprach von Geduld. Niemand habe bisher einen lebenden Riesenkalmar gesehen, aber es müsse sie geben, weil es ihre Spuren gebe, an Walen von Kämpfen auf Leben und Tod. Er sprach gedämpft, als könnte sonst etwas nach draußen dringen, in Wellen durch die Tiefe bis zu den Nerven des Kraken, und auch der Synchronsprecher nahm die Stimme zurück; mir schien, als warteten wir zu dritt, Minute für Minute regungslos, um das Ganze nicht zu stören. Vor der Tauchglocke sah man den Kameraarm und einen Lichtkegel, darin schwebend Reste des Breis, ein lautloses Schauspiel; und der Zuschauer auf der Sofakante so vorgebeugt wie der Forscher, um mehr zu sehen. Ich hörte ihn atmen, den Japaner, Luft in den Mund ziehen und wieder verblasen, bis er von einem Moment zum anderen innehielt; außen die Partikel nun in tanzender Bewegung, eine Unruhe von irgendwoher, ein Sog oder Druck, und da taucht aus dem Nichts ein vielarmiges Alptraumgeschöpf auf und greift die Kamera an. Man sieht sein geweitetes Auge, das offene Maul, wie es probeweise schnappt, aber so, als wollte es gar nicht fressen, sondern Kontakt aufnehmen zu dem fremden Objekt, seinem Gestänge, seiner Gestalt, jeglichem, was das Alleinsein des alten Riesen – ich konnte ihn mir nur alt vorstellen –, sein Umherirren in Schluchten, die nie ein Licht erreicht, hätte beenden können. Jeder Kalmar, erfuhr man, lebt frei für sich, nur die Beute ist seine Verbindung mit einem anderen Wesen, und wenn er zu schwach wird für die Jagd, stirbt er dort unten auch ganz allein. Der Japaner pochte gegen die Scheibe, er neckte sein Gegenüber, da bin ich, komm, sieh mich an, und auf der anderen Seite jetzt, wie es schien, wägendes Warten und Zögern, das Maul halb offen, das Auge ganz, ein glotzendes Rund, bis aus dem Zögern jäher Angriff wurde, alle Arme gespreizt zu unfassbarer Größe, und der Forscher in der Glocke zurückzuckte, wie auch ich zuckte, indes der Kalmar sein Maul ans Glas schob und das eine Auge ins Innere starrte, eine Sekundenprüfung, dann war das Wesen darin als ungenießbar erkannt, also weg mit seinem Gehäuse. Durch die Glocke lief ein Zittern, ihr Lichtkegel sprang hin und her, dann noch ein Spreizen der Greifwerkzeuge, ein Pumpen und Sichdrehen um die eigene Achse, und schon war der Krake wieder in sein All abgetaucht, unendlich frei, wie von sich selbst verschlungen, während der Japaner für das Ganze noch Worte suchte und ich schon die Fernbedienung. Gut ein Jahr vor ihrem Sprung in den Tod hatte Irene eines Abends gesagt, ich wollte nie frei sein, sondern gehalten – etwas, das mir nicht gelungen ist, nicht einmal mit dem betörenden Brei des Verstehens.

36

Frage: Was ist besser, den falschen richtigen Menschen seines Lebens gefunden zu haben, oder den richtigen falschen? Ich denke, das Erstere, weil dann im Kern etwas stimmt, und alles Übrige lässt sich ertragen – ein Gedanke aus der Stimmung nach dem Krakenfilm, festgehalten in meinem alten Notebook, das hatte ich vor dem Schlafengehen noch aufgeklappt für einen Blick auf die aktuelle Museumsseite. Und da war die Stelle eines Wärters für die Dauer der laufenden Ausstellung offiziell ausgeschrieben, plus aller Angaben, die verlangt wurden, erwünscht auch Referenzen und Lichtbild, eine Ausschreibung wie für mich gemacht. Man suchte eine reife Person mit sicherem Auge und Auftreten, dabei möglichst kulturell interessiert und an Sonn- und Feiertagen verfügbar. Also bewarb ich mich und mailte auch gleich ein Foto, entstanden auf der letzten Reise mit Irene, eins, das bei etwas Wohlwollen noch mit dem Bewerber in Verbindung zu bringen war, in den Augen sogar ein früherer Ausdruck von Entschlossenheit, als sei da jemand imstande, die Gefäße und Zierstücke, die kleinen Skulpturen und selbst die Replik des Hermaphroditen notfalls mit seinem fortgeschrittenen Leben vor Dieben und Vandalen zu schützen.

Diese letzte Reise mit Irene hatte zum Glück noch in einer Zeit stattgefunden, als Italien seine Blicke oder das, was in der Landschaftsmalerei Perspektiven hieß, zu bewahren verstand, wenn ich nur an das Ende der Alpenstrecke kurz vor Affi denke: Wo bei jener Reise noch hinter dem Kamm mit Zypressen wie Federkiele der Blick ins eigentliche Italien in seinem dunstigen Glanz ging, ragen heute, statt der Zypressen, vier Windräder reglos in den Himmel, und Irene hätte nie ihr Lied aus Kindergottesdienstzeiten angestimmt, Geh aus, mein Herz, und suche Freud in dieser lieben Sommerzeit, weil es ja ihre politischen Freunde gewesen wären, die hinter den Ungetümen in der Landschaft steckten und das Tor zum Süden ohne Not geschleift hätten. Sie brach also noch einmal in ihr Jubelgesumme aus, morgens um neun nach einer Übernachtung in den Bergen, und vielleicht aus einem Gespür, dass es kein nächstes Mal gäbe, wollte sie an dem Tag so weit wie möglich ins Land und fuhr und fuhr, vorbei an Florenz, Rom und Neapel bis nach Kalabrien mit seiner verbrannten Erde, an einem Tag so glühend, dass man eine Ahnung bekam, wie die Dürre noch tiefer im Süden etwas Unwandelbares hätte, ohne Anfang und Ende.

Wir blieben dann ein paar Tage am Meer, in einem Hotel in dritter Reihe wegen der Hochsaison, aber Irene störte das nicht, ihr lag nur am abendlichen Treiben, all den Eis schleckenden Paaren und Pärchen und ganzen Sippen auf der Strandpromenade. Und von der Stiefelspitze ging es zurück über Pompeji, wo sie noch einmal bestimmte Fresken sehen wollte, das müde Lächeln der Frauen, und von dort über Neapel und Rom nach Chioggia, der Lagunenstadt im Schatten Venedigs, kleiner, stiller und anmutiger in ihrem Schlaf, ein Ort für Irene in jeder Hinsicht. Kaum hatte sie ausgepackt in einem Zimmer mit Blick zum Wasser, drängte sie es schon hinaus, als könnte die Stadt ihr davonlaufen, und wir gingen als Erstes in die Gasse zwischen unserem Hotel am Pier und anderen alten Gebäuden, eine Gasse, in deren Halbdunkel und Enge die Abendsonne förmlich hineinstach. Irene wollte dort fotografiert werden, immer wieder, bis das Bild der Bilder gelang, und so steht sie auf diesem Foto noch immer an einer Hauswand mit Regenrinne und lacht; ihre Lippen sind lebendiger Samt, ein Stück Paradies, auch wenn Lippen zur vergänglichen Welt zählen, daher auch längst zu Staub geworden, während ich Teil dieser Welt blieb, weiterhin der, der wenig Interesse an einer Liebe zu dieser Welt zeigte, etwa ihrer

Verbesserung durch Windräder, dafür noch immer einer Liebe von dieser Welt nachhängt. Irene und ich waren aus einem Fleisch im Sommer, eine einzige Masse und Haut um uns selbst, gänzlich undurchsichtig von außen, dahinter Dinge, die keiner auch nur geahnt hätte, die Cremes und geheimen Wörter, die Schuhe, die nie ein Straßenpflaster berührten, nur an ihren Füßen für sich und für mich, feinste Riemen und ein Absatz wie aus Glas; das Schächtelchen mit den Tabletten, auf jedem Nachttisch parat, das Glas guten Weins, mal von ihrem Mund in meinen geflossen, mal umgekehrt, und ein teurer Füller, den hatte Irene sich von mir gewünscht, aber nur, um an seiner schwarzen gerundeten Kappe zu kauen, sobald sie mit sich nicht zufrieden war.

Zwei, drei Tage – in der Erinnerung verschwimmend zu nur einem langen – verbrachten wir in der kleinen Lagunenstadt, von den Einheimischen Schoscha genannt. Die Hitze ließ uns den ersten Tag halb verschlafen, ein Dämmern im Zimmer, das Mobiliar darin so gestrig wie das ganze Hotel Grande Italia, eher kleiner im Übrigen als sein Name; das Bett aus solidem Holz, verzierte Sessel, alter Marmorboden, abgewetzt, neuzeitlich nur der Fernseher und ein elektrisch geladener Draht an nadelartigen Halterungen auf dem Außensims des Fensters, um Tauben und Möwen abzuhalten, mit dem Erfolg, dass sie zu Hunderten, vor allem die Möwen, das Haus, auf dem sie nicht landen konnten, umflogen. Das Kreischen hatte Irene gegen Abend aus dem Bett geholt, sie schüttelte ihr Haar aus und stieß die Fensterläden auf, Fass nicht an den Draht, sagte ich, auch wenn es auf dem Sims ein Warnschildchen gab in drei Sprachen, sie aber winkte mich zu sich, als würde ich etwas versäumen, ein schönes Segelschiff, verirrte Delphine, und ich kam aus dem Bett. Zum Fenster waren es nur ein, zwei Schritte, sie stand dort auf Zehenspitzen, als hätte sie die Schuhe mit den gläsernen Absätzen an, eine Hand dicht über dem Draht, die andere hielt sie mir entgegen, die Finger in Bewegung, ein Herbeilocken, wie man ein Tier lockt, komm, mein Täubchen, setz dich, hab keine Angst, dir wird nichts passieren. Also griff ich nach der Hand, und Irene packte mich, eine Klammer um den Puls, als ihre andere Hand schon, kaum zu glauben, auf dem Draht lag, und der Strom durch sie und mich fuhr, wie ich es als Junge zuletzt auf dem Land erlebt hatte, bei einem Griff an den Draht um weidende Kühe, eine Mutprobe. Irene sah mich an, ihr Gesicht bebte, Das bin ich, sagte sie, noch immer die Hand am Strom, dann erst ließ sie los und beugte sich zu mir. Ihr Kopf kam an meinen, das warme Haar, die Stirn, der Mund, ein langsamer Vorgang, langsam auch noch in der Erinnerung, ich strich ihr über den Rücken, der nass war, das Kreuz und den Po, darin noch ein Zittern; dazu die Laute der Möwen, ihre Flüge dicht am Hotel vorbei, Laute, als seien sie erbost, und ein Geruch von der Lagune wie aus zerwühlten Betten. Und weder von ihr noch von mir ein Wort – daran hätte ich mich erinnert –, wir standen nur am Fenster, als sei nichts geschehen, und schließlich gingen wir etwas essen, es wurde schon dunkel. Ein Lokal um die Ecke, Tische im Freien, Irene in einem Kleid mit Trägern dünn wie die Riemen der Schuhe, die sie später im Zimmer für sich und mich so lange trug, bis es gut war, bis jeder auf seiner Seite lag, wir nur noch flüsterten, woran denkst du, bist du noch wach. Und so weiter.

Erst am dritten Tag liehen wir uns die Fahrräder vom Hotel, meines mit kleinem Mangel, am Lenker fehlte der eine Griff, die nackte Metallkante scharf; wir nahmen die Räder mit auf die Fähre nach Pellestrina, dem Fischerörtchen zwischen Lagune und Meer, unserer Entdeckung von Venedig aus vor vielen Jahren. Der ganze schmale Landstreifen jetzt geschützt von einem Deich, auf seiner Krone ein Pfad, nicht breit genug für zwei Räder; also fuhren wir hintereinander, Irene vor mir in Shorts, ein Auf und Ab ihrer Schenkel, vor mir bis zu einem Stück Niemandsstrand hinter den Dünen. Dort warfen wir uns ins flache Adriawasser, mehr kindliches Planschen als Schwimmen, um uns danach, unter dem Sonnensegelfetzen, den irgendwer zurückgelassen hatte, in den Sand zu legen, verkeilt wie die Räder in den Dünen. Nur zwischen meinem und ihrem Gesicht war noch ein Abstand, ich sah auf den Mund mit der Bürde, ein Kussmund zu sein, ich sah auf ihr Haar und dahinter den Strand mit Seegras, altem Tauwerk, leeren Flaschen, schillernd in der Mittagssonne. Wir liebten uns, es gibt keinen besseren Ausdruck dafür, ein stummes Tun, sie anfangs zugewandt, als sei mein Gesicht über ihrem das Leben, an das sie sich noch geklammert hat, ich lasse dich nicht, du rettest mich denn, bis sie es anders wollte, nunmehr kniend, abgewandt. Und noch mit Sand an Armen und Beinen radelten wir danach in den Ort Pellestrina mit seinen farbigen Häuschen, vorbei auch an dem unseres ersten Sommers, da, das Fenster, das war das Zimmer, sieh nur, aber sie wollte es gar nicht sehen; sie trat in die Pedale, bis zu einem Restaurant am Wasser. Dort trank sie Wein und aß die kleinen Sepiolini, zarte Babytintenfische, dazu ein blendend weißes Tischtuch, das Glitzern der Lagune, unter dem Tisch unsere verhakten Zehen. Und am anderen Morgen rief sie, sich selbst übertreffend, aus dem Bad, ihre Scheiße sei rabenschwarz, drei Worte, die sie so ehrten wie ihre Übersetzungen.

Ihre Sicht auf sich selbst, auf ihr Alter, das, was sie tun und was sie lassen sollte, ja ihre ganze unbeugsame Art war in diesen Tagen aufgehoben, mal im heißen Sand der Dünen, mal in unserem Hotelzimmer, das Fenster geöffnet, der Vorhang gebauscht, und einmal sogar für Minuten in der mauerspaltartigen Gasse, in der ich sie am ersten Abend fotografiert hatte. Wir gingen dort nach späten Grappas in einer Stehbar vom Kanal Richtung Hotel, hintereinander wegen der Enge, Irene vor mir, in den Beinen, ihren Schritten, schon etwas weich vom Trinken. Und an der Stelle, an der das vollkommene Foto entstanden war, blieb sie so überraschend stehen, dass ich auflief, mit dem Mund in ihr Haar kam, während sie sich an der Hauswand stützte, der mit der Regenrinne, und die Füße auseinander nahm, wie auf Geheiß eines Polizisten, der sie durchsuchen will, nur geschah es auf die eigenen Zeichen hin, Zeichen für mich und für sich. Der Strom aus dem Draht gegen die Möwen war nicht genug, sie wollte noch mehr, schnell, ehe uns nahende Stimmen oder Schritte gestört hätten, das alles wie unter einer Glocke, ihr Geläut mein Herz und Irenes Atem, dazwischen Worte aus Überschwang, ihren Kopf nach hinten verdreht. Dass wir dabei seien, ein Kind zu machen, einen Sohn.

Wirklich Glückliche schweigen, die anderen, hineingesteigerten feiern das Glück mit kleinen vokalen Prozessionen, bis man ihnen einen Finger auf den Mund legt: Genug jetzt. Ich hatte ihn ihr auf den Mund gelegt, diesen Finger, meine Stirn in Irenes Nacken, aber es half nichts – der Mund ist ein Organ der Begierde in beide Richtungen, er will so gefüllt sein wie geleert. Sie schob den Finger weg und sagte Tu's, das Wort, das alles Übrige, Unaussprechliche trug. Und nur Minuten danach stießen wir mit zwei

Flaschen Bier darauf an, dass es jeden von uns noch in einem Stück gab; wir saßen auf dem Bett, ein trinkendes Paar, der eine tupfte dem anderen mit dem Laken den Schweiß ab. Am nächsten Morgen aber packten wir und reisten zurück, in einer Gewalttour bis nach Frankfurt, Irene noch zwei dunkle Jahreszeiten von ihrem Sprung entfernt; und auf der Suche nach einem Parkplatz tief in der Nacht fragte sie plötzlich, ob ich sie, falls ihr etwas zustoßen sollte, noch halten würde, solange ihr Körper warm sei. Meine Antwort aber war ein ernstes Ja, so ernst und zugleich so leichtfertig wie das auf dem Standesamt.

37

Der stille Feind Erinnerung, er gab keine Ruhe nach dem langen Abend mit Eröffnung der Pompeji-Ausstellung und Maltes Besuch bei mir, danach den Stunden am Fenster und später dem Krakenfilm und dem, was mich beschäftigt hatte, als ich endlich im Bett lag, bis es gegen Morgen überging in einen jener Träume, die in künftigen Träumen wiederkehren. Da stand Marianne, kurz nachdem ich mich getrennt hatte von ihr, bei dem Frauenarzt mit Ruf wie Donnerhall am Empfang, sie muss dort warten, weil die Helferinnen telefonieren, und auf einmal tritt Irene dazu, die beiden kommen ins Gespräch – ein Grauen, das ich nach dem Aufstehen unter der Dusche buchstäblich von mir abrinnen ließ, bis nur noch Schaudern blieb. Wie beim Zurückdenken an eine Szene im Straßenverkehr, den Radfahrer, den um Haaresbreite die Bahn erfasst hätte, den Wagen, der fast in die Kindergruppe gerast wäre – Schaudern, weil es ja so hätte geschehen können und womöglich auch ist, nur hat ein glücklicher Umstand das Schlimmste verhindert, sagen wir, dass Irene beim Suchen des Versicherungskärtchens, wie es ihre Art war, gleich alles Übrige, was noch im Portemonnaie steckte, mit auf den Empfangsschalter der Praxis tat, um das Kärtchen überhaupt zu finden, nämlich all die anderen Karten, dazwischen Zettel und Fotos; und Marianne hätte mit einem Seitenblick mich und Irene auf einer der Brücken von Chioggia gesehen, Arm in Arm. Ein Selbstauslöserbild, das Irene bis zuletzt bei sich trug, für Marianne Grund genug, das Gespräch zu suchen, Vorwand der gefragte Arzt, ein Gespräch, bei dem herausgekommen wäre, dass ich mich an der einen wie der anderen schuldig gemacht hatte, wenn nicht versündigt. Die eine ließ ich glauben, alles sei wie immer, unser Alltag, der anderen gab ich zu verstehen, dass sich bald alles ändern würde; im Grunde ein und dieselbe Versündigung, aus der alle Lügen erwuchsen, täglich neue Zweige, ein Wildwuchs, der vor nichts haltmachte, bis nur noch Kahlschlag blieb, und der traf Marianne.

Nach dem Duschen und einem Frühstück im Bademantel holte ich das Selbstauslöserfoto aus einem Schuhkarton, darin Irenes persönlichste Dinge, auch ihr Portemonnaie; ich wollte es in die Küchentischschublade legen, zu der einen intimen Aufnahme von ihr, entstanden in unserem Chioggia-Zimmer, und bei der Gelegenheit fiel mir auf, dass auch dieses Fotos, wir beide Arm in Arm auf einer der kleinen Brücken über die Kanäle der Stadt, ein intimes war. Weder sie noch ich schauen in die Kamera, wie es Millionen von Paaren und Pärchen tun, dafür schauen wir einander an, leicht von der Seite, und unser Lachen, meins ganz gewiss, ist ein Lachen vor Freude, weil es den anderen gibt, er in jeder Hinsicht der ist, den man auch so nah sehen will. Mein Blick geht in Irenes Augen, ihr Blick dagegen – ich hatte mir aus Maltes alter Spielzeugkiste eine Lupe geholt und sah mir das Foto zum ersten Mal vergrößert an – geht eine Spur an mir vorbei; zwar sieht sie mich noch, eben leicht von der Seite, ein Erfassen eher, aber sie scheint auch noch etwas zu sehen, von dem ich nichts weiß. Und mit diesem Blick erzählte das Foto die eigentliche intime Geschichte: Meine Freude gilt nicht allein dir, sie gilt noch etwas anderem, das aber ohne dich kaum Freude in mir auslösen würde. Dir gilt also mehr mein Dank, du schützt mein wildes Herz wie kein anderer. Schon kurz nachdem das Foto entstanden war, hatte Irene entschieden, dass es einen Platz in ihrem Portemonnaie bekommen sollte, Wir sind darauf beide so jung, sagte sie. Aber jung ist nur Irene auf dem Foto, in ihrem Lachen und dem Blick an mir vorbei, und ich tat es zu dem anderen intimen Foto, sie unbekleidet auf dem Hotelbett, den Roman Senso auf dem Bauch. Beide Fotos schob ich unter den Umschlag mit schwarzem Rand, und eigentlich wäre es die Gelegenheit gewesen, ihn endlich zu öffnen, aber oft genügt eine Kleinigkeit, das klappernde Fenster, die summende Fliege, und man lässt Gelegenheiten verstreichen, sagt einem Menschen nicht Es tut mir leid oder behält für sich, dass man ihn liebt.

Und in dem Fall war die Kleinigkeit eine Kritzelei auf der Innenseite von Irenes Portemonnaie, mit Kugelschreiber auf dem rötlichen Leder, nahezu verblasst und doch erkennbar: eine Telefonnummer in der Art, wie man sie auf den Wänden öffentlicher Toiletten findet, die Nummer als Hilferuf, nur war der Ruf grenzübergreifend, null null drei fünf eins, die Vorwahl. Also reichte ein Blick ins

Telefonbuch, von mir nach wie vor benutzt, schon war das Land gefunden, Portugal, und auch die Stadt, Lissabon; der Rest der Nummer gehörte, laut Auskunft, zum Hotel Borges. Aber solches Kritzeln entsprach Irene gar nicht, oder höchstens einer anderen Seite von ihr, der gegen das Elternhaus, die Kinderstube, gegen alles, was sich schickte; ihre Eltern waren ja sogar beide im konsularischen Dienst, dazu noch evangelisch, engagiert in der Kirche, Bilderbuchlaien mit verstellter Tochter. Aus dem Flur vor meiner Wohnung kamen Stimmen, und ich schloss die Schublade – ohne die Stimmen hätte ich vielleicht doch noch nach dem Umschlag gegriffen –, zu dem Geplapper ein Rollen von Koffern und das Gebell von Grandeville aus der Nachbarwohnung, ein fast wütendes Anschlagen, das sonst nicht seine Art war, folglich trat ich vor die Tür.

Neue Sprachschüler waren eingetroffen, mit anderen Gerüchen als die Chinesen, so fremd, dass Grandeville in seinem Wohnungsverlies reagierte. Es waren drei Dunkelhäutige oder Farbige – man weiß nicht, wie man es ausdrücken soll, um der Wahrheit so Genüge zu tun wie allen politisch-sprachlichen Sitten –, und sie standen, so viel darf man sagen, kindlich erschrocken vor der Sprachschülerwohnung, unsicher, ob der bellende Hund dort vielleicht Zugang hätte. Ich redete sie auf Englisch an, es handle sich nur um einen Nachbarhund, Name Grandeville, das Bellen auch Kontaktaufnahme. Dann nahm ich selbst mit ein paar Fragen Kontakt auf, während aus dem Anschlagen resignierendes Fiepen wurde. Die drei kamen aus Bangladesch, und natürlich überlegt man, wie das in diesem bettelarmen Land geht, eine solche Reise, ein solcher Aufenthalt. Nun, ganz einfach: Den Vätern gehörten wohl drei der Nähfabriken, aus denen unsere Mode zu

Spottpreisen stammt; drei Kapitalistensöhnchen, die nur Deutsch lernen wollten, um das Geschäft auszuweiten. Sie dankten für die Intervention, dann verschwanden sie mit Sack und Pack in der Wohnung, und bald würden sie erste Erfolge ins Land der fleißigen Kinder mit Nadel und Faden melden. Für mein Gefühl waren es bengalische Hundesöhne, falls ihre Väter wirklich Nähfabriken besaßen, die mal abbrannten, mal einstürzten, woran man hier kaum denken wollte und es doch tut, wenn man allein ist – sich endlos Gedanken machen, die schlimmste Alterskrankheit.

38

Ich verbrachte den Tag damit, ja auch noch Teile der Nacht; erst in den Morgenstunden siegte die Müdigkeit, ich schlief, bis mich mittags das Telefon weckte. Ein Anruf von Naomi, sie fragte sofort – durchaus liebevoll, aber eben sofort –, ob ich den Verstand verloren hätte, mich in ihrem Museum als Wächter zu bewerben. Die Unterlagen samt Foto seien mit dem Vermerk Geeignet an sie weitergeleitet geworden. Und jetzt? Naomi atmete hörbar aus, auch das, wie mir schien, noch mit töchterlichen Gefühlen, und ich sagte, Jetzt reden wir über die Arbeit. Und über einen ehrlichen Lohn. Oder soll ich mich etwa auf einem kleinen schmutzigen Geldpolster ausruhen? Ich griff hinter die Nietzsche-Ausgabe, das Bündel lag noch da, und meine Tochter schwieg für einige Sekunden, was in ihrem beruflichen Leben eher selten vorkommt. Dann hörte ich sie im Büro hin und her gehen. Also schön: Wir brauchen jemanden, der auch ein Wort mehr herausbringt, wenn Besucher eine Frage haben, und nicht nur erklärt, wo's zu den Toiletten geht. Acht fünfzig die Stunde, mit Abendzuschlag zehn. Ja oder nein?

Ja, sagte ich.

Aber die Arbeit ist nicht leicht. Man ist viel auf den Beinen. Und das in der warmen Jahreszeit. Und im dunklen Anzug. Man muss das wollen. Willst du es? Naomi räusperte sich, ein letzter Versuch, mich von dem Ganzen noch abzubringen, auch wenn in ihrer Frage eine unwiderrufliche Aufforderung mitschwang, die Arbeit wirklich zu wollen oder zu lassen; typisch meine Tochter, das Wollen so zu betonen, für sie lag sogar der Rang eines Menschen schon in seinem Wollen. Nur für ihren Mann mit dem üblen Namen hatte das nicht gegolten, es gab auch kaum noch Kontakte zwischen den beiden, selbst für Maltes Abiturfeier war nichts dergleichen vorgesehen. Ich will es, hieß meine Antwort.

Und alles Weitere waren Formalitäten, im Handumdrehen erledigt – zwei Tage später lag schon die erste Schicht hinter mir, erfüllte Stunden zwischen all den Pompeji-Dingen. Den verlangten dunklen Anzug hatte ich im Schrank gehabt, es war der für die früheren Weihnachtsfeiern in der Redaktion, ebenso die nötigen schwarzen Schuhe, allerdings seit dem Ausscheiden aus der Zeitung unbenutzt und vorn inzwischen zu knapp. Meine Zehen haben sich verändert. Eine Ausdehnung einschließlich der Nägel, also ein Druck beim Gehen, und die Arbeit brachte nun einmal das Gehen mit sich, wenn etwa eine Gruppe den Raum wechselte und der Wächter ihnen zu folgen hatte. Denn wie sich herausstellte, gab es überhaupt nur zwei Wächter oder Wärter, der andere ein früherer Krankenpfleger mit der Antike als Hobby; wir teilten uns die

Zeit, meine Schicht ging von drei Uhr nachmittags bis zur Schließung des Museums abends um neun. Und kam Naomi tagsüber einmal an mir vorbei, ihr Telefon am Ohr oder sonst wie im Dienst, tat sie gern so, als würde man sich nicht kennen, streifte dafür aber, wenn wir unbeobachtet waren, fast schon besorgt eine meiner müßigen Hände, und dabei hätten es die Füße nötig gehabt.

Füße, oft ein Problem im fortgeschrittenen Leben, bei mir zum Glück eins, das sich in Luft auflöste, wenn ich in der ruhigen Stunde zwischen dem Nachmittagsbesuch und der letzten Welle am Abend einen Raum nur für mich hatte und vor einem der Exponate stand, etwa meinem Lieblingsstück, einer verzierten Schale aus Terracotta, die so sanft zu berühren, dass kein Alarm ausgelöst wurde, ich mir in solchen Minuten erlaubte. Was war darauf zu sehen? Ein Paar und sein intimer Helfer. Die Frau lag auf dem Rücken, und eigentlich müsste es liegt heißen, denn sie liegt ja seit zweitausend Jahren in der Weise da und wird es auch weiter tun, wieder an ihrem Platz in Neapel und dort, bis erneut der Vesuv ausbricht, und auch dann könnte sie abermals eine Ascheschicht für die Nachwelt bewahren. Sie liegt also auf dem Rücken, die Beine erhoben, Schenkel zum Bauch hin angewinkelt, keine sehr bequeme Lage, nur gibt es ja den Liebesdiener. Der hält ihr die Füße und damit auch die Beine in die Luft, ein Griff um die Fersen der Frau, sie selbst muss sich kaum anstrengen, ihr einer Arm hängt lässig über die Bettkante; einzige kleine Anstrengung ist ein Heben des Kopfes, belohnt aber durch den Blick auf den Dritten der Szene, einen Mann, der vor dem flachen Bett und ihren erhobenen Beinen kniet und in die Liegende eindringt, und das alles unter den Augen des Helfers mit einem Ausdruck tiefen Verständnisses, tiefer als die mögliche Kränkung, nur ewiger Diener eines fremden Verlangens zu sein.

Und dann traten Besucher in den Raum, ich musste in die Ecke des Wächters, und schon schmerzten wieder die Füße im Gefängnis der Schuhe. Als es Zusan noch gab – ich rechnete jetzt nicht mehr mit ihrer Rückkehr –, war sie es, die mir manchmal die Füße massiert hat und auch beim Kürzen der Nägel half, ich wollte es nicht, aber sie drängte darauf, das müsse sein, sagte sie. Seine Fußnägel einem anderen anzuvertrauen ist kein leichter Schritt, einer mehr hin zum Alter; nicht umsonst schießen Institute aus dem Boden, die solche und ähnliche Dienste anbieten. In den Gewerberäumen im Parterre meines Wohnhauses, Räumen neben der Sprachschule, hatte erst vor Tagen ein sogenanntes Waxing- und Sugaring-Institut, Pflege von Hand- und Fußnägeln eingeschlossen, eröffnet, mit gerade angebrachtem Werbetransparent über dem Eingang, wie ich beim Nachhausekommen sah. Und am nächsten Tag war ich vor den Stunden im Museum einer der Jungfernkunden, die junge Pediküre durch einen weißen Kittel vertraueneinflößend. Sie gab den Nägeln ein geometrisches Aussehen und durch Politur einen Schimmer, als sei ich schon tot und sollte mit nackten Füßen aufgebahrt werden. Aber auf dem Weg zur Arbeit drückten die Schuhe an den Zehen nicht mehr; umso bedrückender, was ich dann entdecken musste, offenbar passiert hinter dem Rücken des anderen Wächters, dem kein Vorwurf zu machen war.

Quer über den Bauch des Hermaphroditen hatte jemand mit schwarzem Filzstift Schwule Sau! geschrieben, jemand, der ein Museum nur betritt, um sich auf diese Art bemerkbar zu machen, aber das war noch nicht das Schlimmste: Der Täter hatte das Ganze mit einem Hakenkreuz auf der Stirn gekrönt. Ich schloss sofort den Raum und fragte bei der Sekretärin an, wo die Putzmittel aufbewahrt würden, irgendwer habe Hundekot an den Schuhen gehabt. Sie kannte sich Gott sei Dank aus, und Minuten später war mit Hilfe von Fensterreiniger und zwei Lappen nichts mehr zu sehen – eine Entscheidung gegen den Skandal. Natürlich hätte ich meine alte Zeitung verständigen können und auch die Polizei, und schon am Abend wäre der geschändete Hermaphrodit in die Fernsehnachrichten gekommen, groß im Bild das Hasssymbol, danach ein Statement von Naomi mit anmutig sorgenvollem Gesicht, und von da an wäre der Besucherstrom gar nicht mehr abgerissen. Warum hatte ich es verhindert? Ganz einfach: Weil Irene es verhindert hätte. Bei unserem letzten Pompeji-Besuch sagte sie vor den Wandbildern in der Villa dei Misteri, dass man die Frauen darauf nur dann verstehen könnte, wenn es keinerlei kommentierendes Drumherum gäbe, ja, wenn man sie am besten selbst mit bloßer Hand ausgegraben hätte, um dann nur noch stumm und staunend davor zu stehen, basta.

Ich sah mit Stolz auf die geputzte Figur und machte zwei Rentnerpaaren Platz, die sich lieber das doppelte Geschlecht zu Herzen nehmen sollten als irgendein Geschmiere; sie umschritten den Hermaphroditen, einer der Männer, mit weißem Zopf und Bart, ließ eine Hand über die Stelle streifen, an der das Hakenkreuz war, und ich wechselte zu den Öllämpchen, jede mit einer kleinen erotischen Szene, oder wie soll man das Dargestellte ohne viel Umschweife sonst nennen? Zugegeben: Immer sind es leere Wörter, wenn man etwas Delikates vorschnell benennt, zumal die Gedanken ja meist schon woanders sind – die meinen waren überraschend bei Marianne: die natürlich jederzeit in der Ausstellung auftauchen könnte, wie damals auf dem Kulturfestival. Nur wusste sie, wo meine Wohnung lag, recht nah an dem Museum, ein Grund also, die Gegend zu meiden, wie sie mich in den letzten zehn Jahren gemieden hatte, obwohl es ihr bestimmt zu Ohren gekommen war, dass Irene nicht mehr lebte; in Frauenarztpraxen hört man doch zwangsläufig das eine und andere am Empfang, und ein Sprung vom Goetheturm kommt nicht alle Tage oder alle Nächte vor. Aber Marianne rief nie an, und hätte sie es getan, wäre von meiner Seite wohl eher eine Erklärung erfolgt als eine Entschuldigung. Ich hätte ihr die Anfänge von Irene und mir erklärt, weil sie nämlich mit dem Wunder der Liebe zu tun haben, um es einmal kinohaft auszudrücken, während das Zusammenkommen von Marianne und mir im Grunde eine Frage des Handwerks war, wie so etwas eben am einfachsten funktioniert.

39

Jede echte Liebe beginnt bereits mit Liebe, nicht mit Sympathie oder Ähnlichem. Und sie enthält auch von Anfang an einen Tropfen Nächstenliebe, der sie unvergleichlich macht und mit dem Verlangen nach Nähe nicht zu erklären ist. Wir wollen, dass es dem anderen an unserer Seite besser geht als zuvor in seinem Alleinsein, er soll alles Unglück hinter sich lassen, koste es, was es wolle. So war es mit Irene und mir, und es hielt, bis etwas dazwischenkam, was sie ihren freien Willen nannte, und dabei war es ihr Zwang, sich von mir abzugrenzen, was aber hieß, mit mir gleichzuziehen, ebenfalls beruflich auf eigenen Beinen zu stehen, nachdem Naomi aus der Schule war, in Berlin ihr Studium begonnen hatte. Irene bewarb sich bei Verlagen als Übersetzerin für italienische Belletristik – ein schönes Wort, Belletristik, inzwischen kaum noch gebraucht –, schließlich konnte sie jede Neuerscheinung im Original lesen und die geeignetste gleich in Teilen übersetzen, aber die Verlage, das wurde schon gesagt, zeigten kein Interesse. Und eines Abends, nach einem weiteren freundlichen Bedauern und meiner Bemerkung, dass es wohl so, nach ihrem Kopf, nicht gehe, lief Irene ins Bad und kam mit einem ganzen Büschel ihres Haars in der Hand wieder heraus. Sie warf es in die Luft vor mir, als Beweis eines freien Willens, Sieh, ich kann mit meinem Haar tun, was mir gefällt, nichts kann mich daran hindern!, und ich verließ die Wohnung, auch ein Stück Wahnsinn. Wie in einem Fieber fuhr ich zum Hauptbahnhof, dann weiter mit der S-Bahn zum Flughafen, dort ging ich in die Terminals, wo Liebende Abschied nehmen und andere sich nach langer Zeit wiedersehen, und sah dem Treiben zu. Erst in der Nacht fuhr ich zurück, und da hatte Irene fast all ihre Manuskripte, an die zwanzig, in winzige Stücke gerissen, ein Wörtermeer auf dem Teppichboden, und ich rief, Was hast du getan?, obwohl es doch offensichtlich war, und sie holte den Staubsauger, ein neues Modell von Siemens, gerade gekauft, und machte ihn an und ließ die ersten Schnipsel in seinem Bürstenmund verschwinden. Sie weinte beim Saugen, ein steter Fluss, ich konnte kaum hinsehen, aber auch nicht so tun, als sei nichts, und wegsehen, also sah ich ihr vom Sofa aus zu. Und Irene holte ihre Sonnenbrille, ebenfalls neu und filmstargroß, eine wie die von Audrey Hepburn in Frühstück bei Tiffany, der Schauspielerin, der sie als Mädchen am meisten zu Füßen gelegen hatte. Irene setzte sie auf, dann saugte sie mit der schwarzen Brille im Gesicht all ihre Übersetzungskonfetti weg – einer der Filme, die sie mir hinterlassen hat, die sich bei jeder Gelegenheit von selbst in mir abspielen.

Und eine dieser ungewollten Aufführungen, ihr Vorspann sozusagen, fiel in die Stunde vor dem Abendbesuch im Museum. Ich stand in der Ecke mit dem Wächterstuhl, der nach Möglichkeit nicht benutzt werden sollte, und sah zur Replik des Hermaphroditen im Nebenraum, für den Fall, dass der Täter an den Ort seiner Tat zurückkehren würde, die alte Geschichte. Aber es kamen nur zwei ältere Damen, und dieser Film mit dem Geräusch des Staubsaugers als einzigem Geräusch drohte in mir anzufangen, also hielt ich mit eigenen Bildern, eigenen Gedanken dagegen, vor meinem Stuhl stehend, Hände auf dem Rücken und die Figur im Blick. Irene mit dieser Sonnenbrille, aber blutjung, als sie noch Isabel hieß, ein hilfreiches Bild. Damals wollte sie noch selbst zum Film, so werden wie Audrey Hepburn als Holly Golightly. Leicht verrückt, ja, aber makellos. Hollys große dunkle Brille trägt sie schon und auch einen ähnlichen Hut, nur läuft sie damit nicht durch New York, wo Verrücktsein normal ist, sie läuft damit durch Rom, die Stadt, in der Ein Herz und eine Krone spielt, Roman Holiday. Immer wieder hat sie sich auch diesen Film angesehen, gedreht an Originalplätzen, seinerzeit ja selten. Isabel-Irene kommt gerade aus einem der Kinos an der Via Nazionale, sie ist vierzehn, eine gewagte Sache, allein ins Kino zu gehen, ihre Eltern im konsularischen Dienst wissen davon nichts. Sie setzt die Sonnenbrille auf und geht die Nazionale hinunter, man ruft ihr Komplimente nach, solche, die sich gehören, die kaum ihr Ohr erreichen, und andere; und das rüdeste wird sie nie vergessen,

La fica, die Feige. Sie will zum Corso und weiter zur Via
Condotti, da sieht man am Ende schon die Spanische
Treppe, die Stufen zum Himmel. Und auf einmal hat sie
einen Begleiter, Gregory Peck, leider ohne die Vespa aus
Roman Holiday, dafür kann man sich aber unterhalten im
Gehen. Wie hoch seine Gage gewesen sei für den Film.
Centomila, antwortet er sogar auf Italienisch, hundert-
tausend, Dollar natürlich, nicht Lire. Und Audrey? Das
möchte sie vor allem wissen, welchen Wert so eine Schau-
spielerin hat. Antwort: No comment, honey! Was für ein
Mann, denkt sie, was für ein Kerl, hüllt sich da einfach in
Schweigen. Dazu die Strähne, die ihm immer wieder trot-
zig in die Stirn fällt, er kann gar nichts dafür, der arme
Mr. Peck oder gute Joe Bradley, auf jeden Fall der amerikanische Journalist aus Ein Herz und eine Krone, der am
Schluss auf seine Riesenstory verzichtet, über die Prinzes-
sin, die er am Straßenrand aufgegabelt hat; einmal sehen
sich Audrey und er noch auf der Pressekonferenz, damit
hat sich die Geschichte der beiden erfüllt. Isabel überquert
die Via Nazionale, wieder ruft ihr jemand etwas nach, denn
Mr. Peck ist verschwunden, er beschützt sie nicht mehr, sie
läuft voller Panik weiter. Ihr Mund, ihre Brüste, die Hinterbacken, sie bräuchte fünf Sonnenbrillen. Hat sie aber nicht,
sie läuft nackt herum, die einzige Rettung: ein Taxi. Sie
lässt sich zu der Wohnung fahren, die ihre Eltern gemietet
haben, Via Fratelli Bandiera auf einem der sieben Hügel
von Rom, dort geht sie auf ihr Zimmer und schneidet sich
das Haar, bis es nicht mehr über die Schultern fällt. Und
kein Jahr später ist man in Milano, eine Versetzung des
Vaters, und sie spielt wie als Auftakt einer Karriere an der
Deutschen Schule mit Theatergruppe in Goethes Die Laune
des Verliebten gleich den weiblichen Hauptpart, die Amine.

Was willst du, armes Herz? Du murrst, drückst meine Brust, verdient' ich diesen Schmerz? Antwort Isabel: Und wie! Sie ist zerfahren bei der Premiere, ganz sie selbst, doch am Ende gibt es Rosen vom Herrn Konsul, dem ihr Vater dient, und sie zieht sich noch in der Garderobe die Dornen über den Arm, das Blut bedeckt sie mit der Jacke, die Scham bleibt im Gesicht.

Die Fünfzehnjährige, sie möchte nie mehr auf eine Bühne, sie will verschwinden und erst wieder auftauchen, wenn sie erwachsen ist. Aber der Lehrer, der das Stück inszeniert hat, ein Dr. Brausen mit italienischer Mutter, Maurizio Brausen, bekniet sie, weiter die Amine zu spielen, weil seine Arbeit für die Schule in Mailand werben soll. Er kann sie überzeugen oder ausreichend einschüchtern mit seiner Art, wie ein Dirigent aufzutreten, statt Taktstock immer einen Füller zwischen drei Fingern. Und so geht es schon bald nach der Premiere über die Alpen in die Provinz, in schwäbische Säle und Turnhallen vor ein dankbares Publikum; Ältere in Sonntagskleidung nicken sachte, junge Mütter stillen, Isabel deklamiert. Nach der Aufführung dann ein Hotel am Ortsrand, in dem auch Fernfahrer übernachten, und der Dottore bittet Amine auf sein Zimmer für eine Sonderprobe. Er verbessert ihr Atmen, ihre Haltung, er ändert das Kostüm für den Auftritt im Zimmer, etwas Wäsche genügt. Es gibt das Theater, und es gibt das Leben, sagt Maestro Brausen mit dem Füller zwischen den Fingern, das Leben aber ist die Leidenschaft, la passione. Und er lässt Isabel das Leben als Frau proben, die ganze Nacht lang. Sie hat ihre Unschuld im Gewerbegebiet von Reutlingen gelassen, und noch mehr, ihre Grenzen und den Rufnamen, den sie daraufhin abwarf, und mir Jahre später – wir kannten uns nur wenige Stunden nach dem ersten Blick in der Schlange vor einer Kinokasse – alle näheren Umstände erzählt. Irenes Traum von Schauspielerei, von leicht verrückt und makellos, endete in Reutlingen, und auf einer unserer Fahrten Richtung Italien wollte sie in eben dieser Stadt Station machen, in dem Hotel von damals, inzwischen aufgemöbelt zu vier Sternen. Sie hatte es geplant und ein bestimmtes Zimmer vorbestellt, dasjenige, welches; dort sollten die Dinge von einst wiederholt werden, nur war sie kein Mädchen mehr und ich der Mann, der sie liebte. Dennoch taten wir, was Irene nötig erschien in dieser Reutlinger Nacht; zwischen ihr und mir herrschte eine Schwerkraft, die aber nicht aus uns kam, die ganz anders war als die Schwerkraft in der Schlange vor der Kinokasse, eine Anziehung im Namen von Maurizio Brausen. Und wir kamen uns in der Isoliertheit eines Zimmers mit Rouleau und Doppelfenster auch wie zwei probende Schauspieler mit Text in der Hand vor, verkeilt zwar, aber einander nicht nah, kein Akt, der das Zugefügte hätte aufheben können, nur präzisieren, das wusste Irene; sie wusste, dass nichts den Überhang abträgt, den ein zu früh gewecktes Verlangen geschaffen hat, oder anders gesagt: Erste Eindrücke sind schon alles, Vernichter jedes späteren. Es ist wie mit den Jahreszeiten, man hat letztlich nur einen Frühling, einen Sommer, einen Herbst und Winter im Leben, alle weiteren Jahreszeiten unterliegen der Erinnerung. Wir hatten es gut gemeint, das war schon ein Fehler, ihr Fazit frühmorgens in Reutlingen.

Die Abendstunden im Museum, sie verflogen bei allem, was mir durch den Kopf ging; ich sorgte noch dafür, dass der Raum mit der Replik extra abgesperrt wurde, dann der Heimweg und in der Wohnung die Sorge ums eigene Wohl. Wie immer aß ich am Küchentisch, mein Teller etwa über der Schublade, darin weiter der Umschlag mit Rand, und auf einmal war da der Gedanke, er könnte eine Nachricht über Irene enthalten, ihre Lebensdaten und darunter, statt tröstenden Spruchs, nur Vorwürfe in schwarzer Schrift, warum hast du mich tun lassen, was ich will, mich nur verstanden und nicht festgenagelt, nicht gehalten, ein Witwer schon zu Lebzeiten. Warum hast du mich nicht geküsst, solange ich noch warm war, wo warst du? Ja, ich hatte Angst, den Umschlag zu öffnen, inzwischen hatte ich Angst davor.

40

Diese Schlange vor der Kinokasse stand für einen der traurigsten Filme, die es gibt, Johnny zieht in den Krieg, ein Andrang, wie er heute nicht mehr vorstellbar wäre, überwiegend Jüngere, die Mienen bereits vor der Aufführung ernst; und Irene, die noch keine Irene war, nur eine junge Frau für mich, wartet da in der Schlange halb neben mir, ein schon warmer Abend Ende April. Ihre Arme sind nackt, sie trägt eine Lederweste, dazu enge Hosen und schief auf dem Kopf oder ihrem buschigen Haar eine Kappe aus Filz, vorn mit dem roten Sternchen der Revolution, darunter die feste Stirn, ihre dunklen Augen, die solide Nase und der unglaubliche Mund. Sie glättet einen knittrigen Zwanzigmarkschein, als sich unsere Blicke treffen, dazu ein kalkulierter Seufzer: Die Schlange vor der Kasse reicht bis auf die Straße. Es ist ein beliebtes Kino, das Olympia, das es längst nicht mehr gibt, und dass es ein Schwarzweißfilm ist, spielt keine Rolle. Jeder weiß, worum es geht, um den

Soldaten Johnny, durch Granatsplitter so schwer getroffen, dass im Lazarett nicht einmal mehr der ganze Kopf übrig ist, nur noch das Hirn, sein intaktes Bewusstsein. Die junge Frau in der Schlange deutet mit dem Seufzer auch an, dass ihr klar ist, was auf sie oder sie und mich zukommt, und ich hole meinerseits Geld aus der Tasche, ein Fünfmarkstück, und spiele damit, werfe es hoch, geschnippt mit dem Daumen, und fange es wieder, bis es mir aus der Hand rutscht, zu Boden fällt, wegspringt, wer weiß wohin kullert. Und da kommt von der Seite ein leises Da drüben, da liegt's. Die Frau in der Weste zeigt zur Straße, dort liegt der Fünfer halb im Rinnstein, und ich hole ihn rasch, drei Schritte hin, drei Schritte zurück. Danke, sage ich, und sie sagt Bitte, mit Blick zu mir, obwohl sie sich gerade eine Zigarette dreht; ihre Finger sind wie kleine flinke Tiere, und dann erscheint die Zungenspitze, um das dünne Papier anzulecken, bevor sie es um den Tabak schließt und die Zigarette in ein Etui legt. Die für nachher, sagt sie, und ich sage, ja, die würde man brauchen, und sie nickt mir zu. Bis zum Kinoeingang bewegen wir uns nebeneinander weiter, aber jedes weitere Wort wäre kein harmloses mehr, sie weiß das, ich weiß es, und als wir schließlich vor der Kasse stehen, ich etwas zurückgetreten, genau hinter ihr, geschieht das, was man Wunder nennen muss, weil es keiner erklären kann. Sie sagt Zweimal Balkon – Worte, die in zwei Leben eingegriffen haben, deren Lauf von da an bestimmten – und zahlt die Differenz zu meinem Fünfer, bevor ich etwas einwenden kann; schon werden unsere Karten aus dem runden Fenster gereicht, an einem Stück, als seien wir ein Paar. Die billigen Plätze waren alle weg, sagt sie auf dem Weg zum Balkon, und ich sage Ach so?, und sie weiß, dass ich weiß, dass es nicht stimmt. An der Wand neben der

Treppe hängen alte Filmplakate, ihre schmucklose Hand streicht über Jean Sebergs Knabenkopf in Außer Atem, sie streift Holly Golightlys riesigen Hut und das Haar von Bette Davis als Baby Jane – genauso war das: Sie begrüßte drei alte Freundinnen.

Würde man nicht von allein atmen, ich hätte es vergessen in diesen Minuten und wäre gar nicht auf dem Balkon mit seinen schmalen Sitzen angekommen. Die beiden dort, sagte sie, und schon saßen wir in der letzten Reihe nebeneinander, auf ihrer Lederweste ein rötlicher Schimmer von der Wandbespannung und Beleuchtung in dem Kino. Sie sah auf ihre Hände, bis das Licht ausging. Und nach Werbung und Vorfilm teilten wir uns die ebenfalls schmalen Sitzlehnen, am Anfang noch umständlich, sozusagen gerecht, doch bald lag Arm an Arm und irgendwann eine Hand an der anderen, ja ihre suchte sogar meine, als der Soldat Johnny, nur noch aus Hirnmasse bestehend, dem eigenen Bewusstsein ohne Körper, einer Krankenschwester mit übermenschlicher Anstrengung morsen kann: Tötet mich, und sie den stummen Schrei zwar erkennt, doch die Zeichen löscht, nicht weitergibt, so tut, als hätte sie nichts gesehen. Meine Sitznachbarin weinte still. Und sie schrieb mit Bleistift etwas auf ihre Kinokarte und reichte sie mir, das einzige Billett, das ich je erhalten habe, Gehen wir noch irgendwohin? Ich schrieb ein Ja darunter, das Ja zu einer schönen Idee, eben der schönen Idee der Liebe; und ein paar Stunden später umarmten wir uns zum ersten Mal, ein kurzes stummes Tun, wie ein Test, der sein muss, weil alle weiteren, schwierigen Experimente darauf aufbauen; danach erzählte Irene von Reutlingen, aber so, als würde sie von einer anderen Person sprechen, einer Bekannten, die mit fünfzehn in falsche Hände geraten war. Sie hatte ihre

Lederweste angezogen, nur dieses eine Kleidungsstück, weil es etwas kühl war in meinem Zimmer, und sie rauchte beim Reden oder redete beim Rauchen, langsam und leise, während sich ihre Brust unter dem Leder hob und senkte wie bei schnellem und lautem Reden; ich schwankte zwischen Schauen und Zuhören. Sie war so provisorisch angezogen, so notdürftig bekleidet, wie es in ungutem Zusammenhang oft heißt, dass ich alles Schutzlose streicheln wollte und auch gestreichelt habe in der Nacht, wieder und wieder, bis sie dabei einschlief. Und diese schwarze Lederweste blieb dann ihr bevorzugtes Kleidungsstück bei jedem Anlass, der etwas mit Freiheit zu tun hatte, ein immer wieder hervorgeholtes, unverwüstliches Stück. Ich lernte Irene darin kennen, und ich sah sie darin an dem Tag, als sie angeblich zu der Kundgebung gegen den Flughafenausbau aufbrach; sie winkte mir aus dem Flur vor den Fahrstühlen noch einmal zu, ein leichtes Hin und Her der Hand, und am Tag danach fiel mir dazu eine Zeile ihrer Lieblingsdichterin ein.

Ich hatte sie, oder wie man es richtiger sagt: ihre sterbliche Hülle, im Kühlraum eines Gerichtsmedizinischen Instituts wiedergesehen, in Begleitung eines Beamten, falls der Anblick für mich zu viel würde; der vom Aufprall entstellte Leib war mit einem blauen Tuch bedeckt, und die ohnehin schon unerfüllte Bitte, sie im Falle eines Todes vor dem meinen so lange zu halten, wie ihr Körper noch warm sei, ließ sich auch nicht verspätet symbolisch erfüllen. Ich legte nur einen Finger auf ihren Mund, und das Empfinden der Kälte und Härte der Lippen, die gar nicht mehr Irenes Lippen waren, ja überhaupt nichts Menschliches mehr hatten, kam mir bereits wie ein Teil ihrer Beerdigung vor, die erst Tage später stattfand. Nach den Minuten im Kühlraum – möglich, dass es nicht einmal Minuten waren, nur ein Hinein- und ein Hinausgehen – und den Formalitäten im Anschluss, mehreren Unterschriften auf Dokumenten, wurden dem Ehemann die persönlichen Dinge seiner Frau wie Uhr und Ausweis und die kleine, vor dem Sprung abgelegte Kamera sowie ihre Schuhe und Kleidung und eben auch die ewige Lederweste in einer Tüte übergeben, und da fiel mir diese Zeile von Idea Valeriño ein: Zum Abschied das arme Herz geradeso wie ein Taschentuch schwenken.

41

Irenes Beerdigung fiel auf einen strahlenden Mittwoch, eine Zeremonie ohne Pfarrer, so hätte sie es gewollt, auch wenn die Kirche bei Menschen, die den Tod gewählt haben, heute mehr Nachsicht zeigt als früher. Also kein Trost von dieser Seite, dafür die Nähe der alten gemeinsamen Freunde, die einen am Gnadenarm des Hessischen Rundfunks, andere mit Gelegenheitsarbeiten für das Stadtjournal oder im sterbenden Buchhandel tätig wie unser Antiquar neben dem Harmonie-Kino; dazu Irenes in Übersetzungsdingen einzige Verbündete aus einem Verlag, den es schon nicht mehr gab, und weitere Weggefährten. Ein intimer, aber kein kümmerlicher Kreis – das Ergebnis einer Anzeige, die ich in meiner Zeitung mit dem Rabatt für langjährige Mitarbeiter noch in der Woche von Irenes Tod platziert hatte und damit etliche Tage vor der Bestattung, weil sich die Ermittlungen nach jedem unnatürlichen Tod nun einmal hinziehen. Diesem Vorlauf war es zu verdanken, dass auch solche mit längerer Anreise am Grab standen, wie unsere in die Südtiroler Berge gezogenen Freunde Herbert und Susanne, er Psychologe und Philosoph, ein Privatgelehrter, sie Pianistin, kinderlos beide, nur hatte ihre Art zu leben selbst etwas von Erzeugung. Und dann war da noch Irenes Italienischgruppe, mit der sie gelegentlich kleine Reisen wie zuletzt die nach Venedig gemacht hatte, Liebhaber mediterraner Literatur und der Küche Italiens, mit ein Grund, dass Naomi für später die Tische in der Apfelweinwirtschaft reserviert hatte, um das Thema Essen an dem Tag gar nicht erst aufkommen zu lassen.

Es waren redliche Freunde, vielleicht so selten wie die redlichen Geliebten, wenn man an dieses ebenfalls seltene oder selten gewordene Wort noch glauben mag. Und inmitten der Redlichen standen Naomi, Malte und ich, die liliputanische Familie, umgeben von Menschen, die es gut meinten mit uns und mir buchstäblich Halt gaben, als der Sarg dann in die Erde gelassen wurde. Und dennoch bin ich aus dieser Freundeswagenburg ausgebrochen, um eine Minute für mich zu haben und so dazustehen, wie es ohne stützende Hände der Fall wäre. Ich entfernte mich also, hin zum alten, baumbestandenen Teil des Südfriedhofs, und alle respektierten dieses Ausscheren, auch wenn Naomi noch etwas an meiner Seite blieb, bis ich ihr Zeichen machte, dass es schon gut sei, und sie es einsah oder spürte, dass ich kurz für mich sein wollte – was dann aber gar nicht der Fall war, von mir erst nach ein paar Schritten in der grellen Sonne bemerkt.

Zwischen zwei Zypressen, die keine waren, nur irgendeine Friedhofssorte, die optisch als Zypresse durchging, stand jemand in dunklem Regenmantel, obwohl es in keiner Weise nach Regen aussah, der Mantel wohl nur dem Anlass entsprechend gewählt; unten ragte eine eher helle

Hose heraus, während der Kopf auch etwas Dunkles hatte, was am Schatten lag. Erst als ich näher kam, trat die Person in dem Mantel entschlossen ins Licht, und es brauchte nur noch einen Atemzug, um zu erkennen, wer da von weitem an der Beerdigung teilnahm. Dann streckte ich schon die Hand aus und ging auf Jerzy Tannenbaum zu, den polnischen Kollegen, der früher regelmäßig über den Deutschen Kulturpreis als übergreifendes Ereignis in seiner Gazeta Wyborcza berichtet hatte und mit mir und Irene am Rande des Festivals manchen Abend verbrachte – nicht dass wir Freunde geworden wären, aber Menschen, die einander schätzen: ja, auch Irenes Wort, wenn es um Tannenbaum ging. Und offenbar hatte er sie in gleichem Maße geschätzt und durch die Anzeige von ihrem Tod und der Beerdigung erfahren und sich auf den Weg nach Frankfurt gemacht, wenn er nicht in der Nähe gewesen war, als freier Autor seit Jahren auch für deutsche Blätter tätig. Eine ganze Kette von Überlegungen, als er mir mit einem Anflug von Lächeln entgegentrat, gerade so viel, dass es die Augenblicksfreude unseres Wiedersehens in einer Schwebe hielt mit dem Ausdruck des Mitgefühls.

Es tue ihm so leid, seine ersten Worte, eine Hand auf meiner Schulter, Worte mit verstecktem Akzent, auch wenn das Deutsche fast Muttersprache war, nur nicht beigebracht von der polnischen Mutter, sondern als Kind in dem Lager für Überlebende gelernt; dafür hatte er in seiner Zeitung unter dem mütterlichen Namen geschrieben, irgendetwas mit -wicz am Ende, weil ihm in Polen ein jüdisch-deutscher Name nur Probleme gemacht hätte. Irene konnte es kaum glauben, als er eines Abends davon erzählte, für uns immer nur der mit dem urdeutschen Wort als Namen, so hatte er sich auch vorgestellt: Tannenbaum,

Gazeta Wyborcza, ich hörte, Sie sind aus Frankfurt, ich bin in der Nähe aufgewachsen, darf ich mich etwas zu Ihnen setzen? Und auf dem Friedhof sagte er als Zweites, Ich darf doch hier etwas sein, nicht wahr? Keine drei, vier Sekunden waren vergangen, seit wir voreinanderstanden, flankiert von den falschen Zypressen; die Zeit, sie dehnt oder krümmt sich unter der Schwerkraft solcher Momente, und ich sagte, Aber kommen Sie doch einfach zu uns, Jerzy, wollen Sie nicht zu uns kommen? Vorher hatte ich ihn nie so genannt, und auf einmal kam dieses Jerzy, ich drückte dabei seine Hand, als sei er der Hinterbliebene. Sie verzeihen, erwiderte er, aber von Toten dürfe nur der engste Kreis Abschied nehmen, außerdem müsste er schon fast in Mainz sein. In Mainz? Ganz plötzlich bahnte sich ein Gespräch an, als seien wir sonst wo, nur nicht am Rande von Irenes Begräbnis. Television, sagte Tannenbaum etwas vage, wurde aber auf einen fragenden Blick hin genauer, seit einiger Zeit versuche er sich auch mit Fernsehprojekten. Und ich: Ach ja?, worauf er die Hände hob und mich förmlich bat, wieder zu meinen Leuten zu gehen, ohne Rücksicht auf ihn, der hier nur Zaungast sei. Worte von so bestürzendem Takt wie bei unserem ersten Essen zu dritt, als er seinen urdeutsch klingenden Namen auch als solchen verstanden wissen wollte, in dem Bestreben, Irene und mich in keiner Weise mit seinem Schicksal in Verlegenheit zu bringen, das alles mit einem Lächeln, einem Ausdruck, den sie von da an Tannenbaum-Ausdruck nannte. Gehen Sie jetzt, sagte er, und ich wollte ihn mitziehen, mit in den Kreis der Redlichen, und griff ihn sachte am Mantel, ein Mantel wie aus alten Filmen und kein Mäntelchen, das Leuten heutzutage kaum ans Knie reicht, Leuten, deren ganzes Schicksal die Banalität ist. Jerzy Tannenbaum löste meine Hand ebenso sachte; er war ein Stück größer als ich, nur ein Stück, und zwei Jahre älter, sein Haar war aber nur halb ergraut, und in den großen Augen lag ein Bernsteinton. Man konnte sich vorstellen, dass er in der israelischen Armee gedient hatte – der junge Tannenbaum auf einem Panzer in der Wüste, sonnengegerbt nach geglücktem Einsatz, ein Siegreicher mit traurigen Augen. Und diese Augen sahen mich noch einmal an, Das Ende von ihr, war das nicht aufzuhalten? Sein Blick ging leicht an mir vorbei, zu der Schar vor dem offenen Grab, als müsste ich nicht antworten, dann holte er einen kleinen, gleichsam taschengerechten Strauß Blumen aus dem Mantel, übergab ihn und bat mich, ihn auf den Sarg zu werfen. Nur ein Gruß, sagte er, und ich suchte nach Worten, während Tannenbaum noch weitersprach, jetzt mehr mit Akzent, wie ein Spiel. Er bot an, falls ich je nach Warschau käme, mir seine Stadt zu zeigen, das Neue und das Alte; dann wünschte er mir noch Kraft und ging auch schon mit wehendem Mantel zu einem der Kieswege Richtung Hauptportal mit den Taxis davor, und ich kehrte zurück in den Kreis um das Grab.

Und dort von keiner Seite ein fragender Blick; die engsten Freunde waren um Naomi und Malte geschart und nahmen mich wieder in ihre Mitte, alles ging seinen Gang. Die mit Irenes Arbeit vertraute Lektorin, die keine mehr war, sagte einige Worte, ich hatte sie darum gebeten. Danach trat ich ans Grab und brachte nichts heraus, mir fehlte die Luft, der Mut, der Glaube, alles. Ich ließ nur Tannenbaums kleinen Strauß auf den Sarg fallen, schon um die Hände frei zu haben für die erste Schaufel Erde. Mit leisem Klatschen traf sie auf, und ich reichte die Schaufel weiter; das Ganze zog sich dann hin und ging doch vorbei, weil es der Zeit gleichgültig ist, wie schwer eine einzelne Stunde

wiegt. Erst bei unserem Zusammensein in der Apfelweinwirtschaft, dem Kanonesteppel, sagte Naomi, ich sei ja
minutenlang fort gewesen, sie habe sich schon Sorgen gemacht. Sie saß rechts von mir, der Irene-Platz, und zu
meiner Linken Malte, vor sich sein übliches Schnitzel,
während es für alle anderen Rippchen mit Kraut gab.
Kein feierliches Gericht, und doch war es ein feierlicher
Schmaus, Irene gewissermaßen dabei durch einen leeren
Teller. Immer wieder wurde auf sie angestoßen, bis die eins-
tige Lektorin zu weinen anfing und von ihrem einstigen
Verlag erzählte, von einer Kollegin aus der Anfangszeit
in dem damals noch ruhmreichen Haus, auch in einer
Sommernacht vom Goetheturm gesprungen. Darauf stilles
Nicken am Tisch, aber auch ein Wort dazu, unser Freund
Herbert sagte, Menschen handelten nach Gefühl, mal so,
mal so, während Naturgesetze wie das der Gravitation
immer gleich stur funktionierten – und am Goetheturm
kommt in dem Namen beides zusammen, nicht wahr? Ein
Wort, das die Gedanken anstieß, aus falscher Andacht
holte. Wir saßen noch bis zum Abend in der Wirtschaft,
bei Schoppen und Erinnerungen, dann ging ich, begleitet
von Naomi und Malte, nach Hause. Vor den Fahrstuhl-
türen umarmten mich beide, ein schöner Trost, ehe sie, auf
ausdrückliche Bitte hin, aufbrachen, während ich in den
zehnten Stock fuhr, für die erste Nacht in dem Bewusstsein, dass die Frau meines Lebens unter der Erde lag und
dort schon, wie die sture Natur es vorsieht, in dem Prozess
war, der auch sie zu Erde machte.

Man will ihn nicht, diesen Gedanken, aber denkt ihn,
und seit es Hinterbliebene und Fotografie gibt, werden die
Liebsten darum über den Tod hinaus mit Bildern aus ihrer
Glanzzeit lebendig gehalten, versiegelt in Medaillons an

Kreuzen und Grabsteinen, etwas, das Irene abgelehnt hätte. Ich trug dafür so ein Foto bei mir auf der Beerdigung, eins aus ihrer letzten Glanzzeit, von dem die Kraft ausging, die Tannenbaum mir gewünscht hatte, nämlich jenes einzige, allein für mich bestimmte intime Foto, das sie hatte gelten lassen, später wieder in die Küchentischschublade getan, als Schutz vor jeglichem Licht und auch zu häufigem Anschauen. Und von dort holte ich es an dem Abend, als mir der Umschlag mit schwarzem Rand zum ersten Mal Angst machte, hervor, als könnte die Nachricht darin dem Foto etwas anhaben.

42

Ein altes Foto wirft ja immer Fragen auf, wenn es nichts weiter zeigt als einen Menschen – wie hat er sich im Moment der Aufnahme gefühlt, was für Mittel hat der Fotograf angewandt, um ein Lächeln zu bekommen, eine bestimmte Haltung der Arme, der Beine; und in welcher Weise ist das Foto erhalten worden, in einem Album oder hinter Glas in einem Rahmen, eher versteckt oder sichtbar? Und ein intimes Foto scheint die Antworten gleich mitzuliefern, in dem Fall etwa durch Irenes Lächeln auf dem Hotelbett am Ende unserer letzten Reise. Sie und das Bett bilden nahezu eine Einheit, die Wellen des Körpers setzen sich fort in den Wellen des Lakens; sie lächelt in die Kamera, nur liegt in dem Lächeln eine stille Verachtung für das Allerweltsgerät, das sie festzuhalten vorgibt, wie auch für den, der es bedient. Ich hatte nach dem einen Foto noch weitere gemacht, Irene in einem der alten Zimmer-

sessel, zu schmal, um ihre Hüften und übereinander-
geschlagenen Beine ganz aufzunehmen; und sie mit Lesebrille bei der Arbeit, ihr Blick in die Novelle Senso, ganz
Dienerin der Sprache. Immer glaubte sie ja, dass jeder übersetzte Satz noch um seine Verbesserung fleht; Sprache
war für sie etwas so Lebendiges wie die Fotos von ihr, auch
dort ein Flehen um Verbesserung. Sie löschte die weiteren
Bilder, danach zerfiel sie wie Sand, ein Häufchen auf dem
Bett, nach einem Schlummer aber wieder in Form. Wir
gingen essen, und als der Wein bei ihr wirkte, sagte sie etwa
Folgendes: Sollte ich dich überleben, und die Statistik
spricht dafür, wird mich das eine Bild an dich erinnern, an
meinen fotografierenden Mann, den man nicht sieht.

Irene am Leben, ich längst tot: ein Gedanke am Küchentisch, gespenstisch und kaum auszudenken und auch durch
erneutes Verschwindenlassen des einen Fotos im Dunkel
der Schublade nicht aus der Welt zu schaffen; die halbe
Nacht hatte mich der Gedanke wach gehalten, dann ein
traumverschlungener Schlaf bis in den Vormittag. Und
beim Frühstück, so überfallartig wie seit langem nicht
mehr, das Gefühl, allein zu sein, eine sinnlose Hälfte ohne
den Menschen, mit dem ich ein Ganzes war oder mich als
Ganzes betrachtet hatte, auch wenn Irene und ich morgens
in der Küche saßen wie aus verschiedenen fernen Ländern
zurückgekehrt. Wir lasen Zeitung, sie den politischen Teil,
ich das Lokale, außer dem Knistern der Seiten fast eine
Stunde lang kein Geräusch, dann küsste ich ihre Stirn und
verließ die Wohnung. Ich fuhr mit dem Rad zur Redaktion, während sie mit ihrer unverlangten Arbeit begann,
jeden Abend las sie mir neue Sätze vor, sagen wir: Tutto
fino allora era andato a seconda della mia cieca passione.
Alles war bis dahin nach dem Willen meiner blinden Lei-

denschaft verlaufen. Oder: Bis dahin verlief alles gemäß meiner blinden Passion. Irene folgte ihrem Gespür. Die vollendete Vergangenheit entzieht der Erzählung Kraft, daher das Imperfekt; und die amtliche Präposition gemäß, seconda, verrät stillen Hochmut, ein Stück Verblendung selbst in der Erkenntnis. Passion aber ist auch das Leiden Christi, also Vorsicht. Und wäre ich tot und sie lebte noch, würde sie diese Passage abends einem anderen vorlesen, etwas jünger als ich, nur darum nicht weniger aufmerksam, gebildet ja, aber kein Leisetreter. Er berührt danach ihre Hand, mehr nicht, seine Anerkennung, Gehen wir noch etwas an die Luft, sagt er. Es ist ihr erster Gang aus der Wohnung an dem Tag, unten schaut sie in den Briefkasten. Nach wie vor wird meine Zeitung geliefert, das lässt sich so leicht nicht abstellen. Irene nimmt sie und wirft einen Blick hinein. Es soll endlich Sommer werden, sagt sie und hakt sich bei dem Mann unter, seconda della cieca passione.

Das tägliche Exemplar meiner Zeitung, ich hatte es früher bis zum Wochenende aufgehoben, um das eine oder andere nachzulesen, aber seit meiner alten Seite das Gesicht fehlte, sie überwiegend aus Meldungen bestand, gruppiert um ein Foto, dem nicht zu trauen war, landete das Exemplar schon abends im Papiermüll; und an dem Tag, als auf der Seite mit etwas Verzug unter der Überschrift Nichts Neues aus Pompeji die Ausstellung im Museum für Alte Kulturen besprochen war, geschah das schon auf dem Weg zum Einkaufen. Denn da hatte sich eine der Jungen, die neuerdings erklären, woher die Kultur kommt, aus irgendwelchen Clubs in Berlin, ein Kind der flüchtigen Dinge und Myriaden von Handyfotos, zu der Arbeit meiner Tochter einen abgebrochen, wie man sagt. Ich hatte den Beitrag beim Frühstück gelesen und danach mit Naomi telefoniert, auch sie war getroffen und hat dennoch versucht, dem Ganzen etwas abzugewinnen – man könne eine Szene wie die auf dem Plakat so oder so sehen, als ein Abbild vom Grund des Weiblichen oder als Männerphantasie, offenbar schon gestört vor zweitausend Jahren, wie es in der Besprechung hieß. Wieso gestört, sagte ich, was soll daran gestört sein? Bilder, die man vom anderen hat, sind Bilder, und wer sie auf eine Wand malt, ohne Photoshop, ist nur ehrlich! Ich hatte mich ereifert am Telefon, und es war Naomi, die mich beruhigte, vom Druck auf eine Anfängerin sprach, dem Druck, mit ihren Ansichten aufzufallen, nichts Altbackenes zu schreiben. Und so mochte es auch sein, was mich aber nicht davon abhielt, die Zeitung schon vormittags in die Tonne seitlich am Haus zu werfen, im Blick das neue Kosmetik-Institut, über seinem Eingang inzwischen ein großes werbendes Schild – Sine-Sine nannte sich das Ganze, Ohne-Ohne, noch mit Eröffnungsangeboten wie Hornhautentfernung und einer Langzeitepilation.

Der Himmel versprach einen weiteren Prachttag, und ich wollte alsbald meinen nötigen Einkauf erledigen und später noch etwas ruhen, bevor am Nachmittag der Dienst anfinge. Ich hatte einiges zu besorgen, vor allem der Vorrat an Wasser musste ergänzt werden, also ein Gang mit Buggy, und noch gab es zum Glück den Laden unter dem Woolworth, das es schon so gut wie nicht mehr gab, im Parterre ein Bild wie das vor manchen Häusern an Sperrmülltagen. Dennoch ging mein Blick zu den Kassen, weil Alleinstehende immer gern an ein Wunder glauben, und natürlich saß dort nur eine der Ex-Kolleginnen von Zusan mit einem Vertrag bis zum letzten Atemzug der Filiale, ich lief an ihr vorbei zur Treppe. Und während des Einkaufs und auch auf dem Heimweg und beim Einsortieren der

Dinge in einen stromfressenden Kühlschrank, den schon Irene hatte ersetzen wollen, immer wieder ein Gedanke, der zuvor nur ein irrlichternder Wunsch war, nämlich mit Zusan in Kontakt zu kommen, sie aufzuspüren mit Hilfe ihrer früheren Wohnungsgefährtin, die jetzt in dem Haus mit rotem Herz in der Elbestraße tätig sein sollte und mir vermutlich sagen könnte, wo und womit sich Zusan inzwischen durchschlug und wie man ihren Nachnamen buchstabierte. Von meiner verschwundenen Hilfe in Belangen aller Art aber, von Zusan irgendwo im großen Warschau, war es nur ein kleiner Gedankensprung zu Jerzy Tannenbaum und dem Angebot, mir die Stadt zu zeigen, in der er lebte, und dort vielleicht auch jemanden für mich zu finden, wenn er nur ein paar Anhaltspunkte bekäme.

Nach der Episode am Rand von Irenes Beerdigung hatte ich ihn nur noch einmal wiedergesehen, in dem Fall eine Begegnung von gut einer Viertelstunde, Ort: der Frankfurter Hauptbahnhof. Ich war auf dem Weg nach Bensheim an der Bergstraße, dort sollte ich abends eine Veranstaltung moderieren, die Lesung eines Autors meiner Generation, noch immer nicht ganz entdeckt, aber schon zu Irenes Lebzeiten als vielversprechend betrachtet, auch von mir, also kam ich für die Einführung in Frage; außerdem wussten die Veranstalter, dass ich für solche Aufgaben zur Verfügung stand und auch immer noch zur Verfügung stehe, in der dunkleren Jahreszeit können sich bis zu drei Termine im Monat ergeben. Ich wollte also nach Bensheim, von Frankfurt aus eine Kleinigkeit, es gibt genügend Züge in die Richtung, und als ich noch in die Bahnhofsbuchhandlung ging, um zu sehen, ob der von mir geschätzte Autor dort vertreten wäre, sah ich Jerzy Tannenbaum in dem Mantel von der Beerdigung bei den viel zu vielen Zeitschriften. Ich hätte fast seinen Namen gerufen, trat aber nur halb von hinten an ihn heran und tippte ihm an die Schulter, wie es man eher unter Freunden tut, und er drehte sich um, im ersten Moment so erschrocken, als sei er bei etwas ertappt worden, dann nahm er mit seinen Händen die meinen und sagte geradezu überstürzt: Was für ein Zufall, ja wie schön, wie geht es Ihnen? Kommen Sie an, oder müssen Sie irgendwohin, haben Sie etwas Zeit?

Er hatte eine Viertelstunde, bis sein Zug ging, ich ein paar Minuten weniger, aber es gab ja noch spätere Verbindungen nach Bensheim, also hatten wir beide Zeit und wechselten von der Zeitschriftenwand in der Buchhandlung zu einem Stehcafé vor den Gleisanlagen. Bitte, ich darf das hier übernehmen, sagte Tannenbaum, und als wir beide etwas in der Hand hielten, ich einen Becher Tee, er einen Espresso, erfuhr ich, dass er von einem Gespräch mit einer leitenden Redakteurin kam, Abteilung Fernsehfilm, und auf der Fahrt nach Berlin war. Dort wollte er sich mit zwei Afrikanern treffen, jungen Männern, die einen Weg von Sierra Leone durch den Regenwald, die Savanne und die Wüste, dann über das Meer nach Lampedusa und durch ganz Italien und über die Alpen bis in unsere Hauptstadt im Laufe von drei Jahren hinter sich gebracht hatten. Unfassbare Menschen, sagte er. Ich habe eine Serie entworfen, mit den beiden als Protagonisten, fünf Staffeln mit je sechs Folgen, von ihrem Kaff in Sierra Leone, beherrscht von Milizen und Armut, bis zum Alexanderplatz, wo einer von ihnen nur den Tod findet. Jede einzelne Folge ist ein Drama für sich, verbunden mit den Umständen des Nord-Süd-Konflikts. Bei den Afrikanern der Kampf auf Leben und Tod für ein besseres Leben, bei uns der Kampf um Privilegien. Und wissen Sie, was die leitende Dame gesagt hat? Alles schön und gut, aber schreiben Sie doch etwas, das Ihre eigene Geschichte aufgreift, Herr Tannenbaum, etwas mit Juden und Deutschen und auch polnischem Bezug, es könnte im Krieg spielen oder nach dem Krieg, in der Zeit, als es noch überall Nazis gab. Wenn Sie so was entwerfen würden, hätte das jede Chance hier im Sender. Das Ganze allerdings zweimal neunzig Minuten maximal, denn überlegen Sie bitte: dreißig Folgen und ein Zeitraum von drei Jahren und erst am Ende der aktuelle deutsche Bezug, wer soll sich das ansehen? Hier machte Tannenbaum eine Pause und trank von dem Espresso, und ich sah, dass seine Hände zitterten, ein leichtes Hin und Her des Bechers, den er mit sämtlichen Fingern hielt. Also keine Chance für Ihre Idee, sagte ich, und er nickte nur und trank noch einen Schluck. Dann zog er Zigaretten und ein Feuerzeug aus dem Mantel und fragte, wie es mir gehe, ganz ohne meinen anderen Menschen, und mir fiel auf, dass seine Haut im Gesicht knittrig geworden war wie nach zu häufiger Sonne, eben eine Raucherhaut, und früher hatte er nur gern gegessen und getrunken; seit unserem Treffen am Rand der Beerdigung waren Jahre vergangen, vielleicht war der Mantel auch ein anderer mit ähnlichem Schnitt. Ich versuchte über Tannenbaums Frage nachzudenken, als gäbe es noch eine Antwort neben der Antwort, die auf der Hand lag, und dann kam ich auf sein Thema. Dieses Filmprojekt, von Schwarzafrika bis ins Herz Europas, das hätte Irene gefallen, sagte ich. Gibt es schon einen Titel?

Odyssee oder Der Weg ins Leben. Ich nannte auch der leitenden Dame den Titel, sie schrieb ihn sogar auf, dann sagte sie wieder, ich sollte mich besser der eigenen Geschichte annehmen. Warum denn nicht etwas über einen jüdisch-polnischen Jungen im Nachkriegsdeutschland,

Herr Tannenbaum, über sein Lagerleben, seine ersten Schritte außerhalb, wohin gehört er, wo wird er hingedrängt, unser David, was halten Sie von so einem Stoff? Die Dame, sie war keine vierzig, trat auf mich zu, und ich sagte, nichts, ich würde nichts davon halten, ich sei weder richtiger Pole noch richtiger Deutscher und noch weniger richtiger Jude, nur einer, der sein Asyl sucht, sein Zuhause, und dafür weite Wege geht, daher auch die Sympathie für die zwei Afrikaner! Und damit verließ ich ihr Büro, durchaus höflich mit einem Gruß, Leben Sie wohl – das ist kaum eine Stunde her, können Sie sich das vorstellen? Mein einstiger Kollege, den Pappbecher am Mund, schloss die Augen, und ich sah auf die Uhr, weil er es nicht tat. Ihr Zug, es wird langsam Zeit, sagte ich, und natürlich hätte er auch einen Zug später nehmen können, ICEs fahren ja im Stundentakt nach Berlin, während ich sogar den letztmöglichen Zug nach Bensheim in Betracht zog, aber Jerzy Aaron Tannenbaum – sein voller Name dürfte die leitende Redakteurin mit inspiriert haben – wollte die Afrikaner nicht warten lassen, sie würden ihn vom Bahnhof Friedrichstraße abholen, so sehr glaubten sie an das Projekt.

Er leerte den Becher und steckte sich eine Zigarette an, und irgendwie kam es dazu, dass wir dann beide zu seinem Gleis gingen, dort stand der Zug schon bereit. Zwei Minuten blieben uns noch, und ich fragte ihn, ob er ebenfalls allein lebe, allein in Warschau, und erfuhr auf die Weise, dass er einen Sohn hatte, Logistikexperte bei einer Frachtfluggesellschaft, der Kontakt nur lose, hingegen gar kein Kontakt mit der Mutter des Sohns. Sie lebt in Israel, sagte Tannenbaum, als er schon in der offenen Zugtür stand und mir noch auffiel, dass er kaum Gepäck hatte, nur eine Ledertasche um die Schulter. Er gab mir die Hand, eine Hand

wie aus einem festen Material, und erneuerte das alte Angebot, wenn ich je nach Warschau kommen sollte, während
ich dem Odyssee-Stoff alles Gute wünschte, es sei ein Stoff
wie kein zweiter, so blind könnten Programmmacher gar
nicht sein. Und bei diesen Worten gingen die Türen schon
zu, und Tannenbaum winkte mir durch die Scheibe; er
sagte sogar noch etwas, nur konnte ich es nicht hören, ein
Stückchen Stummfilm, als der Zug anfuhr und ich ein paar
Schritte neben dem Wagen herlief, um in Höhe der Tür zu
bleiben – so geschehen zuletzt, als Irene mit dem Italienischkreis nach Venedig aufbrach, wir uns noch wink-
ten. Dann entschwand Tannenbaum, und ich lief wieder
zum Kopfende des Bahnsteigs und von dort zu einem der
Gleise für die Regionalzüge, die mich in den letzten zehn
Jahren verlässlich zu jeder Veranstaltung gebracht hatten,
an dem Abend auch noch nach Bensheim.

43

Irene war bei dieser Reise mit dem Italienischkreis gut eine
Woche lang weg, und ich konnte mich nach Belieben mit
Marianne treffen, es war die Woche, in der sie unendliche
Hoffnung geschöpft haben musste. Abends gingen wir wie
ein richtiges Paar am Main spazieren, bis zur Gerbermühle
und zurück; wir sprachen über die Dinge des Tages, meinen Ärger mit irgendwelchen Jungkollegen, die der Um-
landkultur einen Internetauftritt geben wollten, nur um
keine vollständigen Sätze schreiben zu müssen, und den
ihren mit Patienten, die gesund waren, aber eine Leidens-
bescheinigung wollten. Wir gingen Arm in Arm oder

Hand in Hand, und an der Gerbermühle tranken wir etwas, und ich erzählte ihr, dass Goethe dort eine Quasigeliebte besucht habe, verheiratet mit einem Bankier und im Übrigen mit demselben Namen wie sie, Marianne, was ihr natürlich gefiel und sie auch neugierig machte. Den Kopf an meinem, Stirn an Stirn, wollte sie wissen, was eine Quasigeliebte sei, und ich sprach von Goethes kompliziertem Verhältnis zu Frauen, ihn umso weniger anziehend, je empfindsamer und gebildeter sie waren, anziehend, was das Bett betraf, fügte ich hinzu. Und auf dem Rückweg sprachen wir wie zwei vernünftige Menschen über Dreiecksdinge, angefangen bei Goethe und dem Ehepaar in der Gerbermühle bis hin zu Fragen von Liebe und Schuld, und Marianne sagte, es sei niemandes Schuld, wenn jemand seinen einen anderen im Leben plötzlich erkennt und um ihn wirbt und am Ende dessen Liebe gewinnt. Das passiert einfach, erklärte sie, da waren wir schon am Eisernen Steg, damals noch ohne die Ketten und Schlösser der in die Liebe Verliebten, und dann passierte auch gleich etwas in diesem Schwachsinne, das nie hätte passieren dürfen: Ich nahm sie an der Hand und lief mit ihr durch die Schifferstraße zu meinem Wohnhaus, wir fuhren nach oben und warfen dort auf der Stelle die Kleidung ab und gingen in das Bett, das ich sonst in besonderen Nächten mit Irene teilte, ein Akt außerhalb von allem, was mein Leben im Innersten zusammenhielt, eine Desperadostunde, während für Marianne in dieser Zeitspanne ohne Gesetz das Leben erst zu beginnen schien.

An einem warmen Augustabend war das, freitags, und als Irene am Montag aus Venedig zurückkam, war es noch etwas wärmer, dazu still im Haus und auch rundherum stiller als sonst: Ferienzeit, nur nicht für mich; meine letzten Ferien lagen ein Jahr zurück, die erwähnte Reise Kalabrien,

Pompeji, Rom, Chioggia. Ich bin jetzt wieder hier, sagte sie beim Betreten der Wohnung – sie hatte sich ein Taxi genommen am Bahnhof, ihr Wunsch –, aber es klang, als hätte sie Ab jetzt gesagt. Und in den Tagen darauf erzählte sie nur, was man von Venedig eben erzählt, wie voll es gewesen sei und dennoch schön, weil man, nachts besonders, ja immer eine Ecke ohne Touristen finde, eine kleine Brücke, einen Durchgang, einen Seitenkanal. Alle Jalousien in der Wohnung waren heruntergelassen gegen die Sonne, Irene trug ihr dünnstes Kleid, im Bett reichte das Laken. Sie tat vormittags dies und das, eine ihrer Fähigkeiten: nichts Bestimmtes tun und dennoch beschäftigt sein, ja auch erschöpft davon – nicht erfüllt, aber erschöpft wie die Arbeitslosen von ihrem Warten, darum legte sie sich mittags schon hin, und manchmal kam ich dazu, der Redaktion für eine Stunde entflohen. Ich ging in ihr Zimmer, Mein Herz, wie geht es dir, schläfst du? Und sie empfing mich auf der Oberfläche ihres Körpers, in einer Art Halbschlaf, einerseits nah und doch weit weg. Sie ließ sich auf kein Gespräch ein, auch kein Gespaße, auf nichts, das eine unvorhersehbare Wendung hätte nehmen können, nur auf den klaren Ablauf im Bett. Danach blieb sie liegen, bis zur Dunkelheit am Abend. Sie war lichtscheu geworden, könnte man sagen, unsere Gänge am Main waren nur noch Nachtwanderungen, oft stumm. Wenn wir sprachen, dann von früher, als Naomi noch nicht laufen konnte und wir sie mitnahmen zu meinen Touren, eine kleine Familie im kleinen Wagen, die junge Mutter am Steuer, der Vater mit Artikeln in den Händen, seine Vorbereitung auf den Abend, etwa eine Vernissage im Foyer der Sparkasse Aalen in Zusammenarbeit mit dem Kulturamt, im Anschluss Wein und Brezeln, das persönliche Gespräch mit dem Künstler oder der Künstlerin. Was haben Sie denn als Nächstes vor? Ach, ein anderes Material, die Auseinandersetzung mit Schaumstoff, interessant, aber auch nicht ganz neu, nur was ist schon neu? Und später im Hotelbett erste Notizen, an meiner Seite die Frau, die ich liebe, ihr warmer Leib, am Fußende das schlafende Kind, sein Atmen. Unsere große Zeit, aus dem alten, ewigen Material. Ich erwähnte das eine oder andere aus diesen Jahren auf unseren Nachtwanderungen, um Irene daran zu erinnern, sie machte ihre Ergänzungen, um mich an die Zeit zu erinnern, einzelne Worte im Gehen. Alte Paare haben etwas von Buchstützen, dazwischengeklemmt ihr Leben, das, was einmal war und nie mehr sein wird; aber Irene entzog sich in den Wochen nach der Venedigreise mit dem Italienischkreis immer mehr als Stütze, bis alles ins Rutschen geriet, nicht nur die Erinnerungen, das Vergangene, auch alles in dem bisschen Gegenwart, die wir noch hatten, jede Kleinigkeit, und ich Anfang September Marianne die bekannten Worte auf die Mailbox sprach, Es ist aus und vorbei.

44

Der stromfressende Kühlschrank war wieder gefüllt, und es gab an dem Tag – gemeint der Tag, an dem die Eros-in-Pompeji-Ausstellung in meiner alten Zeitung von einer zu jungen Person besprochen war – zwei Ideen im Hinblick auf Zusan. Erstens, wie ich erfahren könnte, was sie in Warschau beruflich tat, indem ich ihre frühere Mitbewohnerin im Bahnhofsviertel abpasste, und zweitens, wie Zusan sich in der großen fremden Stadt ausfindig machen ließe, mit

Hilfe von Jerzy Tannenbaum; außerdem lagen gegen Abend in Stichworten notierte Tipps zu Ethik und Romantikfragen auf dem Küchentisch. Maltes mündliche Prüfungen standen dicht bevor, und ich schickte ihm eine Nachricht: dass ich den Rest des Abends in der Wohnung sei, er noch vorbeikommen könnte. Aber es kam nur eine Antwort: dass er am nächsten Morgen bei mir sein wollte, mit Novalis und Co., neun Uhr dreißig, genau zur Prüfungszeit am Tag darauf, und ich dann der Prüfer sein sollte – einer von der Arschsorte, okay?

Einverstanden, hieß meine Rückantwort, und es wurde eine Nacht, als stünde mir die Bewährung bevor, nicht ihm; auf mich, den Repetitor, käme es an, damit Malte die Punkte holte, die ihm noch fehlten. Statt ruhigen Schlafs unruhiges Grübeln, nur waren es keine Gedanken zur Sache, der Probeprüfung am anderen Morgen, es waren Gedanken über das Leben, wie es weitergehen sollte und enden würde – jedes Denken, wenn man nachts wach liegt, ist auch ein Stück Probe, und wer sich nicht im Griff hat, probt jede Nacht sein Sterben. Mit der ersten Sonne war ich dann auf den Beinen, machte mir Tee und hörte die Nachrichten, wie jeden Morgen, aber es reichte nicht, die Nacht abzustreifen. Das ging nur mit Übungen am offenen Fenster, Kreisen der Arme und Lockern der Beine einschließlich Kniebeugen, mit Bewegungen ohne jegliche Anmut gegen steife Gelenke und schwindende Muskeln. Unbegreiflich, wie andere in meinen Jahren solche Dinge im Sportstudio unter den Augen einer Jugend tun, die nur mitleidig lächelt, wenn man Glück hat, eigentlich aber abgestoßen wegsieht, wenn die Alten wie Automaten gegen den Tod anstrampeln und ihr Leben eher gefährden, statt es zu Hause im Sessel noch einmal an sich vorbeiziehen zu

lassen. Ich sah mich an dem Morgen selbst mit einem Ge-
fuchtel am Fenster, als würde dort jemand um Hilfe
winken, wieder und wieder; anschließend die Dusche und
ein Frühstück, bereits fertig als Prüfer angezogen. Und
kurz vor halb zehn stand Malte vor der Tür, in sauberen
schwarzen Schuhen, ordentlichen Hosen, nur einem etwas
knappen Jackett, dafür Hemd und Schlips farblich abge-
stimmt, also auch äußerlich schon auf den morgigen Ernst-
fall eingestellt.

Komm herein, sagte ich, und er bat mich, ihn zu siezen,
also siezte ich ihn, kaum hatte er sich mitten im Wohnzimmer wie vor einer Kommission hingestellt – Novalis, was
fällt Ihnen dazu ein? Und er begann mit einer Vita des
guten Novalis, als wollte sich Friedrich von Hardenberg
bei der Deutschen Bank Stiftung bewerben, bis ich ihn un-
terbrach. Kommen wir lieber auf Kleist, der hat die Psy-
chologie vorweggenommen und der Romantik Tiefe gegeben, was meinen Sie dazu? Ich legte die Fingerspitzen
aufeinander, um so zu erscheinen wie gewünscht, aber es
war wohl alles in allem etwas zu viel davon. Malte zupfte
am Schlips, und ich sagte, Einem wie Kleist, weder der
Klassik noch der Romantik ganz angehörend, ging es nicht
um Verliebtheit, dem ging es um die Liebe: das höchste
aller Gefühle ja, aber aus dem Abgrund der Seele, ohne
vornehmen Schmerz, dafür voll Raserei. Wenn du für morgen noch etwas tun willst, lies Penthesilea! Ich schrieb den
Titel auf einen Zettel, auch den Autor, da hatte Malte das
Ganze schon auf seinem Pad, samt Bewertungen. Was dort
auch stehen mag, sagte ich, Kleist zeigt uns, dass die ab-
gründig dunklen Seiten der Liebe zugleich ihr Schimmern
aus der Tiefe sind. Penthesilea ist die radikalste Liebende
der Romantik. Sie stürzt sich in rasender Eifersucht auf

Achill, als ihr Pfeil schon seinen Hals durchbohrt hat. Sie reißt ihm den Brustpanzer auf und schlägt die Zähne in sein Fleisch, sie will das Herz des Geliebten, nicht mehr und nicht weniger. Penthesilea, und das schreibe dir hinter die Ohren, wie es in meiner Schulzeit hieß, vernichtet Achill, eben weil sie ihn liebt, auch das ein Zug der Romantik. Liebe kann fürchterlich weit gehen, bis zum Kannibalismus. Und jeder Busen ist, der fühlt, ein Rätsel – das Kleist-Wort, das du dir merken musst. Sag es wie nebenbei, und es regnet Punkte. Und lass dich nicht ins Bockshorn jagen, falls einer fragt, ob diese Art Liebe noch eine Entsprechung in unserer Zeit habe, und wenn nein, wie ein Kleist dann zu bewerten sei. Ganz einfach: als aktueller denn je. Und dann erinnerst du an den amerikanischen General und Kriegshelden, der vor gar nicht langer Zeit über einen zigtausendseitigen Mailverkehr mit seiner Angebeteten in den eigenen Abgrund gestürzt ist. So viel zur Romantik oder der Summe unserer seit Platon gewachsenen Vorstellung von Liebe – die zu verlieren, sagte ich mit Blick auf die Bankentürme, im Übrigen eine größere Katastrophe wäre als der Zusammenbruch der Finanzwelt. Und wie sieht es mit Ethik aus?

Ich ging in die Küche, um etwas zu trinken, Malte folgte mir; als er klein war, hatte er an Besuchswochenenden ganze Stunden dort verbracht, auf einem erhöhten Stuhl am Tisch, die Schublade, wie gesagt, sein Geheimreich, darin die Laserkanone von Mattel und dergleichen. Ich machte ihm eine Tasse Kakao wie früher, und er beruhigte mich, was die mündliche Ethikprüfung betraf – für ihn mehr ein Performanceproblem, seit er im Internet Auftritte eines amerikanischen Professorenstars verfolgte, der in Harvard die Massen mit Sinnfragen von den Sitzen riss. So muss es laufen, sagte Malte, dann begann er mit einem Vortrag, mich, sein Publikum, im Blick, und von einsamen Denkern wie Kant und Menschenfreunden wie Gandhi gelang ihm der Spagat zu Snowden, dem Whistleblower, der die Welt über das Böse in den vermeintlich Guten, unseren Verbündeten, aufgeklärt habe. Die wirklich Guten haben es schwer, das war sein Schlusssatz, und ich gab ihm zwölf von fünfzehn Punkten, damit er noch einen Stachel hätte bis zur morgigen Prüfung. Malte trank die Tasse Kakao im Stehen, er wirkte erleichtert, sah mich nur mit etwas Befremden an, mein Kinn, die Wangen, den Hals, und als wir schon vor der Tür waren, sagte er, ich hätte vergessen, mich zu rasieren, aber unten im Haus sei doch jetzt ein Laden für sämtliche Schwierigkeiten mit Haaren – Warum lässt du sie nicht alle wegmachen, die weißen Stoppel?

Eine Frage, die mir noch nachging, als ich mich später rasierte – Maltes Logik, wie sah sie aus? Sine-Sine, unten ohne, oben ohne, nirgends mehr ein störendes Haar, alles weg und sauber. Die Ganzkörperwaxingkur, so versprach es das neue Schild über dem Eingang des Instituts, Irene hätte nur gelacht. Sie hatte diese Dinge noch in Heimarbeit erledigt, so für sich, dass man danach an ein Wunder glaubte, Rückkehr der Babyhaut; ebenso Marianne, eine Herrin ihrer Haare. Die intimen waren gestutzt, die sichtbaren geordnet ungeordnet, während es auf Irenes Kopf genau andersherum zuging, ungeordnet geordnet – letztlich ja dasselbe, könnte man annehmen, aber es lagen Welten dazwischen. Bei Marianne war es die ganze Welt des Gewollten, und dem entgegen stand die ganze Welt des Risikos bei der Frau, die ich liebte, auch wenn ich anderen Schenkeln einmal in der Woche, und das zwei Jahre lang, den Vorzug gab, wie man es auf schlimmste Weise sagen kann.

Und doch hatten es beide mit den Haaren, und als sich ihre Wege in der gynäkologischen Wallfahrtspraxis kreuzten, wofür es sogar eine Art Beweis gab, hätte sie auch dieser frauliche Bereich mit seinen Erscheinungsformen in ein Gespräch bringen können.

Eine Art Beweis, mehr darf man beim Menschlichen nicht erwarten, und doch nachwirkend, unvergessen. Eines Nachts im Januar, als Irene und ich in der Küche noch etwas tranken, ich nach Rückkehr von einer Premiere in Gießen, zu der ich schon mittags gestartet war, weil die Bahn Ausfälle wegen Schneebruchs gemeldet hatte – mehrfach beim Frühstück dieser seltene Ausdruck im Radio, Schneebruch –, gebrauchte Irene auf einmal den Namen, mit dem für mich jede Woche ein Vorhang aufging. Unser aller Goethe, sagte sie mit Blick aus dem Fenster in ein nicht nachlassendes Schneetreiben, hatte der nicht kehrtgemacht, als am Beginn der geplanten Reise zu Marianne von Willemer ein Rad am Wagen brach? Ich meine, er hat. Und du hättest heute auch nicht wegfahren sollen. Noch ein Glas? Das war Irene, nach einer Anspielung umschwenken; also tranken wir noch von einem aus Italien mitgebrachten Ripasso, inzwischen längst über das Internet beziehbar, der Karton mit sechs Flaschen für achtundvierzig Euro, bei mir immer unter dem Küchentisch. Und am Vorabend von Maltes mündlichen Prüfungen holte ich eine davon heraus, nicht um auf das Gelingen zu trinken, sondern gegen meinen Kummer an dem Abend.

Herr Kerb, der Hausmeister, hatte am Nachmittag erzählt, dass der mit dem Autogeschoss seinen Hund verkauft habe. Mein schöner Fahrstuhlfreund mit dem Namen, auf den kein Hund hören kann, er wurde abgestoßen wie ein Gebrauchtwagen, angeblich wegen einer neuen

Freundin mit Hundehaarallergie. Ich hatte mich schon gewundert, warum kein mehr Gebell kam, wenn die Söhne der bengalischen Nähfabrikenbesitzer zu ihrer Wohnungstür gingen, die Stille aber dem warmen Wetter zugeschrieben, zieht man doch immer gern das Wetter als Erklärung heran oder nimmt es als Brücke, um auf etwas zu kommen, was sich sonst nicht sagen ließe. Nach unserer Flasche Wein, während draußen die Welt im Schnee versank, war Irene ins Bad gegangen, und bald drang Plätschern bis in die Küche, die Badtür war auf, das hieß, ich sollte zu ihr kommen. Also kam ich ins Bad und setzte mich auf den Wannenrand, und sie fragte, welche früheren Inkarnationen ich mir bei ihr vorstellen könnte – eine römische Kaiserwitwe, die ihren Sklaven bittet, sie schmerzlos zu töten? Oder die heilige Klara, die sich kasteit, weil ihre Gedanken, statt zu Christus, zu Franz von Assisi gehen? Sie machte noch mehr Vorschläge, und da sagte ich Virginia Woolf, ohne mir viel zu denken dabei. Ich dachte nur an die Augen der Woolf, Irenes Augen ja ebenfalls groß, aber mit weniger schweren Lidern, und sie bat mich um Musik, das Schubert-Adagio aus dem Streichquartett, und ich wünschte mir, dass Marianne mit ihrem Wagen einen Unfall hätte, der sie auf der Stelle tötet, oder Irene am nächsten Morgen kalt neben mir läge – zwei Lösungen, als wäre mir beides gleich recht gewesen, war es aber nicht. Denn nur bei einer konnte ich mich zeigen, in jeder Hinsicht entblößt, und bekam damit sogar etwas Schönes, wie ja auch absonderliche Tiere, noch weit abweichender vom Goldenen Schnitt als jemand, der im Alter lächerliche Übungen macht, etwas Schönes haben, wenn sie sich zeigen. Oder wann tritt die Schönheit einer Giraffe zutage, wenn sie sich bückt, um das Gras abzuweiden, oder wenn sie sich streckt und von hohen Zweigen frisst, wie es ihre vielen Halswirbel vorsehen?

45

Marianne von Willemer, um die Irene'sche Anspielung aufzugreifen, war schon in jungen Jahren einem wohlhabenden Bürger Frankfurts verbunden, erst durch Konvention, später durch eine matte Ehe, und im Alter von dreißig wurde sie Goethes geistige Geliebte; ob dabei mehr im Spiel war, weiß man bei Goethe ja nie. Er war schon Ende sechzig, also erfahren genug, doch an einer biologischen Grenze, etwa der meinen, dafür finden sich aber im berühmten Divan mit Marianne verfasste Verse, was gewöhnliche Intimitäten unter Umständen übertrifft. Seine Zuneigung gestand Goethe der Angetrauten des Bankiers Willemer in dessen Landhaus Gerbermühle – das abendliche Ziel von Marianne und mir, als Irene, wie ich damals glaubte, in Venedig war –, der gefeierte Dichter logierte dort auf Einladung des Hausherrn und gestand der jungen Gemahlin die Zuneigung auch gleich in Versform: Nicht Gelegenheit macht Diebe, Sie ist selbst der größte Dieb, Denn sie stahl den Rest der Liebe, Die mir noch im Herzen blieb. Und Mariannens prompte Antwort: Hochbeglückt in deiner Liebe, Schelt ich nicht Gelegenheit, Ward sie auch an dir zum Diebe, Wie mich solch ein Raub erfreut! Den Rest mag man sich selbst reimen. Mein Reim auf Irenes Anspielung, ihre Erwähnung des Namens Marianne im Zusammenhang mit den Schneebruchmeldungen, aber war, dass sie und eben Marianne sich in der Frauenarztpraxis begegnet sein mussten und über irgendetwas ins Gespräch kamen, bis Irene den Eindruck gewann, die kulturell so interessierte Internistin, die keine Veranstaltung in ihrer Umgebung ausließ, könnte mich kennen und ich sie folglich auch, ja mich zu ihr hingezogen fühlen. Und jenes gebrochene Wagenrad, das mich hätte zur Umkehr bewegen sollen, waren vermutlich die laut Radio durch Schneebruch auf die Bahngleise der Strecke nach Gießen gefallenen Bäume.

Aber ich bin erst umgekehrt, als Irene schon innerlich auf dem Weg zum Goetheturm war; ihr blieb noch ein Jahr, bevor sie sich selbst aus der Zeit löste, und was war danach, in der Zeit und Welt ohne sie, nicht alles passiert, das sie beschäftigt hätte. Das Aufkommen der E-Books. Die große Finanzkrise. Die Katastrophe von Fukushima. Das Umdenken in der Energiefrage, die vier Windräder bei Affi. Aber auch das Wirken von WikiLeaks, die neuerliche Aufklärung der Welt. Und nicht zu vergessen, die laufende Ausstellung im Frankfurter Museum für Alte Kulturen: Wie hätte ihr die gefallen! Ein Gedanke, als ich am Tag vor Maltes mündlichen Prüfungen den Dienst antrat, in der Anzugjacke eine mittags eingetroffene und ausgedruckte Mailanfrage, ob ich im November wieder einmal in Bensheim, anlässlich der Poetenwoche, eine der Einführungen übernehmen könnte.

Ich hielt mich bei der Schale mit dem Paar und seinem Liebeshelfer auf, dem Stück, das mich am meisten ansprach; außer mir war niemand im Raum, nur im Nebenraum stand eine Frau in Irenes Alter, dem unserer letzten vollkommenen Tage, vor der Replik des Hermaphroditen. Sie trug ein graues Leinenkleid mit Rückenausschnitt und hatte auch Irenes ungeordnet geordnete Haarflut, ihr Alter zu schätzen an den Schulterblättern, dazu an der Art, wie sie in die Betrachtung versunken war, eine Hand in der Hüfte, dann aber entschlossen weiterging, womit auch der Nebenraum sein Publikum verlor. Und überhaupt hatte der Besuch der Ausstellung in meiner Schicht seit dem prächtigen Wetter nachgelassen, darum ja der trübe November für die Bensheimer Poetenwoche, und die Frage war, welche Antwort ans dortige Stadtkulturamt die ehrlichste wäre, vielleicht etwas wie: Tut mir sehr leid, aber ich will nichts mehr hören, das mich nicht aufwühlt vor Anteilnahme oder erröten lässt vor Erregung. Ich will nichts mehr hören, das mich nicht jung macht und mir zugleich sagt, dass ich sterblich bin. Ich will nichts mehr hören, das mich nicht eine Stunde lang mit dem Tod versöhnt oder abhält, aufs Klo zu gehen. Ich will nichts mehr hören, das ich nicht liebe und gegen die Inquisition verteidigen würde, wenn es sie noch gäbe. Hochachtungsvoll.

Naomi kam durch die offene Doppeltür, fast hätte ich sie umarmt. Sie dankte mir für den Einsatz, was Maltes Abitur betraf, aber es war nur die Einleitung zu etwas anderem. Du musst hier nicht als Wächter herumstehen, sagte sie leise, du könntest auch die Führungen machen, nicht gleich morgen, aber nach dem Sommer, wir rechnen dann mit mehr Besuch, was denkst du? Sie nahm ein weißes Haar von meinem Revers, und ich dachte nur, welches Glück man doch mit einer Tochter hat, die Ideen über Prinzipien stellt; ich drückte ihre Hand, was ein Ja war, die Art von Ja, mit der Dinge oft ihren Anfang nehmen, die sich später um einen winden wie die mit Marianne oder Zusan. Naomi erinnerte noch an das morgige Daumendrücken für Malte und ging mit dem Schritt, der so viel von Irene hatte, aus dem Raum, während ich zu einer Runde aufbrach. Und wieder mein Halt vor der Schale mit dem Liebestrio, ich nun mit dem kostbaren Stück allein, so schien es. Ein Dieb hätte nur zugreifen müssen, mir reichte es, die Lesebrille aufzusetzen, die Details anzusehen, und schon hatte unser Goethe einmal mehr ins Schwarze getroffen: Nicht Gelegenheit macht Diebe, sie ist selbst der größte Dieb; in dem Fall raubte sie mir das Gehör. Als ich mich wieder dem Raum zudrehte, stand die Frau im grauen Kleid mit Rückenausschnitt am Fenster und sah in den Museumspark.

Sie stand so da, als sei sie auch ein Exponat, die Statue einer Abgewandten. Die Beschreibung meiner Arbeit sah vor, dass ich in einem Raum zu bleiben hatte, solange sich dort noch ein Besucher aufhielt, gerade Einzelpersonen hatte ich im Auge zu behalten, während kleinere Gruppen sich selbst kontrollierten, ein Erfahrungswert. Die Versicherungen, hieß es in einer Art Handbuch für Museumswächter, seien sehr genau in diesen Dingen, pingelig, sagte Naomi. Also nahm ich die Lesebrille ab und blieb, wo ich war, und die Frau im grauen Kleid sah weiter aus dem Fenster statt auf die ausgestellten Stücke, nunmehr eine Hand im Nacken, wie manchmal Irene, wenn sie aus dem Fenster gesehen hatte, ebenfalls auf den Museumspark, nur von der Höhe unseres zehnten Stocks – für sie nicht zu vergleichen gewesen mit dem Turm im Stadtwald, auch wenn ein Sprung aus dem Fenster auf Beton sofortigen Tod bedeutet hätte und es bei Waldboden denkbar war, sich dort nach einem Aufprall dem Tod noch entgegenwinden zu müssen – ein Gedanke vor dem Zurückschieben der Lesebrille in das Etui mit Händen, die nicht bei der Sache waren. Die Brille fiel zu Boden, ihre Gläser zum Glück aus Kunststoff wie die Replik, aber es gab ein helles Geräusch, und die

Frau mit dem Rückenausschnitt drehte sich um, ich sah es nur halb, bereits im Begriff, mich zu bücken, aber die Brille, weggerutscht auf dem Parkett, lag fast näher bei ihr, und schon war sie zur Stelle, hob sie auf und hielt sie mir hin, und ich sagte, Danke sehr, danke, und sie sagte, Ich versuche, meinen Platz im Paradies zu verdienen.

In ihrer Stimme schwang ein Akzent, arkadisch, wenn es das gibt, woher kommen Sie, wollte ich fragen, aber da hatte sie wieder den Raum gewechselt und stand erneut vor dem Hermaphroditen, mit dem Rücken zu mir; eine ganze Weile stand sie so da, immer wieder für Sekunden nur auf einem Bein, den anderen Fuß in libellenhaft eleganter Sandale etwas angezogen, hinter der Ferse des Standbeins. Und endlich drehte sie etwas den Kopf, für einen Blick ins Gesicht der Figur, das rätselhafte Schmachten, und ich sah ihr Halbprofil mit einer Wange, wie nur Irene sie hatte, so voll, ohne rund zu sein, einzigartig. Irene, dass du da bist, die Ausstellung siehst, der Besuch ist nur nachmittags schwach wegen des Wetters, soll ich dir alles zeigen? Geradezu logische Worte, der einzig mögliche Reim auf das Ganze, mein Rest an Vernunft in dieser Minute, jener Vernunft, die dem Dichter gebietet, den Reim der Vernunft vorzuziehen, wie Paul Valéry sagt, das hatte Irene gern zitiert, und ich wollte es zu meiner Entschuldigung vorbringen, aber da war die Frau im grauen Kostüm schon weg, und ich blieb allein mit dem Satz und einem so überholten Wort wie gebieten.

Manche Worte sterben heute schneller als die Menschen, auch Dichter halten das nicht auf, selbst die großen suchen das neueste Wort, ich habe fast jeden erlebt, so viele sind es nicht. Was allen fehlt: dass sie nie ihre Mittelmäßigkeit bedauern können, nur die Tatsache, dass sie irgendwann sterben. Aber wer nicht bedauern kann, wie er ist, dem fehlt ein Stück Menschlichkeit. Irene und ich, wir waren nach Lesungen stets reserviert gegenüber den Großen, kein Bitten um Widmungen, kein Schultergeklopfe, kein Du; und wenn es am Tisch bei regionalem Essen um Klassiker ging, haben wir Kleist über Goethe gestellt. Und dann wählte sie ausgerechnet das nach dem Dichterfürsten benannte Holzmonument im Stadtwald für ihren Sprung. Nur, andererseits auch undenkbar, ging mir auf dem Heimweg nach meinem Dienst durch den Kopf, dass es einen Kleistturm gäbe.

46

Fünf Jahre hat es gedauert, bis ich die Kraft fand, an einem Sonntagabend im Juli mit dem Rad im kleinsten Gang den Sachsenhäuser Berg hochzufahren und durch das Labyrinth der Schrebergärten weiter zum Stadtwald, einen Weg, den auch Irene genommen hatte, weil sie ihn kannte. Ich fuhr etwas in den Wald hinein und schloss das Rad dort an den Pfahl einer Hinweistafel für Vogelfreunde an und ging das letzte Stück bis zum Goetheturm mit meinen Schuhen in der Hand; Irene hatte fünf Jahre zuvor barfuß all die hundertsechsundneunzig Holzstufen erklommen, um sich mitten in der Nacht aus dreiundvierzig Meter Höhe fallen zu lassen.

Ein Gewitter lag in der Luft, so war ich zum Glück der Einzige, der an dem Abend hinaufstieg – inzwischen ist der Turm in den Nachtstunden geschlossen, geradezu eingeriegelt, damit er nicht noch mehr in Verruf kommt –, ein gar nicht so leichter Aufstieg, man hat Mühe zu atmen, die Belohnung ist der Blick von der hölzernen Plattform mit einem Geländer in Brusthöhe. Es war noch hell genug, um alles zu sehen, tief unter mir der Waldboden, sandig zwar, doch so hart, dass ein Mensch, von oben heruntergestürzt, dort mit dumpfem Knall aufprallt. Und das Geländer verlangte schon einen wilden Entschluss, damit es sich überklettern ließ, den wilden Entschluss der drei oder vier, die hier jedes Jahr den Tod suchten, statt sich vor einen Zug zu werfen. Nur mit solcher Entschlossenheit, dachte ich, gelangt man auf die Kante vor dem Geländer, und steht dann wohl noch etwas mit halbem Fuß dort, das Holz im Rücken, die Arme ausgebreitet, zwei Flügel ohne Federn, jeweils die Fingerspitzen auf die Brüstung gepresst, letzter Halt vor dem letzten Atemzug, den man noch macht, obwohl er schon sinnlos ist. Wenn die Finger erst losgelassen haben, braucht man keine Luft mehr für den Sturz durch die Luft, dann geht alles von selbst. Also tritt nach dem letzten Atemzug vielleicht Ruhe ein, die Ruhe, die Irene nie hatte – hier ist das Ende allen Kopfzerbrechens, jeder Suche nach dem besten Wort, jedes Fahndens nach dem tiefsten Glück, jegliches Haderns mit sich. Also auch kein Herzrasen, als die Finger loslassen, das Ruhen in Frieden hat schon begonnen, nach dem Loslassen nur noch der Schritt in den freien Fall, die eine Sekunde im Leben, in der ein Mensch die Schöpfung streift, indem er sein Leben beendet. Mein Schritt aber ging in die andere Richtung, weg von der Kante; ich floh von dem Turm, holte das Rad und fuhr wieder durch das Gärtenlabyrinth und den Berg hinunter, so rasend, dass ein kleiner Stein auf der Straße, unglücklich im Weg, für einen Sturz mit Überschlag gereicht hätte, aber es gab diesen Stein nicht, alles ging gut.

Und so blieb es auch. Ich blieb gesund, hatte ein Einkommen und genügend zu tun, und einmal im Monat kam meine Polin.

Zusan – an dem Abend nach der Begegnung mit der Frau im grauen Kostüm war ich noch mehr entschlossen, sie mit Tannenbaums Hilfe in Warschau zu finden, um mit ihr allen Spuk zu beenden. Ich machte sogar schon Notizen für eine Mail an den alten Kollegen, meine Beschäftigung auf dem Sofa, bis das Telefon klingelte, immer ein Schrecken, wenn ich abends allein bin; und einen Herzschlag lang verband sich der Schrecken mit Irene: dass sie es sein könnte, oder die Frau, die sich den Platz im Paradies verdienen wollte. Aber es war Malte, um sich in letzter Minute auch Tipps für die Ethikprüfung zu holen, und ich riet ihm von großen Namen ab. Geh von dir selbst aus, sagte ich. Wenn du etwa eine alte Bettlerin auf Knien siehst und entscheiden musst, ob du zwei Euro in ihren Becher wirfst und damit den mafiosen Hintermännern einen Gefallen tust, die Frau aber auch für einen Moment in ihrer Existenz bestätigst. Oder ob du weitergehst, um diese Sorte Bettelei, von der uns schon Brecht ein Lied gesungen hat, nicht zu unterstützen, doch vielleicht auch nur weitergehst aus einer Gleichgültigkeit. Ethik muss alltagstauglich sein, oder nicht? Und darüber sprachen wir, bis es gut war, Malte mir Gute Nacht wünschte und ich ihm Glück für morgen, das Beste, was man einem anderen wünschen kann, weil es alles enthält, das ganze Geheimnis des Seins – Viel Glück, hatte ich Irene noch hinterhergerufen, als sie schon den Zug nach Venedig bestieg, mit dem Rücken zu mir. Ich legte das Telefon weg und machte den Fernseher an, für einen Übergang in die Nacht mit Tieren.

Leider sind Tierfilme am späteren Abend oft Filme mit

Grausamkeiten, Hyänen, die einer Gazelle den Bauch auf-
reißen, riesige Orcas, die Robben anfallen, sie quer ins
Maul nehmen und so zerfleischen, dass sich die Gischt um
sie rot färbt. Aber an dem Abend kam auf Animal Planet
etwas über streunende Hunde, solche an Stränden nahe
einer Stadt, in dem Fall die südlichen Vorstädte von Neapel.
Das Filmteam hatte einen weißgrauen Hund mit spitzen
Ohren und dem Blick eines geduldigen Kindes mit Hüh-
nerschenkeln angelockt und ihm nach ein paar beruhigen-
den Happen einen Sender ins Fell geknipst, so ließen sich
seine Wege zwischen dem Strand und einem Gewirr von
Gassen verfolgen. Er schlief in den sandigen Abschnitten
vor den Hotels am Meer, aber suchte seine Nahrung eher
in der Stadt, in Mülltonnen, in Hausfluren, als Einzelgänger, der anderen Hunden aus dem Weg ging, auch wenn
er einer Hündin nachstellte, sie am Ende sogar besprang,
der Kommentar an der Stelle ärgerlich, ein Verweis auf
menschliche Sexualität, die beherrschbar sei im Gegensatz
zur tierischen, wo doch in unserer das lohnendste Risiko
der Existenz liegt: begehrt zu werden und dadurch gelegentlich zu begehren, was man nicht begehren sollte. Der
Hund, hieß es in dem Film, folge seiner Natur, der Mensch
seinem Willen, nur welchem, das blieb offen. Der Weißgraue, er hat sich über den Strand und durch die Gassen
geschnuppert, bis zu der Hündin, über die er gebeugt war,
während wir mit den Augen streunen und die Nadel im
Heuhaufen der Gestalten suchen, wieder und wieder. Zwei
Kläffer eilten heran, sie bissen den Weißgrauen weg, er
schrie und rannte. Und kam zurück: die Verbindung zu
uns Menschen, nur im Kommentar nicht aufgegriffen. Wer
liebt, treibt im Meer des Begehrens und hält es wie jene
Seeleute, die sich weigern, schwimmen zu lernen, dafür auf

dem Schiff umso tüchtiger sind – die Gewissheit, zu ertrinken, ist für sie Teil ihres Lebens. Ich sah den Film noch zu Ende; der Weißgraue entkam einem Hundefänger, zwanzig Euro für jeden toten Streuner, Keule und Sack, mehr braucht es nicht zu dieser Arbeit. Doch der Held der Geschichte besaß ein Gespür für Gefahr, zuletzt befreite er sich sogar von dem Sender, für mich das gute Bild für die Nacht, meinen Schlaf.

Und am nächsten Tag die Erlösung für den Abiturienten und seinen Berater – Malte schickte mir nach den zwei Prüfungen zuerst eine Nachricht, Hat hingehauen, und erschien dann gegen Abend im Museum, blau angemalt im Gesicht. Ein wahrlich Erlöster kam da von einer Feierei mit Musik im angrenzenden Park auf einen Sprung und erzählte, wie es gelaufen war. Mein Hinweis auf Novalis und das überlassene Buch hatten am Ende bei den Fragen zur Romantik den Ausschlag gegeben für großartige vierzehn Punkte. Die Prüferinnen, seine Lehrerin und eine auswärtige Kraft, hatten Maltes Sinn für das Wesen der Romantik gewürdigt, und die Süße Wehmut, von ihm demonstrativ an die Tafel geschrieben, war sozusagen der Durchbruch, der ihn vor Fragen nach Schlegel oder gar den idealistischen Systemen Fichtes und Schellings bewahrt hatte; ein Hinweis auf Penthesilea und die dunkle, raserische Seite der Romantik bei Kleist war am Ende das i-Tüpfelchen. Malte, so blau im Gesicht, dass man schon besorgt sein konnte, boxte sich in die Hand, vierzehn Punkte, obwohl er mit Deutsch nichts am Hut habe. Und wie lief es in Ethik? Ich flüsterte jetzt, weil eine Gruppe von Frauen – Kunstverein Westend, einflussreich und seit Tagen angekündigt – den Raum mit der Replik betrat; wir standen dort am Fenster, deutlich zu sehen in der Scheibe die Gruppe, gleich versammelt um die Statuette. Ethik, ganz locker, sagte Malte, während die Frauen, tatsächlich alle neun Frauen, Handyfotos von dem Hermaphroditen machten, natürlich auch erlaubt, nur waren sie dabei so hühnerhaft flattrig, dass ich hinzutrat und den Grund sah. Jemand hatte mit rotem Stift die Worte echt fake oder was? auf das knabenhafte Glied geschmiert, ich entfernte sie sofort mit einem Lappen, inzwischen immer dabei. Eine der Frauen, offenbar die Vorsitzende, nahm mich beiseite. Kein Wunder ohne Überwachungskameras, sagte sie. Aber wie man höre, würden die in einer kurzen Sommerpause angebracht werden. Und auch Mängel behoben wie die fehlende Behindertentoilette. Sie nickte mir zu, als sei sie die treibende Kraft hinter allen Nachrüstungen, und ich sagte nur, so müsse es sein, und kehrte zu Malte ans Fenster zurück. Die blaue Farbe, was hat die zu bedeuten? Ich sah auf seine Stirn, und er legte den Kopf schräg. Blau bedeutet, wir machen blau. Solltest du auch, oder willst du hier Wächter bleiben? Eine schon besorgte Frage, und ich nahm meinen Enkel am Arm und führte ihn vor eine der Vasen, auf denen sich ein Paar umarmt. Diese zwei haben den Untergang Pompejis überdauert, Lava, Feuersturm und Asche, das Dunkel der Jahrhunderte, bis man sie fand. Sie jetzt bewachen ist eine Ehre, ich werde es bis zur Sommerpause tun. Und nun geh wieder zu der Feier, los.

Das ist keine Feier, sagte Malte. Die findet erst am Flughafen statt, im Sheraton Airport Hotel. Mit Anhang für achthundert Leute, wir haben den großen Ballroom, schon ab nachmittags um drei. Erst das Offizielle, danach ein Dinner, dann die eigentliche Feier mit DJ. Pro Person sechzig Euro für das Essen, Getränke extra, du musst es vorher überweisen.

Vorher, warum?

Weil das so läuft. Und willst du wissen, was ich vorher mache? Malte zog sein Pad aus der Tasche, er gab etwas ein, und schon erschien der Stadtplan der Stadtpläne auf dem Schirm, in der Mitte der berühmte Park. Drei Tage mit Freunden, Delta Air Lines Spartarif, letzten Herbst gebucht. Irgendwelche Tipps?

Erst auf dem Rückflug schlafen, sagte ich.

47

New York – einmal waren wir dort immerhin, als es Naomi noch nicht gab, fünf Tage im Juli, unser Hotelzimmer so düster, dass man die Schaben am Boden kaum sah; in der Lobby eisige Luft, außen eine Sauna. Wir wurden beide krank, aber saßen dann an einem tropischen Abend fiebernd vor Freude bei einem Gratiskonzert von Little Richard im Central Park zwischen schwarzen Kindern, die auf den Bänken tanzten, als ahnten sie schon etwas von Michael Jackson, ein traumtänzerisches Wirbeln und Zucken, während einer der ihren in höchsten Tönen Good Golly Miss Molly sang und am Rande des Parks die Hochhäuser strahlten, ihre obersten Lichter nah an den Sternen. Irene hielt sich an mir, sie glühte; nie waren wir beide jünger als in dieser Nacht. Unser Hotel lag in SoHo, nach dem Konzert gingen wir zu Fuß dorthin. Wir konnten uns kaum auf den Beinen halten, aber liefen immer weiter, am Ende mit blutigen Fersen in unseren Halbschuhen, Irene hielt sich an mir, Ist das schön, sagte sie bei jeder Straße, die wir überquerten, und ihre Zähne schlugen aufeinander, weil sie Schüttelfrost hatte. Dann endlich das Hotel, und im Zimmer schälten wir einander die klebende Kleidung herunter und gingen zusammen duschen, in einen warmen mythischen Regen, in dem wir uns liebten, eine der Erinnerungen, die so auftauchen wie die Orcas aus der Brandung, man selbst die Robbe, die zerrissen wird.

Ich stand noch am offenen Fenster in dem Raum mit der Replik, die wieder beschmiert worden war, und sah in den Museumspark mit den feiernden Jungen und Mädchen, darunter mein Enkel, und es riss mich bei dem Gedanken an diese Umarmung in dem Hotelzimmer mit den Schaben und bröckelndem Putz und träger Klospülung und einem Duschvorhang in der Farbe bleicher Knochen, dahinter wir beide, die Zungen mal in ihrem, mal in meinem Mund. Ein Tun am Rand der Erschöpfung, nahtlos zart, und am Ende ein Kommen so brennend, als ginge ein Strahl aus winzigen Glassplittern von mir zu ihr über. Irene hielt danach mein Gesicht, fassungslos weinend, wie zuletzt an unserem Lagunenort, nachts in der handtuchschmalen Gasse mit einem Namen, den ich leider versäumt hatte, mir zu merken.

Aus dem Park das Lachen der Befreiten mit Abitur in der Tasche, helle Stimmen, helle Worte, Worte für alles, was für immer erledigt war, Geschichte, Algorithmen, Grammatik, Chemie, einmal auch die Stimme von Malte, Der arme Typ Kleist, rief er, und von den anderen ein kindliches Lachen, Glück, das sich Luft macht, wenn ganze Lasten von einem abgefallen sind und man die Lasten, die einen erdrücken werden, noch nicht einmal ahnt. Ich wechselte ein weiteres Mal den Raum, es war bald Dienstschluss, meine Füße schmerzten, auch der Rücken, ein Zeichen, dass es dich gibt, hätte Irene gesagt, so überstand sie die Tage nach zu viel Wein; ja, es gab mich, den, der im Museum das Licht ausmachte und wenig später an den Feiernden rund um den Unbrunnen vorbeiging, alle mit Flaschen in der Hand, sich wiegend zu einer Musik, die nur ein Auf und Ab war. Blau machen wir jetzt, blau für immer, rief mir ein Mädchen zu, oder sollte es junge Frau heißen?, aber sie bewegte sich mädchenhaft, ein Hopsen auf der Stelle, ein Schütteln von Armen und Haaren, ihr Gesicht wie das mancher Babys, wenn sie zur Welt kommen, blau. Und eigentlich waren sie alle erst zur Welt gekommen, die Tanzenden im Park, also wussten sie von dieser Welt auch noch nichts oder wussten nur etwas, wie sie von Kleist und Kant etwas wussten, von Stochastik und dem Zweiten Weltkrieg. Einige tanzten für sich, andere umarmten einander, wieder andere schminkten sich nach, und manche saßen einfach auf dem Rasen, zufrieden mit sich und der Welt, darunter mein Enkel; er winkte mir zu, sieh nur, wie gut es uns geht, wie schön alles ist, und ich winkte zurück, genießt es, denn vielleicht kommt nichts Besseres nach. Dann machte ich, dass ich nach Hause kam, unter die Dusche, allein. Später ein Abendessen am offenen Fenster, die Musik im Park jetzt leiser, auch die Stimmen klangen gedämpft, manchmal noch vereinzelt Lachen oder das Zerspringen von Glas, eine Erschöpfung, als hätte das Leben die Feiernden schon etwas auf seine Seite gezogen in einer Nacht, die so betörend warm war, dass man sich der Vergänglichkeit überlegen glaubte, aber in Wahrheit die Vergänglichkeit fühlte, mit dem ersten Anflug von Trauer, weil es ruhiger wurde um einen, das Fest im Park ausklang. Ich hörte die Letzten aufbrechen, Flaschen gegen den Unbrunnen werfen, als sei er schuld an der Erschöpfung in einer Nacht, die keine Nacht zum Schlafen war. Ich lag noch wach, als es hell wurde und einer jener Tage anbrach, die eher nach Rom gehörten als nach Frankfurt, wenn die erste Sonne schon wärmt und Irene früher ihr Verlangen nach Glück in absurde Tätigkeiten verwandelt hat, solange wir noch nicht aufbrechen konnten in unseren Süden, weil ich normaler Angestellter war, während sie nach den besten Worten suchte, die es nicht gab, oder in der Stadt nach dem idealen Badeanzug.

48

Und es folgten, hin zur Junimitte, noch südlichere Tage, nur dass mich niemand bedrängte, wann wir endlich abreisten; morgens ein klarer Himmel, dann bald schon Dunst, erste Wolken, kein Wind, aber taumelndes Blütengewölle, und ab dem Nachmittag einzelne Regentropfen, Duft von staubigem Asphalt, Gewitterdrohung über den Hochhäusern, was manchen ins Museum führte, der sonst eher ins Schwimmbad gegangen wäre, Leute, die ich besonders im Auge behielt, wenn sie um die Replik herumstrichen. Keine leichten Stunden für die Füße, bis ich abends aus den Schuhen kam, und nachts keine leichten Stunden für den Verstand. Und an dem Tag, als alles Drückende, eine Woche lang so schwer in der Luft Gehangene, kurz vor dem Platzen war, einem Montag mit folglich geschlossenen Museen, stand ich um die Zeit, in der ich sonst über die alten wertvollen Stücke wachte, vor dem genannten Haus mit rotem Herz in der Elbestraße.

Es war ein Altbau, das Eckhaus zur Taunusstraße, sogar mit eingemeißelter Jahreszahl, neunzehnhundertelf, ein

Haus also, das unversehrt blieb, als andere Gebäude in dem Viertel durch Bomben in Schutt und Asche gelegt wurden. Und überstanden hat es auch die Kahlschläge nach dem Krieg, dazu wechselnde Besitzer und all die Gefahren, die in Häusern dieser Art vermutlich lauern, wie die durch Feuer oder durch Verrottung, weil nichts instand gesetzt wird, um noch mehr Geld aus den fünf Etagen zu pressen. Und so schien das blinkende Herz über dem Eingang mehr zu sein als nur ein Lockmittel, nämlich schon ein Teil des Hauses, sein Zeichen dafür, dass es noch weiterzubestehen gedachte, noch über die Kämpfe in seinen Zimmern hinaus – ich stellte mir das Geschehen hinter den verhängten Fenstern jedenfalls nicht friedlich vor: Die einen wollen Geld, die anderen wollen Erlösung. Aber Erlösung gibt es nicht für Geld, und schon gar nicht in fünfzehn Minuten, wie ich in einem Artikel über das Viertel gelesen hatte, drei Spalten im Lokalteil meiner alten Zeitung, verfasst von einer freien Mitarbeiterin, die sowohl mit Frauen aus dem Viertel als auch deren Kunden gesprochen hatte – das Haus zu betreten blieb mir durch den Artikel erspart. Ich wusste genug, zum Beispiel, dass abends um sechs ein Schichtwechsel war, die Tagesschönen räumten dann die Zimmer, und die Schönen der Nacht, so war es zu lesen, betraten das Haus. Folglich musste ich nur vor dem Eingang warten und auf das hören, was die zur Arbeit Eintreffenden oder aus dem Haus Kommenden in ihre Telefone sprachen, ob es polnisch klang, und dann, wenn eine von ihnen auch noch lang und blond war, auf sie zugehen und Fragen nach einer Zusan aus Warschau stellen.

Das rote Herz hatte etwas von einem verformten Ballon, ein Gebilde in der Größe zweier Autoreifen, und sein Aufblinken geschah im Takt eines menschlichen Herzens, diesen Eindruck konnte man haben, nur war es, was mich betraf, eher umgekehrt: Mein Herz schlug im Takt des Blinkens, je länger ich vor dem Hauseingang stand und auf die Frauen sah, die von der Arbeit kamen, jede telefonierend, wie auch auf die, die das Haus betraten. Erste Regentropfen klatschten auf die Straße, überall kleine Flecken im Staub, dann fast von einem Moment zum anderen der Wolkenbruch, was es erlaubte, in den Eingangsbereich zu eilen, wo auch andere Schutz suchten, die vorher unschlüssig auf der Straße gestanden hatten, und Frauen, die gerade weggehen wollten, gezwungenermaßen stehen blieben. Der kleine Vorraum zum Treppenhaus füllte sich bald, die Luft war zum Schneiden, dazu babylonisches Sprachengewirr, aber das geschulte Ohr – und Zusan hatte mein Ohr geschult – hört die polnische Melodie heraus, sie ist weicher und weniger dunkel als etwa die rumänische oder bulgarische, auch wenn das Laienansichten sind, aber auf eine mehr kam es nicht an; ich fühlte mich in jeder Hinsicht als Laie in dieser Umgebung, als jemand, der nur auf sein Glück hoffen konnte. Ein Glück war ja schon der Wolkenbruch, weil immer noch mehr Frauen, die ihre Zimmer für andere geräumt hatten, im Hauseingang aufgehalten wurden, darunter jetzt auch Polinnen, rauchend und redend, und eine davon lang und blond, etwa im Alter von Zusan, also um die Dreißig; sie telefonierte noch, und als das erledigt war, ging ich auf sie zu und fragte einfach auf Deutsch und in der vermessenen Hoffnung auf noch mehr Glück nach einer Zusan aus Warschau, kurze dunkle Haare, schmale Nase, große Augen, ob sie die kennen würde, und schon ihr Blick verriet, dass es mein Glückstag war. Mit kurzen dunklen Haaren eine Zusan, sagte sie und dehnte den Namen zu Schusaan. Die sei wieder in Warschau, Arbeit im Kindergarten, schweres Wort. Ja, erwiderte ich, und noch schwerer: Kindergärtnerin. Zusan ist also Kindergärtnerin? Ich stellte sie mir bei dieser Tätigkeit vor, sie und eine Bande von Kindern, kleine Diebe, kleine Schläger, und alle hinter ihrer Zuneigung her, weil es sonst keine gab, dann fragte ich nach Zusans Nachnamen und ihrer Mobilnummer, ihrer Adresse, der Anschrift des Kindergartens, eben dem Üblichen, um eine Person in einer fremden Großstadt zu finden, aber die lange Blonde konnte oder wollte mir nur mit dem Namen weiterhelfen. Sie schrieb ihn in Druckschrift auf ein Papiertaschentuch, und während ich ihn noch zu lesen versuchte, sagte sie, Zusan habe selbst ein Kind, einen Jungen, neun oder zehn, auch darum sei sie wieder in Warschau, und ich faltete das Taschentuch und legte es wie eine Kostbarkeit in das Etui meiner Sonnenbrille. Und gibt es dazu auch einen Mann in Warschau, den Vater? Eine Frage beim Einstecken des Etuis, aber sie ging ins Leere; die lange Blonde trat schon unter dem Schirm einer Kollegin vor den Eingang. Der Wolkenbruch war vorbei, es regnete nur noch, in den Pfützen spiegelte sich das blinkende Herz.

49

Przybyszewski stand auf dem Taschentuch, welch ein Buchstabenbild – ich bin kein Freund von Symbolen, ich bin ein Freund von Erscheinungen, und dieser Name war mit seinen Buchstaben eine Erscheinung wie Zusan eine war. Die Menge an Konsonanten bei nur vier Vokalen, das so Unaussprechliche, war ihre aparte Seite: Schusaan, reizvoll in jedem Detail, aber weit entfernt vom Idealbild der Frau. Ihr Mund, um nur ein Beispiel zu nennen, war schmal und doch ein Kussmund, nur eben nicht der Mund, der als Symbol für das Küssen steht oder gar die weibliche Schönheit. Und ihr Kind, dieser Junge von neun oder zehn, den hatte sie nicht einmal in Andeutungen je erwähnt, als hätte er sonst zwischen uns gestanden: als Kind, das sie im Stich gelassen hat, um Geld zu verdienen, in Frankfurt hinter einer Kasse auf anständige Weise, nicht im Bahnhofsviertel, und gelegentlich bei mir in der Wohnung, im Grunde auch auf anständige Weise, die Bezahlung war nicht gerade anständig; ein Wort von dem Kind, und ich hätte ihr alles entbehrliche Geld in die Hand gedrückt, nimm, oder ich werfe es in den Main.

Die Regenfront war abgezogen, ein Streifen Abendsonne lag auf dem Küchentisch, auf einer Tasse mit grünem Tee und dem Taschentuch mit Zusans Nachnamen, dem Beleg, dass sie existierte und in einem Warschauer Kindergarten zu finden wäre. Ich nahm die Tasse und trank den Tee, jeder kleine Schluck eine Beruhigung für die Gedanken, bis sich der erste fassen ließ. Das Taschentuch gehörte gut verwahrt, also zog ich die Schublade auf und tat es zu dem Umschlag mit schwarzem Rand, und der Gedanke dabei war, dass beides auf eine Entscheidung drängte, warum dann nicht das eine zum anderen legen. Ich schloss die Lade wieder und ging ins Wohnzimmer und nahm mir auf dem Sofa die Zeitung vom Tage vor, darin ein Bericht über eine Gruppe von Afrikanern, die es durch Urwald, Savanne und Wüste, über Zäune und das Meer und zuletzt über die Alpen in unser Land geschafft haben, quer hindurch bis vor das Brandenburger Tor, bereit, dort so lange zu hungern, bis man ihnen Asyl gewährt, das Ende einer Odyssee, wie

Tannenbaum sie schon vor Jahren als Filmprojekt vor-
geschlagen hatte. Der Beitrag ging über zwei Seiten, ein
Foto zeigte die Flüchtlinge vor dem Brandenburger Tor,
Männer und Frauen in Trainingsanzügen, die Frauen mit
Kindern im Arm – wer redet nicht nur, wer hilft diesen
Leuten, hieß es am Ende. Wer gibt ihnen etwas von dem
zurück, was die Welt ihrem Kontinent in Jahrhunderten
angetan hat? Ein Schluss mit Fragezeichen, darunter nur
noch die Kontonummer einer Berliner Kirchengemeinde,
die alle Spenden weiterleiten wollte.

Ich löste die Seite von den übrigen Seiten und tat dann
etwas, das sich nicht weiter erklären lässt, oder nur mit jener anderen Vernunft, die nach Passendem sucht. Ohne darüber nachzudenken, ging ich in die Küche und zog dort
noch einmal die Schublade auf, ich holte den Umschlag
mit Rand und das Taschentuch mit dem Namen heraus
und legte beides, zusammen mit dem Artikel, auf einen
kleinen runden Tisch neben der Wohnungstür, schon Irenes
Ablage für alles Mahnende, Rechnungen, kaputte Glüh-
birnen, unbeantwortete Post. Nun müsste man weiter-
sehen – ein beliebter Gedanke, mehr Gefühl als Gedanke,
der sich einstellt, sobald etwas abgelegt ist, ohne dass man
daran vorbeikommt; noch ist nichts getan, noch gibt es
eine Frist, aber was da liegt, es drängt. Ich holte mir ein
Bier aus dem Kühlschrank und trat an die Fensterfront zur
Stadt, das mittlere Fenster weit geöffnet. Die Luft war ab-
gekühlt nach dem Gewitter, sie einzuatmen tat gut, auch
das Bier tat gut. Ich dachte an Zusan. Sie hatte oft Schatten
unter den Augen, fast violett wie die Fünfhunderterscheine,
Schatten, die es unmöglich gemacht haben, ihr zu widersprechen, wenn sie das Kleid auszog, die Strumpfhose, den
Slip. Einmal hatte sie schmutzige Fußsohlen gehabt, ich

bot an, ihr die Füße zu waschen. Bitte, sagte ich, und sie ließ es zu; die Schatten unter ihren Augen hätte ich gern mit abgewaschen. Zusan sah mir auf die Finger, wie es heißt, anschließend trocknete sie meine Hände ab, gründlich wie das Besteck nach dem Essen. Von den fünfzigtausend, die mir nicht gehörten, obwohl keiner darauf Anspruch erhob, würde ich ihr und dem Kind, ihrem Sohn, die Hälfte nach Warschau bringen; zehntausend bekämen die Afrikaner vor dem Brandenburger Tor überwiesen, fünftausend ließen sich in Frankfurt verteilen, wie in der Nacht, als Irene im Casino gewonnen hatte, und zehn würde ich behalten, davon gleich etwas für die Reise nach Polen verwenden, ein paar Tage während der Sommerpause im Museum, falls ein paar Tage ausreichten, um mit Tannenbaums Hilfe eine Kindergärtnerin im Großraum Warschau zu finden. Und falls Tannenbaum überhaupt in der Stadt war. Und Zusan von mir gefunden werden wollte, nicht einmal das stand ja fest.

Zuzan Przybyszewski, für mich nur Zusan. Ich liebe dich, hatte ich sogar einmal im Überschwang zu ihr gesagt, wir lagen nach Zärtlichkeiten noch beieinander, aus dem Wohnzimmer Musik, eine alte Platte, von Irene eine Zeitlang täglich gehört, Senza fine, und da sagte ich diesen Satz, der gar keiner ist, weil er keinerlei Sinn an den anderen weitergibt. Oder nicht mehr als ein Seufzer; ihn auszustoßen, ob laut oder leise, ist schon die ganze Mitteilung. Und natürlich tat die Musik ein Übriges, ein Höhenflug kam zum anderen, nur Zusan blieb auf der Erde, aber auch an der Grenze zur Sprache. Sie nahm meine Hand und sagte nur Amen.

50

Wie vielen Menschen darf man im Leben Ichliebedich ins Gesicht sagen, auch wenn man dabei den Blick senkt oder es im Dunkeln flüstert, halb verschämt und doch über die Lippen gebracht – vier, fünf Menschen, eigene Kinder ausgenommen? Ich hatte es nur zu drei Frauen gesagt, sehr oft zu Irene, vielleicht zu oft, ein- oder zweimal zu Marianne, jeweils auch im Überschwang und bei dem entscheidenden Wort mit leicht verschlucktem e am Ende – unvergesslich, wie sie es noch eingefordert hat, wir beide in unserem Hotelzimmer, ja mir vorgesprochen, wie es sich richtigerweise anhören sollte. Und dann eben dieses eine Mal zu Zusan, mit einem hörbaren letzten Buchstaben bei dem Wort der Wörter, so hörbar, dass ich erschrak; dazu kam Zusans Amen, eher ernst als etwa lakonisch, und der Ausklang des Chansons, auch wenn Irene es nur ihr Lied genannt hatte – es in Gegenwart von Zusan zu hören, aus dem Wohnzimmer ins Schlafzimmer dringen zu lassen, war ein Experiment: wie weit ich über den Berg wäre nach Irenes Sprung in den Tod; die drei Worte, ausgelöst von dem Lied, kamen noch dazu, aber vielleicht waren sie auch Teil des Experiments. Und nach dem letzten Ton lief ich ins Wohnzimmer, um die Nadel von der Platte zu heben, nicht noch mehr zu hören, das war das eine; das andere war, dass mir Tränen kamen, die Zusan nichts angingen. Aber sie merkte natürlich etwas, dazu war ich zu hastig aufgestanden, und sie war zu feinfühlig. Auf einmal kam sie in den vorderen Raum, noch barfuß, ihren Rock, ihre Wäsche, ihre Bluse in der Hand, und trat neben mich vor die alte Musikanlage und fragte nach der Platte, ob meine Frau mir die geschenkt habe, und ich sagte nur ja und bat sie zu gehen, nicht noch etwas aufzuräumen, und legte ihr, während sie sich im Bad anzog, mehr als sonst auf den Garderobentisch, fünfzig Euro. Die steckte sie dann wortlos ein, wie es ihre Art war, aber als sie schon halb aus der Tür war, strich sie mir noch über den Kopf, was sie zuvor nur gemacht hatte, wenn ich mit Fieber im Bett lag.

Und dabei hatte Irene diese uritalienische Langspielplatte eines Abends für sich selbst mitgebracht, gut ein Jahr vor ihrem Tod, als Schallplatten schon längst nicht mehr überall erhältlich waren, ältere umso weniger, aber auch noch nicht einfach übers Internet bestellt werden konnten; nein, man musste sich Mühe geben, um an eine bestimmte LP zu kommen, und sie hatte sich offenbar Mühe gegeben. Sie kam wie mit einer Trophäe in die Wohnung und hörte sich dieses Lied an, bestimmt dreimal nacheinander, danach ging sie zu ihrem Schreibtisch und machte im Stehen eine Notiz in dem aufgegebenen Manuskript – wesentliche Stütze meiner Erinnerung an jenen Frühsommerabend. Und diese Notiz betraf die Passage, in der die Contessa Livia ein erstes Gerede über den Leutnant, den sie zu lieben entschlossen ist, hört: dass er nämlich Beleidigungen geschluckt habe, nur um sich nicht schlagen zu müssen, für Livia höchstens ein Grund mehr, ihr Herz zu verlieren – Forte, bello, perverso, vile, mi piacque. Stark, schön, pervers, feig, er gefiel mir, so hatte Irene es ja übersetzt, daneben mit Bleistift die Variante Mir gefiel's; und ihre Notiz, ebenfalls mit Bleistift, war ein kurzer, hinter die Variante in Klammern gesetzter Satz, die beiden letzten Worte unterstrichen, Mir gefällt er ohne Ende – eine Notiz, als hätte sie vorgehabt, die Geschichte umzuschreiben, ohne tragischen Ausgang, und in Livia eine Frau gesehen, die unter allen Umständen weiterlieben will, senza fine, was auch heißt, unter allen Umständen weiterleben zu wollen.

Irene befand sich in diesem Frühsommer noch einmal in einem Zustand der Euphorie, was nach meiner Einschätzung zu der Zeit auch daran lag, dass sie nach dem Verkauf einer Landschaftsskizze von Tischbein noch aus dem Besitz der Eltern etwas eigenes Geld hatte. Sie trug die Kleidung, die sie an sich mochte, ja kaufte sogar das eine und andere neue Stück, sie las täglich die Zeitung und zeigte Interesse an allem Möglichen, brachte etwa das Auto zur Inspektion oder ging mit Malte ins Kino und plante ihre kleinen Reisen, die nach Porto, die nach Venedig und eine, die gar nicht mehr stattfinden sollte, in die Gegend von Tschernobyl, wo sich Atomkraftgegner aus aller Welt treffen wollten. Tag für Tag saß sie am offenen Fenster, nur im T-Shirt, wenn es warm war, auf den Knien einen Bildband, einen Führer, manchmal auch einen Atlas, dazu ein Glas Wein, weißen mit Eiswürfeln, und immer Musik, oft Mozart in der Zeit, die Opern, und bestimmt einmal am Tag dieses Lied. Und dann erfolgten die kleinen Reisen, sie vorher aufgeregt wie ein Kind, und in den Wochen dazwischen war sie die junge Frau, die mir eine Kinokarte auf dem Balkon spendiert hatte; danach die Sommerwochen, die stillen glühenden Frankfurttage, in denen wir sonst aufgebrochen waren Richtung Italien, aber Irene wollte nicht weg aus der Stadt, ja verließ im August kaum die Wohnung und hörte auch nicht mehr Senza fine. Es war auf einmal gestorben, das Lied, und als ich die Platte eines Abends selbst aufgelegt hatte, kam sie aus dem Bad gelaufen, nackt und noch nass, und nahm sie wieder herunter. Bitte nicht, sagte sie nur, ein so dringendes Bitte, dass es einem verboten war, nach dem Grund zu fragen; sie schob die Platte zwischen all die anderen, meine und ihre aus früherer Zeit, dort blieb sie bis zu der Stunde, als ich Zusan im Überschwang sagte, ich würde sie lieben. Dann erneut eine Pause von Jahren, die Platte wie in einem Grab zwischen den anderen; es gab sie dort weiterhin, es gab all diese Rillen, aus denen Senza fine, abgetastet von einer diamantenen Nadel, hervorklang, nur nicht die Entschlossenheit, davon Gebrauch zu machen.

Erst an dem Abend, an dem plötzlich feststand, wer das Geld bekäme, das mir nicht gehörte, auch wenn es in meiner Wohnung lag, versteckt hinter der Nietzsche-Ausgabe, suchte ich die Platte wieder heraus und legte sie auf und trat noch beim Knistern vor dem Einsetzen der Musik zurück ans offene Fenster, und mit dem Beginn des Liedes verschwammen die Lichter der Stadt und auch die Autos auf dem Parkplatz hinter dem Haus, ja die Muster auf dem Asphalt nahe der Hauswand, wie vielleicht die Dinge für Irene auf der Spitze des Goetheturms, die Baumkronen, auf die sie gesehen hat, und der Waldboden tief unter ihr, man weiß es nicht. Oder doch? Die Baumkronen, das sieht sie, sind leicht in Bewegung, raschelnd wie Sommerlaub in der milden Nacht, eine Bewegung, als würden sie im Schlaf atmen. Ab und zu ein Vogellaut, und über ihr die Sterne, erst noch ganz klar, ein funkelndes Chaos, dann schon verschwommen, silberhaft. Etwas Wind kommt auf, die hölzernen Turmstufen knarren. Oder steigt jemand nach oben, will dasselbe wie sie? Dann könnte man noch ein Gespräch führen, über die Liebe, worüber sonst. Frage: Ob es die Liebe ohne diesen Begriff überhaupt gebe. Antwort: Nein. Frage: Also ist Liebe immer an Denken gebunden, an Schwieriges? Antwort: Ja. Aber warum dann überhaupt lieben, wenn das Schwierige dabei unvermeidlich ist? Ganz einfach: Weil auch das Lieben unvermeidlich ist. Alles führt dorthin, wo wir beide jetzt stehen, bleibt nur noch die Frage, wer zuerst springt. Aber es steigt niemand die Treppe hinauf, die Frage stellt sich nicht; gar keine Frage stellt sich mehr, alles ist beantwortet. Es gibt keinen weiteren Sommer, auch keinen weiteren Tag, nur eine weitere Minute. Die Brüstung muss sie noch überklettern, das ist alles, und auch die ist aus Holz, wie der ganze Turm, das höchste Holzbauwerk im Lande. Sie hat sich informiert, dreiundvierzig Meter die Höhe, informiert wie über Porto und vielleicht die Zugverbindungen nach Lissabon. Und es ist nicht schwer, über die Brüstung zu kommen, es gibt keine Kanten, keinen Stacheldraht, man setzt Vertrauen in die Besucher, auch wenn unten am Turm ein Gatter zu überwinden war, Vorkehrung für die Nachtstunden, kein Hindernis bei ihrem Willen. Und hier oben noch die Brüstung, eine Hürde allenfalls, eingekerbt ins weiche Holz zahllose Namen von Pärchen, ihre eingekerbten Träume, besser wäre ein Goethewort auf dessen Turm. Mit jemand leben und in jemand leben ist ein großer Unterschied – der Satz geht noch weiter, aber mehr fällt ihr nicht ein, ihr Herz klopft bis in den Schädel. Noch ist sie die, die hier steht, dort unten ist sie es nicht mehr. Und sie steht hier, weil sie stark ist – als Liebende, da war sie schwach. Allein schon das Wort, Liebe, hatte sie geschwächt, und dabei könnte man es jedem Papagei beibringen; ein wenig Geduld, und er würde Liebe-Liebe krächzen, wenn man den Finger vor ihm hebt, nur lieben würde er nicht. Sie schwingt ein Bein über die Brüstung und spürt ihren Bauch wie als Kind auf der Wippe. Nun das andere Bein, eine Hand ans Holz geklammert, die Zehen ragen schon über den Rand. Nichts weiter als loslassen muss sie jetzt und nach vorne kippen, dann wird nur noch in der Luft eine Ahnung von ihrer Gestalt sein, ehe der Aufschlag bis zu den Häusern am Waldrand schallt. Sie stößt einen Laut aus, den allein sie hört, nicht einmal ein Vogel antwortet, dabei schon der kleine Schritt, und sie fällt und fällt und versucht noch, auf den Füßen zu landen, das Ganze irgendwie abzufedern, um es mir morgen erzählen zu können.

51

Morgen, das war vor neun Jahren, die Zeit tut einem nicht den Gefallen der Logik; denn morgen, das war auch der Tag nach meinen Entschlüssen am Vorabend, wenn Entschlüsse das richtige Wort ist für etwas, das von einem Moment zum anderen feststeht, so soll es sein und nicht anders – ein Tag gleich voller Pläne. Ich frühstückte bei Radiomusik und der Moderatorin mit den schönen S- und T-Lauten vorn auf den Lippen, dazu die erste warme Sonne, das Pfeifen der Vögel, der junge, vor einem liegende Sommer. Alles war gut oder erschien mir gut an dem Morgen, eine Euphorie wie die von Irene vor ihren letzten Reisen. Vormittags dann schon die Umsetzung eines der Entschlüsse, ich verteilte das so ungute Geld auf vier Umschläge und schrieb jeweils den Verwendungszweck mit einem Stichwort darauf, Zusan, Afrikaner, Obdachlose, Persönlich. Die Umschläge kamen wieder in das Versteck, auch wenn ich das Geld für die Afrikaner am Brandenburger Tor gleich auf den Weg bringen wollte, nur besser nicht in bar, um keinen steuerlichen Staub aufzuwirbeln. Also lief ich zu meiner Bank, den Zeitungsartikel in der

Tasche, und zeigte einer Angestellten, die dort neu war, die Spendenangaben und bat sie, von meinem Konto zehntausend Euro zu überweisen. Sie sah mich leicht erschrocken an, ich wiederholte den Betrag, und dieser Blick durch den Spalt in der Panzerglasscheibe, eine Mischung aus Erschrecken und Erstaunen, darin aber auch ein stilles Belächeln des älteren Bankkunden, ja eine Spur von Traurigkeit darüber, dass einer sein Geld so hergab, dieser Blick schien mich am Nachmittag im Museum für Alte Kulturen wieder einzuholen.

Es war in der Stunde nach drei, außer mir war noch niemand in den Räumen, was natürlich am Wetter lag, lupenrein nach dem Gewitter am Vorabend, und ich stand vor einer Vase, die mir bisher nicht weiter aufgefallen war. Sie hatte in all den Jahrhunderten unter der Asche nichts von ihrer Anmut verloren, schmale Henkel, wo sie am bauchigsten war, sanft geschwungen der Bauch, wie bei Schwangeren, wenn sich das Kind zu rühren beginnt, und auf dem Bauch ein Bild der Zeugung. Zwei Liebende, kreuzweise vereint, die Frau auf dem Rücken, ein Bein angehoben, gestützt durch den Geliebten, der fast im rechten Winkel zu ihr auf der Seite liegt; der Kopf der Frau ist etwas hochgelagert, so, dass sie die Stelle der Vereinigung sehen kann, und sie zeigt dabei ein Lächeln – eben das stille, leicht traurige Lächeln der Bankangestellten über den Kunden, der sein Geld verschleudert. Und es ist dieses Verhaltene im Lächeln, eine Winzigkeit in der Position der Lippen, ihrem Auslaufen zu den Mundwinkeln, die den Geliebten gebannt auf das sehen lässt, was er begehrt, nur nicht ein für alle Mal haben kann, was er also ständig aufs Neue suchen muss, ein Sisyphos-Leben ganz im Verborgenen.

Man will es nicht wahrhaben, aber nichts weiter als kleine äußere Besonderheiten am anderen stürzen einen in den Begierdewahn, weil sie eine Lücke zu schließen scheinen, die irgendwann gerissen wurde, oder würde ich sonst immer noch Irenes Mund suchen? Und immer noch nach Mariannes Nacken, den blonden Flaum darin; oder bei Zusan die Augen, den Samariterinnenblick. Und wenn ich weit im Leben zurückgehe, bis in das Alter von Malte, war es bei Almut Bürkle ebenfalls der Mund in Verbindung mit ihrer Stimme. Oder die Hinterbacken, geteilt von Almuts Badeanzug. Unauslöschliche Spuren in den Augen, in den Händen; nie hatten meine Hände mehr erlebt als in jener Minute, in der sie zum ersten Mal dort lagen, wo sonst der Badeanzug spannte. Und nie meine Augen mehr als in der Nacht, in der sich die Kinogängerin in der Lederweste aus der Schlange vor dem Olympia im Halbdunkel ohne Weste über mich beugte. Ich stand immer noch vor der Vase mit den Henkeln, aber war nicht mehr allein im Raum, ich war zu zweit – am Fenster lehnte die Frau in dem Kleid mit Rückenausschnitt, nach vorn geneigt, das eine Bein gestreckt, wodurch die Kniekehle gespannt war, fein bläulich schimmernd, und die andere Kniekehle in einer Falte lag, darunter die unbelastete Wade, ganz ähnlich geschwungen wie das alte Gefäß. Es war genau Irenes Haltung beim Blick aus einem Fenster, keine Frage, und es waren auch ihre Kniekehlen, ihre Fersen, besonders die Fersen, immer gerötet, weil sie ohne Strümpfe in Schuhen lief, sobald die Sonne schien. Und es waren – als die Frau sich über den Sims beugte, um das Fenster zu öffnen, sein Griff allerdings verschlossen, wie die Versicherung es vorschrieb, sie fest an dem Griff zog und sich dadurch ihr Kleid spannte – sogar Irenes unsterbliche Hüften.

Es geht nicht auf, das Fenster, nichts zu machen, sagte ich oder etwas in der Art, vielleicht auch nur vor mich hin gemurmelt, halblaut gedacht – tut mir leid, die Versicherung will es so, also sieh dir lieber die Gefäße und Figuren an, als Luft zu schnappen, zum Beispiel die Vase mit den beiden, die sich beim Lieben zusehen, seit zweitausend Jahren tun sie das und werden es auch weiter tun, Senza fine, das schöne alte Lied, warum hast du es auf einmal nicht mehr hören wollen, was ist da passiert? Und dann fand sich kürzlich ein Blatt in einem Buch, darauf klein mit Bleistift eine Notiz, Hotel Borges, Sonntag, Ausrufezeichen, deine Schrift, Irene. Ich kenne nur ein Borges, in Lissabon, vielleicht kennst du es auch. Das Fenster verschlossen, schade, sagte die Frau mit dem Rückenausschnitt, exakt diese vier Worte in etwas traurigem Ton, da war ich schon ein gutes Stück auf sie zugegangen, auf ihre Formen, die so in mir waren wie die Formen und Gestalten der Kindheit, der VW-Käfer mit seiner Rundung, das Wort Landser auf den Heftchen, abgekämpft jeder Buchstabe, und ganz im Gegensatz dazu Nylon oder Nylons, Wort und Klang wie eins, ein Schauder. Ja, schade, aber nötig, wollte ich erwidern, freundlich einlenkend, was ihren eigenmächtigen Griff zum Fenster betraf, nur hatte sie sich da schon vom Fenster gelöst und ging durch den Raum, ohne sich dem freundlichen Wächter zuzuwenden; sie sah zu den Exponaten längs der Wand, kleinen Trinkschalen und Skulpturen, und ging doch achtlos daran vorbei, die Absätze ihrer Schuhe machten kaum ein Geräusch, wenn nicht gar keins, ein Entschweben in den Nebenraum. Ich wollte ihr noch folgen, aber blieb selbst in einer Schwebe, bis sie verschwunden war, und auch die restliche Dienstzeit hinein in den Abend hatte etwas Schwebendes, nicht zwischen Himmel und Erde, das wäre zu viel gesagt, aber zwischen dem Boden der Tatsachen und etwas wie Schall und Rauch.

Ich war am Ende wieder allein in den Räumen – davor nur eine Japanergruppe, stille Leute mit Knopf im Ohr, und einige Einzelgänger –, allein mit all den Amphoren, Öllämpchen und Vasen, den Mosaiken und Teilen von Wandbildern hinter Glas, und die Paare, die jedes Stück zierten, rückten, so schien es, zu einem Rudel zusammen, das den Wächter im Auge hatte statt andersherum. Ich floh an diesem Abend geradezu aus dem Museum, wie ich früher manchmal aus der Redaktion geflohen war, weg von letztlich fremden Menschen, und hin zu den einzigen, die mir nah waren.

52

Das ist mein Heim, das mein Kind, das meine Frau, in diesem Gefühl hatte ich früher die Wohnung betreten, den für mich sichersten Ort auf der Welt, und auch an dem Abend war sie der Fluchtpunkt, nur nicht mehr das Heim, das mich umgeben hatte wie ein Kokon. Ich öffnete das Fenster in Irenes altem Zimmer, auch das mittlere Fenster im Wohnraum, und der Blick auf den Park, den Main und die Stadt beruhigte mich nach einer Aufzugfahrt mit dem Nachbarn, der seinen Hund verkauft hatte, diesem hochgewachsenen Mann mit seltsam leerem Gesicht, eine Leere wie die hinter dem Stattlichen vieler Schauspieler. Seine Bekannte, die habe mich als Guide in der Eros-Ausstellung gesehen, sagte er, als wir schon im Flur waren, er würde mich mal anrufen wegen ein paar Infos – und Geht's gut? Eine Frage, als er die Wohnungstür aufschloss, und ich hatte noch Ja gerufen, Ja, obwohl gar nichts gut ging, ich doch geflohen war aus dem Museum, und als ich dann am Fenster stand, über den Hochhäusern ein noch rötlicher Himmel, und das Telefon ging, war zu befürchten, dass der Nachbar schon Ernst machte. Mein Telefon ist alt, es zeigt keine Nummern an, trotzdem hob ich ab, man weiß ja nie, und aus Befürchtung wurde Freude.

Es war Malte am Ground Zero, bei ihm war früher Nachmittag, und ohne Übergang beschrieb er in glühenden Worten die Größe und Pracht des neuen, noch nicht ganz fertigen Gebäudes, das die Twin Towers jetzt schon ersetze, ja viel besser sei als die alten Türme, optisch wie technisch. Malte holte Luft, und ich erinnerte ihn an die dreitausend Toten des Elften September, etwas, zu dem das Wort besser nicht passe, und er sagte, dass er vor der Tafel mit all den Namen stehe, mir ein Foto schicken würde. Eine Megaauflösung, rief er, die Namen alle scharf! Und nach einer Pause, in der eine Polizeisirene von drüben, wie es früher hieß, an mein Ohr drang, die Frage, wo eigentlich Gott an dem Tag gewesen sei – erneute Pause, die Sirene jetzt leiser werdend; eine erstaunliche Frage bei Maltes Nüchternheit, auch eine erstaunliche Pause bei den immer noch hohen Auslandstarifen. Was ging in meinem Enkel vor? New York verwirrt einen natürlich, auch Irene und ich waren ja damals verwirrt, aber für uns, ohne davon gleich etwas nach Hause zu übermitteln. Seit wann glaubst du an Gott, sagte ich. Reden wir lieber von der Energie, die mal das Gute, mal das Böse wie Perlen an einer Schnur aufreiht. Ihr ist es einerlei, wie schön oder schrecklich die Fügungen sind, im Sinne eines universellen Sinns zählt nur, was passt. Und was hast du noch vor in New York? Ich setzte Wasser für den Tee auf, der das Gemüt und auch die Gedanken beruhigt, und Malte sagte, einen Anzug kaufen für unsere Feier im Sheraton, Armani Outlet. Und die These vom gleichgültigen Universalsinn nach dem Motto, Hauptsache, es passt, die ist total negativ. Also bis dann, und vergiss nicht, das Geld für die Feier zu überweisen, rief er noch. Einfach online sechzig Euro pro Person fürs Buffet, Getränke gehen extra. Ciao ciao vom Ground Zero.

Die sechzig Euro hatte ich längst überwiesen, und ich hatte Malte gegenüber, als es um die Ethikprüfung ging, auch schon den Gedanken eines gleichgültigen Universalsinns erwähnt, nur hörte er offenbar besser zu, wenn er an der Südspitze von Manhattan stand und ich in meiner Frankfurter Wohnung saß. Der Universalsinngedanke stammte im Übrigen von Tannenbaum, das heißt, ich hatte ihn aus seinem Mund erstmals gehört, unser letzter Abend zu dritt, Irene in einem weißen Chiffonkleid, schulterfrei, secondhand, das hob sie hervor, unvergesslich, weil Tannenbaum darauf den Preis erfragte. Vierzig Euro, meinen Glückwunsch! Und später brachte er diesen Gedanken, der Irene imponierte, gut möglich, dass er ihn sonst woher hatte, wie sie ihr Kleid. Nach dem Essen besuchten wir eine Lesung, der Autor und seine Fürsprecherin an zwei kleinen Tischen, jeweils die Beine verknotet, eine dieser Stunden, die man kaum zu überstehen glaubt, und Tannenbaum sagte hinterher, dass man nicht zugleich ein guter Mensch und ein guter Schriftsteller sein könne, noch ein Gedanke, von dem sie sich anstecken ließ, wenn auch nur in der Situation. Irenes Augen leuchteten geradezu, und ich erwähnte dann Pasolini, ihren Dichterhelden, und Tannenbaum erzählte von Kinobesuchen zu einer Zeit, als Pasolini

in Polen als dekadent und gotteslästerlich galt; er sprach
von Cineastenzirkeln und ließ kleine geheime Kinos vor
uns entstehen, auf der Leinwand Das erste Evangelium –
Matthäus, und Irene hätte fast in die Hände geklatscht, wie
man einem Wahlkämpfer bei besonderen Stellen applau-
diert, obwohl sie eigentlich das Gegenteil dachte, dass ein
guter Künstler immer auch ein guter Mensch sei, ihren
Helden eingeschlossen, nur wäre der dann nicht am Strand
von Ostia erschlagen worden. Erst später, im Hotelzimmer,
kam sie wieder zu sich. Nein, denk nur an Kleist, sagte sie
mit dem Rücken zu mir, um sich aus dem etwas engen
Vierzigeurokleid helfen zu lassen, Hände erhoben, als bedrohte sie wer. Der war beides zugleich, aber zerbrach daran! Sie drehte sich um, und ich sah, dass sie weinte, Mäd-
chentränen wie in unserer Reutlinger Nacht.

Das Telefon läutete zum zweiten Mal an dem Abend,
und nun war es Maltes Mutter, ganz begeistert, dass ihr
Sohn für ein paar Tage in New York war, um seine Garderobe zu ergänzen, wie ich es sah, während Naomi glaubte,
er würde auch die großen Museen besuchen, und damit
war sie beim Grund ihres Anrufs. Jemand vom Sicherheitsdienst, soeben durch die Ausstellung gegangen, hatte sich
bei ihr gemeldet: die Replik des Hermaphroditen war wieder beschmiert worden. Es muss während deiner Schicht
passiert sein, sagte sie. Irgendwer hat mit Lippenstift Liebe
mich auf den Bauch geschrieben, samt Ausrufezeichen,
Liebe mich!, wir machen es morgen früh weg, aber du
musst mehr aufpassen. Geht es dir gut? Naomi telefonierte
in der Küche oder im Bad, ich hörte Wasser rauschen, sie
ließ mir keine Zeit für eine Antwort. Wir sehen uns, wenn
wir zum Flughafen fahren, sagte sie, als würden wir verreisen, und gemeint war nur die Taxifahrt zum Sheraton

Airport Hotel, zu Maltes Abiturfeier; ich wollte noch fragen, ob man dort auch in leichter Kleidung erscheinen könnte, ohne Schlips, da hatte sie schon aufgelegt, nach einem Kussgeräusch oder etwas Vergleichbarem, dem Beweis ihrer Zuneigung auch auf phonetischem Weg.

Liebe mich! Wer hatte das mit Lippenstift hastig hingeschrieben, die Frau, die das Fenster öffnen wollte, nur aus welcher Sicht, der eigenen oder der der Figur? Und warum überhaupt, wer sollte das lesen und daraus Schlüsse ziehen? Fragen, die ich mit ins Bett nahm, in eine unruhige Nacht, und selbst am nächsten Morgen gingen sie mir noch durch den Kopf, da half auch die schöne Frühstücksradiostimme nicht, im Gegenteil. Liebe mich!, das war ein Hilfeersuchen, keines aus der Sicht der Figur. An dem Abend, an dem ich Irene aus dem Kleid geholfen hatte und sie vor mir stand, noch in hohen Schuhen, die Wangen gerötet vom Wein und Tannenbaums Geschichten – er war ja ein Erzähler, wie man ihn bei uns lange sucht, man hing an seinen Lippen und glaubte einfach alles –, legte sie mir die Hände um den Nacken und sagte Liebe mich, und mir fehlte die Kraft nach dem Abend, der Mut, der Wille, einfach alles.

Im Radio kamen Nachrichten, an zweiter Stelle die Afrikaner und ihr Hungerstreik am Brandenburger Tor, und wieder das Wort Odyssee, das eigentlich in Nachrichten nichts verloren hat, ein Stückchen Homer in Zeiten des Internets und der Abschiebungen, Tannenbaum hatte den richtigen Instinkt gehabt, schon vor Jahren. Er war eben ein Zeitungsmann, näher am Wichtigen als ich, seine Artikel über den Deutschen Kulturpreis in der Gazeta Wyborcza – er hatte sie mir oder mir und Irene jedes Mal in übersetzter Fassung geschickt, der Fassung, die er hier nur in kleineren Blättern unterbrachte – waren immer

auch Artikel über ein politisches Erwachen, das andere
noch nicht bemerkt hatten und das er schon gefährdet sah,
noch bevor es zur Geltung kam. Dieser Mann hört das
Gras wachsen, sagte Irene, wenn sie etwas von ihm gelesen
hatte, jeden Halm. Ich holte das Notebook in die Küche
und suchte Jerzy Tannenbaum, und schon fanden sich
Rubriken zu seiner Person. Er nannte sich inzwischen
Publizist, tätig für Zeitungen wie für das Fernsehen, dazu
häufig Gast auf Podien, wenn es um polnische Belange
ging, aber auch bei Themen zu Israel oder deutsch-jüdi-
schen Fragen. Sein aktuelles Foto war im Freien aufgenommen und zeigte, so schien es, einen pensionierten Offizier,
der jetzt Weinbau betreibt und noch als Berater tätig ist.
Neu war eine randlose Brille über den dunklen Augen und
die leichte Stirnglatze, so gebräunt, als läge Warschau bei
Tel Aviv. Tannenbaum lehnte an einem Schuppen, in dem
Mantel, den er bei unserer Begegnung im Frankfurter
Hauptbahnhof getragen hatte und der vielleicht auch der
Mantel unserer Minuten am Rande von Irenes Beerdigung
war; der Mantel stand offen, darunter trug er einen grauen
Pullover mit V-Ausschnitt. Alles in allem hatte er auf dem
Bild etwas von einem gefeierten Schauspieler inkognito,
auch in schlichter Umgebung noch von Statur, einer, der
raucht und trinkt und die Frauen mag, weil sie anders sind,
eben Frauen, und der in Gesellschaft immer auf die am
wenigsten attraktive zugeht, nicht auf die Schönheiten. So
ein Geduldstier, sagte Irene nach dem einzigen Treffen in
unserer Wohnung, wir hatten gekocht für ihn, ein kompli-
ziertes Gericht, das einfach nicht fertig wurde, und er erzählte mit knurrendem Magen aus Polen und lauschte in
Abständen unseren Küchenberichten, ein ebenso guter Zuhörer wie Unterhalter; und wenn ich an Warschau dachte,

war es auch der Gedanke, dort mit ihm zu reden, wie man es manchmal will, wenn man allein lebt, über Gott und die Welt und die Frau, die wir beide beerdigt hatten, wenn auch er nur von weitem.

Ich sah in die Notizen für das Schreiben an ihn, lauter Sätze des Bedauerns, weil wir uns seit der Bahnhofsbegegnung nicht mehr gesehen hatten, und schrieb die Mail schließlich in einem Zug, die Anrede verhalten freundschaftlich, Verehrter Jerzy Tannenbaum, und im ersten Absatz nur Lob für sein Gespür, was die Flüchtlinge aus Afrika betraf, das Thema Odyssee, dann kam ich ohne Umschweife auf mein Anliegen, eine junge Polin, der ich etwas schulde, in Warschau ausfindig zu machen. Ich nannte ihren Namen und ihre Tätigkeit und kündigte gleich meinen Besuch an, falls sein Angebot noch gelte und er nicht auf Reisen sei. Und am Ende ein paar Zeilen zu den eigenen Aktivitäten, Abiturhilfe für den Enkel, Wächterjob in Museum für Alte Kulturen, eventuell auch wieder Bensheim, eine Moderation bei den Poetentagen, mit besten Grüßen, Ihr alter Kollege. Das Ganze schickte ich unbesehen ab, und damit nicht genug an dem Vormittag. Ich sah mir noch Bahnverbindungen nach Warschau an – Fliegen mit Geldbündeln im Gepäck kam nicht in Frage – und auch Verbindungen nach Neapel, weil nur ein Narr die Zugfahrt durch Italien ausschlägt; für Warschau plante ich jetzt vier Tage, blieb also noch Zeit für Pompeji, um dort meine Eindrücke aufzufrischen für die kommenden Führungen. Und es gab noch etwas zu tun vor Dienstbeginn. Ich suchte nach einem Versteck für fünfzig große Scheine auf der Zugfahrt, die immerhin über die deutsch-polnische Grenze ging, und siehe da: Das Geld für Zusan und ihren Sohn passte zwischen die Seiten eines Buchs, das als Gast-

geschenk mit nach Warschau sollte, nämlich die Novellen
von Kleist in einer alten Ausgabe, zum einen, weil es darin
noch Irenes kleine Anmerkungen gab, für Tannenbaum bestimmt aufschlussreich, dachte ich, was sie da an den Rand
geschrieben hatte, fein mit Bleistift, denn bekanntlich hält
ja nichts länger auf Papier als Graphit. Und zum anderen,
weil Zöllner sich nicht für Kleist interessierten.

53

In den Tagen vor Maltes Abiturfeier, einer drückender als
der andere – Tagen wie in Filmen, die im geschundenen
Vietnam spielen, Der Liebhaber oder Die durch die Hölle
gehen, Tagen auch wie auf Fotografien, die einem sagen,
Das versäumst du, weil du feig bist –, sah ich abends am
offenen Fenster in jede der acht Kleist'schen Novellen, davon nur zwei mit Irenes Hinterlassenschaften am Rand.
Die Marquise von O..., das war zu erwarten, ihre Kringel
der Zustimmung; weit mehr dagegen hatte sie Der Findling beschäftigt, nur zu verstehen, wenn man das Werk
als Ganzes erfasst hat, Satz für Satz noch einmal in Ruhe
nachgelesen.

Die Novelle Der Findling ist in Rom angesiedelt, zu
einer Zeit, in der die Kirchenmacht eisern über die Stadt
regiert, mit allem und jedem gehandelt wird, Karneval sich
großer Beliebtheit erfreut und gegen Seuchen nur eine
Quarantäne hilft. Weiblicher Mittelpunkt ist Elvire, die
Frau des reichen Güterhändlers Piachi, der bei einer ge-
schäftlichen Reise den beiderseits geliebten kleinen Sohn
durch eine Krankheit verliert; das Kind wurde angesteckt

von einem anderen Kind, dem Piachi zur Flucht aus einer von Seuche befallenen Stadt verholfen hat. Das ursprünglich kranke Kind, Nicolo, überlebt, und der Reisende nimmt es an Sohnesstelle auf – auch Elvire, seine Frau, kann sich damit trösten. Nicolo entwickelt sich gut, nur schlummert in ihm ein Verführer, wie sich in jungen Jahren schon zeigt. Zwar ist der Ziehvater darüber besorgt, vermacht ihm aber dennoch sein Geschäft und später sogar sein Haus. Was Piachi nicht weiß und auch Nicolo erst allmählich bemerkt: Elvire empfindet eine Leidenschaft für den Stiefsohn, die mit einer Ähnlichkeit zu tun hat, Nicolo erinnert sie an einen jungen Ritter, der ihr einst das Leben gerettet hat und dabei eine tödliche Wunde davontrug. In Elvire aber blieb ein stilles unterdrücktes Begehren, das in dem Stiefsohn oder Findling plötzlich sein Ziel sieht oder eben findet, wie es sich Kleist, genau bis zur Grausamkeit, gedacht haben mag. Elvire glaubt sogar, am Ziel ihrer Wünsche zu sein, als sich Nicolo im Karneval auch noch durch ein Ritterkostüm in den einstigen Retter namens Colino zu verwandeln scheint; und er selbst hört sie in ihrem Liebeswahn hinter der Schlafzimmertür reden und schaut durchs Schlüsselloch: Da lag sie, schreibt Kleist, in der Stellung der Verzückung, zu Jemandes Füßen, und ob er gleich die Person nicht erkennen konnte, so vernahm er doch ganz deutlich, recht mit dem Accent der Liebe ausgesprochen, das geflüsterte Wort: Colino. Aber Elvire lag, wie sich herausstellt, nur einem Bild des gleichnamigen Ritters zu Füßen, und Nicolo hofft, er sei das Objekt ihres einsamen Rauschs, eine Hoffnung, die er bestätigt sieht, als er ein Buchstabenspiel seiner Kindheit im Haus wiederfindet, darin nur noch die Lettern seines Namens, die auch den Namen Colino bilden können, für ihn Grund genug, in die Offensive zu gehen. In einer Art Vergewaltigung fällt Nicolo über die ohnmächtige Elvire her, wird dabei aber von ihrem Mann überrascht. Doch statt Reue zu zeigen, jagt er Piachi aus dem Haus, das der ihm übereignet hatte, mit der Folge, dass der Alte – Elvire ist inzwischen an einem Fieber gestorben – ihm das Gehirn an der Wand eindrückt, wie es heißt, und dafür zum Tode verurteilt wird. Piachi verweigert den geistlichen Beistand, er will Nicolo in der Hölle treffen, um seine Rache dort fortzusetzen, und als der Papst davon hört, ergeht der Befehl, Piachi ohne Absolution hinzurichten. Kein Priester begleitete ihn, schreibt Kleist am Ende, man knüpfte ihn, ganz in der Stille, auf dem Platz del popolo auf – Worte, die Irene einmal dünn unterstrichen hatte; doppelt unterstrichen dagegen der Satz Da lag sie, in der Stellung der Verzückung, zu Jemandes Füßen, das Jemandes aber ausschraffiert und darüber, fein, ein Niemandes geschrieben. Wer aber lag denn da, wenn nicht Irene selbst – das war nicht eine ihrer Anmerkungen für den Eigengebrauch, das war ein mit Bleistift geschriebenes Fanal: Hier, lies, man kann sich selber genügen, ich brauche dich nicht!, wer immer damit gemeint war. Und Verzückung zu Niemandes Füßen endet im Fiebertod, wie bei Elvire, oder mit dem Besteigen eines Turmes, um sich hinunterzustürzen, natürlich von keinem Priester begleitet.

Ich hatte die letzten Seiten in der Küche gelesen, auf dem Tisch noch ein Abendbrotteller, Reste von Spargel und gekochtem Schinken; neben dem Teller mein altes Notebook, auf dem Schirm die Antwort von Tannenbaum, eine am späten Nachmittag eingegangene Mail. Das Radio lief, aber leise, noch meine leise Essensgesellschaft; erst als Nachrichten kamen, stellte ich es lauter. Vor dem Brandenburger Tor waren einige der Flüchtlinge durch ihren Hungerstreik in kritischem Zustand, sie kämen in Krankenhäuser, hieß es. Und zur Erläuterung wurde gesagt, das Ganze sei eine Mahnwache, deshalb dürfe es keine Zelte geben, keine Stühle, keinen Komfort sozusagen. Dafür fand aber eine Lichtshow statt, wie man erfuhr, eine Show, die das Tor im Herzen Europas in immer neue Farben tauche, schon lange vor dem Eintreffen der Afrikaner geplant und nun eine Abwechslung im Einerlei des Herumliegens auf dem Pariser Platz. Es kam dann sogar ein O-Ton in dem Nachrichtenbeitrag, eine Reporterin hatte mit einem der Geschwächten gesprochen, einem Mann aus Liberia, und meinerseits die verrückte Hoffnung, der Liberianer würde die Spende von zehntausend Euro erwähnen, inzwischen bestimmt auf dem Konto, aber er sagte nur, dass sie alle so lange hungern wollten, bis sie Asyl bekämen und damit Arbeit und ihre Kinder hier zur Schule könnten. Die Menschen in Deutschland seien gut, aber nicht die Gesetze. Und unsere Lichtshow, wie finden Sie die denn, fragte die Reporterin noch, darauf nur ein höfliches Nice, weil ein Befragter aus Liberia eben englischsprachig ist. Ich drehte das Radio ab und las noch einmal die Tannenbaum-Mail.

Auch seine Anrede verhalten freundschaftlich, Lieber alter Kollege, ein Lob von unerwarteter Seite: wie schön. Dann ein paar Worte zu den Afrikanern, wie sehr ihn das Flüchtlingsthema beschäftige, und von dort ein Sprung zu meinem Anliegen, das mich offenbar sehr beschäftige. Natürlich, er werde sich bemühen, diese Kindergärtnerin ausfindig zu machen, auch wenn ein Name in Warschau nicht zwingend weiterhelfe, da viele in Untermiete wohnten und gar nicht gemeldet seien, aber es gebe immer Mittel und Wege. Ich habe für den Juni keine Pläne, schrieb er, Sie können jederzeit kommen, leider ist meine Wohnung, auch wenn ich dort allein lebe, zu klein, um Ihnen eine Schlafmöglichkeit anzubieten, aber ich empfehle das Hotel Ibis unweit der Altstadt, es ist sauber und preiswert. Lassen Sie von sich hören, und Sie werden am Bahnhof von mir erwartet – ich nehme doch an, Sie fahren mit der Bahn, Ihre Frau sagte einmal, sie beide würden nur fliegen, wenn es unvermeidlich wäre. Und sind wir uns nicht zuletzt in einem Bahnhof begegnet, Sie auf dem Weg nach Bensheim, wo es schon wieder hingehen soll – wie gut, dass wir in unseren Jahren noch zu tun haben. Ihnen ist sogar zuzutrauen, dass Sie an Ihren Erinnerungen schreiben, aber erzählen Sie darin nicht von Orten wie Bensheim, das dürfen bloß Amerikaner; wenn ein amerikanischer Autor von Bensheim, New Jersey, oder Sweetwater, Texas, anfängt, fallen bei uns die Klügsten auf die Knie und reden von einer Metapher, ich gehöre nicht zu diesen Leuten, was jetzt zu weit führt. Halten wir fest: Sie kommen nach Warschau, und ich nehme die Suche nach Frau Przybyszewski schon morgen in Angriff, Ihr Jerzy Tannenbaum.

Ausgedruckt füllte die Mail genau ein Blatt, und das Blatt kam auf den Garderobentisch, zu dem Taschentuch mit Zusans Namen und dem Umschlag mit Rand – den jetzt noch zu öffnen schon dem Aufstemmen einer ewig verklemmten Kellertür gleichgekommen wäre. Ich berührte ihn nur, danach meine Rückantwort, ein Dank für die freundliche Reaktion, ein Dank für die Bemühungen im Vorfeld. Ja, ich käme mit der Bahn, rechtzeitig angemeldet, und ein Zimmer im Hotel, das sei ich gewohnt. Mehr war nicht zu sagen, auch wenn mir mehr durch den Kopf ging, leider auch im Bett noch, eine Nacht mit wenig Schlaf, dazu die Nacht vor Maltes Abiturfeier in dem weltläufigen Rahmen. Irene war nach Porto geflogen, das war also unvermeidlich. Und Lissabon, das Hotel Borges mit Ausrufezeichen, was war das? Und dann noch die Notiz im Findling: Wann hatte sie Jemandes durch Niemandes ersetzt, und warum? Keine echten Fragen, eher Halbschlafgedanken; die einzige echte Frage in dieser Nacht war, was am nächsten Abend in einem Ballroom an Kleidung in Frage käme außer meinem früheren Weihnachtsfeier- und momentanen Museumswächteranzug.

54

Das Sheraton am Frankfurter Flughafen ist eins dieser Hotels, die nichts auslassen, um ihre Räume auch im Sommer zu füllen, wenn in der Stadt keine Messen sind, ob mit monströsen Feiern, den Rentnern ganzer japanischer Ortschaften oder Wochenendseminaren, wie lege ich mein Geld besser an, wie mache ich mehr aus mir selbst und so weiter. Nähert man sich von der Autobahn, glaubt man, ein gestrandetes Kreuzfahrtschiff aus Beton zu sehen, und tritt man erst ein, verstärkt sich der Eindruck; lange Gänge, Wandeldecks, viel falsches Leder, falscher Samt, Licht von künstlerischen Lüstern. Und Bilder an den Wänden, die Rätsel aufgeben, sind sie maschinell gefertigt oder von Hand? Sind sie noch der Moderne verpflichtet oder nur unserer Zeit ohne Charakter? Man weiß nicht, was sie zeigen, man ahnt höchstens, dass es schön sein soll, letztlich sind es Spiegel, wenn man die Teilnehmer an der Feier auf ihrem Weg zum Ballroom daran vorbeigehen sah, in einem

Flitter, als sei man tatsächlich auf Kreuzfahrt, auf dem Weg zum Captain's Dinner, eine Prozession an den Altar des Glamours, die Frauen in messerartigen Schühchen, ihre Männer mit Fliege, die Großeltern im Schlepptau, Alte, die nicht wissen, wie ihnen geschieht.

Wir waren rechtzeitig da, am hellen Nachmittag, aber es herrschte schon Gedränge, dass einem angst werden konnte, zweihundert Abiturienten, achthundert Angehörige, die jungen Damen und Herren in einer Garderobe wie für die Oscar-Verleihung, geradezu diskret dagegen Maltes Anzug aus New York, eine Art Phantasieuniform mit kleinem Stehkragen und silbrigen Knöpfen. Deine Krawatte sitzt schief, sagte er inmitten des Andrangs und rückte sie mir gerade, ein Geschenk Irenes von unserer letzten Reise, als wir in Rom Station gemacht hatten, gekauft in der Via Condotti, natürlich zu teuer, aber die Krawatte erinnerte sie auf dem kurzen Stück zur Spanischen Treppe an Gregory Peck, den Schwarm ihrer latinischen Pubertät – es wundert einen immer wieder, von welchen Kleinigkeiten Frauen irrtümlicherweise auf das Ganze schließen, während Männer bei den Details bleiben und das Ganze erst gar nicht anpeilen, bei Irene trat dieser Zug besonders hervor. Nach dem einen Abend mit Tannenbaum in unserer Wohnung meinte sie später, als wir allein waren, die Küche nach dem gescheiterten Essen aufräumten, er müsse viel durchgestanden haben im Leben, bei solchen Falten auf der Stirn, und die ganze Last der jüdischen Geschichte zeige sich irgendwie in den Augen – irgendwie war sonst gar nicht ihre Ausdrucksweise, aber an diesem Abend schon.

Wir haben Tisch zwoundsechzig, sagte Naomi, die kleinste Einheit, ein Vierertisch mit freiem Stuhl, oder hätten wir uns irgendwo dazusetzen sollen? Meine Tochter hatte sich bei mir untergehakt, ich war ihr Begleiter, Maltes Vater mit dem üblen Namen hatte auf seine Teilnahme verzichtet, ihm reichte die DVD, die von dem Ganzen erstellt würde. Wir waren also zu dritt, eine Notfamilie, wie ich als Kind zu dritt war, bis ich auf Drängen meiner Mutter in das Landschulheim kam, sie hat dafür sogar noch Gesangsunterricht erteilt, schon verliebt in ihren Bariton aus Köln; sie verließ meinen Vater, als sie fast fünfzig war und er bereits sechzig, ein Mann, der weiter seinen Bahnhofsladen in Schuss hielt, in den Ferienwochen mit mir als Gehilfen. Er war ein ferner Vater, aber bei meiner Abifeier saß er neben seiner Frau, die an den Bariton dachte, und hatte Tränen in den Augen, als ich mein Zeugnis empfing. Tisch zwoundsechzig, wiederholte Naomi und drückte mir vor dem Betreten des Saals das Programm in die Hand. Der Beginn der Veranstaltung war auf vier Uhr nachmittags angesetzt, zunächst die Vergabe aller Zeugnisse und Preise, inklusive Belobigungen und Ansprachen, danach das kostspielige Essen, garniert mit Schülerscherzen, später Musik und Tanz. Der Ballroom war bereis gefüllt, als wir eintraten, meine Tochter in schulterfreiem Abendkleid, um den Hals eine zierliche Perlenkette von Irene. Und Tisch zweiundsechzig lag zum Glück an der Peripherie, ein Katzentisch für die kleinste Familie im Saal; andere Familien saßen an vier, fünf zusammengestellten Tischen, jede so aufgeputzt wie laut, und immer noch drängten Leute nach, die Klimaanlage kam kaum an gegen die atmende Masse. Fünfundzwanzig mit Abitur in der Tasche waren wir damals, eine Stuhlreihe in der Aula, und ich hätte es, als mein Name aufgerufen wurde, fast versäumt, nach vorn zu treten, weil alle Aufmerksamkeit bei Almut Bürkle war, bei ihren Zeichen nur mit den Fingern, dass ich Geduld haben sollte, dass unsere Stunde noch käme, schon sehr bald sogar.

Und viel Geduld verlangte auch diese Feier, die offizielle Prozedur zog sich hin. In kleinen Gruppen traten die Empfänger und Empfängerinnen der Zeugnisse auf das Podium, noch eine und noch eine Abiturientin erhielt einen Preis, Hunderte von Handys blitzten, und die Hitze im Saal nahm immer noch zu; mein dunkler Wächteranzug – was hätte ich sonst anziehen sollen – war ein klebendes Fell. Leider gab es für Malte nichts, sein Durchschnitt lag bei zwei Komma null, etwas ärgerlich, weil auch eins Komma neun im Bereich des Möglichen gewesen wäre, nur eine Unsicherheit im Fach Kunst hatte das glanzvollere Ergebnis verhindert, die falsche Zuordnung eines Picasso-Gemäldes, Dora Maar, noch verbunden mit der ehrlichen Meinung, dass Frauen ja eigentlich anders aussähen als die auf dem Bild dargestellte. Aber auch ich hatte damals keine Auszeichnung bekommen, nur mein Zeugnis und ein Wort des Direktors, Jetzt beginnt Ihr Erwachsenenleben, machen Sie das Beste daraus!, und noch am selben Tag war mir schon mit das Beste eines Erwachsenenlebens zuteilgeworden, eine Auszeichnung wie keine andere, in den Armen der Bürkle. Allein Naomis Geburt hatte meiner wahren Geburt im Alter von neunzehn noch eine hinzugefügt; eine weitere wäre der Sohn gewesen, den Irene und ich sich so sehr gewünscht hatten.

Kellnerinnen aus Ländern, die man nur raten konnte, servierten endlich den ersten Gang, Feldsalat mit Krebsfleisch, und Naomi bestand für den Anfang auf Champagner, stolze neunundachtzig Euro die Hausmarke. Kein Problem, sagte Malte und zeigte mir unter dem Tisch einen der noch gerollten Zürichscheine. Der Abend, er nahm seinen Lauf; zuerst das Essen, die vier Gänge, garniert mit Scherzen über Schule und Lehrer, dann endlich die Musik, aufgelegt von einem Schwarzen aus Offenbach, der sich Duke of Offenbach nannte, angeblich eine Berühmtheit. Aber was aus seinem Laptop kam – ich hatte auf Platten gehofft –, riss nur Arme in die Luft, in keiner Weise angelegt auf eine tänzerische Nähe, und dennoch sah Malte, über den Rand seines Glases hinweg, zu einem Mädchen drei Tische weiter, sehnsuchtsvoll, wie mir schien, und das aus gutem Grund. So anmutig saß keine andere eingeklemmt zwischen Verwandten, während Malte von keinem Onkel, keiner Tante belästigt wurde, am liebsten hätte ich ihm zugerufen: Schnapp sie dir, bevor ein anderer kommt, sag ihr, wie schön sie ist, nimm sie an der Hand und such dir ein Plätzchen im riesigen Bauch unseres Flughafens, umarme sie dort, wie ich Almut Bürkle umarmt habe, als das alte Runaway lief. Tu es einfach, denk nicht nach, steh auf und schreite zur Tat, und wenn's dafür an Musik fehlen sollte: Ich rede mit dem DJ, vielleicht hat er ja von Runaway schon gehört und kann es herunterladen.

Als älterer Mann mit dem DJ reden, auch eine Tat. Und natürlich hatte Duke of Offenbach von dem Lied noch nie gehört, fand es aber im Netz und wollte auch gleich damit loslegen, nur bat ich ihn zu warten, bis mein Enkel mit einem bestimmten Mädchen auf dem Parkett wäre – Parkett, sagte ich in Ermangelung eines anderen Worts. Ein Abkommen hinter Maltes Rücken, weil er auf dem Podium war, der Lehrer mit dem stärksten Anschein von Schüchternheit erhielt dort den Sympathiepreis der Abiturienten. Teil eins der Bemühung um Maltes Glück an dem Abend war getan, blieb der schwierigere zweite Teil, einen zwar athletischen, aber übergescheiten Jungen mit einer Schönheit, auf die nicht nur er ein Auge hatte, zusammenzubringen, und fast hätte ich Malte souffliert, was zu tun wäre, doch war an Sousflieren gar nicht zu denken bei dem Lärm im Ballroom. Erst die Musikpause für den nächsten Sketch bot eine Chance, weil Malte und das Mädchen an dem Sketch beteiligt waren, einer Szene, die den Namensgeber der Schule, unseren Schiller, und gleich auch die Schulleitung aufs Korn nahm, Malte sogar in der Rolle des Don Karlos, und ich hatte ihm noch zugeraunt, was für ein Himmelsgeschenk da mit ihm auftreten würde – Mensch, frag sie doch als Don Karlos, ob sie mit dir anschließend tanzt, und genau das hat er getan.

Als die Musik wieder anfing, standen die beiden inmitten der Hopsenden, Arme schwenkenden, und ich gab dem DJ das Signal, um von dem Gestampfe überraschend auf das Lied zu wechseln, das schon nach den ersten Akkorden den Duft der alten Backstube des Badischen Hofs heraufbeschwor; ich hatte alle Mühe still zu sitzen, während die Masse auf der Tanzfläche unter dem Druck des Melodischen ratlos herumstand. Aber inmitten der Ratlosen zwei, die der Stimmung auf ihre Art nachgaben, Malte und das Mädchen im paillettenbesetzten Kleid. Angesteckt vom ersten Geigenlauf in höchsten Tönen, wiegten sie sich immerhin auf der Stelle, kurz davor, einander sogar zu berühren, und die Masse auf der Tanzfläche hatte noch immer kein Rezept gegen den melodischen Sog. Die einen schüttelten den Kopf, die anderen telefonierten im Stehen, was ja auf einer Feier immer den Beigeschmack des Abstiegs hat. Nur Malte und die Schöne wiegten sich weiter auf der Stelle, wobei er gut beraten gewesen wäre, beide Hände um die Hüften der, wie man sich früher kaum gescheut hätte zu sagen, bezaubernden Kleinen zu legen. Malte machte zu wenig aus der Situation. Er redete, statt zu tanzen und sich auf stumme Weise zu einigen, wie ich es mit Almut getan hatte. Tanz doch, tanz, mein Junge, leg ihr eine Hand in den Rücken und lass sie nach oben wandern, bis in den Nackenflaum, atme den Geruch des Haars ein, und sag nicht mehr als das Nötigste, den Mund an ihrem Ohr, Lass uns abhauen von hier! Aber all das rief nur eine innere Stimme, bis ein äußerer Lärm auch dieser Stimme die Luft oder den Schwung nahm. Der Duke of Offenbach hatte auf das gewohnte Programm umgeschaltet, und schon reckten sich alle Hände – kein Griff nach den Sternen.

Naomi beugte sich zu mir, ob ich vielleicht tanzen möchte, eine töchterliche Geste, gut gemeint; sie streichelte meine Hand, und ich nannte die Feier eine koreanische Massenhochzeit, damit war das Thema erledigt, und Naomi ging zu Beruflichem über. Sie sprach von einer Entscheidung, das Museum ab Ende Juni, wenn die Schulferien anfingen, die meisten im Urlaub seien, für zwei Wochen zu schließen wegen der dringenden Arbeiten, danach könnten gleich meine Führungen anfangen, es gebe schon Anmeldungen, kleine interessierte Gruppen, vorwiegend Frauen, Kunstverein Bad Zwesten, Antikenkreis Amorbach, du bist doch vorbereitet, oder? Naomi drückte meine Hand. Ich werde in Frankreich sein, gut essen. Malte fährt mit Freunden weg, nach Mallorca. Und du?

Eine Besorgnis schwang in der Frage mit, ob ich etwa zurückbliebe, wenn alle verreisten, ganz allein in einer stickigen Wohnung mit Blick auf das Museum, ja womöglich tagsüber um die alte Villa herumstriche oder den Arbeitern bei ihren Instandsetzungen zuschaute, um

irgendwie Gesellschaft zu haben. Rügen, rief ich gegen den
Musiklärm an, ich fahre nach Rügen, man kann dort Räder
mieten oder nur aufs Meer schauen, wie auch immer. Zehn
Tage Rügen. Alternativ Ischia, eine Kur. Was meinst du?
Ich schenkte mir stilles Wasser nach, der Champagner war
längst getrunken, auch längst bezahlt; es wurde laufend
kassiert an den Tischen, an einigen schon endgültig, weil
alle älteren Angehörigen aufbrachen, von dem DJ wie aus
dem Saal gescheucht. Rügen, das war mir in dem Moment
eingefallen, vielleicht weil es ja auch im Osten lag; Warschau hätte nur zu Nachfragen geführt. Und Ischia war
eine Idee in Verbindung mit Neapel und Pompeji, den
Orten, um mein Wissen auf den neusten Stand zu bringen.
Ischia, im Juli zu heiß, sagte Naomi, so heiß wie hier drin.
Ich gehe rauchen, kommst du mit? Sie stand auf, ich blieb
noch sitzen; Unzählige drängten inzwischen zum Rauchen
ins Freie, Irene hätte sich an den Kopf gegriffen, sie kannte
nur die Zeit der Qualmerei in jedem Lokal, jedem Büro.
Man wollte rauchen, nicht an den Tod denken, während
sie heute alle an den Tod denken und nicht rauchen. Oder
an den Tod denken statt an die Liebe und Kondome
benutzen. Oder es ganz seinlassen, nicht rauchen, nicht
lieben, nur Arme in die Luft werfen und Vitamindrinks
schlürfen. Ich sah den Hopsenden noch eine Weile zu, den
Schlips jetzt gelockert, Schnürsenkel ebenso; die Massen-
abiturfeier im Ballroom des Sheraton Airport Hotels schien
auf dem Höhepunkt zu sein. Hunderte standen planlos am
Rand des Saals, Hunderte zwischen den Tischen und auf
der Tanzfläche, darunter mein Enkel in der Phantasieuniform. Statt die Bezaubernde irgendwo im Arm zu halten,
hielt sich Malte an seine Freunde, die einander immer wieder mit Handys fotografierten, wie sie ihre bunten Drinks

schlürften, sich umarmten und Grimassen schnitten, und die Bezaubernde stand bei ihren Freundinnen, die einander immer wieder mit Handys fotografierten, wie sie sich das Haar auftürmten und dabei die Luft küssten, wie sie über einen Catwalk liefen, den es nicht gab, und frech über die Schulter sahen, in meine Richtung. Mir blieb nur die Flucht, wie ich auch einmal von der Weihnachtsfeier meiner alten Zeitung geflohen war, um nicht in der Lebkuchenluft zu ersticken.

Ich lief über die Tanzfläche – einer mehr, der dort allein herumlief, fiel gar nicht auf –, ich winkte Malte noch zu und glaubte in seinem Zurückwinken, in der Bewegung einer nur halb erhobenen Hand, ihrem langsamen Hin und Her, ein Zeichen jener Traurigkeit zu sehen, von der man nicht weiß, was sie bedeutet. Das war mein letzter Eindruck aus dem Sheraton Ballroom, mitgenommen in ein Taxi und in die kürzeste Nacht des Jahres, mit Irene immer im Freien verbracht – wir sind durch die Stadt gestreift, bis es hell wurde und sie sagte, nun gehe es wieder auf die dunkle Jahreszeit zu.

55

Das uralte Märchen, das einem nicht aus dem Sinn geht, vielleicht hatte mein nüchterner Enkel mit Abitur in dieser Nacht etwas davon gespürt, ein Hoffnungsschimmer auf der Fahrt in die Stadt. Das Erwachsenenleben, es beginnt nicht mit dem Führerschein, dem Studium oder dem ersten Job, es beginnt mit der ersten Stunde, in der man mit sich selbst allein ist und ahnt, dass es so enden wird.

Gegen ein Uhr früh stand ich schließlich unter der kühlenden Dusche, erschöpft, aber noch zu wach für das Bett, in einer Weise aufgekratzt, als hätte ich und nicht Malte an dem Abend etwas versäumt. Also statt Schlaf noch ein Bier in der Küche, dazu das Radio, die Nachrichten, Neues von den Odysseeafrikanern. Sie hatten die Mahnwache am Brandenburger Tor abgebrochen, nicht aber ihren Hungerstreik, und wer noch stehen und reden konnte, war bei einer Versammlung von Irenes politischen Freunden aufgetreten. Es gab auch Neues oder das Bekannte aus Syrien, in Worten, die nur andeuten konnten, was dort geschah, ganze Orte und Stadtteile ließ man aushungern und Kinder mit Splitterwunden vor Schmerzen wahnsinnig werden ohne medizinische Versorgung; die Schreie der wahnsinnig gewordenen Kinder hätte man hören müssen statt der Worte, aber es war schon gut, dass es Mitteilungen aus dem Radio waren, ohne Bilder mit weggepixelten Stellen, man sich die Bilder selbst machte, unbereinigt. Und im Anschluss an die Nachrichten wieder das Programm für die Schlaflosen, Melodien der Nacht, sagte der Begleiter der Sendung, einer, der sich vor jeder Musiknummer als Philosoph der Einsamkeit gab, zuständig für die Stunden zwischen gestern und heute, so formulierte er es. Dazu passend auch die von ihm gewählte Musik von Leuten, die ihre Lieder selbst komponieren und, schlimmer noch, auch die Texte schreiben, solche mit sogenannten leisen Tönen, die der Radiophilosoph in seinen Ansagen auch noch mit leiser, taubengurrender Stimme vortrug, um dann zu erwähnen, dass diese Töne Grund für einen Poesiepreis gewesen seien, und dabei war es Zeug, das jeder anständige Dichter spätestens in den Druckfahnen streicht. Freilich hätte sich ein anderer Sender finden lassen, aber das war nun einmal der meine, auch wegen der Morgenbegleiterin mit der schönen Stimme, und es galt, den Nachtphilosophen zu ertragen; ich nahm mir noch ein Bier aus dem Kühlschrank, Marke Flensburger Pils, kleine Flaschen, und das Öffnen des Schnappverschlusses machte ein Geräusch der Ermunterung, so eins wie das aus meinem Notebook, wenn es nach dem Einschalten seine Bereitschaft verkündet, mit einem Dreiklang, der mir sagt, Ich bin so weit, also fang an, schreib.

Und das tat ich in der Nacht, bis ein anderer Schlafloser mir etwas schrieb oder vor Minuten etwas geschrieben hatte, das dann von Warschau – niemand weiß wirklich, über welche weltumspannenden Wege, man glaubt es nur zu wissen – nach Frankfurt und in mein Gerät gelangt ist. Lieber Kollege, die Kindergärtnerin Zuzan Przybyszewski ist bereits ausfindig gemacht. Sie arbeitet in einer Einrichtung am Stadtrand, in einer Gegend namens Brodno, nicht die beste, ein sozialer Brennpunkt, wie es bei Ihnen heißt, bei uns sagt man Mafiaecke. Aber Ihre Bekannte ehrt es natürlich, auch unter schwierigen Umständen für die Kinder da zu sein, Kinder aus zerrütteten Ehen oder kleinkriminellem Milieu. Bestimmt werden Sie Gründe haben, Frau Przybyszewski etwas zukommen zu lassen, und bei den Verhältnissen dort könnten sich die Gründe vermehren. Der Kindergarten Piłsudski, benannt nach unserer Nationalhelden, dem Marschall Józef Piłsudski, der, obwohl militärischer Autodidakt, gegen die auf Warschau zumarschierenden Bolschewisten das sogenannte Wunder an der Weichsel vollbracht hat, auch mit dem Ausruf Für unsere Kinder!, schließt im Ferienmonat Juli, Sie sollten die Reise daher zügig ins Auge fassen, es erwartet Sie Ihr Jerzy Tannenbaum.

Zügig, ein Wort, das mich auf Trab gebracht hatte bei aller Erschöpfung. Noch in der Nacht druckte ich die Fahrkarte aus, Warschau hin und zurück erster Klasse, mein einziger Luxus, und ich teilte auch gleich Datum und Ankunftszeit mit, neunzehn Uhr zwanzig, Zentralbahnhof. Das war getan, der erste Schritt, und ich ging endlich ins Bett und schlief in den Sonntag hinein; die Dienststunden später eine Bewährungsprobe für meine Füße, meine Augen, den Verstand, der ständig sagen musste: Bleib wach. Und die nächsten Schritte schon am nächsten Tag, Reservierung eines Zimmers im empfohlenen Hotel, drei Nächte, mit der Möglichkeit zu verlängern, und Erstellen einer Liste der für Warschau, aber auch den Aufenthalt in Pompeji noch zu besorgenden Dinge, allen voran ein Paar sogenannte Laufschuhe. Es gab ja märchenhafte Geschichten von solchen Schuhen, wie sie jedes Gehen in einer Stadt zum Schweben machten oder den Füßen ständig Luft zuführten; also nutzte ich den freien Montag und kaufte ein Paar in einem Sportgeschäft, der einzelne Schuh kaum schwerer als eine Zeitung, leider in aufsehenerregendem Blau, von den vorhandenen Farben die diskreteste, aber bei den übrigen Einkäufen bewährten sich die Schuhe bereits. Und gegen Abend war alles getan für die Reise, blieben nur noch die restlichen Arbeitstage.

Trotz des sommerlichen Wetters war die Ausstellung noch einmal gut besucht, besonders umlagert die Figur mit den zwei Geschlechtern. Ich sah mir jeden Besucher an, Männer wie Frauen, ein einziges Ausschauhalten nach der Frau mit dem Rückenausschnitt. Aber sie kam nicht mehr oder hielt sich auf, wo ich gerade nicht war, abwesend, anwesend; erst am Abend vor der Sommerpause kam eine Frau mit roten Lippen und Sonnenbrille in die Ausstellung, wie eine Stellvertreterin der anderen. Sie zog ihre Kreise um den Hermaphroditen, vielleicht schon den Lippenstift parat, also trat ich hinzu und legte der Figur eine Hand auf die Stirn, wie ich es bei einem Sohn nie hatte tun können, wenn er fiebrig war und meine Hand ihn beruhigt hätte. Die Frau ging weiter, sie verließ das Museum, ich sah sie durch eins der Fenster im Park – die letzte Besucherin an dem Abend, der letzte Besucher überhaupt vor der vorübergehenden Schließung. Ich war nun allein in der alten Villa, auch eine Studentin, die sonst hinter der Kasse saß, Monika, war schon gegangen. Monika, sind Sie noch da?, rief ich halblaut Richtung Eingang, wie es man es eben macht, wenn man sich plötzlich allein fühlt, und als keine Antwort kam, lief ich durch alle Räume, ob etwa doch noch jemand da wäre. Aber da waren nur die Liebenden auf den Gefäßen und Wandbildern, sichtbar und doch ohne Leben, wie Irenes Pflanzen, die in der Wohnung vertrocknet sind, nicht zu entschuldigen mit Vergesslichkeit oder meinem Kummer. Nein, ich hätte ihr weiteres Gedeihen nicht ertragen. Also sind sie verblasst wie die Wandmalereien, bis eines Tages ein Pusten genügte, damit ganze Dolden und Stängel von einst in Brösel zerfielen. Erst der Mann vom Sicherheitsdienst beendete mein Herumirren, er übernahm sozusagen das Haus, ich konnte gehen.

56

Freiheit, eins der Gefühle, die man schnell vergisst, die einen überraschen, wenn sie wiederkehren. Gewitter lag in der Luft, warmer Wind drückte gegen das Blattwerk in

den Museumsparkbäumen, und ich ging ohne Eile, obwohl
es zu regnen anfing, und mir war schwer ums Herz, obwohl
ich mich frei fühlte – schwer ums Herz, ein alter Ausdruck, aber darum nicht schlechter als ein neuer, wenn es
überhaupt den neuen gibt, der den alten ersetzen kann. In
all meiner Freiheit ging ich im Regen nach Hause, du wirst
es nicht glauben, Irene, ich fahre morgen nach Warschau
und treffe dort Tannenbaum, danach noch ein paar Tage
Pompeji, auch mit dem Zug, unsere alte Route, du solltest
dabei sein. Ich hielt jetzt das Gesicht in den Regen beim
Gehen, weil es dem Herzen am nächsten ist, nicht körper-
lich, aber sonst, und der Regen half sogar gegen das Schwere,
bis ich im Fahrstuhl auf den Nachbarn ohne Hund traf.

Er kam aus der Tiefgarage, also von seinem Geschoss, in
jeder Hinsicht trocken, während mir das Haar tropfte, und
er sprach mich zum zweiten Mal an. Im Haus seien Reno-
vierungen geplant, neue Böden, neue Fenster, auch die
Bäder ganz neu, desgleichen das Entree und die Fassade,
das Ganze natürlich nicht ohne Einfluss auf die Mieten.
Aber alles Neue hat seinen Preis, sagte er, oder sind Sie
nicht auch die hellbraunen Kacheln im Bad leid? Tatsächlich wählte er diesen Ausdruck, leid sein, oder war unter
Druck – der Fahrstuhl hatte schon auf unserer Etage ge-
halten – auf keinen anderen Ausdruck gekommen, und
ich sagte, O ja, diese hellbraunen Kacheln, schon meine
Frau war sie leid, und wenn ich das fragen darf, Ihr Hund,
Grandeville, wo ist der jetzt? Ich trat vom Fahrstuhl in den
Flur, der Nachbar folgte mir, ich hielt ihm die Feuerschutz-
tür vor dem Gang zu den Wohnungen auf, als sei er der
Ältere; hinter der Tür die Aromen bengalischer Küche, die
Nähfabrikenerben, sie kochten, sobald sie nicht unsere
Grammatik lernten. Grandeville? Sein Verkäufer sah mich

an, aber nur für einen Blick, irgendetwas war auf der kleinen Bühne in seiner Hand passiert, ein Kurssturz, ein geplatztes Date, vielleicht der Verlust jeder Verbindung zur Welt durch das Gewitter. Mit dem ist alles im grünen Bereich, erwiderte er und winkte zum Abschied mit der anderen Hand, als läge der Opernplatz zwischen uns. Dann ging er zu seiner Wohnung, zügig auf beschlagenen Sohlen, jeder Schritt ein kleiner Schuss, während ich bei mir schon die Tür aufmachte, das ist nur ein Nachbar mit Eisen unter den Schuhen, mein Herz, weißt du, was er erzählt hat? Dass sie renovieren wollen im Haus, die Böden, die Bäder, diese hellbraunen Kacheln, du konntest sie nicht mehr sehen und hast bei Kerzenlicht gebadet am Ende. Und natürlich wollen sie danach die Miete erhöhen, sie anpassen, wie es heißt, dabei sind die Nebenkosten jetzt schon enorm, bleibt nur das Ausziehen, ich kann nicht ewig nebenher arbeiten, auch mit kleinen Einführungen ist irgendwann Schluss, kein Bensheim mehr, kein Fulda, kein Korbach, siebzig ist die Schallgrenze, selbst im Café Vetter in Marburg sind dann alle jünger, wie du weißt. Die berühmte Matinee am Sonntag, ich war letztes Jahr wieder dort, es gibt sie noch, diese Jours fixes, ich bin frühmorgens hingefahren, während du schon Samstagabend in Marburg warst, wenn am nächsten Tag im Café Vetter eine Veranstaltung deiner Freunde war. Ein, zwei Jahre ging das so, dann bist du gar nicht mehr dorthin, und die Zeit mit den Kerzen im Bad fing an, um die schrecklichen Kacheln nicht mehr zu sehen. Und nun sollen sie verschwinden, alles wird neu im Bad, Mosaike, Intarsien, ein geheizter Boden, die Wanne womöglich mit Schwanenkopf – wann haben wir zuletzt zusammen gebadet, auch nur bei Kerzenschein, der Klodeckel ein Adventskranz, auf deinen Lippen

ein altes Lied, Wie soll ich dich empfangen, und wie be-
gegn' ich dir. Ich trat in die Küche, und im selben Moment
ein taghelles Blitzen, als würde das Haus gespalten und
der Nachbar gleich mit, und keinen Herzschlag später ein
Krachen, so hell, dass mir nur noch der Name der Namen
blieb, hilf mir, halt mich, sei wieder da, Irene, komm morgen mit, ein Galoppieren der Wörter oder des Atems am
Rande der Sprache.

II

57

Wer auf Reisen geht, folgt immer auch einer vagen Sehnsucht, unabhängig vom Ziel der Reise, der Sehnsucht nach Erfüllung oder dem Moment, der allen übrigen Momenten, ob morgens an einem noch leeren Strand, allein mit dem Meer, oder nachts in einer schmalen Gasse, hastig umschlungen, ihren Sinn gibt: Das erfüllt meinen Wunsch, das ist die Ankunft, alles danach schon die Heimkehr – so sieht man es später.

Ich fuhr als erfahrener Reisender Richtung Polen, an einem Tag wie gemacht für Aufbrüche, Himmel und Landschaft gewaschen nach der Gewitternacht; neu für mich war nur das Geld im Gepäck, die fünfundzwanzigtausend Euro für Zusan und ihr Kind, versteckt zwischen den Seiten von Kleists Novellen. Und der Zug nach Warschau war sogar in der ersten Klasse gefüllt, aber auf reserviertem Fensterplatz im Großraumwagen, Einzelsitz, blieb man für sich. Mein Gepäck war eine Sporttasche aus den Zeiten, in denen Naomi noch Tennis gespielt hatte, ein seit Jahren nicht mehr gebrauchtes Stück, gut geeignet, um in seiner Tiefe das Buch mit den fünfzig Scheinen über die Grenze zu schaffen; es lag unter dem Umschlag mit schwarzem Rand in der Annahme, dass selbst neugierigste Zöllner zurückscheuten vor einem Brief dieser Art, natürlich auch mitgeführt, um ihn in Warschau endlich zu öffnen. Bedeckt war das Ganze mit drei Oberhemden und einem Schlafanzug, Wäsche, Socken und der Zweithose, einer leichten Jacke und dem Kulturbeutel. Ich hatte an alles gedacht und war auf der Fahrt frei in meinen Gedanken und stellte mir vor, mit Tannenbaum halbe Nächte in Lokalen zu sitzen und über alles zu reden, was uns bewegte – wie beginnt eine Liebe, wie endet sie? Soll man sich erinnern, soll man nach vorn sehen, kann man sich mit dem Weltgeschehen trösten? Diese Afrikaner, Jerzy, beuten wir sie nicht schon wieder aus, wenn sie unserem Leben einen Sinn geben mit einer Geschichte, die wir an ihrer Stelle erzählen, weil sie zu erschöpft dafür sind? Und er: Mag alles sein, aber ohne uns bliebe ihre Geschichte im Dunkeln, einer muss sie erzählen. In meinem Leben wird es Zeit, etwas zu sagen, in Ihrem nicht? Ich hatte meine Meinung, er hatte seine, ein platonischer Dialog, erst hinter der Grenze beendet. Zwei polnische Beamte mit Hund liefen durch den Großraumwagen, der eine sah auf meine blauen Laufschuhe, wie passend zur Sporttasche, der Zollhund ging achtlos vorbei. Ich drehte mich zum Fenster, und die Reise im fremden Land nahm ihren Lauf. Viel Birkenwald, am Himmel kleine Wolken, scharf bis zum Horizont, und niemand, dem ich hätte sagen können, Schau, was für ein Himmel! Oder: Das ist also Polen, wie gefällt es dir? Eine Schläfe an der Scheibe, sah ich nach draußen, dazu der Takt der Räder, Tadammtatamm, dadammtatamm, schon gut, mein Herz, es ist nur der Zug auf den Schienen.

Und gegen Abend endlich Warschau, der Industriegürtel, die zerfaserte Vorstadt, Wohnblocks und Bauruinen, Brachland und wieder Wohnblocks, dann erste Hochhäuser, das geschäftige Zentrum und ein wahrlicher Bahnhof, keiner wie der in Berlin; man meinte, noch Schwaden von Dampfloks zu sehen und das Rufen der Gepäckträger zu hören. Ja, es standen sogar echte Soldaten mit Marschgepäck in Gruppen herum, dazwischen Pärchen, die einander vor dem Abschied noch an der Hand hielten oder Luft zufächelten, so drückend war es in dem Bahnhof; Tauben flogen wie in Zeitlupe unter dem Dach hin und her, auf einem großen Monitor die Wetterkarte – das Auge, es sucht nach Köln, nach München, und findet Krakau, findet Lodz oder Lublin. Ich sah mich um, und alles war seltsam, nicht unbekannt, nur ungewohnt, die Gesichter, die Schilder, die Buchstaben mit kleinen Anhängseln, mal unten, mal oben; ich ging ein Stück, die Tasche jetzt in den Armen wie ein schlafendes Kind. Und plötzlich mein Name.

Tannenbaum kam hinter den jungen Soldaten hervor und ging auf mich zu. Er war gealtert, aber gut gealtert mit seiner faltigen Stirn und leicht hängenden, aber noch vollen Schultern unter einem Khakihemd, Ärmel bis über die Ellbogen umgeschlagen; ich konnte gerade noch die Tasche zwischen meine Füße stellen, um eine Hand frei zu haben für die Begrüßung. Unter Männern ist ein Wiedersehen nach längerer Zeit ja vor allem Sache der Hände – unerschöpflicher Filmstoff, wie sie zunächst einander die Hand schütteln, dann mehrfach drücken, innehalten und von vorn anfangen. Und hatten Sie eine gute Reise? Erst mit dieser Frage ließ Jerzy Tannenbaum meine Hand los und hob die Tasche zwischen meinen Füßen auf, und ich sagte, Ja, danke, danke, gut, oder etwas in der Art. Man merkt sich nicht jedes Wort in solchen Momenten, aber ich hatte zweimal danke gesagt, wie Untergebene es tun, als er sich schon mit der Tasche im Arm durch die Menge schob, von nun an mein Führer in Warschau, Begleiter wäre der bessere Ausdruck. Folgen Sie mir, rief er über die Schulter. Und machen Sie sich auf italienische Temperaturen gefasst! Tannenbaum ging in die Halle des Bahnhofs und dort im Gedränge auf einen Seitenausgang zu, ich holte ihn ein, die Kleidung klebte mir am Leib; Weste und Hemd konnte ich nicht loswerden, dafür etwas anderes, Wussten Sie, dass meine Frau solche Tage geliebt hat? Sie verschmolz geradezu mit Städten, in denen man kaum atmen konnte.

Wir traten in die Abendsonne vor dem Bahnhof, als ich das sagte oder im Verkehrslärm rief, und vielleicht war damit schon ein Damm gebrochen – ich hatte nicht vorgehabt, gleich von Irene anzufangen, irgendwann spätabends ja, nur, es sind die Worte, die etwas in Gang bringen und nicht die Vorsätze. Sie verschmolz, was heißt das? Tannenbaum ging auf ein Auto mit getönten Scheiben zu, er legte meine Tasche in den Kofferraum. Unser Taxi, sagte er, und wir stiegen hinten ein, die Polster so weich, dass man darin versank. Der Fahrer telefonierte, auf seinem Unterarm war ein Comic der tragischen Liebe, erster Kuss, erste Umarmung, dann der Nebenbuhler, letztes Bild: das Messer im Herzen; und immer noch telefonierend bog er in den Abendverkehr. Tannenbaum legte den Kopf an die Nackenstütze und sah mich an, Zigaretten und ein Feuerzeug in der Hand, er kam auf die italienischen Temperaturen zurück, besser als das Gegenteil, und ich auf seine Frage in Verbindung mit Irene. Wenn wir durch eine Stadt liefen, sagte ich, blieb sie manchmal stehen und drückte sich an eine von der Sonne erhitzte Hauswand, wie ein Teil davon, das war mit Verschmelzen gemeint. Was macht Ihr Afrika-Projekt? Ich wollte das Thema wechseln, und Tannenbaum zeigte aus dem Fenster, er riet mir, einen Blick auf die Stadt zu werfen, das andere habe Zeit. Stört es Sie, wenn ich rauche? Hier darf man das noch.

Es störte mich nicht, es erinnerte an die besten Jahre mit Irene, als wir beide geraucht hatten, sie ihre Selbstgedrehten, das konnte sie, ohne hinzusehen; hätte sie mit im Taxi gesessen, zwischen uns, sie hätte geraucht und sich an mir vorbei zum Fenster gebeugt, um nichts zu verpassen. Es gab Baustellen, große, staubende Baustellen, die Häuser dahinter von der Farbe alter Kartons, auf den Flachdächern Werbung. Seit wann rauchen Sie, seit unserem letzten Treffen? Fast hätte ich an Tannenbaums Hand getippt, seitlich dunkel behaart, eine zuverlässige Hand, die Uhr eng am Gelenk. Seit es keine Rolle mehr spielt, ob man daran stirbt, sagte er, eine Antwort, als wollte er mich auf seine Seite ziehen, du und ich, uns bleibt nicht mehr ewig Zeit, also lass uns diese Tage genießen, rauchen, trinken, die Welt erklären. Irene und ich, wir haben aufgehört, als unsere Tochter damit angefangen hat, entgegnete ich. Wir wollten ihr ein Vorbild sein, aber es hat nicht geklappt. Irene hatte später noch ein paar Rückfälle, auf unseren Sommerreisen, aber sie drehte die Zigaretten nicht mehr wie früher, sie kaufte welche. Und rauchte beim Autofahren. Oder nachts am Meer. Wir saßen an einer Mole vor Palermo, und auf einmal zog sie ein frisches Päckchen aus ihren Shorts, machte es auf und fing an zu rauchen.

Kennen Sie Palermo? Eine Frage, um nicht weiter von dieser Nacht zu reden, einem reglosen Meer mit Lichtpunkten von Fischern, einem Himmel voller Sterne und dem Geruch der Zigarette, aber eigentlich von Irene in den Shorts, obwohl sie schon an die Vierzig war, abgeschnittenen Jeans, ihre hellen Fransen auf gebräunten Schenkeln. Sie rauchte, und ich sah ihr Profil, die Stirn, die Nase, den Mund, Linien, die ich liebte.

Palermo, nein, sagte Tannenbaum, ich kenne Italien kaum, ich war nur in Rom, als junger Mann, und später einmal in Venedig und Umgebung, wo man eben hinfährt in diesem Land. Ihre Frau war ja dort so gut wie zu Hause, sie ist doch in Rom aufgewachsen, sie hatte so etwas erwähnt.

Sie hat die Mädchenjahre dort verbracht, sagte ich.

Die Mädchenjahre, eine schwierige Zeit.

Sie ging viel ins Kino. Wie ich in dem Alter.

Wer tut das nicht mit fünfzehn, sechzehn – Tannenbaum sah auf die Uhr, als hätte er noch einen Termin –, was war Ihr Lieblingsfilm in den Jahren?

Ben Hur, sagte ich.

Meiner war Asche und Diamant, ein polnischer Film.

Der Fahrer fragte etwas, Tannenbaum beugte sich für die Antwort nach vorn; sein Polnisch klang, als würde er verbotene Dinge besprechen, und ich sah aus dem Fenster. Es ging an einem Park entlang, dann durch eine Straße mit großen Hotels, alle neu, Glas und Stahl. Der Verkehr war dicht, immer wieder stockte die Fahrt. Warschau hat drei Millionen Einwohner, sagte Tannenbaum plötzlich. Aber es könnten auch schon dreieinhalb sein. Ich werde Ihnen morgen die Stadt ohne große Erklärungen zeigen. Man sieht eine Stadt und mag sie oder mag sie nicht, wie bei einem Menschen, auf den man trifft, da entsteht auch nichts durch Erklärungen. Man sieht das Schöne und liebt, nicht wahr? Er warf die Zigarette aus dem Fenster, er legte den Kopf wieder zurück und schloss die Augen; sein Mund stand etwas auf, aber auf eine feste, keine müde Weise, während der Kopf in den Kurven leicht hin- und herging, etwas, das mich anzog, auch wenn es dieses Wort nicht trifft. Es war nur ein Gefühl der Bejahung, ja, gut, dass es diesen Mann gibt. Ob ich Hunger habe, fragte er, und ich sagte Nein, und er sagte, Dann kann ich Sie jetzt nur noch am Hotel absetzen. Und alles Weitere morgen – gegen zwölf in der Halle?

Ich stimmte dem zu, und Tannenbaum beugte sich an mir vorbei, er zeigte aus meinem Fenster auf einen großen Platz zwischen der Straße und Häusern im Hintergrund, mitten darauf ein futuristisches Gebäude, ansonsten nur noch seitlich eine Art Denkmal, dahinter Bäume, ein Wäldchen oder Park mit Birken. Was Sie dort sehen, sagte er, heißt Umschlagplatz, auf Deutsch, nicht auf Polnisch, weil es der Platz war, an dem die Juden zusammengetrieben wurden. Man brachte sie von dort in die Lager oder schlug sie eben um wie eine Ware. Dahinter lagen der Danziger Bahnhof und das Ghetto. Und der große Tresor in der Mitte ist das Museum der Geschichte der polnischen Juden, nagelneu. Mir hat der Platz vorher mehr bedeutet, er war kahl und wahr. Genau richtig für den Kniefall von Brandt. Und wir fahren daran vorbei, weil Ihr Hotel in der Nähe ist, und werden auch wieder daran vorbeifahren, darum sollten Sie wissen, was dort war, meine einzige größere Erklärung. Für alles Übrige reichen die Augen. Sie reichen immer, wenn man etwas sehen will, oder haben Sie andere Vorstellungen? Tannenbaum sah mich an, aber ich war noch bei den Worten davor, Worten wie von Irene; sie konnte eine Stunde lang auf eine Kirche oder ein altes Haus sehen, versunken. Das mit den Augen hätte von meiner Frau sein können, wussten Sie das?

Der Fahrer bog von der Straße ab und fuhr auf ein Gebäude wie ein umgekippter weißer Schrank zu, über dem Portal der Schriftzug Ibis; er parkte den Wagen, stieg aus und holte die Tasche aus dem Kofferraum, ich fragte nach der Bezahlung, mein Warschaubegleiter legte mir eine Hand auf den Arm. Es ist schon bezahlt. Und dass Ihre Frau so dachte, das strahlte sie aus. Sie strahlte überhaupt.

Waren Sie deshalb auf ihrer Beerdigung? Eine dieser Fragen, die aus dem Nichts kommen, wie es scheint, und Tannenbaum griff an mir vorbei und machte meine Tür auf, damit ich aussteigen konnte. Ja, vielleicht, sagte er.

58

Ein Bild hat immer das letzte Wort, kein Wissen kann ihm widersprechen oder es abändern, und Basteleien am Schirm zeigen nur die Ohnmacht gegenüber Bildern in uns, kleine, mit dem Mausklickfuß aufstampfende Triumphe gegenüber Pixeln, die einem nicht passen. Tannenbaum in seinem Mantel am Rand von Irenes Beerdigung: Dieses Bild war wieder da, als ich im Zimmer meine Dinge auspackte, den Pyjama aufs Bett warf, den Kulturbeutel ins Bad stellte, die Geldscheine aus den Kleist-Novellen nahm und sie in einen Briefumschlag aus der Hotelmappe schob und ihn samt dem Umschlag mit Rand in den Safe legte, den es im Kleiderschrank gab, wie in der Zimmerbeschreibung angeführt. Ja, vielleicht, vielleicht war Irenes strahlende Art ein Grund, auf der Beerdigung zu erscheinen, wenn man ohnehin beruflich in der Nähe war, sich etwas abseits zwischen falsche Zypressen zu stellen, im Mantel ein Sträußchen fürs Grab, nur hatte er nicht damit rechnen können, dass der hinterbliebene Mann auftauchte, das Sträußchen entgegennahm; ich verstand ihn nicht, diesen Mann, der kein Privatleben zu haben schien, sein Sohn sonst wo in der Welt, die Frau in Israel, ohne Kontakt zu ihm, er hier in Warschau oder bei seinen Auftritten in Berlin, in Köln, in Freiburg, wo immer er gefragt war. Jerzy Aaron Tannenbaum, halb Pole, halb Deutscher, halb Jude, mathematisch ein Ding der Unmöglichkeit, sprachlich wohl das Richtige – mehr ein Gefühl als Gedanke, als ich die Zahlen für das Safeschloss eingab, Irenes Todesdatum, den Tag, den Monat, das Jahr. Seitdem strahlte sie nur noch in mir; und ein Zimmer wie das im Warschauer Hotel Ibis unweit des Platzes mit dem deutschen Namen, das hätte sie kaum eine Nacht ertragen. Mach das Licht aus, ihre Worte beim Betreten. Bitte, und morgen reisen wir ab.

Es war ein grell silbriges Licht wie von Scheinwerfern unsympathischer Autos, aber das gesamte Zimmer im vierten Stock des Hotels hatte etwas Überhelles durch einen beigen Teppichboden und das Mobiliar, die Wände und weiße Kacheln im Bad, aber auch durch sein Zweckmäßiges wirkte es überhell; mit Schreibtisch in Fensternähe, Jalousien zur Verdunklung und einem Bett, das seiner Größe nach weder Einzel- noch Doppelbett war, ein Zwischending. Der Blick aus dem Fenster ging über eine Straße mit Wohnblocks auf der anderen Seite, bräunliche Monumente, unzählige Fenster, klein und quadratisch, im Erdgeschoss kioskartige Läden – denkbar, dass Zusan in einem solchen Wohnblock ihr Zuhause hatte, zwei Zimmer, Küche und Bad, die sie mit dem Kind teilte, einem Krystof, einem Andrej, nur Andi genannt, schlaf jetzt, Andi, morgen müssen wir früh ran, du in der Schule, ich in dem Kindergarten. Wie hatte Tannenbaum sie so rasch gefunden? Erst jetzt, mit Blick auf den Wohnblock, kam diese Frage, aber bei ihm kamen die Fragen immer verspätet, warum hatte er uns jeden seiner Artikel in der Übersetzung zugeschickt? Und das Sträußchen in seinem Mantel, wie wäre das, ohne mich, je auf den Sarg gefallen? Sie kamen so spät, solche Fragen, weil Tannenbaum an sich wie eine Antwort auf alles war, noch bevor sich überhaupt Fragen ergaben.

Ich löste mich vom Fenster und sah in die Minibar; mit dem Hunger kann es wie mit anderen Gefühlen sein, man merkt sie erst, wenn man allein ist. Es gab kleine Snacks, eine Salami am Stück, eingeschweißt, zwei Dosen Erdnüsse, eine Tafel Toblerone. Ich aß die Nüsse an dem Schreibtisch, dazu ein Heineken-Bier, nur das Mineralwasser stammte aus Polen – Polen, das Land, das uns Deutsche, neben Israel, am meisten in Verlegenheit stürzt, ein Irene-Satz nach dem zweiten oder dritten Abend mit Tannenbaum, und sie hatte dann einen Sturz dieser Art geradezu gesucht. Als wir wieder in Frankfurt waren, wollte Irene ins Jüdische Museum, obwohl wir es kannten, aber sie bestand auf dem Rundgang an einem sonnigen Tag, wir beide allein in den Räumen, sie mit diesem stillen Strahlen, das Tannenbaum angeblich bewogen hat, von weitem an ihrer Beerdigung teilzunehmen.

Die Nüsse waren gegessen, das Bier war getrunken, blieb nur das Zähneputzen; danach gleich das Bett und Löschen der Lichter mit nur einem Knopfdruck, auch das zweckmäßig. Der morgige Tag hatte noch etwas Übersichtliches, erst die Stadtführung, dann ein Abendlokal, zuletzt vielleicht ein Drink an der Hotelbar. Ganz offen dagegen der Tag danach, die Begegnung mit Zusan – vor dem Kindergarten, das war mein Gedanke. Ich würde dort mit dem Geld warten, bis sie nach der Arbeit zur nächsten Bushaltestelle ging, ich würde das erste Erstaunen nutzen, um ihr den Umschlag gleich in die Hand zu drücken, nimm das für dich und dein Kind, ich brauche es nicht, aber du! Und in der Dunkelheit des Zimmers, an der Wand nur ein roter Lichtpunkt vom Fernseher, erschien es mir auf einmal besser, klüger, ja auch taktvoller, wenn etwa Tannenbaum als Pole das Geld überbringen würde. Er könnte sie grüßen, ihr mein Hotel nennen, dann wäre es an ihr, mich anzurufen, hier ist Zusan, hörst du, Zusan.

Eher halblaut als leise sprach ich den Namen ins Dunkle, unzählige Male auch so geschehen mit dem Namen meines Lebens, wenn ich nicht einschlafen konnte, Irene, wie geht es dir, was machst du? Und als hätte sie der andere Name, Zusan, gekränkt – wer weiß, vielleicht hat er –, dachte ich an ihren oder sprach ihn aus: schwer zu sagen, wenn solche Minuten vorbei sind. Komm, setz dich etwas ans Bett, Irene, was ich dich immer fragen wollte, warum bist du gegangen? War es die Angst, neben mir alt zu sein, nicht mehr ganz auf der Höhe, eine Hand am Treppengeländer oder hinter dem Ohr: Was hast du gerade gesagt? So tarnt man auch die Vergesslichkeit, mit den Ohren, die nicht mehr recht wollen, und dabei sind es ganz andere Gefäße und Zellen, die ihrer Wege gehen, lange bevor uns die Sprache im Stich lässt. Die Worte sind alle da, Irene, aber wir finden sie nicht, wir spüren nur ihre Schwerkraft. Du wolltest noch etwas sagen, als du an dem Sonntag mit deinem Rucksack über der Schulter loszogst, in die Stadt und nicht zu der Kundgebung am Flughafen, Lebe wohl, so könnte man denken, aber es wäre zu sentimental gedacht. Nein, was du vermutlich sagen wolltest, ist: Behalte mich so in Erinnerung, so. Ich will immer die sein, die auf Zehenspitzen vor dir hergeht, mit Taille und Hohlkreuz und später dem letzten Wort im Bett, war es nicht so? Es war so, mein Herz, ich sehe dich vor mir hergehen, ich sehe dich vor mir liegen, das obere Bein halb angezogen, eine

Hand auf der Arschbacke, verzeih das Wort, in einer Spannung, einer Begierde, Irene, die man wieder und wieder sucht, auch wenn sie einem selbst gar nicht gilt.

59

Hatte ich in der Nacht geschlafen? Mit Sicherheit; so ruhelos, dünnhäutig, empfänglich für jede Störung sind Leute in meinem Alter nicht mehr; und wem sonst als dem Schlaf können sie sich hingeben? Ich war am anderen Morgen erholt, dazu ein guter Appetit, auf Kaffee, auf Brötchen, Marmelade, ein Ei – ich will es hart, das Gelbe darin wie das Weiße, Irene wollte es immer weich, ein Ei im Glas. Auf Reisen war das Frühstück die uns liebste Mahlzeit, mal auf einer Terrasse, mal vor einer Café-Bar, süße Hörnchen, zwei Espresso und der ganze vor einem liegende Tag; wie Italien doch prägt, so sehr, dass man auch in Polen noch danach sucht.

Mein Hotel bot kein Frühstück im Freien, dafür war das Buffet bis zwölf geöffnet, und manche saßen mit Tasse in der Hand schon bei Geschäften, mit am Tisch eine Dolmetscherin, nie ein Mann in dieser Funktion, und auf den Schirmen der Notebooks Tabellen oder Bilder des Endprodukts, einer glücklich umgesetzten Idee, wie bei mir, auf einem inneren Schirm, die Idee, dass Tannenbaum in meinem Namen das Geld übergibt. Und plötzlich stand er am Tisch, seitlich von hinten herangetreten, ich trank gerade meinen Saft und sah zunächst nur seine Hand, darin die Zigaretten und ein metallenes Feuerzeug, wie es auch Irene benutzt hatte, weil das Anzünden für sie schon zum

Rauchen gehörte, der erste Akt. Ich setzte das Glas ab für eine Begrüßung, da kam er mir schon zuvor mit seiner Begrüßung und auch ganzen Erscheinung, nun ohne den Mantel, dafür in einem Jeanshemd mit T-Shirt darunter, und aus der Hosentasche ragte meine alte Zeitung, wie ein Hinweis, dass er es gut mit mir meinte. Tannenbaum strich über das Tischtuch, er tippte an den Eierbecher, den Salzstreuer, anstatt die Fragen zu stellen, die man üblicherweise stellt in seiner Rolle, wie war Ihre Nacht, wie das Frühstück; er sagte nur Bereit zum Gehen?, und ich stand auf und zeigte auf die neuen Laufschuhe.

Wir verließen das Hotel, und wieder war es ein Tag mit italienischen Temperaturen, gut dreißig Grad im Schatten, als mein Begleiter damit begann, mir seine Stadt zu zeigen, ihre Menschen, ihre Häuser, das Treiben in Warschau. Wir zogen durch stille Seitenstraßen und über laute Plätze, wir gingen an Kirchen und Parks vorbei, und von ihm kaum ein Wort der Erklärung, eher Fingerzeige, die Jacke jetzt über der Schulter; er machte nur gelegentlich halt und sagte etwas wie Schauen Sie mal dort, das hat den Krieg überstanden, und ich gab es auf, mir Straßen und Gebäude zu merken. Das Sehen genügte, wie früher neben Irene, wenn wir durch fremde Städte gezogen waren, ich immer bereit, stehen zu bleiben, wo sie stehen blieb, etwa vor einer Wand mit alten Kinoplakaten oder einem Campanile im Mittagslicht; in Warschau war er immer wieder eins mit den unzähligen Denkmälern. Und natürlich wäre es ein Leichtes, die Namen all der Geehrten und auch die von Straßen und Plätzen im Nachhinein zu suchen und mit ihrer Nennung Ortskenntnisse vorzutäuschen, nur war dieser erste Tag eher eine Führung durch Jerzy Tannenbaum als durch die polnische Hauptstadt.

Er blieb ständig an meiner Seite, auch wenn es irgendwo eng wurde, vor einer Ampel, bei einer Baustelle; die
erste Pause dann mit Bedacht, wie es schien, am Jüdischen
Theater in der Twardastraße – wenigstens ein Name, nur
einer. Wir tranken dort etwas im Schatten, Tannenbaum
rauchte. Er saß auf seiner Jacke, die Hand mit der Zigarette
nah am Mund, seine Brauen, die noch dunkel waren, glänz-
ten vor Schweiß. Er fragte, ob ich schon müde sei, und ich
erwähnte meine Stadtwanderungen mit Irene, auch in
praller Sonne. Einmal liefen wir durch Rom, sagte ich, sie
wollte mir ein bestimmtes Kino zeigen, in dem sie als Mädchen einen Film mit Audrey Hepburn und Gregory Peck
gesehen hatte, Ein Herz und eine Krone, aber das Kino gab
es nicht mehr. Dort war jetzt ein Kleiderladen, und Irene
weinte, ich weiß nicht, ob Sie das je erlebt haben, meine
Frau weinend? Ich wandte mich Tannenbaum zu, er trat
die Zigarette aus, als wollte er mehr als nur ihre Glut
löschen. Weinend, nein. Obwohl man schon weinen kann,
wenn man ein Kino seiner Jugend sucht und einen Kleiderladen vorfindet, nicht wahr? Er trank von seinem Wasser
und sah auf die Straßenbäume, ich sah auch dorthin, eine
Hand über den Augen gegen das Licht. Wir saßen auf den
Stufen zu dem Theater, zwei ältere Männer in der Haltung
junger Schauspieler, die vor dem Vorsprechen noch etwas
reden, um ihre Nerven zu beruhigen. Irene und ich, wir
waren Kinogänger, sagte ich nach einer Weile. Und heute
gehe ich kaum mehr ins Kino, Sie?

Tannenbaum zog eine Zigarette aus dem Päckchen und
steckte sie an – ich glaube, er tat es auf meine Frage hin,
nicht früher, nicht später, weil das Folgende mit einer gewissen Überlegenheit zu tun hatte, die von ihm ausging
beim Verströmenlassen des Rauchs, etwas, das mein Da-

gegenhalten verlangte. Ins Kino, sagte er, nein. Einer der letzten Filme, der mich im Kino bewegt hat, hieß Lost in Translation. Mit diesem überraschenden, so notwendigen Kuss am Ende. Gehen wir weiter? Er wollte aufstehen, aber ich setzte das Gespräch einfach fort, wo es gerade in Gang gekommen war. Einer meiner letzten Filme mit Irene hieß Das Geschäft in der Hauptstraße, ein Film aus der Tschechoslowakei, preisgekrönt. Die Geschichte spielt während der Besatzung durch die Nazis und erzählt, wie ein Mitläufer, der eine alte Jüdin vor der Deportation retten will, unschuldig schuldig wird.

Ich kenne den Film, sagte Tannenbaum. Es gibt kaum einen besseren über das Böse in dieser Zeit, wie es jeden mit in den Abgrund riss. Und Ihre Frau mochte ihn, ja? Er stand auf, und ich stand ebenfalls auf. Irene sagte anschließend, was Sie gerade gesagt haben, das mit dem Abgrund, in den jeder damals mitgerissen wurde – Sie, Jerzy, hätten diesen Film mit ihr sehen sollen, es waren kaum Leute in dem kleinen Kino, wir saßen ganz hinten allein. Nur war ich nicht der Richtige für so eine Geschichte, Sie wären der Richtige gewesen, was glauben Sie? Ich sah ihn an im Gehen, eine Hand am Mund gegen die Versuchung, immer weiterzureden, ihm diesen Kinobesuch auszumalen und auch noch das Glas Wein hinterher mit Irene, ein Tisch in einer Nische, sie mit offenem Haar, in den Augen ein rötlicher Glanz, etwas, das sie noch schöner machte, noch verlangender, während er von seiner Familie erzählt, dem jüdischen Zweig, die meisten auch deportiert. Tannenbaum lief jetzt etwas schneller, wie ein Testen meiner Reserven auf dem Fußweg längs der Straße mit dem Jüdischen Theater, bis er in einen Park abbog, den Sächsischen Garten, wie man auf Deutsch lesen konnte, als seien auch dort schreckliche Dinge passiert. Hören Sie, Hinrich, sagte er über die Schulter, reden wir von etwas anderem, diese junge Kindergärtnerin, was bedeutet sie Ihnen? Er ließ mich aufschließen, und ich wusste nicht, was ich antworten sollte. Sollte ich sagen, sie sei meine Geliebte, oder etwas wie eine Geliebte, beides hätte es nicht getroffen. Sie hat sich um mich gekümmert, und ich habe dafür bezahlt, nur nicht genug – die einzig richtige Antwort. Wir müssen aber auch darüber nicht reden, lenkte Tannenbaum ein. Was haben Sie in dem Sommer noch vor?

Nur ein paar Tage Italien, sagte ich. Neapel, Pompeji. Die Städtereise für Alleinstehende. Was man alles sehen kann in kurzer Zeit, ersetzt den anderen Menschen. Ich mache das jedes Jahr. Beim letzten Mal Lissabon, leider in keinem guten Hotel. Ich ging nur immer wieder an einem vorbei, das mir gefallen hätte. Dem Borges. Über dem berühmten Café Brasileira. Waren Sie schon mal in Lissabon?

Tannenbaum blieb stehen, er sah zu einem der Denkmäler im Sächsischen Garten, als wollte er sich mit dem Dichter auf dem Sockel beraten, und mir fiel auf, dass er eine Narbe im Nacken hatte, winkelförmig und ihr Rand gezackt, eine Narbe wie von einem Unfall. In Lissabon, einmal, ja, sagte er. Auch eine Stadt mit ziemlich vielen Denkmälern.

Und vielen Treppen. Ein ewiges Auf und Ab, man sollte nicht im Sommer hinreisen. Wann waren Sie dort?

Es war warm, aber nicht heiß. Gehen wir weiter? Er gab sich selbst einen Ruck und zog mich jetzt mit sich, wie man ein Kind bei Stadtbesichtigungen aus der Langeweile holt. Wir verließen den Park und gingen an einer breiten Straße entlang; noch taten die Laufschuhe das ihre, meine Füße waren kaum zu spüren, eher etwas in den Schläfen, als sei Gehen gleich Denken. Warm, aber nicht heiß, das könnte Frühsommer gewesen sein, sagte ich. Und Ihr Hotel war angenehm?

Ob es angenehm war, es war irgendein Hotel. Ich erinnere mich nur an dieses Café, Brasileira. Da geht wohl jeder hin, der nach Lissabon fährt. Wie man in Venedig in das eine Café auf dem Markusplatz geht, nicht wahr?

Sie meinen das Florian, das mit Musik.

Ja, mit den Stehgeigern, ein übler Ort. Ich will Ihnen nicht zu nahe treten, aber ganz Venedig ist übel. Voller Leute, die dort nicht wohnen. Warschau ist das Gegenteil, keine Kanäle, keine Pracht, aber Leute, die in der Stadt leben. Wollen Sie sehen, wie? Dann gehen wir in einen Bazar. Oder reicht es Ihnen schon? Tannenbaum ließ meinen Arm los – möglich, dass er ihn auch früher losgelassen hatte, bei seiner Erwähnung des Florian, ich war ganz auf das konzentriert, was er sagte oder auch nicht sagte. Nein, gehen wir in den Bazar. Und was Venedig betrifft: Man muss dort nachts herumlaufen. Oder frühmorgens, dann sieht man auch Bewohner.

Man sollte gleich woandershin, sagte Tannenbaum, jetzt wieder die Hand an meinem Arm, kurz bevor ein Bus neben uns hielt, schnaubend seine Tür aufging. Er schob mich in das Innere des Busses, zwischen lauter Warschaubewohner, denen der Schweiß lief. Wohin woanders, fragte ich, und er sprach von einer kleinen Lagunenstadt nicht weit von Venedig, auch mit Besuchern, nur nicht so vielen. Ein Fischereizentrum, sagte er, an den Kais der Kanäle tagsüber die vertäuten Kähne, so zerfurcht wie die Männer in den Bars davor. Das Beste, das ich von Italien kenne! Er sah mich an, Wangen und Stirn in Falten von einem stummen Lachen, oder ich hörte es nicht, weil es im Bus so laut war, und auf einmal hatte er selbst etwas von einem alten müßigen Fischer, aber einem von der Ansichtskartensorte, nicht von denen, die in Chioggia herumsaßen – vielleicht hatte Irene den Ort einmal erwähnt, und er war später dort hingereist. Eine Überlegung noch in der Enge des Busses, dann stiegen wir schon aus, an einem Platz mit großer Zelthalle in der Mitte, ansonsten kahl, ja hässlich, und Tannenbaum schien meine Gedanken zu lesen oder las sie tatsächlich, wie überhaupt eine stille Macht von ihm ausging, die mir früher nicht aufgefallen war, als könnte er zaubern oder ein Raubtier in Schach halten. Sie finden diesen Platz hässlich, nicht wahr? Nun, hier ist vieles hässlich, dafür historisch. Auch der Umschlagplatz war als Platz lange eine Enttäuschung, bis der Museumsklotz dort hingestellt wurde. Und für das Gemüt gibt es unsere restaurierte Altstadt, ich habe sie an den Schluss gesetzt, vorher noch das Zelt, bleiben Sie dort eng bei mir! Und dann lag schon eine Hand in meinem Rücken, und wir betraten den Bazar, groß wie ein Fußballfeld und mit einem Lärm, dass man sein eigenes Wort nicht verstand.

60

Unzählige Kioske bildeten ganze Reihen, zwischen den Reihen Ströme von Menschen in beiden Richtungen, Frauen vor allem mit Körben und Taschen, die Männer eher mit einem Autoreifen um die Schulter, einem Auspuff unter dem Arm, und vor den Kiosken ein Feilschen um alles und jedes. Denn es gab wahrlich alles, von flatternden Hühnern, aufgehängt an den Füßen, und kleinen stillen

Hunden, die Pfoten an ihrem Käfiggitter, so dass ich sie berühren konnte im Vorbeigehen; von Ständen mit Hochzeitskleidern, Träumen in Rosa, in Weiß, in Vanille, und Handleserinnen in ihrem Gehäus, über Buden voller Pornos, Filme, Hefte, Broschüren, bis zu Marienstatuen mit Ewigem Licht und ohne. Und in einem weiteren Gang Münzen, Briefmarken, alte Uhren und Schallplatten, alles, was ein Sammlerherz schlagen lässt, dazwischen Bücher aus anderen Zeiten, teils aufgeklappt für geneigte Leser, die gesammelten Werke von Apollinaire, Balzac oder Boccaccio in schönen Ausgaben, daneben, unter C, Caesars De Bello Gallico, lateinisch und polnisch, aber auch, weil das Alphabet es so wollte, eine Platte von Adriano Celentano, Vivrò per lei – die verblasste Hülle wie ein Magnet für meine Hand. Das hätte Irene gefallen, sagte ich – es war etwas leiser in diesem Bereich –, und Tannenbaum erwiderte, Oh, ja, bestimmt, und ich sagte, Sie mochte das Lied, es kam gleich nach Senza fine, nur dass sie Senza fine irgendwann nicht mehr mochte, und er fragte, wann nicht mehr, schon wieder die Hand in meinem Kreuz. Er lotste mich ins Freie, aus einer Treibhausluft in den noch heißen Spätnachmittag, mir war schwindlig, fast hätte ich mich gehalten an ihm. Das war noch im Sommer, knapp ein Jahr bevor sie von dem Turm sprang. Und ich weiß bis heute nicht genau, warum, als würde ich irgendetwas übersehen, bei jedem Bemühen aufs Neue.

Wollen Sie darüber reden? Tannenbaum ging wieder halb vor mir her, die Narbe im Nacken glänzte. Später vielleicht, sagte ich, als er in eine breite Straße mit Wohnblocks zu beiden Seiten bog; er schien es jetzt eilig zu haben, er rauchte auch eilig im Gehen, und nach einem Block bog er schon wieder ab, in ein baumbestandenes, schattiges

Sträßchen mit alten Laternen, die Häuser nur dreigeschossig, überall blätternder Putz, auf den Balkonen Fahrräder, Klappstühle, Gerümpel. Ich spürte nun doch meine Füße, wie eine Warnung: Geh nicht zu weit. Irgendwo rief jemand einen Namen, zu hören am Klang, an der Dringlichkeit, auch wenn es ein nie gehörter Name war. Und eine weißhaarige Frau mit Handkarren kam uns entgegen, einst eine Schönheit, das sah man. Oder ich sah es. Die kleine Straße mündete auf eine Kreuzung, die überquerten wir, ein Zickzackkurs zwischen Autos, die nicht vorankamen; dann ging es über eine Brücke, darunter ein Fluss, die Weichsel, nahm ich an, nicht in der Stimmung für Fragen. Und auf der anderen Seite gab es mit einem Mal nur noch Fußgänger und ein paar Radfahrer.

Jetzt brauchen Sie Phantasie, sagte Tannenbaum, als wir nur eine Straße weiter auf einen Platz mit Kopfsteinpflaster kamen, eng umgeben von Bilderbuchhäusern, zierliche Giebel, Farben wie aus dem Malkasten, vor den Häusern still staunende Menschen statt Passanten. Ich wollte ein Foto machen, der erste Impuls dieser Art an dem Tag, aber die Hand blieb in der Tasche. Tannenbaum trat neben mich, er sprach halb in mein Ohr: Als hätte Hitler das alles nie dem Erdboden gleichmachen lassen – können Sie sich vorstellen, was hier im Krieg passiert ist? Er legte mir eine Hand auf die Schulter, die erste Hand seit längerem dort, er bat mich, die Augen zu schließen. Diese Häuser um uns, das sind Phantome, sagte er. Sie sind schön, aber zählen nicht. Ihre Giebel, ihre Erker, die Dächer, die Türmchen, stellen Sie sich das alles in Flammen vor. Dazu Kinder, die als Fackeln ins Freie taumeln, ein Stück noch gehen, während die Haut an Armen und Beinen schmilzt, bis die Hausfront auf sie niederstürzt und sie erlöst. Nichts bleibt übrig von ihnen, nichts Kindliches, nur Knöchelchen und Fettlachen in den brennenden Balken, als Reste eines Jungen oder Mädchens nicht zu erkennen. Selbst Ratten huschen, wenn die Balken ausgeglüht sind, daran vorbei, und die Mütter, wenn sie überlebt haben, steigen darüber hinweg. Weh dem, der diese Nächte überlebt hat. Er findet keinen Stein mehr auf dem anderen, Holz, Stein und Fleisch sind wie eins, dazwischen die Untoten, um den Verstand gebracht. Es ist eine einzige Puppenstube, die Sie hier sehen, Sie können die Augen wieder öffnen. Aus der ganzen restaurierten Altstadt ragt, unsichtbar, die Axt des Krieges, wie bei Ihnen in Frankfurt, nicht wahr? Tannenbaum nahm seine Hand zurück, er steckte sich eine Zigarette an und ging weiter, wir verließen den Platz. Meinen Sie in Frankfurt die Fachwerkhäuser am Römer?

Ja. Ich war Gast bei den Römerberg-Gesprächen, als die Häuser noch neu waren. Es ging um Polen und Deutschland, und statt der Ruinen gab es diese Kulisse, wenn man abends auf den Römerberg trat, zwei Tage lang.

Und Sie haben sich nicht gemeldet bei uns?

Doch, aber Sie waren nicht da, sagte Tannenbaum. Ich hatte angerufen, aber Sie waren beruflich unterwegs.

Dann haben Sie mit Irene telefoniert? Eine Frage schon außerhalb der Puppenstubenaltstadt, auf dem Rückweg zum Hotel, vorbei an einem Palais, am Erzbischöflichen Palais, so etwas merkt man sich. Tannenbaum zog an seiner Zigarette, die er dort hielt, wo sich die Finger treffen. Ja, mit Ihrer Frau, sagte er. So erfuhr ich, dass Sie bei irgendwelchen Festspielen waren. Hatte sie nichts von dem Anruf erzählt? Er nahm mich am Arm, ein sachter Zug nach hinten, ich war auf eine Busspur gelaufen. Wahrscheinlich hat sie, sagte ich. War der Anruf abends?

Abends, ja, tagsüber hatte ich zu tun.

Aber späterer Abend, wenn man mehr in Stimmung ist. Irene hat dann mit ihren Freundinnen telefoniert. Und kein Ende gefunden. Bei Ihnen auch? Oder haben Sie es beendet – hören Sie, Irene, ich muss jetzt langsam ins Bett. Ja?

Ich weiß es nicht mehr, sagte Tannenbaum. Ich weiß nur noch, worüber wir gesprochen haben. Über das, was im Römer war, wie lassen sich die Beziehungen zu Polen vertiefen, wie sieht dort heute das jüdische Leben aus, welche Schuld lag im Krieg auch auf polnischer Seite, ein heikles Thema, das Ihre Frau interessiert hat, sie stellte sehr persönliche Fragen, ich versuchte zu antworten.

Also hatte ich recht: Sie und Irene hätten den Film Das Geschäft in der Hauptstraße zusammen sehen müssen, ich war für diesen Kinoabend der Falsche.

Nein, Sie waren Ihr Mann, oder nicht? Tannenbaum nahm erneut meinen Arm, jetzt nur sachtes Halten, weil ich immer noch über die vielbefahrene Straße oder Allee wollte – die Aleja Solidarnosci, ich habe in die Karte gesehen, ein plötzlicher Drang nach Genauigkeit, als könnte die mein eigenes Ungenaues an dem Nachmittag aufwiegen, die nur halb gestellten Fragen, all das Vage, das Zaghafte, so zaghaft wie das Berühren der Hundepfötchen im Vorbeigehen, statt den Kleinsten der Kleinen auszulösen und mit nach Frankfurt zu nehmen. Und als die Allee hinter uns lag, griff sich mein Stadtführer an den Gürtel. Zeit, etwas essen zu gehen.

61

Schmalz oder Pastete auf Schwarzbrot, auch Kartoffel-
suppe, eingelegte Gurken und saurer Hering, als Hauptgang häufig Würste mit Kraut, Würste mit Knödeln, in
besseren Lokalen gelegentlich Aal, grün oder geräuchert,
dazu Bier und ein Schnaps – Tannenbaum hatte die Möglichkeiten polnischer Küche angedeutet, während ich noch
woanders war auf dem Weg zurück in die Gegend meines
Hotels. Warum haben Sie nicht ein paar Tage vorher angerufen, sich mit Irene und mir in Frankfurt verabredet,
ich wäre dann wohl zu Hause geblieben, war das keine
Überlegung? Eine Frage, die mich selbst überraschte, der
Vorwurf, der darin mitschwang, als gehe es um etwas, das
nur Wochen zurückliegt, nicht weit über ein Jahrzehnt,
aber Tannenbaum reagierte darauf nicht. Er legte mir
wieder eine Hand in den Rücken, und wir gingen in eine
Straße mit kleinen Häusern zu beiden Seiten, geradezu
eine Idylle, in einem der Vorgärten Lampions und Tische.
Dort könnten wir essen, sagte er. Und damals bin ich ein-
gesprungen für einen Kollegen. Ich hatte einen Tag vorher
erfahren, dass ich nach Frankfurt sollte. Essen Sie denn
Gurken, Würste und Kraut, oder wollen Sie zu einem Italiener, sollen es Antipasti sein, einlegte Auberginen und
Tomaten, Bruschetta und Büffelmozzarella, dann ein
Risotto und als Hauptgang kleine Tintenfische und zur
Krönung eine Zabbaione?

Tannenbaum sah mich an, er hatte gerade zum ersten
Mal etwas wie Nerven oder Ressentiment gezeigt, verbunden mit einer gewissen Kenntnis der italienischen Küche,
schon weil man Zabbaione kaum noch auf einer Karte findet. Er nickte und sah mich immer noch an, und ich zeigte

auf das Lokal, vor dem wir standen, also setzten wir uns
dort an einen der Tische im Freien; und kaum hatte jeder
seinen Krug Bier, kam ich auf den Anruf zurück – immerhin ein Versuch, uns zu erreichen. Und Irene wird es sich
bequem gemacht haben zum Telefonieren, das Sofa und
ein Wein, da hörten bei ihr die Fragen gar nicht mehr auf.
Wissen Sie, was Irene am meisten beschäftigt hat, wenn es
um Sie ging? Was Sie denn nun seien im Kern, eher Pole,
eher Deutscher, eher Jude?

Ja, das war eine ihrer Fragen, sagte Tannenbaum. Und
was darf ich bestellen, ein paar Vorspeisen, dann den Aal,
oder wollen Sie Fleisch, es gibt Schweinebauch, es gibt
Gans, es gibt Krautwickel, die kann ich empfehlen, wollen
Sie? Er hatte jetzt eine Lesebrille auf und sah mich über
den Rand der Karte an, ich bat um die Krautwickel, auch
um die Vorspeisen, und er rief einer Kellnerin etwas zu,
während ich unter dem Tisch die Schnürsenkel der Laufschuhe lockerte, was nicht auf Anhieb gelang, weil die
Hände nicht mitspielten. Und was haben Sie geantwortet?
Man muss aufpassen bei Irene – ein Stichwort, und schon
werden es immer mehr Fragen. Hoffentlich hatten Sie's
auch bequem.

Sehr sogar – Tannenbaum steckte sich eine Zigarette
an und tat einen Zug –, die Veranstalter hatten mich im
Frankfurter Hof untergebracht. Und man muss bei Ihrer
Frau nicht mehr aufpassen, sie ist seit zehn Jahren tot.

Seit neun. Aber das müssen Sie nicht wissen. Wenn es
für Ihr Gefühl zehn sind, stimmt es auch. Wussten Sie, dass
Irene eigentlich Isabel hieß? Ihr Taufname, den sie abgelegt
hat mit sechzehn, Irene war der zweite Name. Die Eltern
waren dagegen, aber sie hat sich durchgesetzt. Isabella!
hatte man ihr in Rom hinterhergerufen, dazu noch Pfiffe

und einiges mehr. Sie war ein zu auffallend schönes Mädchen für diesen Namen.

Sie war auch eine schöne Frau, sagte Tannenbaum.

Schön oder zu schön? Ich trank von dem Bier, es war kalt und würzig, den Krug ruhig zu halten kostete Kraft. Falls das noch eine Rolle spielt. Aber warum ist sie überhaupt tot? Ich beugte mich vor, fast eine Hand an Tannenbaums Händen. Warum ist das damals passiert, sagen Sie etwas, warum? Zweifellos eine Kinderfrage, warum-warum, nur erschien sie mir so notwendig wie die Frage der Polizei nach dem Alibi, Und Sie, wo waren Sie letzte Nacht, als Ihre Frau auf den Goetheturm stieg?

Warum, ich weiß es nicht! Erst jetzt trank auch Tannenbaum von dem Bier, einen Beruhigungsschluck, wie es aussah. Irene oder Isabel, sagte er, war ja auf ihre Weise verschlossen, so gern sie auch geredet hat. Bei diesem Telefonat kam sie von einem zum anderen und schließlich auf die Idee, dass man sich kurz sehen könnte, in einer Bar hinter dem Frankfurter Hof. Da kommen die Vorspeisen.

Kleine Schwarzbrotscheiben, Gurken und Speck und ein Töpfchen mit Schmalz wurden auf den Tisch gestellt, und Tannenbaum bestrich eine der Scheiben, nahm sie mit zwei Fingern und reichte sie mir – eins der Details dieses Abends, das sich eingeprägt hat, so sehr, dass auch alles Drumherum damit verankert wurde. Ich nahm ihm die Scheibe ab und fragte, wie es dann weitergegangen sei, ob er und Irene sich denn getroffen hätten, doch ganz bestimmt, wieso nicht, und diese Bar, geführt von zwei Schwulen, die gebe es längst nicht mehr. Und ebenso verankert seine Antwort, als er mir das Brettchen mit den Gurken hinhielt, ja, zwei gute Typen mit einer Liebe für alte Schlager, italienische Sachen, für einen wie ihn etwas

fremd, aber schön. Schön, wenn jemand dabei sei mit Sinn
dafür, ein Lied sogar zwei- oder dreimal hören wollte. Alles
andere von solchen Stunden, sagte Tannenbaum, vergisst
man bald, aber ein Lied, das bleibt.

Senza fine, hieß es so? Ich kaute noch an der Gurke,
manches sagt sich leichter, wenn man etwas im Mund hat,
man redet zwar, aber eigentlich isst man, und Tannenbaum
lehnte sich zurück; er nickte nur, was weder Ja noch Nein
hieß, ein Schweigen von seiner Seite, bis dann der Hauptgang gebracht wurde, Krautwickel für ihn und mich, dazu
Semmelknödel in Scheiben. Ja, so hieß es, sagte er mit Verspätung. Senza fine. Und diese Krautwickel, die habe ich
hier schon gegessen, mit einer Nigerianerin, die mir bei
dem Afrikaprojekt helfen wollte. Sie saß mir gegenüber
und sagte, sie sei glücklich, und es hatte mit dem Essen zu
tun. Oder was denken Sie? Tannenbaum stieß seine Zigarette aus, er beugte sich über seinen Teller, so wie man sich
über ein Gesicht beugt, einen Blick sucht, einen Mund,
und ich dachte an ihn und Irene in dieser Bar, stehend am
Tresen, auch wenn sie davon nichts erzählt hat, aber sie hat
so vieles für sich behalten, ja auch, was sie vorhatte, als sie
zum letzten Mal die Wohnung verließ. Was ich denke? Ich
denke, diese Afrikanerin, die Frau aus Nigeria, war glücklich, weil sie mit Ihnen am Tisch saß, Jerzy. Und haben Sie
später mit ihr geschlafen?

Tannenbaum trank von dem Bier, er behielt den Krug
in der Hand. Nein, es war ein Arbeitsessen. Außerdem war
die Frau verheiratet mit einem Polen. Vorher hatte sie Asyl,
sie war aus ihrem Dorf geflohen, vor marodierenden Rebel-
len. Was meinen Sie, Hinrich, wie soll man mit all den
Flüchtlingen aus Somalia und Eritrea, aus Nigeria oder
dem Kongo verfahren? Soll man ihnen gleich, noch in der

Heimat, die Flucht ausreden und die Schlepper kaltstellen, oder soll man sie spätestens am Mittelmeer abfangen? Dritte Möglichkeit: Soll man sie, wenn sie es über das Meer geschafft haben, nach Italien, nach Deutschland, bis vors Brandenburger Tor, zur Belohnung aufnehmen? Das waren auch Fragen in dem Fernsehprojekt, aber man sagte mir in jedem Sender, eine solche Serie wollte niemand sehen, also musste ich aufgeben. Keine Institution hat sich die Demokratie so unter den Nagel gerissen wie das Fernsehen. Die Mehrheit entscheidet, was es wert ist, gesehen zu werden und was nicht. Es gibt Grenzen für die Demokratie, in Israel weiß man das, meine Frau wusste es, sie verließ mich ohne Abstimmung. Und wie schmecken die Krautwickel?

Danke, gut, sagte ich mit afrikanischer Höflichkeit, auch wenn mir alles zu fett war, und Tannenbaum schwieg eine Weile; er aß und schaute dabei zu den anderen Gästen, mehr zu den Frauen als den Männern, das war mein Eindruck. In seinen Augen lag dabei etwas Waches und Müdes oder Träges zugleich – Augen, die mir gefallen hätten als Frau, was man so sagt, wenn einem Männeraugen auch als Mann gefallen –, eine Trägheit des Blicks, der einfach nur dorthin fiel, wo die Anziehung gerade am stärksten war, bei einem Nacken, einem Mund, einem Stück Bauch. Ihre Frau, sagte ich, haben Sie Ihre Frau bis zuletzt geliebt?

Sie hat es mir schwergemacht – Tannenbaum legte Messer und Gabel ab, er trank von seinem Bier –, sehr schwer. Unsere Wohnung war klein, und sie hat es geschafft, dass wir uns dort kaum noch begegnet sind. Aber ich wusste bis zuletzt, dass ich sie liebte. Und als sie sagte, sie gehe jetzt, und dabei in der Tür stand, ihr ganzes Zeug um sich, Taschen, Koffer, Beutel, im Flur schon ein Bekannter aus der jüdischen Gemeinde, der sollte ihr tragen helfen, sie zum Flughafen fahren, zu ihrer Maschine nach Tel Aviv, als sie da so stand, in Stiefeln, Hosen und einer Fliegerjacke, als wollte sie in Israel gleich bei der Armee anheuern, und noch etwas erhitzt war vom Zumachen der vollen Taschen und Koffer und sich kurz das Haar aus der Stirn blies, da wusste ich auch, wie sehr ich sie einmal begehrt hatte. Pozadam cei. Ich begehre dich. Es klingt auf Polnisch viel schöner, nach etwas Ruhigem. Wie eine Liebeserklärung. Und dann verschwand sie mit ihrem Bekannten, der ein Idiot war. Und ich habe mir erlaubt, am Abend mit einer anderen Afrikanerin, die ich zu der Zeit kannte, essen zu gehen. Sie kam aus Ghana und hatte mit Schmuck und Mode zu tun, sie wollte hier Fuß fassen, ich hatte in meiner Zeitung über sie geschrieben. Und ich führte sie zum besten Italiener in Warschau, dort aßen wir kleine gebratene Tintenfische in ihrem schwarzen Sud und danach Kalbsleber und am Ende zu zweit eine Zabbaione, und alles sei wie in Italien, hat sie mir immer wieder versichert, sie kannte das Land. Und mit ihr habe ich hinterher geschlafen und dabei an meine Frau gedacht.

An Ihre Frau, da sehen Sie mal, rief ich, so geht's einem.

Nur wenn das Neue noch zu neu ist, sagte Tannenbaum. Es war noch zu ungewohnt, dass mich wieder jemand umarmt hat, also gingen die Gedanken zu meiner Frau, inzwischen schon im Gelobten Land. Man muss sich auch an das Gute gewöhnen. Wie an die weichen Babytintenfische. Später haben sie viel besser geschmeckt als an dem Abend in Warschau.

Wo? In der Lagunenstadt, in der es ruhiger ist als in Venedig? Das müsste Chioggia gewesen sein, da soll man sie im Sommer ganz frisch bekommen, die Sepiolini.

Ja, dort, ich hatte den Namen vergessen, kennen Sie das? Tannenbaum schob seinen Teller weg, er rauchte wieder. Und Sie waren auch schon in Chioggia?

In Chioggia, nein. Irene und ich hatten es nur immer vorgehabt. Waren Sie länger dort? Ich trank von meinem Bier, es fiel mir jetzt leichter zu reden, als einer, der selber nichts beitragen konnte zu Chioggia oder den Sepiolini, die es dort nur im Sommer gab. Zwei Tage vielleicht, sagte Tannenbaum. Ein Abstecher von Venedig. Gehen wir? Ich darf Sie einladen, Hinrich, auch noch zu einem Schnaps, keine Widerrede! Er bestellte die Schnäpse, und mit den Gläsern, voll bis zum Rand, kam schon die Rechnung, er legte Geld auf den Tisch und stieß mit mir an, Auf unsere Frauen, die es nicht mehr gibt! Ein leiser Ausruf, die Augen geschlossen, dann kippte er den Schnaps, in den Lidern eine Bewegung, wie man sie bei Träumenden misst, aber sie rührte von etwas anderem, für das es keinen Beweis gab; noch im Aufstehen wandte er sich ab und blieb dann halb mit dem Rücken zu mir. Warmer Wind schob auf dem Gehsteig Sommerlaub vor sich her, ein feines schleifendes Geräusch, das einzige in der Seitenstraße mit dem Kellerlicht alter Lampen. Und nur eine Ecke weiter schon wieder Leuchtschriften, Verkehr und Lärm; es gab zwei Warschaus wie Tag und Nacht, oder wie den Mann, der mich mittags im Hotel abgeholt hatte, und den, der mich bei Dunkelheit wieder dorthin brachte. Tannenbaum blieb noch bis zur Lobbydrehtür an meiner Seite, seine Augen hatten jetzt etwas Erschöpftes, er schlug eine Zeit vor für die Abfahrt zu dem Kindergarten am nächsten Tag, fünfzehn Uhr? Keine wirkliche Frage, eher eine Festlegung zwischen zwei Zigarettenzügen, fünfzehn Uhr, aber er stellte noch eine Frage, wie dann der weitere Ablauf sei. Sie gehen zu Ihrer Bekannten, und ich warte im Wagen?

Nein, sagte ich. Besser, Sie gehen in den Kindergarten und übergeben Zusan etwas. Würden Sie das tun?

Etwas übergeben, was? Tannenbaum trat die Zigarette aus, so sorgsam, als sei Benzin in der Nähe, und ich sprach von Geld in einem Umschlag. Wie viel, fragte er.

Fünfundzwanzigtausend in großen Scheinen.

Tannenbaum griff sich ins Haar, eine Bewegung, als ließe sich das Denken damit steuern. Gut. Dann bis morgen um drei. Und schlafen Sie jetzt! Sein Schlusswort an diesem Tag; noch mit der Hand im Haar ging er davon.

62

Schlafen Sie jetzt, ein paradoxer Befehl, wer ihn befolgen will, wird nur noch wacher. Nach einer Dusche, warm und kalt, und einem Blick in den Safe – ja, beide Umschläge waren noch da – lag ich mit offenen Augen im Bett, zuerst auf dem Rücken, dann auf der Seite, vor mir den Nachttisch mit Telefon; trotz heruntergelassener Jalousie war es nicht ganz dunkel im Zimmer, und das Telefon selbst war hellbeige mit Tasten, ein altes Standardmodell wie noch in zahllosen Hotelzimmern auf der ganzen Welt, neben den oberen Tasten kleine Symbole, oft missverständlich, man will die Rezeption, nur meldet sich sonst wer, die Garage, die Küche, ein Amt, so war es in unserem Hotel in Chioggia. Das Zimmer war heruntergekühlt, als wir es bezogen, die Klimaanlage ließ sich nicht abstellen, und Irene versuchte, die Rezeption zu erreichen, sie probierte es mit jeder Taste und schimpfte über die Kälte, sie riss das Fenster auf, damit Wärme hereinkäme, ich aber lief die drei Etagen hinunter und sorgte für das gänzliche Abschalten der Kaltluft. Und als ich wieder nach oben kam, lag sie frisch geduscht auf der Seite, eine Wange am Kopfkissen, genau wie ich in dem Warschauer Bett, vor mir das Telefon auf dem Nachttisch; und dort, wo die Kinderverse in einem sitzen, die wenigen, die man niemals vergisst, erschien die Nummer, unter der sie immer erreichbar war, vielleicht auch an ihrem letzten Tag, ich hatte es erst in der Nacht versucht, als es zu spät war.

Nicht allzu viel, gerade eben der Verstand, den man noch mit ins Bett nimmt für die Bilder hin zum Schlaf, hatte mich davon abgebracht, diese Nummer zu wählen und den Atem anzuhalten, bis das Freizeichen kommt, zweimal, dreimal, viermal, so oft ließ sie es läuten, dann ein Klicken und ihr Name, den letzten Buchstaben leicht weggehaucht, was für den Anrufer hieß, ja, ich bin da, aber sag etwas, das zählt. Und was hätte mehr gezählt, als sie zu fragen, was in der Bar hinter dem Frankfurter Hof war, bei den zwei Schwulen, die immer so gute Musik hatten, an deinem Abend mit Tannenbaum, ich in Bad Hersfeld, bei den überflüssigen Festspielen, als ihr euch unterhalten habt, hoffentlich gut. Diese Bar hatte ja bis drei Uhr früh auf, es gibt sie schon lange nicht mehr, einer der beiden Besitzer ist gestorben, und wo sich Menschen nachts in die Augen gesehen haben, ist heute ein E-Plus-Laden, allein das alte Lied gibt es noch, Senza fine, weil die Liebe kein Ende hat, Irene, nur die Liebenden haben eins. Sie kommen und gehen, während die Zimmer, die Betten, die Kissen bleiben. Irgendein Paar umarmt sich gerade in unserem alten Chioggia-Zimmer, auch sie glauben, alles würde ewig so weitergehen, das Leben hätte tausend Sommer, und der Schädel wäre nur ein Zwischenspeicher, kein Sammler. Anschließend essen die beiden noch etwas, gleich um die Ecke vom Hotel Grande Italia, wo auch wir gegessen haben, schwarze Babytintenfische, Irene.

Die eigene Stimme lässt einen manchmal erschrecken, ein Wort entfährt, als steckte Leben darin, Irene, sagte ich, bevor es gelang, mich auf die andere Seite zu drehen, was im Halbschlaf, wenn es denn Halbschlaf war, oft Schwerarbeit ist, man braucht seinen ganzen Willen dazu, den Willen, der schon den Bach der Gedanken hinuntergeht. Und auf der Seite ohne Nachttisch und Telefon, nur mit der Wand vor Augen, kam endlich der geforderte Schlaf mit seinen Bildern, für die man keine Verantwortung mehr trägt; die meisten erreichen einen gar nicht, nur die vor dem Aufwachen als Schluss eines Films ohne Anfang – so geschehen, als es schon hell wurde im Zimmer. Da war ein Paar, der Mann in Tannenbaums Mantel, an seiner Seite eine Frau mit Rückenausschnitt, möglich, dass ich dieser Mann bin, ich sehe die Schulterblätter der Frau, aber darf sie nicht berühren, so weit sind wir noch nicht; dafür sind wir platonisch so wild aufeinander, wie es gebildete Menschen nur sein können. Die Frau hat Bücher unter dem Arm, und aus den Manteltaschen ragen Zeitungen, es ist ein Gang durch Lissabon – das fiel mir unter der Dusche ein –, die beiden gehen eine der vielen Treppengassen hinunter, zwischen den engstehenden Häusern noch die Girlanden von einem Fest, und auf einem der winzigen Plätze bei einer Quergasse bleiben sie stehen, die Frau wendet sich dem Mann zu. Sie berührt seinen Bartschatten, seine schweren Lider, also kann ich es kaum sein, sie streicht ihm durchs Haar, wie es Tannenbaum bei sich selbst getan hat, und sagt Mein schöner Jude, genau diese Worte, die fielen mir im Fahrstuhl ein, als ich mit zwei Japanern nach unten fuhr, auch einem Paar, und die Frau dem Mann etwas sagte, flüsternd, als könnte ich Japanisch verstehen.

Träume kennen keine Grenzen, das Erwachen ist die Grenze. Aber wer nach dem Aufstehen keinen Strich zieht, räumt ihnen noch einmal das Privileg unendlicher Möglichkeiten ein – alles kann sich so abgespielt haben, aber auch anders. Erst beim Frühstück ging meine Nacht zu Ende; ein weiterer Sommertag stand bevor, am Himmel nur lose Wölkchen, die Leute in leichter Kleidung, auch ich, ein Hemd mit kurzen Ärmeln und eine Weste, wie man sie bei Seglern sieht, dazu helle Baumwollhosen. Die Weste hatte eine Innentasche mit Reißverschluss, gut für den Umschlag mit dem Geld. Gleich nach dem Frühstück nahm ich ihn aus dem Safe, die Tasche war groß genug, und den ganzen Vormittag über trug ich das Geld dann bei mir, im Hotel und vor dem Hotel. Man weiß nicht immer, warum man etwas macht, man spürt nur, dass man es macht, damit man es macht, so war es in den Anfängen zwischen Zusan und mir. Es musste sein. Wie es auch mit Marianne und mir sein musste. Während die Dinge mit Irene so geschehen sind, wie ein Wunder geschieht, desgleichen, lange davor, mein Zur-Welt-Kommen als Mann durch Almut Bürkle. Zwei Wunder und zwei Nichtwunder.

Seitlich vom Hotel, seinem Restaurant, wurden Mittagstische im Freien aufgestellt, im Schatten und in der Sonne; ich konnte mich kaum entscheiden, also der Halbschatten. Eine Cola, ein Hamburger, der Blick auf die Straße, ein warmer Wind – in manchen Momenten ist alles gut, aber man merkt schon, wie es kippt. Oder weiß, dass es kippen wird. Zwei Wunder und zwei Nichtwunder, auch wenn es mit Zusan hin und wieder eine Art Wunder war, wie Glück aus der Wundertüte des Lebens. Ich hoffte, dass sie abends ins Hotel käme, um sich für das Geld zu bedanken, ich zweifelte kaum daran. Ihr das Geld selbst zu bringen erschien mir immer noch falsch. Es brauchte einen, der ihre Sprache spricht, damit sie das Geld annahm, einen wie Tannenbaum, der sich in Polen als Autor nach seiner Mutter nannte, Karlowicz: Erst jetzt fiel mir der Name wieder ein, als wäre er in dem Traum vorgekommen. Also hieß er alles in allem Jerzy Aaron Tannenbaum-Karlowicz, oder auch umgekehrt, Karlowicz-Tannenbaum; den Aaron hatte er nur einmal erwähnt, bei dem komplizierten Abendessen in unserer Wohnung, und Irene sagte später, ein Name wie aus einem Feuer gezogen.

Zum Glück sah er nicht so aus, als er gegen drei auftauchte, eher müde als feurig. Er nahm mich am Arm und zeigte auf einen klobigen Mercedes, an dem ein Mann mit Zopf die getönte Scheibe putzte. Es fährt nicht jeder dorthin, wo wir hinmüssen, sagte er. Wie war Ihre Nacht? Tannenbaum ging mit mir auf den Wagen zu, trotz der Hitze in einem Lederjackett, den Kragen eines grauen Hemds über den anderen Kragen gelegt, wie man es von Mitgliedern des israelischen Kabinetts kennt, wenn sie sich zu Krisensitzungen treffen und das Fernsehen dabei ist; in der Hand hielt er einen Beutel mit dem Emblem von Starbucks. Meine Nacht war gut, sagte ich, und wir stiegen ein, der mit dem Zopf wendete. Die Fahrt ging am Umschlagplatz vorbei und von dort in eine Gegend mit alten Häusern und rumpelnder Straßenbahn, Waggons, wie man sie nur noch selten sieht, ich zuletzt in Lissabon, die berühmte Linie Achtundzwanzig, sogar mit einer Haltestelle nicht weit vom Hotel Borges.

63

Wir haben noch einiges zu besprechen, sagte Tannenbaum, als es hinter einer der alten Bahnen nicht vorwärtsging. Unser Fahrer versteht nur Polnisch, ein zuverlässiger Mann aus der Gegend, in die wir müssen. Sie wollen noch immer, dass ich das Geld übergebe? Er holte ein frisches Päckchen Zigaretten aus dem Beutel, Pall Mall – seine Marke, am Vortag allenfalls mit den Augen erfasst –, er öffnete es und klopfte mit dem Finger eine Zigarette heraus. Oh, ja, sagte ich.

Und wo ist das Geld? Er steckte sich die Zigarette an, ich pochte gegen die Weste. Erzählen Sie Zusan, dass ich das Geld nicht brauche. Ich hätte es gewonnen, sie weiß, dass ich manchmal im Lotto gespielt habe. Ich hätte noch viel mehr als das gewonnen, also sei es gar kein großes Geschenk. Nur eben ein Geschenk.

Geschenke übergibt man selbst, aber Sie wollen, dass ich es tue. Kann es sein, dass Sie mir etwas verschweigen? Tannenbaum legte den Kopf zurück und ließ ihn leicht zur Seite fallen, mit dem Gesicht zu mir; er hatte sich nicht rasiert an dem Tag, und er schien auch nicht geschlafen zu haben, seine Augen sahen aus wie nach langem Schwimmen. Nein, sagte ich. Nur ist dieses Geld eben auch viel Geld, und von mir würde sie es nicht nehmen, ihr waren schon fünfzig Euro peinlich. Und für Sie habe ich auch ein Geschenk, es liegt im Hotelzimmer, wir können es später holen, ein Buch. Die Kleist-Novellen in einer alten Ausgabe mit ein paar Anmerkungen noch von Irene. Ich dachte, das könnte Ihnen gefallen, wenn aus einem Buch hervorgeht, wie es schon früher jemanden beschäftigt hat. Kennen Sie Kleists Novellen?

Höchstens zwei, sagte Tannenbaum, als es langsam weiterging, weiter hinter der rumpelnden Straßenbahn her. Die mit der schwangeren Marquise, die gibt es auch als Kinofilm. Und noch eine, in der ein Ziehsohn zu einer Art Monster wird, sich am Ende alles unter den Nagel reißt, ich habe den Titel vergessen.

Der Findling, so heißt die Novelle.

Ja, Der Findling, ein Titel, den man vergisst. Wollen Sie etwas trinken? Tannenbaum holte eine Flasche Wasser aus dem Beutel. Man muss trinken bei der Temperatur. Und die Fahrt kann dauern, Ampeln halten einen auf, die Straßenbahnen halten auf, die dürften gar nicht mehr verkehren, so alt, wie sie sind.

Aber sie haben Charme, sagte ich. Wegen alter Straßenbahnen reisen die Leute bis nach Lissabon. Sie nicht?

Nein, ich habe dort Flüchtlinge aus Angola getroffen, das ist mehr als zehn Jahre her. Sie können mir das Geld auch schon geben.

Ich griff in die Weste und zog den Reißverschluss auf, ich holte den Umschlag heraus. Und im Brasileira, da waren Sie aber, in dem Café mit dem Pessoa-Denkmal davor.

Einmal war ich bestimmt dort, ja. Vielleicht auch zweimal. Im Eingang gibt es einen kleinen Kiosk, nicht wahr? Tannenbaum nahm mir den Umschlag ab. Er hielt ihn tief, fast im Schoß, und warf einen Blick hinein, dann schob er ihn in eine Innentasche seiner Jacke. Man saß dort sehr gut, sagte er. Und der Kaffee war ausgezeichnet.

Daran erinnern Sie sich?

Ja. Warum fragen Sie? Er warf den Zigarettenrest aus dem Fenster, er sprach kurz mit dem Fahrer. Noch immer ging es kaum voran, nun wegen Baustellen, staubige Luft zog in den Wagen, in die Augen. Ich will nur Ihre und meine Eindrücke vergleichen, sagte ich.

Sind Sie da sicher, Hinrich?

Ganz überraschend nannte er mich beim Namen, dazu bot er mir erneut Wasser an, nachdrücklich jetzt, ich sollte aufpassen bei der Hitze, reichlich trinken; also Sorge um meinen Schlaf, Sorge um genügend Flüssigkeit, meinen Kreislauf, ja sogar Sorge um meine geistige Verfassung: dass ich ihm Fragen stellte, ohne mir über die Gründe im Klaren zu sein. Ich nahme die Flasche und trank, und Tannenbaum nickte mir zu, ein Lächeln in den Augen, wie man es selten bei Männern sieht, kaum im alltäglichen Leben, eher schon im Kino, Finch Hatton konnte in Jenseits von Afrika so lächeln, abends im Kaminfeuerschein als Zuhörer seiner Geliebten mit Farm am Fuße der Ngong-Berge. Oder war es einfach die jüdische Art von Freundlichkeit, das hätte Irene gesagt. Einmal hatten wir in Frankfurt die Synagoge besucht, eingeladen zur Bar-Mizwa eines Schulfreundes von Naomi, und im Lauf der Zeremonie über die Männer gestaunt, die einander immer wieder die Hand schüttelten und sich auf die Schulter klopften, unentwegt Freundlichkeiten austauschten, während ihre Frauen von der Empore aus zusahen und der Rabbi weniger freundlich war. Er stand vor Naomis Klassenkamerad und brüllte den blassen Jungen geradezu an, um ihm die neue Zugehörigkeit einzubläuen oder die Kinderflausen auszutreiben, man weiß es als Außenstehender nicht, man sieht nur den Mann mit Bart vor einem halben Kind herumwettern. Wir Christen auf wackligen Christenbeinen wissen so wenig, wenn es um wirklich religiöse Dinge geht, selbst wenn wir sie nachlesen, werden wir nicht klüger, nur altklug. Ich hatte erneut von dem Wasser getrunken und reichte die Flasche zurück. Wie lange fahren wir noch?

Warschau ist groß, sagte Tannenbaum. Aber wir kommen an, bevor Ihre Bekannte nach Hause geht.

Dann wird es so sein, Jerzy, Sie kennen sich aus.

Nur mit innerem Ruck nannte ich ihn jetzt auch beim Namen, es kam mir auf einmal vor wie Theater, er spielte den Jerzy, und ich hatte meine Rolle, das ganze Stück aber kannte bloß er, dazu kam sein Äußeres; ich sah nicht aus wie ein Schauspieler, er schon, er hatte die Augen dazu. Ihre polnische Bekannte oder Freundin, sagte er, waren Sie mit ihr intim, ich meine, kann ich mich darauf berufen, dass Sie ihr dieses Geld aus Liebe schenken? Tannenbaum betrachtete seine Hände, Hände, als hätte er im Freien zu tun, mit eigenen Ölbäumen und raffinierter Bewässerung, man traute ihm so etwas zu, auch dass er seinen Boden verteidigen würde, nur nicht, dass er in einer kleinen Warschauer Wohnung lebte, verlassen von einer Frau, die wohl das machte, wonach er aussah, kargen Boden bewässern, stets eine Waffe bei sich gegen die Feinde Israels; und auch nicht, dass er froh war, wenn ihn jemand nach Deutschland einlud, für ein Podium, auf dem noch ein Pole mit jüdischem Hintergrund fehlte.

Ja, wir waren intim, sagte ich, und von ihm nur ein Nicken, während er schon wieder rauchte und nach draußen sah, auf eine der Baustellen, an denen es entlangging. Die Straße wurde erneuert, überall dampfender Teer und glänzende Arbeiterrücken, fast zum Greifen, auch das war intim. Ich atmete den Teergeruch ein, mit einer Wirkung wie bei Tinte, wenn man sie riecht und gleich in der Schulzeit ist; als Kind hatte ich gern zugesehen bei Straßenarbeiten, nie ohne das Bild, in den kochenden Teer zu fallen.

Tannenbaum beugte sich zu mir. Denken Sie nicht, ich sei neugierig. Ich brauche ein Argument für den Fall, dass die Frau auch von mir das Geld nicht annehmen will. Sie war also Ihre Geliebte, nur ist das Kind nicht von Ihnen. Trotzdem soll ihm das Geld zugutekommen. Für seine Ausbildung, ist das richtig?

Ja, der Junge soll studieren, machen Sie ihr das klar.

Ihnen würde Sie aber mehr zuhören, oder nicht? Tannenbaum legte den Kopf wieder zurück, die Hand mit der Zigarette fast am Mund. Eine richtige Geliebte hört immer zu, das zeichnet sie ja aus. Die, die nicht zuhören, sind keine Geliebten, auch wenn sie im Bett liegen mit uns. Wir haben Freundinnen, Bekannte, Urlaubsgeschichten, Affären, aber wann treffen wir die Person, die uns ihre ganze Aufmerksamkeit schenkt, so, dass wir ihr auch etwas schenken wollen, und wenn es am Ende Geld ist, das wir für uns selbst brauchen könnten. Fünfundzwanzigtausend Euro, das ist viel Geld. Und die Kindergärtnerin Przybyszewski, sie hat es verdient?

Keine hat es mehr verdient – ich lehnte mich auch zurück, wir sahen uns an –, hatten Sie je so eine Geliebte?

Ja, sagte Tannenbaum. Sie war schön, müde, anbetungswürdig. Eine Sorte Frau, die es heute kaum noch gibt. Es gibt sie in alten Filmen, es gibt sie auf Bildern, ich habe von der Pompeji-Ausstellung gelesen, dem Erfolg Ihrer Tochter, auch wenn die Kritik den Erfolg nicht zugab. Noch etwas Wasser? Er reichte mir wieder die Flasche, und ich trank von dem Wasser, während er mit dem Fahrer sprach. Seine Stimme hörte sich im Polnischen tiefer und weicher an als im Deutschen, zärtlicher, könnte man auch sagen, oder gefährlicher, wenn man länger hinhörte, sich etwas dachte dazu. Tannenbaum lehnte sich wieder zurück, er nahm mir

die Flasche ab, Wir sind jetzt bald da, sagte er. Gegenüber
von dem Kindergarten soll ein Kiosk sein, da können Sie
etwas Kühles trinken. Geht es Ihnen gut? Er sah mich an
wie ein Arzt, ein Blick in meine Augen, auf meine Stirn;
mir lief der Schweiß, und sein Gesicht war fast trocken,
blassbraun mit dunkleren Partien vom Bart, das blasse
Braun von Pistazienschalen – ganze Kneipentische hatten
Irene und ich damit abends übersät, in Palermo, in Cata-
nia, in Gallipoli.

Woran denken Sie? Die besorgte Frage all derer, die sich
nicht sicher sind, wer für den anderen mehr empfindet,
wen es tiefer treffen könnte, wenn der andere sich abkehrt,
wer am Ende übrig bliebt. Tannenbaum spielte mit seinem
Feuerzeug, ließ es mal in die eine, mal in die andere Hand
gleiten, während er mit einem Daumen das Päckchen Zigaretten hielt, ein Kabinettstück der Hände, die gar nichts
Altes hatten, im Gegenteil, Hände, die es wohl noch verstanden, andere Hände zu halten oder Füße zu streicheln
und den Schoß einer Frau zu öffnen; und die es früher verstanden hatten, mit einem Sohn zu basteln, aus einem
Haufen kleiner Teile auch ohne den Plan ein Raumschiff
zu machen. Ich habe an Pistazienschalen gedacht, wie Irene
und ich damit ganze Tische übersät haben. Was ist das
für eine Gegend hier? Ich machte eine Bewegung nach
draußen; neben der Straße jetzt Bauruinen, dazwischen
Brachland, aber mit Reklametafeln, Apple, Samsung, To-
yota. Tannenbaum zeigte mit der Flasche auf eine der Ruinen. Die Russen-Mafia steckt hier ihr Geld rein, bis irgendeiner erschossen wird und alles stehen und liegen bleibt. In
dieser Stadt flieht man ab einem bestimmten Punkt, so wie
meine Frau geflohen ist. Sie hat die kleine Wohnung nicht
mehr ertragen, und auch nicht, dass ich so anders dachte

als sie. Für mich war die Wohnung groß genug, sie hat von der Wüste geträumt. Als wir uns kennenlernten, war sie nur pro Israel, aber politisch, damit konnte ich umgehen. Und nachdem die Kommunisten in Polen weg waren, bekam sie irgendwann eine Stelle bei der jüdischen Gemeinde und veränderte sich, langsam am Anfang. Und am Schluss hat sie weggehört, wenn ich etwas sagte.

War Ihre Frau glücklich mit Ihnen? Tannenbaum warf die leere Flasche aus seinem Fenster, zu anderem Müll am Straßenrand, er schien nicht auf die Antwort zu warten, und ich sah nach draußen. Längs der Straße nun bewohnte Häuser, kastenförmig, unten mit kleinen Läden, Tattoo-Studios, Getränkebuden, PC-Reparaturen. Irene und ich, wir hatten glückliche Zeiten, was nicht heißen muss, dass sie mit mir glücklich war. Aber sie war auch nicht unglücklich mit mir. Das war sie mit sich selbst, im letzten Jahr wohl nur noch.

Here we are, sagte der Fahrer nach hinten, und Tannenbaum zeigte in die Umgebung, auf aufgerissene Straßen mit Kabelgewirr, Rohre und Schutt; eine der Straßen verlief im Brachland, eine andere zwischen den Kastenhäusern, flach ihre Dächer, darauf rußige Werbeschilder. In dieser Gegend treffen zwei Mafiagebiete aufeinander, erklärte er. Irgendwo verläuft die Grenze, vielleicht genau durch den Kindergarten, haben Sie ihn schon entdeckt? Er sah zu einem Haus mit buntem Schriftzug über dem Eingang, die Fenster des oberen Stockwerks teils zugemauert, dann ging sein Blick zur anderen Straßenseite, dort gab es den versprochenen Kiosk, davor Männer mit Bierdosen. Besorgen Sie sich etwas Kaltes, Hinrich, aber gehen Sie damit besser wieder in den Wagen. Oder Sie kommen einfach mit, und ich übernehme das Reden. Wie an unserem allerersten Abend am Edersee, Sie erinnern sich? Ich hatte etwas viel getrunken und etwas viel geredet. Auf die Fragen von Ihrer Frau hin. Die auch ganz schön getrunken hatte, immer ein Glas am Mund, Ihre Irene. Oder Isabel. Sie haben sie nie Isabel genannt?

Nein, sagte ich. Vor mir aus nie. Warum auch.

Weil es ein schöner Name ist.

Für Irene als Mädchen nicht.

Aber vielleicht wieder mit fünfzig? Tannenbaum stieg aus dem Wagen, und ich schüttelte nur den Kopf – gut zu sehen im Innenspiegel: eine dieser Begegnungen mit sich selbst, die einem bleiben, mein Kopfschütteln in der Art, wie einer den Kopf schüttelt, der etwas nicht fassen kann, eben weil er es noch gar nicht erfasst hat. Also Sie wollen wirklich nicht mit? Noch einmal zum Wagenfenster gebeugt, fragte er das, eher schon eine traurige Feststellung als eine Frage, und statt des Kopfschüttelns jetzt ein Abwinken, bevor ich auch nur hätte nachdenken können, ob es nicht doch besser wäre, zu zweit bei Zusan aufzutauchen. Tannenbaum klopfte auf das Wagendach, seine Abmeldung. Aber es kann dort drin eine Weile dauern, rief er noch. Bei stolzen Frauen muss man einen schwachen Moment abwarten.

64

Eine Weile, das konnte eine Stunde sein, in dem Mercedes noch aus Irene-Jahren mit kaputter Klimaanlage nicht auszuhalten, also trat ich auf die Straße und überquerte sie gleich. Die Männer vor dem Kiosk dämpften die Stimmen, als der Fremde herankam, sie steckten die Köpfe zusammen, einer schnippte seine Kippe weg. In dem Kiosk bediente eine ältere Frau mit Nike-Kappe – ältere sagt sich so leicht, sie war klein, faltig, alles andere als jung, trug aber diese Kappe in Weiß. Ich zeigte auf die Dosen in den Händen der Männer, und sie beugte sich in eine Truhe und holte ein Budweiser hervor, ich zahlte zum ersten Mal mit polnischer Währung, dabei das leichte Verwirrtsein wie vor Jahr und Tag mit Lire, als sei man auf einem anderen, bestechenderen Stern.

Die Dose war mit pudrigem Eis bedeckt, ich hielt sie mir an die Stirn, an den Hals, an die Wange. Die Männer vor dem Kiosk lachten mir zu, sie ahmten mich nach mit ihren Dosen, Männer in Unterhemden und Shorts, kaum halb so alt wie ich. Die schon geleerten Dosen bauten sie übereinander, zu einem wankenden Gebilde; sie feuerten sich an dabei, Rufe, die sich in der Stille rundherum verloren. Außer den Männern mit den Dosen schien nur noch ein Lebewesen in diese Vorstadtgegend zu gehören, ein magerer Hund. Er lag auf der Straße, aber mehr auf der Seite des Kindergartens, und ich ging auf ihn zu – Momente des Schwankens, ob ich nicht doch in das Haus mit den Comic-Graffiti sollte, um Zusan nach mehr als drei Monaten wiederzusehen, sie in den Arm zu nehmen und ihr von dem Geld zu erzählen, bis sie mich unterbricht, du spinnst ja. Ich war dann fast bei dem Hund, der nur leicht den Kopf hob, als in dem alten Mercedes plötzlich Musik lief, wie ein Nein zu jedem weiteren Schritt; auf jeden Fall blieb ich stehen, während der Hund, von der Musik angesteckt, auf die Beine kam. Er streckte sich und riss kurz das Maul auf, dann ging er um mich herum und in einem Bogen bis in den Schatten des Wagens, dort legte er sich erneut hin, und ich beneidete ihn um die simple Vernunft.

Die Männer am Kiosk sangen jetzt ein Lied mit, das aus dem Autoradio über die Straße drang – das Ganze war eine polnische Schlagersendung, zwischen den Liedern süßliche Ansagen; es ist die Bejahung der Liebe und die Angst, wieder ohne Liebe allein zu sein, die sich mitteilen, auch wenn man kein Wort versteht. Ich ging wieder zu dem Kiosk, die Dose am Mund, ich trank im Gehen, das Bier war wie ein Bad von innen, ich leerte die Dose und kaufte noch eine. Mit Zusan hatte ich abends nur Bier getrunken, sie vertrug keinen Wein. Einmal hatten wir sogar nachmittags Bier getrunken, sie war nach ihrer Schicht mit ein paar Dosen zu mir gekommen, als Überraschung. Es war ein Samstag, ebenfalls heiß, wir saßen auf dem Sofa und tranken, Zusan nur in ein Handtuch gehüllt, sie hatte geduscht. Das Bier stieg uns beiden zu Kopf, und Zusan machte Dinge auf dem Sofa, die unbezahlbar waren. Einer der Männer trat auf mich zu, er fragte auf Deutsch, woher ich käme, und ich sagte es ihm, und er nannte zwei Frankfurter Straßen, in denen er schon tapeziert hatte und das Parkett abgeschliffen – womöglich der Vater von Zusans Sohn, den sie später hier treffen würde, ein Gedanke, der sich mit der Musik aus dem Wagen vermischte, auch der Wirkung des Biers und der Hitze. Ich setzte mich auf einen Campingstuhl, der neben dem Kiosk stand, und sah den Männern bei ihrem Turmbau zu, das Dosengebilde schon beachtlich hoch, über der Gürtellinie, und man möchte nicht, dass es einstürzt, man weiß nur, dass es passieren wird – Irene und ich wussten es. An einem Ferragosto in Rom hatten ein paar Typen auch leere Bierdosen aufeinandergestellt, das Ganze auf einem Tisch vor einer geschlossenen Bar, wir und die Typen schienen die letzten Menschen zu sein in der glutheißen Stadt auf dem Höhepunkt des italienischen Sommers. Sie hatte nur ein dünnes Kleid an und war barfuß, unser Hotel lag um die Ecke. Und kaum war der Turm gekippt, zog es uns dorthin. Und im Zimmer wusch ich dir die Füße, in meiner Hand ein nasses Handtuch, damit kam man am besten zwischen die Zehen, du hättest auch in Glas treten können, Irene, die Nacht vor Ferragosto war wild, immer wieder das Klirren geworfener Flaschen, doch du hast Glück gehabt, bloß etwas Teer und klebender Sand, das ist gleich weg, mein Herz, du musst nur stillhalten, auch wenn es kitzelt. Deine Fußsohlen waren anfangs immer gekreuzt, wenn du dich hingekniet hast, ich weiß, es ist nicht leicht, die Füße auseinander zu nehmen, auch die gewaschenen, ihre Ballen so hell wie zwei geschälte Mandarinen.

Der Fahrer mit Zopf sah herüber; aus dem Autoradio kam noch die Schlagersendung, ein Lied fing gerade an, langsam klagend, die Melodie wie aus Kinderzeiten, und ein Titel fiel mir ein, ja sogar eine Zeile, Der Junge mit der Mundharmonika, er erzählt von dem, was einst geschah – kaum zu sagen, wann und wie man so etwas aufschnappt und warum es nicht verlorengeht. Zusan hatte gern Adamo gehört, eine der Platten von Irene, Viens ma brune, das hat sie mitgesungen, auch nicht ohne weiteres zu vergessen. Der Bierdosenturm stürzte in sich zusammen, ein in die Stille brechendes Geräusch, der Hund sprang auf, er lief über die Straße, zwei der Männer warfen mit Dosen nach ihm, eine traf sogar, er stieß einen Laut aus und verschwand zwischen Schutt.

Das Bier, es drückte auf die Blase, da half auch bequemes Sitzen nichts, blieb nur ein Gang hinter den Kiosk, vor ein Gestrüpp mit geknüllten Taschentüchern wie abgefallene Blüten; nur war es kein stiller Ort, auch da war das Autoradio, die Musik noch zu hören, und was macht schneller hilflos als die richtige Musik in einem Augenblick der Schwäche? Man kann sich nicht mehr wehren, nur noch allem seinen Lauf lassen, pinkeln und weinen. Als ich fünf war, durfte ich zum ersten Mal mit ins Kino, ein Sonntag in der Stadt, das Kino länglich, mit rotem Vorhang. Der Film heißt Überfall auf den Goldexpress, und als einer der Räuber auf den Waggons zur Lokomotive läuft, in jeder Hand einen Revolver, läuft es mir heiß am Bein herunter. Mein Vater riecht die Bescherung und zieht mich vom Sitz, als der Räuber in die Lok springt, er führt mich aus dem Kino, auf einen Hof in der Sonne, dort weine ich, was man bittere Tränen nennt. Der Hund tauchte wieder auf, es zog ihn zu mir, für ein Geschäft nahe meinem, ich strich ihm über den Kopf, etwas nie zuvor Getanes bei einem fremden Tier. Dann ging ich über die Straße und stieg in den alten Mercedes und bedeutete dem Polen mit Zopf, dass es mir lieber wäre, ohne Musik zu warten, und er stellte das Radio ab.

Die Stille war so drückend wie die Hitze, und der Fahrer begann zu telefonieren, mit seiner Frau, nahm ich an, es klang mir nach Alltag, kleinen Sorgen, kleinen Freuden. Wo blieb Tannenbaum? Und überhaupt war niemand zu sehen, eine tote Gegend, ausgestorben wie Rom an dem Ferragosto mit Irenes Fußwaschung. Nach unseren Stunden im Hotel wollte sie abends in ein Kino, es musste sein, aber alle Kinos hatten geschlossen an dem Tag, und schließlich setzte sie sich in den Eingang eines großen alten Kinos in der Nähe vom Bahnhof Termini und weinte. Ich setzte mich zu ihr, ich hielt ihre Hand, mein Herz, wir gehen morgen in einen Film, und kaum war sie etwas beruhigt und mit ihren geröteten Augen eine Schönheit im Halbdunkel des Eingangs, bat sie mich, nein: verlangte sie, dass ich einen ihrer Helden des Kinos, Steve McQueen, in seiner besten Szene spielen sollte, wie er als unschuldig verurteilter Revolvermann Tom Horn am Schluss mit Strick um den Hals dasteht und die Falltür nicht gleich aufgehen will und er die bleichen Zeugen seiner Hinrichtung beruhigt. Mir war der Film noch gut im Gedächtnis, weil McQueen, der dem Tod selbst schon entgegensah mit seinem Krebs, ganz in der Rolle aufging, und nun sollte ich mich hinstellen vor Irene, als könnte in jedem Moment eine Falltür unter mir wegklappen, und zu ihr sprechen wie Tom Horn zu den Sheriffs, die genau wussten, dass mit ihm der Falsche gehängt wird, damit sie ihr Kino an diesem glühenden Abend im immer noch menschenleeren Rom bekäme. Und natürlich hatte ich es ihr zuliebe getan, bis sie irgendwann Cut sagte und applaudierte.

Irene oder der ewig gleiche Gedanke hinter jedem Verlangen: dass der andere einem schuldig sei, was man für sein eigenes Leben braucht. Sie dagegen konnte sich kaum vorstellen, einem anderen mehr zu schulden als ihre Solidarität. Tatsächlich hatte sie immer zu mir gehalten, immer, in jeder Situation, vielleicht sogar in Lissabon, falls sie dort war, an ihrer Seite nur keiner der ökologischen Freunde mit leiser Stimme und Rucksack, nein, wenn schon, dann jemand wie ein Ausrufezeichen, das von Hotel Borges, Sonntag! Jemand, der ihr schenkt, was sie braucht, auch ohne das Gefühl, in ihrer Schuld zu stehen, und dazu reicht eine Nacht ohne Schlaf, der lässt sich auf der Rückfahrt nach Porto nachholen, Irene allein im Zugabteil, den Kopf in die Hand gestützt, an ihren Fingerkuppen noch etwas vom Geruch aus den schlaflosen Stunden, nach einer anderen Haut, anderem Schweiß, dem anderen Geschlecht. Am letzten Abend im Museum, außer mir, dem Wächter, niemand mehr in den Räumen, stand ich noch vor dem Wandbild eines Paars, die Frau, ebenfalls den Kopf in die Hand gestützt, schaut sich still lächelnd um nach dem Mann, der hinter ihr kniet, mit ihr verbunden. Unter dem Paar, seinem Lager, sind in den rötlichen Grundton des Freskos zwei Worte eingeritzt, lente impelle, stoße langsam – auch ein Verlangen, keine Bitte, schon gar nicht die ängstliche Bitte einer Frau vor zweitausend Jahren. Ich sah Irene in dem Zug nach Porto, sie riecht an ihren Fingern und sieht in die verbrannte Landschaft, erfüllt von Erfüllung. Lente impelle, das hätte von ihr sein können, gemeint sind nicht die Stöße in ein schwaches Fleisch, nein, so billig kommt ihr keiner davon, gemeint sind die Stöße in ihr Herz, langsam, um es nicht zu verletzen, und fest genug, das Unerlaubte daraus zu lösen, ihr Lachen über die tausendjährige Scham. Aber wenn es so war, hat es nicht lange gehalten, als sie aus dem Zug steigt, ist sie so gut wie zu Hause. Sie hat noch von Porto aus angerufen und mir von einem Ausflug an den nahen Atlantik erzählt, unglaubliche Wellen, die auch langsam anrollen, höher und höher werden, haushoch, bis sie donnernd und weiß in sich einstürzen – ein Inferno, das war ihr Wort, das fiel mir wieder ein in dem Mercedes, als Jerzy Tannenbaum aus dem Kindergarten kam.

65

Und? Immer das erste bange Wort, die erste Frage, sobald einer mit guter oder schlechter Nachricht zurückkehrt, sagen kann, ob die Prüfung bestanden wurde, der Eingriff am Herzen geglückt ist, der Freispruch erfolgt, aber mein Geldüberbringer, in den Wagen gestiegen, sagte nicht mir etwas, sondern dem Fahrer, und der ließ den Motor an und wendete vor dem Kindergarten. Er fuhr an dem Kiosk vorbei, knackend über eine der Bierdosen, und um die Baugruben herum, im Schutt der magere Hund, und weiter auf die Ausfallstraße Richtung Zentrum, genau in die Abendsonne. Ich hielt einen Arm über die Augen, während Tannenbaum wieder den Kopf zurücklegte, die Zigaretten und das Feuerzeug in der Hand; er wandte sich mir zu und roch aus dem Mund wie Zusan immer gerochen hatte, wenn sie zu mir kam, nach Pfefferminz.

Also, Sie können beruhigt sein, sagte er, das Geld hat den Besitzer gewechselt. Aber es war nicht leicht. Jemand, der Geld braucht und keins annehmen will, wo findet man so etwas noch? Er griff in seine Jacke und holte ein Pfefferminzbonbon heraus und hielt es mir hin. Ein Gruß von Zusan. Sie hat heute länger Dienst, einige Kinder schlafen dort, sie wird erst um zehn abgelöst. Und will das Geld noch in ihre Wohnung bringen, es verstecken, und dann in die Stadt fahren, zu Ihnen. Es könnte spät werden, meint sie, elf, um die Zeit gebe es kaum Busse. Nehmen Sie ein Taxi, sagte ich, jetzt, wo es auf hundert Euro nicht mehr ankommt. Und ihre Antwort war ein Lächeln, die Hände an den Wangen. Sie sind zu beneiden! Tannenbaum hielt mir noch das Bonbon hin, ich nahm es ihm ab, Zu beneiden, um was? Eine dumme Frage, aber man stellt sie, will wissen, worum man beneidet wird; ich schob mir das Bonbon in den Mund, wie ein Stückchen von Zusans Zunge an meiner. Um einen feinen Menschen, sagte Tannenbaum. Wo gibt es das noch, feine Menschen. Aber von der Gegend hier verdorben. Sie glaubte erst, ich sei von der Polizei oder Mafia und wolle sie irgendwie reinlegen. Ich bat sie dann, aus dem Fenster zu sehen, draußen würde ihr Bekannter aus Frankfurt im Wagen sitzen, und sie sah aus dem Fenster, aber da saßen Sie auf der anderen Straßenseite bei dem Kiosk und tranken etwas. Danach war sie immer noch misstrauisch, warum Sie nicht selbst kämen, warum Sie da draußen herumsäßen, und ich konnte nur sagen, Sie würden sich nicht trauen und sich auch irgendwie genieren, ihr so viel Geld zu schenken. Und da hat sie nur die Augen verdreht, und sie kann sehr schön die Augen verdrehen. Und Sie, waren Sie nervös, hatten Sie gedacht, ich käme mit dem Geld zurück? Tannenbaum steckte sich eine Zigarette an, er tat einen Zug und ließ den Rauch durch die Nase verströmen. Das dachte ich nämlich, als ich den Kindergarten betrat und gleich im Flur ein großes Foto an der Wand sah, ein Schnauzbärtiger in Uniform hoch zu Ross, eine Hand am Säbel, ein Bild des Marschalls Piłsudski, an dem alle Kinder morgens und abends vorbeigehen, immer für einen Augenblick eingeschüchtert, würde ich sagen, um dann umso mehr Lärm zu veranstalten. Aus einem Raum am Ende des Flurs kam dieser Lärm, als hätte der Marschall die Kinder in eine Schlacht geschickt. Die Tür zu dem Raum war offen, ich sah die Kindergärtnerin Przybyszewski in weißen Jogginghosen und blauem T-Shirt, sie hätte Piłsudskis strahlende Urenkelin sein können, um sie herum bestimmt dreißig spielende Zwerge, schreiende Zwerge, Zwerge, die an ihr zupfen.

Und schließlich sieht sie mich und schickt alle Zwerge ins Freie, in einen Hinterhof, ich sage Zwerge, weil die Kinder schon etwas Altes hatten, etwas Trauriges. Was kann ich für Sie tun, fragt sie, und ich komme sofort zur Sache und sage, was es zu sagen gibt, und hole den Umschlag hervor, und sie denkt an die Mafia, bis ich mit ihr ans Fenster gehe und sie ihren Wohltäter auf der anderen Straßenseite mit einer Bierdose in der Hand sieht. Zuerst wollte sie zu Ihnen gehen, aber sie ist heute allein mit den Kindern, irgendwer ist ausgefallen, und die Kinder, sagte sie, bräuchten ihre Nähe. Sie begann dann, herumliegendes Spielzeug aufzuräumen, Kegel, Weichbälle, Stofftiere, Plastikfiguren, sie tat alles in eine Kiste und fragte dabei, wie ich sie hier gefunden hätte, und ich erklärte es ihr. Am Ende klappte sie die Kiste zu und setzte sich darauf, das war der Moment, ihr den Umschlag zu übergeben. Danach trat ich vor eine Wand mit Kinderzeichnungen, wie sie Psychologen in Begeisterung versetzen. Ich wollte ihr Zeit lassen, sich die vielen Scheine anzuschauen, aber da kam sie schon und erklärte, sie könnte das nicht annehmen, und ich redete so lange auf sie ein, bis sie nachgab – nur für meinen Sohn, sagte sie, und ich riet ihr, das Geld zu verstecken und keinem davon zu erzählen. Keiner Menschenseele, hören Sie! Tannenbaum warf den Zigarettenrest aus dem Fenster, er fluchte leise – ich hielt es für Fluchen, weil es vor einer Kreuzung nicht voranging, sich Hitze und Staub im Wagen ballten; ohne Fahrtwind klebte man in den Kuhlen der plastikbezogenen Sitze, wie gefangen. Mir war wieder schwindlig, noch vom Bier, aber auch bei der Vorstellung, was aus dem Abend noch alles werden könnte, also fing ich an zu reden, setzte auf Worte, die Halt gaben. Diese Geliebte von Ihnen, hatte sie etwas von Zusan?

Nein, sagte Tannenbaum. Schöne Polinnen mit Stolz, da gibt es viele, diese Person aber war so selten, dass ich mich jedes Mal wunderte, wenn ich sie wiedersah. Für Ihre Zusan wäre ich allerdings auch nach Warschau gefahren. Ich denke nicht, dass sie einen Mann hat. Sie könnte also mit ihrem Kind nach Frankfurt ziehen, der Sohn würde dort die besten Schulen besuchen. Und Sie hätten jemanden, wenn es immer schwieriger wird, allein zu leben. Polinnen können sehr einfühlsam bei älteren Männern sein, und das hat nicht nur mit Geld zu tun. Sie suchen auch die Herausforderung, wenn es gebildete Männer sind. Viele Bücher in der Wohnung, und diese jungen Frauen schauen zu einem auf – aber nur, weil sie Maß nehmen. Sie wollen auf dieselbe Höhe.

Und Ihre Geliebte, wollte sie das auch?

Nein. Wir waren von Anfang an auf einer Höhe.

Dann war sie ziemlich erwachsen. Wie hieß sie?

Nicht, bitte, nicht, sagte Tannenbaum, als es endlich voranging, wir über die Kreuzung kamen, wieder mit Fahrtwind im Wagen. Das alles heilt ja nicht, wenn ein Name fällt, es wird nur schlimmer. Sie war meine Geliebte, Schluss. Haben Sie Hunger? Er beugte sich nach vorn und fragte etwas auf Polnisch, der Fahrer schüttelte den Kopf, ich sah auf den pendelnden Zopf, ein ermüdendes Hin und Her. Die Geliebte an sich also, meinetwegen. Und mit ihr natürlich Venedig, trotz allen Trubels, mit ihr auch der Chioggia-Abstecher, die Babytintenfische – Worte bei geschlossenen Augen, wenn Worte weniger Gewicht haben, wie es scheint, als überlegte man sie nur vor sich hin; noch mehr Schläfrigkeit überkam mich, wie ein Angebot zur Anästhesie. Tannenbaums altes Metallfeuerzeug machte sein Klappgeräusch, dann schon der Rauchgeruch. Ja, ich war dort mit ihr, sagte er. Ja.

Der Fahrtwind nahm noch zu, und als es in einen Tunnel ging, wurde er sogar kühl, ich machte die Augen auf. Mein Warschauführer hatte sich schon wieder nach vorn gebeugt, er sprach leise mit dem Fahrer, eine Hand im Nacken, als wollte er die Narbe dort bedecken, obwohl man sie nicht sah im Tunnel; erst als die tiefe Sonne noch einmal in den Wagen schien, sah ich etwas von ihr, bevor Tannenbaum sich zurücklehnte. Er wollte mit mir den Abend besprechen, das Essen – ein Lokal in der Gegend oder im Zentrum, polnisch oder italienisch, preiswert oder teuer –, und ich überließ ihm die Wahl und fragte nach der Narbe, was da in seinem Nacken passiert sei. Nichts Dramatisches, ein Malheur am Meer, sagte er, und ich sagte, im Hotelzimmer sei noch das Geschenk für ihn, das Buch, und er: Dann holen wir's doch jetzt gleich, und ich: Wo am Meer?, und er sagte, Bei dem Lagunenort, wir hatten Räder gemietet, sie später in die Dünen gelegt, ich fiel bei einem Schritt nach hinten über Wurzeln, mit dem Nacken auf einen Lenker ohne Griff, auf die scharfe Außenkante, und ich sagte, Schlimmer geht es kaum, und er sagte, Ja – kein sehr einsichtiger Dialog, keiner, wie man ihn im Fernsehen hat, wenn die Kommissare unterwegs sind, aber genauso lief er ab. Von Lokalen in Warschau ging es zu der Narbe in Tannenbaums Nacken und mit einem Sprung ans Mittelmeer und von dort zu den Kleist-Novellen in meinem Hotelzimmer und wieder zurück zur Narbe, zu einem Unfall in den Dünen von Pellestrina.

66

Jeder Liebende erfährt immer auch eine Heilung, und in all der Zeit mit Irene kam diese Heilung oder das tiefe Glück, wenn alte Wunden sich schließen, viel mehr aus dem, was ich sah, als aus dem, was ich wusste – ich sah ihren Mund, ihre Wangen, die Augen, und alles andere war weniger gut, weniger richtig, ohne große Bedeutung. Einmal hatte mich Irene zum Arzt begleitet, es gab den Verdacht auf Prostatakrebs, die Gewebeprobe war untersucht worden, ich sollte das Ergebnis hören, und wir fuhren in einem Hochhaus mit Büros und Praxen in die oberste Etage, in der Kabine das vernichtende Licht von Neonröhren. Aber wir sahen nicht zur Wand, wir sahen uns an, und noch bevor die Kabinentür aufging, nahm ich Irenes Kopf in die Arme und sagte, ich sei gesund, was ich dann auch war, die Proben hatten nichts ergeben. Und nach der Rückfahrt zu meinem Hotel stand ich auch in einer Fahrstuhlkabine mit vernichtendem Licht, dem von Xenonlampen sogar, und sah in Tannenbaums Nacken, während er die Speisekarte des Restaurants an der Kabinenwand las, eine Fahrt nicht länger als ein paar Atemzüge bis zur vierten Etage, aber sie reichten für ein Gefühl, aus dem später – schwer zu sagen, wann – ein Gedanke wurde: dass auch die tiefen Wunden in der Liebe mehr aus dem rühren, was man sieht, nicht aus dem, was man weiß.

Und oben im Zimmer ging Tannenbaum gleich ans Fenster, zog es auf und holte Luft, als wären wir im Fahrstuhl unter Wasser gewesen. Er hatte wieder die Taxikosten ausgelegt, hundertfünfzig Euro, ich gab ihm das Geld und bei der Gelegenheit auch das Geschenk, wir standen beide am offenen Fenster, unten der Abendverkehr und die

330

Wohnblocks auf der anderen Straßenseite in roter Sonne, ein Fassadenglühen. Tannenbaum schob das Geld in die Brusttasche der Jacke, dann fing er an, in dem Buch zu blättern, und sagte, es sei ein zu wertvolles Geschenk, und ich sagte, nein, er habe es sich am Nachmittag verdient, da habe er viel für mich getan, aber auch gestern mit der Führung, und er fragte, ob er noch etwas für mich tun könne, und blätterte weiter, jetzt aber schneller, ein Blättern nur mit dem Daumen, bis er zu der Seite kam, wo Der Findling begann, und ich sagte, ja, er könne noch etwas für mich tun. Es war einer dieser Sätze, die aus einem anderen hervorgehen, einfach die Worte aufgreifen, und schon ist etwas in Gang, mit dem man gar nicht gerechnet hat, man spricht und erschrickt. Im Zimmersafe liegt ein Umschlag, sagte ich. Ein Trauerbrief, den ich gleich hätte öffnen sollen, schon vor Wochen. Und je länger er bei mir dann in einer Schublade lag, desto mehr hielt mich davon ab, ihn zu öffnen. Würden Sie das für mich tun?

Ich sah noch zu den Wohnblocks, nur waren die Minuten ihrer Abendschönheit vorbei, es gab keinen Grund mehr, am Fenster zu stehen, also trat ich zum Schreibtisch, unschlüssig, wie es weitergehen sollte, während Tannenbaum an das Bett trat und das Buch dort ablegte, aufgeschlagen beim Anfang vom Findling. Bitte, wenn Sie's so wollen, sagte er und ging vom Bett zum Schrank, ein logischer Schritt, weil der Zimmersafe meistens im Schrank ist. Wie heißen die Zahlen?

Einfach das Todesdatum meiner Frau.

Ich wollte es nennen, aber da machte sich Tannenbaum schon zu schaffen, die Schranktür geöffnet, Arme gestreckt, den Kopf vorgeneigt, ein Hoteldieb bei der Arbeit, und nur Momente später – gesehen jetzt von der Bettkante aus, als hätte mir jemand gesagt, besser, Sie setzen sich – hielt er den Umschlag in der Hand und sah mich fragend an, ich nickte ihm zu; nichts war leichter, nichts war schwerer, gleichzeitig aus dem Flur vor dem Zimmer Stimmen, Mann und Frau, ein Pärchen, zwei auf dem Weg in den Abend, Stimmen von einem anderen Ufer, Tannenbaum zog ein Taschenmesser aus der Jacke, einen Gegenstand, den man kaum vermutet hätte darin; und überraschend auch, wie er den Umschlag trotz ernstem Rand kurz zwischen die Lippen nahm, um beide Hände frei zu haben für das Hervorholen der Klinge aus der Vertiefung. Dann der Schnitt ins Papier, das Geräusch beim Durchziehen der Klinge, und Finger, die in den Umschlag griffen, ein Blatt herausnahmen, einmal gefaltet, innen auch mit Rand, leicht zu erkennen; Tannenbaum sah mich wieder an. Würden Sie es vorlesen, sagte ich.

Im Grunde die alte kindliche Bitte, auch wenn es sie heute vielleicht kaum noch gibt, lies mir etwas vor, sei so gut, und dann sieht man erwartungsvoll auf den anderen, wie er das Buch zur Hand nimmt, das zu lesen man sich selbst nicht zutraut, und einen Blick auf den ersten Satz wirft, mit Augen, die einem schon etwas sagen, noch ehe der Mund aufgeht; Tannenbaums Augen flogen über die schwarzen Zeilen, die durch das Papier schimmerten, ein Erfassen von der Art, wie man aus einem fahrenden Wagen den Unfall auf der Gegenspur erfasst, in Sekunden sein ganzes Ausmaß, wenn Sanitäter um einen entblößten Körper knien. Erst nach diesem Überfliegen begann er vorzulesen, Mein einziges Kind ist tot. Nach einer Gedichtzeile klang das, weder langsam noch schnell noch betont gelesen, nur ruhig, ein ruhiger Sprecher. Jakob wurde aus dem Leben gerissen, nie werden wir erfahren, was ihn beschäftigt hat, als er mit dem Rad über die Bahngleise wollte, uns kann nur trösten, dass er nicht lange litt. Tannenbaum fuhr sich durchs Haar, in der anderen Hand hielt er das Blatt im Abstand der Weitsichtigkeit; er las noch die Daten vor, den Tag von Jakobs Geburt und den Todestag sowie Datum und Ort der Beerdigung und den Namen der hinterbliebenen Mutter. Von einem Vater steht hier nichts, sagte er, und ich konnte nur nicken, anhaltend den Kopf auf und ab bewegen, so wie es die Strenggläubigen in Tannenbaums Volk tun, aber noch währenddessen – ich denke, es war noch bei diesem Nicken wie einem Zustimmen zur eigenen Verdammnis, man kann sich selbst ja nie ganz trauen, wenn man von Dingen spricht, die mit Heulen und Zähneklappern zu tun haben – half ich ihm auf die Sprünge: dass doch jedes Wort der Anzeige an mich, den Vater, gerichtet sei.

Ich hatte zehn Jahre lang einen Sohn, sagte ich. Ganz in der Nähe sogar, ohne es auch nur zu ahnen. Bei meiner Trennung von der Mutter war ihr Bauch noch flach, und sie hat dann entschieden, das, was da in ihr heranwuchs, für sich zu behalten. Was erwarten Sie jetzt, dass ich Mein Gott rufe und das Gesicht in den Händen vergrabe? Immer noch saß ich ja auf der Bettkante, äußerlich unverändert, davon ist auszugehen – man sieht den Menschen nur im Film an, wenn ihr Leben einen Riss bekommt, die Kamera zeigt den verzerrten Mund, gequälte Augen, die zerfurchte Stirn; für ein verzerrtes Herz gibt es keine Bilder. Ich saß also unverändert da, während Tannenbaum die Anzeige noch einmal für sich las, als hätte er beim Vorlesen etwas übersehen, etwas von dem, was ich dazu gesagt hatte. Er schüttelte leicht den Kopf dabei, wie jemand, der noch am Briefkasten eine Abrechnung liest, Gebühren, die ihm zu hoch erscheinen, das Ganze mit dem Ergebnis eines tiefen Ausatmens. Ob er mich allein lassen solle, fragte er, und ich bat ihn zu bleiben, sich aus der Minibar zu bedienen. Mir fiel nichts Besseres ein, als die Minibar zu erwähnen, und Tannenbaum legte das Blatt oder die eigentliche Todesnachricht samt Umschlag auf den Nachttisch am Bett, unter die Telefonschnur, um beidem Halt zu geben, dann ging er zum Fenster und rauchte, obwohl es ein Nichtraucherzimmer war, aber was zählte das jetzt noch.

Nach Irenes Tod kam diese Frage von allen Seiten, sagte ich. Sollen wir dich allein lassen? Aber was man darauf auch antwortet, vergrößert nur die Beschämung, wenn sich die eigene Frau umgebracht hat. Wie es einen auch schämt, sein Kind zu überleben. Die Nachbarn im Haus sind mir aus dem Weg gegangen, ich ihnen auch. Und Kollegen in der Redaktion haben mich angesehen, als hätte ich Irene auf dem Gewissen. So wird es auch Jakobs Mutter gegangen sein. Marianne, das ist ihr Name. Tja, wenn es da keinen Vater gibt und die Mutter eine Praxis führt, ist der Junge sich selbst überlassen, träumt und kommt unter die Räder. Was nicht in dieser Anzeige steht, ist die Scham. Ich hatte damals Urlaub genommen und bin weggefahren, in den Tagen nach Irenes Beerdigung wurde alles zu viel. Ich bin für zwei Wochen geflüchtet. Eine Zeit, die danach fast im Dunkeln verschwand. Als hätte es sie gar nicht gegeben. Aber es gab diese Flucht in ein Hotel am Stadtrand von Rom, Via Fanfulla da Lodi im Pigneto-Viertel, in der Straße, in der Pasolinis erster Film spielt, Accattone, was Bettler oder Schmarotzer heißt. Irene war mit mir einmal dort, um die Tristesse zu sehen, für zwei Tage, und ich habe in diesem Hotel ohne jeglichen Charme zwei Wochen verbracht. Wie andere ins Kloster gehen. Ich habe

viel gelesen, alles von Pasolini, Irene hatte ja Gedichte von
ihm übersetzt. Sie war bei mir. Das ist der Unterschied
zu diesem Tod hier: Jakob ist nicht bei mir. Ich muss ihn
mir vorstellen, um jedes Bild betteln. Wie er krabbeln
lernt und sprechen, wie er wächst und zur Schule geht, ein
hübscher Junge mit kurzem Haar, der nachmittags Rad
fährt, Stöpsel in den Ohren, seine Musik, viel lauter als
eine Bahn.

Und mit dieser Marianne, sagte Tannenbaum, mit der
haben Sie keinen Kontakt aufgenommen?

Nein. Dazu war meine Trennung zu hart.

Und hat ihre Frau etwas geahnt? Tannenbaum sah auf
den Boden vor seinen Schuhen und rauchte, und es fiel mir
schwer, darauf gleich zu antworten, nicht nur, weil es eine
Frage war, von der viel abhing, auch weil das Gebettel um
Bilder zu meinem Sohn in mir noch weiterging. Es war wie
das Füllen der Hohlräume, die sich in den Schichten über
Pompeji fanden, wo Fliehende in der glühenden Luft er-
stickt waren, ihre Körper in der Asche verdampften. Zurück blieb ein Nichts, später mit Gips ausgegossen, und die
gehärteten Formen waren Menschen im Todeskampf, auch
Kinder, all ihr Grauen. Ich nahm das Blatt vom Nachttisch
und sah in die Anzeige, in den sachlichen Teil; der für
die Beerdigung angegebene Friedhof hieß Waldfriedhof
Rebstein, bestimmt ein schöner Ort, und an Jakobs Grab,
noch mit frischen Blumen, ein Medaillon, darin ein Foto,
der Junge mit kurzem Haar, lachend, der Mund leicht
offen, man ahnt die Spange. Niemals dieses Grab besuchen,
der erste klare Gedanke. Dass Irene etwas ahnte, wäre möglich gewesen, sagte ich. Die Frage ist, wie gut sie sich ver-
stellen konnte. Ich glaubte immer zu wissen, wie sie war,
aber wusste es wohl nicht. Wie ich bis heute auch nicht

wusste, dass ich einen Sohn hatte, nur ein paar S-Bahn-Stationen entfernt. Vielleicht saßen wir sogar einmal in derselben S-Bahn, er auf dem Weg ins Kino, ohne die geringste Ahnung, dass der Mann ihm gegenüber sein Vater war. Und das Kino natürlich bezahlt hätte, zwei Karten für Herr der Ringe, das hätte ich liebend gern ausgehalten an seiner Seite, der meines Sohnes.

Im Nachhinein traut man sich immer viel zu, sagte Tannenbaum, und da wurde ich plötzlich laut. Ich hätte diesen Film ausgehalten. Ja – die vollen drei Stunden, und er sagte nur, Mag ja sein, und drehte sich dann zum Fenster und beugte sich etwas nach draußen. Er blies den Rauch ins Freie, und mir fiel auf, dass er auf den Schuhspitzen wippte – ich war vom Bett aufgestanden, auf dem Sprung ins Bad, um mir das Gesicht zu waschen –, und einen Herzschlag lang war da das Bild, seine Beine zu packen und eine Tragödie in Gang zu setzen, realer und größer als die eigene, dann sah er schon über die Schulter und sagte, ich hätte diesen Jakob nie erlebt, also sei er auch nicht mein Sohn, und sein Tod könne mir nicht viel mehr bedeuten als die Zeitungsmeldung über den Tod irgendeines vor die Bahn gelaufenen Zehnjährigen, und ich rief – der Moment, in dem es schon zu spät war, mir jetzt noch das Gesicht zu waschen – Hören Sie auf, denn ich habe diese Meldung in meiner Zeitung gelesen, ohne Namen natürlich, dafür gab es ein Foto des zerstückelten Rads auf den Gleisen. Es war mein Sohn und bleibt mein Sohn!

Sehen Sie es aus seiner Sicht, sagte Tannenbaum. Er hat nicht einmal gewusst, dass Sie existieren. Es gibt einen Erzeuger, aber du hast keinen Vater, etwas in der Art wird seine Mutter ihm gesagt haben. Kaum jemand ist getretener als eine verlassene Geliebte. Sie verzeiht es nie. Weil sie sich

336

ihr eigenes Verlangen nicht verzeiht. Soll ich Sie nicht doch allein lassen? Tannenbaum löste sich vom Fenster, er ging ins Bad, wie an meiner Stelle, aber nur um seinen Zigarettenrest ins Klo zu werfen, und ich setzte mich wieder auf die Bettkante, neben das Buch, das sich dadurch von selbst zuklappte. Ich nahm es und suchte die aufgeschlagene Seite und blätterte noch weiter, bis zu der Stelle, die Irene so beschäftigt hatte, ich wollte sie Tannenbaum zeigen, aber er fragte mich, ob wir nicht etwas essen gehen sollten. Etwas essen? Nein, nicht jetzt, sagte ich und sah in das Buch. Mir war schlecht, vielleicht auch vor Hunger, viel mehr aber bei dem Gedanken, dass wir uns immer eine richtige Familie gewünscht hatten, mit zwei Kindern, die geschwisterlich aufwachsen, Mädchen und Junge, und eines Tages hatte Irene in der gynäkologischen Wallfahrtspraxis, wer weiß es schon, von diesem werdenden Jungen im Bauch einer anderen erfahren, einer Frau, die von mir sprach, und Irene war damit buchstäblich überzählig, nicht umsonst heißt es ja: Ich kann bis drei zählen, womöglich auch das Letzte, was sie getan hat auf der Kante des Goetheturms. Eins. Zwei. Drei.

Eins zwei drei, was? Tannenbaum kam mit dem Schreibtischstuhl an das Bett wie jemand, der einen Krankenbesuch macht, ohne Blumen, und ich sagte etwas von Buchstaben, ich hätte nur Buchstaben gezählt, man lügt ja auf die lächerlichste Weise, wenn man sich schämt. Und wie war das bei Ihrer Geliebten, fragte ich, fühlte die sich auch getreten?

67

Von der Straße drang Musik herauf, irgendwer in einem offenen Wagen hatte seine Anlage aufgedreht, man hörte die Bässe und Sprechgesang, dazwischen Gehupe, jemand, der in die warme Nacht fuhr – dass es Musik sei, war nur ein erster Eindruck, eine Hoffnung, die Hoffnung, sie könnte mich und Tannenbaum mitreißen, unser Gespräch beenden und allem noch eine Wendung geben, bis wir uns in einem Lokal alte Geschichten erzählten, wie es früher noch zuging in Redaktionen, wenn der Bildreporter im Büro erschien und seine Porträts präsentierte oder der Setzer mit Wünschen kam. Aber Tannenbaum nahm das aufgeschlagene Buch und sagte, die Frau, die seine Geliebte gewesen sei, und das gar nicht ständig, eigentlich nur bei den Treffen, habe ihn nach der Trennung so aus ihrem Leben gestrichen wie mich die Mutter des toten Jungen. Er hielt das Buch von sich weg, etwas weiter als vorher die Traueranzeige, weil ja die Schrift kleiner war, und las die ganze Seite mit dem einen verbesserten Wort, wieder mit einer Stimme, der man gern folgte. Dann klappte er das Buch zu und schob es in seine Jacke. Da lag sie, in der Stellung der Verzückung, zu Niemandes Füßen, das Jemandes durchgestrichen. Und das ist Irenes Schrift?

Ja, die meiner Frau, sagte ich und schaffte es jetzt endlich ins Bad, bei offen bleibener Tür, um den Eindruck einer Flucht zu vermeiden. Ich wusch mir das Gesicht, wieder und wieder, aber es kühlte nicht ab wie nach Ohrfeigen. Und warum in Ihrem Fall die Trennung? Eine ins Zimmer gerufene Frage, dabei der Blick in den Spiegel, als käme die Antwort von dort. Ich nehme doch an, aus dem gleichen Grund wie bei Ihnen, sagte Tannenbaum, als ich, noch nass im Gesicht, aus dem Bad kam. Weil es mir über den Kopf wuchs.

Ich ging zum Fenster, wo mein früherer Gelegenheitskollege schon wieder rauchte, ich stellte mich zu ihm, kurz davor, um eine Zigarette zu bitten. Diese immer nur gelegentlichen Treffen, sagte er. Das Kommen und Gehen. Wir hatten beide wenig Zeit. Und viele Wünsche.

Weiß man das nicht vorher?

Wussten Sie's? Tannenbaum spielte mit seinem Metallfeuerzeug, er ließ es aufschnappen und wieder zuklappen, ganz Herr der kleinen Flamme. Nein, am Anfang so einer Geschichte weiß man nicht, wie einem geschieht. Und auf einmal ist man Teil von etwas, das man so gar nicht gewollt hätte, und will es dann doch, indem man Teil davon bleibt. Ist es nicht so? Er beugte sich wieder aus dem Fenster, etwas weiter als beim ersten Mal, er tippte an die Zigarette, bis ihre Asche abfiel, und schaute dem kleinen Gebilde hinterher. Ja, sagte ich, man gerät in die Dinge hinein, es fängt ganz harmlos an, vielleicht mit ein paar Worten auf einer Vernissage, wie finden Sie dies, wie finden Sie das, und ein, zwei Anrufen in den Tagen danach, nein, ich habe noch nicht geschlafen, und Sie, arbeiten auch noch, im Prinzip, meine ich, nicht im Moment, im Moment telefonieren wir ja, aber eigentlich arbeiten wir beide zu viel, nicht wahr? Und schon trifft man sich mit jemandem sonst wo und tut etwas, was man vorher noch nie getan hat, fährt nachts durch eine Stadt, hört laut Musik im Auto, das ganze alte Zeug, bei dem man heulen könnte. Und liebt sich auf dem Rücksitz in einem Parkhaus, am Tag sogar, warum nicht. Oder macht einen Ausflug mit geliehenen Rädern ans Meer und lässt die Räder einfach im Sand liegen, weil nur noch der andere zählt, der vor einem steht, nichts, was links und rechts ist und hinter einem, sonst wären Sie kaum über diese Wurzel gestolpert, Jerzy, und auf den Lenker ohne Griff gefallen. Und dann? Es muss furchtbar geblutet haben. Also hat die Frau Sie zum Arzt gebracht. Oder zur Ambulanz. Gab es etwas in der Nähe?

In der Nähe gab es nur Dünen und öden Strand. Sie kennen die Gegend nicht, oder waren Sie dort schon? Tannenbaum stieß die Zigarette an der Hauswand aus und ließ die Kippe auf den Hotelparkplatz fallen, er nahm sich einfach diese Freiheit und nickte sogar, als die Kippe vor einem Auto auf den Asphalt traf, ein Stück wegsprang und liegen blieb; danach trat er etwas zurück, Hände am Fenstersims. Nein, sagte er, die Notversorgung hat sie selbst erledigt. Sie hatte Wäsche zum Wechseln dabei, die riss sie in Streifen, den längsten hat sie eng um den Hals und die Wunde gelegt, die übrigen zwischen den Streifen und die Wunde. Dann schoben wir die Räder durch die Dünen und über den Deich und aßen in einem Fischerörtchen auf der Lagunenseite der Landzunge zu Mittag, Sepiolini. Später waren wir dann in Chioggia in einer Ambulanz, und ich wurde genäht, sie hielt meine Hand, der junge Arzt war sehr beeindruckt. Anschließend gingen wir ins Hotel und legten uns hin. Sie schlief, und ich hatte Schmerzen. Ich sah sie da liegen, eine selten schöne Person, so selten, dass sich keiner auf der Straße umdrehte nach ihr. Die Leute sind heute nicht mehr gewohnt, zweimal hinzuschauen. Sie lag auf dem Bauch, das Haar offen, eine Hand neben dem Kopfkissen, an den Fingern noch Blut von mir. Wasch das doch ab, sagte ich, aber sie wollte nicht. Weil sie auch selten schwierig war, sie liebte auf Teufel komm raus, es konnte einem Angst machen. In ihrer Nähe war man immer unruhig. So ein Unfall wäre mir allein nie passiert, sie hatte etwas zu tun damit. Dass ich rückwärtsging. Und ohne sie also auch keine Schmerzen im Nacken, und es waren Schmerzen. An dem Nachmittag, als sie neben mir leise schnarchte und sich Haare, die ihr ins Gesicht fielen, durch den Atem bewegten, wusste ich plötzlich, dass wir uns trennen sollten. Dass es keinen Sinn mehr hätte, sich nur manchmal zu treffen. Aber leider gibt es bei Trennungen kein Wir, davon leben die Anwälte. Ich habe mich dann getrennt, auf der Wunde war noch ein Pflaster. Es gibt nichts Schlimmeres als solche Schnitte. Danach ist man alt.

Ich weiß, sagte ich, jetzt mit dem Rücken zum Fenster, ein Ichweiß in Tannenbaums Gesicht, so wie man dieses Wort, auch wenn es zwei sind, leicht dahersagt, ich weiß, du kannst mir nichts erzählen, und mein alter Kollege mit polnischem und jüdischem Namen, mein Warschauer Geldüberbringer und was er sonst noch war oder gewesen sein könnte, legte sich die Hände auf den Kopf und ging vom Fenster zum Schrank und vom Schrank zum Schreibtisch und von dort zum Bett, wo er stehen blieb. Nein, Hinrich, Sie wissen nichts, fing er an, und das war nicht dahergesagt. Sie wissen von mir und dieser Frau so wenig wie von der Sprache, die ich in Ihrer Gegenwart nur spreche, wenn es sein muss. Sie kennen nicht einmal die einfachsten Wörter, danke, bitte, ich liebe dich. Dziękuję. Proszę. Kocham cię. Oder Kindergärtnerin, das hätte sich ja sehr angeboten. Przedszkolanka. Geschweige denn einen vollständigen Satz, vollständiger als Ich liebe dich. Nie dam już rady: Ich schaffe es nicht mehr. Oder Jest mi bardzo przykro. Es tut mir aufrichtig leid!

Tannenbaum hatte mir das zugerufen, wie man aus einem Fenster etwas zuruft; er saß jetzt halb auf dem Bett,

Hände zwischen den Knien, als wüsste er nicht weiter, und ich kam auf seine Geliebte zurück, auf die Trennung von ihr, wie und wo die sich abgespielt habe. Ich wollte das eigentlich nicht wissen, ja; aber es war auch ein Weg, mich abzulenken von dem Sohn, den ich nie gekannt hatte, so unter der Erde wie Irene, nur noch nicht zu Erde geworden. Keine Woche nach unserer Reise rief sie mich an, sagte Tannenbaum. Ich war hier in Warschau bei meiner Zeitung mit einem Termin in der Chefetage, um wegzukommen von den Premierengeschichten, ich wollte ein Afrikaprojekt vorschlagen, Gespräche mit Flüchtlingen zu ihrer Odyssee nach Europa, daran dachte ich damals schon. Und da kam der Anruf, als ich im Treppenhaus war. Sie sagte, ich muss dich sehen, ich muss, genau diese Worte, und ich sagte, gut, wann und wo, und sie sagte Berlin, sie sei am nächsten Tag in Berlin, sie habe dort zu tun. Natürlich war sie auch ein Kulturgewächs, wie Sie und ich. Man fasst es ja nicht, wie viele gebildete Leute von immer weniger gebildeten Leuten leben, kaum jemand liest noch, aber unzählige leben davon. Und am nächsten Tag trafen wir uns also in Berlin, von Warschau mit dem Zug kein großes Problem. Wir trafen uns in einem Tagungshotel, das Zimmer hatte einen Teppichboden mit dem Muster von Dollarnoten, auf dem standen wir nackt voreinander, bis ich sagte, wir müssen aufhören, uns zu sehen, ich schaffe das nicht mehr. Nie dam już rady. Wir sehen uns entweder täglich oder lassen es. Und sie nahm mein Gesicht in die Hände und sagte, wie es denn aussehen würde, wenn sie schwanger wäre – Stell dir vor, ich bin es, rief sie und fing an, sich den Bauch zu streicheln, bis ich ihre Hände festhielt. Und beide sahen wir an uns herunter, auf die verknoteten Hände über dem Bauch und weiter unten, zwischen unseren Füßen, auf den gleichgültigen Blick von George Washington. Und von ihr kein Wort, sie atmete nur, als sei sie in den Wehen, und ich ließ ihre Hände los und sagte etwas wie Führe dein Leben weiter, und sie packte ihre paar Sachen, Schlafanzug, Wäsche, Cremes und irgendein Buch, dann begann sie sich anzuziehen, und ich ging schnell duschen, und als ich aus dem Bad kam, war ich mit den Leuten auf den Dollarscheinen allein. Ich wollte ihr noch hinterherlaufen, aber meine Kleidung war im ganzen Zimmer verstreut, ich wollte sie beschwören, sich zu Hause nichts anmerken zu lassen. Oder gar zu sagen, ich hatte einen anderen, es ist vorbei, auch wenn ich ihn vermisse, hab noch etwas Geduld mit mir. Solche Sachen. Und dann hat sie einfach von sich aus geschwiegen. Und auch mir gegenüber nichts mehr von sich hören lassen. Einmal habe ich sie noch angerufen, nach dem ersten Wort hat sie aufgelegt. Man glaubt, man würde verrückt in solchen Momenten, aber wird nicht verrückt, ja weint nicht einmal. Man tritt ans Fenster und raucht. Oder warum sind Sie nicht mit dem Kopf gegen die Wand gerannt, nachdem ich die Todesanzeige Ihres Sohns vorgelesen hatte? Und haben auch keine Tränen vergossen, nicht eine. Weil das alles noch kommt. Was halten Sie von einem Spaziergang?

Ein paar Schritte, ja, warum nicht? Ich schob die Anzeige wieder in den Umschlag und steckte ihn in die Weste, wo vorher das Geld war, dann hielt ich Tannenbaum die Zimmertür auf, und er ging mit einem leisen Verzeihung an mir vorbei, als würden wir uns nicht kennen und wären nur in der Enge einer Tür kurz aneinandergeraten, und es gab keinerlei Grund, ihn festzuhalten.

68

Die Hitze hatte kaum nachgelassen, immer noch Rom im August – ein Umstand, der sich für den weiteren Abend, seinen Verlauf und sein Ende, als Entschuldigung heranziehen ließe; dazu kam noch der Hunger, wir hatten es versäumt, gleich im Hotel etwas zu essen. Nur ein paar Schritte, das war die Losung, aber was sind ein paar Schritte, wann heißt es umkehren, bevor es ein paar Schritte zu viel werden, weil keiner etwas sagt, man immer weitergeht – zwei ältere Männer am Rand einer breiten Straße in Warschau, und sie versäumen es auch, die Straße Richtung Innenstadt zu überqueren, dorthin, wo man Lokale findet.

Tannenbaum gab den Weg an, ohne dass er ein Wort gesagt hätte. Er ging einfach neben mir und rauchte, und sein Schweigen hatte etwas Massives, als wäre er um Jahrzehnte älter als ich, ein Lehrer neben dem Schüler, der Schüler auf der Suche nach Worten, um sich Luft zu machen. Ich wollte unsere paar Schritte beenden, einen Spaziergang, der keiner war, aber da kam seine Hand, ihre Wärme in meinem Rücken, und er sagte, nur noch ein Stück, als hätten wir uns auf ein Ziel geeinigt, und ich ging weiter an seiner Seite, einfach weiter – ein Gewitter hätte vielleicht alles herumgerissen, Platzregen, Blitze, Hagel, aber der Sommerabend war makellos; junge Frauen kamen uns entgegen, verspielt wie Kinder mit ihren Phones, ihren Taschen, eine lachte mir zu, oder lachte sie Tannenbaum zu? Wen eine Strömung erfasst hat, der sucht jeden Halm. Und dann nahm seine Hand mich am Arm, er bog ab, weg von der Straße, und nach ein paar Schritten, längst die paar Schritte zu viel, standen wir auf dem Platz mit dem deutschen Namen, leicht wiederzuerkennen an dem neuen

Museumsklotz. Erst jetzt ließ mich Tannenbaum los, und wir gingen an dem Bau mit einem die ganze Front teilenden schrägen Spalt als Zugang vorbei. Dieser Spalt, sagte er, verbindet die Außenwelt mit dem Inneren des Museums. Außerdem steht er für den Weg der Juden durch das Meer. Man muss solche Erläuterungen nicht glauben, sie helfen einem aber, an das ganze Projekt zu glauben. Oder zu glauben, dass die Welt heute besser sei als vor einem Menschenleben. Als es den Bau noch nicht gab, ging ich in jedem Sommer einmal hier abends hin, in den kleinen Park hinter dem Mahnmal, für mich eher ein Wäldchen. Oder Hain. Was meinen Sie? Ein richtiger Park ist es nicht. Und wie finden Sie das Mahnmal? Es soll an einen Güterwaggon erinnern, einen wie für die Transporte nach Auschwitz. Erinnert es Sie an einen Güterwaggon?

Tannenbaum war vor dem Mahnmal stehen geblieben. Es war aus hellem Stein, und man konnte es betreten wie einen Waggon mit aufgeschobener Tür, aber es gab kein Dach, nur Wände, an den Wänden Inschriften, Namen. Ja, sagte ich, und er sagte, Gut, dann gehen wir weiter, in das Wäldchen, für mich der intimste Teil hier, das Gras über den Dingen, ohne sie zu vergessen. Mein Vater wurde von diesem Platz aus ins Todeslager gebracht, als einer der Letzten. Das Haus, in dem er gewohnt und als Arzt gearbeitet hat, gibt es nicht mehr, aber es gibt den Platz. Und vielleicht war es ein Sommerabend wie dieser, in den Straßenbäumen die Vögel, auf den Wegen ein Wippen von Röcken und Täschchen, junge Frauen mit Eis in der Hand, junge Männer, die ihnen nachpfeifen, spielende Kinder, der zweiundzwanzigste Juli neunzehnhundertzweiundvierzig, als die Deportationen anfingen. Was glauben Sie, Hinrich, war es so ein Abend wie dieser, warum nicht? Tannenbaum trat die Zigarette aus, da standen wir schon zwischen den Bäumen, Birken vor allem, und er sah zu Boden und sprach langsam weiter, weiter von etwas, das es unmöglich machte, ihm über den Mund zu fahren.

Sie und ich, wir waren noch nicht auf der Welt, sagte er, als hier der erste Tag der Deportation zu Ende ging, das Ganze natürlich noch nicht zur Zufriedenheit der Verantwortlichen, ein anfängliches Durcheinander, bis alle fensterlosen Waggons eines Zuges nach Treblinka gefüllt waren. Aber bald bessert sich das Verfahren, und an guten Tagen können bis zu siebentausend ihre Todesfahrt antreten, ein logistisches Meisterstück. Der Umschlagplatz, wie die Deutschen ihn vernünftigerweise nennen, ist durch eine Mauer vom benachbarten Danziger Bahnhof getrennt worden, normale Reisende werden so nicht behelligt, nur manchmal dringen Schreie oder Gebell über die Mauer und das Ächzen der hölzernen Waggons, wenn sie sich in Bewegung setzen. Können Sie mir folgen? Tannenbaum lehnte sich an eine der Birken, er zählte die Zigaretten in seinem Päckchen, die Gelegenheit für ein eigenes Wort, nur welches; dagegen kein Gedanke daran, einfach zu gehen, als wäre es noch immer der Platz, von dem man nicht fliehen kann. Die Leute waren wie Vieh in die Waggons gepfercht, fuhr er fort, manche erstickten darin im Sommer, ihnen blieb das Gas erspart. Mein Vater gehörte, wie gesagt, zu den Letzten, die von hier in den Tod geschickt wurden, und in der Nacht davor hat er noch mit seiner polnischen Frau, meiner künftigen Mutter, geschlafen. Aber Sie beschäftigt etwas anderes, nicht wahr? Auch die hier Zusammengetriebenen hat etwas anderes beschäftigt als ihr baldiges Ende. Ob sie das Gas in der Wohnung abgestellt haben, was aus der Katze wird, dem Kanarienvogel, ihren Pflanzen, und ob alles Wichtige dabei ist für die Reise, genügend Wäsche, warme Sachen für kalte Tage, in den Wollstrümpfen der Schmuck, gut versteckt, ja oder nein. Und ob es klug war, den Wohnungsschlüssel der polnischen Nachbarin anzuvertrauen. Und was beschäftigt Sie?

Seit neun Jahren immer dasselbe, sagte ich. Warum meine Frau sich umgebracht hat. Warum.

Tannenbaum nahm sich eine der gezählten Zigaretten und steckte sie an, er machte ein paar Züge, ein Rauchen in der Art, wie Irene früher geraucht hatte, ganz mit sich und der Zigarette, als hätte ich nicht mit am Tisch gesessen oder keine Wohnung mit ihr geteilt, eine allein lebende Raucherin, sinnlos schön hinter dem Dunst, und es wäre die Gelegenheit gewesen für mein Verschwinden, dem Platz den Rücken zu kehren, was immer dort passiert war, und Tannenbaum den Rücken zu kehren, was immer er noch sagen könnte. Aber ich blieb, wo ich war, zwischen zwei Birken, während er rauchte, dabei auf seine Schuhe sah – italienische, dachte ich noch, als er den Kopf hob wie einer, der es leid ist, über Dinge zu reden, die nicht mehr zu ändern sind. Wollen wir jetzt essen gehen? Eine Frage an uns beide, nicht nur an mich, und von meiner Seite kein Wort, das Wort war bei ihm, und als die Zigarette geraucht war, kam er auf seine Geliebte zurück. Wenn wir uns irgendwo wiedersahen, in einem Hotel, auf einem Bahnhof, dann weinte sie. Beim Abschied dagegen keine Träne. Und ich weiß bis heute auch nicht, warum. Was fand sie an mir, das zum Weinen war.

Vielleicht Ihre Geschichte, sagte ich. Das, was Sie von diesem Platz hier erzählt haben.

Das ist die Geschichte meines Vaters.

Ja, aber sie hat diese Geschichte einfach auf Sie übertragen. Immerhin hatten Sie Ihren Vater verloren.

Ich hatte nie einen, sagte Tannenbaum. Höchstens in dem Umfang, wie Sie seit heute einen Sohn haben. Wir wollen also nichts essen gehen? Es gibt in Warschau jede Art von Lokal. Oder was beschäftigt Sie noch? Er sah mich an, nur kaum mehr den Kollegen von einst, eher sah er mich wie ein Phänomen. Was mich noch beschäftigt? Warum Sie mich auf diesen Platz führen und nicht gleich in ein Lokal. Und mir erzählen, was sich hier abgespielt hat, wenn Sie davon ausgehen können, dass ich es weiß. Warum also? Ich wandte mich dem Mahnmal zu und damit der Straße, auch wenn sie man nur hörte, den Verkehr darauf, das normale abendliche Leben, und Tannenbaum sprach hinter meinem Rücken. Nun, der Gedanke war, dass Sie ein Interesse an dieser Stadt und ihrer Geschichte hätten. Als alter Zeitungsmann. Mit Fragen nach dem Privatleben war nicht zu rechnen.

Privatleben gibt es nur zwischen Mann und Frau, Kindern und einem Hund, sagte ich. Und bei den Kindern mit Facebook muss man schon aufpassen. Also eigentlich nur zwischen Liebenden. Oder wenn man allein lebt. Oder allein mit Hund. Und die Frau, die bei jedem Wiedersehen mit Ihnen geweint hat, dagegen nicht beim Abschied, hat Sie geliebt, aber wollte daran nicht zugrunde gehen. Freudentränen ja, Tränen der Verzweiflung nein. Oder nicht? Ich drehte mich um, und da stand Tannenbaum so vor mir, dass ich einfach weitersprach, wie geschützt durch die Stimme, und Fragen stellte, die damit zu tun hatten, dass ich die Maserung auf seinen Lippen sah und einen feinen Spalt in der Unterlippe für den Strom der Küsse. Wann und wo haben Sie zum ersten Mal mit ihr geschlafen, fragte ich, und er sah auf seine Hände, die das Feuerzeug und die Zigaretten hielten. Und war es geplant, war Ihnen klar, dass sie Ihre Geliebte wird, oder hat es sich aus einer Situation ergeben, eher zufällig?

Es war unvermeidlich, sagte er. Ich hatte in einer Stadt zu tun, in der sie auch zu tun hatte. Vorher kannten wir uns nur von Begegnungen in Gegenwart anderer, hatten aber schon miteinander geredet. Und auch zeitweise nicht geredet, uns dafür angesehen. Sie wusste, dass ich in der Stadt war, sie wusste auch, wo, bei einer Veranstaltung zu Ehren von Stanislaw Lem, und als die Veranstaltung zu Ende war, tauchte sie dort auf. Da bin ich, sagte sie, als hätte es eine Verabredung gegeben, und wir gingen ein Stück spazieren. Es war schon dunkel, kein Abend wie heute, es war kühl, und irgendwann legte ich ihr einen Arm um die Schulter, und sie sagte, ihr Hotel sei in der Nähe, und keine Stunde später lagen wir dort im Bett, und sie stellte Fragen auf eine Art, als gäbe in mir etwas zu finden, was sie dringend brauchte, und wenn sie die ganze Nacht und noch den nächsten Tag fragen müsste. Frauen, heißt es, verbringen sechsundsiebzig Tage ihres Lebens damit, in irgendeiner Handtasche etwas zu suchen. Diese Frau hatte gar keine Handtasche, sie hatte mich.

Und Sie haben diese Fragen alle beantwortet?

Wer etwas wissen will, verdient eine Antwort. Sie wollte alles über mich wissen, und ich gab ihr Auskunft wie ein Rabbi seinem Schüler über die fünf Bücher Mose. Ich war ihre Thora. Und habe es versäumt, nein zu sagen. Andere Seiten aufzuziehen – schreibt man das mit e i oder i, beides geht, was denken Sie? Tannenbaum machte ein paar Schritte in das Wäldchen oder den kleinen Park, es gab dort Wege und auch Denkmäler, ich konnte es nicht genau erkennen, wollte es auch gar nicht, meine ganze Aufmerksamkeit war bei ihm, wo er sich hinbewegte und was er tat, an den einen oder anderen Stamm greifen, wie ein Prüfen seiner Festigkeit. Andere Seiten fallen Juden schwer, rief er, auch einem Nichtgläubigen wie mir. Die Warschauer Juden haben damals versäumt, sich rechtzeitig Waffen zu besorgen und sich im Kampf auszubilden. Stattdessen haben sie sich mit der Thora beschäftigt und Hebräisch gelernt, sind in die Literatur eingetaucht oder haben geforscht wie mein Vater, der als Arzt die Grippe besiegen wollte, nicht als Jude die Nazis. Er konnte wohl nicht mehr verstehen, was ihm dann zugestoßen ist, aber ich kann es. Damals hat kaum einer die Absichten der Nazis begriffen, aber alle hatten Augen. Natürlich hat man hier in Warschau gesehen, dass die Juden immer weniger wurden, von über dreihundertfünfzigtausend auf hunderttausend schrumpften. Und so war es ja nicht nur hier, auch in Berlin oder Frankfurt. Die Juden wurden weniger, unübersehbar. Das heißt, alle Nichtjuden mussten es sehen, auch wenn das Sehen ein Wegsehen war, so begann die Verstrickung. Ja, auch die meiner Eltern, sagte die Frau, die mich nachts im Bett ausfragte. Die Verstrickung meiner Eltern, sie haben das Unheil gesehen, aber haben nicht hingeschaut. Und waren trotzdem liebe Menschen.

Das hat sie gesagt?

Ja. Es ging um die eigenen Eltern. Liebe Menschen. Und ich sollte ihr dann eine Absolution erteilen, weil sie die beiden nicht verdammt hatte, immer die gute Tochter war, und ich machte das auch, ich hielt ihren Kopf und sagte etwas Beruhigendes, und sie schlief ein. Und ich blieb wach. Ich konnte nicht schlafen, ich sah sie an, es fiel schon etwas Licht ins Zimmer. Und als die erste Sonne hereinschien und ihre Hand die meine suchte, wurde mir klar, mit dem Schrecken, den man hat, wenn man plötzlich irgendwo blutet, dass sich diese Frau und ich nach nur wenigen Stunden zu zweit liebten. Einmal zu viel hinschauen kann einen so verstricken wie einmal zu viel wegschauen.

Und dann?

Warum fragen Sie mich das alles, nichts davon lässt sich durch Wissen noch ändern. Ich stand dann auf und ging duschen. Für einen klaren Kopf. Und als ich aus dem Bad kam, hatte sie schon ihre Sachen gepackt, wie bei unserem letzten Treffen in dem Zimmer mit dem Dollarnotenteppich. Das schon zu Ende war, bevor es richtig anfing.

Also war das letzte Mal, die letzte Umarmung, logischerweise vorher, sagte ich. Wann und wo?

Das wollen Sie wissen? Tannenbaum kam wieder zurück, von Birke zu Birke, er hatte sich gar nicht weit entfernt, mir war es nur vorgekommen, als hätte er von weither gesprochen. Vielleicht sollten Sie lieber wissen, was das hier für ein Park ist, an welche jüdischen Autoren hier erinnert wird, nein? Das letzte Mal geliebt hatten wir uns in dem Lagunenort, ich mit der genähten Wunde, da war alles längst zu viel, aber der Schmerz im Nacken hat das Unheil verdeckt. Sollten wir nicht doch etwas essen? Mehr schon eine Bitte als eine Frage, während er näher kam, eine Hand mit Glut am Mund – es wurde langsam dunkel –, und wieder der Wunsch nach einer Zigarette, im Grunde dem Akt, dass er mir sein Päckchen hinhält, ich mich bediene und er mir Feuer gibt, diese alte Friedenszeremonie zwischen zwei Männern. Stattdessen kam ich auf das Wort zurück, das heute kaum noch jemand gebraucht. Unheil, woran erkennt man das?

An einem dumpfen Gefühl und daran, dass man nichts davon wissen will, sagte Tannenbaum. Oder warum haben Sie diesen Brief so lange nicht aufgemacht? Normalerweise öffnet man so einen Brief gleich. Und wenn man es nicht tut, weiß man entweder genau, was darin steht, und will es nur nicht noch einmal schwarz auf weiß sehen, oder man hat das dumpfe Gefühl eines Unheils in dem Brief, als könnte darin die Anzeige vom eigenen Tod sein. Ich glaube, so war das bei Ihnen, Hinrich, darum haben Sie den Brief nicht geöffnet. Und ich hatte dieses dumpfe Gefühl bei der Frau, die meine Geliebte war. Und habe letztlich auch nicht in sie hineingesehen. Ich habe ihr Herz geöffnet, wenn wir uns trafen, ja, ihre Augen vielleicht auch mit unseren Gesprächen, und im Bett noch etwas anderes, aber mehr nicht, nicht ihr Wesen. Ich wollte davon nichts wissen, wie Sie nichts, auch jetzt noch, vom Inhalt dieses Briefs. Aber um Wissen geht es zwischen Liebenden gar nicht. Es geht darum, was jedem bewusst ist. Und mir war bewusst, dass diese Frau mich ins Unglück stürzen würde. Sie hatte mir im Zimmer noch etwas zurückgelassen, vier Worte auf dem Nachttischnotizblock, Wie feige du bist, klein unter dem Namen des Hotels. Ich riss das Blatt ab und steckte es ein, seitdem trage ich es bei mir, wie ein Kärtchen mehr in der Brieftasche, wollen Sie es sehen? Tannenbaum griff in seine Jacke, und ich winkte nur ab. Das letzte Mal, wann und wo, sagte ich wieder, eigentlich keine Frage, nur ein paar Worte, um nicht zu verstummen.

69

Man will etwas wissen und will es nicht, man will etwas loswerden und will es nicht. Also zwei feige Männer – feig wäre zutreffender – abends um zehn in Warschau am

Rande eines Platzes mit deutschem Namen, um daran zu erinnern, dass dort Menschen zusammengetrieben wurden wie Vieh für ihren Transport in den Tod. Der eine raucht und redet, der andere hört zu, das alles in drückender Luft und noch bei letztem Licht; ein Sommertheater, nichts von Rang oder was der Zeit ins Auge gesehen hätte, nur ein kleines, intimes Stück, unendlich klein, gemessen am Ort des Geschehens, ein Zweipersonendrama, wie es sich sonst in häuslicher Umgebung abspielt, wenn die, die sich einmal geliebt haben, einander nur noch wehtun, wie in einem Racheakt an der Liebe. Und alles ausgelöst durch die Bitte des einen an den anderen, vom letzten Mal zu erzählen, bei dem er und eine weitere Person, der andere des anderen oder die Geliebte, ein Paar in des Wortes ganzer Bedeutung gewesen seien.

Tannenbaum machte ein paar Anläufe durch Luftholen, dann sprach er vom Ankunftstag in Chioggia, noch ohne Wunde im Nacken, von den Möwen an der Mole, wo das Fährschiff aus Venedig nachmittags angelegt hatte, ihren Zickzackflügen, weiß vor blauem Himmel, und von einem Hotel nur ein paar Meter weiter, dem Glück eines Zimmers mit Blick auf die Lagune. Man konnte sehen, wie Motorboote das glatte Wasser aufschlitzten, sagte er. Wir stellten nur unsere Taschen ins Zimmer, die Taschen für eine Nacht, auch wenn es zwei waren, dann gingen wir ein Stück, gleich an einem der Kanäle entlang, vorbei an alten Brücken, so schmal, dass dort gerade ein Paar Arm in Arm gehen konnte. Wir hatten noch kein Wort gesagt, ich kann mich an keins erinnern, und dieses Schweigen in den stillen Gassen, das stachelte uns noch an, können Sie mir folgen? Tannenbaum wollte sich eine neue Zigarette nehmen, aber das Päckchen war leer, er zerknüllte es, ich sah, dass seine

Hand zitterte, nicht sehr stark, nur anhaltend. Es ist der Stachel, der sich nicht ziehen lässt, ohne dass einer von beiden auf der Strecke bleibt, fuhr er fort. Aber ohne diesen Stachel ist man dem anderen gegenüber nur freundlich, lässt ihn reden und nickt und macht am Ende, was man weiß. Die Liebe zwingt einen zu tun, was man nicht weiß. Wir überquerten dann die breite Hauptgasse in Höhe der Kathedrale und gingen zu dem Kanal auf der anderen Seite des Orts, mit der Abendsonne und unserem Hotel an der Mündung in den Hafen. Und kurz vor dem Hotel, in einer Quergasse, in der kaum zwei nebeneinanderpassten und in die schräg die Sonne fiel, blieb die Frau stehen, eng an einer Hauswand, und war dadurch mit dem Gesicht halb in der Sonne, in einem Ziegelrot, das sie unfassbar schön machte. Und erst in dem Moment sprach sie mich mit meinem Namen an, eine verspätete Begrüßung, das war so ihre Art. Und ich begrüßte sie.

Was sagten Sie zu ihr?

Ich sagte Hallo.

Ohne Namen?

Ja, ohne Namen. Oder wollen Sie noch einen Namen, nur wozu? Es hilft Ihnen auch nichts, zu wissen, dass Ihr Sohn Jakob hieß, oder wird damit irgendetwas besser? Tannenbaum griff in seine Jacke, als gebe es doch noch irgendwo Zigaretten. Nichts wird damit besser. Ich sagte also Hallo, und dann gingen wir in der Nähe etwas essen. Wir saßen uns gegenüber, aßen und sagten nicht viel. Und waren nach dem Essen bald im Bett, wir wollten ja am anderen Tag früh aufstehen für den Ausflug mit den Rädern. Haben wir auch getan, ein wunderbarer Morgen. Und trotzdem war da ein ungutes Gefühl, es passte gar nicht dazu. Ich liebte die Frau, mit der ich beim Frühstück saß, aber hatte dieses Gefühl.

Dass etwas passieren könnte, dieser dumme Unfall?

Nein, es war wie die Ahnung, dass man krank wird, noch bevor das Fieber ausbricht, man bald auf der Schnauze liegt, sagte Tannenbaum, und an der Stelle – gut zu merken, weil er kaum ein grobes Wort gebraucht hat – stockte ihm die Stimme, was etwas Beklemmendes hatte, als wäre er in Sekundenschlaf gefallen, mit Flattern der Lider und Erschlaffung um den Mund, bis der Betreffende selbst daraus aufschreckt, bei den letzten Worten anzuknüpfen versucht. Und ich half sogar bei dieser Anknüpfung, Sie befürchteten also, dass an dem Tag etwas passieren könnte, sagte ich, und er sagte wieder nein. Nein, es war keine Vorahnung von dem Unfall, er war eine Vorahnung von Schwäche gegenüber einer Frau, die voller Auflehnung war gegen das Älterwerden, viel mehr als ich, und in dieser Auflehnung voller Verlangen, ein Verlangen, das sie traurig machte, weil sie damit in der Luft hing. Sie waren ja jetzt durch Ihre Arbeit ständig in der Pompeji-Ausstellung, ist Ihnen da nicht aufgefallen, dass die liebenden Frauen auf den Gefäßen auch in der Luft hängen? Ich habe mir alle Stücke im Internet angesehen. Und selbst da hängen die Frauen in der Luft, wenn ein Mann mit ihnen so verhakt ist, wie es nur geht. Verlangen und Melancholie hätte die Ausstellung heißen sollen. Eros in Pompeji zündet natürlich mehr. Trotzdem ist es schwächer.

Sie mögen dieses Wort, Schwäche, kann das sein?

Ich lebe damit, sagte Tannenbaum. Ich hatte eine Schwäche für diese Frau. Wie groß, hat sich erst nachts in der Gasse gezeigt. Beim Abendessen war ich noch der souveräne Unterhalter. Ich sprach über alte Filme und neue Bücher, über Mode und die italienische Oper, die Leute am Nebentisch und über die besten Zahnbürsten, ich könnte das fortsetzen. Aber im Grunde sprach ich nur über uns, sie und mich, auch noch, als um uns herum alles ruhig war und dunkel. Wir hatten schon lange gezahlt und das Lokal verlassen und redeten leise weiter, ein Reden und Gehen ohne Ziel, wie es schien, und doch steckte eine Progression in diesem unerbittlichen Wirken der Sprache und in dem Immer-noch-Umhergehen, als außer uns nur Katzen unterwegs waren: die Abnutzung eines zum Reißen vorbestimmten Seils, auf dem wir gingen. Bis wir auf einmal wieder in der engen Gasse vom Vorabend waren, aber nicht aus Zufall, sie hatte mich dorthin geführt. Und später, als wir weiterliefen, habe ich den Namen dieser eigentlich ganz unbedeutenden Gasse gelesen und mir gemerkt. Calle Stretta Bersaglio.

Wind zog durch die Birken, wie ein Zeichen, jetzt besser aufzuhören – von keiner Seite mehr ein Wort, und einfach auseinandergehen, wie Leute es nach einer Scheidung tun: eben im Saal noch ein Paar und vor der Tür getrennte Wege. Meine Knie taten weh, ich wollte mich setzen, aber eigentlich weit weg sein, schon in den Ruinen von Pompeji, vor einem der blassen Wandbilder, auf dem die liebenden Frauen so in der Luft hängen, wie Tannenbaum sagte. Er stand jetzt zwischen zwei jungen Bäumen, den Blick nach oben gerichtet, zu einem Flugzeug, nicht zu den Sternen, die sah man kaum im Schein der Stadt. Ganz aufrecht stand er da, durch den erhobenen Kopf noch etwas größer als sonst, und irgendwie musste ich auf seiner Höhe bleiben, trotz weher Knie und Leere im Magen, meiner ganzen eigenen Schwäche – wer hat schon das Zeug zu solchen Szenen, man sieht sie im Kino und glaubt, sie seien so fern wie Mord und Totschlag, und auf einmal steckt man darin. Reden Sie weiter, sagte ich, drei leise Worte in seine Richtung, Worte, als hätte sie einer gesagt, der auf festen Beinen steht bei normalem Puls, siebzig in der Minute. Und Tannenbaum, jetzt die Hände im Rücken, wie in meiner Schulzeit mancher Lehrer, bevor er zuschlug, redete tatsächlich weiter, nur langsamer als vorher und mit Pausen, als würde er eine gefährliche Arbeit verrichten, ein falscher Griff, ein falsches Wort, und alles könnte in Flammen aufgehen. Ich hatte immer gedacht, ich sei vorbereitet auf so eine Frau, sagte er. Als Mann, der eine Ehe hinter sich hat, dazu mit polnischen, deutschen und jüdischen Wurzeln, gleichsam mit allen Wassern gewaschen, stark genug. Aber dem war nicht so. Mir stand nur zur Verfügung, was ihr und mir guttat, wenn wir uns trafen, und die Dinge auf Dauer unhaltbar machte. Wissen Sie, wer Mordechaj Anielewicz war? Das war der Anführer des Aufstands hier im Ghetto. Und als die Deportationen begannen, verfluchte er seine bisherige Tätigkeit, jüdischen Jungen und Mädchen beigebracht zu haben, was Kultur ist und Geist. Er hätte ihnen viel lieber beigebracht, Knüppel und Messer zu benutzen, erbeutete Gewehre, Mörser und Handgranaten, um sich zu befreien und Rache zu üben. Schließlich nahm er sich das Leben, als die Deutschen am zehnten Mai dreiundvierzig seinen Gefechtsstand in der Mila-Straße stürmten, nicht sehr weit von hier. Damit will ich sagen: Jedes denkbare Gemetzel verlangt die entsprechenden Waffen, auch das der Liebe. Ich war auf diese Frau so wenig vorbereitet wie damals hier mein Vater auf die Deutschen, die immerhin seine Landsleute waren, mit derselben Sprache, derselben Heimat, denselben Liedern. Aber sie haben ihn mit anderen Juden auf diesem Platz zusammengetrieben, um sie alle in den Tod zu schicken. Das konnte sich keiner vorstellen, bis es so weit war. Alles wird schon gutgehen, hatte mein Vater geglaubt, was soll passieren. Ich bin Deutscher, ich bin Arzt, die Vernunft wird es regeln. Und ich glaubte das auch, es wird schon gutgehen: ich, der reife Mann, der fast alles erlebt hat und dem nur noch eine Liebschaft fehlt, diese verrückte Art Liebe, die es in seiner Ehe nicht gibt. Und eines Tages traf ich eine Frau, die so in der Luft hing wie die auf den alten Stücken, die Sie bewachen, Hinrich. Ich sah sie, ich sprach mit ihr, ich spürte etwas, das neu für mich war, aber erkannte nicht gleich, was es mit ihr zu tun hatte, das brauchte Zeit. Und dann erkannte ich nur das, was ich gesucht hatte, mehr nicht, das war meine Schwäche. Aber ich fühlte mich als einer, dem nichts passieren kann, genau wie mein Vater, noch eine Schwäche. Während sie stark war, auf ihre Art schrecklich stark. Bei unserem Hotelzimmer in dem Lagunenort gab es außen am Fenster einen elektrisch geladenen Draht gegen Tauben und Möwen, mit einem Warnhinweis für die Gäste. Und bevor wir aufbrachen in den Abend, ich frisch genäht im Nacken, hat sie einfach um diesen Draht gegriffen. Und erklärt, sie werde erst loslassen, wenn ich sagte, dass ich sie liebe. Ihr Arm zitterte, die Wangen zitterten, und ich sagte die drei Worte, dann war es gut, wir gingen in ein Lokal. Die hatte ich vergessen, diese Geschichte. Und danach wusste ich, dass ich mich trennen muss.

Den Namen dieser Gasse haben Sie nicht vergessen. Und es ist kein einfacher Name. Warum merkt man sich so einen Namen? Eine Frage auch an mich – warum hatte ich nicht einmal nach dem Schild gesehen, während ihm offenbar klar war, dass er etwas mitnehmen musste, das über allem anderen stand. Ich weiß es nicht, sagte Tannenbaum und sah in die Birkenkronen; kleine Windstöße fuhren in die Äste, dazu Regentropfen und zuckendes

Leuchten am Himmel, was ja in Großstädten auch etwas anderes sein kann als ferne Gewitter, Scheinwerfer, Blaulicht, Brände – ein Gedanke, als eine Pause entstanden war, er nichts sagte, ich nichts sagte, auch wenn mir etwas auf der Zunge lag, das mit der Gasse in Chioggia zu tun hatte. Ich holte Luft und sah Tannenbaum an. Er suchte Halt an einer der Birken, nun beide Hände hinter dem Rücken, er stand mit gekreuzten Beinen da, den einen italienischen Schuh etwas aufgestellt, eine lässige Haltung, konnte man meinen, nur passten die Falten zwischen den Augen nicht dazu. Mir fällt gerade etwas ein, sagte ich, obwohl es mir längst eingefallen war. Im Herbst nach unserer letzten Italienreise ging Irene mit mir in die Straße, die am alten jüdischen Friedhof vorbeiführt, ich rede von Frankfurt. Es war schon Ende Oktober, kurz vor der Winterzeit, angeblich wollte sie zum Lampen-Müns, einem Lädchen in der Battonnstraße, das alle Sorten von Birnen führt und wo es auch heute noch die alten Hunderter mit ihrem warmen Licht gibt. Ihr Ziel aber war die Friedhofsmauer mit den Abertausenden von kleinen aus der Mauer ragenden Gedenksteinen, auf jedem ein jüdischer Name, darunter Jahr und Ort der Ermordung, soweit bekannt. Sie ging an der gesamten Mauer entlang, und nur vor den Tannenbaums machte sie halt und berührte jeden der grauen Steine in der Form und Größe von Streichholzschachteln, was ja auch verständlich war, weil wir eben einen Tannenbaum kannten. Sie tat es ganz ruhig, nur mit zwei Fingern, jeweils ein kurzes Berühren, ohne ein Wort, dann gingen wir weiter zu dem Laden. Und erst als sie sah, dass Lampen-Müns an dem Tag zuhatte, kamen ihr Tränen. Sie lief ein Stück zurück und lehnte sich an die Friedhofsmauer, mit dem Rücken zu mir.

Starke Frauen weinen für sich, sagte Tannenbaum.

Ja, sie hielt die Arme erhoben und lehnte an der Mauer, die Stirn an den Steinen, und nur an ihren Schultern sah ich, dass sie weinte. Und was mich auf das Ganze gebracht hat, war der Gedanke, Ihre Geliebte könnte in dieser Gasse auch geweint haben. Mit dem Rücken zu Ihnen, vor sich eine vom Tag noch warme Hauswand, an der lagen ihre Hände, ihre Arme. Und natürlich hat sie vor Glück geweint, Glück, das schon wehtut, wie das einer jungen Frau, die gerade zur Frau gemacht wurde und zwischen Schmerz und ihrem Glück kaum unterscheiden kann. Aber Sie sehen davon nichts, weil Sie ja hinter ihr stehen. Außer, Sie stehen sehr dicht hinter ihr. So dicht, dass sich das Zittern in ihr überträgt.

Und Sie glauben, das war der Fall? Tannenbaum nahm eine Hand hinter dem Rücken hervor und griff sich ins Haar, nachdem er sich eine Weile gar nicht bewegt hatte – mir kam es vor wie eine Weile, vielleicht war es nur eine Minute, die Minute, in der ich ihn hätte packen sollen und es so machen wie der alte Ziehvater am Ende mit dem Findling, ihm das Gehirn an der Wand eindrücken, der Birke, die ihm immer noch Halt gab. Aber das eine ist Sprache, das andere stummes Tun, dazwischen nur ein Raum für Schreie, halb Wort, halb Tat. Und eine Art von Ja hatte ich mindestens laut gerufen – ja, Sie standen dicht hinter ihr, so dicht, dass sich ihr Zittern übertrug. Ein lautes Rufen in den Wald sozusagen, nur dass es nicht aus ihm herausschallte, im Gegenteil; Tannenbaum sprach auf einmal ganz leise, er sei nicht religiös, hege aber durch eine polnische Mutter Sympathie für den Katholizismus, die Vorstellung von Absolution, die von höherer Seite kommt. Sich selbst verzeihen ist protestantisch, sagte er. Ihre Frau könnte noch leben, das ist unverzeihlich. Man kann eine solche Schuld nicht abtragen, indem man etwas erzählt – sie hatte also an der jüdischen Friedhofsmauer mit dem Rücken zu Ihnen gelehnt in einem Moment der Erschütterung. Nun, das war auch so in der Gasse, wenn Sie es wissen wollen. Die Frau, die an den elektrisch geladenen Draht gegen die Möwen gegriffen hatte, bis ich die drei Worte sagte, stand mit dem Gesicht zur Hauswand, abgestützt, die Stirn in der Armbeuge, und war erschüttert über sich selbst. Ich stand dicht hinter ihr, ohne den Schmerz im Nacken, den hat sie mir zuvor genommen, die ganze Wunde.

70

Tannenbaum sagte noch etwas, da hatte ich mich schon abgewandt und lief ein Stück in das Wäldchen, mit einer Kraft, die etwas Tierisches hatte, ähnlich der Kraft in den Tagen nach Irenes Tod, als ich morgens aufstand und mich anzog, mir Frühstück machte und irgendwann auch aus dem Haus ging, von selbst am Leben blieb, ohne am Leben bleiben zu wollen. Ich lief zwischen den Birken, die alle mit Abstand zueinander gepflanzt waren und weder ein Wäldchen noch einen Hain oder erkennbaren Park bildeten, schon gar nicht den Wald, in dem ein Verirrter sich ins Moos legt und wie im Märchen die Tiere kommen und er ihre Sprache versteht und nicht verzweifelt. Als Kind hatte ich mir immer ein Tier gewünscht, eins, das mich beruhigt, aber es durfte kein Tier in die Wohnung, nicht einmal ein Goldhamster im Käfig; und in der immer noch warmen

Warschauer Nacht – es war dunkel geworden, mit noch mehr Wind – wünschte ich mir eins, das mich schreien lässt, den Riesenkalmar. Oder in den Boden stampft, in dem man eben nur bildlich versinkt, es sei denn, man stürzt sich von einem Turm; Irenes Körper hatte eine Mulde in den Waldboden geschlagen, was sonst.

Von der Straße kam Autohupen, ein Corso wie nach Fußballsiegen, dazwischen Rufe und Musik, die Welt, sie schien randvoll zu sein. Ich tastete mich zwischen den Birken zurück, auf eine Feuerzeugflamme zu. Tannenbaum hielt mir die Flamme entgegen, die andere Hand noch immer im Rücken, jetzt aber angehoben, der gewinkelte Arm in sichtlicher Spannung. Was haben Sie da, fragte ich, und er sagte, Nur eine Waffe, ich dachte, bei so viel Geld auf einer Fahrt in die Vorstadt kann es nicht schaden, sie mitzunehmen. So eine findet man hier auch in Damenhandtaschen, auf zehn Meter schussgenau bei geringem Rückschlag, Kaliber sechs. Durch Ihr Buch hatte sie gedrückt in der Jacke, beides war zu viel, da habe ich sie herausgenommen. So ein Gespräch, und am Ende eine Waffe, das hat etwas Lächerliches, nicht wahr? Tannenbaum nahm die Hand hinter dem Rücken hervor, und die Waffe darin, eine kleine silbrige Pistole, war wie ein Geschenk, das er überreichen wollte. Ein tschechisches Fabrikat, man muss nur wissen, wo man es hier bekommt, sagte er und hielt mir die Pistole mit dem Griff nach vorn hin. Oder zählen Sie zu denen, die prinzipiell keine Waffe in die Hand nehmen, damals den Wehrdienst verweigert haben mit Antworten auf seltsame Fragen – Mal angenommen, junger Mann, jemand bedrohte Ihre Frau, Ihre Kinder, die ganze Familie, und nur ein Schuss auf ihn könnte alle retten, würden Sie da nicht zur Waffe greifen? Meine Antwort wäre ein deutliches Ja gewesen, in dem Punkt bin ich Israeli: Man muss bereit sein, für die Seinen und sein Land zu kämpfen und das eigene Leben dabei zu verlieren. Sie und Ihre Frau waren doch Kinogänger, also kennen Sie auch das klassische amerikanische Kino. Das einem immer nahelegt, was man zu tun hat, wenn das Leben übermächtig wird, und Lösungen für Situationen zeigt, in die man normalerweise nicht gerät. Am überzeugendsten für mich im Western. Zwölf Uhr mittags. Rio Bravo. Oder Tom Horn. Kennen Sie Tom Horn?

Ja, sagte ich, und er sagte, Dann denken Sie an das Ende, wie Horn den Strick um den Hals hat, aber die Falltür mit dem Selbstmechanismus noch nicht aufgeht, und er die Zeugen in der ersten Reihe beruhigt, die genau wissen, dass der Falsche gehängt wird. Ich habe noch nie so viel bleiche Sheriffs auf einen Haufen gesehen, sagt er mit einem Lächeln. Und will genau wie sie, dass es endlich vorbei ist. Das Verlangen, sich in nichts aufzulösen, ist zuletzt stärker als der Wunsch nach Gerechtigkeit. Cupido dissolvi, so heißt auch das Verlangen, wenn man sich von einem Turm stürzt. Meine Geliebte hatte mich auf diesen Film gebracht. Es kommt nicht häufig vor, dass eine Frau einen Western empfiehlt.

Nein, sagte ich, und Tannenbaum ließ das Feuerzeug noch einmal aufschnappen, die Flamme vor dem Gesicht. Alles an ihm hatte jetzt etwas Erschöpftes, nur mit Mühe Aufrechterhaltenes, das Haar, das nicht ausfiel, aber an seidenen Fäden hing, seine Lider, die fast zu schwer waren, sich gerade eben hielten, die Schläfenadern, die nicht platzten, und der Mund, noch immer wie gemacht zum Küssen, mit dem Spalt in der Unterlippe, nur mehr auf Rauchen aus. Lassen Sie Ihre Polin Polin sein, sagte er –

auch mit einer Art Strick um den Hals, der Schlinge, die weder er noch ich zuzog, sondern die Sprache –, und fahren Sie noch heute zurück. Dreiundzwanzig vierzig geht ein Zug nach Berlin mit Anschluss, nehmen Sie den, ja? Tannenbaum hielt sich die Flamme vor die Augen, als sollte ich dort etwas sehen oder lesen, eine von Irenes Notizen, die eine ganze Geschichte auf den Kopf stellen, dann ließ er den Feuerzeugdeckel über ihr zuklappen. Gehen Sie jetzt.

71

Das Auge sei ein Spiegel der Seele, heißt es, aber es ist nur ein Spiegel, in dem man sich verliert. Selbst wenn es blinde Augen wären, könnte man sich darin verlieren, in schönen Augen, die nichts taugen, oder dem, was sich billig reimt, wie für die Contessa Livia ihr Leutnant, Forte, bello, perverso, vile, mi piacque – diese Worte fielen mir ein oder schossen mir durch den Kopf, als ich an dem Museumsbau vorbei über den Umschlagplatz zur Straße lief, als könnte man vor der Sprache davonlaufen, allem Gehörten, allem Gesagten, und auch allem Ungesagten. Ein Laufen am Rande des Möglichen bis zum Hotel, das Herz und der Magen in Aufruhr, die Lunge, der Atem, das Gesicht, man weiß ja, wie Läufer aussehen, wenn sie am Ende sind, leichenhaft ins Ziel kommen. Und im Hotel gleich die Abreiseerledigungen – ein Keuchender, der abends um elf sein Zimmer bezahlt und erfährt, dass jemand nach ihm gefragt hat, telefonisch, eine Frau, die ausrichten lasse, dass es nur etwas später wird, sie noch kommt, und der mit Nachdruck ein Taxi bestellt. Der Rest war eine Sache von Minuten. Ich fuhr nach oben und packte, ich wusch mir das Gesicht, das Zusan nicht sehen sollte, auf keinen Fall, und fuhr wieder nach unten, ich gab das Zimmerkärtchen ab und schrieb eine Nachricht zu Händen der Frau, die bald nach mir fragen würde, ich wünschte ihr alles Gute und entschuldigte mich, aber ich könnte nicht bleiben, ich schaffte es nicht mehr, Nie dam już rady. Dann nur noch mein Name und die zwei Worte, die im Deutschen drei Worte sind, Kocham cię – Worte, die saßen, wie eingebläut, Rechtschreibung nicht von Bedeutung.

Und keine halbe Stunde später war ich im Zug nach Berlin, ohne Reservierung, dafür mit einem Platz im Bistrowagen, wo es auch nachts kleine Gerichte gab, Eier mit Speck, Würste mit Kraut, eingelegten Fisch und dergleichen, dazu polnisches und tschechisches Bier und sogar mehrere Sorten Wein aus Ungarn und Italien. Ich hatte Hunger, ich hatte Durst, ein Verlangen nach Wein wie das nach Umarmung. Die Bedienung war freundlich, eine blonde freundliche Polin, ich bestellte die Würste mit Kraut, dazu eine Flasche Chianti Classico; an den anderen Tischen saßen nur ein paar Männer vor Notebooks, neben sich Bier und Chips, sowie ein Paar mit schlafendem Kleinkind. Die junge Frau hatte das Kind auf dem Schoß, sie schien selbst zu schlafen, der Mann sah in eine Autozeitung und zwischendurch aus dem Fenster. Die Bedienung brachte den Wein, die Flasche war schon geöffnet, sie füllte ein Glas, das auf dem Tisch gestanden hatte, zu mir gebeugt; ich roch ihr Haar, ich sagte Danke auf Polnisch, ich nahm das Glas und trank, bis es leer war. Dann zog ich die Todesanzeige aus der Weste und legte sie neben die Karte

mit den kleinen Nachtgerichten und den Getränken, die
Weine in derselben Schrift aufgeführt wie die Sätze über
Jakob, einer Times New Roman.

Ich drückte die Stirn ans Fenster – das Zittern der
Scheibe, etwas anderes als ich. Die Fahrt ging über flaches
Land, unter Umständen auch durch Wald, nur hin und
wieder Lichter, die im Dunkeln aufblitzten und verschwanden, sternschnuppenhaft. Der Rhythmus der Räder,
ihr Auf und Ab, drang in die Scheibe, an meine Stirn, ein
immer gleiches Tadammtatamm, Tadammtatadamm, als
führte der Zug ein Selbstgespräch, um sich nachts auf den
Schienen zu halten. Nicht aus Verrücktheit reden die Ver-
rückten mit sich, sondern aus dem Wunsch, nicht ihren
Rest an Verstand zu verlieren. Ich hatte einen Sohn, Irene,
aber erst von ihm erfahren, als er schon tot war. Wie gewonnen, so zerronnen, sagt man. Bei dir konnte ich wenigstens schreien. Und könnte es wieder. Von ihm existiert
bloß ein Name. Jakob. Die Bedienung brachte die Würste
mit Kraut, dazu Messer und Gabel. Sie füllte mein Glas
auf, ich bedankte mich noch einmal in ihrer Sprache, sie
schob das Glas an meine Hand und ging dann hinter den
Tresen, wo sie mit dem Rücken zu mir telefonierte. Und
auch die anderen in dem Wagen, die Männer und das Paar,
wandten mir alle den Rücken zu, ein Bild wie gemalt,
nichts bewegte sich, nur die Gabel, die ich nahm und führte,
zwei der Zinken unter den Daumennagel, wie du es einmal
getan hast, nicht wahr? Nach unserem sinnlosen Streit
beim Essen in einem Hotelrestaurant, das zum Sterben war
mit seinen leeren Tischen in einem Aquariumslicht, um
dem Ganzen doch noch Sinn zu geben, den eines nicht von
der Hand zu weisenden Schmerzes. Ohne jede Regung war
das vor sich gegangen, zwei Zinken unter den Nagel, die

Regung erst danach, Irene, wie in der Calle Stretta Bersaglio, als es vorbei war, du mit der Wunde, du die auf dich genommen hast, dein Dichterheld lässt grüßen. Anche a me sei oscuro, auch mir bleibst du fremd, mein Herz, aber ich bin dir gefolgt, soeben auch mit einer Gabel, unter dem Daumen tobt es nicht schlecht. Frauen, heißt es, seien weniger wehleidig als Männer, ich habe in dem Punkt gelernt von dir. Du bist dann einfach vom Tisch aufgestanden, immerhin den Daumen im Mund wie ein Kind, und auf die Straße gelaufen, in die Kulisse deines poetischen Helden, als er anfing, Filme zu machen. Mir aber wird mein Daumen zum Essen dienen, auch zum Trinken, einen Chianti Classico, nur nicht in unserer Osteria um die Ecke, sondern in einem Zugbistro, nachts zwischen Warschau und Berlin, stell dir vor.

Und ich machte mich über das Essen her, die Würste ließen sich sogar mit der Gabel teilen; ich aß und trank und wäre gern auch etwas losgeworden, Rotz und Wasser. Unter dem Nagel wurde es rot, und was das Toben betraf: nichts gegen das Überrolltwerden durch eine S-Bahn, nichts – man denkt es sich jedenfalls so. Jakob, dachte ich, toter Sohn. Und in einer Art Schleppe kamen Worte dazu, Jakob, hast du Hunger, willst du ein Brötchen? Jakob, schön, dass du anrufst, lass uns ins Kino gehen heute. Wie, du willst mit dem Rad zum Sport? Das geht auch morgen noch. Aber er hatte nicht einmal die Ahnung einer Ahnung, dass es da jemanden gab, den er hätte anrufen können, und schwang sich auf sein Rad. Ein windiger Maitag, bedeckter Himmel, er fährt auf einer Straße neben dem Bahndamm zum Sport, Tennis oder Hockey. Er ist schon etwas spät dran, der Weg über die Gleise, eine gute Abkürzung, ja oder nein? Besser nein. Und dann fallen erste

Tropfen, und er will auf dem Platz stehen, bevor es regnet. Hat das Spiel einmal begonnen, geht es auch bei Regen weiter, das weiß man. Und er schultert das Rad. Im Gestrüpp an den Gleisen rauscht der Wind, ein Geräusch, das er nicht hört, er hört Musik, die seiner Freunde, was alle hören. Aus seinen Ohren hängen dünne Kabel, sie vereinen sich unter dem Kinn, und das eine führt in die Brusttasche seines Blousons, von dort kommt die Musik. Und die Bahn kommt von rechts, nicht einmal schnell in einer Kurve, eher gebremst, und ein Linkshänder – Sohn eines solchen, irgendetwas muss ich ihm ja mitgegeben haben – erwartet das Gute wie das Schlechte immer von links. Also sieht er nicht nach rechts und geht auf die Gleise, die Lok wirft ihn samt Rad auf die Schienen, für den Bruchteil einer Sekunde bangt er noch um sein Rad, dann trennt ihm etwas die Beine ab und schleudert den Rest, immer noch ihn, immer noch Jakob, neben das Gleisbett. Und wenn er nicht lange gelitten hat, wie es in der Traueranzeige heißt, hat er folglich gelitten, geschrien nach der, die ihn zur Welt gebracht hat, denn mich gab es nicht.

Die blonde Bedienung kam an den Tisch, sie füllte wieder mein Glas, sie schob es mir hin, dann sagte sie zwei Worte auf Englisch, What happened? Und natürlich wischt man so etwas vom Tisch, besonders nachts in einem Zugbistro, außer ihr und mir in dem Wagen jetzt nur noch das Paar mit schlafendem Kind, der Vater eingenickt, die Mutter inzwischen wach, sie sah zu mir und der Bedienung, und ich sagte nur Nothing, ein Wort mit dem berüchtigten th, die Zunge dabei zwischen den Zähnen. Und das Salzige, das sie schmeckte, ließ mich die Stirn wieder ans Fenster legen, nein, falsch: ein Pressen an die Scheibe, so wie ich früher, in seltenen Nächten, an die

Brust gepresst war, die ich liebte, und sich alles Pochen darin übertrug, das Unerlaubte in deinem Herzen, Irene.

72

L'illecito t'è in cuore, manchmal hat es sich auch offen gezeigt – oder ist es noch im Rahmen, allgemein üblich, dem Erwachsenen erlaubt, einen halben Tag lang mit Daumen im Mund herumzulaufen? So geschehen nach unserem Streit in dem Hotelrestaurant mit Aquariumslicht am Stadtrand von Rom, im Pigneto-Viertel, weil Irene zu den Drehorten von Accattone wollte, und sie von diesem Hotel aus auf die Via Fanfulla da Lodi sah, die Straße der Straßen bei dem Dreh. Sie wollte tagsüber alles sehen und nachts Gedichte ihres Helden übersetzen, in einem Zimmer mit rechteckigem Querfenster in Augenhöhe, zwei frei stehenden Betten und einem Kinderschreibtisch, Schleiflack, und eben dem Restaurant, das niemand besuchte außer uns. Es war August, das Viertel mittags wie ausgestorben, still in der Glut die Baustellen, die halbfertigen Häuser, und sie saß an einem Gedicht, das sie schon in unserem ersten Sommer beschäftigt hatte, Solitudine, und wieder am Schlussvers, für den sie keine Lösung fand, keine, die es ihr erlaubt hätte, das Experiment Pigneto einfach abzubrechen und ans Meer zu fahren. Von einem Kassettenrecorder hörte sie Bachs Matthäuspassion, die Musik aus dem Film, und saß an den vier Zeilen, Me ne vado: imprendibile/ nel tuo esistere puro,/ ingenuo, e conscio, vivi:/ anche a me sei oscuro. Und in dem Restaurant – sie weigerte sich, in Lokale zu gehen, irgendetwas

Freudvolles zu tun – kam es zum Streit. Ich wollte am nächsten Tag abreisen, sie wollte es nicht; aber im Grunde war es ein Streit über ihre Arbeit, die keine richtige Arbeit war, nur quälendes Theater in einem Schreckenshotel – dem Ort, an den ich nach ihrem Tod für zwei Wochen geflohen bin wie in ein Kloster. Lass diese ganze Übersetzerei, lass uns ans Meer fahren, rief ich, was soll das hier alles?, und sie drückte sich die Zinken unter den Daumennagel und sagte die letzten Worte von Accattone, dem Schmarotzer, als er am Straßenrand stirbt, Mo' sto bene, Jetzt geht's mir gut, und dann lief sie ins Freie, den Daumen im Mund – es war ihr linker, bei mir dagegen der rechte als Linkshänder, das Toben darin hatte mich wach gehalten im Zug trotz der Flasche Wein –, und ich lief ihr nach und wusste, dass wir am anderen Tag abreisen würden. Sie ging noch einmal die ganze Via Fanfulla ab, immer den Daumen im Mund, was ja auch hieß, ich rede nicht, Schluss; sie schaffte so etwas über viele Stunden, und das nicht einmal verbohrt, nein, sogar mit tänzerischer Leichtigkeit, fast einer Anmut, nur kann man nicht ewig auf einer Klinge tanzen: So kam mir dieser Gang entlang einer Straße, auf der es nichts, aber auch gar nichts italienisch-Schönes gab, vor. Irene wollte sich prüfen, es war das Verlangen nach Wahrheit, das ihr manchmal Flügel verlieh, sie Wagnisse eingehen ließ: Sie, der Vogel, der in den Klippen lebt, sich überall herunterstürzen kann und selbst aus dem Meer wieder aufschwingt. Erst als wir bei Dunkelheit ins Hotel zurückkehrten, sagte sie etwas, Morgen fahren wir, wohin du willst, und später lagen wir in einem der beiden Betten, ihr Daumen nunmehr in meinem Mund.

Pusten, sagt man ja eher, wenn es einen Fingernagel erwischt hat, oder kaltes Wasser, komm, halt ihn unters Wasser; ich machte beides bis zur Grenze und auch auf dem letzten Stück, immer wieder über die dunkle Stelle lecken, sie befeuchten und dann pusten, das kühlte. Und in Berlin der Zugwechsel, in dem Hauptbahnhof, der nie einer sein wird mit all dem Glas, Beton und Stahl, kein Ort für Abschiedstränen und solche, wenn sich zwei nach langer Trennung in den Armen liegen. Ich lieb dich, hatte Irene nachts in dem Einzelbett gesagt, ohne das entscheidende e am Ende, das rückte sie nur in Ausnahmefällen heraus, und dann sagte sie auch feige, nicht feig, oder schrieb es sogar auf einen Block. Der Zug nach Frankfurt ging pünktlich, ich saß wieder dort, wo es etwas zu essen gab, jetzt ein Frühstück, während es hell wurde, mit ersten Sonnenstrahlen auf den Windrädern, an denen es vorbeiging, Frühstück sogar mit grünem Tee, in den tauchte ich später den Daumen, und an der einen Stelle, dem schmerzenden Nagel, wurde damit sozusagen alles besser. Folglich konzentrierte ich mich auf diese Stelle, es gab nichts anderes mehr, und verbrachte Stunden wie nach einer Operation, wenn die Welt nicht über die eigene Haut hinausreicht. Mein Schmerz verlor sich in dem Teerest, der immer mehr auskühlte, bis er die Umgebungstemperatur hatte, wie damals Irenes Leichnam die eines Kühlraums. Keinen Moment hatte man mich dort allein gelassen, ein Pathologe und ein Polizeibeamter blieben an meiner Seite, und selbst wenn der Körper noch etwas warm gewesen wäre, hätte ich ihren Wunsch nicht erfüllen können, sie zu halten, solange die Haut einen Rest an Leben – das Wort Leben ist falsch, aber man weiß, was gemeint ist – aussendet. Bei Kassel war der Tee dann kalt, und ich nahm den Daumen heraus. Man hatte nur das Gesicht der Toten etwas aufgedeckt, die Partie, die kaum zerstört war, Teile des verklebten Haars,

Schläfe und Wange, ein Auge, ein Stück Mund. Ja, das ist sie, sagte ich, obwohl Ja, das war sie zu sagen korrekt gewesen wäre, aber wo, wenn nicht in der Sprache, lebt jemand weiter. Ich legte ihr einen Finger auf das heile Stück Mund, ahnungslos, welchen anderen Mund sie damit noch gesucht hatte – anche a me sei oscuro, auch mir bleibst du rätselhaft, muss es heißen.

Erst als der Zug am Vormittag in Frankfurt hielt, war die Welt wieder größer als ich oder der, der etwas steif in den Beinen ausstieg, dazu gar nicht passend die Sporttasche in seiner Hand. Ich nahm mir ein Taxi und stand kurz darauf vor meiner Wohnungstür, an die mit einem kleinen Pflaster, wie man es oft bei sich hat, ein Kuvert geklebt war, oben links Emblem und Adresse des Frankfurter Hilton Hotels an der Grünanlage, die in meiner Jugend Haschwiese hieß, darunter handschriftlich ein Name, Almut Bürkle.

73

Sie hatte ein im Internet gefundenes Auto in der Nähe von Frankfurt abgeholt und außerdem ein Seminar zum Thema Marketing in der gehobenen Gastronomie besucht, letzteres für neunhundertachtzig Euro einschließlich dreier Nächte im Hilton; abzüglich Hotel plus Abendbuffet aber nur sechshundert Euro, was ihre Gedanken auf den alten alleinstehenden Schulfreund mit eventuell freiem Sofa gelenkt hat. Ich habe angerufen, du warst nicht da, und deine Handynummer steht in den Sternen, also blieb nur Klingeln, hieß es in dem Brief. Nun fahre ich zurück zum Hotel, mit einem Megaauto, hier in der Nähe gefunden und heute geholt, Audi Q 7, TDI, neue Reifen, Sonderlack, Sportsitze. Peinlich, peinlich, hätte ich früher gesagt, aber früher kam im Badischen Hof auch Mehl an die Soße. Und nächste Woche geht es mit dem Neuen nach Italien, noch ein Seminar, La cucina romana. Und dich wiedergesehen zu haben war gar kein Schock, Deine Almut. Daneben ihr Mobilanschluss und das Datum; demnach war sie schon fast unterwegs über die Alpen, um ihre badische Küche mit der römischen zu ergänzen.

Deinealmut, ein Wort, das auf der Zunge zerging, was man ja leicht dahersagt, dass einem etwas auf der Zunge zergangen sei, aber ich hatte die paar Zeilen noch in der offenen Wohnungstür gleich zweimal gelesen, und beim zweiten Mal fiel mir am Ende, bei Deinealmut, mein erster richtiger Kuss ein, Jahre vor der Abiturfeiernacht, als ich wohl schon in die Bürkle verliebt war und eines Abends ihre Zunge zu spüren bekam, für sie bloß Spaß, für mich Erweckung. Und jetzt hatte ich sie als Logiergast verpasst; die Warschaureise ein paar Tage eher, und es hätte geklappt. Oder die Warschaureise gar nicht, und alles wäre in Ordnung gewesen, nicht in bester, aber erträglicher, auch der Umschlag mit Rand noch immer im Küchentisch. Tatsächlich aber war nichts mehr in Ordnung oder bei seiner wahren Unordnung angekommen, und Almut saß vielleicht schon in dem neuen sonderlackpeinlichen Audi auf der Fahrt nach Italien; nur war ich ja selbst auf dem Sprung dorthin, ebenfalls, um mich weiterzubilden oder die alten Eindrücke von Pompeji aufzufrischen für die Führungen nach der Sommerpause, und warum denn nicht zu zweit durch die Ruinen gehen, warum nicht schon die Führungen proben. Wir sind hier in der Casa dei Vetti, Almut, in dem Raum neben der Küche mit einer Statue des Gottes Priapos als Brunnenfigur, aus dem übergroßen Glied hat sich das Wasser ergossen. Oder: Wir sind hier im Garten der Fliehenden, Almut, der in glühender Luft Erstickten und von Asche Bedeckten, der in ihr Geschmolzenen und Verdampften, so dass man die Hohlräume später gut ausgießen konnte, sieh nur, wie sie noch ihre Gesichter schützen. Und jetzt gehen wir zur Villa dei Misteri und schauen uns den Dionysoskult an, oder lieber zum Forum, was willst du? Etwas in der Art stellte ich mir vor, als Probe für die Probe, und sagte es wohl auch vor mich hin, erst beim Auspacken der Tasche, dann beim Rasieren; in den Warschautagen war mir ein Anflug von Bart gewachsen, wie eine Schicht grauweißen Staubs an Kinn und Wangen, nie denkt man ja schneller, als man verwahrlost, immer läuft es andersherum. Und nach der Rasur endlich das Bett, ein Schlaf bis in den Spätnachmittag.

Wie sehr man der Zeit bedarf, mit ihr lebt und von ihr lebt, man merkt es, wenn man aus langem Tagesschlaf erwacht und gleich zurück in die Zeit finden will. Ich tat die paar Schritte ins Wohnzimmer und stellte den Fernseher an, auch um überhaupt eine Ordnung in den noch währenden Tag zu bringen oder der unermesslichen Unordnung, die sich aufgetan hatte, irgendetwas entgegenzusetzen, all den jäh ausgelösten Gedanken, die wie ein Beben waren, vor dem man flieht, einschließlich des Gedankens, Jakobs Mutter anzurufen. Und ich hatte Glück, das Glück, das man auch Schwein nennt, bei National Geographic kam einer der Filme, die in den Abend führen, etwas über afrikanische Waldelefanten, die in den Tiefen des Regenwalds verschwinden, erst noch den Boden erzittern lassen und sich dann in nichts auflösen, könnte man meinen, ganze

Herden mächtiger Tiere, die mit den mächtigen Bäumen eins werden. Aber plötzlich tauchen sie nachts auf einer selbstgeschaffenen Lichtung wieder auf, festgehalten von einer zuvor platzierten Kamera, und pflügen mit ihren gewaltigen Hufen und Stoßzähnen den Boden um, bis im Schein der Sterne das Gestein schimmert. Nun erst kehrt Ruhe ein, die Herde verteilt sich, jeder hat seinen Platz, und vierzig, fünfzig Waldelefanten lecken still den mineralischen Stein, um einen Mangel in sich auszugleichen. Sie könnten einen ganzen Wald leerfressen, seine Farne, seine Rinden, die Früchte, ohne die Salze in dem Gestein unter der Erde wären sie verloren. Sie wittern den entfernten Ort, an den sie müssen, und brechen so lange Schneisen durch den Wald, bis sie dort angekommen sind; sie treten die Bäume nieder oder reißen sie aus, schaffen alles Gehölz weg und legen die Lichtung frei, dann öffnen sie den Boden, systematisch bis zum Fels, urzeitlichen Platten, als träfen sie auf ihre versteinerten Vorfahren und leckten an ihnen. Und mit dem ersten Licht verschwinden sie, eine ganze Herde im Wald, unauffindbar. Ich lag auf dem Sofa und schmeckte wieder etwas vom eigenen Salz und wünschte mir, Teil einer solchen Herde zu sein, auch wenn sich Elefanten irgendwann zum Sterben zurückziehen, allein, wie man weiß, und Gott sei Dank noch von keinem festgehalten. Ein alter sterbender Elefant an geheimer Stelle im Regenwald, aufgespürt durch einen Sender, seine letzten Tage und Stunden im Zeitraffer, wäre schon kein Tierfilm mehr, es wäre einer über uns, wie uns die Zeit verlässt, ob man im Altenheim liegt oder allein in der Wohnung auf einem Sofa, vor dem noch der Fernseher läuft. Am Ende siegt nicht der Tod, sondern die Zeit, die immer weitergeht, das sich dehnende All, während unsere kleine unbedeutende Zeit, nicht bedeutender als die eigene Armbanduhr, deren Größe im Vergleich zum Universum, stehenbleibt; auch über Jakob hat nur die Zeit gesiegt, die seiner Freunde, die weiterleben, die seiner Mutter und meine.

Ich stellte den Fernseher ab und kam vom Sofa hoch, wie durch einen Ruck aus den tektonischen Verschiebungen in mir, ich lief zum Telefon im Flur, plötzlich entschlossen zu dem, was dann nur noch Sache eines Fingers war, nämlich Mariannes Nummer zu wählen, die, die der Finger ja Hunderte Male in die Tasten gedrückt hatte, damit es bei ihr, in der Manteltasche oder im weißen Kittel, mal klingelt und mal nur summt und sie sich meldet, wo bist du, was tust du, wann treffen wir uns?, und ich das Mineral ihrer Stimme aufnehmen konnte. Mariannes Nummer war wie eins jener Gedichte, deren Anfang einem lebenslang bleibt, der Vers, der schon alle Ziffern enthält, Wer reitet so spät durch Nacht und Wind? Es ist der Vater mit seinem Kind; Er hat den Knaben wohl in dem Arm, Er faßt ihn sicher, er hält ihn warm. Und nur ein paar Herzschläge später das Geräusch des Abhebens, wie es weiterhin heißt, auch wenn es längst nicht mehr zutrifft, seit es nur ein Annehmen des Gesprächs ist, wieder durch Tastendruck, falls die Nummer auf dem Display nicht davon abhält; die meine aber aus dem Festnetz konnte bei ihr gar nicht aufleuchten, weil sie nicht in ihrem Speicher war, wir nur mobil telefoniert hatten. Und einen weiteren Herzschlag später ihr ruhiges Ja, sie hatte sich nie anders gemeldet, nie mit Vor- oder Nachnamen, immer nur ein Ja mit kleinem Fragezeichen, also auch ein Bitte – was kann ich bitte tun für Sie? Und nun aber war es an mir, etwas zu antworten und nicht die rote Taste zu drücken, auf der mein Finger schon lag, Ich bin es, Hinrich, sagte ich.

Viel seltener, als man denkt, haben Worte tatsächlich Gewicht, und nie sind es große Worte, die einfachen reichen, den anderen nach unten zu ziehen, Steine um seinen Hals im Wasser, es ist aus und vorbei, oder die Wand eines anderen zu durchstoßen, befreiend und erschreckend in einem, ich liebe dich, und manchmal presst das Gewicht von Worten auch nur die Münder zu, der eine wie der andere verstummt. Ich glaubte, ein Atmen zu hören, feines Ausströmen von Luft durch die Nase, dazu im Hintergrund, aus einem entfernten Raum, die Abendnachrichten, Tote in Syrien, Wartende vor einer Bäckerei, der einzigen offenen in Aleppo, leise, aber deutlich der fremde Name, und erneut das Strömen, nur etwas rascher jetzt, ein Einziehen von Luft, dann Momente lang nichts mehr, nichts, auch nicht in mir ein Herzschlag, mit Vorsicht gesagt: die Stille des Alls, und in diese Stille hinein das Geräusch des Auflegens, auch wenn es nur wieder ein Tastendruck war, und doch ein Abbruchton, man weiß nicht, woher, aus einem selbst am Ende. Ich löste den Telefonstecker aus der Wandbuchse, ein lautloser Abbruch, ich ging ins Bad und nahm zwei Schlaftabletten noch aus Irene'scher Zeit, aber darum nicht abgelaufen, das will uns der Beipack nur einreden. Ihre Substanzen halten sich wie die Erinnerungen, in dem Fall zum Glück, und das Beste an ihnen kommt im Wort Schlaftablette kaum zum Ausdruck: dass sie für Stunden von jedem Selbstgespräch erlösen, das Zungenmonster in einem zum Schweigen bringen.

74

Erst am nächsten Vormittag ließ die Wirkung nach, und das Gespräch mit mir setzte wieder ein, über den Sohn, den ich nie kannte, und die Frau, die ich geglaubt hatte zu kennen, das alles mal leise, mal stumm oder irgendwie dazwischen, stumme Selbstgesprächsfetzen, um im Bild zu bleiben – ein Vormittag, der mir fehlt, und auch über die Mittagsstunden könnte ich wenig Verlässliches sagen; ich weiß nur, dass gegen Abend bei Arte ein Film über Wale kam, die größten von ihnen, und ihr Geheimnis, ihre Kämpfe in den Tiefen des Ozeans, wenn sie von Riesenkalmaren angefallen werden, sich aber zu wehren verstehen und Wunden davontragen, als hätten sich Felszacken in ihre Flanken gebohrt. Die Natur sei ohne Bedeutung und erscheine dem Menschen nur grausam, erklärte der Kommentator, es war die Überleitung zu einem weiteren Film – es gibt um diese Abendzeit oft zwei nacheinander –, einem Film über eins der scheuesten Tiere überhaupt, den schwarzen Panther oder König der Nacht. Mit letzter Geduld sucht ihn ein Team entlang des Orinoco, es findet seine Spuren, es findet Reste von Opfern, der Panther selbst aber bleibt ein Phantom; auch versteckte Kameras konnten ihn nachts nicht filmen, als hätte er ihre Verbindung zu den Menschen gerochen. Und das Team will die Suche schon abbrechen, die Zelte packen, da taucht er plötzlich am Rande des Flusses auf und schmiegt sich, schwarz, in die Baumgabel über einer Sandbank, lautlos, reglos, aber bereit zum Sprung, sobald ein Beutetier zum Trinken an den Fluss kommt. Der Kommentator nahm die Stimme zurück, als er wäre selbst vor Ort, gespannt wie die anderen, ich saß ebenso gespannt auf der Sofakante, kaum zwei Armlängen vom Panther entfernt, und als eine Art Reh auf die Sandbank zukam, zitterten unter dem glänzenden Fell die Muskeln, ein Zittern wie bei Irene, wenn sie vor unseren Sommeraufbrüchen, in den Jahren, als es nur mich gab, schon den dünnsten Pyjama anhatte und damit durch die Wohnung ging, um spätabends noch die Pflanzen zu gießen, während ich ihr zusah. Für unsere Reise war schon alles gepackt, auch das Gießen der Pflanzen für die drei Wochen organisiert, und das Zittern in ihrem Körper war das vor dem Sprung in den Süden.

Ich stellte den Fernseher ab und legte mir die Sachen für eine Woche Italien zurecht, plus Zugfahrzeit, Frankfurt–Neapel, Neapel–Frankfurt. Es waren nicht viele Sachen, weniger als für Warschau, Wäsche und Oberhemden und auch mein dünnster Pyjama, zwei Shorts und eine Kappe, Socken für die Laufschuhe; das Ganze passte in eine Reisetasche, die Irene noch benutzt hatte, wenn sie für zwei, drei Tage zu den Ihren gefahren war, die Tübinger Frauenfilmwoche, das Freiburger Podium für erneuerbare Energien, ja sogar noch im letzten Jahr – dem mit sich selbst und kaum noch mit mir oder jemand anderem – für eine Fahrt nach Locarno, zu den dortigen Antonioni-Tagen, etwas, das sie noch einmal erfüllt hatte, genug für eine Nachtstunde in unserer Küche, in der sie von dem Film Il deserto rosso und Monica Vitti erzählte, als hätte sie mitgespielt. In einem Seitenfach der Tasche steckte sogar noch das Programm dieser Tage, ein ganzes Heft, gut geeignet, um mein Reisegeld zwischen die Seiten zu legen, dreitausend Euro, mehr als geplant, aber ich hatte auch neue Pläne. Blieb noch das Heraussuchen der Zugverbindung und Ausdrucken der Fahrkarte, diesmal zweiter Klasse, ein alter Reflex. Am nächsten Morgen, neun Uhr zehn, fuhr der Zug ab, Umsteigen nur in Verona, abends um elf die Ankunft in Neapel; Almut wollte ich von unterwegs anrufen. Alles war getan, wie früher vor den Reisen, die letzte Nacht dann immer ein Schweben zwischen Wachen und Schlafen – ist es noch dunkel, ist es schon hell, soll man noch liegen bleiben, kann man schon aufstehen und das Neue in Angriff nehmen. Wir fahren, wir fahren, hatte Irene an Reisemorgenden im Auto gerufen, kaum waren wir auf der Straße vor dem Haus, ein Freudenruf, wie ich ihn im letzten Jahr nur noch einmal von ihr gehört hatte, als sie nach den Tagen von Locarno abends mit mir in der Küche saß, Was für ein Film!

Il deserto rosso oder Die rote Wüste, Monica Vitti in ihrer diskreten Schönheit spielt Giuliana, die mit Ehemann und einem kleinen Sohn am Industrierand von Ravenna lebt und an einer namenlosen Krankheit leidet, nur aus Verlegenheit Neurose genannt. Sie hat am Anfang einen Autounfall, vermutlich ein Selbstmordversuch, und kommt vorübergehend in eine Nervenklinik. Danach kümmert sie sich um ihr Kind und lernt dabei Corrado kennen, einen alten Freund ihres Mannes. Giuliana und Corrado verstehen sich, ja scheinen füreinander bestimmt zu sein, auch wenn es nur ein vorsichtiger Umgang ist zwischen ihnen. Aber dann versagt Corrado, als es darum geht, Giulianas Sohn, ähnlich krank wie sie selbst, zu helfen. Und am Ende irrt sie mit ihrem Jungen an der Hand durch die Industrielandschaft der Vorstadt in einem sonnenfinsternisfahlen Licht, ein Film von neunzehnhundertvierundsechzig, mir so gut in Erinnerung, weil Irene ihn ein paar Wochen später noch einmal sehen wollte, mit mir an ihrer Seite im Filmmuseum, das letzte Mal, dass wir Kinogänger waren, ein halbes Jahr vor der Katastrophe.

Nach dem Film liefen wir noch etwas am Main entlang, ein Winterabend mit falscher Milde, und sie sagte, zwischen Giuliana und Corrado sei es eigentlich Liebe auf den ersten Blick gewesen, also Liebe aufgrund einer Hypothese, in dem Fall die der gegenseitigen Bestimmung. Aber weit gefehlt, Scheiße, Herzchen! Das waren ihre Worte, und Irene sagte sie zweimal, das erste Mal zärtlich, mit Sympathie für Giuliana, die sich in Corrado getäuscht hat, und dann mit Verachtung für eine Frau wie die Contessa in dem Roman, den sie, diese Frau, nur bis zur Schlüsselstelle übersetzt hatte, Forte, bello, perverso, vile, mi piacque.

75

Zugfahrten mit ihrem Takt der Räder, dem immer selben, lösen unsere Gedanken vom Denken, und sie schweifen in alle Richtungen, fast wie im Traum, und plötzlich stößt man auf etwas noch nie Gedachtes und schreibt es auf. Ich hatte einen Fensterplatz bis Verona, auf einem Tischchen, herausgeklappt aus dem Vordersitz, Block und Stift und ein Becher mit Tee; der Sitz neben meinem war frei, ein gutes Zeichen, wie man glauben möchte, der Glücksfall eines freien Nebensitzes, glückliches Vorzeichen für die Reise. Dazu kam noch die Qualität des Tees von einem Servierwagen, geschoben von einer Afrikanerin, noch etwas, das ich glauben wollte: Diese junge Frau, eben noch in einem Flüchtlingsboot, und nun schon mit ordentlicher Arbeit. Auf dem Nebensitz stand meine Tasche, in dem Seitenfach neben dem unerlässlichen Geld auch das unerlässliche Telefon, die einfachste Ausführung, sowie ein

Portemonnaie mit Personalausweis und sonstigen Karten, die es in sich haben, unsere Krankheiten kennen und uns Geld verschaffen oder im Todesfall die Entnahme von Organen erlauben, eine Erlaubnis, die auch Irene erteilt hatte, nur war keins ihrer Organe mehr für eine Spende in Frage gekommen. Der Aufprall nach dem Sturz hatte den Körper auch innerlich zerstört, ein Totalschaden, und umso unzerstörter oder heiler mein Bild von ihr vor dem Schaden, wie sie aussah, wie sie war, ja sogar, wer sie war – und warum dann nicht auch einfach weiter die lieben, die man zu kennen geglaubt hat. Die, mit der ich im Sand hinter den Dünen von Pellestrina unter dem Sonnensegelfetzen lag, unsere Leihräder auch im Sand, so verhakt wie wir, der eine Lenker mit fehlendem Griff, dort, wo er in die Luft ragt mit blanker Kante. Darauf hättest du achten sollen, Irene, wie leicht einer über Zeug, das herumliegt, oder Wurzeln bei einem Schritt rückwärts stolpern kann und dann auf diese Lenkerkante fällt. Und noch auf so vieles mehr.

Meine Schläfe lag seit Würzburg am Fenster, die Erschütterungen in der Scheibe taten gut, als könnten sie schwere Gedanken zu leichten zerreiben, und man selbst müsste gar nichts tun; erst hinter Nürnberg wurde die Fahrt rasant, immer wieder entlang der Autobahn, schneller als die Schnellsten dort. Und der Stopp in München kaum zehn Minuten, München, die Stadt, in der man gern jung und verliebt wäre, eine Springbrunnenstadt, sprudelnd das Dümmlich-Kindische an vielen Ecken, überschäumend das Schöne, du hattest immer nach einem Tag München genug, Irene. Jemand wollte auf den Sitz neben meinem, ich wechselte samt Tasche in den Speisewagen. Nach einem Mittagessen, Huhn mit Reis und Salat, bald schon Österreich, die besungenen Berge, die verbauten

Täler; und nach einem Stück Kuchen, einer Tasse Kaffee und etwas Dösen der Brenner. Dort dann ein Aufenthalt ohne ersichtlichen Grund, Stillstand auch auf dem überdachten Bahnsteig, schon das italienisch-beamtisch so Umständliche. Der Schatten des Vordachs, er lag fast unter der Dachkante, ein schönes Frühsommerbild, und als es nach einem Ruck durch den Zug endlich weiterging, hätte ich am liebsten das Fenster geöffnet, aber es ließ sich nicht öffnen. So blieb nach der Grenze, die es ja immer noch gibt, auch ohne Zöllner, ohne Schranke, nur das Hinausschauen, auf die ersten Orte mit anderen Farben, ganz andere als die unseren, manche noch wie Reste von den Farben alter Meister, selbstgemischt aus Erde und Harz, aus Blüten und seltenen Mineralien.

Eine Fahrt in das Land, das wir beide liebten, es gibt dafür kein besseres Wort. Denn wir lieben mit Blicken, nicht mit Gedanken, und Irenes Blicke hingen auf unseren Fahrten an jedem erschöpften Rot einer Hauswand, an jeder blassblauen Cinzano-Schrift, als hätte die Farben Jahrhunderte überdauert; sie hingen am harten Ocker der Vorstädte, den kurzen Mittagsschatten, ja dem verbrannten Gras um ein Karussell, unbewegt, bis die Geschäfte wieder öffnen; und am weichen Licht des Abends, wenn auf den Palmen der Staub leuchtet und einen die Kirchenkuppeln mit der Endlichkeit versöhnen. Oder auch nicht. Im Alter von vierundvierzig hatte sie eine Fehlgeburt, sie war bald im fünften Monat und verlor einen Jungen, ein Grauen schon im Rettungswagen, und in den Wochen danach schien es für sie nirgendwo einen Ort zu geben, weder im Leben noch im Tod, bis ich unbezahlten Urlaub nahm und wir mit dem Zug, nicht mit dem Auto, nur dazu war sie imstande, nach Rom, der Stadt ihrer Mädchenjahre, fuhren, auf derselben Strecke. Im Januar hatte sie von der Schwangerschaft erfahren, ein Termin bei ihrem alten Frauenarzt, und am Abend, ich war kaum zur Tür herein, noch im Mantel voll schmelzender Schneeflocken, legte sie mir die Hände um den Nacken und sagte, Wir bekommen einen Sohn. Worte, die sich schmerzlos eingebrannt hatten als glühendes Glück, und nachdem sie nicht in Erfüllung gegangen waren, den Schmerz bei jeder Erinnerung an diese Zeit mit dem werdenden Leben nachholten, einen Schmerz, der sich erst auf dieser Fahrt – etwa dort, wo ich gerade war, im Etschtal – in etwas bleibend Schönem aufzulösen begann.

Siehst du das, da wachsen schon Zypressen, sagte Irene in der Gegend von Trento, fast ihre ersten Worte im Zug, und ich hing am Fenster und hielt nach jeder Zypresse Ausschau. Sie war immer noch still, aber wieder bei Kräften; von ihrer körperlichen Verfassung her hatte auch nichts für eine Fehlgeburt gesprochen, alle Werte waren gut, und so waren wir im Mai unbesorgt zum Edersee-Festival gefahren und trafen dort auf Tannenbaum, der wie immer über die Vergabe des Deutschen Kulturpreises berichten sollte. Wir verbrachten unseren Abend zu dritt, aßen und tranken und sprachen über die Preiskandidaten, bis Irene langsam das Thema wechselte, erst auf die jüdische Kultur kam, dann auf Tannenbaums Vater und schließlich fragte, wer außer dem Vater noch umgebracht worden sei. Sie wollte die Vornamen wissen und wiederholte sie leise, Aaron, Sarah, Benjamin, diese drei mit Sicherheit, und auf einmal fing sie an, für das Kind in ihrem Bauch einen jüdischen Namen zu suchen, Tannenbaum sollte ihr Vorschläge machen. Alle Namen, die Sie kennen, sagte sie, und er ließ sich darauf ein, leise, wegen der Leute am Nebentisch. Irene hing an seinen Lippen und nickte bei jedem Namen, konnte sich nur nicht entscheiden, und als ich mich einmischen wollte, legte sie mir eine Hand auf den Mund. Sie war durcheinander, flattrig, gar nicht mehr erwachsen, ein Schulmädchen, das jeden Namen brav wiederholte; später im Zimmer machte sie noch Notizen, sie schlief in der Nacht kaum. Und am anderen Tag – Tannenbaum war schon abgereist – fuhren wir zurück nach Frankfurt, Irene so unkonzentriert wie selten am Steuer, sag doch, wie er heißen soll, Ariel oder David, Samuel oder Benjamin, aber warum nicht, wie er, einfach Aaron? Sie schwankte zwischen all diesen Namen und fuhr dabei noch Auto, und am Abend in der Wohnung fingen die ersten Blutungen an. Du hast es noch kleingeredet bis zum Morgen, Irene, du wolltest noch nicht an das Schlimmste denken, aber dann ging alles ganz schnell, am frühen Vormittag war dein Aaron oder David schon verloren. Und alles Weitere, die nächsten Stunden, nächsten Tage, war ein Ertrinken ohne Ende in einem Meer von Kummer, Ersticken, ohne zu sterben. Erst auf der Zugfahrt durch das frühsommerliche Etschtal gab es wieder eine Luft zum Atmen – die Luft, die ich auf meiner Fahrt allein atmete, nicht mit dem Mund, mit den Augen. Du hast damals bis Rom ohne Unterbrechung nach draußen gesehen, Irene, aber das alles reichte noch nicht, um wieder durchzuatmen. Noch nachts im Hotel standest du am Fenster und sahst auf das Pantheon, während ich deine Linien im Halbdunkel sah, die Beine, die Hüften, die Schultern, Hals und Kopf, alles zusammen meine Lebenslinie. Und als wir am nächsten Tag über den Protestantischen Friedhof liefen, eines unserer liebsten Ziele in Rom, du ein Stück vor mir, die Hände im Nacken gefaltet, riefst du plötzlich, Es kann nicht so weitergehen, keine Stunde mehr! Ein Ausruf wie der von Lotte über Werthers Leben, Es kann nicht, es kann nicht so bleiben! Und tatsächlich standen wir noch in derselben Stunde in einem Kleiderladen am Corso, voll mit Sachen, die einem nur südlich der Alpen gefallen, während sie nördlich davon gleich etwas Verwahrlostes haben. Irene kaufte sich Jeans mit Löchern und Flicken, ein knallgelbes Top und eine bestickte Jacke; sie kaufte sich Wäsche, Armreife und ein Paar Schuhe in dem Rot, mit dem das ganze Unglück unseres Sohns begonnen hatte. All das zahlte sie mit einem der Kärtchen, die es in sich haben, obwohl ihr Konto fast leer war, aber ich durfte nichts beisteuern. Das durfte ich erst, als sie dann im Hotel, unserem alten Albergo Abruzzi, die Sachen anzog und darin hin- und herging, vom Bad zum Fenster und zurück, und hören wollte, wie sie mir in dem einen oder anderen Stück gefällt. Kleine Gänge auch vor dem Fenster mit Blick auf das Pantheon, das einem so den Atem verschlägt, wenn man durch sein Deckenloch den Himmel erblickt, wie es mir den Atem verschlagen hat, als du in den löchrigen Jeans und dem gelben Top auf mich zukamst und mir wieder die Hände um den Nacken legtest, das erste Mal seit jenem Januarabend, und mit solcher Endgültigkeit, ich höre es noch, nur ein einziges Wort sagst, als könnte danach nichts mehr kommen, nichts, das richtiger, größer oder besser wäre, nur schlechter, kleiner und falscher. Jetzt.

76

Die Sonne schien noch auf die Bahngleise – erhitzter Schotter, ein Geruch aus Kindertagen –, als ich in Verona den Zug wechselte, in einen sogenannten Rapido stieg, nächste Stationen: Bologna, Florenz, Rom, Neapel. Die Stunde ab Trento war verflogen; längs der Strecke Obst und Wein, ganze Kulturen, in silbrigen Bögen bewässert, und an den Flanken des Tals kleine Orte vor Felswänden, später die Veroneser Klause, das Ende der Berge in einer Verengung. Die Contessa Livia war hier trotz Kriegswirren zu ihrem Geliebten, dem feigen Leutnant, gereist, in einer rasenden Kutschfahrt von Trentin, Österreich, nach Verona im neuen Italien; Irene war mit ihrer Übersetzung nie so weit gekommen, sie hatte es nur erzählt, als sei Livia eine gefährdete Freundin.

Und hinter Verona bald die Po-Ebene, verfallene Gehöfte, Fabrikanlagen, Brachland, mehr ein Fliegen nah über dem Boden als ein Fahren. Moderne Züge sind wie Pfeile in der Landschaft, bis wieder einer aus den Schienen springt und wir die Toten, für immer aus der Zeit gefallen, mit dem Zeitgewinn verrechnen, Verona–Neapel unter fünf Stunden. Die Leute im Großraumwagen spielten mit Smartphones, zwei, drei lasen noch Zeitung, Mädchen blätterten in Star-Magazinen, Kinder sahen sich Filme an, ich sah nur aus dem Fenster – Reisen, das sind die Reisenden; all die Dinge unterwegs, die Schönheiten der Landschaft, der Städte, es gibt sie nur, weil es unsere Blicke gibt. Zwischen Bologna und Florenz, auf den Höhen des Apennins, ging ich in den Speisewagen und bestellte Pasta und Wein; Irene hatte sich immer bemüht, auch Belangloses korrekt zu sagen, das Italienische war ihr erstes Kind. Sie ließ nichts auf diese Sprache, auch nichts auf dieses Land kommen, nur hätte sie nie einen Kurs in römischer oder sonstiger italienischer Küche besucht.

Die Landschaft wurde weiter, weicher, ein Gemälde. Statt bewaldeter Berge, dunkler Macchia waren es lichte Hügel, salbeifarben oder von rötlichem Ocker, die Kämme in letzter Sonne. Die Pantheonkuppel lag im Abendlicht, ihr Taubengrau in leichtem Erglühen, als Irene die paar Schritte vom offenen Fenster auf mich zukam und Jetzt sagte, so ruhig, so bestimmt, dass ich mich vor ihr auszog, eine Blöße gegen die andere. Sie schaute mir zu, während sie selbst die neuen Jeans über Hüften und Schenkel schälte, bis an die Fersen, für Momente sogar auf einem Bein, ohne zu schwanken, und schließlich das Bündel aus Hose und Wäsche seitlich wegkickte. Sie sieht mich in meiner Nacktheit, ich sitze auf dem Bett, Arme um die Knie geschlungen, und sie schaut kurz zur Decke, ein Kopfheben und Einziehen von Luft – etwas an dieser Haltung, Arme um die Knie, scheint dir nicht zu gepasst zu haben, mein Herz, hättest du doch etwas gesagt, he, wie sitzt du da eigentlich, wie ein Büßer, dir fehlt der Schwung, das Unverschämte, die Chuzpe unseres Freundes Tannenbaum, der hätte mich ausgezogen und auf den Bauch gelegt, mir den Arsch geküsst und eine Hand in mein Haar gegraben, mich seinen Willen spüren lassen, die Zunge, den Schwanz, das Herz. Du aber umschlingst die eigenen Knie, nur zu, nur weiter so, bis ich am Ende in der Stellung der Verzückung zu Niemandes Füßen liege. Ich sah immer noch aus dem Fenster, jetzt in die umbrische Nacht, die Stirn an der Scheibe; der Takt der Räder war ein anderer als der zwischen Warschau und Berlin, ein jagendes Tadamtatadamm, aber auch hier kaum ein Licht in der Dunkelheit. Die Welt ist unbewohnter, als der Städter es denkt, wie ja auch einer in langer Ehe mit all ihrer Fülle gern denkt, es könnte keine leeren Räume, keine Dunkelheiten zwischen ihm und dem anderen geben. Aber es gibt sie. Und du hast dich dort bewegt, blind, und doch auf deine Art hellsichtig. Schon nach unserem zweiten Abend mit Tannenbaum hattest du für ihn eins der schönen seltenen Worte, wie sie nur beim Übersetzen noch anfallen: Unhold. Die Lichter vor Orvieto, hoch auf dem Hügelmassiv, wie schwebend in der Dunkelheit, sie zogen vorbei – einer dieser Irrtümer, die sich in die Sprache graben. Ja, sie zogen vorbei, die Lichter von Orvieto, und ich trank den Wein aus, mit der Wirkung nur noch größerer Wachheit, fast einem Alarmzustand, als es schon bald durch den Gürtel römischer Vororte ging und weithin die Namen leuchteten, die unsere Welt bewohnt erscheinen lassen, Media-Markt, Ikea, Lidl, Samsung, VW und so weiter, Leuchtzeichen zwischen Massen von Häusern, neueren erst, dann immer älteren, bis zum Bahnhof Termini fast im Herzen der Stadt, einem Kopfbahnhof wie der in Frankfurt, folglich der Aufenthalt dort etwas länger, zwölf Minuten laut Plan.

Ein Schwall feuchtwarmer Luft wehte durch die offenen Zugtüren herein, darin etwas Faulig-Süßes, wie abgepuderter römischer Schweiß. Ich saugte mich voll damit, in der Hand mein Telefon, in seinem Inneren und Äußeren noch so schlicht, dass man auch höchstens auf den Gedanken kam, damit ein anderes bewegliches Telefon zu erreichen und jemanden irgendwo aufzuschrecken, bei sich zu Hause oder in dem Land, in dem man selbst unterwegs ist – der eine im Zug nach Neapel beim Halt in Rom, der andere auf der Fahrt zu einer Weiterbildung in regionaler Kochkunst an geeignetem Ort, einem Tagungshotel außerhalb Roms, wo er vielleicht schon eingetroffen ist und am Herd steht, sich unter Anleitung an Antipasti oder einem Kalbsbries versucht, dem Animelle di Vitello. Kurz, ich wählte die Nummer, die Almut in dem Brief an meiner Tür neben ihren Namen gesetzt hatte, und atmete dabei die Bahnhofsluft ein. Und das Fauligsüße, Feuchtwarme brachte etwas Ruhe in mein Herz, das weit über fünfzig Jahre mehr hinter sich hatte als bei seinem ersten Aufgehen, gleich so weit, als könnte es platzen, und Glück wäre ein Infarkt. Die Pause der Doppeltanzstunde für die Mittelstufe im Schulheim am See, der alte Landungssteg von Aarlingen, die Bürkle und ich beim verbotenen Rauchen, und mit allem hatte ich dort gerechnet, dass sie die gerade gelernten Schritte auf den Planken wiederholen will oder mir von einem Buch erzählt, von dem sie selbst nur gehört hatte, Die Pest, Das Kapital, Der Prozess, nur nicht damit, dass sie Küss mich sagte. Ein Experiment, dachte ich, sie war ja an allem interessiert und ging davon aus, dass ich verliebt in sie war, oder warum sollte ich unter den Jungs in der Klasse die Ausnahme sein, auch wenn ich der war, der sich wenigsten anmerken ließ, wie sehr ihn die Bürkle beschäftigte; ich hätte sie auch nie zum Tanzen aufgefordert, das hatte Almut an dem Abend getan, auf das Kommando Damenwahl! durch Frau Eckerlein, der Tanzlehrerin aus Radolfzell. Und auf dem Landungssteg will sie einen Beweis, küss mich, wenn du verliebt bist. Ich aber stehe nur da mit meinen fünfzehn, sechzehn Jahren und der Zigarette Marke Eckstein, die dann immerhin in den See fliegt, während Almut weiterraucht, mit etwas Wind in ihrem Haar, das später so prachtvoll ergrauen sollte, und mit der freien Hand zieht sie an meinem Schlips, in der Tanzstunde Pflicht, ganz sachte zunächst, aber auf einmal liegt ihr Mund auf meinem oder umgekehrt, Lektion eins beim Küssen: Wie Dein und Mein im Nu durcheinandergeraten. Nicht ich, erste Person Singular, küsste, so hatte ich es mir gedacht, sondern wir küssten uns, bis Almut den Kopf zurückzog und Es reicht sagte, das Ende wie den Anfang bestimmend; sie richtete mir noch den Schlips, eine sogenannte Strickkrawatte, damals sehr beliebt, dann gingen wir zurück in die Turnhalle, wo der Kurs stattfand, und in der zweiten Stunde tanzte sie nur mit anderen, als hätte es unseren Kuss nie gegeben. Aber auch in den Jahren bis zum Abitur zeigte sie mit keiner Wimper, was zwischen uns einmal minutenlang war, ebenso wenig kam etwas von meiner Seite, und weil wir beide nichts zeigten, gab es die ganze Zeit über etwas Gemeinsames, einen stillen Bund; erst während der Zeugnisvergabe machte Almut von einer Stuhlreihe zur anderen die leichten Zeichen, die man nie vergisst. Und nachts dann die ruhmreichste Stunde eines Jungen, wenn es denn später noch eine ruhmreichere gibt; ich fühlte mich wie Gott, das Leben fing an und schien endlos zu sein.

77

Wie, was, du bist in Rom, wieso? Kaum hatte ich auf ihren Namen hin – ein so geschäftlich knappes Bürkle, das mir schon den halben Schwung nahm – meinen Namen genannt und gesagt, ich sei in Rom, kam diese Gegenfrage, als wäre Reisen nicht ganz das Richtige für mich, und ich fasste mit dem Rest an Schwung die Lage zusammen, meine, die klar war, ihre, soweit ich sie kannte. Ich in einem Zug am Bahnhof Termini auf dem Weg nach Neapel, um morgen nach Pompeji zu fahren und dann noch ein paar Tage in der Gegend zu verbringen, sie wohl irgendwo in der Nähe, oder wo einem die römische Küche vorgeführt wird: Demnach könnten sich unsere Wege doch treffen, nachdem es in Frankfurt knapp danebenging. Und die Antwort war so überrumpelnd wie vor Jahrzehnten das Almut'sche Experiment in der Tanzstundenpause, ich hatte Mühe, ihren Worten zu folgen, sagte aber am Ende mehrfach Ja – ja, das sollte gehen, ja, das wäre gut, ja, dann bis morgen. Erst als der Zug weiterfuhr, wieder hinaus aus Rom in südlicher Richtung, kam Ordnung in das Gesagte. Almut war seit zwei Tagen in Frascati, tatsächlich in der Umgebung, und was es dort zu lernen gab, hatte sie schon nach einem Tag intus, buchstäblich durch Kosten und Schmecken, mein Anruf war die Rettung vor Tag drei, gewidmet den Nachspeisen – der Dolci-Tag koste sie eine ganze Diät, das waren ihre Worte, und im Hintergrund Töpfeklappern. Sie stand in der Lernküche, ich fragte, was gerade dran sei, und sie sagte, Treffen wir uns doch gleich morgen in Neapel, fahren wir zusammen nach Pompeji, ich war dort noch nie, wie wär's? Und mit einem Mal Stille in der Küche, alle Augen wohl jetzt bei ihr, die Nudeln verkochten, und ich rief meine Jas, worauf sie die Dinge festklopfte. Morgen früh um zehn sollte ich anrufen, den Treffpunkt in Neapel nennen, sie sei dann längst auf der Autobahn mit ihrem Audi-Gedicht – unglaubliche Nägel mit Köpfen waren das, und zuletzt noch die Bitte, ihr für das Abendessen Erfolg zu wünschen mit römischen Hammelnieren, Rognoni di Montone!

Die Vororte wurde kleiner, mit immer weniger Licht, und der Zug wurde schneller und schneller, ein roter Strich in der Nacht – sie sind rot, die italienischen Rapidos, das Rot der scharfen Paprikaschoten, der glühenden Wangen, des Überschwangs. Ich konnte kaum ruhig sitzen, es ging mir kaum schnell genug vorwärts, dem nächsten Tag entgegen, komm, steig ein, lass uns fahren! Überschwang ist ansteckend, eine ewige Kinderkrankheit von der Sorte, die nur schulfrei und Herumliegen mit etwas Fieber bedeutet, um sich Berge von Heftchen, auf dem Nachttisch ein Teller mit Apfelmus und Zimt. Die Heftchen, das waren Bilder von Almut und mir, in Neapel, in Pompeji, in Ravello mit Blick auf das Meer, tief und blau unter uns; Mus und Zimt waren ihre Lippen. Man legt es sich so zurecht, das späte Nocheinmal, wie einst mit sechzehn, siebzehn das erste Mal, so in allen Einzelheiten, als wäre es schon passiert, und ich fühlte mich auch wieder schuljungenhaft, bereit für die Art Umarmung, bei der man nicht wagt, sich zu bewegen, auch wenn sie einem das Blut abdrückt oder kaum Luft lässt, als könnte schon bei der geringsten Bewegung alles nicht mehr für möglich Gehaltene entkommen. Der Zug, er flog jetzt durch die Dunkelheit, eine Täuschung wie die Gedanken an Almut, die keine waren, nur Bilder, die auftauchten, mir wie Gedanken erschienen. Und dann gab es schon wieder erste Lichter, Unterbrechungen im Dunkeln, der Rapido wurde langsamer, ein anderer Rhythmus auf den Schienen, die Lichter nahmen zu, leuchtende Vorortwelten, neu erbaut und schon im Verfall, dazwischen das Alte an krückenhaften Stützen, ein Gewirr, das überging in die Stadt am Vesuv und bis zum Bahnhof reichte; und die Ankunft dort noch am Abreisetag.

Neapel, kein Ort für nächtliche Gänge mit Geld in der Tasche. Ich fand ein Hotel gegenüber vom Bahnhof, Sardegna, das Zimmer zum Lichtschacht, keine Straßengeräusche, nur die von Klimaanlagen, ein Blechgeflatter. Stell das aus, hieß es bei Irene immer gleich, und ich stellte das Gebläse im Zimmer ab – würden wir alles verstehen, was wir tun, bliebe uns nichts Tierisches mehr. Ich ging ins Bad und ließ Wasser über den Daumen laufen, er tat wieder weh und erinnerte an sich oder mich; ich putzte mir die Zähne und zog mich aus. Mein Schlafanzug war das Betttuch, ich sank in eine kupplerische Kuhle. Immer waren es solche Hotels in einer ersten Nacht im Süden, billige inmitten der Stadt, nur um endlich zu liegen, beide in der Kuhle, Irene noch nass vom Duschen, die Haut unter den kühlen Tropfen schon wieder warm, sie nimmt meine Hand und legt sie zwischen ihre Beine und sagt, was sie will, wie Almut vor langer Zeit Küss mich gesagt hatte. Und in der Kuhle des Betts in meinem Zimmer zum Lichtschacht im Hotel Sardegna am Bahnhof von Neapel kam nicht etwa gleich der Schlaf, sondern wieder etwas, als würde ich denken, und dabei waren es nur Bilder in einer See von Müdigkeit und die Gedanken dazu wie blinde Passagiere; sie waren gewissermaßen von sich aus an Bord, man kann nicht sagen, ich hätte sie eingeladen oder mir gemacht, ja nicht einmal die Bilder, die einfach antrieben.

Wenn schon träumen, dann nur mit offenen Augen, hast du einmal gesagt, Irene, wir beide abends in der Küche, du kamst aus Berlin, von irgendeinem Treffen mit deinen ökologischen Freunden oder auch dem Treffen, das mich nichts anging. Aber du erzählst nur von einem dieser Kinos, die alte Filme zeigen, immer auch dein Argument für Berlin: dass es allein dort solche Kinos gebe, was gar nicht stimmt. Jedenfalls warst du wieder einmal in Außer Atem mit Jean Seberg, und als Zugabe kam noch eine Doku über die Schauspielerin, die sich umgebracht hat. Du bist noch ganz erfüllt davon, als kämst du gerade aus diesem Kino und nicht vom Bahnhof, und sagst mit dem Weinglas am Mund, dass Jean Seberg, als sie immer noch die knabenhaft Schöne mit kurzem Haar aus Außer Atem war, aber schon vom FBI und den eigenen Dämonen verfolgt, bei einem Empfang auf einen ihr unbekannten jungen Franzosen zugegangen sei mit den Worten: Würden Sie mich bitte küssen. Und du sprichst diese Worte, mein Herz, als wärst du sie und ich sonst wer, Würden Sie mich bitte küssen! Erst danach leerst du das Glas, kippst den schweren Wein, einen Barolo, und sagst, Wenn schon träumen, dann nur mit offenen Augen. Alles Weitere an dem Abend verliert sich im Dunkeln, haben wir zusammen geschlafen? Schon möglich. Es gibt nur ein Bild des Wegdrehens, aber so hat es oft geendet – Irene, die sich wegdreht, vielleicht das letzte Bild in der Bettkuhle in dem Zimmer mit abgestellter Klimaanlage, schon nicht mehr mit offenen Augen, eins, das übergangen war in den Halbschlaf, die Wunschbilder für den kommenden Tag.

78

Das Gurren von Tauben im Lichtschacht und die Hitze im Zimmer waren mein Wecker; im oberen Vorhangspalt schon ein Streif hellen Himmels, und ich machte den Fernseher an, spätabends ein Tun aus Erschöpfung, frühmorgens eins aus Übermut, wo ist die Welt, was gibt es Neues? Mit gekreuzten Beinen in der Bettkuhle, die Fernbedienung in der Hand, war es ein Springen von Kanal zu Kanal, bis in die Nachrichten von CNN, in Reste eines Gemetzels. Man sah Blutlachen, dunkel glänzend, dazwischen einen Kinderschuh mit Adidas-Streifen und abgerissenem Fuß; anders als bei uns pixeln sie bei CNN nicht alles weg, was Menschen Menschen angetan haben, geduldet von einem Gott, der, wenn es passt, in der Nähe von Frankfurt einen Jungen durch eine S-Bahn auslöschen lässt oder in Aleppo, Syrien, hundert Wartende vor der einzigen Bäckerei durch eine Fliegerbombe. Es war kein langer Bericht, nur eine Reihe von Bildern, die für sich sprachen, kaum Worte dazu, anschließend Zahlen von der Wall Street, und ich wechselte in den nächsten Kanal. Dort kam etwas über Riesenwelse im Po, die ältesten und größten mehr als zwei Meter lang, ein zäher Kampf zwischen Angler und Fisch, die Beute zerrt, sie wendet den Kahn, die Rute biegt sich, man muss Schnur geben und Geduld haben, ich sah es bis zum bitteren Ende: der Fisch in den Armen des Anglers. Die Sonne schien jetzt ins Zimmer, ich duschte und hörte mich pfeifen, ein Lied, so alt wie der Wels, Marina, Marina; ich zog mich an, griff meine Reisetasche und lief drei Etagen hinunter, um einem knirschenden Lift auszuweichen. Ich bezahlte das Zimmer und trat ins Freie, in den neuen Tag.

Ein Anprall von Licht und Hitze, und das Überqueren der Straße zum Bahnhof hin fast ein Stück Krieg; es gab keine Ampel, es blieben nur die Beine, ich rannte so gut es ging auf einen Kiosk vor dem Bahnhof zu, wie auf eine rettende Insel. Es war eins dieser Miniaturreiche für alles, was sich täglich oder wöchentlich oder in anderen Abständen nur auf Papier drucken ließ, Zeitungen, Zeitschriften und Magazine, Comics, Ratgeber und Horoskope, Stadtpläne, Ansichtskarten, Pin-up-Kalender, Fußballer, und Heiligenbildchen, Erbauungsschriften und Witze; aber es gab auch alle Sorten Zigaretten sowie Reisebedarf und Souvenirs jeder Art, der Vesuv mal friedlich, mal spuckend, oder Neapels Lieder, die zu Herzen gehen, auf CDs mit Pizzabildhülle, eine ganze Welt unter einem Dach, obwohl nur bescheiden Sale e Tabacchi über der Theke stand, die Theke beschattet von einer Markise, an der die druckfrischen Blätter wie Wäsche hingen.

Ich kaufte einen Stadtplan und meine Zeitung, die Ausgabe vom Tage, wie auch immer schon geliefert auf dem Luftweg, und ging damit zu einer Café-Bar seitlich vom Bahnhof mit ein paar Tischen im Freien – zweimal Espresso, zwei süße Stückchen und unsere Zeitung, die Morgende mit dir auf Reisen, Irene, deine nackten Füße auf meinen Knien in der Sonne, und es riecht nach besprengtem Straßenstaub, der sich aufheizt. Mit der kleinen warmen Tasse am Mund überflog ich die Eins. Alle Welt sprach jetzt davon, dass Amerika alle Welt abhörte, aber dafür besaß die Welt einen neuen Helden, den, der alles aufgedeckt hatte. Schön und gut, man horchte uns also aus, und hätten sie mich abgehört und mit noch feineren Methoden auch mein Herz, sie hätten, was diesen Morgen in Neapel betraf, so ein Klopfen vernommen wie das von Kindern im Theater vor Beginn der Aufführung, wenn hinterm Vorhang schon Bewegung ist. Nach Seite eins kam der Kulturteil an die Reihe, auch dort etwas zu Amerika, weil sie sich ja immer einmischen müssen, die alten Kollegen von der Kultur fürs ganze Land, ein Dreispalter mit Foto des US-Präsidenten, ganz Ohr, so schien es, lauschend bis nach Berlin; und wie an den Rand gedrückt von dem Aufmacher seitlich ein kurzer Nachruf mit einer Überschrift, als sei die Seite nur für mich gedruckt worden, Tod auf dem Umschlagplatz. Darunter auch kaum mehr als eine Meldung, ich las sie zweimal, dreimal, dann riss ich sie heraus und steckte sie ein – ich hätte die paar Sätze aufsagen können, nicht jedes Wort, aber die meisten. Der deutsch-polnische Publizist Jerzy Tannenbaum hat sich in Warschau am sogenannten Umschlagplatz, dem früheren Sammelpunkt für die Deportation der Juden, vorgestern Nacht das Leben genommen. Tannenbaum, Sohn eines jüdischen Arztes aus Frankfurt am Main, ermordet in Auschwitz, und einer Polin, ist im Nachkriegsdeutschland aufgewachsen und wurde später Kulturkorrespondent bei der Zeitung Gazeta Wyborcza; zuletzt war er häufig Gast auf Veranstaltungen zu deutsch-polnischen Fragen. Tannenbaum wurde neunundsechzig.

Ein Leben in wenigen Zeilen, davon jede richtig und auch jede falsch. Ich trank den Espresso und aß das Hörnchen, im Rücken die steigende Sonne wie ein Versprechen – schwer zu sagen, was mich so einfach weiter frühstücken ließ, vielleicht das Gefühl, dass die berühmte liebe Seele nun Ruhe hätte, meine und die Tannenbaum'sche, auch wenn für ihn nur der Moment gezählt hatte. Andererseits ließ sich die kleine Tasse kaum ruhig halten, ein entlastendes Indiz: Ja, ich war tief erschrocken über die Todesmeldung, aber es war auch ein Schrecken über die eigene Lebendigkeit. Ich hatte Bestand, wie am Ende auf dem Umschlagplatz, und das an einem Sommermorgen in Neapel, während die Frau, in die ich als Junge verliebt war, schon im Auto saß, um mich zu treffen. Erst als der Kaffee getrunken war und das Cornetto gegessen, beruhigte sich meine Hand, wie ein Vorpreschen, das die Gedanken nachzog oder einen davon stärkte gegen die anderen, die noch bei Tannenbaum waren, als hätte ich mit seinem Tod zu tun, nämlich den Gedanken an die nächsten Stunden und

Tage oder einfach das, was man Zukunft nennt. Ich bestellte
noch einen Espresso und zahlte gleich, als er gebracht wurde,
und mit der Tasse am Mund überließ ich mich den Dingen
vor meinen Augen. Da war ein Mann, der sich im Rückspiegel eines Motorrollers kämmte, leicht in den Knien,
Kopf etwas vorgeneigt, die Hände im schwarzen Haar, eine
Pose wie ein Fanal: Der Tag gehört mir. Und als er mit sich
zufrieden war, wählte ich die Nummer meiner alten Freundin, noch vor der vereinbarten Zeit.

Aber Almut war schon hinter Cassino, Eine Stunde,
und wir sehen uns, rief sie, ihre Stimme etwas lauter als
die Musik im Wagen, irgendein Italoschmalz, der nur ihr
intaktes Ohr erreichte. Ich sah in den Plan und schlug
als Treffpunkt den großen Kreisel am Ende des Corso Umberto vor, der Hauptmeile durch die Stadt, ich würde dort
warten und zusteigen, dann könnten wir zum Hafen ab-
biegen und Richtung Autobahn fahren. Corso Umberto,
großer Kreisel! kam die Bestätigung aus dem Wagen, und
es klang wie Großer Gott. Ob es ihr gut gehe, fragte ich
noch, da war die Verbindung schon unterbrochen, als wollte
sie keine Zeit verlieren. Ich steckte das Telefon ein und sah
weiter dem Mann zu, der sich gekämmt hatte; er kniete
jetzt auf dem Asphalt, vor sich ein ausgebreitetes Tuch,
und holte Dinge aus einem Sack, die er auf dem Tuch aus-
legte, verspiegelte Sonnenbrillen, blinkende Kugelschreiber, lustige Tiere als Schlüsselanhänger, Feuerzeuge, Haar-
spangen und dergleichen, davor die Preisschildchen, alles
bezahlbar. Ich stand auf und ließ meine Zeitung liegen, das
Wichtigste war gelesen; nur die Tasche in der Hand, deine
alte, Irene, die Tasche für eine Nacht, lief ich zu dem
knienden Mann und kaufte, damit sein Tag gleich gut
anfinge, ein Stoffhündchen für acht Euro, aber gab ihm

zehn. Die Sonne brannte jetzt schon, es hieß zu überlegen, was für die Reise noch nützlich wäre, ein weiteres leichtes Hemd, ein zweites Paar Shorts, und falls es ans Meer ginge, warum nicht, Schwimmbrille und ein Badetuch, eventuell auch Flipflops, dazu Sonnenschutz, Pflaster und etwas zum Desinfizieren; von weitem schon, grün, ein Farmacia-Schild. Ich hatte den Bahnhofsvorplatz überquert und war auf dem Corso, die Läden dort machten erst auf, nicht die besten, dafür mit soliden, rasselnden Gittern. Und als alles besorgt war, auch die Flipflops, Farbe gelb, begann am Treffpunkt, dem großen Kreisel, in seiner Mitte ein General hoch zu Ross, die Art von Warten, die unbezahlbar ist.

79

Die Rotunde an der Piazza Bovio stammt noch aus der Zeit, als es keine Rotunden gab, sondern nur Denkmäler inmitten von Plätzen; und am Fuße des Reitermonuments vor der Gabelung des Corso Umberto I hatte ich keine Viertelstunde gesessen, als neben mir ein panzerhafter Wagen hielt, der Lack schimmernd wie Stahl, die Felgen ein Funkeln, und seine Fahrerin mit Haar wie Platin und Hippiesonnenbrille Steig ein! rief, als wären wir beide aus Neapel, vormittags an der großen Rotunde für einen Ausflug ans Meer verabredet.

Ich lief um den Wagen herum, während hinter mir oder hinter uns, Almut und mir, schon gehupt wurde, und stieg zu der Frau, die in meinem Leben die erste war und die nach Jahrzehnten und einem eigenen Leben keinen Moment gezögert hatte, Einkaufstüten mit einer Beiladung

Schwarzgeld in ihrem vormaligen Kombi über die deutsche Grenze zu schaffen, wie sie auch keinen Moment gezögert hat, ihre römische Küche sausenzulassen. Sie nahm meine Tasche und hob sie auf den Rücksitz, sie stellte die Musik ab, dann sah sie mich über den Rand ihrer Brille an, Salü, wie geht es? Begrüßungsworte zählen ja oft doppelt, ihres zählte dreifach, vierfach; ganz selten im Leben will jemand wirklich erfahren, wie es uns geht, und Almut wollte es. Sie legte einen Gang ein, fuhr aber noch nicht los, obschon halb Neapel ihretwegen zu hupen schien, sie sah mich weiter an, eine Hand am Mund, und ich nickte ihr zu, die lauteste mögliche Antwort, gleichzeitig ein Griff in meine Hemdtasche. Ich holte den Zeitungsausriss hervor, knüllte ihn und warf die Papierkugel aus dem Fenster – im Film ein symbolisches Bild, im Leben oder meinem Fall ein befreiender Wurf. Das Kügelchen sprang weg und kullerte noch, wie das Fünfmarkstück, das mir vor der Kinokasse aus der Hand gefallen war und mich mit Irene zusammengebracht hatte, dann kam es unter ein Auto, während die Bürkle – er holte mich manchmal noch ein, dieser Respektsname aus Schulzeiten – nun endlich anfuhr, hinter sich die Hupenden. Pass auf, rief sie und zeigte auf ihren Navischirm: Um den Reiter herum und die erste rechts bis zur Via Nuova Marina am Hafen und auf der nach einem U-turn zum Autobahnzubringer Richtung Sorrent, Ankunft Pompeji in vierunddreißig Minuten. Und bist du gesund?

Almut drückte mir eine Hand an die Schulter, die kräftigere des Linkshänders, wie ein Prüfen meiner körperlichen Verfassung, ob mich etwa schon irgendein Krebs schwächte, und von mir erneutes Nicken – doch, ja, ich war so weit gesund, wen interessierten wehe Füße und ein paar Knieprobleme. Gut, das ist gut, sagte Almut, da hatten wir den Corso schon verlassen und fuhren in einer Seitenstraße ohne Sonne auf den Hafen zu, der Belag dort holprig, um den lederbezogenen Schaltknüppel eine schöne Faust. Der ganze Wagen roch nach Leder, ich machte ihm ein Kompliment, er sei wunderbar, ihr Audi Q 7 mit allen Extras, gar nicht peinlich. Und die Frau am Steuer nahm ihre Sonnenbrille ab, statt sie sich ins Haar zu schieben; sie tat die Brille zwischen die Sitze und hielt vor der Via Nuova Marina. Aha, er gefällt dir, sagte sie, so zu mir gebeugt, dass ihr Haar über Schläfe und Wange rutschte, ich es fast zurückgestrichen hätte, ein Moment, in dem wir ganz mit uns beschäftigt waren. Dann gab es schon eine Lücke im Verkehr auf der vierspurigen Straße entlang der Hafenzone, und Almut bog ein.

Das Nuova in Via Nuova Marina hat etwas Beruhigendes, wenn man sich auf den Plan verlässt; man erwartet eine über die alte Straße gelegte moderne, breit und in gutem Zustand, dazu Videoüberwachung und Haltebuchten, aber schon beim Einbiegen, nach links zunächst und dann in dem U-turn auf die Gegenseite, war es ein Fahren über Buckel und durch kleine Krater, über Spalten und angehobene Steinplatten, als drückte die alte Straße durch, wenn es nicht die alte, nur umbenannte Straße am Hafen war, ihr Rand voller Müll, Flaschen, Scherben, Gummifetzen, Kartons und halbe Paletten, dazwischen faulendes Obst und Fischreste; überall pickende Möwen. Der panzerhafte Wagen, eben noch ruhig, rumpelte jetzt vorwärts, meine Begleiterin nach Pompeji mit beiden Händen am Steuer; sie fuhr um Spalten und Erhebungen, ein Slalom, und wieder Gehupe, erst von einem, der links überholte, dann von einem, der rechts auftauchte, eine Hand aus dem

Fenster gestreckt. Er zeigte auf uns, aber eine Bewegung zum Boden hin, dreimal stochernd in der Luft, und Almut bremste und fuhr auf den Müllrand, fast in ein paar Möwen, die bloß nach hinten weghüpften, die Flügel spreizend. Sie stoppte und machte den Motor aus, sie drückte sich die Hände mit den Knöcheln an die Schläfen. Dann sagte sie auf eine so leise Art Scheiße, dass sich mir die Armhärchen aufstellten, was man ja nicht oft erlebt nur auf ein Wort hin. Wir waren keine zehn Minuten unterwegs bis zu diesem Hautphänomen, und alles Folgende hatte seine eigene Zeit wie das Geschehen in Träumen, während die normale Uhr weiterläuft; unsere Uhren liefen ebenfalls weiter, nur war es nicht mehr unsere Stunde, es war die von Neapel. Man spürt es an einer plötzlichen Stille, Stille, obwohl alle anderen Autos ja noch fahren, eher einem Stillstand also, gegen den ich mich anbewegte, ausstieg, als könnte das irgendwie helfen, die Situation verbessern, wenn der Beifahrer aussteigt, einen Blick auf den Wagen wirft, allerdings waren meine Gedanken eher woanders. Sie waren bei der Person im Wagen, bei Almut, die zu mir schaute, so dass es eigentlich gar nichts zu denken gab. Und trotzdem dachte ich an Almut, wie man an jemanden denkt, der eine Zeitlang vergessen war und der einen mit seinen Eigenheiten jäh wieder eingeholt hat – oh, ja richtig, die Bürkle, die es fertigbringt, einem die Armhärchen aufzustellen. Und der rechte Hinterreifen war im Übrigen platt, ein Häuflein Elend um die funkelnde Felge.

Jede Katastrophe ist auch eine Sackgasse, besonders die kleinen, ohne Tote und Verletzte, allein mit dem Gefühl, am Ende der Welt zu sein, dem Teil der Welt, den man sonst beherrschen kann, aber in der Katastrophe eben nicht mehr beherrscht. Man musste sich mit Autos nicht auskennen, auch nicht mit den Gegebenheiten Neapels, ein Blick auf den Reifen und einer in die Umgebung, die nahe und etwas weitere, zwei, drei Blicke reichten, um sich in der Sackgasse zu sehen, so breit die Straße am Hafen auch war, in der Mitte aber getrennt durch Betonklötze, Wenden unmöglich. Pompeji ade! Almut kam von der anderen Seite um den Wagen herum, sie besah sich den Schaden, ging in die Hocke, befühlte das Gummi, ja roch daran. Solche Reifen gehen nicht platt von ein paar Schlaglöchern, sagte sie, und ich hielt ihr eine Hand hin, damit sie leichter auf die Beine käme, aber das kam sie auch ohne Hand. Und jetzt? Sie sah mich an, und vielleicht hätte ihre Sonnenbrille das Ganze etwas entspannt, nur hatte sie die im Wagen gelassen. Und jetzt, eine Frage an mich als Mann, also sprach ich von Reifenwechsel, und sie lachte nur, wie sie gelacht hatte, wenn wir als Schüler Obstler bei ihr bestellten, Schnaps, der jeden umwarf, der ihn nicht gewohnt war. So einen Reifen kann man nicht einfach selbst wechseln, und den können auch nur Spezialisten durchstechen! Sie strich sich das Haar zurück, den Kopf im Nacken, und mir fiel auf, wie glatt ihr Hals war, wie gerundet die Schultern, die Wangen, auch wenn es da Fältchen gab und kleine Flecken, die Lebenszeichen, die etwas Beruhigendes haben, wenn man selbst nicht mehr jung ist.

Autos fuhren dicht vorbei, ihr Luftzug hob Almuts Haar und schob die Plastikflaschen am Straßenrand an; die Möwen kehrten zurück, hüpfend mit heiseren Lauten. Wir standen halb voreinander, mal sahen wir zu dem Reifen, mal sahen wir uns an, und auf einmal sagte sie, Eine Zigarette wäre jetzt gut, und ich sagte, Eine Zigarette und der alte Landungssteg von Aarlingen, und Almut trat gegen den Reifen, als hätte ich gar nichts gesagt. Also half ich ihr mit Stichworten auf die Sprünge, Die Tanzstunde bei Frau Eckerlein, die Pause, in der alle irgendwo rauchten, wir auch einmal vorn auf dem Steg, ich im Anzug, du im Parka, lange her, nicht wahr? Ich trat nun auch gegen den Reifen, um etwas Verbindendes zu tun, und Almut sagte, Im Parka, ich, das kann sein, aber waren wir auf dem Steg? Sie holte ihr Telefon aus dem Wagen, eins, das alles konnte, die ganze Welt auch am Rande der Welt herbeiholen, und suchte im Menü nach einer Lösung, einem Wunder, und ich nannte weitere Stichworte, Ziehen an meiner Strickkrawatte und Kuss, und sie sagte nur War das so? und fluchte wieder leise, jetzt über ganz Italien. Daraufhin schlug ich ihr vor, einfach weiterzufahren bis zur nächsten Werkstatt, und sie zeigte auf den Betonwall inmitten der Straße und dann in Fahrtrichtung, wo es nur eine Abzweigung auf eine Brücke zur Autobahn gab. Die Via Nuova Marina verlor sich zwischen Lagerhallen und Kränen, hinter einer der Hallen ein Hochhaus, x Stockwerke, Stahl und Glas; nur war es kein Haus, wenn man länger hinsah, es war ein Kreuzfahrtschiff. Hätten wir lieber das gemacht! Almut tippte mir an die Stirn, und etwa an diesem Punkt unseres Gestrandetseins hielt hinter dem Audi-Panzer ein schmutziger kleiner Fiat – ich denke, es war ein Fiat –, und ein Mann in weißem Hemd stieg aus, gleich mit Blick für den Schaden. Die Hände halb erhoben, wie fragend zu einem Himmel, der so etwas duldet am hellen Tag, kam er auf uns zu und bot auf Englisch, in Italien kaum zu glauben, seine Hilfe an, ein Retter in der Not, hätte Irene erklärt, während Almut etwas ganz anderes sagte: Auftritt des guten Menschen von Neapel, jetzt sind wir geliefert.

Die Möwen waren noch näher gekommen, unverschämt nahe, eine bis fast an den Platten, als hätten sie mit Havarien am Straßenrand gute Erfahrung, dass dort immer etwas abfällt, in der Hitze geschmolzener Proviant, von den Leuten mit Panne im Zorn zwischen den übrigen Müll geschmissen, und Almut machte scheuchende Laute. Dann lehnte sie die Hilfe ab, Thank you, no, und der gute Mensch, eine Sonnenbrille im Haar, nur das sprach gegen ihn, bückte sich zu dem Platten. Er strich über das Profil wie über eine Kinderwange, bis an die Stelle, an der alle Luft wohl entwichen war, um dann mit gestrecktem Finger den Hergang deutlich zu machen, ja, er hatte sogar ein Wort für den Stecher – der Bucatrice sei so schnell, so geschickt, dass niemand im Auto etwas merke, und normalerweise wären jetzt schon welche da, um uns alles Geld abzunehmen. But I came first, sagte er und bot erneut seine Hilfe an. Gar nicht weit von hier sei ein Gommista, den würde er holen, wir sollten hier warten, five minutes only. Und damit stieg er in den schmutzigen Fiat und folgte auch schon der Straße, die sich zwischen den Lagerhallen verlor, und meine erste Liebe war nach Jahrzehnten wieder so allein mit mir wie in der Tanzstundenpause, die sich bei ihr nicht weiter festgesetzt hatte, jetzt allein am Rand der gottverlassensten Straße von Neapel neben einem Audi mit allen Extras plus durchstochenem Hinterreifen; sie kaute auf den Lippen, die ich vorn am Landungssteg geküsst hatte – es war so, die eigenen Lippen hätte ich dafür ins Feuer gelegt. Drei sind es, sagte sie, und zeigte drei Finger, als sei ich schwer von Begriff. Erstens: der Stecher, den man nie sieht. Zweitens: der Helfer im weißen Hemd, der gleich wieder auftauchen wird, bei ihm Nummer drei: der Gommista, der zufällig den passenden Reifen hat.

Ja, schon möglich, erwiderte ich, um nicht gleich zu sagen, dass ich es anders sah, ganz anders, eben wie Irene es gesehen hätte. Aber wann hat der Stecher zugestochen?

Als wir vor dem Einbiegen in diese Via Camorra kurz anhalten mussten. Wann denn sonst? Almut sah mich an, nur gezielter als bei dem kurzen Halt, sie wollte meine Zustimmung. Aber der im weißen Hemd muss nicht zu dem Stecher gehören, vielleicht will er wirklich helfen und holt jemanden, der uns abschleppt, sagte ich, und sie tippte mir erneut an die Stirn, Träum weiter – im Grunde ein schönes Wort, wie zwischen Liebenden in der Dunkelheit, wenn einer im Schlaf oder Halbschlaf redet und der andere ihn beruhigt, Träum weiter; wir aber standen in gleißender Sonne, vor uns nur kurze Schatten. Almut sah auf die Uhr, als hätten wir einen Termin in Pompeji, wo es dort nicht einmal auf Jahrtausende ankam; der Helfer oder falsche Helfer war erst vor Minuten weitergefahren, um noch einen Helfer zu holen, und ich sagte, der werde schon kommen. In einer Stunde stünden wir auf dem Forum und morgen Abend irgendwo am Meer auf einem Badesteg – Worte, die nur ein Anlauf waren, um wieder in die Vergangenheit zu springen: Wie damals auf dem Landungssteg, abends in der Tanzstundenpause, vorher war Damenwahl, du hattest mich aufgefordert, los, wir versuchen's, aber ich weiß nicht mehr, was.

Foxtrott, sagte Almut, bestimmt Foxtrott, der kam in jeder Stunde an die Reihe. Marina, Marina. Kiss me quick. Hello, Mary Lou. Wie lange willst du hier noch stehen, wann rufen wir die Polizei? Was heißt Wir benötigen Hilfe auf Italienisch? Sie sah mich an, als hätte sie eine Prüfungsfrage gestellt, und dabei hatte ich schon Luft geholt für etwas ganz anderes, Almut, stell dir vor, dieses alte Lied, Marina, Marina, das habe ich erst heute früh vor mich hin gesummt, und jetzt stehen wir auch noch an einer Via Nuova Marina, ist das nicht verrückt, so verrückt, aber passend wie die Dinge im Traum. Hilfe heißt aiuto, benötigen aver bisogno, sagte ich, und in dem Moment tauchte der schmutzige Fiat wieder auf, wo immer der Fahrer auf der Straße mit den Betonklötzen in der Mitte gewendet hatte. Der gute Mensch von Neapel hielt hinter dem Panzer-Audi, bei ihm ein muskulöser, den Fiat nahezu sprengender Mann im Unterhemd, in den Armen eine Pressluftflasche wie Taucher sie in Jules-Verne-Verfilmungen benutzten, bombenförmig und die Kuppe so schimmernd wie der kahle Schädel des Muskulösen.

Der Helfer im weißen Hemd lief um den Kleinwagen und machte die Beifahrertür auf, wir seien gerettet, rief er uns zu, als der im Unterhemd, weiter die Bombenflasche in den Armen, ausstieg; er ging ohne ein Wort an Almut und mir vorbei und schloss die Flasche über einen Schlauch an den Platten an, und schon zischte es leise. Wir hätten großes Glück, sagte der andere, alles werde gut. You trust me! Dann sprach er mit dem Kahlkopf Italienisch in einer Version, bei der es nicht einmal Anhaltspunkte für das Gesagte gab, während der Pressluftflaschenmann – reichlich tätowiert an der Armen, Almut warf mir nur einen Blick zu: da hast du's – um den wieder prallen Reifen griff, dass alle Muskeln zuckten. Und seine Antwort für den Landsmann war nur zerstreutes Kopfschütteln, als könnte er eine Welt, in der Reifen durchstochen werden, nicht verstehen. Almut legte mir einen Arm um die Schulter, wohl um den Eindruck von Gemeinschaft zu erwecken, eines Paars, das sich zu wehren weiß. Der mit der Flasche, das ist der Gommista, der Oberverbrecher, sagte sie leise, ihren Kopf so nah an meinem, dass ich seine Wärme spürte und das Platinhaar roch, ja überhaupt den ihr eigenen unveränderten Geruch nach Backstubensüße und Fallobst, das in der Sonne schmort, aber auch das verschlossene Ohr, jahrzehntelang nicht mehr gesehen, wiedersah, noch immer ein Mysterium; das alles, während sie weitersprach, jetzt die Ansicht vertrat, dass die drei Beteiligten Verwandte seien, ein und derselben verbrecherischen Familie aus Neapel angehörten. Eine einzige Verbrecherstadt, sagte sie, auf den Lippen eine leichte Vibration, und ich streichelte ihr den Arm, als der Gommista die Bombenflasche in den Audi-Kofferraum legte, um sich dann gleich und buchstäblich hinters Steuer zu klemmen; er stellte den Sitz auf seine Maße ein, auch den Rückspiegel, und ließ den Motor an. You go with him, sagte der im weißen Hemd und sah zur Fahrerin des Pannenautos. And you, my friend, with me! Und beide, Almut und ich, taten wir, was man uns sagte, weil jeder Verstand in der Not irgendwann aussetzt, sogar der einer Selbstständigen im Bereich der gehobenen Gastronomie, von dem Kulturredakteur im Ruhestand gar nicht zu reden.

81

Wir fuhren also in zwei Autos, wo es auch hingehen sollte, ich im Fiat des Retters, der hinter dem Q 7 kaum herkam; der Gommista schien nicht viel Vertrauen in den aufgepumpten Reifen zu setzen, er drückte aufs Gas und verließ die Via Nuova Marina durch ein Stück offenen Hafenzauns, wir folgten ihm. Gleich hinter dem Zaun lag eine aufgegebene Tankstelle, Löcher, wo einst Zapfsäulen waren, ein Bild des Jammers, und von der Tankstelle ging die Fahrt neben toten Gleisen und alten Containern weiter. Der Retter in der Not gab sich alle Mühe, hinter dem Audi zu bleiben, er gab sich auch alle Mühe, mich zu beruhigen. Beim Leben seiner Mutter: Er sei einer der Guten, keiner der Bösen. Und dann griff er sich an den Hals und zeigte mir ein Kreuz an goldenem Kettchen, ich bat ihn, auf die Strecke zu achten, jetzt nur noch eine Gasse zwischen den Containern, kaum breiter als der Wagen vor uns, zum Glück ein kurzer Engpass; danach ein Stück Asphalt, aus dem lange Gräser wuchsen, früher wohl Straße, eine Sackgasse, an ihrem Ende ein Gemäuer mit höhlenartiger Garage. Mein Fahrer auf Seiten der Guten bremste, es roch nach Gummi, Teer und Asche, die Sonne kochte den Asphalt. Ich stieg aus und lief zu dem Panzerwagen, der stand schon in der Garagenhöhle, die Außenspiegel eingeklappt, links und rechts bloß ein dunkler Zwischenraum, und ich war zu allem bereit, falls Almut weinend oder sonst wie aufgelöst aussteigen würde. Doch sie trat nur auf mich zu, nahm meinen Arm und führte mich zu einer Art Zelt neben dem Werkstattgemäuer, Stangen, die ein Betttuch hielten, wie die Stecken den Sonnensegelfetzen am Strand von Pellestrina, wo Irene und ich uns im Sand geliebt hatten; und dort, im Schatten, trat meine Immer-noch-Begleiterin nach Pompeji so nah an mich heran wie seinerzeit auf dem Landungssteg und sagte, Hier kommen wir nicht lebend weg.

Aber was hätten die davon? Ich versuchte, Almut zu beruhigen, auch wenn jetzt niemand mehr zu sehen war, als seien bald andere am Zug; der Gommista und der Helfer waren in der Garagenhöhle, und ansonsten gab es nur wieder Möwen, gewaltige Exemplare, die, statt zu fliegen, auch schon wieder heranhüpften, aber keineswegs zutraulich. Sie hüpften auf eine impertinente Weise näher, in kleinen seitlichen Sprüngen, bis Almut, Schreie ausstoßend, auf sie zulief und mit einem Schuh am weichen Asphalt hängen blieb. Der Helfer kam aus der Garage, gefolgt vom Gommista, der einen Reifen in den Armen hielt wie zuvor die Pressluftflasche, sie wirkten ehrlich besorgt wegen der Schreie, der Helfer griff sich sogar ans Herz, während ich meine alte Schulliebe, die in ihren Jeans auf einem Bein stand, stützte; ich löste den zierlichen Schuh vom Teer und half ihr hinein, und der Muskulöse ergriff zum ersten Mal das Wort, als sei die Gelegenheit günstig. Er zeigte auf einen Schlitz im Reifen und sagte etwas in seiner Sprache, und der Mann im weißen Hemd trat hinzu und gab den Übersetzer. Leider auch in diesem Reifen ein Stich, vorne rechts, nur entweiche dort die Luft langsamer, darum merke man es jetzt erst, und nun müssten alle vier Reifen ausgetauscht werden, damit der Wagen rundlaufe, softly, sagte er. Aber wir hätten schon wieder Glück, vier neue Reifen für den Typ Audi seien zufällig vorrätig.

Und dieses Zufällig oder by the way war kaum gefallen, als Almut mich wieder unter den Sonnenschutz führte. Der Hund, sagte sie, hat natürlich selbst den Reifen gerade durchstochen. Also, was geschieht nun, oder sollen wir vier Reifen bezahlen – sie hielt sich an mir und zog den Schuh wieder aus, an dem immer noch Teer war –, bezahlen und fertig, ja? Willst du dich blind stellen oder gleich tot? Sie nahm ein Stück von dem Tuch, das herunterhing, und versuchte, den Teer damit abzuwischen, und ich wollte sie wieder beruhigen, ja in das Ganze eine Ruhe bringen, es irgendwie auf die Seite des Lebens ziehen, der Dinge, die nun einmal passieren. Hier bezahlen, dann nichts wie weg, das ist doch kein Totstellen, und wieso überhaupt, was soll das heißen? Daraufhin sie, nach kurzer Pause, einem Gedankensprung, falls der Gedanke nicht schon da war: Wenn einer so tut, als sei nichts. Oder einer sich nicht rührt, einfach nicht antwortet. Wie du damals auf meinen Brief aus Berlin. Und dabei war es eine Einladung, mir dorthin zu folgen, wir hätten viel erlebt. Ich wohnte in der Nähe vom Savignyplatz, das war die verrückte Mitte. Und als die Mitte wieder in der Mitte lag, bin ich zurück an den Bodensee und habe die elterliche Wirtschaft übernommen, ein Umzug mit allem Bücherzeugs von Hegel über Marx und Wittgenstein bis heute, der ganzen brotlosen Kunst, die in die alte Backstube kam. Und mit dir wäre ich vielleicht geblieben, du beim Berliner Tagblatt, ich in irgendeinem Institut. Doppelverdiener.

You pay cash or by card? Der Fiat-Fahrer mischte sich wieder ein, und ich sagte Cash, I pay cash, kein Machtwort, aber eins, das den Gommista an die Arbeit gehen ließ, während der andere telefonierte. Jetzt meldet er den Erfolg, sagte Almut. Und die Reifen teilen wir uns, jeder zwei. Es war ein zehnseitiger Brief, an die Adresse deiner Eltern. Du hast ihn doch bekommen, den Brief? Almut wischte immer noch an dem Schuh herum und hielt sich auch immer noch an mir, oder ich stützte sie wieder, wer kann das schon auseinanderhalten. Und es wäre ein Leichtes gewesen, in dem Augenblick nein zu sagen, einen Brief aus Berlin, nein, tut mir leid, den habe ich nie bekommen, so wie es keinen Kuss vorn auf dem Landungssteg gab oder gegeben hatte. Aber ich sagte ein paar Sekunden lang gar nichts, das Verstummen, das im Grunde schon ja heißt, ja, gut, da war dieser Brief, du und Berlin, zehn Frontstadtseiten, Almut am Nabel der Welt, darauf gab es nichts zu antworten, oder was hätte ich antworten sollen, sitze in einem Frankfurter Dachzimmer und lese abwechselnd Brecht und Proust. Also hast du ihn bekommen, sagte Almut, immer noch gestützt, nur hielt ich mich jetzt doch mehr an ihr als andersherum. Ja, aber da war ich gerade erst mit Irene zusammen, das ist der Punkt – ein Punkt, der nicht stimmte –, und hatte deshalb zu lange gewartet mit einer Antwort, und irgendwann war es dafür zu spät. Briefe einfach liegen zu lassen, einer meiner Fehler.

Irene, das hört man auch nicht so oft. Aber Almut hätte besser gepasst, finde ich, Almut und Hinrich. Und wie war Irene, ich meine, was hat euch zusammengehalten? Meine alte Schulfreundin zog sich den einen Schuh wieder an. Das sind nur Fragen, die mir durch den Kopf gehen, erklärte sie. Vielleicht rufst du lieber die Polizei, noch könnten wir das, sollen wir? Sie holte ihr Telefon, das zu allem imstande war, aus der Jeanstasche und suchte den Kontakt zur Welt, und ich ließ mit etwas Verspätung ihren Arm los.

82

Was hatte uns zusammengehalten? Die Zeit natürlich, dieser Kitt, den man nicht spürt und nicht sieht, Tausende von Tagen, Hunderte von Nächten, davon viele im Süden, unsere Nächte in den Kuhlen, nur mit dem Laken oder gar nicht bedeckt, und von diesen Nächten, wenn man die Lupe ansetzt, jene zehn oder zwölf, die sich lebenslang um alles legen, angefangen mit der Nacht, in der wir uns erst Stunden gekannt hatten, über die in dem kleinen Pensionszimmer in Pellestrina, Irene schwanger, vor sich im Schein der Feuerzeugflamme ein Gedicht und ich in ihrem Fleisch, so tief wie kaum danach, bis zu den Nächten auf unserer letzten Reise, fast jede ein Abschiedsfest. Wir waren uns nah, sagte ich, das hat uns zusammengehalten. Von Beginn an nah, ohne dass wir dafür etwas tun mussten. Unsere Nähe ergab sich, weil Irene so offen war, wahrscheinlich zu offen, ein Loch, das man nicht sah, in das man auch kippte, ohne es richtig zu merken. Sie hat übersetzt, das war ihre Arbeit, Übersetzerin aus dem Italienischen, am liebsten Sachen von Pasolini, Gedichte, seine Sprache in ihre holen, ohne dass etwas verlorengeht, das wollte sie, die Verse noch einmal erschaffen mit anderen Worten. Hätte ich einen Band im Gepäck, könnte ich welche vorlesen, das wäre etwas Neues in dieser Gegend.

Warte, Moment, sagte Almut und ließ zwei Finger – Finger mit hellen ovalen Nägeln, wie ich sie mag und auch an Irene gemocht habe – über die empfindliche Seite ihres Geräts gehen, das eben noch Verbindung zu den örtlichen Carabinieri herstellen sollte, nur schien sich das erledigt zu haben, wie sich ein Streit erledigen kann, wenn etwas Besseres dazwischenkommt: ein Lächeln, ein paar gute Worte, plötzlich ist alles vergessen; ein paar Worte können Wunder wirken oder den Boden unter den Füßen wegziehen. Da haben wir's ja schon, sagte sie, Pier Paolo Pasolini, geboren neunzehnhundertzweiundzwanzig, Bologna, ermordet neunzehnhundertfünfundsiebzig in Ostia bei Rom. Und es gibt auch einen Link zu Gedichten, Moment – und wieder die Finger und das smarte Gerät, statt Feuerzeugflamme und ein Buch, ich sah lieber zu der Garagenhöhle.

Der Panzer-Audi war jetzt hochgebockt, es gab Arbeits-
geräusche, Geklopfe und Flappen, dazu Musik aus einem
Radio, ich hielt es für ein Radio, eins dieser Dinger, die
in allen Carozzerias laufen, Rock und Sport. Almut trat
neben mich, sie meinte es gut, unendlich gut, Also, da gibt
es ein Kurzgedicht, nur zwei Zeilen, auf Italienisch und
Deutsch, was zuerst? Soll ich's versuchen oder du? Sie hielt
mir das Gerät hin, mir fehlte die Lesebrille, Deine Zeilen,
sagte ich, und sie las sie vor, leise, auch das gut gemeint, ein
nur leises Lesen in ihrem wie verkaterten Höri-Singsang.
Non illuderti: la passione non ottiene mai perdono. Non ti
perdono neanch'io, che vivo di passione.

Irgendwas mit Leidenschaft und Verzeihen, sagte ich,
und meine alte Schulliebe, hoffnungslos anders als Irene,
las die Übersetzung vor, da war ich schon innerlich Allein-
reisender auf dem Weg nach Pompeji. Täusche dich nicht:
die Leidenschaft findet nie Vergebung. Auch ich vergebe
dir nicht, der ich doch von Leidenschaft lebe. So steht es
da, schau! Sie hielt mir wieder das Gerät hin, ich aber ging
zu dem Auto, das inzwischen auf vier neuen Reifen stand,
ich holte meine Tasche aus dem Kofferraum und aus der
Tasche tausend Euro. How much, fragte ich den Helfer im
weißen Hemd, und der sagte Just nine hundred, please,
also legte ich dem Gommista zwei der Züricher Schmutz-
fünfhunderter hin und bekam einen zwar knittrigen, aber
sauberen Schein heraus, dazu ein deutsches Danke. Und
mit dem Geld in der Hand verließ ich die Höhle, und die
Bürkle stand vor mir, Hände in den Gesäßtaschen, mit all
ihren Jahren noch strahlend, leider im Umgang mit der
Seele salopp. Alles bezahlt, sagte ich, und die Arbeit getan.
Vier neue Reifen. Nur wäre es vielleicht klüger, wenn sie
mit den Reifen, die am Ende doch nicht die passenden sein

könnten, erst einmal zu einer richtigen Werkstatt fahren würde. Und ich nach Pompeji.

Klüger, was heißt das? Almut trat in den Schatten und zog sich ihren Schuh noch einmal aus, und ich stützte sie auch noch einmal, obwohl kaum noch Teer an der Sohle war. Sie spuckte auf die Flecken und rieb mit einem Taschentuch daran, Bewegungen, die immer langsamer wurden, und plötzlich wandte sie sich mir zu, so direkt, wie es Frauen leichter fällt als Männern, weil ihre Kraft im Zuwenden liegt. Heißt das, unsere Reise ist hier vorüber? Sie zog den Schuh endgültig an, ein Zerren an den kleinen Riemen; und wieder auf eigenen Beinen, ohne meine Hand, tippte sie erneut auf dem Schirmchen herum und suchte etwas, die nächste Audi-Niederlassung, und ich griff ihre Worte auf. Unsere Reise, hat sie denn schon angefangen? Also ist es klüger, jetzt umzukehren als später. Wegen der Reifen. Und überhaupt, verstehst du? Ich sah zu Boden, auf ihre Zehen, die ich einmal im Mund gehabt hatte vor fast einem Menschenleben, und sie sagte, da gebe es nichts zu verstehen. Wie bei Hegel.

Knapp und leise kam das, ich hob den Kopf und sah sie ihrem Gerät zunicken. Irgendeine Rettung erschien dort auf dem Schirm, eine für den Wagen, nicht für uns. Sie schob das Gerät in die Jeans zurück und ließ die Hand in der Tasche, dann lief sie in die Sonne, zu ihren vier alten Reifen, die vor der Werkstatt lagen, und eigentlich neue Reifen waren, zwei sogar unbeschädigt, ein langsamer Gang, und auf einmal war sie wieder die Bürkle, die in Sportstunden, wenn es an heißen Tagen in den See ging, den Badeanzug so mit den Daumen über die Hinterbacken zog, dass es einem die Luft nahm. Ein paar Augenblicke blieben jetzt noch, alles zu retten, mit wenigen Schritten bei ihr zu sein, aber die wenigen Schritte führten in die Garage; dort bat ich den Gommista, ein Taxi zu rufen, und den Helfer im weißen Hemd, vor dem Audi bis zur Autobahn herzufahren. Mehr war nicht zu tun, und als ich wieder in die Sonne trat, saß Almut auf einem der Reifen und löste kleine Steine aus dem weichen Asphalt, eine Kinderbeschäftigung, wie es aussah, nur war es das Sammeln von Munition gegen die schon wieder anrückenden Möwen; Steinchen für Steinchen legte sie bereit, fast liebevoll in Reihe. Was konnte ich noch sagen? Dass mit all dem nicht zu rechnen gewesen sei, bis hin zu einem Pasolini-Gedicht, von ihr aus dem Netz gepickt, möwenhaft wahllos, und auch noch ein Treffer – Leidenschaft findet nie Vergebung, jawohl. Der Muskulöse fuhr den Wagen aus der Werkstatt, er stellte ihn so ab, dass die Besitzerin gleich einsteigen konnte, tat sie aber nicht; sie zeigte auf die abmontierten Reifen, I take them to Germany. Das hieß, pack mir die Reifen gefälligst ein, aber der Helfer und Übersetzer hob einen Finger, Sorry, no. Nur im Tausch gegen die alten seien die neuen so günstig, vier für neunhundert, und in dem Moment schien aus Almut die Luft zu entweichen. Sie schnaufte leise, wie ein Besiegeln der Stille um uns; der Gommista und sein Helfer standen jetzt in dem Zelt, beide rauchend, und die zwei Reisenden, die vier Reifen und der fahrbereite Panzer waren in praller Sonne.

Eine Minute der Agonie, nur die Möwen waren davon unbeeindruckt und rückten noch weiter heran, bis auf ein paar Schritte, als wären die Reifen oder unsere Schuhe essbar, und Almut nahm die gesammelten Steinchen, alle auf einmal, und warf damit nach dem weißen Clan – was Irene nie getan hätte: auf etwas anderes als sich selbst zu zielen, damit es verschwindet –, die Möwen flogen auf, gerade so viel wie nötig. Die können nichts dafür, sagte ich, und Almut holte, wie noch im Zuge ihres Werfens oder Verscheuchens, Geld aus der Tasche, vier Hunderter und einen Fünfziger: damit das Finanzielle wenigstens stimme, wenn schon sonst nichts zwischen uns stimme. Sie hielt mir die Scheine hin, und ich winkte nur ab, ein verneinendes Fuchteln, nein, wir sind mehr als quitt, und ich wollte noch sagen, wie leid mir das alles tue, das mit Neapel und den Reifen, das mit ihr und mir und meiner Pompeji-Idee, dieser ganzen gleich am Anfang so gescheiterten Reise, statt einfach zu sagen, ich kann nur allein sein, also trennen wir uns besser, aber da kam das Nüchterne schon von ihr. Ruhig und verknüpft mit etwas Sinnvollem sagte sie es mir ins Gesicht, als Frau, die auch mit roten Augen noch den Kopf behält – ja, die Bürkle, meine alte Schulfreundin weinte, wie Frauen fast immer anstelle von Männern weinen, ihnen auch das noch abnehmen. Ich bin also zu viel für dich, schön, dann trennen wir uns hier. Wenn ich jetzt gleich fahre, komme ich noch zum Nachmittagskurs für das Süßzeug, dolci romana. Und du nimmst den Zug nach Pompeji, das kostet keine zehn Euro.

Nein, sagte ich, ein Taxi. Das macht den Tausender voll.

83

Und auf der Fahrt nach Pompeji – in einem Taxi, zu dem mich der Gommista freundlicherweise gebracht hatte, während der andere freundlicherweise dem Audi-Panzer bis zum Autobahnzubringer nach Rom vorausfahren wollte – waren meine Gedanken noch bei Almut, von der ich am Schluss sogar kurz umarmt worden war, eine Umarmung, in der Bedauern lag, keins, das unsere Reise betraf, eher meine Person. Also dachte ich an sie, wie man an jemanden denkt, der einen bedauert: dass seine Hand einem übers Haar streicht, wieder und wieder, aber auch dass er weit weg sein sollte, sozusagen aus der Welt, als gäbe es dann auch nichts zu bedauern, wenn keiner mehr da ist, der bedauert, und alles wäre gut.

Für die Welt des Taxis galt das schon, alles war dort so weit gut, weiche Sitze, aber nicht wie in Warschau mit Plastikbezügen, nur eben Mulden. Ein fahrendes Bett, bei Tage der Ort des Imaginären: wie man sich noch einmal verliebte, noch einmal von vorn anfinge, noch einmal alles vor sich hätte; außen dagegen die Wirklichkeit, Wohnhäuser bis an die Leitplanken, dazwischen staubige Palmen und alte Villen, aufgegeben, vernagelt, Opfer der Autobahn, eine grandiose Strecke. Rechts in Fahrtrichtung, hinter abfallendem Häusergewirr, ihre Dächer immer dichter, je flacher der Hang wurde, funkelte manchmal ein Stückchen Meer, und auf der anderen Seite, wo der Hang anstieg, immer weniger bebaut war, sah man erst eine grün bis braune Flanke, langsam steiler werdend, kahler, dann die schräge, schmucklose Krone des Vesuvs. Berg oder Meer, welche Seite war vielversprechender? Mal hielt ich den Kopf aus dem einen, mal aus dem anderen Fenster, der Wind im Gesicht kam wie aus einem Ofen. Wir fahren, wir fahren, hätte Irene gerufen und den Vorfall in der Hafengegend längst Unser Reifenwunder von Neapel genannt; die vielversprechendste Seite, das war ihre unsterbliche.

Wohin in Pompeji, fragte der Fahrer, Porta Marina? Eine Stimme von weit her, als hätte ich geschlafen, der be-

rüchtigte Sekundenschlaf, eingetunkt in die Hitze, das
Motorgeräusch, das Rucken beim Bremsen. Porta Marina,
ja, dort das nächste Hotel, sagte ich, die paar Worte natürlich in seiner Sprache. Es war der Haupteingang zu der
Ruinenstadt, nicht weit entfernt von der Villa dei Misteri
mit ihren Wandbildern, bei unserem letzten Besuch das
erste Ziel, Irene vor den blass rötlichen Szenen wie ein Teil
des Ganzen. Und später im Hotel, wir wohnten in Sorrent,
hatte sie von dem großen Ausbruch erzählt, als sei sie dabei
gewesen und hätte ihn überlebt. Die Menschen wussten
nicht, was auf sie zukam, aber manche ahnten es, die Frauen
vor allem. Sie ahnten, was im Spätsommer neunundsiebzig,
am vierundzwanzigsten August um die siebte Stunde auf
sie zukäme, glaube mir. Die meisten der fünfundzwanzigtausend Bewohner ahnen nichts, woher auch. Pompeji ist
beliebter Ferienort der römischen Gesellschaft, die Männer
tun dort, was sie wollen, Frauen bleibt nur das häusliche
Leben und gelegentlich Umgang mit einem Sklaven. Auf
dem Begehren der Frauen lastet das männliche Gesetz, auf
dem der Männer der Anspruch, den anderen niederwerfen
zu müssen, sich nie hingeben zu können. Der einen trau-
riger Sieg ist der anderen seliges Unglück, sagte sie in
etwa – oder waren das nicht deine Worte, Irene? Es waren
deine Worte. Und das Ende kommt über Nacht, der Ausbruch des Vesuvs, ein Bersten. Es regnet glühende Steine,
und die Luft brennt, für alle, Männer, Frauen, Kinder, Tiere,
dasselbe Grauen. Viele flehten aus Angst vor dem Tod um
Tod – sie las mir einen Brief von Plinius dem Jüngeren vor,
aus einem Führer für Neapel und Umgebung, den hatte ich
bei mir, und ich schlug ihn auf im Taxi. Eine der hinteren
Seiten für Notizen war eng beschrieben, dein ewiger
Bleistift, Irene, mit weicher Mine, nicht allzu gespitzt, das

kleine o war dadurch ausgefüllt, also ein kleines geschlossenes Loch, in dem Wort Dionysoskult gleich zweimal. Je mehr man diese Bilder aufnimmt, stand dort, desto mehr sieht man, was sie zeigen, eine weibliche Einführung in den Dionysoskult, oder bin ich verrückt?

Der Fahrer bog von der Autobahn ab Richtung Meer, dem Golf von Neapel, es ging erst an Wohnblöcken vorbei, alle Läden geschlossen gegen die Hitze, und bald, parallel zum Meer, durch eine ganz an die Hauptstraße gedrängte, wie aus den Nähten platzende Stadt, Torre del Greco; am Ende der Stadt ging es dann nach Pompeji, erneut den Hängen des Vesuvs entgegen, bestimmt nicht die kürzeste Strecke, aber genau die, um ein enges Herz aufzupumpen.

Und keine Stunde später stand ich wieder einmal im Haus der Mysterien und sah in das Gesicht einer Frau, in das auch du lange gesehen hattest. Die Kniende, gestützt auf einen Schoß, hat lose eine Hand im rötlichen Haar, wie ein Griff um das unmögliche Eigene; das Gewand im Ton des Haars ist über Gesäß und Schenkel gerutscht, beides ausladend, matt, ganz unter dem Einfluss der Schwerkraft. Ihre Augen sind geschlossen, und trotzdem ist es ein Blick: Nach innen, hattest du gesagt, in eine leere Tiefe, wie bei all den Frauenfiguren an den Wänden, die immer irgendeinen Abschied nehmen, wenn ein Mann sie umarmt – deine alte These. Und abends im Hotel hattest du diese Haltung nachgeahmt, ich auf einem Stuhl, du kniend auf dem Boden, halb in das Laken gehüllt, den Kopf in meinen Schoß gestützt, eine Hand im Haar. Das Ganze sah aus wie ein Spiel, ein älteres Paar bringt sich auf Touren, aber es war von deiner Seite kein Spiel, ich sah das und fragte, Woran denkst du? Antwort: An mich, allein in Pompeji, die Einzige, die alles überlebt hat, die Lavaströme, das Feuer,

den Ascheregen – das stand so mit Bleistift auf den Notiz-
seiten in dem Führer, noch in der Nacht aufgeschrieben.
Ein zeitloser Führer durch die Ruinenstadt, mit einem
Plan, der sich aufklappen ließ, so kam ich von der Villa
dei Misteri fast auf direktem Weg über die lange Via
dell'Abbondanza bis zum Haus des Octavius Quartio,
Fundort des Hermaphroditen, und von dort weiter zu
einer Pinienallee nahe dem Großen Palaestra-Bad; zwischen den haushohen Bäumen ein paar streunende Hunde,
so war es auch damals, und einer war uns vorausgeeilt,
Irene, auf ein Stück Feld mit Ziegen, nichts als dürre Sträu-
cher, Steine und welkes Gras. Aber die Ziegen, die haben
Augen wie vornehme Fräuleins, sagtest du – auch das fand
sich auf der Notizenseite, aber in meiner Schrift, nicht in
ihrer. Ich suchte diese Ziegen, ihre Nachkommen, doch auf
dem freien Stück standen nur Japaner mit iPads und Son-
nenschirmen, ein Bild der Gegenwart, könnte man meinen, für mich war es eins der Wehmut. So blieb nur das
Weitergehen mit dem Führer in der Hand als Sonnenschutz, ein Weg vom Palaestra-Bad ins Herz der Ruinenstadt, zu den Thermen, die dich enttäuscht hatten mit
ihren leeren Becken, und von dort zum nahen Lupanar,
dem einstigen Bordell; und wieder Japaner mit Pads, eifrig
dabei, die frühesten Wandsprüche ins Bild zu bekommen,
Glyco cunnum lingit, Glyco küsst die weibliche Scham,
Lahis fellat assibus duobus, Lahis saugt für zwei Ass – der
Preis für einen Becher Wein, stand im Führer; der Akt
selbst auf Steinbetten in zellenartigen Kammern, du hattest die Augen geschlossen und es dir vorgestellt. Ich warf
nur einen Blick auf eins der Lager und lief weiter zum
Forum, dem zentralen weiten Platz. Und erst dort, fast
allein auf dem Forum, weil die geführten Gruppen bei den

seitlichen Ruinen standen, fiel mir auf, dass ich einen Schatten hatte, wie es in anderem Zusammenhang heißt, einen Begleiter auf Distanz, um es vorsichtig zu sagen.

Halb hinter einer Säule, Rest eines Tempels, der sich auf dem Platz gehalten hatte, stand ein kleiner grauer Hund mit erhobener Vorderpfote, still verharrend, die Augen auf mich gerichtet. Er fiel mir auf, weil schon ein ähnlicher am anderen Ende der Stadt, auf dem Feld ohne Ziegen, sogar ein Stück auf mich zugekommen war, dann aber kehrtgemacht hatte, nur eben nicht gänzlich, soweit es nicht derselbe war; aber was sprach dagegen, dass ein Hund hier seine eigenen Wege hatte, an einer Stelle verschwand, um an anderer wieder aufzutauchen. Es war ein Mischling, was sonst, nicht größer als ein Fuchs, nur mit ganz anderen Ohren, hängenden weichen, wie Grandeville sie besaß, und ich entschloss mich – wenn in Angelegenheiten plötzlicher Zuneigung dieses Wort angebracht ist –, noch nicht zur nahen Porta Marina zu gehen, zu meinem Hotel, sondern in die Gegenrichtung, zum Garten der Fliehenden, entgegen all den Gruppen, die schon zu den Bussen strebten am späteren Nachmittag.

Der Himmel hatte sich bezogen, über dem Vesuv Wolkentürme, das Bild eines weißen stillen Ausbruchs, die Luft unbewegt; zum Glück gab es an den alten Straßenkreuzungen Brunnen mit Trinkwasser, an jedem schöpfte ich etwas in die Hände und trank es, wie die Frauen Pompejis, bevor sie die Amphoren füllten und in Häuser und Villen zurückkehrten, dort ruhig ihre Dinge taten, den trockenen Boden besprengten, das Feuer in Gang hielten, Essen bereiteten und in drückenden Stunden die Lust, die traurig machte. Und auf einmal wieder der einzelgängerische Hund, unverkennbar an den hängenden Ohren –

weich, das denkt man sich so, das hätte man gern. Er war mir gefolgt oder vorausgeeilt oder beides abwechselnd auf meinem Weg zum Garten der Fliehenden, und wie er es auch angestellt hatte, jetzt stand er inmitten der Straße auf einer der uralten Steinplatten, wieder eine Vorderpfote angehoben, nun schon eher abwartend als verharrend – nicht neugierig, das wäre zu viel gesagt, einfach nur aufmerksam, was mich betraf: Freund oder Feind?

84

Aber noch gab es ein Programm, das Programm des Besuchers ohne Begleitung, und der nächste Punkt war eben der Garten der Fliehenden, ein Euphemismus, weil keinem die Flucht geglückt ist. Dennoch betrat man einen Innenhofgarten mit kleinen Bäumen und blühenden Sträuchern, Wegen, wie für Kinder angelegt, und einem plätschernden Brunnen, und dort hatte ich das Privileg, fast allein zu sein, eine Chinesengruppe, gleichmütiger als die Japaner, verließ gerade den Ort, eine andere stand noch in einem Vorhof, und ich trat an ein Gitter zum Schutz der Fliehenden, einer ganzen Familie auf dem Boden des Innenhofs; zum Schutz, weil sie wohl jeder sonst berührt hätte, ich bestimmt. So wie man die Hände an eine Skulptur legt, um mit dem Wahren, Schönen, Guten in Kontakt zu kommen, der Größe der Kunst, wollte ich diese Figuren anfassen, die eigentlich nichts waren, nur ausgegossener Hohlraum, und doch alles zeigten, den Moment vor der Auslöschung in pyroplastischer Glut, und mit ihnen das Grauen berühren. Ob so Erinnerungen sind, meine an dich, Abgüsse aus dem, was fehlt, was verglüht ist? Oder die Gedanken an einen Sohn, von dem man erst gehört hat, als er tot war? Keine Fragen, die mir durch den Kopf gegangen wären, als ich am Gitter stand, nur ein Empfinden knapp davor. Die Worte kommen immer erst, wenn das Schlimmste vorbei ist, aber dann kommen sie mit Macht.

Gut ein Dutzend Fliehende sah man hinter dem Gitter, in der verkrampften Haltung, in der glühende Luft und Asche die Körper in ihrer Gestalt versiegelt hatte. Die Frauen lagen auf dem Rücken, noch im Sterben ergeben, Hände über dem Gesicht oder schützend um ein Kind, die Männer auf dem Bauch, noch aufgestützt, wie mit letztem Unterwerfungswillen. Ein regloses, lautloses Sterben – warum halten die Gestalten so still, fragte man sich, warum schreien sie nicht vor Schmerz, vor Entsetzen? Ich trat ganz dicht an das Gitter, die Augen in zwei der Maschen, wie es andere mit dem Smartphone oder iPad taten, ein Pärchen neben mir, jeder hielt sein Gerät mit der Linse in eine der Maschen für ein Foto ohne Gitter. Etwas Haarsträubendes übertrug sich von den Fliehenden, und tatsächlich stellten sich mir die Armhärchen wieder auf, als hätte ich mit dem Trügerischen etwas zu tun, ein Schauern wie das nach Almuts Fluch, und ich drehte mich um, wieder dem eigentlichen Garten und Innenhof zu, darin Wilder Wein, Rosmarinbüsche, Lavendel. Und vor einem der Büsche, nunmehr sitzend, aber aufrecht, Hinterpfoten zwischen den Vorderpfoten, Kopf in schräger Haltung und mich im Auge, mich allein, der Hund.

Mensch und Tier, außer im Märchen immer eine Erzählfalle: deine Ansicht, Irene, streng, wie du warst, eine, die bei jeder Gelegenheit Ernst machte, in der Sprache, in der Liebe, am Rande von Buchseiten und im Bett. Also der

Hund und ich; oder ich und das Hundetier, ein schöner Moment, keine Frage. Und es sollte erlaubt sein, was diesen Moment betrifft, ich mit dem Rücken zu den Fliehenden und vor einem der Büsche das weichohrige Geschöpf, das mich ansah, von Liebe auf den zweiten Blick zu reden, zumal Liebe auf den ersten Blick ja unbemerkt bleibt. Und auch der zweite Blick, den man für den ersten hält, hat noch mit Hypnose zu tun, der immer ein Dämmern vorausgeht, ein Ermatten, in dem Fall durch die Gänge in den Ruinen; ich war erschöpft, ich war leer, auch ein Hohlraum, ausgeglüht durch die letzten Tage und Stunden, durch Warschau, den Umschlagplatz, und Neapel, die Via Nuova Marina und Umgebung, und damit offen, so offen, wie du es warst bei deinen Abstechern, Irene. Was aber weiter, noch in Hypnose? Zwischen Mann und Frau wäre jetzt ein Lächeln an der Reihe, auch ein erstes Wort, Na, wie geht's? Ich trat näher, und der Streuner verschwand zwischen den Rosmarinbüschen, nicht hastig, ganz ruhig, ein Abgang, keine Flucht; denn kurz darauf erschien er wieder auf der anderen Seite des Innenhofs, sein staubwedelhaftes Ende nun aufgestellt und in leicht nervöser Bewegung. Nein, da war noch gesundes Misstrauen, und ich ging um Büsche herum und sah die wieder angehobene eine Vorderpfote, als spürte er mein Nahen – gewiss zu menschlich gedacht, nur wie sonst? Komm zu mir, rief ich, aber ging immer weiter auf ihn zu. Es war noch zu viel verlangt, dass er kommt, aber wer tut das nicht, gleich zu viel verlangen nach dem zweiten Blick, obwohl, was wir verlangen, ja nur das eigene Verlangen ist, ein Ichwilldich. Zwei Schritte trennten mich noch von ihm, dann stellte er eins seiner Ohren auf, nur eins, welch ein Kunststück, und lief durch das Hoftor auf die Via di Mercurio mit ihren großen glattgewetzten Steinen, die alles überdauert hatten, alles – und war schon wieder verschwunden. Ich ging ein paar Schritte auf dieser Straße, fast für mich, weil vor den Toren Pompejis die letzten Busse abfuhren, und als ich in eine schmalere Straße bog, war kein anderer Besucher mehr zu sehen, auch nichts mehr zu hören, nicht einmal Gezirpe aus den Ölbäumen. Aber da stand mein Hund, regungslos an einer Hausecke. Und alles war Stille in dem Moment, ein Stück vom Ende der Welt, und alles war unaussprechliche Freude, ein Anfang.

Ich ging an ihm vorbei, noch mit gehöriger Distanz, er sollte nicht denken oder empfinden, dass der Mensch seiner Wahl – falls es so war, er eine Wahl getroffen hatte – aufdringlich wäre, einer, der's nötig hätte, und mir fiel ein, was ich am Morgen vor dem Bahnhof gekauft hatte, das Stoffhündchen mit Schlüsselring. Ich ließ es fallen, ein Klicken auf dem Pflasterstein, seine Ohren bewegten sich, und ich zog langsam weiter, sah aber über die Schulter zurück, und da siegte schon die Neugier; er ging zu dem Objekt und roch daran, wie Hunde es eben tun, dann hob er es mit den Zähnen auf, wie es nicht jeder getan hätte. Und mit dem Spielzeug im Maul folgte er mir jetzt, wenn auch mit so viel Abstand, als sei er nach wie vor ein Streuner, nur zufällig in meiner Nähe. Erst vor dem Ausgang an der Porta Marina schloss er auf, das Stoffhündchen noch zwischen den Zähnen, ein Bild, das beim Personal an der Sperre gar nicht erst Argwohn erweckte – er war der meine, wie auch immer, und keiner der Ruinenhunde, die man vertreibt oder gleich vergiftet, auch das stand in Irenes altem Führer, ein großartiges Werk. Nichts wie weg, sagte ich, und er folgte mir über den leeren Busparkplatz in der Abendsonne, jetzt mit weniger Abstand, dann entlang der Pizzabuden, vor denen schon gefegt wurde; und dort ein Innehalten, ein Recken der kleinen schwarzen Nase, ein Blick in meine Richtung, der mir den Atem nahm und folglich die Luft umso mehr einziehen ließ, auch wenn sie nach billigem Fett noch – doch, ich hatte es nötig, so wie es jeder nötig hat, dass ein anderer von ihm ernährt werden will. Also kaufte ich einige Stücke Pizza, mit Thunfisch, mit Schinken und auch nur mit Gemüse; ich ließ ihn kosten, das kam an, und er folgte mir zu dem Hotel, vor dem mich der Taxifahrer vor Stunden abgesetzt hatte.

Es war eins der älteren Hotels am Rande der Ruinenstadt, früher bestimmt idyllisch, ein Malermotiv, inzwischen wie eingerahmt von einer Brücke für den Zugverkehr von und nach Neapel und der Autobahnauffahrt in Form einer weiteren Brücke; ein zweistöckiges Gebäude mit rußdunkler Balustrade, alle Fensterläden in blassem Grün geschlossen, als hätte es überhaupt geschlossen oder wäre schon aufgegeben, ein Haus noch aus einer Epoche, in der Besucher von Altertümern Zeit mitbrachten und keine iPads. Aber das Marius e Caesar Hotel, heutig kurz M & C auf einer Leuchttafel außer Betrieb, war in der Klemme zwischen beiden Brücken nur heruntergekommen, nicht aufgegeben, und gegen einen Hund gab es keinerlei Einwände, auch weil es außer mir nur Tagesgäste gab, oder hätte ich sonst freie Zimmerwahl gehabt? Ich hatte mich für das ruhigste im oberen Stock entschieden, mit Balkon, zugleich auch das geräumigste, zwei Kinderbetten und das Bett für die Eltern, eine Sitzecke auf einem Teppich und ein Schreibtisch am Fenster. Der Balkon lag in der Mitte der Hotelfront, wie gestützt von einer alten Riesenglyzinie und so weit von den Zügen entfernt wie von der Autobahnauffahrt, also das relativ ruhigste Zimmer.

Da sind wir, sagte ich und schloss die Tür hinter mir und dem Hund – der Moment, in dem wir mit dem anderen erstmals die eigenen Räume betreten, von dem an jeder Augenblick zählt, wie an dem Abend, als Zusan von ihrer Woolworth-Kasse zu mir kam. Ich ließ mich in den Sessel fallen, der zur Sitzecke gehörte, während der Hund im Raum stehen blieb. Er legte das Stoffspielzeug ab und schüttelte sich mit einem flappenden Geräusch der Ohren, danach ein Zögern, ein Verharren, als sei ihm das Ganze noch nicht geheuer, er plötzlich mit Dach über dem Kopf, arriviert sozusagen; gut eine Minute stand er so da, bis sich sein Staubwedelende zu regen begann, ein Hin und Her, ein Auf und Ab, und wie davon ausgelöst die erste Annäherung. Er kam auf den Teppich, ein altes Stück mit Pompeji-Bildern, optisch reizvoll nur für den Menschen. Essen wir die Pizza, solang sie noch warm ist, sagte ich, aber er hatte etwas anderes im Sinn. Er roch an einem Pfau, er roch an Perseus und Andromeda und an seinesgleichen, überall am Teppich, bis eine Stelle, stark verblasste Tempelsäulen, mehr Aufmerksamkeit erregte als alle übrigen. Ich schob ihm ein Pizzastück hin, es interessierte ihn nicht, und er erschien mir jetzt kompliziert, wie alle Einzelgänger. Aber dann hockte er sich mehr als normal auf die beschnüffelte Stelle in der Teppichmitte, und hinter dem Wedel breitete sich rasch etwas Glitzerndes aus.

85

Die Hypnose des ersten Blicks, sie war schlagartig beendet, statt ihrer zwei Blitzgedanken, alles andere als Überlegungen – der Teppich, wie er lässt er sich reinigen? Und: Der Hund ist kein Er, es ist eine Sie, was nun? Fragen, die etwas Lähmendes hatten, aber auch etwas Klärendes; ich blieb in dem Sessel und sah das Glitzernde größer werden, immerhin imstande, den Mund zu halten, nicht zu schimpfen, also entschlossen, das Geschäft nicht zu stören, auf keinen Fall; Erziehung zu gegebener Zeit. Es war ein stilles Bejahen, wie oft am Anfang einer Beziehung, Hände zuerst an den Wangen, Himmel, was machst du, dann die Hände im Schoß, gut, was sein muss, muss sein; dafür anschließend umso mehr Arbeit für beide Hände, zunächst das Aufsaugen mit Toilettenpapier, danach ein Schrubben mit den Kinderhandtüchern und dem M-&-C-Shampoo, zuletzt eine Dusche, auch wenn aus dem Brausenkopf nur ein Rinnsal kam. Ich wusch mich, so gut es ging, während die Hündin – ein schon gewählter Name war über den Haufen geworfen – vor dem Pizzakarton saß, ein Warten, bis ich abgetrocknet war, dann gab es die nun kalte Pizza, sie ganz auf den Thunfisch aus, ihre Herkunft wohl der Strand. Wir aßen alles auf, ich trank dazu Bier aus der Minibar, sie Leitungswasser aus einer Schale für Knabberzeug, das Ganze auf dem Balkon in letzter Sonne, ein angebrochener Abend. Also weshalb nicht noch ein Spaziergang, auch für das größere Geschäft, falls nötig; und schon war da die Sorge, sie könnte verschwinden, vorerst satt und nun wieder zu Hause in den Ruinen, kein bequemes Leben, aber ein freies. Aus meinem Gürtel hätte sich ein Halsband machen lassen, und ein Stück Schnur gibt es in jedem Hotel. Aber wir gingen ohne Leine spazieren. Und sie blieb.

Der weitere Abend dann häuslich. Ich hatte eine Wolldecke im Schrank gefunden und unter den Schreibtisch gelegt, auf der rollte sie sich bald zusammen für die Nacht, während ich noch am Tisch saß, vor mir ein Schreibblock, denn es war Zeit für die ersten Worte zu meinen Führungen, aber welche Worte kommen schon von allein, nur die belanglosen – ich hatte einen Arm seitlich herunterhängen, die Haltung der Geduld, der andere Arm lag auf der Tischkante, die Hand an der Tastatur. Und auf einmal berührte mich etwas, eine Pfote, am Daumen, ohne Krallen, und ich wandte mich an meine Sie und sagte ihr Dinge, die man nicht sagen würde, wäre noch jemand zugegen, darunter sogar die drei Worte, die man am wenigsten ungestraft sagt, wenn man es mit einem Menschen zu tun hat, Tannenbaum mit dir, Irene, ich mit meiner Internistin. Und die Hündin hörte im Übrigen aufmerksam zu, sie nickte sogar, wie mir schien, auch als ich irgendwann sagte, Wollen wir jetzt schlafen? Ich war müde und ging zu Bett, ein ruhiges Auf-der-Seite-Liegen, das Gesicht nicht zur Wand, sondern zum Fenster, manchmal ein Atmen von dem Lager unter dem Schreibtisch. Ein schöner kurzer Name ging mir noch durch den Kopf, dann bald schon das Absinken, ein Schlaf, bis die Sonne das Zimmer heizte.

Und da saß sie bereits vor dem Ehebett, die Hinterpfoten zwischen den Vorderpfoten, ihren Staubwedel aufgestellt, in leichtem Hin und Her, und sah mich an. Hundeaugen sind das Bewegendste, was die Welt oder das Leben bereithält, wenn man ausnahmsweise nicht an beides denkt, weder an die Welt noch an sein Leben, ja am besten überhaupt nichts denkt, nur hinschaut. Ich stand auf und führte sie aus, ein erster Gang, und später beim Frühstück gab es auch für sie etwas, dazu eine richtige Trinkschüssel. Wir hatten das ganze Hotelrestaurant für uns und saßen halb im Freien unter der Riesenglyzinie, darin das Summen von Hummeln – ein Sommermorgen, um einander alles

zu verzeihen, Irene, die Hündin sah mich an, sie legte den
Kopf etwas schräg, ich gab ihr ein Stück Käse. Nach dem
Frühstück lotste ich sie aufs Zimmer, zum Glück schon
gemacht, im Bad neue Kinderhandtücher. Ich bin gegen
Mittag zurück, sagte ich, absurde Worte, aber man sagt sie
zu einem Hund, einer Katze, ja selbst zu kleineren Tieren,
Schildkröte oder Hamster, du, sei nicht traurig, ich bin
bald zurück. Mein Hundeweibchen – ich scheute mich
noch, ihren Kopf einfach in die Hände zu nehmen, manche
reden von Knuddeln, wie es auch eine Scheu gab, ihr einen
Namen einzutrichtern –, die Hündin also bis auf weiteres,
sie ging auf den Balkon und legte sich in den Schatten der
Brüstung, und ich nahm Irenes Führer und verließ das
Hotel, ein Weg zur Porta Marina mit der Hauptkasse für
die Ruinenstadt; dort kaufte ich die Wochenkarte, auf die
es Ermäßigung gab.

86

Wer in Frankfurt Führungen durch eine Pompeji-Ausstellung machen will, der sollte am Fundort alles gesehen
haben, jeden Innenhof, jede Villa, jedes Mosaik und Wandbild, das noch dort ist, wo es hingehört; der erste Vormittag war ein Erkunden des Forums und seiner Umgebung,
Casa del Fauno, Casa del Poeta Tragico, Forumsthermen,
Ehrenbögen, Apollontempel. Kurz nach zwölf war ich zurück, und meine Zugelaufene saß mitten im Zimmer, als
ich hereinkam, Blick zur Tür. Ich hielt ihr eine Hand hin,
sie roch daran, so weit normal; dann aber kam eine Zunge,
kühl und weich, und leckte mir den Schweiß vom Arm, als

gäbe es Verwandtschaft zu den Waldelefanten, die am mineralischen Fels lecken. Komm, sagte ich, und wir gingen spazieren; danach etwas Schlaf, später Notizen auf dem Balkon. Ein anhaltend strahlender Tag, in die leuchtenden Kelche der Glyzinie wühlten sich die Hummeln, und mein Tier lag auf der Schwelle zum Balkon, den hellen Bauch mit den Zitzen in der Sonne. Die nahe Autobahn störte nicht weiter, und die Züge zwischen Neapel und Salerno verkehrten nur alle halbe Stunde, es bestand kein Grund zu eiliger Abreise; auch auf das Zimmer gab es Wochenrabatt, und der Koch hatte sich bequemt, neben Chicken Pompeji mit Chips und sonstigen Avantigerichten für die Mittagsgruppen die eine oder andere Pasta zu machen, mit Namen sogar, mal männlich und mal weiblich, so rätselhaft wie das Geschlecht von Flüssen.

Fehlte nur der Fisch für ein Tier, das mit Fischresten aufgewachsen war, ein lösbares Problem, wenn man Geld hatte und damit nachhalf. Ein glatter Fünfziger, und noch vor dem Abend wurde ein Teller mit Sardinen aufs Zimmer gebracht, der kam vorerst in den Kühlschrank. Wir essen später auf dem Balkon, sagte ich, ein sommerlicher Satz, seit Jahr und Tag nicht mehr ausgesprochen. Ich bestellte die Pasta mit dem Namen Magnani, vielleicht von Anna Magnani, für uns immer die südlichste Diva des Films, dazu eine Flasche umbrischen Wein, beides brachte der Koch persönlich. Die Pasta war mit süßen Tomaten und schwarzen Oliven gemacht, so glänzend schwarz wie die Augen der Magnani; wir hatten alles mit ihr gesehen und einen Film sogar zweimal, Die tätowierte Rose, noch in der Zeit, als wir ständig ins Kino gingen, unser zweites Bett. Ich holte die Sardinen, aber tat sie nicht einfach auf den Balkonboden, ich hielt sie meiner Kleinen hin – ein

Wort, mit dem man aufpassen muss –, und da gab es kein gefräßiges Schnappen, sondern erst sachtes Riechen, wie man am Hals eines geliebten Menschen riecht, dann ein ebenso sachtes Abnehmen aus der Hand, dafür das Vertilgen aller Sardinen mit Kopf und Schwanz. Ich aber aß die Magnani-Nudeln und trank den steinherben umbrischen Wein, dir zu Ehren bestellt, Irene, wir hatten ihn in Assisi getrunken, auf dem Dachbalkon eines kleinen Hotels oben an der Stadtflanke mit Blick in die Ebene, über uns die Sterne und weit unten nur einzelne Lichter im Dunkeln. Eine Stunde zwischen Himmel und Erde, und du hast zum ersten Mal die drei Worte gesagt, die all ihren Sinn auf der Stelle verausgaben, für immer verbunden mit diesem Steingeschmack. Mein Tier sah mich an, ein Blick, als spürte es etwas, das der Mensch noch nicht spürt. Es war ruhig um uns, ganz Pompeji schien zu schlafen; nur in der Ferne eine einzelne hysterische Zikade. Wir saßen noch über der Riesenglyzinie, bis die Flasche geleert war.

Vor der zweiten Nacht hatten wir beide also reichlich und gut zu Abend gegessen, dennoch verlief sie unruhiger als die erste. Auf ihrem tiefsten Punkt – dem des tiefsten Schlafs, sagt man – sprang die Hündin auf das Elternbett und weckte mich; keine Minute später bebte die Erde. Man merkte es eigentlich kaum, es war nur so, dass alle Fensterscheiben zu zittern begannen, ein langsam anschwellendes Summen, am Ende wie von einem Bienenvolk. Bei meiner Warnerin stellten sich die Ohren auf, und ich sah, dass sie mitzitterte, vielleicht auch schon vorher gezittert hatte, und schloss sie erstmals in die Arme, so lagen wir beieinander, bis sich die Erde wieder beruhigt hatte, das Summen aufhörte. Natürlich war ich danach hellwach, ohne Angst, nur mit einem Gefühl des Bedauerns – du hattest dir bei

unserem letzten Besuch in der Gegend immer ein kleines
Beben gewünscht, Irene, nichts, bei dem Menschen zu
Schaden kämen, nur das Erlebnis eines wankenden Bodens
unter den Füßen, der nicht mehr der eigene Boden war,
und damit etwas Entlastung oder Vergebung durch das
Rumoren der Erde, stärker als das in ihr.

Wir hatten, wie gesagt, in Sorrent gewohnt, nicht in
Pompeji, ein Hotel mit Meerblick, aber wenn man auf der
Terrasse stand und sich umdrehte, auch mit Vesuvblick.
Der Berg hatte es ihr angetan, und an einem klaren Tag
sind wir mit einem fremden Paar in einem Geländefahr-
zeug fast bis an den Kraterrand gefahren, eine im Hotel ge-
buchte Tour; das letzte Stück ging über dunkle erkaltete
Lava und schwarzen Sand bergan, Irene eilte voraus. Und
als sie über den Rand sehen konnte, faltete sie die Hände
im Nacken wie Zögerliche auf einem Sprungbrett. Ich
hatte Angst um dich, ich schloss zu dir auf, die Luft roch
nach Schwefel, und dann sah ich wie du in einen großen,
öden und tiefen Kessel, ein Bild, als würde man träumen;
in dem Kessel bis auf ein feines Windgeräusch Stille. Wenn
jetzt noch der Boden zittern würde, wenigstens für einen
Moment! Dein Wunsch mit geballten Fäusten, und auf der
Rückfahrt kamen wir mit dem anderen Paar ins Gespräch,
Mailänder mit Haus am Comer See. Zwei Glückliche, sagtest du später im Zimmer, wie die Reichen von Pompeji
mit ihren Villen, täglich die Zeremonie des Essens im Freien,
das Glück tanzender Sonnenstrahlen auf dem weißen
Fleisch eines Seebarschs, in der Ferne das Meer. Aber nach
dem Ausbruch nur noch ein Blick auf die vom Feuer aus-
geglühten Hänge, das Ende der Welt! Wir lagen im Bett,
dein flüsternder Mund an meinem. Das kleine Scheiben-
beben, es wäre für dich ideal gewesen.

87

Und am anderen Morgen verhielt sich das Frühstücks-personal, als sei in der Nacht nichts geschehen, aber auch der Vesuv war so wolkenfrei, als hätte er nicht das Geringste mit den nächtlichen Vorgängen zu tun, im Übrigen gut möglich, auch dazu gab es einen Abschnitt in dem unerschöpflichen Führer. Nicht weit entfernt, nördlich von Neapel im Meer wie auch unter dem Festland, schlummert ein Megavulkan, verheerend ausgebrochen vor vielen tausend Jahren; Asche soll bis in die russische Tiefebene geflogen sein und damit das Aussterben der Neandertaler bewirkt haben. Und in der Antike dienten dann die sogenannten feurigen oder Phlegräischen Felder bei Pozzuoli mit ihren Schwefel- und Heißwasserquellen der Gesundheit, dagegen ziehen sie seit Beginn des Tourismus Leute an, die auf dem warmen Boden zelten und Partys feiern. All das las ich der Hündin halblaut vor, wir machten den Gang nach dem Frühstück, und weil ich schon dabei war, zu ihr zu sprechen, fuhr ich gleich fort, solange sie mich noch ansah. Hör zu, ich will nicht gar viel, keine Treue, nur etwas Anhänglichkeit, dass du nicht abhaust. Du kannst auch heute mit in dein altes Zuhause, aber zuerst kaufen wir eine Leine, das ist leider Vorschrift.

Worte im Gehen Richtung Busparkplatz, dort war ein Taxistand, im Moment verwaist, leer vor einem Schild mit einer Mobilnummer, die rief ich an und bestellte einen Wagen, manchmal hilft ein albernes Telefon in der Tasche. Das Taxi kam erstaunlich schnell, der Fahrer verstand mein Anliegen, er fuhr zum nächsten Laden für Hundebedarf in einem Shoppingcenter, ich bat ihn zu warten. Und in dem Laden, darin ein Gefangenenchor aus den Käfigen voller Vögel, Kaninchen und Welpen, ließ ich mich beraten und kaufte ein Flohhalsband und eine Leine aus weichstem Leder, außerdem ein zweites Spielzeug, knochenförmig mit Quietschton beim Zubeißen, sowie einen Beutel mit Leckerwürfeln, die angeblich Nährstoffe enthielten; und noch im Taxi das Anlegen des Halsbands, ohne Widerstand, dafür sorgten die Würfel. Kurz darauf betraten wir als Herr und Hund die Ruinen, da war es schon bald Mittag, auf den Wegen der erste Besucherrückstrom, und es bot sich an, einen der Höhepunkte Pompejis vorzuziehen. Auf, Kleine, wir gehen ins Theater, rief ich, Worte, gegen die man machtlos ist bei so unerwartet geweiteter Brust, und schon sprang die Hündin an mir hoch, als hätte sie mich verstanden – Tiere, die der Mensch gezähmt hat, leuchten förmlich auf, wenn sie an dem hochspringen, der nach Liebe riecht, Menschen sinkt dagegen der Mut bei den Zeichen, die ihnen sagen Ichwilldich! Schaffe ich das noch, denken die einen, wovon hält mich das ab, denken die anderen; ich dachte gar nichts in dem Moment, da war nur ein Wort, das sich an niemanden richten ließ, Danke.

Das Amphitheater von Pompeji lag mit seinem Halbrund aus steilen Rängen in der Mittagsglut, die Sonne prallte auf den Kreis der Bühne, weißen Marmor, glatt wie Haut. Wir gingen darauf herum, ich sah zu den Rängen; die Krallen meiner Begleiterin tickten bei jedem ihrer Schritte auf dem Stein, so still war es. Ich trat in die Mitte des Kreises, dorthin, wo einst Sänger und Schauspieler, so stellt man es sich vor, Sinn und Verstand der Zuschauer geschärft hatten; sie schauten zu den Rängen, darüber nur noch der Himmel, die Heimat der Götter. Die Hündin und ich, wir waren die einzigen Besucher, also ließ ich sie von der Leine, und sie sprang vor mir her, die Steilränge

hinauf bis ganz nach oben. Dort schmiegte sie sich an die
Kante, wo ein schmaler Schatten war, und erwartete mich.
Ich nahm die Stufen seitlich des Halbrunds, nicht ganz so
hoch wie die Sitze, und doch war das Steigen mühsam, die
eigene Last schleppend, Stufe für Stufe, nur gibt man nicht
auf, wenn einer vorausgeeilt ist und wartet. Und die Belohnung war der Blick auf den Bühnenkreis in der Sonne;
mein Atem beruhigte sich kaum, sogar das Tier hechelte
noch, und ich wollte gerade die Trinkschale aus einer mit-
geführten Wasserflasche füllen, als unten eine Frau den
Kreis betrat, barfuß, nur in ein Tuch gehüllt, die eine
Schulter frei, das Haar hochgesteckt.

Sie hielt eine Hand gegen die Sonne, ungewöhnlich für
eine Schauspielerin bei ihrem Auftritt, es sei denn, es gehörte dazu, ein erster Bestandteil der Handlung, oder
die Frau war gar keine Schauspielerin, nur so gekleidet. Sie
begann den Kreis zu umschreiten, ein ruhiges Gehen, und
als sie die Sonne im Rücken hatte, nahm sie die Hand herunter, in ihr Hohlkreuz, und Momente lang war es Irene,
die dort unten ging, auch mit einem freien Nacken, hoch-
gestecktem Haar bei Hitze, und der Art, sich zu bewegen,
als hätte sie kein Ziel vor Augen. Ich stand auf, damit sie
mich besser sehen könnte, und tatsächlich blieb sie stehen
und sah zu den Rängen, das Gesicht wie aus Licht geformt,
und es schien, als würde sie das Wort an mich richten;
mein Tier war plötzlich auch auf den Beinen, die weichen
Ohren aufgestellt, und Hunde sind verlässlich, wenn es um
Stimmen geht, sie lassen sich nicht so leicht täuschen, dazu
kam die Akustik in dem Theater, vor zweitausend Jahren
schon ausgeklügelt. Was machst du hier in Pompeji, Irene,
seit wann bist du Schauspielerin?, Worte, die von unten nach
oben drangen oder andersherum, von oben nach unten,

aber meine Stimme verlor sich eher, ihr fehlte die Wand für den Schall, die steilen Ränge. Dennoch hob die Frau oder Schauspielerin wieder die Hand, jetzt so, als würde sie winken, und ich wollte schon zurückwinken, als die Hündin zum ersten Mal bellte, ja kläffte, schaurige Laute in dem Halbrund. Die auf der Bühne unten aber schien nichts zu hören, sie ließ nur die Hand fallen und ging so jäh, wie sie gekommen war.

Aus dem Gebell wurde heiseres Schnauben, dazu ein Zittern wie bei dem Beben nachts, und ich kämmte ihr mit den Fingern das Fell auf dem Kopf nach hinten, Beruhig dich, komm, beruhig dich, da war nichts, sagte ich, als in dem Beutel für die nötigen Dinge wie den Führer und die Leckerwürfel, die Flasche und die Trinkschale, das Telefon klingelte, ich hätte es abzustellen versäumt, nachdem das Taxi gerufen war. Es klingelte beharrlich in dem Beutel, die Standardmelodie, ein simpler Akkord, und mein erster Gedanke war so absurd wie der zweite, dritte und vierte, jeweils nur ein Name, Irene, Almut, Zusan, Marianne, die Reihenfolge ohne Gewähr, weil sich Gedanken und Wünsche überschlagen, wenn man zu lange für sich ist und nachts der Mund über den eigenen Arm irrt. Ich holte das kleine Ding hervor, die grüne Taste kaum zu finden bei dem vielen Licht, Ja, sagte ich, ja bitte, und am anderen Ende war mein ach so gescheiter Enkel mit Abitur, ein Anruf aus Mallorca. Malte fing sofort an zu reden, ganz überschwänglich teilte er mir mit, dass er sich für ein Studium beworben habe, Ökonomie mit Schwerpunkt Investment, und sich auch bereits um ein Praktikum kümmere, bei dieser Züricher Bank, wo er sich ja schon etwas auskennen würde, die hätten sogar nett geantwortet auf seine Anfrage. Also es läuft, rief er mir von der Insel Chopins aus zu, und ich wünschte ihm, dass es mit dem Praktikum bei der ehrwürdigen Bank an der Limmat klappte, und auch noch schöne Tage am Meer, aber eigentlich wünschte ich Malte nur das Mädchen, das ihm den Kopf verdreht, und einen Herzschlag später war das Telefon abgestellt. Kein Anruf mehr, gehen wir, sagte ich und sah, dass die Hündin weg war, verschwunden.

88

Ein Wahn ist nur ein Wahn, wenn man daraus erwacht, er existiert allein im Rückblick – ja, ich glaubte, wir beide, Irene, wir seien eine Welt für uns, auf immer geschlossen; ja, ich glaubte, wir könnten auf Reisen gehen, Almut, bis ans Ende unsere Tage; ja, mein Tier, mein Hund, meine Kleine, nun darf ich dich endlich so nennen, ich dachte, du gehörtest seit dem nächtlichen Scheibenzittern zu mir, und ich würde dich mitnehmen, zuvor noch die nötigen Impfungen und ein Fahrschein für Hunde, dann hätten wir im Zug gesessen.

Die Leine aus weichem Leder lag noch auf dem steinernen Sitz, ich steckte sie in den Beutel, dann ging ich die seitlichen Stufen hinunter, wieder den Stufen zugewandt, rückwärts, ein ängstlicher Abstieg. Und unten ein Schritt in den Bühnenkreis, wo die Akustik am besten sein musste, nur gab es nichts zu rufen, keinen Namen, auf den die Kleine gehört hätte, und alles andere Gerufe wäre verrückt gewesen, ein erneutes Stück Wahn, wo bist du, komm zurück, ich bin hier, noch im Theater, hier bin ich, hier. Irgendwo schrillte eine Zikade, und eine zweite stimmte ein, rasend ihr Wettstreit, noch hörbar, als ich schon auf dem Weg zum Forum war, den Führer gegen die Sonne haltend, mehr ein Taumeln als Gehen. Aber mein Tier war auch nicht dort, wo es mich erstmals angesehen hatte, es war nirgends oder an seinem alten Platz in einem der baufälligen Häuser, die für Besucher gesperrt waren – in den Ruinen, wo du hingehörst, zu irgendeinem anderen Streuner noch aus gemeinsamen Strandzeiten, bin ich doch nur der, der gestern mit Sardinen kam und heute mit einer Tüte Leckerwürfeln und einem Quietscheknochen. Ich nahm die Tüte aus dem Beutel und streute in Abständen Würfel aus, die Spur am Wegrand, besser als nichts; eine Gruppe Chinesen kam mir entgegen, der Anführer mit Fähnchen, es war schon der Weg zur Porta Marina. Und dort fragte ich nach einem Hund, circa fuchsgroß, grau, mit Wedelschwanz und Schlappohren; ich fragte die Besucher am Ausgang, und es kamen Antworten in mehreren Sprachen, Dänisch, Polnisch, Italienisch, Ratschläge von Tierfreunden, nahm ich an; mir war jetzt schwindlig, weiteres Suchen ausgeschlossen, blieb nur der Weg zum Hotel. Ich verteilte auf dem Stück die restlichen Leckerwürfel, nur lag ihr Fressrevier in den Ruinen, wie geschaffen für jeden Streuner.

Früher Nachmittag war es, als ich ins Hotel kam, eigentlich Essenszeit, aber ich ging aufs Zimmer und legte mich hin, der Boden unter dem Ehebett schien zu schwanken, wie eins mit der ganzen Region auf ihrem rumorenden Untergrund. Das Zimmer besaß keine Klimaanlage, es gab nur einen Ventilator, seine müden Drehungen über dem Bett. Die Hitze hatte etwas Betäubendes, wie früher auf unseren Reisen, wenn wir einmal nicht eins waren, mein Herz, du wolltest dorthin, ich dahin, und es endete in einem Vorstadthotel, wo uns die Hitze im Zimmer betäubte;

Unglück sucht immer dieselben Fluchtwege, allen voran den Schlaf. Ich war eingeschlafen, in Kleidung auf dem Bett, alles klebte beim Erwachen am Abend, ein Schlaf von Stunden, die aufgeholte Nacht. Ich duschte und zog frische Sachen an, die letzten frischen, ich ging in die Küche und bestellte etwas, Chicken Pompeji mit Chips; das Restaurant war abends tot, nur ein paar Amerikaner saßen herum, ihr Bus wohl verspätet. Ich trug das Essen nach oben, ein Tablett mit Teller und Besteck, Glas und Weinflasche, die Tür mit dem Ellbogen aufgedrückt, dann ein Schubs mit der Ferse – wie oft hatte ich dir etwas in Hotelzimmer gebracht, Signora, Ihr pollo arrosto, Ihr Wein con ghiaccio, das Eis wie gewünscht. Ich ging mit dem Tablett zum Balkontisch, ich trank und aß dort. Das halbe Huhn reichte mir.

Nach dem Essen war es noch etwas hell, und ich holte das Notebook auf den Balkon, wo es zum Glück eine Steckdose gab, weil der Akku nichts mehr taugte. Es wurde Zeit, die Führungen vorzubereiten, mir ein paar Grundsatzworte vor dem Rundgang zu überlegen, nicht zu schwierig, nur auch nicht zu einfach, zu populär; man weiß nicht, was die Leute wollen, wenn sie sich einer Führung durch Eros in Pompeji anschließen, was man ihnen zumuten kann. Es ist das Verlangen, das aus den Frauen auf den Vasen und Wandbildern spricht, durch Kleinigkeiten, die man leicht übersieht, eine Fingerhaltung, einen Blick ins Weite: auf das immer nur fast erreichbare, unmögliche Glück, mit dem ihre Liebhaber gar nicht erst rechnen; sie rechnen nur mit dem Tod, und jeder Aufschub, jeder Akt, ist ein Aufschub weniger. Das ging mir so durch den Kopf, die Art von Gedanken, die man sich zu machen glaubt, auch wenn sie einem entgegenkommen, man sie bloß aufgabeln muss, und ich wollte sie eintippen und bückte mich nach der Steckdose, da saß meine Kleine auf dem Steinboden, Vorderpfoten zwischen den Hinterpfoten, also aufrecht, ihr Bauch mit dem hellen Flaum fast an meinen Zehen, das hätte ich eigentlich merken müssen.

Ich hatte nichts bemerkt, schon gar nicht ihre Schritte gehört, auf dem Zimmerteppich natürlich gedämpft; die Tür, sie war wohl nicht zugefallen durch den Fersenschubs, so war sie hereingekommen, und unten war um die Zeit alles noch offen; ich schnappte geradezu nach Erklärungen, um mich ein Stück aus der Klemme des Wunders zu ziehen. Sie hatte zu mir zurückgefunden, sie war wieder da, ich wagte kaum, ihren Kopf zu berühren, um sie nicht mit einem Laut zu erschrecken, so aus tiefer Brust wie ihr Bellen im Theater; auch Glück kann alarmierend sein, das Schluchzen eine Zumutung – cool down, hätte Malte gesagt. Das gelang dann sogar, ich brachte ein paar Worte heraus, Du kommst gerade recht, es gibt noch das halbe Chicken Pompeji, Sardinen erst morgen wieder. Ich löste Flügel und Schenkel und hielt ihr die Stücke hin, die Kleine nahm sie und zerbiss krachend die Knochen, sie kannte sich aus mit Huhn. Am Ende war nichts übrig, und sie legte sich flach und atmete gleich tief ein und aus, ansonsten Stille; Wetterleuchten. Das Schauspiel war hinter Neapel über den Phlegräischen Feldern, noch fern. Dafür auf einmal nah ein Leuchten der Hündin, sie stand vor mir nach ihrem Blitzschlaf und sah mich an. Ruh dich lieber aus, sagte ich. Spätestens übermorgen reisen wir ab.

Die Zeit, sie drängt, wenn der Umriss des eigenen Endes Gestalt annimmt, ich rede von mir. Noch schlägt das Herz, und ich sitze auf dem Balkon, unter mir die Riesenglyzinie, über mir der Vesuv und ein Sternenpfeffer, zu meinen Füßen das Tier, das einen Namen braucht, etwas, das im Gedächtnis bleibt, wie der Name Pompeji, solange es Menschen gibt. Mit einem Ausbruch, der alles Leben im Umkreis auslöscht, sei in absehbarer Zeit nicht zu rechnen, sagen Experten, aber was ist schon absehbar. Heute Nacht wird mein Mund nicht über den eigenen Arm irren, und morgen geht es zum amtlichen Veterinär für die Impfungen, die ein Hund braucht; dann suche ich einen Zug heraus, und es geht nach Hause. Dort wird die Kleine auf meinen Büchertisch springen, auch das absehbar, mit einem Blick, als wollte sie sagen: Das soll ich alles lesen, wozu? Und wir werden am Main spazieren gehen, zur Gerbermühle und zurück, nach meinen Führungen im Museum für Alte Kulturen, die bald sehr gefragt sein werden. Der damit betraute ältere Herr ist so freundlich wie beschlagen, Wenn die Damen etwas zurücktreten würden – was Sie hier sehen, ist das Verlangen, das immer nur fast erreichbare Glück, die ewige Differenz, nicht wahr? Und möglich auch, dass wir ins Grüne ziehen. Aber das ist Zukunftsmusik.

1. Auflage
© Frankfurter Verlagsanstalt GmbH,
Frankfurt am Main 2014
Alle Rechte vorbehalten
Herstellung und Umschlaggestaltung: Laura J Gerlach
Umschlagmotiv: © Teilansicht Fresko (70–80 v. Chr.),
Villa dei Misteri, Pompeji
Satz: psb, Berlin
Druck und Bindung: GGP Media GmbH, Pößneck
Printed in Germany
ISBN 978-3-627-00209-1

Bodo Kirchhoff
Die Veröffentlichungen in zeitlicher Reihenfolge

Ohne Eifer, ohne Zorn
Novelle, 1979

Das Kind oder die Vernichtung von Neuseeland
Theaterstück, 1979 (in: Spectaculum, Bd. 31)

Body-Building
Erzählung, Schauspiel, Essay, 1980

An den Rand der Erschöpfung weiter
Schauspiel/Hörspiel, 1981 (in: Spectaculum, Bd. 34)

Die Einsamkeit der Haut
Erzählungen, 1981

Wer sich liebt
Theaterstück, 1981

Zwiefalten
Roman, 1983

Mexikanische Novelle
Novelle, 1984

Glücklich ist, wer vergißt
Schauspiel/Hörspiel, 1985 (in: Spectaculum, Bd. 40)

Dame und Schwein
Geschichten, 1985

Ferne Frauen
Erzählungen, 1987

Die verdammte Marie
Theaterstück, 1989 (in: Spectaculum, Bd. 48)

Infanta
Roman, 1990

Der Sandmann
Roman, 1992

Gegen die Laufrichtung
Novelle, 1993

Der Ansager einer Stripteasenummer gibt nicht auf
Monolog, 1994

Herrenmenschlichkeit
Ein Reisebericht, 1994

Legenden um den eigenen Körper
Frankfurter Poetikvorlesung, 1995/erweitert 2012

Die Weihnachtsfrau
Novelle, 1997

Mach nicht den Tag zur Nacht
Theaterstück (unter dem Namen Odette Haussmann), 1997

Katastrophen mit Seeblick
Geschichten, 1998

Manila
Filmbuch (mit Romuald Karmakar), 2000

Parlando
Roman, 2001

Schundroman
Roman, 2002

Mein letzter Film
Erzählung/Drehbuch, 2002

Wo das Meer beginnt
Roman, 2004

Der Sommer nach dem Jahrhundertsommer
Erzählungen aus 25 Jahren, 2005

Die kleine Garbo
Roman, 2006

Der Prinzipal
Novelle, 2007

Eros und Asche
Ein Freundschaftsroman, 2007

Erinnerungen an meinen Porsche
Roman, 2009

Die Liebe in groben Zügen
Roman, 2012